本书获教育部人文社会科学重点研究基地
首都师范大学中国诗歌研究中心项目资助

新世纪诗歌批评文选

张桃洲◎主编

中国社会科学出版社

图书在版编目（CIP）数据

新世纪诗歌批评文选／张桃洲主编．—北京：中国社会科学出版社，2016.7

ISBN 978-7-5161-8397-7

Ⅰ.①新… Ⅱ.①张… Ⅲ.①诗歌评论—中国—当代—文集
Ⅳ.①I207.22-53

中国版本图书馆CIP数据核字（2016）第138254号

出 版 人 赵剑英
责任编辑 李炳青
责任校对 季 静
责任印制 李寡寡

出 版 中国社会科学出版社
社 址 北京鼓楼西大街甲158号
邮 编 100720
网 址 http://www.csspw.cn
发 行 部 010-84083685
门 市 部 010-84029450
经 销 新华书店及其他书店

印 刷 北京明恒达印务有限公司
装 订 廊坊市广阳区广增装订厂
版 次 2016年7月第1版
印 次 2016年7月第1次印刷

开 本 710×1000 1/16
印 张 24.25
插 页 2
字 数 405千字
定 价 89.00元

目　　录

诗歌批评的位置（代序）

张桃洲

一段时间以来，对诗歌批评的责难之声不绝于耳。这种责难很大程度上来自诗人：在他们看来，当前诗歌批评太不尽如人意，因为它远远滞后于诗歌创作，未能很好地阐释很多诗人的“呕心沥血”之作，没有全面关注一些“有影响”“有分量”的诗人，更谈不上总结他们的“成就”……总之，诗歌批评在活跃的诗歌创作面前完全失职了。这样的责难，连同诗歌批评“捧杀”与“棒杀”的困局及其被指认的“依附性”特质，将当前的诗歌批评置于十分不堪的境地。

可是，当前的诗歌批评果真如此不堪吗？诗歌批评究竟应该具备什么样的功能？应该如何确定自己的位置？这些其实是有必要深入辨析的。

诚然，当前诗歌批评有许多不尽如人意之处：平庸、重复、四平八稳、无创见、鱼龙混杂、颠倒是非……诗歌批评的乱象实在需要好好地反省。不过，我不能不说，很多时候人们（包括指责诗歌批评和参与诗歌批评者）是误解诗歌批评了，一些人以为，批评就是发表意见，说好与坏、答是与否。人们常常过高地寄望于批评，期盼批评能够充任“巡逻兵”整肃诗坛；或者错误地将批评混同于道德判断，怂恿一些批评家占据道德制高点摇旗呐喊，让他们兼具诗坛立法者和布道者的角色。

事实上，批评——尤其是诗歌批评——的内涵和具体实践要复杂得多。李长之70年前的一番话说得好：“批评是一门专门之学，它需要各种辅助的知识，它有它特有的课题。如果不承认这种学术性，以为‘入门’，‘讲话’的智识已足，再时时刻刻拿文学以外的标语口号来作为尺度硬填硬量的话，文学批评也不会产生。”[①] 显然，批评不是率性、简单

① 李长之：《产生批评文学的条件》，《李长之批评文集》，珠海出版社1998年版，第377页。

的评判，更不是用于吹捧或攻讦的手段。人们期待在批评中可能出现的洞见，不是产生于义正词严的表态、理直气壮的宣讲和信口开河的说辞。批评应是对历史、文本的细致入微的体察和发现，需要学识、修养、判断力、趣味的综合。诗歌批评更是如此。

一种偏见认为，批评寄附于创作或仅是创作的附庸，是寄生性的和次一级的，因而其创造性和重要性低于创作本身。持这种看法的人未能意识到，真正的批评同样是一种独具匠心的创造，正如美国批评家苏珊·桑塔格所说，“批评的写作，业已证明是一个摆脱智力重荷的过程，也同样是一个智力自我表达的过程”①。说批评无须创造力一方面是低估乃至否认了批评的独立属性，另一方面恰好替批评中的惰性思维免了责。在西方当代批评家中，本雅明、罗兰·巴特、布朗肖、T. S. 艾略特、布罗茨基、西默斯·希尼等以富于创造性的批评彰显了批评的独立性，为批评赢得了尊严。

还有一种偏见认为，所谓批评就是要一劳永逸地解决某个问题，对其做出盖棺论定式的解释，为它找到某种“终极”答案。殊不知，批评的任务并不在于某个具体问题的“一次性”解决，而是通过不断地重新提出和梳理某个问题，使之得到越来越清晰地呈现。比利时批评家乔治·布莱关于批评的一番论断很有道理：“批评是一种思想行为的模仿性重复。它不依赖于一种心血来潮的冲动。在自我的内心深处重新开始一位作家或一位哲学家的我思，就是重新发现他的感觉和思维的方式，看一看这种方式如何产生、如何形成、碰到何种障碍。”② 毋宁说，批评是一种不断接近问题核心、使问题逐渐明晰化的行为，批评的价值应该由是否具有重新设问的能力，是否提供了新的切入问题的路径来衡量。批评更多的是一种过程，是一段助他人一臂之力、供他人继续前行的阶梯，应该是启发式而非结论式的。

既然批评有其独立品格，既然批评自身也是一种创造性的写作，那么批评就应该像写作一样具有探索性。不过，这种探索性不同于另一种偏见所希冀的那样，批评必须为创作预测前景，甚至为创作指明或规划一条“康庄大道”。诚如瑞士文学批评家让·斯塔罗宾斯基所言：批评之美

---

① 桑塔格：《反对阐释·自序》，程巍译，上海译文出版社 2003 年版，第 3 页。

② 乔治·布莱：《批评意识》，郭宏安译，百花洲文艺出版社 1993 年版，第 280 页。

“来源于布置、勾画清楚的道路、次第展开的远景、论据的丰富与可靠，有时也来源于猜测的大胆”①，但批评所应具备的预见性和前瞻性，不能与那种“跳大神”式的对创作的指手画脚混为一谈。批评确实在一定意义上担负着为创作出谋划策的职责，但并非所有从事批评的人都能对此保持足够的审慎与清醒。

在中国新诗历史上，不乏做出重要贡献的批评家，如朱自清、李健吾、叶公超、沈从文、袁可嘉、唐湜等。李健吾坦陈：“批评的成就是自我的发见和价值的决定……一个批评家是学者和艺术家的化合，有颗创造的心灵运用死的知识。他的野心在扩大他的人格，增深他的认识，提高他的鉴赏，完成他的理论”，批评“本身也正是一种艺术”②。这些批评家各自有着独特的建树，如朱自清、李健吾以印象式批评开启了一种“现代解诗学”的范式，袁可嘉、唐湜借助英美“新批评”的理论与方法，推进了1940年代“新诗现代化”和“综合”诗学的全新路向。他们的批评无不具有示范意义。

1980年代曾被视为一个批评的时代，辈出的批评家如同耀眼的明星，各种思潮、学说也纷纷涌现、互相碰撞，与那个时代的氛围形成相互激发、振荡的态势。1980年代的诗歌批评凝结着那个时代独有的气质和个性，与那个时代的诗歌有着相似的精神面貌：敏感、充满激情和锐气、饱含探索意识。批评家们和诗人们一起高谈阔论、指点江山，激烈的语势中混杂着创造性与破坏性，可谓泥沙俱下。1980年代的诗歌批评受制于当时的审美主义和自律诗学观念，注重“内部”批评和本体探讨，将基于语言的形式分析发挥到了极致。直到1990年代，随着时代语境的变迁和诗歌风尚的转换，1980年代诗歌批评的某些局限性得以显现出来，于是有了呼唤批评穿透力、将“内部”与“外部”批评进行融合的倡导。

毋庸讳言，与十多年前相比，当下的诗歌批评（连同创作）面临着一种更为艰难、错杂的处境，某种整齐划一的强加于诗歌之上的指令被撤除，许多流行一时的规则失效了，有关诗歌的认识也变得波动不宁。诗歌被纳入了一个更加阔大的关联域之中：无休止的娱乐化，更惨烈的荒诞，更空洞的愁苦，更深的黑暗和无助。这正是当前人们的生存处境，也是诗

① 参阅郭宏安《让·斯塔罗宾斯基：目光的隐喻》，《外国文学评论》2005年第4期。

② 李健吾：《咀华集·跋》，《李健吾批评文集》，珠海出版社1998年版，第310页。

歌创作和批评的境遇。诗歌创作和批评均已不再仅是诗体、形式等内部问题，而变成了与时代生活、个人遭际等多种因素的多方位的摩擦。

在这样的情形下，应该如何重新厘定诗歌批评的位置？如何建立诗歌批评的价值？在我看来，应从以下几方面着手改造现有的诗歌批评。

其一，在坚持批评独立的前提下，形成诗歌批评与创作互相砥砺、互相促进的格局。这意味着要消除诗歌批评与创作在彼此割裂状态下累积而成的种种偏见甚至“敌意”，将二者置于平等对话的平台，使真正的诗歌批评不再游离于创作之外，而是成为诗歌创作的建构性力量。不仅如此，诗歌批评还要与创作一道，重新找回与社会文化的深刻关联，寻求向社会文化发声的渠道。

其二，尝试诗歌批评方法的创新。这就要打破所谓“内部”和“外部”批评的壁垒，在原有“内部”（形式、本体）分析中重新引入历史语境、制度策略、文化心理等“外部”因素，并将新诗文本与这些“外部”因素的关系，从一种依附、对峙或反抗的格局，调整为穿越、渗透乃至包容的情势，讨论种种“外部因素”渗入新诗文本中的复杂印迹及其对新诗文本样态与体式形成过程的塑造和影响。

其三，推行一种良性的诗歌阅读方式。诗歌阅读的问题，连接着整个现代诗的接受问题，是诗歌批评的重要内容和构件。应该说，一直到今天，我们仍然未能培育很好的诗歌阅读的环境，也未能培养阅读者积极的阅读习惯；阅读者留意的往往是一些过于笼统的宏大问题，对文本局部和细节之洞察能力的锻造并不在意，诗歌的内在细微之处被有意无意地忽略掉了。当然，既没有一条能够根本性地改善诗歌阅读的通途，也不存在可以恪守的关于诗歌阅读的成规，只有不断地阅读、不断地感受、不断地与文本的碰撞，才能不断地激发对于诗的想象力和创造力。

就我多年的诗歌批评实践来看，完成一篇批评文章的难度绝不亚于完成一首诗。诗人朱朱所表述的“为一首诗的完成我像鼹鼠一样藏匿在书房里，或者是在周围的头颅已经深垂在胸前的夜行火车上，我焦灼于‘欲有所言，却又永远找不到相应的词语’的苦境”①，我在写批评文章时也经常遇到。一个致命的症结是，很多时候人们写得过于轻率，不管写诗

① 见《“诗歌会带给我自尊、勇气和怜悯”——朱朱访谈录》，引自《断裂：世纪末的文学事故》，江苏文艺出版社2000年版，第148页。

还是写评论，因为他们写得太快了——正如德国汉学家顾彬所说的那样。这无疑是难的：写批评文章用心经营，力求准确、缜密而与所研究、批评的对象“相称”，不仅在内涵上，而且也在文字上。

重铸诗歌的“历史想象力”

陈　超

关心诗歌现状的人都会感到，自20世纪末以来，中国先锋诗歌从价值确认、运思向度、修辞基础到诠释模式，都发生了很大变化。对这一变化的理解可以有不同角度。比如我们可以再将时间向前延伸，从新时期以来诗歌写作风尚在自身的历史演进中所采取的不同的轮换方式来考察它，得出如下图式：

朦胧诗（隐喻—象征，社会批判模式）——第三代诗（口语—叙述，日常体验模式）——知识分子写作（异质扭结语型，历史想象力模式）——后口语诗（泛口语，非历史化模式）。

这个图式只是指出了诗歌演进的事实，有其描述上的真实性，但却没有价值判断。诗歌，特别是先锋诗歌，应有其内在的价值系统。它不是某类文化人的审美遣兴或话语嬉戏，而应有对我们置身其间的历史和生存处境的揭示，对我们时代语言状况的深度勘探，对即将来临的历史可能性的批判的参与，并最终落实到对诗歌本体的更专业、更精微的纵深开拓上。在此，对先锋诗歌之“功能”和“本体”的双重要求是同时到来的，也就是“舞蹈和舞者不能分开”。

基于这种诗歌理想，如果要从上述图式中找出我比较认同的创造力形态，考虑到近年来诗歌写作中历史意识和生存命名能力的日益薄弱，那么我愿意选择90年代中后期的“知识分子写作”。

一

20世纪90年代初期的诗坛有两种主要的声音：一种是颂体调性的农耕式庆典诗歌，诗人以华彩的拟巴洛克语型书写“乡土家园”，诗歌成为遣兴或道德自恋的工具，对具体的历史语境缺乏起码的敏感。另一种是迷恋于“能指滑动”“消解历史深度和价值关怀”的中国式的“后现代”写作。这两类诗歌充斥着当时的诗坛，从某种意义上说，它们共同充任了“橡皮时代”既体面又安全的诗人角色，并对大量初涉诗坛的青年写作者构成令人担忧的语词“致幻效应”。诗歌在此变成了单向度的即兴小札、文化人的闲适趣味、回避具体历史和生存语境的快乐书写行当，如此等等。先锋诗歌的特殊功能再一次陷入了价值迷惑。

大约在1993年，先锋诗歌写作中较为集中地出现了新的重大嬗变与自我更新，它以深厚的历史意识和丰富的写作技艺，吸引了那些有生存和审美敏识力的人们的视线，很快就由滥觞期发展到涌流期。正如西川所说，“是80年代末、90年代初中国社会以及我个人生活的变故，才使我意识到我从前的写作可能有不道德的成分：当历史强行进入我的视野，我不得不就近观看，我的象征主义的、古典主义的文化立场面临着修正”①。同样，诗人王家新也深深感到了以往的写作，“我们的经历，我们的存在和痛苦在诗歌中的缺席，感到我们的写作仍然没有深刻切入到我们这一代最基本的历史境遇中去”②。这是一种吁求历史性与个人性、写作的先锋品质与对生存现实的介入同时到场的诗学。很明显，它的出现，既与当时的具体历史语境有关，也与对早期“朦胧诗”单纯的二元对立式的写作和对本质主义神话失效后的历史反思有关。这些诗人后来被习惯性地称为“知识分子诗人”，在我较为深刻的阅读记忆中，他们是指西川、王家新、欧阳江河、臧棣、孙文波、张曙光、萧开愚、西渡等。但是，我们今天完全应当排除诗歌小圈子意识，逸出无谓的“争吵”和舆论化的“习惯性称谓”，从而实事求是地对当时诗坛另一些采取不同的写作方式而同样抵达了历史命名或生存体验的深度，并在写作技艺上有所创新的诗人予以高度评价，比如于坚、周伦佑、翟永明、柏桦、王寅、孟浪、梁晓明、默默、钟鸣、大踏（即阿坚）、伊沙，等等。所以，在这篇文章里如果我仍使用“知识分子写作”这一概念，那也不过是在“借挪使用”，它是指一种我认可的诗歌品质，而非具体的诗歌“圈子”。

我认为，在那个阶段，这些诗人对先锋诗歌的重要贡献，主要是改变

---

① 西川：《大意如此》，湖南文艺出版社1997年版，第2页。

② 王家新：《〈回答〉的写作及其他》，《莽原》1994年第4期。

了想象力的向度和质地，将充斥诗坛的非历史化的“美文想象力”和平面化展开想象的“口语诗”发展为“历史想象力”。如何在真切的个人生活和具体历史语境的真实性之间达成同步展示，如何提取在细节的、匿名的个人经验中所隐藏着的历史品质，正是这些诗人试图解决的问题。正是这种自觉，使先锋诗歌在文学话语与历史话语，个人化的形式技艺、思想起源和宽大的生存关怀、文化关怀之间，建立了一种深入的彼此激活的能动关系。且让我们对几位诗人的作品略作分析。

以上诗人中的绝大多数，在80年代都可称为“纯诗”写作者，且建立了个人的主题（精神）向度和隐语世界。以影响广泛、颇具代表性的先锋诗人西川为例，他早期的诗，从精神向度上是垂直“向上”升华（而其变体就是对“远方”的渴慕）通往神圣体验和绝对知识的；其隐语世界则是建立在新古典主义（包括对象征主义影响深远的史威登堡的神秘主义哲学）所认为的此在—彼岸、现象—本质、肉体—灵魂、世俗—神性……的分裂上。他或许相信，在诸项二重分裂里，后一项是先然存在、不容怀疑的，而诗人的使命就是使这种分裂重新聚合。

> 有一种神秘你无法驾驭
> 你只能充当旁观者的角色
> 听凭那神秘的力量
> 从遥远的地方发出信号
> 射出光束，穿透你的心
> ……
> 我像一个领取圣餐的孩子
> 放大了胆子，但屏住呼吸
>
> ——《在哈尔盖仰望星空》

此诗写于1980年代中期，可视为一批诗人的精神“姿势”。仅从诗歌艺术本身看，这类作品是不错的，然而它们无法对应于1990年代以来具体的历史语境和生存处境，甚至也无法真实地显现我们的精神处境。20世纪90年代以来，西川的诗歌发生了极大变化，体现了向历史想象力、包容力、反讽、情境对话、悖论、戏剧性、叙述性综合创造力的敞开：

他的黑话有流行歌曲的魅力
而他的秃脑壳表明他曾在禁区里穿行
他并不比我们更害怕雷电
当然他的大部分罪行从未公诸于众

他对美的直觉令我们妒恨
且看他把绵羊似的姑娘欺侮到脏话满嘴
可在他愉快时他也抱怨世界的不公正
且看他把喽罗们派进了大学和歌舞厅
……

他的假眼珠闪射真正的凶光
连他的臭味也会损害我们的自尊心
为了对付这个坏蛋（我们心中的阴影）
我们磨好了菜刀，挖好了陷阱
……

我们就得努力分辨我们不是坏蛋
（尽管坏是生活的必需品）
我们就得献出女儿，打开保险柜
并且满脸堆笑为他洗尘接风

——《坏蛋》

在此，“坏蛋”作为一个类似儿童口语的词，有分寸地悬置了斩钉截铁的道德判断，甚至反向的意识形态讥诮。但我们感到，它的反讽却更为犀利了。而这里我更感兴趣的还不是诗人对“坏蛋”多少有些无奈的讥刺这个声部，而是与其平行的另一声部——“自审”意识。诗人追问道，“为了对付这个坏蛋（我们心中的阴影）”，“我们就得努力分辨我们不是坏蛋（尽管坏是生活的必需品）”，正是这突兀楔入的盘诘，令我们悚然心惊。西川在坚持基本的道义关怀的同时，又容留了生存的含混、尴尬、荒诞和复杂喜剧性，正如他说“既然生活与历史，现在与过去，善与恶，美与丑，纯粹与污浊处于一种混生状态”，“既然诗歌必须向世界敞开，那么经验、矛盾、悖论、噩梦，必须找到一种能够承担反讽的表现形式"[①]。诗人同时也写出了我们内心的无言之痛和隐蔽之恶的原动力，他迫使我们看清，我们的内心其实也蹲伏着恬不知耻又屈辱无辜、狡黠狂妄又满身灰土、咻咻威慑又羸弱不堪的野兽。在《厄运》《巨兽》《鹰的话语》中都有这种不同声部的紧张争辩，西川没有封住"个我"/"他我"/"一切我"的嘴——没有压抑或删除自己内心深处复杂纠葛的声音，没有对任何绝对主义或独断论的庞然大物的急切认同，从而使自己的诗在具体历史语境和生存处境中真正扎下了根。

再比如于坚，他在20世纪80年代虽然已写出影响深广的具有"当下关怀"（张颐武语）的作品，但是真正具有历史承载力和命名力的，还是90年代初之后的作品。特别是长诗《0档案》，它既可视为一部深度的语言批判的作品，同时也是深入具体历史语境、犀利地澄清时代生存真相的作品。诗中有不少段落，甚至是刻意地以"非诗"的社会体制"习语"或"关键词"的形式出现，诗人写出它们对个人生存的影响，激活了我们的历史记忆：

鉴定：

尊敬老师　关心同学　反对个人主义
不迟到
遵守纪律　热爱劳动　不早退　不讲脏
话　不调戏妇女
不说谎　灭四害　讲卫生　不拿群众一
针一线　积极肯干
讲文明　心灵美　仪表美　修指甲　喊
叔叔　叫阿姨
扶爷爷　挽奶奶　上课把手背在后面
积极要求上进
专心听讲　认真做笔记　生动活泼　谦
虚谨慎　任劳任怨

① 西川：《大意如此》，湖南文艺出版社1997年版，第24页。

思想汇报：
他想喊反动口号　他想违法乱纪　他想
丧心病狂　他想堕落
他想强奸　他想裸体　他想杀掉一批人
他想抢银行
他想当大富翁　大地主　大资本家　想
当国王　总统
他想花天酒地　荒淫无度　独霸一方
作威作福　骑在人民头上
他想投降　他想叛变　他想自首　他想
变节　他想反戈一击
……

一组隐藏在阴暗思想中的动词：

砸烂　勃起　插入　收拾　陷害　诬告
　落井下石
干　搞　整　声嘶力竭　捣毁　揭发
打倒　枪决　踏上一只铁脚　冲啊
　上啊……

——《0档案》

这些故意“干涩”的诗行，反而是诗人具有丰沛的历史想象力的表征，所谓内容是完成的形式，形式是达到了目的的内容。它深刻地反思和揭示了一代人的成长史。他们是昆德拉所说的“儿童暴力”的产品，既是单纯的也是可怕的，既受到“理想教育”又受到“仇恨教育”，既顺役于禁欲主义又将性/政治宣泄结为一体。特别是“文化大革命”中，社会总体性的施暴结构已深深植入了他们（我们）无意识深处。诗人迫使我们反思，当伪善和彼此监视成为一个人表现“忠贞”“光明”“崇高”的必须方式，我们的历史和精神型构发生了怎样的史无前例的灾变？同时，这首诗更深刻的意义还在于其“语言批判”。它表达了“档案语体”对个体生命的歪曲压抑。在一个以僵化的正确性、统一性取代差异性和复杂经验的时代，诸如“文化大革命”时，公共书写方式成为消除任何歧见，对人统一管理、统一控制的怪物；人在减缩化旋涡中成为一个个僵滞的政治符码，一个可以类聚化的无足轻重的工具，一个庞大的机器群落中的螺丝钉。在此，“个人档案”竟然导致了个人的消失，这难道不是具有“极限悖谬”特征的历史体验吗？所以，与其说诗人在质询将人变为“0”的档案本身，不如说更是在以此来“转喻”一种普遍的权力话语方式。

王家新早年的诗歌有着明快而浓烈的理想主义色泽，不久又进入“纯诗”写作，但是，由于维度单一，前者显得简单高亢而后者又有些飘忽。虽然诗人的情感是真挚的，但是它们在不期然中变成了另一意义的“美文能指滑动”。1990年代中期，经由对历史想象力的自觉引入，诗人的写作语境大大拓宽，既捍卫了个人化的精神质地，又及时地引发了我们对时代普遍的感应力。如长诗《回答》通过带有“本事”色彩的夫妻离异事件，洞透了一代人的精神史。诗人将个体遭际的沉痛经验一点点移入更广阔的时代语境中，使之既烛照了个体生命最幽微最晦涩的角隅，又折射出历史的症候：

> 于是我看到控诉暴力的人，其实在
> 渴望着暴力；那些从不正视自己的人
> 也一个个在革命的广场上找到了借口
> 同样，那些急于改变命运的人，正被他们的
> 命运所捉弄。从当年的红小兵到女权主义者
> 从“解放全人类”到“中国可以说不”
> 人们一个个被送往理论的前线，并在那里牺牲
> 可是我多么希望你不！
> 你也不再是那个走向金水桥头，举起右手
> 向着伟大领袖的遗像悲壮宣誓的小丫头了
> 现在你出入于高等学府，说着一口英文
> 有着我所欣赏的潇洒和知识分子气
> 但在你的这首诗里，又是谁，仍在攥着
> 那只多年来一直没有松开的小拳头？
>
> ——《回答》

文本中遍布着大量类似的情境、细节，它们含有极大的“命名”能量，诗人从具体的个人处境出发，找到个人记忆的重心，将其带入特殊意义上的有机知识分子“公共交流”的话语平台，并与历史进行了紧张的盘诘与对话。王家新将个体生命的遭际总结成特殊的“限量”的历史，在限量中凸显了诗人个体主体性的内在穿透力。在此，“正史”与“稗史”（个人心灵史）相互穿插，个人的“小型”经验陡然拥有了对生存的寓言性功能。这里，“小就是大”，它不追求事件本身的宏大，而是历史语境穿透力的博大和自我反思—对话能力的强大。

我们看到，当时的先锋诗歌在告别独白式的“启蒙”话语后，幸运地未曾滑入话语的自恋或自戕，没有成为抽掉历史意识的语言空壳。诗人们获具了可贵的历史想象力，他们极为注意话语的历史生成原则和时代的语言状况，“语言是存在之家”，“我语言的边界就是我世界的边界”，这就不仅改变了诗歌的书写形态，同时也大大改变了写作主体的精神质地。

二

限于篇幅，对其他诗人的作品不容再作文本分析。总之，在 20 世纪 90 年代中后期诗人们创作的大量优秀作品我现在依然记忆犹新，能随笔写出的篇名就有半页以上，我们都看到了诗歌在时代生存的压力下不屈地重新焕发出的历史命名能力和艺术创造活力。他们的诗，既没有重返唯美的乌托邦，也没有追赶肤浅的中国式的“后现代”，而是将近在眼前的异己包容进诗歌，最终完成对具体历史语境的揭示、盘诘和批判。正是这类诗歌在历史维度、生存现场和“说话人”的身份上所进行的巨大调整、修正和纵深挖掘，有力地结束了当时诗坛的茫然和低迷、平庸和自得，避免了使诗歌陷入“集体遗忘”的行列，为中国先锋诗歌的主题和书写技艺的深入拓展提供了机会。

关于 90 年代中后期先锋诗歌效果史的总结，理论界有种种说法，诸如“知识分子写作”“个人写作”“中年写作”的概念，应该有一个简洁的综合性指认。诗歌的“历史想象力”，是笔者在 1990 年代中期提出的概念。[①] 它不是规范的已成的理论概念，但很可能比已成的概念更能有效地描述新的诗歌现实。对“历史想象力”的高度重视，就是我对1990年代中期以降先锋诗歌最具开拓性方面的价值指认，它涵盖了以上种种概念。围绕这一点，或许有助于我们真正地触及“诗与思”二而一的核心，而不让一些枝节纷扰我们的批评视线。

“历史想象力”不仅是一个诗歌功能的概念，同时也是有关诗歌本体的概念。从以上对诗歌文本的简单分析，我们可以看出“写什么”和“怎么写”，在历史想象力的双重要求下，是无法两分的。简单地说，“历史想象力”要求诗人具有历史意识和当下关怀，对生存、个体生命、文化之间真正临界点和真正困境的语言有深度理解和自觉挖掘意识，能够将诗性的幻想和具体生存的真实性作扭结一体的游走，处理时代生活血肉之躯上的噬心主题。“历史想象力”，应是有组织力的思想和持久的生存经验深刻融合后的产物，是指意向度集中而锐利的想象力，它既深入当代又具有开阔的历史感，既捍卫了诗歌的本体依据又恰当地发展了它的实验写作可能性。这样的诗是有巨大整合能力的，它不仅可以是纯粹的和自足的，同时也会把历史和时代生存的重大命题最大限度地诗化。它不仅指向文学的狭小社区，而且进入广大的有机知识分子群成为影响当代人精神的力量。

诸如以上所说的诗人们，虽然其具体的写作方式不同，但都为增加诗歌的“历史想象力”做出了自己的努力。如果暂时排除他们诗歌母题和措辞方式的个人性，我认为他们的写作状态还是有一些约略的“共性”：扩大诗歌文体的包容力，由简单的抒情性转入深层经验的叙述性，由单向度的审美“升华”转入怀疑和反讽，由不容分说的“启蒙”变为平等的沟通和对话，并能有力而成功地处理被既往的狭隘理念看作是“非诗”的材料。相应地，其诗歌语型，也由单纯的隐喻或口语，发展为各种不同语型的异质扭结。如西川长诗《厄运》给我们提供的陌生化书写格局：

> ……他出生的省份遍布纵横的河道、碧绿的稻田。农业之风吹凉

---

① 参见陈超《诗的想象力及其他》（载《山花》1996年第5期）、《现代诗：作为生存、历史、个体生命话语的特殊“知识”》（载《学术思想评论》第二辑，辽宁大学出版社1997年版）。

了他的屁股。他请求庙里的神仙对他多加照看。

他努力学习，学习到半夜女鬼为他洗脚；他努力劳动，劳动到地里不再有收成。

长庚星闪耀在天边，他的顺风船开到了长庚星下面。带着私奔的快感他敲开尼禄的家门，漫步在雄伟的广场，他的口臭让尼禄感到厌烦。

另一个半球的神祇听见他的蠢话，另一个半球的蠢人招待他面包渣。可在故乡人看来他已经成功：一回到祖国他就在有限的范围里实行起小小的暴政。

……

——《厄运·009734》

很明显，诗人考虑的不是什么“文类规范”，像不像一首“好诗”，而是更深入的话语的活力和有效性问题。诗中的“他”，既是一个具体的个人，同时也是一个有足够承载力的“历史符号”。诗人自觉地将自己的叙述话语织入一张更广阔的历史、社会和文化谱系网中，通过互文性关系，发现了“他”是由近代以来的历史、现实和文化之网编织而成的多重矛盾主体。我们看到，即使后来在“他”追求精神“私奔”的反传统姿态背后，不期然中依然顺理成章地依循于专制或蒙昧主义的传统。“他”使我们纵深反思，在某个特定的历史语境中，一代人精神构型内部存在着的价值龃龉。西川这种语型和结构，的确颠覆了文体的界限，但却有效地扩大了诗歌文体的包容力。他坚持独立思考、独立判断的“个人写作”，但又使之进入更广阔的有机知识分子公共交流和对话平台，诗歌因此具有了触及历史、时代和知识分子公众情感的力量。我想，诗人对既往诗歌写作方式的某种程度的“颠覆”，不是为颠覆而颠覆，其根本原因是为了解决语言与扩大了的经验之间的紧张矛盾关系，使诗歌话语更有力地在生存语境和历史语境中扎下根。

在谈到1990年代以来自己的写作方式发生巨大变化时，西川说：“急剧变化的历史对我当时的审美习惯和价值观具有摧毁性的打击力。所以我当时从内心深处需要一种东西，它应该既能与历史相应，又能强大到保证我不会被历史生活的波涛所吞噬，如果可能，最好还能最大限度地保证我的独立性。”[①] 的确，颠覆的发生是由于习见的方式已无法准确表达诗人意识到的巨大历史内涵以及现实生存中“可写资源”的空前丰富性；通过变化或颠覆才能建立更有效的与之对应的语境。这样的诗作，忠实于当代人精神世界的复杂性、矛盾性和可变性，维系住了具体历史语境中固有的真实感情，激活了不同话语系谱之间的能动的碰撞和交流。它们不但改变了我们的诗语表达方式，也在改变着我们的诗学思维方式。

福柯说：“为了弄清楚什么是文学，我不会去研究它的内在结构。我更愿去了解某种被遗忘、被忽视的非文学的话语，是经过怎样一系列运动和过程进入到文学领域中去的。”[②] 这种立场，不仅是历史和“知识考古”，同时也体现了更宽广的文学眼光。诗歌要恢复对时代历史讲话的能力，有赖于诗人更关心其话语的有效性或持久价值感，而不是文体意义上的“洁癖”。

三

如所共知，丰富的想象力是一切艺术的主要特性。但是，单纯考察想象力是否“丰富”，并不能决定文学作品的价值，重要的还是想象力的质量的高下。比如，与美术、音乐中的想象力不同，诗歌话语固有的具体生存语境压力和词语使用的全部历史留下的语义积淀，决定了我们在衡量诗歌文本中的想象力的价值时，必须同时将其对“历史生存的命名力”考虑进来。因为，“没有一种历史尺度的私人生活展示，只是一个表象和一个谎言”（哈维尔语）。特别是对先锋诗歌批评而言，想象力与具体历史语境的真实性应是互为条件、彼此打开的，离开任何一方，诗歌文本在意味和形式上的有效性都要大打折扣。所以我们要讨论有关先锋诗歌“想象力”问题在当下的含义，无疑应当将“历史想象力”作为重点之一。

然而，令我怅惘的是，这种经由艰难探寻，已经形成先锋诗写作的有效经验积累的“历史想象力”范式，在1990年代末以降，先是饱受了强大的新一轮的“非历史化”思潮和无谓“争吵”带来的通俗舆论化批评的嘲笑诋毁，然后便几乎被覆盖和消解了。从诗歌内部机制的自动性和审

---

① 西川：《对话：答谭克修问》，湖南文艺出版社2005年版，第456页。

② 福柯：《权力的眼睛》，严锋译，上海人民出版社1997年版，第90页。

美趣味嬗变的角度看，问题似乎很简单：新一代诗人为摆脱“影响的焦虑”，必然会采取迥然有别于前辈的方式来写作。当一种写作方式的“能量”被整体开采出来，总是会给后来者投下阴影。这就是我在文章开头所说的“诗歌写作风尚在自身的历史演进中采取的不同轮换方式”。但是，就精神产品特别是艺术价值评价而言，我们不能简单地依循庸俗进化论，或“存在即合理”的观念。在文学批评中，事实判断与价值判断应该有所区分。从价值的维度看过去，我认为问题还有更为促人深思的一面。

1990年代中后期以降，我国先锋文学界的强势话语就是“后现代主义”。一时间“消解价值关怀”“历史意识的终结”“拆除深度模式”“平面话语的嬉戏”等，成为新的写作时尚。我认为，“后现代”理论本身无所谓好坏，因为它只是个向度纷繁、彼此龃龉的庞大话语场域。关键是针对我们具体的历史语境怎样对之进行有效的选择或“借用”。按照伊格尔顿的说法，“后现代性是一种思想风格，它怀疑关于真理、理性、同一性和客观性的经典概念，怀疑关于普遍进步和解放的概念，怀疑单一体系、大叙事或者解释的最终根据”①。可见，作为一种话语场域的后现代性，其内部不同的具体含义是广阔的、含混的、可选择的。就此而言，在被人为夸大的主体性神话、基础主义、本质主义、唯理主义、历史决定论等理念失效后，我们未必一定要进入廉价的相对主义中。过早地宣布历史意识的终结，放弃先锋诗歌的人文价值关怀，对中国诗人而言尤其是危险的。我们完全可以具有新的形式的“承担”意识，在容留歧见、尊重差异、矛盾修辞、多元争辩、悖论和反讽写作中，表达出我们对具体历史语境的个人化理解乃至命名。

其实，“历史想象力”的提出，也与后现代思潮特别是“新历史主义”的启发有关。这些诗人意在深度关注历史与人、历史与现实、历史与文化、历史与语言、历史与权力……之间的复杂关系，他们探询历史话语、历史修辞，就是为着实现更有效的对当下的文化批判和语言批判。然而，另一些诗人却选择了“后现代”思潮中的其他路向，即上述所言的单维度地“消解价值关怀”“历史意识的终结”“拆除深度”“平面话语的嬉戏”。此类诗人将后现代思潮中的批判精神降格为无可无不可的话语

---

① 伊格尔顿：《后现代主义的幻象》，华明译，商务印书馆2000年版，第1页。

空转和泛审美的大众话语式的狂欢。或许，在写作中不同的精神向度都可以也应该存在。但是，正如“格雷欣法则”所指出的那样，在一个商品社会，一个消费主义大众文化占支配地位的社会，价值不高的东西反而常常会把价值较高的东西“挤出”流通领域。随着新一轮的几乎是一体化的快乐原则和反智主义的盛行以及铺天盖地的网络诗歌的放纵游戏，那些本来已属凤毛麟角的真正具有较高精神价值和美学价值的先锋诗歌，在此时代竟变得举步维艰乃至动辄得咎。我们看到，当下那些流行的自诩的“先锋诗歌”，在消解了朦胧诗式的“精英独白”后，变成了小型的“庸人独白”。这是贫乏中的自我再剥夺，其写作意识及审美流向，呈现出新一轮的狭隘化、简单化、蒙昧主义、独断论。

就文学艺术的一般规律而言，“先锋”本来是不“流行”的。先锋就是意识和技艺上超前的先驱的探索。然而，近些年蹊跷频生，我们也见惯不奇了，在诗歌界（大量网络诗坛和纸刊）流行的正是崇尚官能化、快餐化、平面化的“日常主义先锋诗”浪潮。它们构成了21世纪初的“流行诗”。我命名的“先锋流行诗”，其基本模样是这样的：反历史意识，反价值关怀，反文化，执迷于青春躁动期的怪癖和力比多的本能宣泄，公共化的闲言碎语、飞短流长，统一化的“口语”语型，俏皮话式的自恋和自虐的奇特混合，琐屑而纷乱的低俗的“纪实性”。它们只有一个时间——此刻，只有一种情境——乖戾，只有一种体验方式——人的自然之躯，只有一种发生学图式——即兴，只有一个主题——解构XX。

我理解在当下的写作语境中“历史意识”的复杂性，我们确实需要追问“什么是历史?”“谁的历史?”需要对它的细节含义和在反思过程中的变异乃至历史谱系学有自觉的思考和批判。而90年代中后期先锋诗歌和诗论写作中对“历史想象力”的倡导，就与这种自觉的辨析有关。它会带来写作的真实性，对生存和人性开掘的纵深与自由。但是，“反历史意识”（包括反文化、反道德，因我在另外的文章中有专门辨析，此处不论）的诗歌和诗论写作却是狭隘和蒙昧的，特别是当它刻意瞄准了具有“历史想象力”的先锋诗歌进行嘲弄的时候，它会变为一种寄生性的写作，缺乏独立自足的品质。它寄生在其“对立面”——历史意识身上，如果对立面不在场，作为诗歌它很可能不能自立。我个人认为，这些自诩的“后现代”，并未理解何谓反对“二元对立”思维。恰恰相反，他们按照某种贫乏的二元对立的想象力原型，在诗歌和诗论中大量制造并输出了一种独断论信念：凡是历史意识，就是我们要反对的；消解人文价值，就会自动带来不言而喻的“后现代”精神；人，除了欲望制导的幸福或压抑，不会有其他的幸福或压抑；敢于嘲弄和亵渎具有人文关怀的知识分子的承担感，才是先锋诗人写作“真实性”的标尺。

在这样的观念制导下的诗歌文本，既缺乏历史厚度，也缺少诗人个体主体性的深度，同时其想象力也极为沉闷或拘泥。正如耿占春指出的，“没有历史尺度的个人生活的描写，不可避免地把历史和生活变成了一种奇怪的逸闻，一幅风俗画，一种个人欲望的陈词滥调”①。这些诗人说，自己的诗歌消解历史意识是为了获得即刻生活的真实。但在我看来，这种诗歌只有单维度的“本事”的真实，而没有对时代的观照或精神体验的真实；它们或许有时贴近了表面的“日常生活的现场”，却没有能力抵达具体历史语境中的“存在的现场”。对后者而言，诗歌中的“世俗生活描写力”和“生存情境命名力”应是同时到位、合作完成的。它们在优秀的诗人笔下不容偏废，难以割裂，本是个“二而一”的问题。说到底，先锋诗歌的吟述，不仅是关于当下事实，也是关于灵魂和历史想象世界的，它需要诗人在现象的、经验的准确性和批判的、超越的历史视野中保持有难度的美妙的平衡。

在当下，对先锋诗歌“历史想象力”造成恶性覆盖的，还有另外一种写作时尚，即以“自由幻想”为名，对诗歌想象力的无谓挥霍。这类诗人对所谓“先锋性”的认识，大多停留在“神奇的修辞效果”层面。他们认为，先锋就是想象力的快意飞翔，话语的神奇组合作为奇异的力量，会将我们从沉重刻板的现实中解放出来，遨游于自由想象的文本世界。缘此，他们的创作心境过度地轻忽而“自如”，把想象的权利变为一种“权力”，并强迫读者与作者立约：“我是在自由想象，你们要学会接受我的艺术想象!”这样一来，就将对文本真实性的解释权全部收归作者所有，具体历史生存的真实性和人的生命体验的复杂性被搁置一旁。这些诗人同样也引用某种“后现代”理论为张本，说自己是在“重构话语策略”，其文本“不是可读的，而是可写的”，是“能指链的无穷游走”，如此等等。我们在此看到的只是语词之境的幻美展示，而没有任何历史和生存承载力。或许这些诗人要说“诗歌就要超越现实”，但是，我认为这也

① 耿占春：《谁在诗歌中说话?》，载《郑州大学学报》1998年第1期。

是个体面的圈套，至少客观上如此。很明显，这种诗歌一点都不“超越现实”，而是更为“现实”所制导：它与目下消费时代一样，擦去隐痛，回避质询，快乐逍遥。你消费高档商品，我“消费”语言，从某种意向上说，二者是不同向度的同心圆，或是异质同构的。与其说它们是关于“纯美”的，莫如说它们是消费主义文化在进行了表面改装后实施的伪先锋置换。

上述所举的对先锋诗歌“历史想象力”进行覆盖、拆解的两种诗歌样态，固然有不同的写作意图、题材畛域、文化立场和话语系谱，譬如说它们中某些可能是保守的、嗜美化的、正统的、邀宠的，另一些则可能是极端的、私密的、怪癖的、肉身化的。分析它们的差异性，需要另外写一篇文章。我这里只想从写作意识本身揭示出在这两个有差异的写作格局背后拥有着同等的根茎——它们不约而同地减缩着诗歌创作中的“历史想象力”，贬抑了个体主体性对存在的形而上观照，丧失了先锋诗歌本应具有的更宽广和更强大的话语辐射力和穿透力，从而使21世纪先锋诗歌变得无足轻重，将一切纳入轻慢的语言漏斗中，阻塞了先锋诗歌继续精进的可能性。特别在最近几年，我日益心情沉重地感到，中国先锋诗歌中的“历史想象力”，在刚刚分娩后就几乎消亡了。

因此，这篇文章既是对被中断的先锋诗歌“历史想象力”写作的简单总结和缅怀，同时更是对重铸诗歌“历史想象力”的呼吁。我们是否应该反思一下：在新的世纪，我们的诗歌写作如何在获得自由轻松的同时，保持住它揭示历史生存的分量感？如何在赢得更多读者的同时，又不输掉精神品位？如何既置身于当下世俗的“生活流”中，又不至于琐屑低伏地“流”下去？如何在对个人经验的关注和表现中，能恰当地容留先锋艺术更开阔的批判向度、超越精神和审美的高傲？如何最终实现诗歌话语和精英知识界整体的话语实践之间彼此的应和、对话或协同？这些问题本来应是自觉的先锋诗人写作的前提，今天却不得不费力地再度“吁请”“辩难”“澄清”了。

关于怎样使先锋诗歌的“历史想象力”在当代真正扎下根的问题，确实值得我们再认真思考下去。而我认为，将已经过去了的1990年代中后期的先锋诗歌作为我们今天继续思考和实践的起点，它应该是可以胜任的。

（原载《文艺研究》2006年第3期）

诗歌的出逃、承载、挣扎

——新世纪诗歌生态剧变

陈仲义

一　诗歌的“出逃”

诗歌在古代，是文学皇冠、文化金字塔。从私塾到国子监，从古渡头到水井旁，诗歌无处不在。诗歌甚至连门楣和茶几都占领了，真是享受了世上少见的待遇。

而今，从内部属性到外部生态，诗歌发生了天翻地覆的变化。幸运的是，诗歌没有走向绝路；不幸的是，诗歌消散了往日的容光。现在的诗歌面临着来自四面八方的压力，在尴尬中进行了两方面的突围：一方面是滑向世俗感官；另一方面是逃向诗人内心。

滑向世俗感官，主要是指消费文化、流行文化，巧妙利用诗歌的古老声誉和手段进行开发，重新聚集诗歌资源，开通诗歌被淤积的通俗部分和成熟形式。诗歌的通俗部分和形式，在计划经济时代曾被扭曲，其实它天然地潜藏于各种对象中。现在经过一番“整容”便形成了以当下粗浅诗意为表征，配合各种标的，在各领域可批量生产的“再生物”了：大量扩散的诗歌因子、诗歌元素、诗歌成分，被广泛调动起来，进入销售、消费领域，经过调和“配对”重新焕发了光彩。

诗歌多少改变了此前的清高姿态，放下架子，以唾手可得的诗意，汇合商业文化意图，在节假日的大众广场以及各种仪式上，载歌载舞，穿梭迎宾，广泛覆盖于社会许多角落。诗歌在招帖、台词、明信片、圣诞卡、贺年片、MP3、广告、手机短信里彻夜漫游……诗歌面向公众的功能部分，承担了年复一年的流行色，很快打开了通往世俗感官的快速通道。在大众由衷的感官拥戴中，诗歌实际上完成了一次“战略转移”，各式各样速配的“准”诗歌、“泛”诗歌、“亚”诗歌，经由感官传递，程式化操作，共同组合成“大众诗意”“流行诗意”蔓延开来：分流欲望又打扮欲望，点缀身心又清爽身心，它与休闲、宣泄、附庸风雅，一起加入时代的狂欢，成了商业文化的随从。

逃向诗人内心，主要是指退守于内心深处，诗人更加忠实于自我心灵的感受，即进入隐秘的个人化写作，进入属于“献给少数人”的精神历险与语言历险。逃向内心，势必抛弃多年流行的“宏大叙事”，保持与主流、中心的距离，以离异的边缘姿态，拒绝大众传媒的盛情邀请，一直把“先锋”“新锐”“前卫”牢牢镌刻在自己的心扉上。这种“为无限少数人”的艺术，本质上是孤独的。它的可贵处，是提供心灵瞬间的秘密颤动，因而很不合群，在这个意义上，允许一部分诗歌逃向内心是天经地义的。

逃向诗人内心，并不是提倡诗歌与时代、社会完全脱节。诗歌与时代、社会的关系，已经从直接反映、对应，转换为曲折投影、互文互涉式了。个人内心的创痛，哪怕是小小的叹息，经由心灵折射加工，完全有可能映上时代擦痕。因为心灵的空间和容量，并不亚于自然的天空和海洋。当然，那种过分耽于内心的“私房话”过分流于日常琐事的满地鸡毛，是另外一种“失语”，不足为训。

在精神遭到矮化、价值不断陷入迷茫，逃向内心是一种怯懦，也是一种慰藉和救赎。诗歌在小小的心灵角隅，坚守独立、尊严和高贵品质，是无奈中的抗争，混浊中的“洁身自好”。正是诗歌，以“自己整个灵魂的发言”（维赛尔），以内心深处不可替代的“对话”——一种独到的个人化体验和经验呈现，成了公共时尚、一次性消费、文化复制和官能刺激的天敌。它的逃向，因不肯“同流合污”而显得那么悲壮，又那么值得敬重！

二　诗歌的“承载”

应该承认，再怎样艰难和寻求突围，21 世纪以来，诗歌的生态还是得到不少改善。诗歌的关注度，诗歌的覆盖面，诗歌的传播，新诗教材的全面改进，网络诗歌的写作狂欢，民间刊物的发行通畅，社团的此消彼长……凡此种种，说明了诗歌语境的相对宽松，① 同时诗歌也出现了新的、极强的承载功能。

仅2005年，据不完全统计，全国举办各类诗歌活动高达400多次。有名目繁多的各级诗歌节、诗歌研讨会、诗歌朗诵会以及诗歌论坛，总之，一切与诗能“沾边”的，都与诗结成“同盟”或仪式，迅速落实为诸如诗碑、诗墙、诗校、诗村、诗乡、诗义演、诗同题赛、诗救助、诗旅游、诗基金、诗漂流、诗医院、诗招帖、诗处方、诗婚礼、诗超市、诗歌万里行、诗行为艺术……②

它明白无误地发出一个信号：诗歌，在一定程度上，已经脱逸出具体文类，正在加紧融入文化；换个说法，诗歌正在加大自身的“分化”即诗歌的通俗部分正在被文化化、被经济化、被政绩化。

诗歌，一方面抑不住自己的天性，按照自身内部的生长需要，积极寻找扩张空间；另一方面，也心甘情愿地配合、承担各种外部“订货”。在所有文类中，诗歌可利用率和被利用率是最高的；诗歌是最挡不住诱惑的，也是最容易制造诱惑的；诗歌既是文化活动的受益者，又是回收的出血者。这也是它魅力活力之所在。

不错，行政、经济、团体、行业，正七手八脚把孤傲的诗歌抬起来，抛向天空，制造凯旋的亮丽景观，当然，也指望从它散落的体香、毛孔的分泌物中获得什么。行政部门恍然领悟，构建文明社区，诗歌不就是一部现成而明亮的前奏曲吗？因此加大投入，诗歌得到政府部门直接嘉许，几个诗歌节前所未有获得超过100万元以上的专项拨款，诗人喜笑颜开。经济部门灵机一动：向来经济搭台，文化唱戏嘛，不妨改为诗歌突前领唱，变化一下胃口，说不定会带来意想不到的效益？于是，诗歌与观光节、购

---

① 以广东省最为典型。它拥有全国规模最大的诗歌网站《诗生活》；拥有全国民刊中最具专题特色的刊物《诗歌与人》；拥有全国最大的外来移民诗人群；拥有连续7年的民间诗歌年鉴《中国新诗年鉴》；拥有全国女性诗歌最重要的阵地：《女子诗报》；拥有全国第一个与境外合办的刊物：《中西诗歌》等。

② 比如：2005年1月13日荣县“中国诗书之乡”授牌。3月20日“中国桃花诗村”开村仪式。3月“中华诗教试点学校”挂匾。4月9日“中国诗人之家”河南鹤壁煤业集团揭牌。4月诗刊社第四次大型公益活动“春天送你一首诗”启动。5月“诗墙”在湖南常德（世界上最长）扩容。6月“处方诗”由乡村医生来一鸣申报吉尼斯纪录——所开药方皆由四句七言韵诗组成（30年完成40万首）。7月14日现代诗剧《口供》演出（100名诗人、艺术家参与）。12月24日首届诗歌精品超市大展（深圳），等等。

物节、旅游节、贸谈会顺利签约，共获双赢。

纵身商海，爬上岸来的——前诗歌爱好者、前诗歌写作者、前诗歌追星族，为还愿挥之不去的诗歌理想、梦想，主动请缨慷慨解囊。诗歌在等待多年之后，意外接获中奖彩票和礼券。嗅觉灵敏的老总们，紧紧嗅住这富有诗意的商机，精心策划、巧妙包装，很快与广告传媒联做双簧，深度开发，翻新花样。诗歌，在与企业文化的频频传情中，理所当然地领到了半杯羹。很少人能顶住诱惑——评选、授奖、典礼、上镜、演说、签名……在大众文化簇拥下，诗人们在相当范围内为诗歌争得荣誉、尊严，至少也修复诗歌被误解、被挤兑所造成的部分伤害。然而，与此同时，诗歌也在一浪推一浪的狂欢中，失去某些深沉的东西。诗歌成了虚荣的俘虏。

对于诗歌逐年升温的“嘉年华”，女诗人燕窝迅速做出反应，2006年，她在《诗歌经济学：两手都要硬》中说：诗歌需要“文化含金量”来增加其商品价值。支持诗歌和钱发生关系，这叫“资源整合”“强强联合”。人家要伸张自己发展平台，我们则借此给诗人提供交流的机会，在社会上发出诗歌的声音，没有什么不好。诗歌为何不能卖？要卖得理直气壮，多卖，争取卖，大卖特卖。但，不能卖良知。①

徐敬亚说得更尖锐：“工商社会对诗歌的宠幸，可能出现一种非常可悲的结果：当善良的人们怀着巨大的牺牲精神资助或宣扬诗人的时候，他们帮助的可能不是诗歌第一流的深层艺术因素，而恰恰是诗歌汤锅中表面飘浮着的一层闪亮的油脂，即诗歌群落中最追逐功利的部分，即非诗。”②

徐敬亚用汤锅表层的油脂来形容近年的诗歌秀，显得有些刻薄。暂时抛开那些显在或隐在的动机，从效果上看，不管诗歌愿意不愿意，诗歌的通俗部分在时代语境的“裹挟”下，确实正在加快文化化、经济化、政绩化，这是一个无法改变的趋势。我们忧心诗歌那些被“利用”、被过多“承载”的部分，但也应看到它的积极表现：它的大方、外向、明朗、容易牵动人心，对于推进诗歌普及，让诗歌走向大众，营造文明环境，提升社区、企业文化质量，提倡诗意生活，都会起到促进作用。

当全社会以“各取所需”的眼光打量诗歌时，诗歌是不是应该为自己浩大的资源与能量感到欣慰？诗人是不是应该为此欢欣鼓舞呢？少数诗

---

① 燕窝：《诗歌经济学：两手都要硬》，见《诗生活》2005 年 8 月 14 日。

② 参见《2005 年诗歌热：到底发生了什么?》，新疆天山网，2005 年 10 月 26 日。

人可能搭乘诗歌的礼车，借助诗歌的“踩街”活动，表演作派，以获取名声和其他利益，也因此无条件地会入商业文化大军，充当自鸣得意的诗歌“爆竹”。而多数诗人在骨子里还是履行自己的行规和职责，他们对诗歌本身有着坚定不移的诚恳：就是努力写好诗，不为外界诱惑所动。在参与相关的诗歌活动中，他们有自己的守则。力戒哗众取宠、消解“非分之想”，即使受到鲜花与镁光灯的包围，仍保持高度清醒，清醒诗歌的功能“分化”和角色承诺。他们知道，诗歌永无止境的追求，是唤醒心灵、唤醒语言，继续义无反顾的精神历险和语言历险。诗歌那些外在的、浅层的可利用部分，尽可以拿去用，但诗人之“心”岿然不变：尤其那些在底层、民间的写作者们，始终坚守着诗歌的独立品质。这才是诗歌深层次的承载。只有这样，诗歌才能赢得社会的尊敬，诗人才能捍卫自己的荣誉。

三 诗歌的“挣扎”

正当笔者为近年诗歌生态的改善略感欣慰时，2006 年诗坛闹出了数十个轰动事件，标示诗歌在新的生存环境，在与国家意识形态、商业文化、后现代语境的纠葛中，所拥有的能耐、活力和虚妄。仅抽取其中四个不同类型的诗歌事件，我们就能进一步体味个案中折射出来的文化含义：在表面繁荣与多重压力面前，诗歌以多变的脾性，不断变换“花招”，继续进行着艰难的自我挣扎：包括文本挣扎、伦理挣扎、市场挣扎和技术挣扎。

文本挣扎。“梨花诗事件”[①] 集中体现了诗歌实验文本，在网络与公众中的嬉戏性——相互嬉戏过程中的文本沉沦：到处是口水加废话；说话的分行和分行的说话蔚然成风；能指漂浮与所指流失，导致文本虚脱，诗歌文本的可靠性遭到严重质疑。虽然“恶搞”带来许多负面影响，但就其积极因素讲，还是反映了大众对诗歌文本的基本诉求和“监护”是诗歌文本在放浪偏离中一次及时的“他律”。

“恶搞”的一个主要特征是大规模仿写，仿写动摇了诗歌文本相对稳

① 2006 年 9 月中旬，有人将女诗人赵丽华四年前的网络诗重新上帖，掀起一场大规模仿写运动。一时间，帖子铺天盖地，点击率多达几百万次，诗歌的关注度创下前所未有的纪录。

定的规约，加剧了诗歌文本往“无章可循”的泥淖越陷越深。它无不涉及众多诗歌本体问题：诸如诗歌的底线究竟应该画在哪里？如何葆有诗歌最基本的品质？如何界定诗与口水的区别，诗与废话的区别，诗与非诗的区别？什么是好的诗歌文本？似是而非的辩解，不分皂白的起哄，幸灾乐祸的复制，充分表明此番诗歌本身的尴尬，正是诗歌文本陷入混乱、离散、失衡的一次大暴露。那种放弃文本的声形意韵致，满足于随意即兴的“脱口秀”或者敲几下回车键的简单做法，最终只能使诗歌自曝其丑，自取其辱。

长期以来，诗歌文本的审美判断一直处于游移、模糊的无序状态，造成诗歌无难度写作与质量下滑的内伤。以这次“恶搞”教训为契机，实在有必要重新审视诗歌起码的文本尺度，回归诗歌文本的诗性标准。

伦理挣扎。2006 年 9 月，北京发生了“裸体读诗”事件①，并在网上引起了关于诗歌伦理的热烈讨论。起先笔者是把这次“裸体读诗”事件，当作一次诗歌的文化反抗、文化自救活动，一次义正辞严的诗歌“声援”。可惜“事与愿违”，并未造出新意。诗人苏非舒本来可以在 16 层衣服上做文章的：比如在衣服款式上做各种“枷锁”性符码；并且不是往外脱，而是一层层往里穿，从而制成“臃肿”“累赘”效果，其文化上的隐喻，可以避开治安惩罚，且效果一点也不差。

后来往深处寻究，实际上，这是诗歌处于被围剿时一次“歇斯底里”的爆发，是诗歌在极度压抑下的“破罐破摔”，是诗人陷入绝地的困兽般冲动。一时冲动也好，自我献祭也好，事实上非但没能挽回诗歌颜面，反而遭到公共道德的谴责。在那一瞬间，诗歌与诗人同时落入百米冰窟，连稻草也没能抓住。诗歌的道德声誉创下了历史最低点。

市场挣扎。诗歌在市场的汪洋大海里向来就很难舒展泳姿，“国旗”焚烧事件，② 更是突出了诗歌在市场“冲浪”后的灭顶之灾。按理，女诗人纪向寰苦心经营的《国旗颂》诗集，完全符合主旋律要求，理应得到

---

① 2006 年 9 月 30 日，以“保卫诗歌”名义，数十名诗人在北京第三极书局发起朗诵会。“物写作”首创者苏非舒，在女友帮助下突然脱掉十六层衣服，裸体默读自己的作品《仅此而已》。大概默读了一分多钟，灯就被关掉了。之后被处十天治安拘留。

② 2006 年 8 月 31 日，吉林省女诗人纪向寰拟在广场上焚烧 2200 册《国旗颂》诗集，并用 3000 多字悼词举行葬礼。她历时三年，完成 200 首专门描写五星红旗的诗集。她花了 3 万多元自印出版，期间卖房还债，四处流浪，闹得婚姻破裂。首印 5000 册，只售出千余册。

优惠传播。可有关部门完全把它推向市场。这一事件的确让人感到几分欣慰：诗歌，再也不能像过去那样，依附强大政治势力进入流通渠道。这是诗歌的进步。诗歌，同样要接受市场检验；市场，对诗歌艺术提出更高的要求。

应该表扬纪向寰，有勇气拒绝政治与道德“优势”试图只以个人努力进入公共领域，但也留给我们不少思考。无论是国家意志的“红色”写作，还是少数人的“私我”写作，无视时代语境的变化要求，肯定要到处碰壁；冷静而客观地直面诗歌生存环境，与时俱进做出调节（不是自我感觉良好一意孤行），它应是诗歌写作中重要的“交通守则”，同时也应是诗歌在困境中一种起码的“市场意识”。

诗歌，挣扎在市场铁面无情的齿轮之间，是目不斜视，义无反顾，被碾得血肉模糊，继续对着风车挥舞长矛；还是反客为主，以灵活多变的策略，争取“一杯羹”？

技术挣扎。诗歌本来只需考虑自身内部的技艺问题，但是“机器写诗”① 大规模发生，有如“蓝藻”蔓延，使得诗歌版图第一次面临技术覆盖的危机。外部超强技术“入侵”，诗歌“国土”逐渐沦丧，诗歌会甘心缴械抑或全力抵抗？有人认为，“写诗机”模块套用名诗名篇，构成侵权，纵容写作道德败坏，国家文化部应马上禁止；近乎机械的搭配编程，有损诗歌的尊严与艺术。但也有人认为，“写诗机”根本就不会伤害诗歌，如果诗歌这么脆弱，如此经不起冲击，那么诗歌这门艺术就趁早消亡吧。还有人认为，“写诗机”是游戏和娱乐化时代的产物，它像“浪浪桥”一样，人们完全没有必要跟它较真儿。

诗歌在此之前，多是接受政治、社会、伦理的强大支撑，现在转而借助日新月异的技术援助，且正在取得一次超常的写诗“大翻身”“大颠覆”，它所带来的众多影响与改变，包括诗歌的原创性、诗歌的质地、诗歌的活力、诗歌的欣赏与娱乐等问题，再一次让我们遭遇从未有过的尴尬——没有任何前人可供借鉴的经验，也难以对未来发展作出预测。

现在的问题是，随着数字化智能技术的完善，必须承认，诗歌开始被

---

① 2006 年 9 月 25 日，一个名为“猎户”的作者，开发出“猎户星免费在线写诗软件”，诗虫们闻风而动。截至 2007 年 5 月 16 日，实时统计诗歌在线写作总量为 694199 首，平均每小时生产 123.7 首。

技术“蚕食”了，或者说，当技术与诗歌双方日益“联手”，当技术以新的面目与能量，部分取代诗歌的品质、属性，无疑会在很大程度上左右诗歌生态，那么，我们将怎样面对技术日益强大的引诱，面临诗歌的价值、审美取舍？我们将如何在新的逼近与挣扎中，做出新的应对呢？

四 诗歌的“出路”

以上所述，从近年诗歌的激烈生态变化以及它的“分化”“突围”“挣扎”等现象观察中，初步理出了关于诗歌“出路”的几点看法：

1. 文化承载：作为精英艺术的诗歌，已难保曲高和寡的尊容，它在相当程度上开始投奔文化，向文化靠拢，或者被文化“利用”，或者与文化“同谋”，它既充当文化的先锋，也成为文化的“犬儒”。它被文化超常地塑造、支配着，它的属性已经发生了某些“质变”。尽管诗歌慷慨贡献自己的通俗部分和流行形式，甚至有了一定程度的媚俗，那只能归结于时代语境下的变通，关键是，诗歌始终不能放弃自己独立、自由的魂灵，不能放弃生命人格的烛照；诗歌仍旧要守住自己高贵的情愫，在心灵与时代的临界点交会，充分发挥体验的灵性、经验的智性以及朝向艺术开放的无限可能。

2. 多重压力：原本，诗歌主要承受来自意识形态的压力，现在还要加上众多来自市场经济（商品/时尚）的掣肘乃至高科技智能的左右。在多重压力面前，诗歌以自身顽强的活性，不断变换“花招”继续自我挣扎。的确，诗歌的许多挣扎是徒劳的，是以惨败告终的。但诗歌形形色色的“崛起”，层出不穷的“追新求新”，依然此消彼长。秉持诗歌这种“至老不死”的内在活力，即使一息尚存，诗歌依然有能力走在文明的前端。换句话说，诗歌本性中固有的先锐，使之一直葆有“在路上”的未完成状态，正是这种永不止息的“行进”状态，伴随着诗歌自身——每一次或大或小的“突围”。

3. 网络出路：几年工夫，网络便成为诗歌最便捷最有效的输出口。网络与纸媒是两条平起平坐的生产线，甚至在数量规模上呈几何级数增长。越来越多的诗歌事件、诗歌焦点、诗歌走向和诗歌文本都发生在网络上。网络成为诗歌与诗歌文化的最大集散地，它已经和正在对诗歌的思维、书写、传播、接受产生难以估量的影响。这一根本性的生态改变，不亚于印刷史上的雕版革命。固然，网络在诗歌的精神维度和艺术形式方面尚缺严格规约，经验世界经常被肤浅化，但网络的无限开放，尤其底层的民间自由写作，预示了“诗歌涅槃的契机”。我们庆幸诗歌在多年的艰难跋涉中，也许又闯出了一条充满魅惑的路。

（原载《探索与争鸣》2007 年第 11 期）

批评“对立面”的确立

——我观十年“朦胧诗论争”

程光炜

批评的“对立面”也许不是一个严格的文学史概念，可能还不是一个批评的概念。之所以采用这个临时性的术语，是为了更确切地描述1979—1988年“朦胧诗论争”的状况，说明诗歌批评具有与其他文学批评不同的特质。它指的是，为了强调自己的“正确性”，先把对方设定在“不正确”的状态，然后采取批驳、激辩和排斥的方式以及所批评的“对立面”的确立并使其丧失话语阵地的过程，使自己的诗歌观念成为诗歌界唯一通行的话语。众所周知，1980年代这十年，小说和理论批评围绕各种问题展开的论争，在密集度上超过了当代文学近60年的任何一个时期，但无论怎么激烈，都没有像“朦胧诗论争”那样把对方确立为明确的“对立面”的意识和心态，而且在此基础上，形成了“对立性”的诗歌圈子、批评意识和话语方式。① 容易理解的是，“对立面”意识过于鲜明、琐碎和敏感，也许与小说、批评等文类相比，诗歌舞台偏于狭小的历史境遇有关。“生存空间”的狭窄，又有利于培养、催生狭小、偏激、较真、尖锐和纯粹的诗歌意识以及对诗歌的理解方式。这种文学角色和身份意识，使得我们在进行“文学”问题的讨论时会格外注意诗歌的个别性、独特性。于是，在讨论“朦胧诗论争”的“事件性”的时候，我可能不

① 如支持朦胧诗的谢冕、孙绍振、刘登翰、吴思敬等，与反对朦胧诗的丁力、柯岩、周良沛、郑伯农、程代熙原本都是认识的，后来就不再“来往”；北岛、芒克、舒婷、江河、顾城等诗坛新人，与艾青、臧克家等反对者关系疏远；又如周伦佑、李亚伟、于坚、韩东等“第三代诗人”，也基本与朦胧诗人“断绝”了关系。这种因论争而绝交并形成不同“诗歌圈子”的风气，一直蔓延到90年代的“民间写作”与“知识分子写作”争论双方和今天更年轻一代诗人的“关系”之中。走遍北京大大小小的“诗歌沙龙”“咖啡馆朗诵会”“大奖赛”的人，相信都会对此留下较深的印象。

会像对第四次文代会那样强调它与社会历史、文学史的广泛的联系，而偏向比较细小方面的“话语方式”的研究。他们在论争时常触及“大话题”，但在诗歌批评中只是作为一个大背景而存在，目的是提醒人们重视他们“一尘不染”的写作及其文本的“纯粹性”。由此可以进一步发现，诗歌的论争最后都发展成为一种对诗歌“本质”问题的强调；在此过程中，批评者的“立场”往往是非常重要和关键的，它们只有在“对方”的存在中获得“意义”，一旦离开了“对方”，自己也将会毫无价值。

一　寻找“对方”的“崛起”

“四人帮”倒台后两年，诗歌创作的沉闷受制于当时的时局。1979 年后，这种情况有了一个激变，“1980 年 4 月在南宁召开的‘全国诗歌讨论会’，提供了对立观点激烈争论的场所”。会后不久，谢冕发表了《在新的崛起面前》,[①] 对不拘一格、大胆的西方现代派诗歌表现形式，越来越多的“背离”诗歌传统的新诗人予以支持。他“以‘历史见证人’的姿态，以理想的‘五四’开放的文学精神作为标尺”，对“阻碍”诗歌新潮流发展的现象提出了尖锐批评。[②] “会上我本来不准备发言。因为，直到当时，我还对理论抱着怀疑的态度。直到会议快结束时，张炯要求我‘放一炮’，我没有多大兴趣，但他和谢冕都坚持。我就提出一个条件，把我的发言安排到最后，也就是下午四点半”，“我才讲了几句，讽刺了那些对朦胧诗持批评态度的人士，会场就分裂为赞成和支持的两派”。[③] 在文学史的表面，批评的“对方”似乎并不存在，但通过对文学史“史料”的“追忆”，这个“对方”就被建构起来了，它成为批评家们激烈批评的对象。

在 1979—1988 年“崛起派”一方的文章里，“对方”起初只在南宁会议的“现场”，后来则发展为一条明确的历史线索，一个比较完整的思想和知识的谱系。例如，谢冕在《失去了平静以后》中认为，“历史性灾

---

① 此为谢冕在“全国诗歌讨论会”上的发言，经整理后刊发于 1980 年 5 月 7 日《光明日报》。

② 洪子诚、程光炜编：《新编朦胧诗·序》（洪子诚撰写），长江文艺出版社 2004 年版。

③ 参见谢冕、孙绍振、孙玉石、刘登翰、洪子诚《〈新诗发展概况〉写作前后》一文中孙绍振的回忆，《文艺争鸣》2007 年第 6 期。

难的年代，造就了一代人"，北岛、舒婷和江河诗里"所提供的形象"，"对于统治了十年的'帮诗风'，不能不是一个具有叛逆性质的挑战"；出于对现代迷信的怀疑，"他们追求人性的自由的表现"，"揭示了'人'的存在"；"这种'个人化'当然是对于极左的反'个人化'的报复，是矫枉过正的产物"；有人"把当前新诗斥之为'朦胧''晦涩'"，但"我们的老祖宗李贺、李商隐那里"，本来就有"'现代派'的东西"。[①] 孙绍振在他著名的《新的美学原则在崛起》中写道，在历次思想解放运动和艺术革新潮流中，首先遭到挑战的总是"权威和传统的神圣性"和"群众的习惯"。他认为这些青年诗人之所以"不屑于作时代精神的号筒，也不屑于表现自我感情世界以外的丰功伟绩"，原因在于"个人在社会、国家中地位提高，权利逐步得以恢复，当社会、阶级、时代，逐渐不再成为个人的统治力量的时候，在诗歌中所谓个人的感情，个人的悲欢，个人的心灵世界便自然会提高其存在的价值"[②]。刘登翰在肯定舒婷诗歌的探索时也指出："她的大量的作品，主要的就是对于人的内心的世界的探索，对于人与人之间正常的和谐的关系的追求。在那首最初被作为爱情诗发表的《致橡树》，主要的也是表现作者对她理想中的人与人之间关系的向往。"[③] 这些"激烈"的言论，所针对的当然是当代社会的诸多历史教训，它们对解放思想和推动新诗探索潮流产生了巨大作用。但作为文学史研究，我们可能更为注意那些构筑起"对方"历史形象的"关键词"的存在，例如，"历史性灾难的年代""帮诗风""现代迷信""权威和传统的神圣性""时代精神的号筒""社会、阶级、时代"，等等。在他们的理解中，正是"对方"对诗歌强大而持久的压制，才导致了新诗人写作的"朦胧"。历史的荒谬性，使"一代人"的"个人化""人性的自由""自我感情"和"人与人正常的和谐的关系"的"崛起"，也就是"朦胧诗"的"崛起"成为可能。这两组知识谱系的"发现"与"整合"，是批评家们对当代文学的突出贡献。它们已经构成了文学史叙述不容置疑的逻辑和表达程序，这是我们今天都能看到的。

在80年代上半期的文学环境里，被设定的"对方"很容易陷入话

---

① 谢冕：《失去了平静以后》，《诗刊》1980年第12期。

② 孙绍振：《新的美学原则在崛起》，《诗刊》1981年第3期。

③ 刘登翰：《一股不可遏制的新诗潮——从舒婷的创作和争论谈起》，《福建文艺》1980年第12期。

语的困境。这种困境并不是“崛起”批评家所直接造成的，最主要的是他们与“改革开放”结盟的结果。“改革开放”是一个以世界、现代、文明为最后精神诉求的意识形态，在这一意识形态结构转型中，以“十七年”和“文化大革命”为代表的意识形态被迫变成了一堆装饰性的历史道具。正因为“改革开放”意识形态向人类普世价值的彻底“转型”，这些历史道具虽然还暂时保留着某种装饰性，但实际是被彻底地抛弃了。这就是以“十七年”等为中心价值的“对方”的那些关键词的命运，某种意义上，也正是“崛起”话语最终成为诗歌界统治性话语的最大秘密之所在。但在这一过程中，“寻找”也被固定成“崛起”批评的历史性格。它“寻找”出来的“对方”，不仅构成了它批评的目标，而且很大程度也成为它历史存在的目的。因为“寻找”成为它批评的价值体现，“寻找”只有通过寻找的过程而显示自身意义，一旦寻找的历史环境骤然消失（“寻找”构成了80年代上半期的文学环境），那么这种意义也随之会变形和贬值。刘再复、刘晓波、吴亮等新潮批评家，在90年代都曾遭遇过这类命运。正如一位年轻的研究者敏锐发现的，他们“对理论建构的热衷似乎从一开始就不仅是一种柏拉图式的对于本体的迷恋。它更可能源于自‘朦胧诗’以来就形成的对于‘自我’认识的深深焦虑”。“这些当年鼓励和支持‘朦胧诗’的语言在这里又可以同样为‘第三代诗歌’的出场作证词了。”① 然而遗憾的是，“寻找”的环境已不复存在。

二　“对方”对“崛起”批评的区分和鉴定

确立“对立面”，同样是“对方”批评的重要工作之一。但与“崛起”批评的勇猛姿态相比，它们对对立面话语性质的区分和鉴定要深入细致和耐心得多。这是因为，对对立面话语性质的颠覆性的鉴定，往往是

---

① 杨庆祥：《选本与“第三代诗歌”之建构——以〈中国当代实验诗选〉和〈中国现代主义诗群大观1986—1988〉为中心》，硕士学位论文，第17、14页，未刊。该论文详细分析了徐敬亚“后崛起”时期的批评家心态和状况。在对“第三代诗歌”和“九十年代诗歌”所展开的批评活动中，他依然坚持激进、简单的先锋姿态，还在依赖“寻找”的思想资源和话语习惯，但他却导致了一种近乎无效的解读的效果，以致为人诟病。当然，徐在朦胧诗论争中的个人贡献是不应该被抹杀的。

巩固自己“正确性”的根本性前提，这也是几十年文化所取得的历史经验之一。

但在那个年代，“对方”既是一个大而无当的观念的存在，也体现为一个非常细小和具体的历史的细节。它有混杂的面目，同时又有着明确、坚决和尖锐的历史的主张。它在本文具体指的是，在“朦胧诗论争”中对“崛起”批评“异端”观点所实施的含有真理意味的批评。它会令我们这些历史的“幸存者”，从心底重新唤出一种震惊与亲切相混合的感觉。

章明、周良沛、丁力、峭石等人对朦胧诗创作的批评，主要是围绕“懂与不懂”的问题展开的。与“火热斗争”相联系的1930年代的现实主义诗歌和十七年诗歌，是他们从事诗歌批评的最主要的历史依据和诗歌范本。章明批评杜运燮《秋》和李小雨《夜》的“朦胧”“费解”，而赞成艾青《在浪尖上》、雷抒雁《小草在歌唱》“明快晓畅”的理由之一，是因为它们“受到群众热烈欢迎”和体现了“我们自己的民族风格”。①他们主张：“我们反对生硬地‘配合’任务，反对图解政治，反对‘假、大、空’，反对晦涩，都是对的。可是也千万不要忘记在反对它们的同时，我们又从另一个角度，用另一种方式提倡了我们正在反对的东西（周良沛）。”② 他们认为，“太朦胧，就晦涩、就难懂，就体现不了诗歌的作用”，如果“你的‘我’”不能“和人民打成一片，同人民群众同呼吸”，“怎么能称为革命时代的新动向?”（丁力）③ 如果说前面几位批评家以词语区分的方式，将“朦胧”“费解”“晦涩”“难懂”指认为朦胧诗创作不能“同人民群众同呼吸”的艺术特征的话，那么峭石则在文章里提出了到底要提倡“一个什么样的诗风”的严峻问题。但为此他得出的一个不无忧虑的结论是：“我们还得擦亮眼睛，提防把人家扔掉的破烂，也当宝贝抱在怀里！外国那些‘主义’、‘流’、‘派’里，恐怕也有在外国已经不时兴的滞销货呢！”④

如果说前面几位批评家对“崛起”批评话语性质的区分和鉴别一定程度上还来自他们截然不同的诗歌观念和理解的话，那么下面的批评则与

① 章明：《令人气闷的“朦胧”》，《诗刊》1980年第8期。

② 周良沛：《说“朦胧”》，《文艺报》1981年第2期。

③ 丁力：《新诗的发展和古怪诗》，《河北师范学院学报》1981年第2期。

④ 峭石：《从〈两代人〉谈起》，《诗刊》1981年第3期。

1983年前后的社会风暴有更深的联系。人们发现，后来的区分明显在超越诗歌阅读的层次，而与大叙述产生了思想上的深刻关联。“从《在新的崛起的面前》、《失去了平静以后》、《新的美学原则在崛起》到徐敬亚同志的《崛起的诗群》”，“问题似乎比那时更严重了”，这种“唯我主义和民族虚无主义”“与革命”是“格格不入的，而且是极其有害的”。（柯岩）[①]“你在文章里引用了一些写诗的青年人的话，把它们说成是‘新的诗歌宣言’，其实你的这篇文章又何尝不是一篇宣言，一篇资产阶级现代派的诗歌宣言。”（程代熙）[②] 某种程度上，在诗歌阅读层次对崛起批评的话语方式进行“区分”性的批评，即使是一个“事件”，也是可以放在诗歌范围内来理解的。而将阅读层次抛置一边，并将崛起批评直接与大叙述来联系，则应该作为诗歌范围之外的“事件”来看待了。吕进以《社会主义诗歌与现代主义》为题的文章，在此基础上可能对崛起批评的话语方式更具有“鉴别”的意味。他写道：“徐敬亚同志的《崛起的诗群》说：‘时代的指针告诉我们，艺术总要发展，不仅数量上！’这话是对的。”“可是，我们正处在怎样的‘时代’呢？”他的答案是：“我们的诗歌的庄严旗帜是社会主义，它的使命是多方面地表现‘四化’创业时代的丰富内容。”西方现代主义诗歌虽然有一定的认识价值，“但它是资本主义社会的产物，它不是社会主义时代的艺术”[③]。这篇文章的鲜明之处也许在于，它一开始就把崛起批评指认成“对方”，并使后者蒙上了“不正确”的阴影。因此，从文学史研究的角度看，它的价值不在文章本身，而是其话语方式更为清晰地表明了一个年代的存在。

这种将“对立面”的话语加以区分、鉴别并最终颠覆其文学存在的工作，是“十七年”思维方式的某种延续。例如，周扬对丁玲、胡风、冯雪峰“思想问题”的指责，一般都是以“个人主义”“反党集团”的说法进行定性的。不过，这两个时期有所不同的是，“对方”批评对“崛起派”的严厉批判，未能危及后者文学和社会的生存，原因就在，“改革

---

① 柯岩：《关于诗的对话——在西南师范学院的讲话》，《诗刊》1983年第12期，又载《红岩》1983年第4期。

② 程代熙：《给徐敬亚的公开信》，《诗刊》1983年第11期。

③ 吕进：《社会主义诗歌与现代主义》，《诗刊》1984年第3期。

开放”的意识形态已经不允许阶级斗争的残酷方式在当时重演。[①] 人们注意到，“社会主义”“资本主义”“资产阶级现代派”“唯我”“虚无主义”仍然是“对方”批评指责崛起批评时所使用的主体批评话语，但质地已经在时代的巨大变迁中受损，也缺乏一直追究到底的淋漓尽致的语言的生气，不免显露出某种气力不足的迹象。

另一个值得注意的现象是，“对方”批评也是参差不齐的。有的是对崛起批评的诗歌观念存在抵触，有的还属于鲁直、质朴的批评，有的也并不是为了诗歌本身的进步……以上种种，都说明“朦胧诗论争”当时所存在的多元复杂的情况，不能一概而论；文学史研究也不仅仅等同于话语分析，它树根底部彼此纠缠和四处发展的诸多根须，很难用后一种方法一次性地解决。

三　对“本质”“立场”的读解

阅读十年“朦胧诗论争”的文章，一个初步印象，就是论争双方对诗歌“本质”问题的探询、阐释和对自我“立场”的坚持。而且由“本质”出发的批评都对另一种批评带有强烈的恶感和排斥性，都把对方的立场归属在了“不正确”的方面，与社会进步的方向做了深入的联系。

比如，一位“崛起”批评家在“义愤填膺”地回应了对朦胧诗创作的指责后，这样写道：“中国，曾经历了怎样的民族痛苦呵”，“正是那些‘吃牛诗’、‘僵死诗’、‘瞒和骗的口号诗’将新诗艺术推向了不是变革就是死亡的极端！才带了整整一代人艺术鉴赏的彻底转移”，“经过七九年猛烈的思想解放运动，诗歌内容的转移完成了最初的一步，接下去的脚步——就是‘艺术’”![②] 于是，他对诗歌“本质”的理解就是，以“象征手法为中心”，然后通过“视角变幻”“变形”“表现自觉和幻觉”“通感”“虚实结合”“跳跃性节奏”“多层次空间结构”“意识流”“自我”“块状结构方法”“潜意识”“内部空白”“口语化”“暗示”“抽象”“间

---

① 谢冕、孙绍振、刘登翰等人当时尽管承受了很大压力，但没有影响到他们在大学和研究机构的正常教学、科研工作，同样可以在报纸杂志上发表文章。这说明，时代确实发生了难以想象的巨大变化。当然，徐敬亚被迫在《人民日报》上发表了“检讨”文章，但似乎也只是“到此为止”。

② 徐敬亚：《崛起的诗群——评我国诗歌现代倾向》，《当代文艺思潮》1983 年第 1 期。

号”“叹号”“破折号”和“删节号”等途径和技巧，使诗真正成为一种“新倾向”的诗歌。在80年代的语境里，坚持“自我”（写作立场）和强调“艺术”（文学本质），往往代表了文学探索者的姿态、态度和正确的走向。某种程度上，这种新的立场又是与过去强调集体叙述和注重文学表现的社会意义的观念相对立的，于是，“拒绝”“排斥”和“超越”这些传统观念，便被视为是一种难能可贵的“探索”，它正是“崛起”之所以“崛起”的一个强有力的历史依据。“现代诗歌，将在一定程度上排斥所谓的‘现实主义’创作方法”。基于以上所述，这种将以“己”排“他”当成是新诗的发展的偏激性理解，当然支撑了前者的那种“本质”和“立场”。

同样不奇怪的是“对方”批评家的几乎相类似的表述。“‘崛起’者们是以挑战的姿态出现的”，“谢冕同志认为六十年来新诗不断走着下坡路”，“徐敬亚同志，则走得更远。他不但全盘否定‘五四’以来的新诗传统”，“而且对于我国几千年的古代诗歌传统，也进行了彻底的否定”。“主张‘崛起’的同志们喜欢讲‘宽容’，讲‘多样化’的，可惜的是，他们对于中国的革命新诗传统”，“却并不宽容，简直是鸣鼓而攻之，群起而轰之”。正是基于对前者观点的“否定之否定”，他反对将“探索”与“现代化”做这样的联系，“徐敬亚同志把‘新诗潮’和‘现代化’紧密地联系起来”，但实质是，“它和社会主义现代化扯不到一起”。而他认为“联系”的历史逻辑只有在这样的思想维度才能够成立，“我们需要吸收外国文化中一切有益的养料”，但“决不是要让我们的文艺成为西方文化的一个分支”。①

强调文学的本质和立场，并不是朦胧诗论争独有的现象。文学批评中，都偏重于以此为自己的支撑点，以突出批评对象身上某些不利于文学发展的因素。例如，五四把中国传统文学指斥为“死文学”，1930年代“左翼”文学批评自由主义文学的“人性论”倾向，五六十年代批评对“普遍美”“感情”“文学是人学”的贬低等，都不算是非常遥远的例子。朦胧诗论争的“独特性”也许在于：一是如果说“论争”背后都预言着一次文学的转型，那它的转型并不纯粹只在文学范围内发生，同时也表明

① 郑伯农：《在“崛起”的声浪面前——对一种文艺思潮的剖析》，载《当代文艺思潮》1983年第10期。

了整个社会的巨大躁动，表明了社会意识变化对文学的深刻渗透的特点，因此，文学批评的政治化，在论争中不乏其例，并不是“对方”批评才是这样的；二是这里所谓的“本质”和“立场”，是怎么认识“社会主义现实主义”的问题。它能否成为1980年代诗歌发展的资源、动力和依据，在双方的争论中成为一个很大的问题。而都将自己的“正确立场”与“改革开放”的立国策略相联系，并借以强调自己的“正宗”的地位，是这次论争给人留下另一个难以忘怀的印象之一。其实，不光在朦胧诗论争中，80年代几乎所有的论争、批评活动中，这种以一方的立场、本质来排斥、降低对方的立场和本质的做法，实际上都相当普遍地存在着。某种程度上，80年代的文学批评，可以说是一种典型的立场化和本质化的批评。

当然，在朦胧诗论争中出现的立场化、本质化的批评现象，在诸多分歧、争执和歧义中，在今天的研究中依然把“对立”看作它的时代特征之一的知识背景里，我觉得仍然需要注意当时就开始接近的某些共同点。如新诗的“探索”“发展”，新诗与外国现代诗的关系，等等。如以上所举的例子，“对方”批评并不反对“吸收外国文化中一切有益的养料”，而“崛起”批评在强调自己立场的时候，有时候也不都是那么“宽容”，这倒很有点儿像是“对方”批评的凶狠姿态了。这是因为，当国家的“现代化”成为举国大势的情况下，谁也不可能，或不愿回到“过去”，在1980年代的文化环境中真正要复原“十七年的传统”。正是在这里，目光锐利的研究者发现了在批评“对立面”确立的过程，和上述种种迹象中，一些严格的思想界限开始在软化、模糊和松懈、虚张声势的指责、反对里，可以“协商”的因子，也在悄然萌生并逐渐长大。它更说明，“1985”后当代文学的整体“转型”并不是突然发生的，不是一场“拔根带泥”的文学运动，在此之前，模糊已经出现，妥协也在增加，“积累”正在研究者所看不到的地层下积蓄力量。而“1985”，只是这一切的继续和标志性的最后“完成”。

四 历史的同情和诗歌论争的“独特性”

诗歌的争执已成往昔，当我们重新抚触这些积满灰尘的“论争”材料的时候，感慨也同时在心底里泛起。作为当年的文学青年，我曾经把

"同情"的天平明显倾斜于"崛起"批评，对那些富有勇气的批评给予了极大的同情和赞赏，它也以在历史抗争中的"受害者"形象而在文学史中获得了很高的声誉，这可能已是一个大家不会怀疑的结果。但"对方"批评因此在二十多年的文学史叙述中成为一个被压抑的对象，这也是人们没有想到的。

我这里所说的"历史的同情"，并不是指对这一"结果"再作"翻案"的工作。这种翻案工作，不是完全失去了意义，而是说，它的"意义"可能不像人们想象得那么大。近年来，思想史研究者丁东、谢泳、邢小群等人以现代知识分子的命运为中心，开展了大规模的"重访过去"的研究工作，如对胡适历史地位的评价，对清华、北大教授与历史关系的考察，对罗隆基、储安平等真实档案的追索，对胡风、丁玲文学境遇的重新认知等，都给读者以"耳目一新"的感觉，在社会上产生了一定的影响。但这仍然属于"单视角"的翻案工作。因为，它以历史的"压迫"为背景，以重新肯定知识分子的"价值观"为主轴，在"重叙"历史的过程中，同时也影响、干扰了历史本身的丰富性和复杂性。这是因为，对知识分子"责任"和"问题"的更具动态和深刻性的追究，没有被纳入总体性的考虑之中。而在这方面，作为把自已视为战争方之一因素的竹内好的颇具深度和丰富性的反思，恰好能给我们以某种深入的启发。他在痛苦地反思日本在第二次世界大战中的"教训"时，以自己所欣赏的加拿大历史学家诺曼的《日本的士兵与农民》一书为例，这样写道：

> 在该书的末尾部分，作者结合着心理现实抓住了军国主义成为落后资本的马前卒入侵大陆时，近代军队必然野蛮化的过程，分析说："自己被征兵入伍的作为非自由主体的一般日本人，无意识地成了把他国国民拷上奴隶枷锁的代理人。"

以此为根据，他深入剖析了关于战争的"体验"（实际就是历史体验。在我们这里，也可以说是丁东、谢泳他们的"历史体验"。以此延伸为对80年代文学的某种"体验"），并发人深省地指出：

> 与各种体验一样，如果战争体验也被封闭在特殊的框架里，怠惰于向一般化开放，那么，所谓体验便不具有意义。只有把它改写成可

供利用的现在时态，体验才成其为体验。就是说，战争体验所具有的封闭性的自说自话性格，并不能够把体验导向一般化，因而也不能获得真正意义上的体验。从执着于战争体验出发，从事文学活动的战后派文学已经成了一个流派，或者极端地说成了一种时尚，紧接着便发生了流派的转换，从而不得不改变自身的性质，原因恐怕就在于没有克服战争体验封闭化的特点。战争体验的性质，绝对不是随着战后派文学发生转换，战争处理就可以宣告结束那样的东西，其实事情正好相反，由于战后派文学的转换，战争体验本身就流失了。①

在某种意义上，丁东、谢泳和我们今天的历史研究，都可以称为历史的"战后派"研究。它所暴露的问题，就是竹内好所指出的将研究对象"封闭"在一个"特殊的框架"里。而竹内好本人的深刻之处在于，他没有回避自己的痛苦、焦虑、不解和困惑，而是"超越"了翻案的简单层次，将它们一齐糅入历史之中，将这种体验"导向一般化"，升华为一种对人类命运大困惑的沉痛的反思。

我这里所说的"历史的同情"，就不应该只针对"崛起"批评，也应该针对"对方"批评，同时也应该包括了对像我当年那样的一代文学青年的幼稚和简单的理解。"同情"不等于"倾斜"，而是对整个历史的拥抱。"对立"批评在坚持元话语的同时，也给朦胧诗的探索留下了一定的空间。例如，程代熙在《给徐敬亚的公开信》里，在严厉指出他的观点"在有些问题上，的确已经相当出格，走得相当远了"的同时，也承认北岛的《一切》这首诗"并不朦胧"，"他很坦率地谈了他对生活的看法"。② 其实，即使当时被认为比较"僵化"的郑伯农，在强调对青年诗人进行"引导"的时候，同样表示那些被列为"崛起的诗群"的作者，"创作中确实有不少好东西"，像舒婷的《致橡树》《这也是一切》，梁小斌的《雪白的墙》等。③ 在不久前问世的《〈新诗发展概况〉写作前后》

---

① 竹内好：《何谓近代——以日本与中国为例》《关于战争体验的一般化》，参见竹内好《近代的超克》，李冬木、赵京华、孙歌译，生活·读书·新知三联书店 2005 年版，第 220、239 页。

② 程代熙：《给徐敬亚的公开信》，《诗刊》1983 年第 11 期。

③ 郑伯农：《在"崛起"的声浪面前——对一种文艺思潮的剖析》，载《当代文艺思潮》1983 年第 10 期。

一文中，读者当会知道，在1958年撰写中国新诗史的过程中，“崛起”批评的作者们的诗歌观念也是十分“革命化”的，在新时期，像许多人一样经历了一个自我反思的过程。[①]“朦胧诗论争”的十年间，中国社会发生了根本性的变化，这种深刻变化波及政治、经济、文化的各个领域。它必然会面对怎样认识过去年代的诸多遗产，怎样看待文化、生活尤其是文学的转型，这正是双方激烈争论的焦点之一。而朦胧诗创作，在当时的诸多文学革新中，无论在思想观念还是艺术形式的探索上，都是“发狠从最坚固处破城”的最为激进的代表，[②]对传统文学观念的破坏是最为激烈和彻底的，这就使中国社会转型过程中所潜伏，需要一段时间才能逐步解决的矛盾，提前地爆发出来，成为整个文学界的焦点，如“小我”“大我”“人性”“爱”“怀疑”“现代意识”“自我表现”，等等。当代文学因此而提前进入了一次深刻、痛苦的变革之中。作为对社会变革最为敏感、热情的文学青年的我和我的同代人，自然会非常同情朦胧诗和支持朦胧诗的“崛起”批评家们，不加选择地全盘接受他们对文学的激进、简单的主张和理解，并与他们联手而形成对“对方”批评的包围之势。我们的诗歌观念和批评意识，也很大程度上受到了这种确立“对立面”的批评风格和氛围的影响与熏陶。在此情况下，我们当然不能理解，甚至“憎恨”对立批评家们对朦胧诗人所采取的那些做法。这都是历史的事实。时代在那个难忘的岁月难以避免地要经历文学批评的粗糙、武断和简单，这些在双方批评家的文章中都不难看到。然而，作为对从历史痛苦中终于迈上“现代化”进程的中国社会的不同的“体验”，双方的批评不都是一种历史的真实吗？那些激烈对立、各持己见的意见中所隐喻的，是前进中的中国社会的一段无法绕过的历史。

但我们也不应回避“朦胧诗论争”所留下的问题，例如，经过这么多年论争的诗歌，并没有养成“宽容”对方的习惯，批评的意识形态色彩虽有所弱化，但对批评对象的有意识区分、鉴别，并因此形成小圈子的意识却在加强。又例如，“非诗”批评的存在，同样在干扰着正当批评的生存，一方面艺术探索的自由广泛存在，另一方面诗歌的标准和人们共同

---

① 参见谢冕、孙绍振、孙玉石、刘登翰、洪子诚《〈新诗发展概况〉写作前后》，《文艺争鸣》2007年第6期。

② 谢冕：《朦胧诗论争集·序》，姚家华编，《朦胧诗论争集》，学苑出版社1989年版。

认同的东西，基本上也完全丧失，这都令人感到痛心。“那场情绪激烈的论争（关于朦胧诗的论争）如今已趋平息（不是再无歧义，而是兴奋的中心已经转移），那一切已逐渐成为历史。历史是后人写的。它体现后人对我们的评判，我们也许能够听到，也许不能听到。”① 这是相当清醒的历史意识。然而，文学批评作为一场文学运动可能已经过去，它所形成的批评方式，却没有成为历史。这种文学史事实，又在批评家的意识之外。

诗歌的批评，也许就存在于对批评的“对立面”确立的过程之中，这是人们对诗歌批评“独特性”的一种常见的理解。孙绍振当时就意识到了这一问题：“没有对权威和传统挑战甚至亵渎的勇气，思想解放就是一句奢侈性的空话。在当艺术革新潮流开始的时候，传统、群众和革新者往往有一个互相摩擦、甚至互相折磨的阶段。”② 这是一种比较典型的“小圈子”意识。在这种革新/权威、思想解放/传统、诗人/群众对立性的知识建构中，探索“受害者”的表面叙事实际掩盖了“小圈子”的暧昧叙事，思想解放潮流在冲击历史大叙述的过程中，已经为革命长期压抑、取消的“文坛”准备了舞台。这就是80年代大起大伏的文学革命的潮汐旁边，诸多文学部落（文人圈子）蜂拥出现的根本原因。但理论批评、小说的圈子后来都未形成“拉帮结伙”的阵势，更多呈现出“随聚随散”“自由散漫”的特色，“对立面”的思维方式却积淀为90年代后新诗的一个小小的“传统”，它是从80年代中期至今诗歌“事件”不断、“对立面”频繁显身和令舆论瞠目的深层背景。③ 某种程度上，这可以说是“朦胧诗论争”的一个成果。

“崛起”并没有止步于1979年前后，而逐步演变、定型为此后20年当代诗歌发展的主要“规律”之一。很多人心里都很明白，你只有“崛起”才不被历史冷落，而崛起，就要树立“对立面”，打击和贬低对立

① 谢冕：《朦胧诗论争集·序》，姚家华编，《朦胧诗论争集》，学苑出版社1989年版。

② 孙绍振：《新的美学原则在崛起》，《诗刊》1981年第3期。

③ 事实上，“朦胧诗论争”后，尤其是《诗刊》“第一届青春诗会”举办之后，《今天》杂志就宣告了“分裂”。随着北岛、舒婷、江河、杨炼、顾城等人的作品在全国各地杂志上发表，芒克、多多等《今天》杂志时期的老将随即被边缘化。80年代中期，《五人诗选》的正式出版，暗示着以上五位诗人“正式”成为朦胧诗的“代表诗人”，他们的作品也成为“文学经典”。我注意到，从“第三代诗歌”到“九十年代诗歌”，再到“民间写作”“知识分子写作”和后来的林贤治、臧棣的争论，此20年间，凡“论争”之后，新的“诗歌圈子”便开始分化、重组、集聚，差不多成为当代诗歌史的一个“规律”。

面。新诗在当前阶段的发展表面好像要借助"艺术"的逐步"成熟"，而事实上，"不断崛起"才是推动诗歌"发展"的巨大动力。这20年，小说、戏剧的发展可能各有规律和特色，但诗歌的这一"特色"格外引人注目，实为当代文学史上的特殊一页。当然，每想起这一幕，凡是爱诗者都会感到沉痛、伤心。竹内好强调在文学研究中，应该警惕将"体验"特殊化、个人化和它的"自说自话的性格"，而主张把研究者自己也当作被"体验"和反思的对象，他认为，只有这样才能进入对历史的深刻的理解和同情之中。如果说"崛起"仍在变种，并成为诗歌生存中唯一的东西，对这样的"历史"，我们实在难以"体验"，也绝不可能在内心深处产生"深刻的理解和同情"。因为它已经像竹内好所说"不具有意义"，不是学术研究的对象。在文学史的等级中，它有可能被降低为"文坛轶事""花边新闻""诗外趣事"，因为这些东西最具有不断"重复"的品格和特点。这就使我想到，如果要开展真正严肃的"诗歌论争史"研究，恐怕不少论争材料的学术"价值"将会引起很大的怀疑。

（原载《当代文坛》2008年第3期）

当代诗歌批评：一种别样的写作

耿占春

一

以个人的观察而言，当代诗歌批评既非一门学科，也没有明显地确立起一种客观知识图景，它是一种活跃的、多样的，或许还是非常混乱的批评实践，它既是对应于异常丰富的鱼龙混杂的诗歌文本的一种阐释性的文体，亦是一种关于感受、感性、经验世界与语言表达的论述。前一种景观让人望而却步，后一种可能性又深深地吸引着具有理论心智的人加入诗歌批评的话语实践当中。一个事实是，诗歌批评不仅来自学院，更多的还来自诗人的写作，来自诗人之间的相互阅读、评论、访谈与自我阐释等话语活动。不难发现，当代一批最活跃的诗人同时又是最敏感的诗歌批评家，而批评家从事诗歌写作也不是稀见的例外。很少有小说家对同行的写作进行评论，而诗人写出诗歌批评文章的难计其数。大量的诗歌批评文字除了发表在各类杂志上，还发布在各种诗歌民刊、诗集的序跋、诗歌网站和诗人自己的博客日志上。他们根据自己的阅读趣味、影响与喜好圈子以及交友范围进行批评与阐释活动。这一景观既可以视为诗歌批评的边缘化，又能够理解为它的活跃、广泛性与真实性，诗歌批评是一种深入诗人们的写作、交流与生活层面的需要。这里既没有什么虚假的悲观，也没有过多的奢望。在此意义上，或许可以把当代诗歌批评视为对古典诗话或词话的某种写作传统的承接，区别在于，他们相互阅读博文方便地替代了书信的抄写与诗集的刻印。

而就学院的小范围来说，从事诗歌批评的学人无疑有着使诗歌批评成为一门学科的意图，或使批评获得某种规范化的知识形态的期待。诗歌批评的学科化与知识化意图主要体现在关于诗歌的教学、研究机构的设置以及专门杂志的创办等方面。诗歌批评目前已经进入一些院系的建制，多所大学的诗歌研究机构的设置为诗歌批评提供了一个学科化的前提。在有着影响力的北京大学诗歌讲堂上，年轻的臧棣、姜涛等人承继了谢冕、洪子诚等诗歌批评家的工作，其他一些院校中受聘的诗人，如王小妮、多多、王家新、萧开愚、张曙光、柏桦、宋琳等，使得诗歌批评开始进入一些院系的教学实践，虽然这并非一种普遍现象。一般关于当代诗歌的教学，不过是隶属于当代文学史有关当代诗歌的一般介绍，阅读能力的培育、细致的文本阐释而与分析批评并不占主要位置，无法与古典诗歌的教学相提并论。

就诗歌批评的专业杂志而言，新时期以来仅有1980年创刊的《诗探索》及近年创刊的《新诗评论》，但都属于以书代刊形式——不似《小说评论》和《当代作家评论》等核心期刊——并不符合目前学院对个人业绩考核体制的要求，自然也不能满足研究与批评者更“学术化”的专业期待。最有希望成为优秀诗歌批评家的年轻学者无法不受到这一诱惑，即首先满足学术考核标准，将更“专业”的文章投给核心期刊而非专门化的诗歌批评杂志。这在一定程度上也影响着作为一个学科的成熟及其权威性的确立。当然，这也会使诗歌批评及其杂志的编辑显得更纯粹。而所谓“核心期刊”背后的学术权威性主要依赖的是机构的作用，机构的权威性或机构的行政等级。在这种学术机制中，不是独立的作者使得论述具有学术价值，而是必须求助于这些论述所刊布的杂志等级及其背后的主办机构标示其价值。学术机构通常就像某门学科的无意识，即一种尽可能避免被意识到的现实性，以便给予人们学术自主性的幻觉。这或许已经构成了当代诗歌批评领域在学科化方面的一种隐秘焦虑。

除了与之相关的教学、研究机构与杂志这些制度设置因素，一种学科化的意图似乎总是体现在一个研究领域中最基本的分类行为，知识化的努力总是与某种分类方式及分类标准有关，即根据某种潜在或明显的“图表”对一个领域进行认知性分类，依据“认同、近似与类比”来划分某种对象与经验。在当代诗歌批评领域，一些研究者亦试图据此赋予纷繁的当代诗歌景观以认知性秩序，对写作现象进行认知性的分类。先前的研究与批评者通常会以写作题材进行分类，当下诗歌研究者则更经常地采用其他分类模式进行区分：以诗歌写作者的性别与族裔（如“女性诗歌”“少数民族诗歌”）、地域命名（如“白洋淀诗派”“新边塞诗派”）所进行的身份识别；以诗人（出道时）所归属的流派、小杂志所作的区分（如“九叶”“七月”“今天”）；依据代际身份（如“归来者”“中间代”或“80后”等）和较为模糊的代际身份（“朦胧诗”“后朦胧诗”，或“新诗潮”“后新诗潮”）所进行的分类等。批评者希望通过对身份或依据某种现实参照来解释其写作，似乎这样能够赋予批评自身以某种可以考察的学术性与现实性。借用一位历史学家的话：“也就是说，论述及论述所涉及的事实之间有一种被认定了的关系。所谓‘现实性’，就是论述凭借‘它所参考的事物’而变得合法。先由作者提出某种‘现实’；因为作者受到行业和社会的认可，该‘现实’从作者转移到他的文章，最后文章因为自己描述的事件而得到认可。”① 对诗歌文本进行分类是不可能的，因此身份、时期和各种外部标志就成为一种简便的认知图式。至少在这样做的时候，批评者把他要面对的纯粹主观性的文本、充满差异的个性及其私密性含义的文本解读并转换为一种依据某种“客观性”与“现实性”的论述，把难以言说的秘密与他性变成可以言说的事实或一致性。这样的分类学研究提供了某些关于当代诗歌与诗人的信息，提供了某种背景式理解，但与诗歌文本的阐释并无深切关联。

将诗歌批评纳入学科化的知识意图主要发生在当代诗歌史的写作领域，可以发现，诗歌史的写作范式几乎是上述研究范式的编年体综合：一种关于诗歌写作的流派、思潮、杂志、性别、地域、族裔、代际及其社会背景考察之总和的编年史。就像在人文学科研究领域所发生的状况一样，文学研究自身越来越没有文学史研究占据中心地位，哲学研究越来越成为一种关于哲学史的研究。似乎史的描述所具有的客观性面貌与认知图式，对任何一种领域的史的叙述都能够立刻转化为一种客观知识。文学研究与批评的强烈主观性越来越没有文学史书写显得更符合学科化与知识化的学院取向。1980年代从事诗歌批评的一些学者转向诗歌史书写的越来越多，也越来越显得成功和为学院体制及评价体系所注重。

然而，在编年史的写作成为一种深厚传统的学术语境中，关于文学和诗歌的历史书写并没有探究一种特具异质性意味的诗歌“史”的含义。通常而言，人们所说的“历史”是指某种特殊事物或力量的运动构成了

---

① ［法］米歇尔·德·塞尔托：《历史与心理分析——科学与虚构之间》，邵炜译，中国人民大学出版社2010年版，第61页。

一种历时性过程，某种事物的自身运动与对他物的参照系统构成了历史叙述的基础。作为诗歌史写作，它的参照对象应该是一种发展着的社会感受力与想象力的历史，某种情感形态出现、成熟、变化或消解的历史，某种个人的感知力与社会心态史的轨迹以及它们获得修辞形式与文体形式的表述方式的历史。满足于在文本阐释之外进行分类与编年方式的文学史写作无法深入描述这一内在的历时过程与文本呈现方式。但对诗歌史书写的考察并非本文要做的事情。正如陈超在一篇关于当代诗歌批评的文章中所说，在诗歌批评与诗歌史写作之间应有一种“必要的分界”① ——虽然具有历史认知的诗歌史书写一定是诗歌批评的另一种形式。

二

当代诗歌批评所涉及的对象大多属于正在写作中的诗人，与对古典诗歌的论述不同，没有因为历史与距离所产生的知识化，了解李杜诗篇显然是一种知识，但即使在学院人看来，了解当下诗歌文本与诗人未必被视为是一种知识。当代的研究对象和文本没有被经典化，也就是说，它们还没有构成一门学科中的必要知识系统，更没有像古典诗歌那样为公众熟知，或已成为公众常识。

对当代诗歌批评来说，因其伴随着现场性的嘈杂、一种进行时态的难免纷乱的叙述或论述，也难以提供一种规范性知识的印象。一般而言也没有现成的、经典的或权威性的言论可以引用，对诗歌文本的阐释来说，似乎并不十分看重对理论的引用或征引“名家”的话来佐证自己的论述。而就所谓学术语言的“规范性”来说，“引文”或者说一种权威言论的“转述制度”在论述性的学术话语中一直占据着无可置疑的位置。引文具有特殊的理论功能，不仅能够使一种观念显得清晰，显示出一个论述者的话语谱系与理论传承，引文还类似一种金字招牌，可以填补直接经验的空白，名家的话似乎就是一种经验性的证据，或某种看法与说服力的凭据。权威的引文或话语转述使人更愿意对其所言信以为真。这就是说，权威话语既替代了直接经验的消亡与缺失，也用以佐证论者自身主观性的普遍意

① 陈超：《必要的“分界”：当代诗歌批评与文学史写作》，载《文艺研究》2009 年第 12 期。

义，一种出自经典文本的话语构成了一种或许是相当主观性的认知以及参证。就此而言，当代诗歌史的书写似乎能够通过历史书写的强行经典化做到这一点，保持着遵守征引文献、引文和话语转述制度下的学术面具。相比之下，诗歌批评更多的时候似乎只是一种指向诗歌文本的阐释活动与"主观论述"，而非指向经验世界或经典文献的客观论述。以文本解读为核心的诗歌批评似乎脱离了"知识话语"范式，回归于"文学性"批评或"诗意的"批评，即很容易成为或被理解为所谓的"印象式"批评或感悟式批评。

与诗歌史书写或古典诗学的研究领域不同，当代诗歌批评家绝不习惯于苦行的平静或文献的拥有：对他们所研究的文本，并没有多少现成的文献可作参考、作脚注或学究式的援引，但他们始终都更愿意具有一种自觉的细读训练和良好教养的诗学敏感性，不无历险性地阐释诗歌文本的修辞方式和感性经验、感受力及其话语表征以及对个人与社会生活和社会学诸领域相关论域的分析。可以说诗歌批评实践在最富有创造性的情况下正在成为一种别样的"写作"。这并非意味着诗歌批评纯属一种主观性的话语活动，或不具有严肃的认知意义。当代诗歌批评失去的客观知识面具，不仅使得批评自身成为一种独具文体意义的写作，也提供了诗歌批评建构自身话语的契机，一种依赖文献的知识话语的消亡敞开了建构一种理论话语的可能性。这样的界说并不意味着当代诗歌批评的状况令人感到满意，在这个领域显然充斥着过多即兴的、捧场的、江湖味的、视野狭隘的和单纯技术化的评论文字，但本文检讨的主要是当代诗歌批评的可能性，即诗歌批评意味着一种什么样的具有理论意义和文体意味的写作方式。

面对当下层出不穷的诗歌写作现象与浩如烟海的文本，一个批评家所做出的选择及其阐释活动，并非只是纯粹出于个人喜好，这些选择、阐释与批评有着一些基本参照，那就是一个时期的诗歌写作所达到的感受力的极限与想象力的当代限度，是否体现在某个诗人的写作或某种诗歌文本的话语方式之中。为此，一些批评家愿意选择明显地置身于某种思潮与风格化写作的对象进行评述，而真正值得关注的或许是那些业已构成了一种内心生活史轨迹的诗歌写作，或在当代诗歌写作的现场、在一种现在进行时中显现出某种特殊敏感性的写作。如果不满足于一种即兴的或追随成见的批评，不满足于仅仅体现了一种对诗歌写作的在场感，要选择批评对象并非一件容易的事情。章学诚在谈到一种没有思想能力的学术研究时曾经批评说，眼力最好的不是能见泰山，而是“尽于秋毫”，尧是桀非是辩论的结果，而是非本身常常“起于嫌介疑似之间”，即事态并非明朗之际，真正的思考、辨析“起于是非之微而极于辩论之精”。我们的知识均来自古今人们“所创见之隐微而推极之”的思想实践，因此，他推崇的是“隐微之所发端”的思想能力。章学诚说：“习固然而言之易者，吾知其非真知也。”① 在对批评与阐释对象的选择上，面对着“嫌介疑似之间”的大量诗歌文本，是否能够体现出批评主体的一种知识意志呢？

在文学研究领域，尤其是关于小说或叙事文本的研究，批评家可以谈论的主题和方法可能非常之多，可以是人物及其性格与命运，可以是乡土、底层、历史与社会经验，可以是一部小说涉及的各种主题：政治的、道德的、习俗的，等等。由于诗歌批评所面对的文本属性，有着理论直觉的批评者最经常遇到的是语言、意义与表达的问题，而不是诗歌中的经验参照物。这是诗歌批评与其他样式的文学研究一个非常明显的差异。而对语言问题的讨论既置身于中国古代哲学的背景中，也置身于当代语言哲学的视域内。“非常道”是中国思想的原始场景之一，“言不尽意”“立象以尽意”的言、象、意之辨是中国古典诗学的精髓，这些问题再次携带着新的历史语境出现在人们所说的现代“语言学转向”的视域之中。

一种特殊的话语理论构成了诗与哲学、诗歌与神话、宗教等圣言传统的长期对话。或许诗歌批评一直在实践着的是一种自相矛盾的事业，在“诗无达诂”的古训下进行似乎不可能的阐释，在属于沉默的领域内、在“不可言传”的诗学戒律内质询诗人的言说。诗歌批评触及了“不可言说”（维特根斯坦的说法）的领域，诸如表达宗教、伦理学与诗学的事情就是在撞击语言的边界。在这个论域内，常常是一种修辞方式替代了纯粹的经验论据，如同神话虚构叙述替代了经验叙事。而当这些神话与宗教文本成为经典的时候，文本自身的权威性就替代了证据。在谈论不能言说的、没有论据的事情时，这些文本毫无例外地充满了魅力四射的修辞，迷人心魂的虚构，使世界呈现出广阔的类比空间、比喻性的连续性与超验的联系。当某个社会、某个历史时段给予这样的文本以无可置疑的权威性时，最缺乏真实性的想象、最缺乏经验基础的事物也能够变得如同真理的

① 章学诚：《文史通义·内篇三·习固》，叶瑛校注：《文史通义校注》，商务印书馆 1985 年版，第 259—260 页。

化身。在一个世俗世界里，仅就话语方式而言，诗歌写作是圣言传统的一个当代化身。

一方面源于对独特的意义形态的敏锐感知，另一方面是缘于诗歌文本的某种秘传或密封属性，一个诗歌批评家不能不意识到批评自身需要独具一种文体意味的写作。理想的批评话语与它阐释的诗歌文本要能够呈现在一致的语言水准线上，而非一种没有语言意识、缺乏修辞能力的解释。一种够格的阐释与批评写作，将成为它所阐释的诗歌文本的扩展了的语境，敞开其意义及沉默的氛围，以构成批评文本与诗歌文本之间真实的互文性。批评者是一个通过文本阐释说话的人，一个以文本为思想中介的表达者。当代诗歌批评不能不对批评自身的文本意义提出要求，并使一种理论意图逐渐在批评实践中明晰起来。诗歌批评在一种对他者的阐释与自我理解之间实践着话语的主体间性。诗歌批评是一种批评主体与诗歌文本之间的主体间的关于理解的实践，一种通过有关非交流性的话语进行言外之意的交流。之所以说诗歌批评既是一种针对文本的阐释性话语，又是独具风格的创造性写作，其意味与理据正在于此。

三

在这个时代，诗歌写作等于“在一个野蛮的世界中实践微妙”（罗兰·巴特语）。这是另一种对抗方式：不是通过纯粹的否定性，而是通过对“微妙”的肯定。这意味着对语言的爱，还有对意义的期待。在一个生存意义日益显得匮乏的时代，“诗意的”一词悖谬性地意味着对意义的奢侈，也意味着对一个无意义世界的补偿。

意义——尤其当这个概念升至真理、价值层面上的时候——从来不是单个人的心理产物，在意义的生成机制与意义的参照框架分崩离析的时候，即使最伟大的诗人也很难独自有所作为；但是，对意义的辨识与表述常常经由杰出的个体，尤其是诗人的写作来体现，以至于这些载体有时看上去几乎是不朽的。而意义其实与其他事物一样易于衰老、贬值、变质。连一个民族的经书也经历了这样的贬值，经历了意义的蚀空过程。一种不能被分享的意义体验极其可能被视为一种神经官能症的表征，就像在当代精神分析学中所揭示的那样。只有当意义体验被一个社会群体认知时，才会获得客体化的表征，甚至会沉淀于某种经久的物质形态之中。

在某种意义上，意义消散或消解的状况已经成为当代诗歌、文学艺术与哲学所不断主题化的东西，并渗透到当代诗歌与思想的表述之中。诗人作为一种敏感的个体，既是意义的隐微知觉的传递者与阐释者，又是意义缺失、意义匮乏的受难者，在现代社会，由于意义被分享被体验的可能性日益减少，诗人常常成为自身敏锐“感知力的遇难者”。

感性、感觉或感受力，在古典思想中作为认识论的一个可靠的起源，即认知能力的一种标志，演变为现代精神分析学中所说的冲动能量的基本形式。在精神分析视域里，感性的“转换”“转移”与“转变”造成了神经质等躯体化形式，但就诗歌写作而言，感性有着其自主表现，感性是人的激情的回归形式，亦是认知能力和伦理情感构成的经验依据。如果说疾病是某种情绪与感受的身体化或躯体化，诗歌则是激情的自主性的表现形式。正是这一内在的冲动能量使词语被摩擦，生出每个词语的毛边，构成独具意味的修辞方式。如果说诗歌是一种赋予生活世界以意义的话语活动，诗歌批评则是一种对此意义进行回应与阐释的话语实践，不能不关系到对现代社会的感性、感知、感受力的一系列论述。

在人们所说的现代性经验中，越来越多地体验到感性的贫乏，即感性事物与感性经验的贫乏。我在《失去象征的世界》① 里描述了这一状况。在那些分析中曾借助王小妮处理“花”的方式，描述一个诗人面对着一个物的世界的空洞性。这个物被剥离了神话、传说、信仰和象征，也被剥离了革命意识形态的覆盖物，昨天还引起人们的关注和激情，而今则处于语义空洞状态，或一切词汇都等值的语义无差异状态，还有什么必要去再现某种事物呢？我们置身其中的世界如果不说是失去了某种神秘“本质”的话，是否意味着正在失去一种背景、一种普遍联系性的相互关联，即失去了事物的某种不可见的部分？可见性的后面什么都不再有。没有什么神秘的或不可见的东西在可见性的后面闪耀。

“意义”不是稳定和固化的东西，它是生成和变化的事物。在稳固一些的层次上，在话语共同体的水准上，意义是集体象征图式的生成物；在较不稳定而多变的层面上，即在个人的修辞活动中，意义是感知力及其修辞比兴的生成物。在古典世界，事物具有象征意义，即具有语言共同体中的象征图式与感知图式所赋予的意义；而在一个失去象征的世界里，事物

① 参见耿占春《失去象征的世界——诗歌、经验与修辞》，北京大学出版社 2008 年版。

与经验亦并非出现在完全孤立的状态，并非仅仅被单纯的或纯净的知觉所中介，而是出现在一种缺乏稳定性的认知结构、一种不甚清晰的感知模式之中，后者往往深藏着一种认知的类比结构，即，认知框架、认知图式是比喻性的或修辞性的。人们通过类比结构而产生认知。迄今为止，这是尚未枯竭的意义资源。

不那么夸张地说，人们失去的并非全部意义领域，也不是意义的全部内涵，失去的仅仅是集体的神话、传说、信仰和象征，失去的或开始变得模糊不清的是关于意义的集体象征图式，而非个人的感受力。这正是当代诗歌写作（文学与艺术创造）的意义之所在。在集体表征图式中可说的意义，毕竟与个人可体验的意义不同。前者可以用来对社会生活进行集体操纵。可体验的意义虽然不具有对共同体的规范性作用，可这一意义领域毕竟仍然存在着，这正是诗歌写作能够在一个平庸的社会环境里“实践微妙”的根据。在这个历史的意义虚无化的时刻，操纵着集体的生存模式的那种意义图式已经消失，个人的体验与感受力成了瞬间性意义的生成与幸存之地。

对批评家而言，每一首诗都是一种独特的意义重新生成的模型，每一首诗都是一个不可复制、难以重复的意义的微型结构。一首诗就是一个感知主体对某种意义的隐微知觉的记录。就一首诗的呈现方式而言，它与个人的、日常的偶然境遇有关，诗歌就是偶然境遇和瞬间经验的主题化，或者说是世界的细节的隐喻化。诗是追寻个人生活中意义的瞬间闪烁的一种方式。

导致人们对现代诗的感受力缺乏认知的一个原因或许是它与古典诗歌所培育的诗意及其鉴赏力有着很大的不同，古典诗歌的意义参照通常来自“自然”范畴，诗意或意义通常呈现在人对自然事物极其微妙关系的感知之中。而当代诗歌的意义参照主要来自缺乏诗意的社会范畴，来自对个人生活的偶然境遇与更为复杂的社会语境的参照。但无论是个人还是社会的生活过程并不能自动生成意义，对社会生活的还原性的认知并不能够体察诗歌文本的意义所在。诗歌写作意味着将日常经验与事物变成一种隐喻认知的显现，把生活经验变成一种意义模式来加以验证的希望。日常经验向意义体验的转化是一首诗的诞生之地。或许还更进一步，某些诗歌还能够在日常经验的表达中呈现出某种神秘经验或异质经验的可能性。

与被狭窄化、功利化的感知相比，与感官密切相关的物的世界依然有着一种“超额经验性”（西美尔）或感知剩余物。面对这种超额经验性或感性的剩余物，每个人在瞩目它的时刻都会成为一个瞬间的诗人。尽管人们难以用语言从感性事物与现象环境中把握住这种超额经验性。意义的属性是感性的、非确定的、生成的、难以复制的，这是一种随着不确定的个人生活、随着感知力和表达力而漂浮的根据。以感性形式存在的意义、以诗学方式表达的意义不是公共语言所能表达的，意义亦非公共性的存在物；然而意义是个人的而非“私人”的，尽管其诗学表达具有“私密性”，却无疑存在于人们的共通感之中。

塞尔托如此写道：“虽然诗没有‘权威’，它却使其他空间成为可能，它是这片空间的虚无；在过火中找到可能，这也是诗的一种美学和伦理姿态（美学和伦理无甚区别，美学不过是外表；在语言领域，美是伦理的形式）。诗不把事实看成权威，它并不根植于事实。诗是违抗社会契约的，因为社会契约要使‘现实’成为法则。诗带来的只有它自己的虚无——诗是特异的，革命的，‘诗意的’。”① 对一个批评家来说，诗歌文本的意义并不能够还原于对现实的参照，无论是写作者的身份与属性，还是诗歌话语中的指涉。诗歌是一种“元叙述”（塞尔托语），据此而言，诗歌批评则如同一种“元论述”，即除了诗歌文本、一种虚构的话语之外无所凭依的论述，一种关于修辞虚构的论述。在此意义上，诗歌批评及其阐释话语不仅代诗而言，也代诗沉默。或许更为诡异：除了它反对的现实及其批判性的感受之外。

当代诗歌写作与批评的意义在于能否印证，个体是否能够成为一种可以认知的意义生成者，个人所创造的作品，能否成为可共享的意义载体。个人或主体性的最终使命不是它在政治经济学上的胜利，不是它在消费与娱乐方面的作用，而在于通过感知主体或一种感受性主体，意义的感知与表达是否成为可能。否则，现代社会就会从人文主义的主要社会成就后逃逸，后退至集体宗教以及诸如此类的群体概念的保护伞或“铁屋子”之中。诗是语言表达的无限自由的象征，是一种把自由与意义实践联结起来的话语活动。作为对诗歌写作的一种深刻的回应，当代诗歌批评理应锻造出一种僭越学科边界的认知功能。

---

① ［法］米歇尔·德·塞尔托：《历史与心理分析——科学与虚构之间》，邵炜译，中国人民大学出版社 2010 年版，第 61 页。

四

当代诗歌批评涉及语言、语言与意义的紧张，涉及感性、感知主体与经验世界的关联，涉及语言与感受力之间的作用机制以及从这种或许是无意识的关系中获取意义的个人感知方式与集体表征图式。对这些问题的关注赋予当代诗歌批评以特有的理论视野、动机与活力。一种具体的诗歌批评实践总是或多或少、有意无意地置身于这一论域之中。

源于诗歌批评最深刻的理论动机，与其说它有着某种学科化的意图，不如说它更具有僭越学科界限的冲动，这种冲动在于诗歌批评所涉及的论域：无论是语言、意义，还是感性、感知，都处在一种僭越学科边界的更广阔的社会思想语境中。但诗歌批评并不企图建立某种完整的或封闭的理论系统，一种理论如果不是沦为意识形态或迷信，就一定预设了自身的解体，即预设了作为碎片存在的命运。诗歌批评意味着与一个时代最深刻的感知力与想象力之间所进行一场持续着的对话。因此，专业的诗歌批评家并没有垄断这一领域，一些拥有良好理论素养的诗人往往是最富于魅力的诗歌批评家，在更广泛的领域内，还有一些并非以诗歌批评为业的哲学家和思想者也为当代诗歌研究与批评提供了范例。

但随着20世纪90年代以来整个社会生活从对人的内在性的关注转向日趋外化的生活，对语言与意义、意义与感知主体及内在性等思想领域的关切也失去了一种社会心理的能量。如诗人批评家姜涛所说，新诗研究与批评“是活生生的、充满紧张感的现实，外在的观念、框架只是躯壳，内在的欲望、思考和意志才是根本动力，一旦丧失了动力系统，相关的研究总有枯竭的一天。在我看来，新诗研究正是这样一种学问，和它所处理的对象‘新诗’一样，实际上一直和周围的历史处在‘较劲’的状态，或靠汲取历史的整体势能来喷吐高亢的美学”①。如姜涛在这篇文章中所预见，“历史的整体势能”似乎正在衰落，一种“高亢的美学”也难以在诗歌研究与批评活动中维系。

因为诗歌批评（或许整个人文学科）正在丧失对社会心理能量的聚集作用，或丧失了姜涛所说的“汲取历史的整体势能”的环境，批评也

① 姜涛：《新诗研究，需要激活动力》，载《江汉大学学报》2009年第3期。

变得日益靠学院化和专业化维系自身的合法性面具。批评越是龟缩于一种安全的专业认证的范畴内，就越是失去它自身的活力，失去它与更广阔领域的交互作用而产生的能量。与其说期待着诗歌批评确立起一种学科规范，还不如说应该相应地期待着一种独特的、别样的写作。这并非说诗歌批评不应该具有深刻的思想内涵，恰恰是只有一种别样的写作，才能与诗歌写作的言说与沉默方式相称，才有可能从混乱的现实中获得“汲取历史的整体势能”的契机。塞尔托在讨论人文学科的学术研究是一种“科学”还是一种“文学”的时候讲述了一个广为人知的故事：当福柯又一次被问到：你到底是以什么身份发言的呢？你的专业是什么？你的研究领域是什么？塞尔托说，后者在《知识考古学》的序言中以不快的语调做了回应：“怎么样，你们是不是相信我在写作中感受如此多的困苦，如此多的愉悦；你们是不是相信我就此负隅顽抗呢？……像我这样的人不止一个，他们写作是为了解除一切面具。不要问我是谁，也不要希望我一成不变；所谓出身只写在外面的证件上；当我们写作的时候，还是放我们自由吧。”在塞尔托看来，固守一个专业，物归其类，沉湎于知识的分类与等级，借以安身立命，树立权威，就是对秩序俯首帖耳——相反，“思考就是在游走，就是质疑秩序为何存在，就是自问秩序如何成为可能，在阅尽秩序的百态之后，寻找它形成的痕迹，最后，在假定屹立不倒的历史中发现‘如何能用其他方式思维？一直到各种程度？’”①

某些人文社会学科或许更乐意被视为“科学”，更愿意被组织进一种学科化的秩序，而诗歌批评或它所倚重的思想不会满足于被组织进这一秩序。相反，它只有在作为既定学科秩序的偏离时才产生乐趣并且富有意义。当代诗歌批评的隐秘焦虑或许正在于此：置身于学院化的知识环境内使自身学科化的意图与作为一种自由和多元的写作实践之间的内在紧张。

值得期待的或许是，诗歌批评能否成为一种具有双重意义的话语实践：保持着“写作”与“研究”的话语张力，“感受”与“认知”之间的非确定性的平衡，创造出“批评文体”的修辞探索与学术规则之间对抗性的活力，即使在较少受到关注的情形下，这或许仍然是当代诗歌批评最富有魅力的事情。以我之见，与塞尔托所论述的历史学比起来，本身就

① ［法］米歇尔·德·塞尔托：《历史与心理分析——科学与虚构之间》，邵炜译，中国人民大学出版社 2010 年版，第 67—68 页。

是文学的一种写作样式的诗歌批评更应该去追逐的目标不是使自身“专业化”，而是“如何能用其他方式思维？一直到各种程度”。

（原载《文艺研究》2013 年第 4 期）

当代诗歌的“边缘化”问题

洪子诚

一

诗歌“边缘化”自然不是什么新鲜话题，自20世纪90年代开始，这个判断就已经被广泛接受，成为对1990年代以来中国大陆诗歌的没有多少争议的描述。在这一概念的普遍运用中，1980年代被设定为当代诗歌的“黄金时代”，而“边缘化”进程则起始于80年代末。在批评家的叙述中，诗歌“边缘化”主要涉及诗歌的处境，即诗歌在社会文化空间的位置问题。减缩、下降、滑落等，是使用频率颇高的、用来说明“边缘化”征象的一组富动态特征的语词。“滑落”首先是指诗歌读者大量流失，诗歌写作、流通日益走上“圈子化”的倾向。作为可替换的另一相当普遍的说法，是“写诗的人比读诗的多”。因此，诗歌有时候也被称为“为生产者而生产的产品”①。对这个现象的进一步说明，是诗歌失去广泛感召力和影响力。一个相当夸张的说法是，诗歌不仅被“公众”所遗忘，而且也被文学界所忽略。空间位置的这种偏离“中心”的滑落，也表现在“文类”关系上。不要说相对于流行文化，即使在“严肃文学”的范围内，其地位也今非昔比。虽然总的来说，90年代文学的地位都在下降，不过，由于小说等本身的“通俗化”特征，遭遇的这种滑落震荡，比起诗歌来相对要小许多。20世纪中国的现代文学，小说自然占据主导地位，但诗歌在许多时候也有相当的重要性。到了20世纪末，情况发生明显变化，衡量文学成就所依据的成果，有几乎全部由小说承担的趋势，诗歌变

---

① 参见柯雷《何种中华性，又发生在谁的边缘?》，载《新诗评论》2006年第1辑，北京大学出版社2006年版。

得可有可无。在当前大学的文学教育中，当代诗歌逐渐成为点缀；专治当代文学的教授，有的对 80 年代以来诗歌的了解仅限于“朦胧诗”外加 80 年代有限的几个诗人，对于 90 年代的情况则几乎一无所知。

对诗歌“边缘化”的分析，也探及诗人的处境。诗歌地位的滑落与诗人身份、形象的暧昧不明，是同一事情的不同方面。诗人的定位和相应的写作问题，变得复杂起来。从浅表但并非不重要的层面，也就是作为谋生手段的“职业”方面看，“专业诗人”很快会从我们的词典里消失。在 90 年代，仅靠写诗难以维持正常生计。诗集出版的艰难，诗作稿酬的微薄人所共知。[①] 但是诗人就纷纷“饿死”了吗？那也未必，他们也不都穷愁潦倒。“诗人兼职”（以写诗为主业）和“兼职诗人”（以写诗为副业）成为普遍现象：诗人同时又是政府官员、教授、商人、企业家、公司职员、报刊编辑……这种事实当然不是什么“新事物”。习佛学禅在街头摆书摊默坐如一入定老僧的诗人[②]，会被称奇而增添诗作的分量。但是，既在官场、商场为获取最大利润博弈，同时也在灯下歌唱纯洁爱情——许多人还是没有具备将这种不同“身份”“面孔”加以协调、综合的能力。但“职业”只是一个方面，困难之处是在新的语境中，诗人应扮演（和人们要他们扮演）何种“文化”角色。在 1980 年代，“由于时间差——意识形态解体和商业化浪潮到来前的空白”，“诗人戴错了面具：救世主、斗士、牧师、歌星”[③]。“戴错”这个说法也许值得讨论，但是可以确定的是，这种种“面具”已大多自动或被迫摘下（虽然它们的“魅影”并没有消失）。在这种情况下，诗人该换上什么“面具”，不仅他们中一些人心里无数，就连批评家、社会公众也不大弄得明白。他们仍是“斗士”吗？有的人会觉得这是虚妄；语词锻造者吗？另一些人会觉得这是丧失社会责任感；自娱兼娱人的歌手吗？更多人肯定斥责为堕落。诗人（如果是真的诗人）本来在思维、想象方式上就有些“超常”，有的行为且有点“怪异”。这些，如果有了文化传统、神圣使命、浪漫情调的支持，往往成为美谈。一旦这种种支持撤去，那种真（或假冒的）“超常”，就可能成为令旁观者侧目的怪诞，甚至疯癫。因此，有一位诗人说：“写诗写久

---

① 例子之一是，笔者和程光炜编选的诗歌选集，出版社付给诗人的稿酬是每行一元。

② 诗人周梦蝶 1962 年习佛学禅，在台北街头摆摊默坐，专卖冷僻的诗集、哲学书籍。

③ 北岛：《失败之书》，汕头大学出版社 2004 年版，第 168 页。

了总被人斜眼，后来开始写散文似乎才得到宽恕。”①

诗歌地位的滑落，在90年代引发对新诗的新一轮的“认同危机”。这也是“边缘化”的另一征象。诗歌风光无限的80年代自然不会出现这样的“危机”论，即使有人提出也不会得到理睬。谈论新诗的“危机”（或“死亡”）当然也不是新鲜事，多少年就会来一次，也可以说是一种“陈词滥调”了吧。新一轮的“危机”论，是以“全球化”视境来提出论据的：百年新诗为什么没有出现“国际公认”的大诗人和经典作品？“国际公认”继“辉煌古典诗歌”之后，在（20）“世纪末”成为摧毁新诗自信心的另一有效手段。稍具悖谬意味的是，据说“新文学”已经“终结”，但顽强质疑为“新文学”开道的“新诗”合法性仍在继续。相信即使是那些殚精竭虑的新诗辩护者也不会反对检讨新诗的问题与阙失。问题是这种反省，在许多时候是以历史的“后设”的方式，来“彻底”动摇新诗发生、存在的根基。1958年的新诗发展道路论争的主导意向就是这样；90年代的质疑，也具有相似的逻辑。

二

可以发现，近年来对于诗歌“边缘化”的分析，存在着两个支撑点。一是现象描述与价值评价的重叠、交错，即它不仅是有关现象的说明，而且在不少论者那里，是诠释性的批评概念。另一个是“80年代”被设定为事实观察、评价的基础。从前一个方面说，在不少论述中，“边缘化”不仅用来廓清诗歌空间位置移动、变化的轨迹，而且蕴含着对诗歌事实（诗人和作品）的评价，因而，“边缘化”也意味着诗歌水准、质量的下降，诗坛出现衰败、空疏的现象。至于“80年代”作为观察、阐释的基点，这个基点发挥的是参照物、构造材料、评价尺度等多种功能。

值得讨论的问题是，“80年代”在多大程度，在什么意义上，可以作为评述90年代以来诗歌的基点？为什么对90年代以来的诗歌“败象”的指责，是以与“80年代”比照作为前提的？80年代自然对当代诗歌十分重要，相信不少经历或未经历的后继者对它都会存有感念之心。在打开诗人、读者被束缚、禁锢的感受性上，在释放诗歌创造的能量上，80年

① 北岛：《失败之书·自序》，汕头大学出版社2004年版。

代起到重要作用；那个时代获取的感受、经验，仍是宝贵的财富。但是，以“朦胧诗”（一些诗人、批评家强烈反对这个概念，认为应该是“今天诗群”）为核心的“80 年代”诗歌经验，有被“窄化”，同时也被“固化”的情况发生。“窄化”指经验的排他的性质，而“固化”则意味着与特定条件的脱离。诗歌史良性的“经典化”运动，应该是既能提供可信的“标准”，也有助于容纳、开放（而不是封闭）后来的经验。在有关 90 年代诗歌“边缘化”的论述中，“朦胧诗”（或“今天诗群”）的经验、“遗产”，既有继承、转化不够的情况，也有被抽离语境加以固化、成为僵硬标尺并转而用来贬抑后来的探索成果的问题。其实，80 年代的诗歌，对诗歌创造可能性的开发还是有限的，诗与“时代”、与个体生活关系的建立，现代汉语诗意能力的发掘等，这里面的复杂方面和呈现的多种可能，后来才得以逐渐展开。确立一种对“新时期”以来的诗歌现象进行描述的批评框架，80 年代以后所进行的探索，所产生的新的经验，也应该接纳其中。

宇文所安的一篇文章中，在摘引北岛诗《雨夜》[①] 的某些段落之前有这样的话：“避免写出下面这样的诗句，大概是一个诗人需要学习的最重要的事情。”作为一位远隔重洋、有着不同的文化、政治处境的美国学者，对某一作品的感受和中国读者的感受不同，完全可以想到。不过，即使是中国读者，对这些作品产生的反应也不会一成不变。宇文所安称赞了“朦胧诗”一代诗人使用、组合意象比起“前辈诗人”的大胆，说他们在诗题选择和情感表现等方面所做的革新，对西方读者而言可能不觉得有多大胆，“可在中国文学保守主义的语境里”，他们所引起的振奋，“应该不亚于诗歌中的现代主义在 19 世纪末 20 世纪初带给西方读者的兴奋”。因此他说，“大胆是一种相对的品质”[②]。“相对”基于它存在的特定环境和产生的具体条件。我们所说的不将 80 年代诗歌经验“固化”，就是指避免脱离诗歌文化语境抽象谈论，也指将这种已被抽象的经验重新“语境化”。“语境化”是一种重视历史时间的“限定”，是不将经验转化为不为

① “假如明天早上/枪口和血淋淋的太阳/让我交出青春、自由和笔/我也决不会交出这个夜晚/……”

② 宇文所安：《什么是世界诗歌?》，载《新诗评论》2006 年第 1 辑。

时空所制约的教条；[①] 这恰恰是激活了经验所具有的生命力，一种能够与其他的经验对话、容纳另外的经验的能力。

三

在对90年代诗歌“边缘化”的讨论中，另一种思路是将其放置在20世纪中国新诗整体的历史脉络中观察。[②] 奚密认为，新诗（她使用了“现代汉诗”的概念）的“边缘化”在其出现之时就已发生，一开始就处于“两个世界”的边缘，“一是迅速转化中的传统社会，一是日趋以大众传播和消费主义为主导的现代社会”。因此，“边缘化”不是某一阶段的现象和历史过程中的特例，而是“一个现代现象”，是必然的产物和演化过程，也是“现代汉诗”的“现代本质”，它的“美学和哲学特征”。在这样的意义上，奚密有时候也使用了“边缘性”的说法。的确，在中国的“传统社会”中，诗歌曾经享有优越的地位。它是政治权力擢升的阶梯，也是上层人际交往的精致形式。但在新诗发生时，这个“传统社会”已经解体，诗歌原有的至尊地位和政治文化功能都已失去。可是，在现代社会中，诗歌又不能和大众传媒竞争以吸引广大消费群体，因此，现代诗歌眼看着它被推到“新世界”的边缘而无能为力。从新诗的这一历史脉络上看，发生在90年代的“边缘化”现象其实是这一历史过程的延续；它所引发的诸多问题、矛盾，可以从新诗历史中发现其来龙去脉。

不过，奚密的描述显然存在一些问题，她自己也意识到了这一点。无论是从新诗的“现代本质”方面，还是从它在社会文化空间的位置方面，“边缘性”的概括并不能完全切合事实，中国新诗历史也存在连贯的、强大的靠拢和进入“中心”的潮流。且不说“五四”期间新诗的倡议、推动者，在展开他们的工作的时候就预设了新诗在文化革命、社会革命中的重要地位，而且，从20年代后期开始，诗人、理论家、政治人物等都在

---

① 宇文所安指出，对北岛等诗人在80年代的大胆革新以及他们的诗作产生的“振奋”的反应，应该放在特定语境中看待，但他在谈及西方诗歌和中国古典诗歌的时候，却认为存在着一种能脱离具体时空的“品质”。因此，他说：“大胆引起的兴奋当然不会持久……烟雾散尽之后，常常看到真正的诗。”事实上，烟雾“散尽”之后，也还是会有近似或不同的烟雾环绕。

② 奚密的论述，参见她的《从边缘出发》一书的第一章“从边缘出发：论现代汉诗的现代性”，广东人民出版社2000年版。

积极地寻求诗歌参与社会运动、文化运动的途径、方式。如在批评诗歌唯美主义的“象牙塔”倾向，批判诗人对“现实”逃避的同时，提倡诗歌平民化、大众化，探索诗歌民族形式，推动“诗歌下乡”“诗歌入伍”，发起街头诗、朗诵诗、新民歌运动，创造“政治抒情诗”的体式等。以至台湾的“乡土文学”运动的展开，也都是这种努力的表现。不用说20世纪50—70年代的“大跃进民歌运动”和“政治抒情诗”潮流，就是“天安门诗歌”也是诗直接介入社会政治的事件。至于80年代初的“朦胧诗”其话语形态虽然表现了疏离“中心话语”的边缘性，但从另一角度看，诗歌本身是当时社会运动的重要构成，它并没有被“边缘化”（这也是为什么它后来成为甜蜜追忆之源）。对于这种种的非边缘化现象，奚密等给出的解释是，“（20世纪）20—40年代‘革命文学’的旗帜可视为对诗边缘化现象的一种否定性反应”①。她暗示的是，这种不满边缘位置、强烈要求回归中心的反应，应放置在需要检讨的位置上；这种对于“边缘化”的“反动”是损害了诗歌的独立，损害了与“中心话语”的必要距离的维护，缩小了在实验中摸索诗歌自身法则的空间。

这一描述和评价，当然是建立在对于“纯诗”和有关诗的“独立性”信仰的基础上的。但是，如果考虑到中国20世纪的历史、社会情况，考虑到新诗所属的“新文学”那种强烈的社会性特征以及并非可以全部当作负面现象的“介入”品质，那么，以“边缘”这一诠释、批评观念对新诗历史的描述，可以改换另一方式。也许可以认为，新诗历史，就是维护“边缘”地位与走离边缘地位而进入“中心”的两种诗学主张、诗歌潮流交错、变换、冲突和协商的历史。对不同走向的诗学主张和实践，并非可以不问具体情况作绝对化的价值判断，它们具体的诗学成就和存在的问题，也需要分别予以细致的分析。自然，由于“介入”的诗学和诗歌实践在大多数时间里占据主流地位，因此，维护“边缘”地位的诗歌的文化价值、诗歌能力的开发，在20世纪显然很不充分；它们也容易被加上“逃避现实”“技巧主义”等帽子之后受到攻击。因为这些批评往往以社会良心等道德姿态加以支持，就更有力地瓦解了被批评者的可怜的自我辩护能力。

---

① 奚密：《从边缘出发》，广东人民出版社2000年版，第23页。

四

在90年代以来的市场经济、消费主义的时代，诗歌进入文化“中心”的条件已不再具备，“边缘化”的压力和产生的失落感，比任何时代都浓重和刻骨铭心。① 因此，作为新诗历史的一种“惯性”运动，出现了种种脱离“边缘”、寻找靠拢“中心”的意愿和“对策”。对策之一是，重新呼唤诗对社会生活的介入，对批判、改造社会功能的承担，呼喊那种“直线运行”的抒情模式，企望重振诗人的文化“斗士”意识。与此并行的是，批判90年代的那种所谓“严重脱离现实”“背叛底层利益”的病症。这种要求不能说没有一点根据，但却忽略了新的时代的复杂特征和这个时代的诗歌问题。“诗是一种行动的语言，一种改造社会的工具，还是个人与社会的一种对话，一种思维与想象的言说？诗人是社会英雄、文化斗士，甚或先知和预言家，还是一个像罗兰·巴尔特说的既非信仰的骑士又非超人，只能在寄寓权势的语言中游戏的凡夫俗子？写诗是根据‘社会订货’的需要，还是表达内心的感动与领悟，出于交流和分享的愿望?”应该是“以‘社会’、‘现实’、‘读者’的名义来规范诗歌，还是以诗歌来包容社会和现实，以‘诗的方式’来展开语言实践和文化想象”②？

为了解决“诗歌”被冷落、读者流失的困境，诗歌的“通俗化”“平民化”的命题再次提出，期望虚拟的“大众”的参与，争取被影视、流行歌曲所控制着的部分眼光，改变诗歌高高在上、晦涩难懂的不良形象。在实践中，诗歌的门槛也确实大大降低。但“大众”其实并不领情。出乎诗人意料的是，深奥、晦涩的诗，与通俗易懂、几乎人人可以参与的诗，同样是拒绝、嘲笑的对象。诗人不要存有太多虚妄的期待。读难懂的诗与读通俗的诗，其实都是同样的人。大白话的“口水诗”的出现，反倒是置诗歌存在的理由、价值于可疑之地。

为了解决诗歌“边缘化”的问题，另一个重要的应对是扩大诗歌传

---

① 对这个时间中国大陆的诗歌状况，王光明使用了这样的感受性描述：“灯光暗转，垂幕放下，剧情已新……许多东西一夜之间从悲剧变成了喜剧”，“诗歌似乎真的走入了黄昏与黑夜”（《现代汉诗的百年演变》），河北人民出版社2003年版，第607—610页。

② 王光明：《现代汉诗的百年演变》，河北人民出版社2003年版，第612—613页。

播、流通的手段，特别是利用“多媒体”的手段。这当然是有益的工作，是值得肯定的努力，也已经取得一定成效。舞台演出，由专业演员担纲，通过电视转播的诗歌朗诵会，诗人对自己作品的朗诵会，各地大大小小的诗歌节，各种诗歌联谊会、诗会、酒会，各种诗歌评奖活动，发布各种诗歌排行榜等，都是这种努力的各种样式，形成在诗歌“边缘化”中的异乎寻常的“诗歌热”景象。① 诗歌由此扩大它的影响，一些读者（观众）也似乎由此“亲近”了诗歌。但是问题也仍然有它的另一面。有的热闹喧哗的诗歌活动，“只能被称为一幕幕热闹的‘诗歌嘉年华’。不仅暗中取悦‘嘉年华’的主办者与观赏者，也同时取悦并深深满足着其自身的怀旧需求”；“除了酒精衡量的诗人真性情之外，探讨诗歌和展示诗歌都成了走过场”②。诗歌也需要“流行”，但诗歌与“流行文化”是否需要界限，这是近年“诗歌热”提出的问题。

诗歌“边缘化”并不意味着诗歌不再必要，也“并非‘可能性已经被耗尽了’，而是被转化了”③。因此，“边缘是语言艺术也是一种意识形态策略”④。它意味着与“中心话语”（政治的、流行文化的）的必要距离，探索人的生存的一切方面，包括提供新的感受性，从人的精神处境出发，发挥诗歌的难以替代的文化批判价值。也正因为如此，“边缘”并不完全是有关诗歌地位的负面判断。对于认识这个时代的问题和认识这个时代的诗歌问题的诗人来说，“边缘”是需要身心（包括语言）的“抵抗”才能实现的位置，是有成效的诗歌实践的出发点。

（原载《文艺研究》2007 年第 5 期）

---

① 据统计，在 2005 年，各种诗歌节、诗歌朗诵会、联欢会、诗歌评奖等活动，全国有将近 60 回之多（参见周瓒《2005 年中国大陆诗界回顾》，载《新诗评论》2006 年第 1 辑）。

② 徐敬亚、陈东东的话，转引自周瓒《2005 年中国大陆诗界回顾》。

③ 王光明：《现代汉诗的百年演变》，河北人民出版社 2003 年版，第 611 页。

④ 奚密：《从边缘出发》，广东人民出版社 2000 年版，第 53 页。

在两大传统的阴影下

黄灿然

20世纪以来，整个汉语写作都处在两大传统（即中国古典传统和西方现代传统）的阴影下。写作者由于自身的焦虑，经常把阴影夸大成一种压力，进而把压力本身也夸大了，却没有正确对待真正的也是必要的压力，即汉语的压力。我仅想局限于通过现代汉语诗歌，来探讨在这两大传统阴影下的写作。汉语写作的其他领域，大致可以在这个基础上加以理解，但不一定完全一样。

与现代汉语诗人可能的幻觉相反，压力的最大和最直接的承受者，是中国古典诗歌写作者和西方现代诗歌写作者。中国古典诗歌传统的压力已变得没有意义了，因为它已完全压扁了它的写作者，并催生了新诗。西方现代诗歌传统则压力过大，西方诗人都在顶住这种压力写作。现代汉语诗人的劣势，恰恰在于他们没有足够的压力，而这又恰恰是他们的优势，尤其是相对于古典汉语诗歌写作者和西方现代诗歌写作者而言。

诗歌传统是累积起来的。诗歌首先来自民间，来自无名氏。无名氏的民间诗歌，命名了世间万物。接着，有名字的诗人出现了。如果没有民间无名氏的诗歌命名了世间万物，诗人就无从开口。在有了民间诗歌之后，诗人一开口，他就是在重新命名世间万物——以他的个人身份命名，打上诗人的印记。民间诗歌是诗人的传统，但那是没有压力的传统。诗人开始建立另一个传统——诗人传统，有压力的传统。这就是为什么，我们谈诗的时候，说《诗经》（民间诗歌）如何伟大；说杜甫（诗人）如何伟大。《诗经》的作品没有诗人的形象，杜甫的作品构成杜甫这个诗人的形象。压力的一个来源是诗人的修养，而在《诗经》中我们看不到作者的修养，因为我们根本看不到作者。但在杜甫身上，我们看到杜甫这个诗人的修养，后辈诗人无法达到的修养——“无法达到”便是压力。

但是，更大的压力，是命名的压力。写作只有两种：一种是人们想不到的，这是命名；一种是人们感到或想到但还没有表达出来的，这也是命名。命名即是压力：你以为没被想到没被写到的，其实可能已被想到并写到了。命名的更大压力是，仅就任何一种语言来说，写作已由漫长的历史（纵）变成广阔的历史（横），也即在考虑未被想到的东西时，除了要考虑自己写作的语言外，还要考虑别人写作的语言。

这就涉及最大的压力，即再命名的压力。别人宣称拥有主权的事物，你要夺过来，或要分享，是非常困难的。再命名的压力，在某一程度上，也即题材的压力。举“登高”的题材为例，陈子昂的《登幽州台歌》一出，诗歌的疆土便被他夺去一大片。这里，题材也是有传统的，也经过漫长的积累。陈子昂以强大的力量夺取以往的积累，建立牢固的形象，构成巨大的压力。王之涣带着《登鹳雀楼》来强占地盘，构成另一个压力。陈子昂的主题被时间笼罩，并且是悲观的（独怆然而涕下）；王之涣的主题被空间笼罩，并且是乐观的（更上一层楼）。

杜甫挟着《登高》和《登岳阳楼》，以更强大的力量和姿态，使“登高”题材形成定局。他既包揽了陈子昂的时间和王之涣的空间，又注入个人身世和家国情怀。时与空，历史和现实互相交错和浸透。陈子昂和王之涣用的是单镜头，一个静止的远景。杜甫则用上远景、近景、特写镜头，并且不断移动转换，使得两首诗都写得丰富而复杂。

形成定局之后，便意味着这个题材枯竭了。后来者任何同类题材的作品，其重要性便逐渐缩小，以至变得毫无意义和毫无必要。

命名的压力，是横的压力。还有一种纵的压力，也即众多前辈诗人挟着他们各自的横的压力，对后辈诗人构成的层层叠叠的纵的压力。

仅就杜甫的前辈而言，屈原集他以前的传统于一身，成为第一位大诗人；陶潜集他之前的传统于一身，成为另一位大诗人。而陶潜之所以还有机会，是因为他和屈原完全不一样：一个入世，一个出世；一个强烈，一个淡定；王维是第三个大诗人，他之所以还有机会，是因为他发展了山水诗；李白是第四个大诗人，他之所以还有机会，是因为他跟屈、陶、王都不一样：他是天才。接着杜甫出现了，他的机会建立在他之前的诗人的机会上：他是集大成者。集大成者出现之后，诗人开始变小，他们开始做那位集大成者在某个方面做得不够，或已做够但他们仍可以做得更多的事情。白居易之所以还有机会，是因为他在往“白”里写；李贺和李商隐之所以还有机会，是因为他们往晦涩里写。

当一切题材都被写尽了，大诗人也出尽了，诗歌便开始枯竭，由词来接棒。苏东坡之所以还有机会，是因为他已不完全是大诗人：他是集诗、词、散文于一身的大作家。写作出现质的变化。这位大诗人之后的作家，又开始变小。至元明清，诗衰竭，词也开始衰竭，诗人变成打杂。戏曲、散文尤其是小说大盛，更重要的是小说使用新的语言：白话文。白话文运动则正式宣告古典汉语写作终结，因为它已枯竭。这不是一厢情愿的运动，而是一种必然的结果。证据是：白话文不是临终发明出来的，而是孕育在古典汉语衰竭的母体中。

那么集大成者的底线在哪里？即我们如何知道某个人是集大成者？难道他之后，例如杜甫之后，不会出现另一个更大的集大成者吗？答案是：如果这位诗人代表了整个民族精神，他就是集大成者。杜甫代表了中国民族精神。我们不能说屈原、陶潜、王维、李白、白居易、苏东坡等人代表民族精神，他们都只代表了中国民族精神的某一方面。集大成者的伟大，是要经过一段时间，甚至经过一段漫长时间才会被发现的，因为民族精神是一个很庞大的氛围，整个民族精神不一定可以在一个时代中全部被看到。生活在太平盛世的读者，不大可能完全理解杜甫，只有经过艰难时世，尤其是战争和丧乱，才会更充分地理解杜甫。杜甫的伟大，是通过历代的无数灾难来证明的。而李白的伟大，是任何时代的人一看就看得到的。从读者的角度也可证实这点。一个读者在 17 岁读李白，跟在 70 岁读李白，基本上不会有什么不同。但一个读者在 17 岁读杜甫，跟在 37 岁读杜甫，可能就已有天壤之别。顺便一提，中国读者历来有“李杜之争”，也即到底李白更伟大还是杜甫更伟大。这种争论将永远持续下去：既然民族精神不一定可以在一个时代中全部被看到，那么一个民族诗人之伟大不能被一个时代中的读者甚至大多数读者全部看到，又何足为怪——杜甫的时代，就看不到杜甫的伟大。或许我们可以把李白称为“伟”，把杜甫称为“大”：伟代表高，大代表宽。李白是塔，杜甫是平原，当我们在那座塔的一定距离内，例如十米至一公里，我们会被那座塔所吸引，而看不到这一范围内的平原或看到但不当一回事。当我们与那座塔的距离越来越远，例如五公里、十公里，则我们将越来越被平原的气势所吸引。

代表民族精神的集大成者诗人，不是其他不同精神风貌和风格的诗人之总和，而是比他们加起来还多。我们甚至可以说，杜甫比他前前后后的所有诗人加起来还多，就像莎士比亚比他前前后后的所有诗人加起来还多一样。但可能也有几位诗人加起来才构成民族精神的例子。惠特曼仍不能代表美国精神，他是阳刚和开放的；还得加上狄金森，这位阴柔而内敛的女诗人；这还不够：还得加上美国精神的一个重要组成部分——新英格兰的代表诗人弗洛斯特，才算圆满。由于这种“三位一体”，美国就不一定还会出现一位集大成者。

集大成者诗人出现后，便开始把后辈诗人缩小以至压扁，诗歌便告衰竭——但不是语言衰竭。语言要等到该语言的所有体裁都创下高峰，再也开拓不出新体裁之后才告衰竭。

如果古典汉语诗歌是一个果实，集大成者就是果实的完全成形，他之前的传统，是果实的形成，他之后的传统，是果实的逐渐熟透。然后果实落地，其种子重新生长——这就是白话文，它来自那个果实之核。

现代汉语及其前身白话文为汉语的新生创造了一个机会。现代汉语诗人获得了用现代汉语诗歌重新命名世间事物的机会。

现代汉语不等于白话文，它是白话文与汉语译文混杂（汉译）的混杂。汉语不等于汉语，也不等于原著，也不是两者的混杂。汉译就是汉译，是一个独立体。

在重新命名的最初，或者说在汉语再生的最初，新诗（白话文诗）依然挣扎在旧诗的烂果实中。新诗刚冒头，西方现代诗歌就立即介入写作过程。但西方现代诗歌的介入，也同样挣扎在那个烂果实中：最初的译诗用的是文言，然后是生涩的白话文，然后是较成熟的现代汉语。汉译的成长，与新诗的成长几乎同步，以致无法分清是汉译推动新诗，还是新诗和新文学推动汉译。较大的可能是相辅相成，相得益彰。较成熟的现代汉语诗歌，产生于20世纪二三十年代，汉译亦然。现代汉语诗歌在50年代基本上规范化，这也是汉译进入全面成熟的时期。可惜，进入50年代，现代汉语诗歌因政治干扰而在大陆枯萎。在中国台湾和香港地区继续发展的现代诗歌，则发生复杂的变化，需要另文探讨。

由于生长在汉语古典诗歌的烂果实中，新诗必须长到一定的高度，才有可能摆脱原来的果壳的制约。这个时候，西方现代诗歌便成为催促新诗成长的营养。由于现代汉语的意义在于重新命名，故在新诗及后来的现代汉语诗歌发展过程中，诗人使用的语言越是靠近汉语古典诗歌的语言或文言，就越是无法获得重新命名的力量，成就也越低。所有著名的新诗或现代诗人，都是受西方现代诗歌影响。其中最杰出的穆旦，是最不受汉语古典诗歌影响的，又是最重要的西方诗歌汉译者。

这次重新命名，已不是题材的压力那么简单。这次重新命名是重新书写，也就是说，这次重新命名浸透每一个单词、每一个意象、每一个节奏、每一个句法。不仅如此，重新命名的机制要变得越来越严密，重新命名才会越来越有意义。如果我们用现代汉语把上面列举的“登高”题材诗重写或翻译一次，它们将变得毫无意义。那几首古典的“登高”题材诗，是在一个严密的机制中产生的，其中包括古典汉语的修辞和格律。脱离那个命名机制或系统，它们就变成坏诗。当命名机制严密起来，题材才开始变得重要，题材的压力才开始加强。现代汉语的命名机制正处于形成中，仍未严密起来。用现代汉语重写或翻译“登高”题材诗，等于退回到陈子昂之前最早的“登高”题材诗的水准，甚至更低。

西方现代汉语诗歌汉译对中国诗人的吸引力之所以这么大，原因在于现代汉语命名机制是借助汉译尤其是汉语中所移植的西方语法和西方感性建立起来的；西方现代诗歌的当代日常意象，更是生活在日益城市化的环境中之现代汉语诗人要借鉴的。这就是为什么，与古典汉语诗歌的现代汉语译文味同嚼蜡的情况相反，有一定水准的西方现代诗歌的汉译，其质量往往比现代汉语诗人有一定水准的作品更好。值得注意的是，西方现代诗歌汉译有很多译得很不好，其中一个重要原因恰恰是译者把现代汉语当成白话文和古典汉语的混合体，而不明白现代汉语的本质乃是白话文与汉译的混合体。

由于命名机制的不同，古典汉语诗歌对现代汉语诗人实际上不构成压力，倒是西方现代诗歌汉译对现代汉语诗人构成一定的压力。古典汉语诗歌对现代汉语诗人构成的实际上是阴影：一个真正的阴影。古典汉语诗歌是一个完整的诗歌宝库，一个严密的命名机制。它的所有妙处现代汉语诗人即使都能体会到，却仍然与他们要做的事情没有关系。他们的写作不承受它的压力，却无时无刻不活在它的阴影下。这个阴影是很重要的：它构成一种“影子挑战”，不是挑战他们像它那么写，而是挑战他们写得像它那么好。它是一条长河，要求他们所写的东西也是一条长河，与它构成平行关系。这个阴影在某种程度上是具有威胁性的，因为古典汉语诗歌抢去了绝大部分汉语诗歌读者。它不仅挑战现代汉语诗歌写得像它那么好，还挑战现代汉语诗歌平分它的读者。

西方现代诗歌也是一个阴影：虚构或想象的阴影。它也是一个完整的诗歌宝库，一个严密的命名机制。可是，它的妙处他们基本上不能体会得到。他们体会到的是西方现代诗歌的汉译，并承受它相应的压力。这个阴影根据他们各自不同的虚构和想象而扭曲和变化。首先，他们要想象原文好到什么程度；其次，他们要想象他们所喜欢的西方诗人好到什么程度；最后，他们要想象整个西方诗歌的面貌圆满到什么程度。

关于第一点，就我所能直接阅读的英语诗歌而言，英语诗人做得最好的时候，就像汉语古典诗人那么好。这方面的例子，我已在一篇评论多多的文章中有所阐述。关于第二点，相信它已不是虚构或想象的阴影那么简单，而是很多现代汉语诗人焦虑的主要来源。且不说这虚构或想象的基础（也即汉译）的质量，仅就汉译数量而言，就已十分薄弱。例如近年来，伊丽莎白·毕晓普成为不少当代中国诗人倾心的诗人，但是毕晓普的汉译加起来可能不足十首。大体上，除了90年代以前获得诺贝尔文学奖的西方现代诗人都有那么一本半本的汉译外，绝大部分西方现代诗人的汉译都不超过他们全部作品的1/10。关于第三点，与第二点有密切关系，众多西方现代诗歌汉译的极端不足，必造成想象中的西方现代诗歌面貌的大面积缺损。这只是就已有或多或少汉译的西方现代诗人而言。还有很多重要的西方现代诗人完全没有汉译。

西方现代诗歌对汉语现代诗人造成的虚构或想象的阴影之种种扭曲，会给他们带来两个后果：一是过分夸大它，二是过分缩小它——就像一面哈哈镜。

夸大不一定是坏事，它最多造成焦虑，尽管焦虑实际上是一件坏事，尤其是如果焦虑变成一种写作氛围的话——不幸的是，汉语诗界目前恰恰陷入一个氛围性的焦虑；不必担忧的是，焦虑终有一天会消除减缓。我说夸大不是坏事，主要是指，如果你把一个大诗人再夸大，对你不会有什么损失。

缩小就麻烦了，因为它恰恰是使你把一个大诗人缩成小诗人，把一个大传统缩成小传统。话说回来，对于正处于成长最初阶段的现代汉语诗人来说，缩小又有其好处。举例说，现代汉语诗人知道奥登是大诗人，但是，由于奥登的汉译仅占他全部作品极小的一部分，再扣除汉译中的损失（奥登在汉译中的损失是很大的），现代汉语诗人会说：我们可以写得比他好。这样，竞争的愿望立即强烈起来：竞争来自某种旗鼓相当的状况，如果对手太大或太小，就谈不上竞争。但是，长远而言，缩小又是有害的。这主要表现在，奥登在英语中是一位大诗人，现代汉语诗人也从各种资料中知道奥登是英语大诗人，但在汉译中奥登其实只是小诗人而已，而现代汉语诗人通过这个小诗人来想象甚至认定他就是大诗人。推而广之，对整个西方现代诗歌也做如此想象和认定。这种害处现在已经明显起来了，尤其是表现在现代汉语诗歌从题材到形式的极端狭窄化。表现在心态上，便是自满。自满就会裹足不前，而这既关系到一位现代汉语诗人的成长，又关系到整个现代汉语诗歌的发展。

这种自满的害处，是把“什么是诗”和“什么是好诗”的概念缩小。

尤其眼下的现代汉语写作，已去到了最好的诗与最坏的诗之间界限模糊的地步。而这个趋势，与回到“诗自身”的语言化写作有密切关系，这种语言化写作已恶化至语言自我繁殖和自我复制的程度。表现在诗人与读者的关系上，就是晦涩的问题。这是一种不合理和没道理的晦涩，甚至恶化到诗人不仅把晦涩当成“诗”，而且把不合理和没道理的晦涩当成“好诗”的地步。而晦涩的问题，又与汉译丧失了西方现代诗歌中发挥语言极致的部分和音乐部分有关。想象力没有根据，语言没有制约，必然带来游戏没有规则的现象。事实上，眼下的汉语诗歌写作已经进入一个我们在中外文学史上屡见不鲜的雕饰、浮夸、堆砌、混乱、拉杂、腐败的阶段。还有一种反语言化的写作，只用简单的语言，来复制和抄写日常生活，变得啰唆和琐碎。这种两股力量对立和争吵的局面，乃是“什么是诗”和“什么是好诗”的概念缩小到极致的结果。这个局面同样不必担忧：文学史告诉我们，一种准确、清晰、坚硬、实在、丰富、深刻的写作将应运而生，它会纠正一切偏移。

如果现代汉语诗人从共时性的角度看待自己与西方现代诗人的关系，则他们将彻底绝望；但是，如果他们从历时性的角度看待自己与西方现代诗人的关系，则他们将怀着希望甚至充满希望。

这也是一个长期以来困扰现代汉语诗人的问题，也即面对西方现代诗歌所形成的强大障碍，现代汉语诗人有机会突破吗？答案是：机会很大。那个障碍事实上不是障碍，至少不是强大的。从历时性的角度看，现代汉语诗人根本不是“面对”西方现代诗歌，他们不仅是在与西方现代诗人不同的空间里生活，而且是在与西方现代诗人不同的时间里写作。现代汉语诗人与西方现代诗人正处于相反的进程中，也即现代汉语诗歌正处于果实的开始成型期，而西方现代诗歌则已过了果实的成形期，进入果实熟透期。但麻烦在于，现代汉语诗人是从同时性看问题的，他们把自己置于与西方现代诗人的同步发展中，并因此而焦虑。

如果从共时性的角度看待与西方现代诗歌的关系，则不要说西方现代大师辈出，仅仅是现代汉语诗人作为主要营养的汉译，与尤其是我所知道的英译相比，也立即相形见绌。随便举若干例子：20 世纪有 50 多个《神曲》英译本，中译大概不超过五个；有十多个意大利诗人蒙塔莱的英译本，包括多个的单行本全译，中译只有一个；有数十个德国里尔克的英译本，包括多个的单行本全译，中译不超过五个；有数十个聂鲁达的英译本，包括多个的单行本全译，中译也不超过十个。

西方每一个重要语系的诗歌，大致也都经历过或正在经历古典汉语诗歌从果实形成，到成形，到熟透的过程，尽管内部构造可能不同。例如希腊语是先出现在荷马身上达到顶峰的史诗，然后是抒情诗，然后是戏剧和散文。由于西方各大语系诗歌的主要来源都是古希腊和古罗马诗歌，故从宏观角度看，尤其从中国人的角度看，整个西方诗歌可视为一个大综合体，一个大传统——事实上西方人自己也如此看。

按理说，继但丁和莎士比亚之后，西方诗歌应该衰竭了，浪漫主义原应成为西方诗歌最后的挽歌。事实则是，浪漫主义并不是那个早已完全成形的果实的熟透，反而是果实某些部位的重新凸出。这些凸位，就诗人而言，是由歌德、华兹华斯、莱奥帕尔迪、普希金、密茨凯维支、惠特曼等大诗人形成的；就这些大诗人的诗歌作品而言，则是包含明显的现代性，下启现代主义。接着，现代主义高峰迭起，大师辈出，把果实各个凸位之间的凹位填补起来，直到当前的后现代主义才宣告果实的熟透，或看上去像熟透。

这些“额外”凸位的秘密，在于近代各语言之间包括翻译在内的文化交流的频繁，尤其是诗人掌握双语或多语。在歌德、普希金这些母语诗歌传统压力不大的诗人身上，掌握双语或多语主要作用于铸造大诗人，形成大压力；在其母语诗歌传统已形成巨大压力（也即果实已完全成形并开始熟透）的现代主义诗歌大师身上，掌握双语或多语（而他们几乎都掌握双语或多语）主要作用于躲避母语诗歌传统的巨大压力，向其他语言的诗歌传统吸取能量。

当翻译和双语或多语被炒了一遍之后，西方现代诗歌再难有发展，后现代主义连最后的挽歌都够不上。当代西方诗歌在现今几位上了年纪的重要诗人或大诗人之后，已不成气候。50岁以下的当代西方诗人基本上成为打杂，这已不是什么影响的焦虑。阿什伯利之后，也许只剩下焦虑的影响。

从历时性的角度看，现代汉语诗人的机遇，一方面在于西方现代诗歌处于无处挽回的衰竭期，另一方面在于现代汉语和现代汉语诗歌处于有着无可逆转的前景的最初形成期；西方现代诗人都在逃避压力，而现代汉语诗人都在寻找压力。再打个比方，西方诗歌是一个倒金字塔，西方现代诗歌已去到倒金字塔的尖端；而现代汉语诗歌是一个正金字塔，刚处于基础建设阶段。可是，现代汉语诗歌的各种问题和困境，恰恰发生在倒金字塔尖端与正金字塔基础构成的共时性尖锐冲突中——也就是说，发生在现代汉语诗人把自己置于西方现代诗人的同步发展中。推而广之，现代中西文化的各种冲突也源于此。当前现代汉语诗歌的狭窄，源于它承接西方现代诗歌的主流——在倒金字塔的意义上说，也即末流，犹如一个少年的身躯，装着一个蹒跚的老人的灵魂。

解决这个冲突，有很多途径，包括从古典汉语诗歌也即我们自己真实的传统阴影借鉴，例如古典汉语诗歌中浓厚的人情味；也可以从西方古典诗歌借鉴，至少从现代主义开始回溯，寻找西方诗歌的源头——大部分现代主义诗人的源头恰恰是古典诗歌，包括中国古典诗歌；又可以借鉴西方和中国古典诗歌传统的形式，形式可带来限制，可增加压力，防止现代汉语诗歌出现无序和混乱局面。

在解决了这个冲突，或者更准确地说，在看清了这个问题之后，现代汉语诗人的机遇将不劳而获了吗？答案是否定的。他们还要做出很多努力和迎接很多挑战。

前面说过，西方现代诗歌汉译才是现代汉语诗人的真正压力，但是，西方现代诗歌汉译由于种种缺陷和不足，其所构成的压力还不够大。这种压力不够，有其好处：如果西方现代诗歌汉译在质量和数量上都十分充足，则压力会太大，大得使现代汉语诗人抬不起头来，就像一株秧苗被施了太多的化肥，会被窒息而死；话说回来，如果这株秧苗长到一定的程度而没有得到适当的化肥，则它将营养不良以至枯萎，而现在已面临营养不良的局面——这牵涉另一个复杂问题，也即汉译的技术、美学和取向的问题。

如果仅靠白话文的自然发展，则“新诗”的生长将十分缓慢，就像一个果实的自然形成那么缓慢；有了汉译与白话文综合体的现代汉语，现代汉语诗歌得以形成，把“新诗”推上更高层次；有了西方现代诗歌汉译的压力，现代汉语诗歌的发展得以加速，就像果实因催化剂的作用和各种现代除虫药的护理而加速生长；还有另一种催化剂，就是掌握双语或多语的现代汉语诗人，可以直接得益于西方现代诗歌传统的阴影的庇荫，即是说，那个阴影并非虚构或想象的阴影，而是真正的阴影。

也许，掌握双语或多语的现代汉语诗人最大的好处，是有机会逃离当代语境——西方现代诗人恰恰是通过掌握双语或多语，来避开传统的巨大压力和逃离当代语境。由于现代汉语写作以至现代汉译已形成一种氛围性的焦虑，逃离当代语境，不但对个体的现代汉语诗人十分重要，也给整体的现代汉语诗歌带来舒缓作用以至活化作用。

（原载《读书》2000 年第 3、4 期）

“历史想象力”如何可能

——几部长诗的阅读札记

姜　涛

在《先锋诗歌20年：想象力方式的转换》一文中，批评家陈超提出可从想象力“范式”转换的角度，考察近20年来中国当代先锋诗歌的内在线索。他首先辨析了1980年代新生代诗歌两种基本想象力范式——“日常生命经验型”和“灵魂超越型”，继而重点论述了1990年代之后出现的一种综合性、个人化“历史想象力”的价值。所谓个人化的“历史想象力”，简单地说，具有“异质混成”的性质，“是指诗人从个体主体性出发，以独立的精神姿态和话语方式，去处理我们的生存、历史和个体生命中的问题”。在修辞的层面，它有多种表现，如扩大文体的包容性，能强有力地处置各类“非诗”经验，由抒情转入深层的叙述，怀疑、反讽、对话因素的普遍渗入以及不同语言类型的杂糅与扭结等。由此出发，先锋诗歌得以在文学话语与历史话语，个人化的形式探险与宏阔的人文关怀之间，建立起了一种彼此激活的能动关系。当然，陈超没有忘记勾勒90年代末至今诗歌想象力的种种新变，但这不影响如下的判断：“我对未来先锋诗歌走向的瞻望，也不会离开以上的历史想象力的向度。”①

可以说，个人化“历史想象力”的提出，具有盖棺定论的性质，意图超越诗人群落的分化及流行的诗学标签，拨开纷乱的表象，对先锋诗歌进行一次综合性的价值指认。这种指认不仅是历史的总结，也可看作是一种历史的建构、一种主动的价值期待，背后蕴涵了一代人特有的精神立场，即：在所谓“后现代”多元、相对的氛围中，人文知识分子固有的

---

① 陈超：《先锋诗歌20年：想象力方式的转换》，《燕山大学学报》2009年第4期；另外，可参看陈超《重铸诗歌的“历史想象力”》，《文艺研究》2006年第3期。

批判责任和精神品质，如果想继续保有活力，必须与一种开放的、容留的、论辩的活泼心智相结合，才能获得具体的历史现实感。在市场化时代，这似乎又是边缘化的诗人群体唯一可能的选择了。这一指认包含了吁求与批判的曲折含义，在历史及价值的层面，都具有相当的涵盖力、说服力，但沿了这条富于启发性的线索，或许还可以进一步追问的是：在近20年的思想及文学的谱系中，上述人文立场存在的前提和条件是什么？在当下情境中，这种立场在自我说明之外，是否还具有充沛的活力？同样，为它所哺育的个人化“历史想象力”是否自明？为了回应新的思想及生存问题，“历史想象力”是否存在内在的限制，又该怎样突破限制？这一突破又将伴随了怎样的困境？

这一系列追问并非出于“为赋新词”的批评强迫症，因为在某种意义上，部分当代诗人颇具抱负的写作，已将这些问题推至前台。尤其近年来，一些体制庞大的长诗、组诗相继出现，暗示了当代诗歌内部能量在重新聚合，或许会将新的前景、问题挤压出地平线。这些“大体量”的写作，一方面延续了“历史想象力”的动能，保持并拓展了个人与历史之间“异质混成”的开放；另一方面，诗人也试图进入历史内部，通过重构诗歌的位置和形式，来获得某种总体性的驾驭、洞穿能力。换言之，“历史”二字不仅是想象力的一种修饰或限定，同时也是一个大写的“宾词”，也是想象力必须与之遭遇、缠斗的对象。“稗史”的视角、个人化的诗艺、人文主义立场与历史这个“庞然大物”之间的紧张，乃至“历史想象力”本身的伦理暧昧性，在“缠斗”中也得到了更为戏剧化的展现。下面，本文就尝试以诗人柏桦的《水绘仙侣》《史记》系列，西川的《万寿》，萧开愚的《内地研究》，欧阳江河的《凤凰》等作品为个案，在简要评述的基础上，探究一下“历史想象力”在当下遭遇的顿挫及展示的可能。

一

2007年，诗人柏桦复出诗坛，先后抛出两部大作品：《水绘仙侣——1642—1651：冒辟疆与董小宛》与“史记”系列（包括完成的《史记：1950—1976》、《史记：1906—1948》、《史记：晚清至民国》，以及计划中的“从改革开放到现在”）。前者，以明清易代之际的冒辟疆与董小宛为题，着力刻画他们婚后在“水绘园”中的红尘生活，从“家居”写到“食”“茶”“香”，写到“水绘雅集”，乃至离乱与疾病、死亡与宗教，似乎要为乱世之中的文人发明一部“思想与生活的总志”；后者，则更为雄心勃勃，从晚清贯穿当代，要揭开时代总体性的帘幕，暴露出各色人物及日常琐事的荒诞，有评论者就用“小人物的喜剧”来概括《史记》的全体。[①]

尝试以诗著史，两部作品分享了同样的抱负，在写作方式上，也都具有类似“准学术”的性质：不仅材料和灵感来自相关文献、学术及报刊的研读，[②] 大量注释文本肆无忌惮地穿插，也带来了一种“诗歌、笔记、笺注”充分互动的文体效果。以《水绘仙侣》为例，全诗不足200行，而99个注释就多达10万字。而注释的功能，也不限于词句、典故的解释，更多情况下，柏桦挥霍了“文抄公”的能力，顺手拈来，拉杂敷衍，将各种相关及不相关的史料、诗文、故事、评论，进行编辑、剪贴，合成恣肆汪洋的一片。诗文本与注释文本既相互配合，又可彼此“引爆”，成为独立的阅读空间。而在《史记》的写作中，“准学术”态度进一步落实为考据式的转述，柏桦声称自己的作用，尽量像 T. S. Eliot 所说的，像一个催化剂白金丝那样，“只是促使各种材料变成诗”，保持自身中性，并不介入其中：

> 我必须以一种“毫不动心”的姿势进行写作，我知道，我需要经手处理的只是成千上万的材料（当然也可以说是扣子），如麻雀、苍蝇、猪儿、钢铁、水稻、酱油、粪肥……这些超现实中的现实有它们各自精确的历史地位。在此，我的任务就是让它们各就各位，并提请读者注意它们那恰到好处的位置。

---

① 杨小滨：《毛世纪的“史记”：作为史籍的诗辑》，见“风月大地论坛”《柏桦〈史记：1950—1976〉》，http：//www.fyddwx.com/read.php？tid＝239。

② 柏桦自言：《水绘仙侣》的引文“皆见冒辟疆著作《影梅庵忆语》、《梦记》”。另外，台湾历史学家李孝悌的著作《恋恋红尘——中国的城市、欲望和生活》一书中的两篇文章对此诗颇有贡献。（《水绘仙侣》，东方出版社2008年版，第11页）《史记：1950—1976》的写作，也是因为读旧报纸，柏桦仔细查阅1950—1970年的一批旧报纸，从中搜罗条目，加工编排，“为了给历史学家和文体学家呈现一个别样的毛泽东文体（或共产主义话语）之文本”。（李万峰《柏桦访谈：人生得放下，得释然》，《上层》2010年第5期。）

冷静、克制的"零度风格"，的确是此类《史记》留给读者的突出印象。但"毫不动心"的转述姿势，其实接近于一种"佯装"，因为片段的选择、编辑、加工，本身正是一种介入方式，仅举一首较短的《语文考试题》，"佯装"的效果，不言自明：

> 1975 年，上海育才路小学学生
> 为自己的语文考试出了一个命题：
> 为什么说西郊公园展出我国自己捕的大象，
> 是对林彪、孔老二的有力批判？
> 教师一听觉得很好，就组织学生讨论。

如果说 1990 年代诗歌的"历史想象力"，主要体现为语言的包容与伸缩，那么柏桦的"诗史"写作，在题材、体式、语言、主体位置等几方面，无疑向前跨越了很大的一步。历史学家李孝悌就感叹，自己以前对"毛时代"也有相当阅读，但作为专业研究者，未想"事隔多年之后，再读到柏桦兄这本《史记：1950—1976》，竟然读出更多历史的纵深"。[①] 篇幅所限，关于两部作品的文本成就，这里不能援引更多诗例，做具体的展开，但有一点值得注意：自《水绘仙侣》问世，周边的批评家似乎就热衷在后现代"历史书写"的脉络中，为柏桦的尝试量身定位。江弱水就这样写道：

> 这正是后现代主义发散式的"稗史"（Les Petites histories）写作。其体制本身就是一个隐喻，暗含了作者对理性整合的现代秩序的反叛。

区别于一脸肃穆的宏大"正史"，柏桦的"稗史"写作不仅新鲜可人，更重要的是，其中还包含了对"政治正确"的反动——"柏桦用这样的抗拒一体化的尝试，把他反宏大叙事的'养小'型思维发挥到极

① 李孝悌：《别样的"史记"，另一种新视野》，见"风月大地论坛"《柏桦：〈史记：1950—1976〉》，http：//www. fyddwx. com/read. php？ tid = 239。

致。”[①]“养小”一语，出自孟子：“饮食之人，则人贱之矣！以其养小以失大也。”孟子还说过“天将降大任于斯人”，一贯倡导“养大”，反对“养小”。在《水绘仙侣》注释41中，柏桦对于中国人的“养小”传统，也有相当详尽的阐发。[②]“养大”与“养小”的对照，连缀了文与野、雅与俗、正史与稗史的分别，似乎可以完全容纳于中心破除、系统解纽的后现代历史观。柏桦的不少评论者，最后也都落脚于此，或强调诗人出色地表现了“现代性宏伟意义下的创伤性快感”以及这种快感的撒播，或认为历史的呈现并无“真实”可言，不过是一场话语的狂欢。

柏桦的诗以浓郁的文人感性著称，自有其一贯的“风水气脉”，其实本无须新潮理论的印证，但有意味的是，对于上述后现代评论，他不只坦然收纳，而且相当程度上也在写作中回应。《水绘仙侣》的写作直接受到李孝悌的两篇文章《冒辟疆与水绘园中的遗民世界》与《儒生冒襄的宗教生活》的启发，而作为明清文化史专家，李孝悌的学术颇多北美“新文化史”的色彩，他对中国明清及近代城市生活、欲望的研究，特别包含了对传统“逸乐”这一价值的褒扬：

> 研究者如果囿于传统学术的成见或自身的信念，不愿意在内圣外王、经世济民或感时忧国等大论述之外，正视逸乐作为一种文化、社会现象及切入史料的分析概念的重要性，那么我们对整个明清历史或传统中国文化的理解势必残缺不全。[③]

“逸乐”代表了中国历史及文化的一个重要面向，而“内圣外王”“经世济民”“感时忧国”三个大叙述，也从古代到现代，凸显了与“逸乐”构成论辩的另一面。显然，某种后现代式的“文化政治”，也暗中支配了“逸乐”的史观。类似的阐述，从学术挪移到文学，从李孝悌挪移到柏桦，其实都大致适用，在某种意义上，《水绘仙侣》正仿佛“逸乐”价值

① 江弱水：《文字的银器，思想的黄金周》，《水绘仙侣》序，东方出版社2008年版，第8页。

② 柏桦：《水绘仙侣》，东方出版社2008年版，第94—95页。

③ 李孝悌：《明清文化史研究的一些新课题》（代序），《恋恋红尘：中国的城市、欲望和生活》，上海人民出版社2007年版，第8页。

的一个长长的、用诗歌写成的笺注，“稗史”与“逸乐”的结合，也可能同样影响了《史记》内在的视野和结构。[1]

“后现代”出于对“现代”的反思，无疑自有深刻、复杂之处。由于允诺了某种解放，由于允诺要释放出“被压抑”了的某元，在辗转流布的山寨转述中，却极易陷入一系列雄赳赳的二元，我们也习惯了大小学者，不断对着“载道”“启蒙”“左翼”“革命”乃至“现代”，发出“被压抑后”的创伤性呐喊。某种新的“正确性”，也已在“对政治正确”的反动中汩汩涌现，对思想、学术乃至文学的不良影响，也早已显露。在柏桦“诗史”的尝试中，当囫囵的“历史想象力”明确落实为一种“稗史”想象力，在欢呼发散式敞开的同时，上述后现代史观的暗中掣肘，也有必要注意。《水绘仙侣》之中，对日常起居、男女情欢的刻绘，突然插入了“避乱与侍疾”一段，结构上的失衡，或许就暗示了“稗史”想象力面对严峻时的慌乱。而《史记》中的一幅幅“行乐图小照”，的确令人拍案，但如果串联起来，荒诞琐屑的喜剧感，似乎又伴随了些许无常又庸常的单调之感，读者不禁会疑问：“这些依赖于大同小异的各个历史细节所精确地转述的诗歌叙事，其本身很难获得诗意的文本性自足与满溢。”[2] 更进一步说，诗人和批评家都摆脱了对历史“真相”的焦虑，主动放下了历史理解的框架，专注于词语的狂欢；但另一方面，“稗史”的想象力，又预设了日常细节的鲜活、保真，可以留住人性的本然。虚无于“养大”之虚，却崇信于“养小”之真，这本身就是一个矛盾，本身就很不“后现代”。

事实上，“养大”与“养小”、正史与稗史、宏大叙述与日常琐事一类对峙，都有成立的道理和隐衷，作为一种“显影液”，也可有效呈现历史的妩媚与晦暗。关键是，过度依赖这种“显影”机制，历史影像也会因缺乏整体与细部的辩证，而色调稍稍单一、线条略略呆板。在这种情况下，专业读者意外读到的“历史纵深感”，在多大程度只是一种陌生化之

---

① 一位年轻的评论者就指出：《史记》的写作，“实际上是以另一种方式延续了《水绘仙侣》中的‘逸乐’思想”。参见李春《历史魅影中的“逸乐”：关于柏桦“史记”的批评及其文体政治学》，《诗歌批评与细读学术研讨会论文集》，第263—272页，北京，2012年10月。

② 朱霄华：《历史话语的诗体转述与考据癖——对柏桦〈史记：1950—1976〉的解读》，见“风月大地论坛”《柏桦：〈史记：1950—1976〉》，http：//www. fyddwx. com/read. php？ tid = 239。

后的“创伤性快感”，是颇值讨论的。虽然由于各类“熟悉、日常和平淡无奇”事物的变形，类似“快感”仍会沿着词语的网罗自由散播、逃逸，但作为消费时代的读者，我们对舌尖上、心尖上诸般后现代“快感”其实已几近麻木，有理由期待更多，期待某种更为浑厚的、真正纵深的历史经验。

二

《水绘仙侣》的扉页上，写着“谨以此书献给江南”，柏桦的“逸乐”书写，也表达了对绮丽、阴柔之江南传统的偏爱。与之相较，西川则是一个典型的北方诗人，泥沙俱下，朴而不文。自1990年代初的《致敬》开始，在近20年的写作中，他发展出一种松散的、具有强大吞噬能力的诗体，在铺排、杂陈和无序中，能蝙蝠吸血一般吸纳各种芜杂的经验、知识、话语，从而对应当代精神与社会的普遍紊乱。由是，西川的写作也一直被当作是个人化“历史想象力”的代表。据我个人的揣测，在“历史想象力”方面，西川如此孜孜不倦，除了要表达跌跌撞撞的混乱“现实感”，还与他对现代诗歌文化位置、形态的构想相关。

多年来，西川推重“知识人格”的建立，强调诗人“伪哲学”的重要性，在一定程度上，是出于对诗歌界整体的智力水准的担忧。他希望先锋诗歌能更多褪去“文学嫩仔”的矫糅与躁进，多一些成人的开阔、成熟与睿智之感，从一种单纯的“审美”，成长为一种茁壮的文明方式。在最近出版的论文集《大河拐大弯》中，西川也集中探讨一种“诗歌思想”的可能，这种思想“建立在观察、体验和想象之上，它包容矛盾、悖论、裂罅、冲突、纠缠于妥协”。[①] 虽然他的某些表述大大咧咧、开阖自如，细节上并非严谨，容易招致非议，但这种态度一以贯之，也有自身的来龙去脉。

在《大河拐大弯：一种探求可能性的诗歌思想》这本书中，《传统在此时此地》是非常重要的一篇论文，可以读作西川近年来“诗歌思想”的又一次总结。此文涉及的话题范围相当广泛，包括古典文化的断裂与重拾，“晚世风格”或“晚世情怀”的评价，“新清史”研究提供的边疆、

---

① 西川：《大河拐大弯》序，北京大学出版社2012年版，第3页。

民族视野，20世纪革命历史的巨大影响以及对唐代思想品质的看法。跳荡、拉杂的谈论，最终回到了“历史想象力”这一命题，即：“传统可以帮助我们再一次想象这个世界和我们的生活。”表面看，这个说法还是有些笼统的，但在西川这里，传统带来的“历史想象力”并非无条件，而应该从“真问题”出发，立足于“此时此地”的情境，他特别强调了清代以来一系列更为切近的“现代性”经验，更为内在地，也更为紧迫地支配了我们当下的生活和困境。这种明确的历史意识，相比于以往一般性的谈论，显然已不在同一个层面。

在文章中，西川表露了他对清代中晚期以后中国卷入“现代”这段“大河拐大弯”历史的兴趣，而从2008年起陆续写出的长诗《万寿》，则刚好构成了呼应，因为它明确以晚清到现代的人物、风俗、事件为对象（“万寿”一题，就暗指甲午年慈禧太后的“六旬万寿庆典”）。① 具体说来，这部大诗以“历史札记”的形式开展，像敞开的万花筒，容纳了太多的内容，诸如：戏园子代表的政治传统，作为一种文化现象的“砍头”，黄色读物与文明的多面性，天象中的历史变迁，传教士与中西交流关系，印度与鸦片贸易，洪秀全和义和团，夫妻关系与宗教、时间体验，“土产”的资本主义的萌芽及夭折，后来的革命与政变……康有为、郑孝胥、庄士敦、利玛窦、康熙、艾儒略、洪秀全、萧朝贵、赛金花、裕隆与慈禧、辜鸿铭，乃至当代的小说家莫言，众多历史人物，也在诗中轮着番地登台。虽然西川没有刻意区别宏大与琐屑，大人物与小人物，但与柏桦式的《史记》相仿，《万寿》还是不乏“稗史”写作的特点：

戏园子里外的游手好闲之徒招不得。
喝茶的，嗑瓜子的，叫好的。
沉默不语的民间社会。
……
这黑道的必经之路：戏园子。
黑道的戏园子传统与白道的戏园子传统
其实没什么两样。人多人少的问题。

① 该诗发表于《今天》2012年春季的“飘风特辑”。

弹古琴高山流水可以正心诚意不错。
弹三弦的不懂正心诚意就相信了阶级斗争。
既不会正心诚意也不懂阶级斗争的读黄色小说熬夜到天明。

三行一节的诗体，如同一段一段随手写下的“札记”，这无疑是“稗史”的发散式表现，但更具支配性的是，“民间社会”的沉默和幽暗，时刻构成了“大历史”的内在反动，黑道与白道两种传统的对立、两种文明的对立、阶级斗争或孔孟之道与黄色小说的对立，作为一种想象力的结构，在整首诗中也若隐若现。在一篇匆忙写就的短文中，笔者曾指出：《万寿》的风格松弛、宏大，但仔细阅读也会发觉一丝拘谨之感，诗人纵横的能力不仅被“箴言”的语风压制，某些常识化的认识痂壳，尚未被完全粉碎。[①] 诚然，如此规模的历史写作，如何不被庞杂的素材所困，保持一种穿梭、通脱的能力，确实是一个难题。然而，这里提及的“拘谨感”，不仅是一个修辞问题，同时也涉及“稗史”想象力本身的限度。

西川写作的优势之一，就在于他颠三倒四、东拉西扯的语言能力，在矛盾修辞的充沛释放中，现实的尴尬、悖谬及荒唐，往往能被准确把握，他所谓“诗歌思想”的直觉力量，也由此表现出来。在《万寿》中，西川虽然沾染了一点“文抄公”作风，也大段引述一手或二手的文献，但总体上还是保持主动介入，维持了一种激越的评书、讲史风格：“什么人的疯话”“不读就来不及了”“靠”“就这样了”“老一套”“他们也配!”……这些粗口的旁白，都暴露了北京侃爷的底色。然而，在某些段落中，西川似乎不满足于“稗史”的直觉，也想抽身而出，想以“箴言”的力量，获取纵深的历史洞察：

康有为作《大同书》，娶小老婆，
泛舟西湖复活了苏东坡泛舟西湖的情景。
文明的两面：大老婆和小老婆，犹如孔孟之道和黄色小说。

这也是气象很大的一节，关照了文化的整体，但有关“文明的两面”之总结，似乎有些匆促了，落入了上面提到的若隐若现的二元结构。

---

① 姜涛：《诗歌想象力与历史想象力》，《读书》2012年第11期。

简言之，如果说诗人强大的直觉能力，在处理历史矛盾修辞时驾轻就熟，但当对历史内在奥秘有所总结的时候，“稗史想象力”便不敷使用了。有关大传统与小传统、文明之两面的划分，作为一种文化史观无可厚非，但当这种说法自洽为常识，它对历史的说明能力也会大打折扣。还好，诗人毕竟不是思想、历史学者，依照审美主义的正确原理，立足于“观察、体验和想象”之上的“诗歌思想”，也无须承担历史反省、梳理之烦琐责任。① 然而，如果不满足于“稗史”片段的自由把玩，培植更为扩大的“历史想象力”，那么在诗人的强大直觉之外，想象力内部的认识骨干，也需进一步挺拔、粗壮。

在20世纪中国，关注野史、笔记的作者不在少数，周氏兄弟就是其中代表。同样是阅读明季的野史，鲁迅的感受则是“有些事情，真也不像人世，要令人毛骨悚然，心里受伤，永不痊愈的”。② 此外，他们读史，既要读《嘉定屠城记》《扬州十日记》《蜀碧》《蜀龟鉴》和《安龙逸史》一类笔记，更要读“二十四史”的堂皇大观；而读史的目的，不只是要看透历史的混乱和虚无，也意在考察民族精神深处的“奴性”与“蛮性”的形成——“现代中国上下的言行，都一行行地写在二十四史的鬼账簿上面”。③ 类似的阅读，可能缺少播撒的“快感”，却包含了为专业作者所渴望的那种“历史纵深”。

三

扩展来看，“稗史”想象力之所以支配了当下历史题材的诗歌写作，自然源于整体性、客观性历史叙述的瓦解，诗人在分享某些“后现代”学术的视野同时，也分享了类似学术的困境。除此之外，“稗史”的吸引力，或许也拜20年来诗歌群体自动“稍息一边”的文化位置所赐：“稍

---

① 在《中年自述：愤怒的理由》中，西川谈到自己曾想撰写《六朝以前中国人的想象力》一书，并阅读了六朝及六朝以前的全部笔记文，但终究发现只是堆砌了一些材料，尚缺处理这些材料的理论和方法，而现有的理论和方法又不令人满意，“工作量太大了——除非我是个学者，心无杂念，杜绝旁迁他骛，可我偏偏是个诗人”。（《大河转大弯》，第302页）这种坦诚让人尊敬，类似的难题在诗歌写作中，其实也会不同程度地存在。

② 鲁迅：《病后杂谈》，《鲁迅全集》第六卷，人民文学出版社1981年版，第167页。

③ 周作人：《伟大的捕风》，《周作人散文全集》第五卷，广西师范大学出版社2009年版，第567页。

息”造就了“边缘”，“边缘”构成一种限制，但同时也构成了特定美学享乐主义、犬儒主义之前提：既然诗歌的想象力无法承担严肃的伦理责任，那么在见证、反讽、观察的位置上，想象力自然可以“逸乐”“自由”为名，使一切轻逸化为风格，让历史在碎片中有趣，这已是当代诗歌美学正确性的一部分。在这样的氛围中，诗人萧开愚却宣称：“我写诗以主流自任”，显示了耐人寻味的独特性：

> 我很少单独考虑诗歌方面的事情，但其他方面的考虑最终还是渗透到我写的诗歌里面。不一定从题材和论辩的途径，主要从语言秩序含有的伦理关系暴露我的有所判断以及忐忑不安。我一直设法避免诗歌和文学占据我的全部视野，不是说我以为诗歌以外的内容紧要而值得用功，而是我涉足的诗歌以残缺牵连其他。①

“写诗以主流自任”一说，容易引起误会，以为诗人要不识时务继承“载道”“宣传”的衣钵。实际不然，“主流”是针对诸多自觉“稍息”一边、在边缘自娱的态度而言，萧开愚想试图恢复的，是传统写作的广泛联动性，是那种“斡旋实效”之中与“其他方面”打成一片的能力。在古典诗学“第一义”的层面，他看重新诗“重建人和世界关系”的政治性，但此“政治性”非关以选举为代表的民主制度，也与喧嚣的阶级、底层话语关系不大，更多诉诸语言秩序内在的调整，由此牵动“心性、人际、社会与国际和自然等内外互助的议题”。② 一般读者往往惊讶于萧开愚在形式上的奇崛实验，但对于语言背后的伦理、政治思考，似乎还来不及辨识、体认。诗人不会等待“知音”的批量涌现，他历时多年完成的长诗《内地研究》，又一次提供了一个难以被批评“消化”的样本，也给了当代诗的“历史想象力”一种沉郁顿挫的“在地”形式。③

长诗《内地研究》由五个部分构成，每个部分都可独立阅读，又彼此关联，按照诗人自己的解释，还潜在对应于“五行”结构。“内地”，意旨以河南为中心并蔓延至陕西、山西二省的中原地带，全诗开篇就

---

① 萧开愚：《回避》，《此时此地》，河南大学出版社 2008 年版，第 383 页。

② 萧开愚：《我看“新诗的传统”》，《此时此地》，河南大学出版社 2008 年版，第 391 页。

③ 《内地研究》目前尚未公开发表，只是作为诗人蒋浩主编的《新诗》专辑于 2012 年推出，并以打印稿的方式在一定范围内传看。

写道：

> 在河南的地壤中埋伏着一台吸尘器，
> 偏南朝代的屈尊台阁和含悲出没，概被吸收。
> 疑点尤是漏洞，将阿谀自觉的幽空探测，漩涡到折光不到的蛇管尽头的纸袋。

河南这片土地传统深厚，山川草木都是典故，也因文化早熟而逐渐衰败。地下藏着数不清的资源、文物，似乎能将历史的烟尘尽数吸纳，地上人口稠密，乱象丛生。与作为某种传统符号的“江南”相比，“中原”与传统的纠葛必然更为错综、幽暗，以致“漩涡到折光不到的蛇管尽头”。萧开愚的这首长诗，便以一种类似地质勘探、田野考察的方式，用错落的、锋利的长短句，劈开地上地下的重重痂壳，分别从地质土壤、文化传统、农村状况、司法监狱、地方财政、环保产业、精神处境等诸多方面，如泼墨般自由书写，总括“内地”的历史现实，辨析当代中国人的知识与心灵。

> 环保业抵制节制，如同洛学南迁而关学不北盛，五百强把总部、帐篷和汽水搬来，不由你不滚屁，关学必须关张。
> 不像休耕的土地在休闲中开春，迷糊而苏醒，
> 不像慢悠悠在城郊转圈，累了回家砸东西。

在语言上，诗人创造了一种文白夹杂、骈散交替的特殊语体，它的伸缩性、扩展力极强，能波澜运势，将描写、考辨、讽刺、质询、想象贯通于盘旋的语言气脉之中。譬如上引“南迁”与“北盛”“关学”与“关张”“休耕”与“休闲”等一系列谐音与反义的流畅滑动，当然符合自由衍变的游戏诗学，但传达给读者的绝非如此轻薄的快感。在自然与历史的宏大现场与慢悠悠的个体剪影的交叠中，地方传统的溃败、全球化的覆盖、荒凉的农业现实以及集体性的神经官能症，如此密集地放送、传递，让人不得不佩服其中灵活的诗艺。值得提出的是，与柏桦、西川的写作类似，《内地研究》也包含了与当下学术、思想对话的努力，并有意加入相关的讨论，但作者没太在乎现成的认识格式，反而对新兴的左右思潮都有一定的鞭挞：

两条路线并行，间种着，比拼着，
有时交叉，发发嗲，有时抱在一起忘记出丑。
两边同步改制，从窥到卖，牺牲的不是别人，
对手从他自己身上揪出蛇蝎，泡酒自饮，新我不已。

由于文本自身的幽深与阔大，要完整评价《内地研究》需要更绵密、深透的阅读，批评者自身的知识和问题“武库”大概也得更新。但哪怕只是粗浅的浏览，读者也能强烈感到被诗人豢养的“历史想象力”，如何一改凌空的惯习，转而沉落平原，并盘旋着深入“魅影啁啾”的地层，并穿过社会政经的重重帷幄，斗胆与“真问题”对撞，而“问题”之逼真、具象，乃至中央与地方的分税，乃至转基因学者的功过评价。

按照现代文艺的传统，诗歌只是一种“伪陈述”，与“求真”无涉，它更多应该提供一种心理的、情感的、快感的模式，而不具体涉及认识上的真伪、高下。艾略特就认为，诗人对思想体系的运用，具有半真半假的性质，即便但丁、莎士比亚，也不是依据像样的哲学写作，只不过他们的情感和一种理论碰巧融合罢了。在思想破碎的时代，像邓恩一类的玄学诗人，更多像一只喜鹊那样，“随意拣起那些把亮光闪进他眼里的各种观念的残片，嵌入自己的诗篇中罢了”①。为了抗拒外行的思想干预、抗拒现代的“专业化”挤压，这样的表述捍卫了诗人高亢的自主性，但诗歌行当内部的从业者，也不必为此就故步自封，自动切除思想内部严肃的认识器官。按照萧开愚的说法，诗歌以外的东西也值得用功。“历史想象力”不单是一种高级的心智游戏能力，更是一种综合性的判断能力，或许只有回到现实的腹地，在对丛簇问题的广泛研究中，诗人“想象力”才能获得“在地”的洞察以及伦理政治的实感。

四

上述三位诗人，对待历史、现实的态度不同，却都采用一种开放的模

① 艾略特：《莎士比亚和塞内加的斯多葛主义》，《传统与个人才能：艾略特文集·论文》，上海译文出版社2012年版，第171页。

式，无意给出一个总体性的思想造型，当代体量较大的诗作，也大多偏爱此类并置、杂陈、不受目的论支配的展开结构。受艺术家徐冰 2010 年展出的大型装置《凤凰》启发，欧阳江河的同名长诗《凤凰》却体现了另外一种努力，一种要为经验总体赋形的努力：“得给消费时代的 CBD 景观/搭建一个古瓮般的思想废墟。”这两行诗的意图显豁又张扬，大概可读作《凤凰》的中心思想。

给从未起飞的飞翔
搭一片天外天，
在天地之间，搭一个工作的脚手架。
神的工作与人类相同，
都是在荒凉的地方种一些树……

欧阳江河的写作，以“左右互搏”的风格著称，《凤凰》的写作不出意外地延续了这种手法，依然用诡辩、悖论的语言，强有力地搅拌政治、历史、社会、金融、地产，但这首诗最突出的抱负，却表现在上面这个开头中：一开始，就凌空竖起一个超验框架，一个可供想象力飞腾的“脚手架”。在后面的诗行中，飞翔、思想、写诗，与地产商拆房子、盖房子的相关性也不断被提及，人的欲望、人的劳动是和在“神的工作”的类比中展开的。这是全诗的一个大前提，为《凤凰》带来了一种当代诗少有的崇高风格，也催生了全诗向上飞升的整体势能。

当然，这种“崇高”具有一定的怀旧性，因为诗人心知肚明，“神”早已死掉，天外也早已无天，在后现代的城市、知识景观中，人与神的古典象征结构，正如那种叫作凤凰的现实：“它的真身越是真的，越像一个造假。”所以，诗人的征用，或许是一种自觉的“冒用”，他为时代经验赋得的总体性——“古瓮”，也只能以一堆词语“废墟”的形式呈现。在这一点上，欧阳江河很是明智。即便如此，天地之间高高耸起的“工作脚手架”，毕竟带来一种形式上“总体性”的可能，欧阳江河也出色地将其把握，在空间和时间两个维度上，展开大规模的词语施工。

在空间上，由人与神、人与鸟、飞与不飞的垂直紧张出发，诗人熟练地引申出上与下、轻与重、大与小、空与实、凝定与分散、整体与部分、历史与当下、望京与北京等一系列可以自由把玩的二元。在这些二元关系的牵引下，诗中写到的一切似乎都“铁了心”要飞，包括拆迁的空地、从叛逆转为顺民的青年、夜路上瞌睡的民工、几个乡下人、几个城管……都盘旋着，被吸附到巨大的脚手架上。诗人声称要处理的消费时代，也由此得到了百科全书式的展现。到了全诗的后半段，欧阳江河又逆转视角，以时间为轴，谈论起凤凰的“前世今生”，从庄子、李贺、贾谊、李白、韩愈，一路写到了郭沫若、艾青、凤凰牌自行车，纵横古今，梳理了“凤凰”在传统文化、革命理想、家国想象、日常生活中的不断变形，为它塑造出一个肉感的世俗真身。最终，空间和时间的两股力量汇合在一起，在长诗尾部喷泉一样涌出，令人惊叹地以一场宏大的视觉盛宴作结：

水滴，焰火，上百万颗钻石，
以及成千吨的自由落体，
以及垃圾的天女散花，
将落未落时，突然被什么给镇住了，
在天空中，
凝结成一个全体。

作为一大堆飞起的“垃圾”，一座内部镂空的“废墟”，这个瞬间凝定的全体，其实也可瞬间撤销、解体，回到“空”中，对时代精神内部空虚的悲剧性洞察，也就包含在凝定与溃散的辩证中。然而，这座“废墟”并没有在本雅明的意义上，呈现出严峻的末世论视野，散发出死亡的寓言气味，反倒活色生香地怒放着，如北京鸟巢上空大朵绽开的奥运开幕焰火——绚烂后立即消散的“盛世”幻象。换言之，一种失败感转瞬化为崇高的审美胜景，欧阳江河的悲剧性洞察，由是包含了享乐的气质。

徐冰的同名艺术品让财富中心与建筑垃圾并置，依靠环境与行为的错位，“将资本和劳动在当代条件下的关系以一种反讽的方式呈现出来”。[①] 同样，《凤凰》中“历史想象力”所表现的总体性特征，也可置于它与消费时代资本逻辑的关联中去考察。在全诗的第四节，曾出现一群神秘莫测的地产商形象，他们远离大众，高高站在了星空深处，把星星：

---

① 汪晖：《凤凰如何涅槃——关于徐冰的〈凤凰〉》，《天涯》2012 年第 1 期。

像烟头一样掐没，他们用吸星大法
把地火点燃的烟花盛世吸进肺腑，
然后，优雅地吐出印花税。

地产商吸尽“地火”与血汗，建立起资本高耸的、“易碎的天体”。事实上，这种高超、漂亮的“吸星大法”同样也为诗人所用。熟悉欧阳江河作品的读者都知道，在各种矛盾、对立之间自由把玩的“诡辩术”，似乎是他一项个人的诗歌“专利”。在这样的技术中，词的能指和所指被随意剥离，经验的稳定结构也被尽情拆卸，然后通过出奇制胜的再组装，不断衍生出新的感性。这和地产商对与空间的不断拆除、重建，与金融资本的流动与再生产，在逻辑上其实并无根本的不同：“为词造一座银行吧，/并且，批准事物的梦幻性透支。”《凤凰》的写作与它试图凌驾的当代经济、消费现场，有着惊人的同构性，时刻洋溢着政治经济学、符号经济学的想象力。

依据新潮理论的表述，金融资本正是通过将一切坚固的、在地的事物摧毁，兑换成可以交换的符号，并透支时间，将未来打包贩卖，以营造城市与发展的“乌有之境”。所谓“乌有之境”，就是时空关系的错乱与扬弃、就是消除一切障碍又将一切组合的盛世蜃景。这是《凤凰》的主题，也可以说是“铁了心要飞”的立场：顽固地用词的轻盈取代物的沉重的立场。房地产不断透支我们的未来，词语不断透支我们的感受力和经验。而“飞”与“不飞”“超验”与“经验”“人工”与“真身”这一系列二元紧张，是否还具有思想的活力、能对应于当下中国的现实，暂且不论，从某个角度看，它们恰恰是资本运动内在逻辑的一种修辞表现，恰恰是制造“盛世”幻象所需的动力装置。

无疑，欧阳江河强大的历史想象力触及并揭示了这一装置——“词根被银根攥紧，又禅宗般松开”，但也最大限度地模拟了、享用着这种装置。在这样的“吸星大法”中，“凤凰”虽浸透地火与血汗，却也“镂空”地缺乏一种在地性，因为大地上的人和物都被迫飞了起来，纷纷扔掉了自己的暂住证、医疗卡和各种各样的问题和情感，只是成为施工的“脚手架”边应手的时代风景。生活的实感告诉我们，在当下的中国现场，许多人和物、许多经验和观念，在很大程度上其实是飞不起来的，也无法被“吸星大法”彻底吸干。这不仅是个伦理问题，也同样包含了修辞上的考量。多年前，欧阳江河曾撰文反省诗歌中的“升华”模式：“词升华为仪式，完全脱离了与特定事物的直接联系，成了可以进行无限替换的剩余能指。”[①] 为塑造高悬的“凤凰”，超验的“吸星大法”其实也具有“升华”的功能。虽然这种“升华”并不指“向可共度”的象征，“凤凰”也只是崩溃中的一个“反词”造型，但以总体性为名的“历史想象力”，怎么去处理那些“飞不起来”的部分，怎样转而“铁了心”不去“飞”，转而去对抗以“超验”模式为包装的经验“透支”，恰恰正是诗人和艺术家要进一步考虑的课题。如果意识不到这一点，“飞”起来的历史想象力，可能突破不了华丽的“盛世”逻辑，反倒在无形中再一次变成对它的深深认可和屈从。

五

如果将80年代的先锋诗歌，设想为一个精力四射的愤怒青年，那么经过近30年的江湖历练，这个小伙子也该进入“知天命”之年了。上面谈及的四位诗人，年龄都在50岁左右，刚好与先锋诗歌同年，他们的写作成就，也大致能显现先锋诗歌成熟的年轮。无论回到时间深处、释放出历史缤纷又暗黑的片段，还是贴近地方、幽微洞察社会人心的变迁，还是以“透支”为“升华”、为溃乱的当代精神赋予造型，四位诗人的长诗写作其实已突破了诗歌“历史想象力”的固有模式（日常社会生活及个体经验的挖掘），并全面释放了先锋诗歌近20年积累的修辞活力。然而，同样值得注意的是，这种“大体量”的写作也从一个侧面，暴露了个人化“历史想象力”的内在限度：在新的时代情境中，一旦触及更大的历史对象，朝向更严肃的写作前景，“历史想象力”难免会疲软为一种“稗史想象力”，或在崇高的“升华”结构中模糊了“在地感”。稍作把脉的话，或“阴虚”或“阳亢”，显然并非源于诗人个体的气魄、能力，而更多受制于“历史想象力”的深层逻辑，受制于90年代以来支撑先锋诗歌“场域”的基本话语。

简单地说，90年代以来的先锋诗歌“场域”，除去故作放诞、撒娇卖乖的一部分，主要奠基于两种基本话语，一为捍卫想象力之自主的文学自

---

① 欧阳江河：《当代诗的升华及其限度》，陈超编《最新先锋诗论选》，河北教育出版社2003年版，第189页。

由主义，一为强调个体良知的人文主义。这两种话语之所以强劲、持久，既源于其本身的感召力，同时也与先锋诗歌分享的历史“红利”有关，这份“红利”大概有三个部分：其一，出于对既往政治统治及专断的本质主义的反动，诗歌必然注定是一项个人化的自主创造，必然享有“治外法权”；其二，“语言转向”之后的后现代理论，一波又一波袭来，又为文学自由主义提供了语言本体论包装，既然一切都是符号关系的产物，诗歌必然也是语言对自身的礼赞，先锋诗人即便强调历史介入，但也会首先声明，这只是一种“风格”的介入。其三，“后发达地区”作者基本的现实感，这并不一定来自“经世济民”“感时忧国”一类传统的教训，而几乎出于中国人固有的伦理性格和社会迅急变动中的本能直感，大多数严肃诗歌作者，其实不太能完全专注于自娱自乐的快感。

可以说，“后现代”的文艺原理和历史记忆的羞愤难当交相作用，共同塑造了先锋诗歌的“意识形态”，也推动“历史想象力”在“异质混成”中生成，但经过20年代的滚动，两项话语仍能维持诗歌这个“行当”的正常运转以及对新人的褒奖、拣选，但不一定能超越“行当”的域限，鼓舞“历史想象力”重塑自身的羽翼。这不只是书写空间、对象的扩展问题，同时也是内在识见的增长问题，诚如西川所提到的，历史想象必须立足“此时此地”的“真问题”。那“真问题”又是什么？贫富分化、社会溃败、食品安全、空气雾霾、海岛紧张，对诗人而言，这些状况并不一定就是“真问题”。“真问题”还要从历史的纵深和思想的多层次中寻来，包括：鲜活伦理感受之匮乏、左右政治之僵硬，包括诸般后现代表述之“雄赳赳”气概，都是“真问题”局部的表现，诗人不求独立担当，也可放眼四周。

在那篇《万寿》短评的末尾，笔者曾提出诗歌“历史想象力”的培植，并非诗歌自身可以解决，需要不同领域的人文知识分子的联合，应该自觉恢复包括诗歌在内的文学写作与思想、历史写作的内在有机性。聊胜于无，这大概是一个方案，需要更广泛的读书、穷理、交谈、写作、阅历社会人事，等等。然而，除了此类缓不济急的水磨工夫，诗人的“历史想象力”首先需要自我唤醒，不仅一味包容，颠倒于繁复的风格，首先要从各种“正确性”的格套中挣脱出来，有勇气上天入地，且具经有权。

（原载《文艺研究》2013年第4期）

诗歌写作在1990年代的伦理任务

敬文东

一

亚当·斯密（Adam Smith）说，他处的时代是一个商业时代，其特征是以交换和贸易为形式，探讨人们的社会联系或他们积极实现着的人的本质，这使得一切学问和艺术都应该探讨它们在人类生活中，在真正的人的生活中的相互补充。亚当·斯密的如许论述，恰好歪打正着地击中了几百年后我们的1990年代。而有时候，真理、预言往往就是歪打正着的。钟鸣对此深有感慨，他说，一切都变了：

> 我们得来谈谈那时一个金币等于多少
> 那时餐盘里冻僵的一条鱼是否还活着
> 像叶塞宁在绳扣里咽气，像珂丁诺夫
> 像你，像我，突然好像一切都变了
>
> ——钟鸣《珂丁诺夫》

和理想主义的1980年代相比，一切都变了，而作为变化的一大征候，作为对亚当·斯密那些精彩论说的一个积极回应，晚报不仅顺应了这个时代，还部分性地参与并开创了这个时代：它甚至就是靶子上的第十环，那个俗称靶心的家伙。晚报代表了信息业的出现。拉兹洛·马凯在评述布罗代尔时有一个深刻判断："在全部人类历史上……体力劳动和脑力劳动的外化使劳动与具体的个人相脱离，并成为可以转移、交换和积累的客体。头脑中的信息与记忆留下的信息完全相同，而信息则通过书写、印刷、录音机以及计算机转化成为客体。信息因此进入了技术领域。”[①] 晚报的出现恰可谓生逢其时，因为它满足了信息社会中人在生活技术上对信息的快速要求：今天的信息（新闻）就是明天的垃圾，明天的新闻恰好是今天的方糖，也就是钱锺书多次引用和嘲讽的、挂在驴脖子上能让驴子忘我赶路的那截萝卜。连自称“旁观者”的钟鸣也对《伊利亚随笔》的作者（兰姆）殷殷致意：让我们一块儿用专栏奋斗吧，我的报界同人![②] 当然，这得从相反的方向看。在钟鸣的语势中，说的和做的往往有一种优雅的、向下弯曲的反比关系。

下午三点过后，都市里最热闹的地方要数售报亭了。本市的晚报准时到达这里，人们递上钞票，便可换来各种各样的小道消息、绯闻、广告、滔滔不绝的社论、丑闻、数字、白浪滔天的肉体、欲望、谣言、敬爱的哲学、正史说教、伟大的历史哲学以及哼哼唧唧的“痛苦”。晚报是都市人的眼睛、闹钟和食品。人们通过晚报窥探世界——没有晚报，世界就是不存在的；纸上的、虚拟的世界比真实的世界真实一万倍。更重要的是，晚报可以使人免受街头围观有可能带来的担惊受怕，并且依靠新闻特写的简洁描述把街头围观的真实性给取消掉——死水一潭的生活，总是使我们渴望什么地方起火、什么地方有凶杀案，但我们只是一群喜欢用热闹来点缀生活的人，并不愿意自己身处其间：那些起火的大厦，那些流血的事件，让我们有一种恶意的、漠然的快感，然后很快忘掉并期待下一次。欧阳江河写道：“晚间新闻在深夜又重播了一遍，/其中有一则讣告：死者是第二次死去。”（欧阳江河《晚餐》）是的，永远只是下一次。瓦特·本雅明说：“如果报纸的意图是使读者把它提供的信息吸收为自身经验的一部分，那么它是达不到它的目的的。但它的意图却恰恰相反，而且这个意图实现了，这个意图是：把发生的事情从能够影响读者经验的范围里分离出来并且孤立起来。”[③] 除此之外，人们还以晚报来计量一天的时间——晚报前和晚报后；用晚报来填充肠胃——伟大的面粉、小米、南瓜和土豆，现在仅仅成了对晚报的模仿，就像柏拉图模仿着理念的椅子：人们要在晚报的广告栏里，才知道这些东西何处有售，忘记了它们曾经生长在土里，

---

① ［法］布罗代尔：《资本主义论丛》，顾良译，中央编译出版社1997年版，第30页。

② 钟鸣：《旁观者》，海南出版社1998年版，第14页。

③ ［德］本雅明：《发达资本主义时代的抒情诗人》，张旭东、魏文生译，生活·读书·新知三联书店1989年版，第128页。

直仿佛它们从来就长在纸上。都市里有土地吗？没有。但它有晚报。这就足够了。

下午三点过后，专栏作家们又开始贩卖眼泪、灵感、惊呼、哲理、故乡、热点、直到小情小趣的智慧。但愿他们能有一个好价钱。本雅明认为，波德莱尔最明白这伙专栏作家的真实情况："他们像游手好闲之徒一样逛进市场，似乎只为四处瞧瞧，实际上却是想找一个买主。"[①] 这说的是波德莱尔曾经写过的一首诗：

为一双鞋她卖掉了灵魂
但在卑鄙者身旁，我扮出
伪善的小丑般的高傲，老天爷取笑
为当作家我贩卖我的思想。

和那个波德莱尔一样，无论是用四川"方言"写作的诗人还是用普通话写作的诗人，也一并出门上路了。不过，他们未必是去当专栏作家——他们中的大多数人只是出去观察。而晚报随着商品大交换的光临说来就来了，丝毫没有可以通融的余地。以晚报为舞台的，则是铺天盖地的小品文，生、末、旦、净、丑躬逢其会，少长咸集，恰可谓新一轮兰亭集会或滕王阁赋诗。

原始儒学经董仲舒、二程、朱熹的打磨后，原先那点微乎其微的鲜活（比如"天行健""知其不可而为之""人定胜天"等）早已成为过眼云烟，正所谓"谈笑间，樯橹灰飞烟灭"。禁锢已久、早已心怀不满的人们则另辟蹊径。道、玄、禅的互相需要以至于"哥俩好、三桃园"似的相互联手，至迟在明清之际就完成了新一轮的"桃园三结义"：以表达性灵为幌子，把一切重大严肃的主题通通转化为趣味。严羽说得妙极了："诗有别趣，非关理也。"[②] 活活为"桃园三结义"当了开路先锋。况周颐则心平气和地呢喃：

① ［德］本雅明：《发达资本主义时代的抒情诗人》，张旭东、魏文生译，生活·读书·新知三联书店1989年版，第51页。

② ［宋］严羽：《沧浪诗话·诗辨》，人民文学出版社1961年版。

人静帘垂，灯昏香直。窗外芙蓉，残叶飒飒作秋声，与砌虫相和答。据梧冥坐，湛怀息机。……乃至万缘俱寂，吾心忽莹然开朗如满月，肌骨清凉，不知斯世何世也。[1]

果然是老僧禅定，内心恬静，却了无真正生命的大欢叫，更不用说灵魂在繁复事境面前的巨大战栗，有的只是轻描淡写的小情小趣。性灵、空灵、舒卷等小品特征，把发自人的内心深处的悲惨特质视若无物，把时代深处蕴含的苦难骨髓置若罔闻。我们从不缺少灾难，也从不缺少痛苦，缺少的，只是对灾难和痛苦的深入审视、思考与咀嚼。如果考虑到传统的惯性作用，那么从历史上传承下来的“小品心态”就是晚报时代改头换面的典型心态。小品心态是道、玄、禅三结义的结果，其特征，是将生命在繁复事境面前的一切反应，仅仅转化为小猫小狗似的趣味。钟鸣对此调笑道：

新闻公报说蝗灾自民国年间就已经被消灭
增值税，进口税。一辆福特车值多少钱
海关人员兜里揣着大把的回扣和文物
疯子突然从黑色的算盘打出了一行诗歌。

——钟鸣《伤感的旅行》

事情的确就是这样。而中国文化在许多高明的知识分子那里被总结为“乐感文化”。“日新之谓盛德”“天人合一”“天行健”“日日新”“苟日新”“又日新”……让人头皮发麻。李泽厚据此认为中国没有真正的悲剧精神——想想看，“趣味”如果真能“趣”出悲剧精神，“趣”出对时代事境的真正认证，芝麻也就真的可以变作西瓜。

如果小品心态在明清之际是以反击宋明理学的面孔而出现，今天的小品心态（还不如说是晚报心态）则是和晚报时代合谋的一个爪牙，它以文化人的参与、写作者的主动献身为标志。晚报心态的特征是：它快速展现晚报时代中人平面化的情感以及与此情感相关的一切——诚如鲁迅所说，它压出了晚报时代中人皮袍下的“小”来。一个时代注定需要某种

---

① （清）况周颐：《蕙风词话》，上海古籍出版社2009年版。

心态，某种心态也注定需要对应某个时代。两者不合拍，固然是双方的扑空；而一旦握手言欢，青楼梦好，则分明是皆大欢喜，大红灯笼高高挂了。M. Scheler 在《死与永生》中说，世界不再是真实的有机家园，不再是爱和冥想的对象，而是冷静计算的对象和工作的对象。正是在这一点上，晚报心态与我们的时代有了一拍即合的地方。

表面看起来，晚报心态是对亚当·斯密“商业时代”的一种抗议，是对“物吃人”“商品拜物教”的一种逆动，实则不然。晚报心态是中国文人士大夫心态在新时期的改头换面，一切事境甚至堪称惨痛的事境，仅仅被当作快速处理的对象，有如晚报新闻的快速一样，并将这一切盛在“趣”的痰盂中，而对晚报时代的“噬心主题”（陈超语）作充耳不闻状。作家陈村对此的合理性有一个不大不小的辩护：“一天有朋友通知我，南方的一家报纸刊出对我的批评，说写的是小男人散文云云。我起初觉得挺委屈，再一想果然是小男人了，现在没有仗可打，没有侠客可做，只要不去暴走罗布泊，是很容易沦为小男人的。”[①] 想想看，人们在“商品交流”“情感交换”之余买一份晚报，在公共汽车上，在餐桌边，甚至在厕所里，在悠闲的饭后的茶桌前展开报纸，读一读上面的小品文章，大多时候人们会对之报以会心的一笑，然后抛到一边，直至化成纸浆。这也许恰好反证小品写作者是把小品写作当作了“茶余饭后”：读报人的心态与写作者心态恰是同一个心态。有词为证：

> 记得当时，我爱秦淮，偶离故乡。向梅根冶后，几番啸傲；杏花村里，几度徜徉。凤止高梧，虫吟小榭，也共时人较短长。
>
> 今已矣！把衣冠蝉蜕，濯足沧浪。无聊且酌霞觞，唤几个新知醉一场。共百年易过，底须愁闷？千秋事大，也费商量！江左烟霞，淮南耆旧，写入残编总断肠。从今后，伴药炉经卷，自礼空王。
>
> ——吴敬梓《儒林外史·篇末词》

不排除这种呻吟之中有令人感慨的内容，但也恰好道出了晚报心态的心声，甚至这中间的许多词汇的各种变种，正是时下晚报小品文的共同遗产。更重要的是，既然“百年易过”，当然也就无须“愁闷”，只闲情逸

① 陈村：《小男当家》，《三联生活周刊》1997 年第 17 期，第 25 页。

致地饮些朝晚霞；既然颇“费商量”，当然不用去关心“千秋”事业，否则，“断肠”之势就在所难免，实在有点犯不上。清人沈复曾自述说，他父亲在家宴上点了一出《惨别》，沈复的妻子居然不忍心观看。“余曰：‘何不快乃尔？’答曰：‘观剧原以陶情，今日之戏徒令人断肠尔’。”① 小小的离别，不唯在沈复笔下能令人“断肠”，在今日的晚报上，同样表演得凄凄惨惨凄凄。饭后的蒙太奇，小恩小惠的思想火花，对生活的一汤勺感悟，吃饱了撑的似的闲情逸致，顶多来点“伤离别，离别虽然在眼前”（一首流行歌曲的唱词）的不痛不痒的呻吟——差不多就是与晚报时代相对应因而能适者生存的晚报心态的全部内容。

面对这一切，我们听见了自称“旁观者”的钟鸣粗粝的笑声。对那些晚报小品文的需要者，那些被钟鸣唤作“群众”的尤物来说，都是些什么货色呢？钟鸣没有忘记暗中给他们描上一笔：“相互簇拥而来，相互簇拥而去，然后，相互吐口水，再相互忘掉。”② 这种心态并不深刻，也配不上更深刻的解释，它不过是晚报小品文长期豢养的基本群众。难怪钟鸣十分传神地描写过契诃夫面对群众时的神情——契诃夫双手一拍：“哎，群众。”也难怪米兰·昆德拉那么喜欢卡夫卡，因为卡夫卡最害怕群众。

本雅明一针见血地指出：“新闻业是对文学活动、精神、精灵的背叛。无聊的闲话是其真正的实质。……其表现就是流言蜚语。”据他揭发，《费加罗报》的创始人公开宣称：“对我的读者，巴黎拉丁区的一个阁楼着火，比马德里的一场革命更重要。”③ 晚报生产的流言蜚语和更加重要的阁楼着火，满足了这个快速时代人们对信息的重视。晚报是不能过夜的商品。这确实是一个快速的时代，一切都被赤裸裸的速度所决定，因而一切都变得赤裸裸的。名片、电话、公关、推荐表、试卷、面试、钞票……皱巴巴的时代，一切都以赤裸裸的自我推销、自我解释来完成。时代已到了以秒进行计算的地步。最好认识三天就结婚，四天就太长了。你要早来五分钟，这事就成了。速度决定命运，速度决定时代的面貌。因此，钟鸣不无感伤地说：“15世纪的人类还钻进草垛和田畴做爱，耳畔响

---

① （清）沈复：《浮生六记》卷一，山西古籍出版社2008年版。

② 钟鸣：《旁观者》，海南出版社1998年版，第299页。

③ W. Benjamin, Karl Kraus, One-way street and other Writtings, p. 258.

彻奶牛哞哞的叫声，阳光月光直接照射屁股，而阳台内裤却考究起来。然后，人类翻到床上，窗帏和芭蕾就产生了。人们敬畏室内小说，也敬畏阴毛。接着便滚进了沙发。电影胶片以格计算，妓女先收钱，性交换作了口语叫‘打炮’。让人想起十月革命的一声炮响。这都是速度决定的。”①假乳、隆胸术、激光割包皮、银行支票、蔬菜价格、谎言的股东和经纪人、处女膜修复术……人造的美貌充满了硅质物和橡皮，所有美人共同使用一个美人参数，所有人都在以肉体和数字命名，新的命名法则在快速成长，真正的故乡无人问津，梦境——这古旧时期的甜蜜之乡和乌托邦——早已被忘掉，真实的丑陋被虚拟地唾弃，满世界滚动的都是胖子，瘦削的人满怀羞愧。胖家伙看到这伙营养不良的瘦子，要么愤怒他们为时代抹黑，要么暗中高兴他们有幸作为自己的陪衬人……在这个速度就是一切的时代，晚报和晚报小品文不大展宏图说得过去吗？

奥·帕斯说：“社会表达和诗歌表达之间总是有分裂”，“诗歌是不同的（另一种）声音”②。真正的写作，也由此注定成了旁观者的法定业务；对时代真正暗中“点水”③ 的人，注定要成为旁观者，他们在这面前如果说不是败退，起码是变得不合时宜。与晚报比起来，诗歌，真正的写作，旁观者的事业，显然算不上信息（它只是关于灵魂的状态的消息，它只是关于灵魂的现象学或解释学）；但与时代的真正需求相对照，它们无疑是一种更为古老的食物。而在一个晚报时代，作为一切食物中最昂贵的食物——当然，很可能是最不能填肚子的食物，作为晚报时代暗中的食物，诗歌及一切认证式写作已经没有了市场。④ 孙文波说：“如果以普遍的现象为依据，那么在这个时代没有人会需要诗歌的声音。”“我们怎么能够要求一个天天谈财富的人懂得诗歌呢？即使你告诉他过去人们经常说过的话：诗是人类精神构成的最主要的器官，它曾在人类文化形成过程中起到过至关重要的作用，他也不会听的。他更懂得的是财富才是生活等级构成

---

① 钟鸣：《旁观者》，第 398 页。

② ［墨］帕斯：《双重火焰》，蒋显境、真漫亚译，东方出版社 1998 年版，第 4 页。

③ 蜀语，意为暗中说出、揭发出。

④ 1995 年，某市曾针对 18 所大学近万名大学生做过一次问卷调查，结果是，经常阅读诗歌的人仅占被调查总人数的 4.6‰，偶尔读点的是 31.7 ‰，从不接触诗歌或者对诗歌根本不感兴趣的超过半数，而在阅读诗歌的人中间，也仅有不到 40‰的人表示对当代诗歌有兴趣（参见《北京青年报》1996 年 2 月 14 日第 3 版）。

的必需品，没有财富就没有自由自在的生活。”[①] 这就是数学起到的作用。而暗中需要的人们——据奥·帕斯检举——被希梅内斯（Juan Ramon Jimenez）定义为“无限的少数人”。希梅内斯真是个十足的傻蛋！“无限的少数人”在哪里？是那些麻雀吗？或者，是那些营造虚假意识的胖子？看吧，当晚报与互相簇拥着的群众结盟，把不能公之于众的隐私转化为大众消费，把床头演义转化为金钱……按钟鸣的说法，诗歌和所有认证式写作真可谓走入象牙之塔，只成为真正甘心做瘦子的少数人才能、才愿享用的食物。诗歌成为怪物（时髦的人们称为“边缘性写作”），诗人“无可如何”地成为一个时代的旁观者。

波德莱尔为这种旁观者描绘了一幅有趣的肖像。他说：“此地有这么个人，他在首都聚敛每日的垃圾，任何被这大城市扔掉、丢失、被它鄙弃、被它踩在脚下碾碎的东西，他都分门别类地收集起来。他仔细地审视纵欲的编年史，挥霍的日积月累。他把东西分类挑拣出来，加以精明的取舍；他聚敛着，像个守财奴看护他的财宝，这些垃圾将在工业女神的上下颚之间成型为有用之物或令人欣喜的东西。”[②] 诗人在更大的意义上，成了晚报时代被晚报心态与小品文所丢弃之物的收藏者、鉴别者、分类者和记录者。他被迫走向了事境，把曾经高悬的目光转向了垃圾。他拷问垃圾，而将光芒四射的太阳悬置起来。垃圾中，包含了它的几乎所有反光。钟鸣的看法可以视作对波德莱尔的回应：“旁观者就该这样，他是生活的旁敲侧击者，各种秘密的窥探者，精神的偷香窃玉者……告诉你们吧，我们旁观者，小人物，多余的人，在鞋底寻找真理的人，其实就是些用眼睛为灵魂拍快照的人。”[③] 如果说在一个慢速的农耕时代，或一个相对缓慢的启蒙时代（比如20世纪80年代），太阳，以及太阳的眼泪——火——是更重要的“事物”，或者是可以被从容表达的“事物”，那么，在一个快速的晚报时代就不那么从容，它变得遥远、缥缈，像地狱的磷火，不容易为胖子和麻雀所捕捉。

---

① 孙文波：《诗人与时代生活》，载民刊《现代汉诗》1994年秋冬卷，第121页。

② ［德］本雅明：《发达资本主义时代的抒情诗人》，张旭东、魏文生译，生活·读书·新知三联书店1989年版，第99页。

③ 钟鸣：《旁观者》，第234页。

二

让我们再次回到都市中的下午三点。在获得一个好价钱后，专事隐私和晚报小品文的专栏作家们集体去了银行。在“晚报前”他们写作，“晚报后”则是他们面对存单、利息的时间段落——面对数字、数学和数字决定了的坐标网络的时间段落。本雅明对妓女有一个绝妙的说法：妓女是融商品和售货员于一体的人。专栏作家不同于妓女（原谅我的粗鄙），因为他们除了商品和售货员外，还兼任自己的会计与出纳。他们明白应该怎样在这四者之间做定量分配。一切都只能是数学，这是个数学统治众生的时代。钟鸣说：“繁荣的时代，就是计算的时代。但没人计算它的风格。”① 毋庸置疑，在“晚报后”这个时间段里，另一处繁忙之地是银行。一天的贩卖、价值交换与讨价还价、尔虞我诈之后，商品终于成了钞票。会计、出纳们为保证万籁俱寂的夜间也能使财富增长，纷纷把一天的所得瞄准了利息这个靶心（海子：我下去练一会儿靶子）。利息：睡眠中财富的增长，让穷光蛋们滋生理想、奋发向上、忘我工作的动力，它像黑格尔所说的恶一样，在号称伟大的人类进步过程中，起到了杠杆、润滑剂和支点的作用。专栏作家们对此心有灵犀：“我们要为利息歌唱，它是人间最伟大的发明之一，因为没有它，我们的劳动所得就会贬值，就会被商人们巧取豪夺。”② 谁说不是这样的呢？钟鸣在一首叫作《匪囚之歌》的诗中写道：

> 哎呀，你们自己打破了头，
> 像只火鸡，就为做个上等人。
> 上等人，欠了死囚的钱
> 绑过一票。哦，钱作祟，金为堂……

数字与计算在“做个上等人”这方面的作用是显而易见的。所以，我们不应该忽视连接晚报出口与银行入口的广告彩桥。广告的发明比纸张的发

① 钟鸣：《旁观者》，第 262 页。

② 李子：《专栏作家的苦衷》，载《成都商报》1998 年 3 月 7 日第 4 版。

明晚了若干年，但纸张仿佛是在等待广告一样，纸张承接了广告，广告也增加了纸张的威力。千百年来，我们被告知，纸张是神圣的。欧阳江河用充满绝对化的腔调写道："纸是耳光！词是铅弹！光线是绞索！/尽管理由像室内的光线一样充足/但我们并没有理由从阅览室离开/我们置身其间读一本书——/一本沙之书，亡灵之书，众书之书/一本所有的书在其中被消灭的书。"（欧阳江河《阅览室》）在今天，这本神圣的"众书之书"只能是印满了数字（数学）的书。在 1990 年代，随着造纸业与高度污染的到来，随着随看随扔的晚报的出现，纸张不再神圣。所幸的是，广告在某种程度上维护了纸张的尊严。"广告的字体在报纸上越来越大，它的吸引力占了上风。"圣·伯夫在《论工业文学》中少见多怪地说："它构成一座磁山使罗盘偏离了方向。"圣·伯夫错了！如同"鱼儿离不开水呀，瓜儿离不开秧"，正是广告使人们离不开报纸，使人们对报纸有了很大的依赖性，从而将尊严还给了纸张——没有广告，我们就无法交换劳动，包括专栏作家的灵感、智慧和眼泪，也无法尽可能多地生产和占有可用数字来标识的利息。广告不但要部分地生产利息，也要分享利息。

请摊开每一份报纸，请寻找专栏作家们的版面，不难发现广告与"哲理"同在，"眼泪"与利息齐飞。晚报与广告、银行、利息结盟，催生了都市中的新人种——专栏作家（钟鸣把他们称作胖子，但主要是麻雀）；催生了都市中的新污染——晚报小品文（钟鸣和波德莱尔共同称它们为垃圾，可用于拷问）。小品文（晚报心态）是 1990 年代的主人、A 角和头面人物，是各种聚光灯竞相追逐的猎物。它令人欣喜地占据了要塞，把报纸和纸张，径直当作自己的后花园或舞蹈前台。当此之际，诗歌以及所有型号的认证式写作的无用性，也就更加凸显。

尽管美国诗人斯蒂文斯（Wallace Stevens）晚年写过这么一则札记："金钱是一种诗歌"（Money is one kind of poem），但一般而言，反过来说就很成问题，尽管性喜玄想的老斯蒂文斯的确喜欢玩这种反向推理的跳高游戏。斯蒂文斯的意思之一很可能是：我们可以从叮当作响，包纳了人间喜怒哀乐、幸福、仇恨、灾难、光荣与耻辱，可以用数字来标识和体现的金钱中，找到诗歌（认证式写作）可以舍命扑向的材料。诗歌无法带来利息，所以，也就无法分享这个创造了太多利息的时代，也无法分享晚报与银行，尽管它注定要进入晚报与银行。诗歌的无用性与诗人（可笑的旁观者）的无用性、真正的写作的无用性是连在一块儿的。有趣的是，最无用的人居然也有种去拒绝最有用的金钱。A. 庞德曾写信告诫他的一位年轻朋友："从对上帝的爱出发，考虑一下有一次我对你说过的事情，任何为了钱而写的东西都一文不值；唯一有价值的是那种对抗市场的写作。没有比钱更有毒的东西了，如果有人收到了一张高额汇款单，他马上会想到自己做了某件事情，但是很快他的血管里流出的就不是血了，而是墨水。"① 可是，又该怎样区分隐喻意义上的"血"和"墨水"呢？那就是利息。欧阳江河为此写道：

我将用可兰经书上的古奥字句
去向银行职员讨公道价格，我将
在冷藏柜里写作。

——欧阳江河《纸币，硬币》

对此等胡言乱语，银行数字和利息数字哈哈长笑了，它们知道诗歌其实是可以和利息连为一体的。而在不经意间，我看到，如今的上海，许多喷有油漆广告的公共汽车背壳上都印有这么一句话，它是为某家具公司做的广告——"人诗意地栖居……"一生穷愁潦倒的荷尔德林要是知道这句诗居然为商家挣来了大把钞票，肯定会感慨万千。从事银行业出身的斯蒂文斯显然比庞德对金钱有着更深刻的认识。庞德的口气是：诗歌要甘于贫穷，它就是关于贫穷的赞美诗，所谓"没有钱而能听风声也是好的"；史蒂文斯的意思是：诗歌有必要关心金钱，因为金钱能给诗歌提供意想不到的诗学后果。钟鸣显然听懂了斯蒂文斯的意思，他说：

某次会议我来了点黑色幽默——
假设了一个与会的贪污犯用电脑打钱，
他慌忙声辩说，电脑不是用来打钱
而是用来打诗——那么就用诗行窃吧。

——钟鸣《伤感的旅行》

在晚报和银行占据统治地位的1990年代，诗歌以及真正想对时代进行准

① ［墨］奥·帕斯：《批评的激情》，赵振江泽，云南人民出版社1995年版，第77页。

确认证的所有写作，必须要和钱挂起钩来，因为钱、沪市指数、道琼斯指数……有我们这个时代的真正反光；因为情况不仅到了“用诗行窃”的地步，而且已经到了宫廷里早就摆好杂货摊的程度。何况还有那么多的胖子在“用了不干净的款子而声讨款子”：[①]

宫廷里尽是小货摊。
皇后点石成金，出手就是货币。

——钟鸣《哈姆雷特》

据说时间就是金钱，空间就是黄金：电视广告以某某万元每秒论价，晚报广告则以某某万元每平方厘米算账。时空被金钱化了。晚报不过是明面上的巨人，银行才是暗中真正的司令。银行以数字（数学）来标志。而在西门庆眼中，即使是佛祖的西天，也只不过要黄金铺地，人只要有钱，就是奸了嫦娥，拐走了许飞琼，盗了西王母的女儿，也不减老子的泼天富贵（《金瓶梅》第 57 回）。到大街小巷、商场、跳蚤市场上去吧，那里有的是金钱和数字的摇摆舞。

钟鸣把 1990 年代称为“强人时代”，并且一针见血地指出：“黑太阳的出现是强人时代一个最明显的标志。”[②] 在那首十分精彩的诗歌《查理铁事》中，他写道：

世界的生存就像一次狩猎
谁先占有铁，谁就成为查理王
谁就会讲究战争的形式
就会让穷人在晨曦中诉苦
但穷人却会永远跟在中产阶级的后面
挥动他们的旗帜，铁勺。

钱拉·若尔兰在论及布罗代尔时说：“我想借用费·布罗代尔的形象化解

---

① 钟鸣：《旁观者》，第 481 页。

② 同上书，第 1241 页。

释：工业革命就是从木柴和木炭的文明过渡到铁和煤的文明。”① 铁是强人时代重要的物质象征，是强人时代的曙光和地平线。铁的出现，彻底奠定了以数字（数学）为基础的技术大潮的来临。利奥塔尔对此最为清楚：“强迫技术改善性能并且获得收益的要求首先来自发财的欲望，而不是求知的欲望。技术与利润的‘有机’结合先于技术与科学的结合。”② 很显然，数字在此起到了杠杆和润滑剂的作用。

在铁和数字（利润，银行）结盟后，并不只有查理才是强人时代的主角，那些中产阶级甚至穷人同样是使太阳变黑的庞大部队。晚报时代、银行时代、快速的时代、数学的时代，注定只是强人的时代、胖子的时代。在1990年代，它仅仅以成功度量一切。在查理，是以占有了铁来标价成功，在强人时代，更多的，则是以占有金钱的数量。看看那些勇敢的强人们，那些胖子吧，他们快速地在晚报上露面，把脑袋伸向了所有纸张之上——名片只是按照欲望的要求按比例微缩成的一个象征物——疯狂地扑向金钱。那圆圆的金钱，是黑太阳的泪水。这种泪水，按雅典的泰门说的，只需要一点点就可以使黑的变白，丑的变美，错的变对，卑贱变为高贵，老人变为少年，懦夫变为勇士——多少壮生素，雄狮丸，嫦娥霜，九转还魂丹被包纳其间（莎士比亚《雅典的泰门》）！强人时代提供了这一切。而早已有人如同站在拉雪兹神甫公墓顶端对着巴黎吼叫的拉斯蒂涅。拉斯蒂涅，这个强人时代的英雄对着巴黎高喊道：“现在咱们就来较量一番吧！”

而一个淘气包、矮个子的瘦削旁观者，比如说，这个钟鸣、欧阳江河或柏桦，他怎样看待金钱呢？“钱的价值在它的美，而不在它的使用价值。”③ 这是个让胖子们打哈欠的想法。但他们也许不会明白，错误的不是钱，而是查理大帝统率下的胖子。金钱在暗中哭泣。银行只是金钱的经纪人，金钱身不由己地落在了他们手里。革命的经纪人比革命更可怕，罪恶的股东较之于罪恶本身更值得唾骂，是中间环节决定了事物的最终面貌。所以，在强人时代，在白肉滔天的1990年代，金钱只有等待同情的份。这个任务，只有诗歌和认证式写作来处理——无论是描述性质的诗歌

① ［法］布罗代尔：《资本主义论丛》，顾良译，中央编译出版社1997年版，第11页。

② ［法］利奥塔尔：《后现代状态》，车槿山译，生活·读书·新知三联书店1997年版，第94页。

③ 钟鸣：《旁观者》，第563页。

还是解释性质的诗歌，无论是从灵魂现象学的角度还是灵魂解释学的角度。

三

钟鸣说，我看见胖子们出没于晚报、银行组织的各种宴席，他们大声呼喊，吆喝，狼吞虎咽，土地在一寸寸缩小；我看见麻雀们叽叽喳喳，声音婉转、清越，表达着没穿衣服的欲望，在对着胖子们高声叫好。麻雀和胖子是钟鸣——1990 年代认证式诗歌的写作者——给予强人们的两个有趣封号。“强人时代，总是要求新的地平线，新的太阳，人民，新的经济政策……总之，一个新的断裂。”[①] 在这个美妙的断裂中，晚报与银行以及由它们所框架、议定和标价出的成功催生了胖子和麻雀。

胖子是由过多的成功堆砌出的，他浑身上下充满了数字；而为了继续成功，他们不得不花大量的时间进食；在进行发泄性的床头征战时，又不免大汗淋漓；而对于既定目标，对于闪闪发光的标价欲望的什物，则看似慢吞吞实则十分有效地像小坦克一样压了过去，直到目标成为囊中之物。这就是钟鸣所谓“舒芜一类的‘胖子战术’”[②]。胖子们虚假、臃肿、肉感的假笑，经过激光割包皮、处女膜修复术，来到了晚报和银行标定的广场上。胖子是强人时代的雕像，为群众所赞美，包括他的肥肉和臃肿。而作为一个不可或缺的阶段，麻雀们充当了重要的聒噪者角色。他们为强人时代和胖子们高歌。胖子是他们的榜样和追求的理想。麻雀的最大目标，是不成为麻雀而成为胖子。但就目前的条件来说，一方面麻雀是被需要的，另一方面，他想成为胖子首先还得做麻雀。麻雀就是胖子的基本群众。钟鸣敏锐地发现了二者之间的隐秘关系：

> 财神爷很好骗，因为麻雀是富裕的。
>
> ——钟鸣《续珂丁诺夫》

但他们显然还不够富裕，真正富裕的是胖子，麻雀尚需努力。作为强人时

① 钟鸣：《旁观者》，第 1282 页。

② 同上书，第 715 页。

代的聒噪者，麻雀们最大的本事在钟鸣看来，就是善于玩弄文字，他们都是一伙伙地区性的文化名人，以营造虚假意识为能事，诋毁认证式写作的才智，以此作为能成为胖子的见面礼（比如那些小品文作者）。M. Scheler说过："现代人不再将整个情感生命视为一种富有意义的符号语"，"而是将其视为完全盲目的事件，它们像随意的自然演变一样在我们身上进行；现代人也许必须在技术上引导它们，以便兴利除弊，但是，当现代人考虑到它们的旨意何在，它们要告诉我们什么，它们对我们的忠告和警戒是什么，它们的目的何在，它们在预示着什么，此时，现代人被教导不必听命于它们！"① 这中间无疑有麻雀们的功劳。钟鸣从麻雀们的一个生理细节说出了这一特征：

……麻雀的眼睛
总是不直对着你，哪怕只有两秒钟
心怀诡计，才会这样，那是程序
为春天赤字付款太多

——钟鸣《伤感的旅行》

以迂回的目光看待时代，麻雀们倒更能得知强人时代的数字和欲望的秘密，并充分利用这一秘密——这是如何变胖的秘密。罗兰·巴尔特的传记作者用如下之言，描述了巴尔特学术立场的转变，很可以有效地用在这里："他最初是描述社会用来自我言说的那些寓意，后来逐渐转向描述社会的谎言。他认为，'神话'企图强加给人们一种对现实的歪曲的阅读。"② 也许是巴尔特有感于巴黎的麻雀们——比如拉斯蒂涅——太多了吧；中国的麻雀在数量上又怎么会少于巴黎呢。谎言是麻雀的重要特征，巴尔特算是摸到了命脉。钟鸣像是对罗兰·巴尔特鼓掌般地承认：说谎是"强人时代最明显的特征。"③ "人们靠谎言过日子，说谎成了我们的天性之一。"④ 想想克尔凯戈尔咬着别人的耳朵说出的话吧："谎言是一门科学，而真理是一个悖论。"麻雀们在怎样被成为胖子的欲望所驱使呢？方

---

① ［德］M. Scheler：《爱的秩序》，林克等译，香港三联书店1994年版，第68页。

② 迪迪埃：《结构与符号》，北京大学出版社1997年版，第68页。

③ 钟鸣：《旁观者》，第328页。

④ 同上书，第378页。

法之一就是自命精英、知识分子；在悲叹失去了庙堂与广场后，据另一位著名的麻雀说，他们已退回到岗位。岗位？是的，继续聒噪的岗位。

钟鸣兜头给他们泼了一瓢凉水：他们“嚷嚷自己是诗人呀，精英呀，知识阶层的宠儿呀……其实，你狗屁不是，你只是群众罢了，一个饱经政治风霜和超级谎言而仍泪水不尽的群众，一个流里流气自以为浪漫的人……一个安全沉沦在无所事事色情和暴力中的人，扔石头者，点火者，理想破灭，激情殆尽，陷入金钱原始攫夺或仓皇鼠窜弃国而走的人。”①他们不过是互相吐口水，跟在中产阶级屁股后边挥着欲望的旗帜和铁勺的群众。因此，钟鸣才不无感伤地说：“将那些哀伤的事告诉人民，/那些彼此互不信任者。”（钟鸣《我是怎样一个失踪者》）而这伙被称作知识分子的特殊麻雀哪里理会这么多！他们被成为胖子的欲望所驱使，实施了和既定胖子有所不同的战术：这就是“词语的纵欲术”。说得直白一些，就是形容。

形容使1990年代（即强人时代）得以生存下去，同时，也明火执仗地鼓励了胖子、晚报与银行。形容术是麻雀成为胖子的关键步骤，因为形容终归会使他们慢慢臃肿起来。麻雀最终能否成为胖子呢？答案是肯定的。从各种意义上说，1990年代都是酷爱形容的时代——小品文的铺天盖地只是其中的表征之一。与此形成鲜明对照的另一种形容，就很容易让人忘却：在一个不可能也不合时宜的时代虚构各种形式的乌托邦。普通话就有这样的癖好。且不说它在远古时代的前科，也不用说它在政治生活中的荒谬，单在今天的诗歌写作中又何曾两样。普通话的形容嗜好就是一种修辞术。形容（修辞）可以使人们在虚拟的时空中模拟生存，形容是古旧命名法则指引下的一种通病，形容也暗中鼓励了不及物的诗歌写作——钟鸣称为“仿古崇高”。善于默读、善于形容的普通话，在1980年代的诗歌中，虚构了多少伟大而又渺茫的希望！普通话诗歌写作为我们带来了自慰式的虚拟满足。修辞术（形容）在普通话里有着悠久的传统，四书五经中暗示了这一点。形容使乌托邦陡然之间臃肿起来，在空无一人的天堂中，行走着虚无的、虚拟的胖子。

而在晚报上兼任自己会计和出纳的专栏作家，则是一伙地地道道的麻雀（它们和乌托邦还不是一回事），是胖子的准备阶段。晚报心态，小品

---

① 钟鸣：《旁观者》，第181页。

文，痛苦，愁闷，漠然的小情小趣，无非是对强人时代的献媚，是为想成为胖子进行的初级形容入段准备工作。胖子们浑身上下叮当作响的是银行存单、数字；披的是晚报，上面写满了许多词语：正史，历史哲学是最耀眼的东西。正是这些人，既作为强人时代的成功者，又作为它的支撑者，把1990年代搞得痛苦不堪：

这颗石头把蜜蜂折腾得够呛！
把乌云折腾得够呛！许多人
更是把时代折腾得够呛！

——钟鸣《伤感的旅行》

啊，这时代，被当猴耍……

——钟鸣《苦蛋蛋狐变之一》

诚如钟鸣所说："人或许会失去机会，因为，社会比人更早地失去了机会。"① "人性之善在尚未充分展现时，时代便预先堕落了。"② 但我们不应该一味指斥1990年代的堕落、卑污，甚至不应该指斥晚报、银行和数字。它们也许更值得同情。钟鸣的《旁观者》及其几乎所有诗作，都几乎不是对自己的同情，更多地体现出对时代的悲悯。但同情是很值得怀疑的。米兰·昆德拉更愿意这样来理解同情：所有从拉丁文派生出来的语言里，同情一词，都是由一个意为"共同"的前缀和一个意为苦难的词根（passio）结合而成（共—苦）。而在其他语言中，比如捷克文、波兰文和瑞典文中，这个词是由一个相类似的前缀和一个意为感情的词根结合而成（同—感）。从拉丁文派生的"同情"（共—苦）一词的意思是，我们不能看到别人受难而无动于衷；或者我们要给那些受难的人以安慰。另一个近似的词是"可怜"，意味着对受难者的一种恩赐态度。这就是为什么"同情"（共—苦）这个词总是引起怀疑，因为它表明其对象是低人一等的人。昆德拉接着指出，在那些同词根"感情"而非"苦难"组成的"同情"一词的语言中，这个词也有类似的用法，但很难说这个词表明一种坏或低一级的情感。词源学给这个词暗示了另一种解释：有同情心

① 钟鸣：《旁观者》，第85页。
② 同上书，第220页。

（同一感），意思是不仅仅能和苦难的人生活在一起，还要去体会他的任何情感——快乐、焦急、幸福和痛苦。[①] 钟鸣很可能是从后一个意思上使用同情的，他的整个创作似乎都在说明这一点。正是在这个前提下，钟鸣指斥的仅仅是胖子和麻雀，因为对于时代事境的痛苦来说，他们也许才是真正的根源。

有意思的是，钟鸣对胖子和麻雀的痛斥，是以一种特殊的文体来承载的，那就是互文式的各种文体的交叉使用。小说、注释、随笔、诗歌、论文甚至新闻图片。一切都是试试看（即波德莱尔所谓 try to do）。钟鸣没有卖弄博学和才华的意思，而是1990年代已被强人们折磨得到了需要各种文体交互使用，才能说明问题的地步。因为据巴赫金揭发，每一种文体都代表着一种进入社会和时代的特殊角度。钟鸣各种文体交互使用，正表明他不想只从某一个角度去看待1990年代，而是想全方位地、整体地去观察。但全方位从来都是上帝的视角，人总免不了有偏见。《娑恭达罗》说，当法律、规定都不能判定一件事物时，善良人的良好愿望勉强可以充当标准。钟鸣无论在使用什么文体，无论在批判、挖苦、嘲笑、指斥麻雀、胖子、晚报、银行、数字、形容……时，贯注其间的是对时代的同情（同一感）；这种同情就是善良人的良好愿望。钟鸣没有掉进营造虚假意识的胖子们的俗套之中，他对1990年代本有痛苦的理解，超过了对它的嬉笑怒骂，尽管后者也表演得十分本色和充分。

好笑的是，钟鸣也是一位文学上的趣味论者。但他和晚报小品文的小情小趣完全不一样。把苦难当作笑话，把眼泪转化为俏皮语，换一种方式说，把个人的悲惨境遇做成小吃，并在这种“做法”中，把时代的黑暗部分、时代本有的痛苦，当作婴孩般来怜惜，这就是钟鸣的趣味。这种趣味的结果，是迎头撞上了1990年代，而不是以内省与冥想为幌子回避时代。钟鸣说他喜欢排任何队，喜欢像个流氓一样，混迹在人群中，就是他的趣味性的直观表达。而晚报心态促成下的麻雀们的小品文之趣，实际上是一种回避政策，一种恍惚。它把一个巨大的敌人倾向于想象为不存在。这是掩耳盗铃的新战术。“不是幡动，不是风动，仁者心动。”在这里，可以用作对晚报小品文趣味心态的注释。让我们看看钟鸣的趣味性的真实

① ［捷克］米兰·昆德拉：《生命中不能承受之轻》中译本，韩少功、韩刚译，作家出版社1994年版，第19—20页。

面貌吧，在1990年代——

野兽惨遭灭绝，灵魂继续恶化
时间测算痛苦的是另一种框架
地质学中沉寂的部分已被发掘
巨大的行星被非人的力量吸吮……

——钟鸣《时代》

于此之中，不难猜测，1990年代的诗歌写作应该承担怎样的道德—伦理重任，一切都在钟鸣的那几行诗中了。

（原载《文艺争鸣》2013年第12期）

韵律的废退与反抗“散文气味”

——散文诗美学问题的某些侧面

赖彧煌

一　界说散文诗的困难与路径

作为现代写作实践的散文诗，它蕴含的价值迄今仍是隐晦的、充满争议的。是应该把它主要作为文学类型学上的诗学问题，从形式、结构的维面推定某种诗学风貌即可？还是应该将其视为现代背景下的某种美学症候的激进表征，进而落实为美学问题的探讨，最终探及深刻的美学根源？这样提问并非没有缘由。

由于散文诗在格式上的“散文样式”，在细节化、场景化等方面纳入散文元素，对于把散文诗作为诗的一种类型，有人表示了深刻的怀疑。在艾略特看来，“不纯”的散文诗既是反诗的，也是反散文的：“当一个人发现自己在读散文诗时，或把它当作散文读或把它当作诗读——两种努力均告失败。”从文类之不可越界考虑，他认为散文诗的“含混性”使得它无缘于散文和诗的任何一端：“其中绝对的区别是诗由诗写成，而散文由散文写成。”① 在这种文类纯洁性幻想的背后，实质上是封闭的、静止的、原型化的文类观念。

从文学实践的多样性和复杂性看，人们更能够认同，文类的界说应该向具体的文本开放，文类的边界是可变动的：“未来的理论家们将继续改写类型的历史，提供与新的习俗、审美乐趣或精神奥秘的标准相适应的新

① 艾略特：《散文的边界》，转引自王光明《现代汉诗的百年演变》，河北人民出版社 2003 年版，第 166 页。

的家族谱系。”[①] 即使秉持类似的历史主义尺度，从理论上对散文诗作出类型学的界定也困难重重。这当然和散文诗是一种混合文类有关，波德莱尔即以“诗的散文”[②] 称呼散文诗。但更内在的原因是，散文诗扬弃散文和诗的质素，实现偏离、重组与变异，造成的变动和距离却很难精确地测定。这主要表现为，散文诗挣脱了在文类的传统知识谱系中进行参照性定义的可能。

较之任何一种文类，散文诗的自我异化性可能是最彻底的。它以悖反化的方式做出如下反应：对于文类的新变、更生本应遵循的历史连续性与渐进性，它是尖锐的反对者，在与散文和诗的关系上，它以对垒的、否定性的姿态与两种文类规范保持疏离。一方面，散文诗的“诗”或许和某种具有一定韵律的诗甚至自由诗大异其趣，在“诗”的通常意义上它是反诗的；另一方面，散文诗的“散文”或许和散文的运思方式不一样，很可能的情形是，内中的“散文”不过构成了散文诗的“诗”之框架与边界而已，在散文的通常意义上它又是反散文的。有鉴于此，有人不把散文诗作为有确定性特征的文类，而强调它的偶然性和过渡性：“不连续的历史使人们很难确定散文诗是否受到足够的限制，从而不能成为一种明确的类型，也很难确定它是否是奇特的诗人所使用的奇特的文学形式，或者，它是否最好视为临时性的或过渡性的东西，其主要价值是它能促进新的形式，尤其是自由诗。”[③] 主要价值在于促进新的形式，这道出了从形式、结构维面界说散文诗的困难。

事实上，散文诗不能从文本的形式规范层面定量定性，提醒人们注意，其不可测定性或不规范性也许深沉地呼应着散文诗所存身的现代的诸种症候，并与深刻的美学问题互为表征：第一，散文化的形式外观彰显着诗之韵律不可逆转地废退了，它在更大的范围内应和着黑格尔意义上“艺术终结”的现实，即美的衰落，更确切地说，在美的衰落这个大背景下，作为美的外观的韵律、和谐节奏溃散了；第二，在内在趣味和使命

---

① 阿拉斯泰尔·福勒：《类型理论的未来：功能和构件型式》伍厚恺译，拉尔夫·科恩编《文学理论的未来》，中国社会科学出版社 1993 年版，第 389 页。

② 波德莱尔：《献给阿尔塞纳·乌塞》，《恶之花、巴黎的忧郁》，钱春绮译，人民文学出版社 1991 年版，第 378 页。（另一位译者则将其译为“诗意散文”，参见《巴黎的忧郁》，郭宏安译，上海译文出版社 2009 年版，第 4 页。）

③ 克莱夫·斯科特：《散文诗和自由诗》，马·布雷德伯里、詹·麦克法兰编《现代主义》，胡家峦等译，上海外语教育出版社 1992 年版，第 324 页。

上，包括作为更深层的语言之秘密结缔方面，它又是反散文的，或者说，在散文化的外观下反抗“散文的掌握方式”，以此趋近诗；第三，外观的散文化与本质上的反散文，是以它自身的方式应答，在充满理性和逻辑强制的“散文气味”的现代，如何重建诗与真理的双重要求，并以此挣脱“散文气味”；第四，面向现代性一往无前的地平线，它的抱负是以形式不逮意趣的悲壮感，在无形式的境遇中奋力捕捉那不可呈现之物，借此，既体现它对语言洞察力的更新，更体现它对“现代性”的忠诚。对以上表征的缕述，应该从既作为背景又作为出发点的“韵律废退”谈起。

二　在美的衰落中废退的韵律

从文类的原型看，诗之具备一定的韵律似乎天经地义。历时地看，对诗体、诗律的探索与实践一直不绝如缕，且是多元化的，人们对于何种诗音是雅俗正悖的，固然也可能相互攻讦，但基本不出“诗应有独特的节奏”的文类范围。进入 19 世纪以来，诗的变调、破格日渐成了世界范围内的趋势。在这个趋势中，有两种不同的表现值得注意。一种是瓦莱里等人的路数，在诗律的大传统中进行革新，通过具体而微的修正，顽强地挽留诸如音乐性、“诗是舞蹈”等特质。另一种是兰波等人的实践，在其最极端的情形下，不仅放弃了通常的诗律之构设，甚至把藕断丝连的诗之规律性节奏一并打破，其意味深长的表现是，把作为外观的散文框架突兀地置入他们富有争议的写作中。

就照顾诗文类的稳定性与包容性而言，瓦莱里诸子的写作更能够作为成功的后继者被文学史家肯定，作为一种方向或回归，它甚至成了诗的集体无意识渗入了诗人们的血脉。譬如，在艾略特充满造反与可能性的自由诗中，存在着大量的韵律。① 不过，如果将两种不同的表现放置在现代美学自我反思的背景下看，显然，瓦莱里等人更像是向古典遥遥地致敬，而

---

① 罗杰·福勒在他的“自由诗”词条中如是说：“很多人都认为‘自由诗’是一个不恰当的名称，因为在大多数自由诗中都存在着某种形式的格律，譬如艾略特在《普鲁弗洛克的情歌》中采用了音节—重音的方式，而在《四重奏》中则采用了纯重读的方式。”（《现代西方文学批评术语词典》，袁德成译，四川人民出版社 1987 年版，第 113 页）帕斯也作了相似的表述：“艾略特与庞德初期致力于拉弗格式的有韵自由体诗；后来，他们回到了格律诗。”（《弓与琴》，《帕斯选集》上卷，作家出版社 2006 年版，第 300 页。）

兰波等人则义无反顾地跃进了当代的现实，跃进了波德莱尔所说的对另一半美的追寻："构成美的一种成分是永恒的、不变的，其多少极难加以确定；另一种成分是相对的、暂时的，可以说它是时代、风尚、道德、情欲，或是其中的一种，或是兼收并蓄。"①

这个潮流有着深刻的时代原因和美学趣味，它的动力源于构设一种迥异于作为典范的古典的美，并自视为崭新的美学。这就是，在美的衰落的大背景下，打破某种原型化的美成了诗的过程与目标。黑格尔在其巨著《美学讲演录》中，分别以建筑、雕塑、诗作为象征型艺术、古典型艺术和浪漫型艺术的代表。其中古典型艺术最能符合美的理想，它在形式与内容（理念）上高度统一，借助感性显现的原则外显为和谐的外观。这种统一的、未曾分裂的美不同于象征型艺术的形式大于内容，也有别于浪漫型艺术的内容大于形式，它是平衡的、体现了美的要素之间的辩证法。

黑格尔认为，在美的等级上，古典型艺术处于顶峰，而在美的演进时序上，浪漫型艺术的诗则处于即将为宗教所取代的终结点位置。他对诗的特质的分析有助于我们理解，这种内容（理念）压倒形式的类型之特点。他从不同艺术媒介和艺术类型的角度，认为诗既抛弃了绘画的个别性，也抛弃了音乐的唯音调是求的特点。在表现形式上，对于诗而言，那种内容与形式谐和的古典型艺术业已不可能成为诗之追求，则专注于自我探求就成为必然，一种重内容轻形式的倾向亦是必然，所谓"文字固然没有完全抛弃声音因素，但是已把音调降低为只供传达用的单纯外在符号"②。

固然，黑格尔是从其理念与形式的辩证，借助强大的历史逻辑（精神现象必得按照辩证的原理不断扬弃着向前演进），不无遗憾地从诗的衰微处宣称艺术的终结。但他触及了一个重要的现实，作为象喻着典范美的形式与内容之分裂，在它的衰落处应和着韵律的废退。的确，现代诗歌尤其是散文诗的写作始终处于这样一种境遇中：作为代表了形式之和谐、一致的美在近代以来已为那种乖张的、自反性的美所取代，温克尔曼所言的"高贵的单纯、静穆的伟大"已为动荡的美所取代。

兰波正是在古典美之不可能的背景下大谈无形式的散文诗，"古代诗

---

① 波德莱尔：《现代生活的画家》，《1846 年的沙龙》，郭宏安译，广西师范大学出版社 2002 年版，第 416 页。

② 黑格尔：《美学》第三卷，下册，朱光潜译，商务印书馆 1979 年版，第 8 页。

发展到希腊诗已告完成，即和谐生活的时代”，他敏锐地把握到了现代在美的形式上的匮乏，因而，他认为“有形式，就赋予形式；如果是不定型的，就出以不定形”[①]。

在美的衰落背景下，诗弃绝韵律，抵制形式之和谐的美并不是孤立的，现代音乐亦然。一般地看，现代音乐不再如古典音乐那样追求某种调性、某种形式上的整体性。保罗·亨利·朗在其著名的《西方文明中的音乐》中是这样描述的：“19世纪末的音乐，情绪和轮廓模糊不清，好像暗中摸索的姿态，导致音乐句法的不对称，这种情况有点近似自由体诗。发展的线索是零散的，和声常常在诸调性之间的无人区里徘徊，虽然从来没有放弃某一中心调性，但不断使用同音异名的和半音的转调使明晰的调性骨架无法显示，这也促使形式的突变和破裂。”[②]

重要的是，在呼应不美的节律的同时，诗尤其是散文诗面临的压力不是减轻了而是增大了，作为有着散文的外观的散文诗，它如何运用散文元素呢？它的尺度在哪里？只有在了然了散文诗的“散文”的基础上，我们才可能再进一步探析，散文诗如何克服时代投射给语言的诸种症候，才可能在一个相对宽阔的视野中，从美学、哲学的立场回答罗兰·巴特对文学的追问：“古典时代的写作破裂了，从福楼拜到我们所处的时代，整个文学都变成了一种语言的问题。”[③]

这是普遍性的美学问题，和谐的、一致性的美消失后，源于形式与内容之间的紧张性，一种不安的、瞬时的、主体性的焦灼紧紧地攫住了绝大多数的艺术探险者。从这个意义上说，形式，作为客体的客观化显现要求愈来愈像是尼采在讨论古希腊悲剧时的一个梦想：阿波罗精神和狄奥尼索斯精神之间的短暂平衡。但毕竟，古希腊悲剧作为未曾分裂的世界的原型，在今日已荡然无存了。

那种日常的而非诗（美）的世界之表象化日渐铺天盖地。散文诗的美学抱负因此可以恰当地概括为，在意识到不美的世界如何构筑自身的美。这种美显然应该是，一方面是其动荡或者说震惊的美；另一方面，在

---

① 韩波：《韩波致保罗·德莫尼》，《彩画集》，王道乾译，上海文化出版社2001年版，第180、184页。

② 保罗·亨利·朗：《西方文明中的音乐》，顾连理等译，贵州人民出版社2009年版，第882页。

③ 罗兰·巴特：《写作的零度》，李幼蒸译，中国人民大学出版社2008年版，第4页。

世界的散文状态中，构设自己的乌托邦，不按那样一种既定性、给定性的表象说话，毋宁说，它是反散文化的。

三 散文元素的运用和限制

散文诗以明显的散文元素的运用，在许多时候体现了某种似是而非的散文的外观，这些元素与外观从一种片面的、肤浅的文学技巧学角度看，对于视散文诗为越界者的人，则显得缺乏文类风格的可靠性，对于视散文诗为扩容者的人，则使散文诗的确认陷入了某种含混。在此，就有必要深入检视散文诗的“散文”特性，包括它对“散文”功能意味深长的转移与变异。

在兰波惊才绝世的短暂写作生涯中，可以简便地划分出他在诗歌实践中的起伏与转折：在大形式系统内革新诗歌——逸出法国诗歌传统的散文诗写作——写作的放弃（对于他而言，最终的结局既是边界的抵达也是其困境）。他在著名的《元音》中书写了他的“通过发明语言抵达世界”的诗歌理想，不过它采取的是十四行诗的规矩体式，就表达诗思的理路而言，与波德莱尔同样在体式上中规中矩的《应和》并无二致，都是在象征的系统中梦想语言获得更生的活力，尽管前者在思想上更为激进。在典型的诗之形式框架中表达未能很好地把握兰波的诗歌理念。固然，兰波诸阶段的写作充满争议，其所凝结的诗学特性也有种种不确定性，但能确定的是，他试图通过某种反形式的方式推进诗歌语言探索的边界。

于是，在通灵人书信中，兰波既有限肯定了波德莱尔对法国诗歌的拓展，也对后者的局限表达了遗憾：“窥察那不可见，谛听那不可闻并不等于去再现死去的事物的精神，鉴于这一点，只有波德莱尔才是第一位通灵人，诗人之王，一位真正的上帝。不过，他曾经生活在过于艺术化的环境之中，而且他那被人极力赞扬的形式也是褊狭平庸的：创造未知要求新形式。”①

在一篇题为《桥》的散文诗中，桥不再有了物象的桥的明晰性，它在语义上引发的联想也不再是单一的、连续的，而是多义的、间断的。这

① 韩波：《韩波致保罗·德莫尼》，《彩画集》，王道乾译，上海文化出版社2001年版，第187页。

种复杂性一方面和“桥”背后的自我有关，其观察是自我的，但这种自我不是散文的自我，而是专注于语言之扩张性和生产性的自我。《桥》全文如下：

> 水晶灰的天空。多座桥组成一幅怪异图画——一座笔直，一座腹部宽大，另一座沿着斜角向前几座垂下，而这种种形态重现于运河另几处被照亮的拐角——然而，一切都是如此颀长而轻盈，载有教堂的河岸于是沉落而消退。这桥中有几座还载着古老的墙。在另几座上立着旗杆、信号、瘦削的栏杆。小三和弦彼此交错，一条条掠过；从斜坡里升起琴弦。你会认出一件红色夹克，也许还有其他衣裳，就如乐器一般。这是民间的歌谣，是高贵音乐会的片段，还是国歌的余音在响？水且灰且蓝，宽阔如海湾。
>
> 一束白光从天空降下，毁灭了这一喜剧。

胡戈·弗里德里希对这首诗作出了卓越的分析，认为“这个文本虽然充满了细致描绘，但是它的对象却是想象出来的，不是通过摹画而是通过幻景而形成的一座城市剪影，不知在何处，不知在何时”。不仅那种认知上的时空之感性形式荡然无存，内中也缺乏某个透明的散文观察者：“物象是主导，但却处于复数的不确定性中，处于彼此关系的荒诞中，在他们的关系中没有正常的因果关系。”① 弗氏拈出《桥》中“幻景”的呈现和物象的荒诞性，可谓体贴入微。此中的非因果性关系还可以放置在其散文形式的维面进一步分析。

文学中意象、情境等诸审美特质应该是非因果性的，这已为文学、美学上的康德主义者深深服膺，作为一个公理康德把它表述为“无概念的”。不过具体到散文诗，尤其是散文诗中散文元素的作用，单单看出其物象呈现上的非因果性显然不够。以这首《桥》为例，兰波的散文诗特质深刻地呈现出了它与散文的“离合”关系。在形式维面，它的特点是散文的，其中的起承转合之逻辑非常清晰。譬如，在呈现想象中的“桥”由重到轻的“不合理”的变幻，放在“合理”的语义组织中，用非常具

① 胡戈·弗里德里希：《现代诗歌的结构——19世纪中期至20世纪中期的抒情诗》，李双志译，译林出版社2010年版，第74—75页。

有逻辑性的连接词“而”“然而”“于是”罗织而成。这表面上带来了语义上的明晰性和指向性，但是，这种明晰和指向又是局部的，它在平行的句式结构中以不平衡的倾向性滑向“另有所指”。这是以局部的散文结构反总体的散文结构，它反对按既定的、单线的、明晰的方式指物，这也就是伽达默尔所说的：“把诗歌语词单纯解释为添加到日常语言中的情绪因素和指示因素的结合，这样一种美学理论完全是误入歧途。”①

从这个意义上说，兰波又是反散文的，更可能的考虑是，散文对于他来说既是一个必要的但又同时是一个受限的框架。说到底，这既是专注于语言可能性的探索，更是专注于对理性所宰制的想象力萎缩的反抗。当然，不惟兰波，包括马拉美、瓦莱里诸人终究都是在更新“诗语”活力的层面，推进着他们的诗歌写作与思考。但兰波与马拉美的不同之处是，在文本策略和运思向度上，马拉美带着诗律与语词深入无人之境，最后与语言一起跃进了《骰子一掷永远取消不了偶然》中的“偶然”，跃进了“绝对的诗”。兰波则以可见的散文外观，在其最佳时刻，像在《桥》那样一类散文诗中，有效地构设了一种诗之探索的张力。这就是，就可计量的元素和组织看，它是散文的，但在诗的可能与限度中，散文只是必要的框架，其单向性被成功地扭转为诗的编织物。这种散文诗以散文的可能与不可能性向诗致敬。这或许是兰波的散文诗探索给我们的最大启示，即散文诗如何有效地扭转了散文的单向度性，并有力地投身到对无形式依傍的诗的开掘。

四　反抗“散文气味”以呼应真理性要求

除了形式维面（不是外观形式）上体现的反散文诉求，在更深刻的层面，散文诗就其本性而言，表现为反抗世界的散文状态，通过抗辩作为哲学编排方式的专制性散文意识，试图把它对世界的理解倒转为诗之真理性要求的重建。

就诗与真理的关系问题，自柏拉图以来不断地在不同的诉求和语境中表现它们的恩怨纠葛。柏拉图认为诗是真理的反对，源于他对作为理念的

---

①　伽达默尔：《诗歌对探索真理的贡献》，严平编《伽达默尔集》，远东出版社2002年版，第541页。

真理作形而上学的理解（诗或者艺术的模仿只是局部的，它主要诉诸于灵魂三驾马车中的意志和情欲）。到了现代以来尤其是20世纪的哲学运思中，真理性表面上的普遍性、理性化特点被尖锐地指证为形而上学和逻各斯的贯彻者与体现者。它的问题被尼采诸子逆转为颠倒的形而上学，代表着真理的不再是落入迷障的理性哲学，而是诗。海德格尔正是在此意义上重视诗和艺术保存了本真意义上的“存在”，换句话说，诗乃是真理之本质。

当然，散文诗的独特性毕竟在于它不能采取现代哲学对理性传统的运思方式，不是用一种新哲学反对另一种旧哲学对真理的遮蔽。它对真理性问题的反应表现为重建一种反“散文气味”的趣味与诉求，以此重申诗和真理的关联。

在黑格尔那里，诗是真理的表征。他把现代状况形象地刻画成“散文气味”，是为一种枯燥的、了无诗意的状态，因而是反诗意的。[①] 这意味着理想形象的匮乏，意味着诗意的匮乏，从根本上也就意味着诗“诉说”、表征真理的困难。落实到艺术体系的探讨时，黑格尔还就“诗的掌握方式”和“散文的掌握方式”之间的不同进行了分别，在他看来，一者仍旧按“理念的感性显现”原则，寻求内容（理念）和形式相互拥抱的可能性，一者却从因果律、孤立性的层面对世界进行有限的、偶然的乃至既定的解释。这种日常的、散文的意识妨碍了诗：“等到散文已把精神界全部内容都纳入到它的掌握方式之中，并在其中一切之上都打下散文掌握方式的烙印的时候，诗就要接受重新熔铸的任务，它就会发现散文意识不那么易听指使，而是从各个方面给诗制造困难。”[②] 最终，诗之使命就是，在弥漫的“散文气味”中努力反击散文意识的掌控。

当然，黑格尔作为古典哲学的维护者（亦是其终结者），他对诗与真理之间的断裂毕竟不可能以颠覆性的方式提出来，他只能暗示，散文的掌握方式潜隐地控制了诗的领地。海德格尔则尖锐地把理性的专制性和诗对立起来，他从技术时代和重构形而上学的维度深入检讨了语言的本质。在他看来，那种以理性的、作传达之用的、单一性的语言误识和逻各斯与理性的专制性相关：“制造活动的对象事物处于理性的计算性命题和原理的陈述之中。此理性从命题到命题不断延续。自身贯彻意图的无保护性领域

---

① 黑格尔：《美学》第一卷，朱光潜译，商务印书馆1979年版，第246—248页。

② 黑格尔：《美学》第三卷，下册，朱光潜译，商务印书馆1979年版，第25页。

被理性统治着。理性不仅为其道说，也作为说明性谓词的逻各斯（λσγos），建立了一个独特的规则系统，而且理性的逻辑本身就是对在对象领域中进行的有意的贯彻意图的组织化。……人具有语言。在被形而上学打上烙印的存在范围内，人以这样一种方式拥有语言，即，人自始而且一味地只把语言当作一种所有物，从而把它当作人的表象和行为的依据。正因此，作为推理工具的道说，逻各斯（λσγos）就需要逻辑加以组织。唯有在形而上学中才有逻辑。"① 从这个意义上说，时代是散文气味的状况，它在本性上要求以散文的掌握方式进行表象，而散文的掌握方式贯彻的是那种与专制的理性有着相同轨辙的表象方式，最终远离了真理。

而从重建诗和真理的关系理解散文诗反散文的意义，则会发现，散文诗以和日常语言组织最为相宜也最为相反的方式，提示人们，在呈现存在之向度上，在捕捉动荡的现代性投影上，它与通常的真理之把握不一样，乃至截然相反。"艺术是个不与经验主义存在（empirical being）共同扩张的存在物（existent）。艺术的一个本质要素是这种非事实性（non-facticity），借此，艺术超越了经验主义衡量万物的尺度。"② 这种非事实性就是兰波在《言语炼金术》中所表征的：

> 我已经习惯于单纯的幻觉：那分明是一座工厂，我在那里却看到一座清真寺，天使组成的击鼓队，天宇路上驰行的四轮马车，沉没在湖底深处的厅堂；……

表面上看，这种散文诗的言说并不比自由诗的言说更多，譬如同是兰波的自由诗体式的《和诗人谈话》写道："是的，去发现黑色矿脉的心，/近似石头的花朵，——卓越的鲜花，——/她们硬质的金软巢里，/蕴藏着扁桃体的萌芽！//为我们表演吧，滑稽演员，你能做到，/在珠光宝气的红盘中/熬出百合花的糖浆，/腐蚀我们的铜勺！"这首诗就其呈现现代之丑——与美尖锐对立的丑——而言，也与波德莱尔所追求的"恶之花"在向度上是一致的，固然，在强度上或略有差别。但是，散文诗在强度上更为激进的表现是，它以双重性的方式体现出来。第一，散文的外观和排

---

① 海德格尔：《诗人何为》，《林中路》，孙周兴译，上海译文出版社 1997 年版，第 317 页。

② 阿多诺：《美学理论》，王柯平译，四川人民出版社 1998 年版，第 563 页。

列，以及细节化乃至条理化的结构，印证着世界的散文状态，在此意义上它是反诗的（反对那种可以和美相互置换的有形式的诗）；第二，这种外观上的散文化又要挣脱散文意识的因果律和规约化惯性，在“平常语”“日常语言”的组织中，反抗“散文气味”的渗透与控制。

五　在无形式境遇中表现不可表现之物：走向崇高美学？

从散文诗的物化形态看，散文诗不再表现为某种合乎诗体形式的诗，而是散文的外观。其舍弃诗律之构设与美的结构性衰落和溃散的大背景有关。在某种意义上，散文诗的双重性又表现为：一方面以散文的外观体现世界的散文状态，仿佛世界的散文状态作为一种外观嵌入诗中；另一方面，在内在结构上，它又得反抗散文状态的渗透。以这样一种由外而内的转型，其实也印证着某种美学运思方式的转型。

这就是，在现代性不断伸延、“坚固的东西不断烟消云散”的背景下，一种不符合规划、预设的现代性越来越进入无形式的境遇中，无论是英雄主义的还是悲观主义的主体，都愈来愈进入一种由现世眺望（形式的把握）未来（现代性的未来并不可知）的境遇中。这种境遇和哈贝马斯的“未完成的现代性预案”不太一样，反而与利奥塔的“后现代性的现代性”或者说“被重写的现代性”有关。

在现代性的问题上，哈贝马斯和利奥塔之间爆发了深刻的、影响广泛的争论。简略地说，哈贝马斯所说的“现代性的地平线”既包含远景也包含取自过去的启蒙等一揽子问题，毋宁说，现代性就是把过去不断弹射到未来的一种设计，其形式与内容之妥帖（黑格尔意义上的）总是作为理想或者乌托邦进行追求，其审美表征因此体现为形式与内容的辩证法。这是一种现代性。对于利奥塔，他的重写现代性与那种审美表征是相反的，即在无形式的境遇中面向一种美之终结之后的崇高美学。[1]

---

① 利奥塔：《崇高与先锋》，《非人——时间漫谈》，商务印书馆2001年版。不只是崇高美学的问题，利奥塔在讨论现代性问题时大量借助了康德、伯克等人的概念。其中一个重要概念是“感性直观形式”，康德认为，诸如时间、空间这样的直观形式是主体的先天能力，人借这个“无条件”的条件进行思考，也是以此为起点，康德得以建构他的哥白尼式的革新的哲学体系——首先回答知识（认识）何以可能，以应答休谟不可知论的挑战。

这里的崇高主要不是崇高的内容或者其伦理内涵，而是作为一种匮乏的见证，在现代的“无形式”状态中，如何通过崇高的方式体现为，在无形式中把握那不可把握的东西。按照康德的说法，美体现为知性和想象力的和谐游戏，知性是一种运用时空等直观形式的能力，在美的鉴赏判断中，这主要体现为主体寻找适当之模型的能力，体现为主观形式的把握。但在崇高中，知性面对无限的（数学的崇高和力学的崇高分别对应体积和力量的绝对大）事物时一无所用，因为知性的形式在面对无限时失效了（无限本质上是不可呈现的），最终只能动用理性直接进行面对。崇高因此可以概括为，面对无法置入形式中的无限的把握。

固然，康德对崇高所牵涉的形式的理解与诗学上的形式大异其趣，但在结构上却颇具启发性。这种理论上的迂回也更能够让我们理解散文诗探索者的表述。兰波在通灵人书信中所表述的正是美和崇高的二分法。在海德格尔对兰波书信的引述中，清晰地体现了在诗的审美表征方式上，兰波倾心于诗之演进从美向崇高的位移。兰波以要不要以格律赋形作为界分古希腊和现代诗的表征：“在古希腊……自由诗和抒情诗都赋予现实以格律”，“而现代诗则不再赋予现实以格律；它要先于一切”。[①] 在海德格尔看来，兰波深谙那可说的与不可说的区别，他以“追问的姿态”表述为：“趋临那无法企及的东西恰恰保留住了地界，只有越来越罕见的诗人向此一地界趋临，只是因为他们罕见的趋临才指引着什么？”向无法企及的东西趋临，就是呈现不可呈现的东西。这也是海德格尔在别的场合指认诗的本质时所言的无蔽（解蔽）：“诗的言说已经摆脱了只是对既成物进行表述的成规。诗性地言说被规定为一种预言，此一预言把可在场物以及可在场物的统摄力显现给我们，向我们允诺，并允诺地护养在语言中。”[②] 从“既成物”到“可在场物”就是对不被呈现之物的开放，它所敞开的正是那种被遮蔽的不在场，是对曾为“有”而今“无”之恢复。

“对曾‘有’而今‘无’的恢复”，不只可以在修辞学意义视为诗对被遮蔽、被忽略的敞开，视为某种象征，更应该作为一种美学类型，它应

---

① 海德格尔：《不朽的兰波儿》，《思的经验（1910—1976）》，陈春文译，人民出版社2008年版，第203页。

② 海德格尔：《语言与家乡》，《思的经验（1910—1976）》，陈春文译，人民出版社2008年版，第149页。

答的是对不可呈现的东西的追求，应答的是崇高的要求。具体到散文诗，这样一种无形式的诗，从文学试验的角度，它似乎以这样一种先锋的姿态伸张着：有意地突破边界，甚至自由诗的边界，突破到无形式的境遇中，是为了应和崇高的“无形式”特点，是为把握不可把握的事物准备自身，而后跃进到自身的或许也是诗的边界作勇敢的探求。

[原载《福建师范大学学报》（哲学社会科学版）2015 年第 3 期]

与新诗的合法性有关

——论新诗的技艺发明

雷武铃

新诗技艺之“技艺”一词在诗人和诗歌评论家之间、新诗和古典诗词之间使用的方式和所指的含义显然不同。诗人是从发生学角度使用技艺；诗歌评论家是从阐释学角度使用技艺——在一部已经完成的作品中，辨认、分析、归纳作品中体现的作者使用、组织材料的特殊方式的痕迹，那些有个人个性特征的巧妙方式，并对其作出阐释。古典诗词中的技艺是在公共规则之下的个人竞技发明，而新诗技艺是潜含在个人的诗歌美学与观念之中。新诗的最大特点是没有一套明确的形式规则，因此也就没有这规则之下才能形成的一套明确的技艺。诗歌技艺是一个中性的技术性范畴，是客观的工具，不涉及价值判断，不同的人可以使用同样的诗歌技艺为自己的诗歌意识形态服务。诗艺就像武器装备一样，是工具。但如果更深一步地分析，会发现技艺的公共属性和技艺的独立属性并非这么绝对，并非没有其限度。新诗技艺重在结构与形式的发明与想象，对内容的审查；诗艺又不仅仅是一种工具，同时是个性与风格的体现。技艺并非脱离内容，而是在表达内容的压力之下的发现或发明，技艺也是来自对生活与世界的认识。

在当代诗人之间关于“通过什么样的路径才能把诗写好”的争论中，有两种顽固对立的看法：一种强调要投入生活，让蕴含诗意的生活充满自己的心灵，诗歌就会自然地从心里涌流而出，自动地获得它的形式；一种认为必须先进行诗歌技艺的学习与锤炼，只有掌握了真正的诗歌技艺，生活才会被你的语言召唤出来，在你的笔下化为诗歌涌出。根据这种对自己专业采取的修炼路径的不同，我们可以把这些诗人分为生活派和技艺派。从这两派基本原则的对立中衍生出无数纷繁复杂的对立小论题，这给诗人们带来很多的热闹。

同样是说技艺，评论家和艺术家使用的方式和所指的含义显然不同。评论家是在阐释学上使用，而艺术家是在发生学上使用。评论家是在一部已经完成的作品中，辨认、分析、归纳作品中体现的作者使用、组织材料的特殊方式的痕迹，那些有个人个性特征的巧妙方式，并对其作出阐释。艺术家是在面对空无中一件未完成的、要动手的可能的作品，想获取一种能力，想怎样才能拥有一种看不见但实际发生作用的、帮助自己达成创造意愿的能力。评论家在终点等候着，从作品的结果中辨认和判断，进而解释其效果；而艺术家在出发点、起源处想象着、寻找着一种发现路径的能力，从而帮助自己的作品能到达意图的目的；艺术家对技艺只是信赖、确定，但并不解释。评论家对技艺的指明和阐释，是面向读者的理解，一种合理性的解释；艺术家对技艺的寻找是针对未成形的混沌的材料与模糊的意愿之间的分裂，是面对自己的实践。不少初学写诗的人误把解释当指导，走了不少的弯路。正是在这一点上，庞德对诗人的劝告有特别的教益："不要理睬那些自己从未写过一篇值得注意的作品的人的评论。"①

一 新诗技艺与古典诗歌技艺的差别

古典诗词中的技艺和新诗中的技艺有很大的不同。我们知道技艺由规则生成。游戏中的技巧是在游戏规则的限制之下形成的使游戏进行得更惊奇的方式。没有游戏规则就没有游戏，当然也就没有了游戏参与者运用自己的才智发明出的各种游戏技巧。古典诗词有着明确的形式规则，因此形成了由这些形式规则造成的一套明确的技艺。在古典诗词的写作中，所有诗人都遵守这种形式规则，他们是在参与着同一个游戏，他们依靠这共同的形式规则来评判各自技艺的优劣，共享这公共规则之下的技艺。这里面，游戏规则是公共的，而游戏技巧是个人的，体现为公共规则之下个体的创造性差异。由于个体的创造性差异是在共同的规则之下发明出来的，因此这技艺一旦出现，又能很明确地为所有参与游戏的人所承认，也就是能共享这技艺带来的乐趣。艺术欣赏很大程度就是为艺术作品蕴含的技艺

① 庞德《回顾》，见潞潞编《准则与尺度——外国著名诗人文论》，北京出版社2003年版，第198页。

所惊动，为之赞叹不已。新诗的最大特点是没有一套明确的形式规则，因此也就没有这规则之下才能形成的一套明确的技艺。

新诗被称为自由诗，诗人们在形式上各行其是，似乎参加的不是同一个游戏，也无法共有一套衡量各自技艺的形式原则。新诗即使有一些技艺，也是隐含在完全个人的写作之内，分属个人，独有独享，无法为其他的诗人共享。就是说新诗的技艺显示为个人文本的秘密，是完全隐藏在个体文本中，表现为个性，而有待于读者的发现与辨别；其结果常常是某个诗人的技艺不被其他的诗人发现、认识，甚至被其他诗人所否认。新诗技艺处于一种晦暗之中，让读者无从辨认，这是阻碍读者对新诗的阅读接受的重要原因。古典诗词的读者和作者共享一套明确的形式规则（美学规则），读者在阅读接受的时候有所依据，为诗词中体现的技艺而欣喜不已。新诗诗人没有一套与读者共享的明确规则（形式的和美学的），因此读者面对新诗时经常不知如何对待，如何去阅读、接受，也感觉不到诗中的技艺。古典诗词读者对新诗有一种技艺上的鄙夷，觉得新诗语言粗陋，毫无艺术可言。新诗的读者在接受一个新诗诗人时，必须接受他诗歌中隐含的一套规则，或者说美学原则，然后才能体会和感受到这位诗人的技艺，欣赏到这位诗人的诗作之好。也因此，一位读者一旦喜欢上一位新诗诗人，可能远比喜欢上一个古典诗人更兴奋，觉得一下子打开了一个全新的世界，因为他依靠自己独立地发现、领会了隐含在这个诗人的诗歌后面独有的形式与美学规则，进而欣赏到这规则之下其诗歌技艺的美妙。

古典诗歌的技艺在共享的形式规则之下，虽然也谈到立意和谋篇布局之类，但主要集中于语言的运用，语言的表达与表现力。在古典诗歌形式严格规范的技艺场内，古典诗人驰骋才华，为词语的挑拣，为语句的修辞比赋，比武竞技，一较高下。这其中最基本的是押韵的技艺。孩子们从儿歌就开始练习，像韩愈、柳宗元、苏东坡、黄庭坚等，有意在窄韵、险韵或同韵的连续开掘方面，争奇斗艳，展示才华和个性。比用韵的独特更普遍地被重视的技艺是炼字炼句的功夫；有许多这样的佳话被传颂，比如推敲和其他一字之师的传说故事；有许多这样的炼字的例子：如“春风又绿江南岸”“应是绿肥红瘦”之类；也渗透在对诗句中某个字的鉴赏，如“悠然见南山中”的“见”字之被称赏。这种字词用法的成就的例子不胜枚举。而古典诗歌中最突出的技艺是写出巧妙的对偶、对仗句的技艺；这是对仗规则下语言的联想与发现能力。因为古典诗歌中最大量使用的就是对仗。尤其是在共八句的律诗之中，中间四句必须是两对对偶句；有的甚至开始两句也对偶。这样，只要能写好对偶句，一首律诗就完成了大半。只要想出两个对偶句，有时候再把前后两句凑齐也就简单了。这些律诗的结构，起承转合都是基本固定的，变化的样式也有限，诗人们倾全力于语言效果的竞技就行了。古诗名句几乎都是这种对偶："大漠孤烟直，长河落日圆"；"星垂平野阔，月涌大江流"；"山重水复疑无路，柳暗花明又一村"。这种实用、必需的诗歌技艺训练从蒙童识字就开始了，千字文以类分、以对称的方式列举天象、物理、人文名词；而对对子是识字后儿童最基本的功课。民间故事中有无数对对子的传奇。

在新诗的技艺中，因为统一的形式规则的消逝，古典诗词中固有的一些技艺失效了。比如押韵，仍然有一些人在追求，但更多的人根本就不在意，甚至反对。那个追求押韵的人，他的押韵技艺只对其个人有效，因为别人根本就不跟他玩这一套。还比如固定的整齐的节奏模式、格律限制，有些人在追求，更多的人根本就是反对，有意地打破这种整齐、呆板、单调的音节模式，追求一种参差错落，变化丰富，现实中常使用的自然节奏。古典诗词的对偶句的技艺，在新诗中显得突兀、单调。新诗就其根本，是一种自由诗，是一种强调个性发明的自由诗，一种自由的新美学。因此，某种统一的新格律形式的设想和某种统一的新美学的设想，如闻一多、林庚、贺敬之等人的努力，只具个人意义，在总体上是失败的；各种新古典主义之类的构想，结果都是落空。因为新诗的出现，并不是旧格律形式不适用了，需要再想出一套新格律形式来替代，而是格律形式本身就不再适用——新格律和旧格律在本质上，又有什么差别呢？新诗的关键是统一的形式强制被打破了，诗歌不再是统一形式规范下的传统竞技游戏，而是一种新的自由与个性的解放运动。新诗需要发明出它全新的技艺。

二 例举若干新诗技艺

新诗的新技艺之一，是结构的技艺，是诗歌内容如何发展、演进并最终构成一个完整、统一的意义系统的方式。因为作为艺术，必须具有这种充分发展的完整性，才能成为意义系统。每首新诗必须在形式上独立确定自己，找到一种构成自身的组织逻辑。没有一种预先确定的结构保证，它依赖于自身中一些具体词语的关联，并对这偶然性关联的发现与利用。这是每一首诗在写作之前最令人惴惴不安、充满悬念之处，要写完之后才知道它如何构成，依靠着什么样的词语的偶然性的联结与传递，把全部内容凝聚成一体，完成自身的构造。这在古典诗词中并不突出。古典诗词的形式规范，不仅是诗歌语言形式的限定，而且是一种诗歌意义的结构框架。在一种确定的诗体中，我们预先就知道了要写多长，多少句，有多少的表现空间，什么时候就必须结束。比如在律诗的起承转合中，我们事先就知道开头两句对自己所处时空等情况作一些交代，中间两联该来一点景物、环境的描写，两联之间要有转折，最后两句要做意义的总结和情感的抒发，等等。也可针对这些，作出一些其他的变化，但只是出于常态的意外。而词的写作，干脆就称之为“填词”，就是在确定的空格里按要求填空。古典诗歌的技艺就是在这些严格的限制之中的个人有限的发挥。而新诗的技艺是，在外部的无限自由之中，如何发挥自己的创造性，给自己发明一种逻辑约束，使自由的自己达成一种意义丰富的完整与统一。在自由之中，如何找到自己的度。

新诗的另一新技艺，是对新形式的创想和发明。新诗是自由诗，但事实上没有什么诗是真正自由的。相反，它废弃了外部明确的强制性形式，因此需要一套潜藏内部的更复杂的形式。新诗技艺比古典诗歌的技艺更复杂、更困难，因为它要满足更多方面的需求。诗歌的技艺是写成一首诗所需的全部的形塑能力，包括对诗歌形式的想象力与构成力，对诗歌内容的逻辑组织能力（如何开始、发展、转折、结尾），而不仅仅是语言修辞、语言的表现力。欧阳修引用梅尧臣的话：“能状难写之景如在目前，含不尽之意见于言外，为诗家至语。”① 对古典诗人来说，造语工新是写诗的主要功夫。对新诗来说，除了这种语言表达的追求外，最重要的技艺还有诗歌形式的创想和诗歌内容的结构。因为不像古典诗歌，新诗没有预定的形式，首先必须赋予自己形式，形式的想象和决定是一首新诗构思中的最重要内容。在古典诗歌中，有很完备的形式库，供古典诗人根据要表现的内容和自己的喜好来选取：七言歌行体像《燕歌行》《西州曲》《代悲白头翁》《春江花月夜》《琵琶行》《长恨歌》，言语华美，适合尽情宣叙、抒情；五言古体拙朴，即使抒情也是相当节制，不像七言歌行肆意横流；五言律诗严谨，七言律诗适合写幽情（李商隐）；四言最庄重稳定，杂言

① 欧阳修：《六一诗话》，何文焕辑《历代诗话》，中华书局 2001 年版，第 267 页。

活泼，变化丰富，适合写情绪跨度大的内容。还有词，长短快慢，尽情宣泄沉浸。总之，各种形式体制对应着不同表达的需求，诗人在这些形式之下锤炼自己的语言就好了。在新诗中，没有预先的形式体制，也难以模仿某一种形式，形式要从内容中自行生发。形式本身成了一种困难，成了要解决的问题。这样说来，古典诗歌的语言技艺，因要求明确而单纯；新诗的语言技艺因面临更多的要求且不明确而更复杂。古典诗歌是在一条公路上赛车，在限定的道路上展示自己高超的技能；而新诗是在一片汪洋中航海，要自己找到方向，确立航线，到达自己梦想的陌生大陆的港口。最考验它的是风暴与迷航，它最需要的是克服这一切危险的技艺：指引自己诗歌写作的方向感。

新诗的技艺完全依靠个人的自觉。没有外部强制，完全的自觉与自制非常难，很少人能够做到。既失去外部形式的牵制，又没有内在觉醒的自制，完全没有依据时，新诗会陷入一种失控、失重的状态。这种状态既表现在诗人身上——很多诗人对自己的诗完全没有把握和控制力，甚至意识不到有各种技艺的需求，意识不到如何去锤炼句子——也表现在评论家身上，这些评论家完全不知道如何评论一首诗或一个诗人，既称赞不到点上，也批评不到点上，说的是不靠谱儿的话，表的是对不上的情。新诗技艺的这种特性，一方面使它依赖个人的敏感与经验，以个人体会，个人的信服力，类似先知一样的洞见，超出众人，但未必被认可。没有一种共同分享的技艺。一个诗人的诗歌技艺，对语言的独特领会可能完全不被另一个诗人认可，甚至觉察。对某些语言的好坏判断，完全依赖于你是否理解这位诗人所分辨出的细微差异中蕴含的妙处。诗歌的技艺成了诗歌感受力的一部分，甚至是诗歌观念，诗歌态度，对生活理解力的一部分，不再是每个人共享的纯技术工具了。一方面一些诗人意识不到新诗技艺的复杂性，完全忽略了作为整体的诗歌技艺，把全部注意力用于修辞，用于对语言奇异效果的发掘，追求类似梅圣俞所言的“诗家至语”（当然不是）。他们的修辞很怪，完全脱离生活世界和社会实际的具体内容，是一种诗化的古怪语言。这使得他们的语言异常地笨拙、怪异而又单调、生硬。

晦涩曾经是（现在也是）新诗最重要的技艺之一。形式的缺省是其中重要的原因之一。在古典诗歌中，因为有形式的审查和担保，因此，什么内容都可以放心进入而自成为诗。形式带来的困难不仅是写作的也是阅读的门槛与障碍，这个门槛与障碍成为诗歌自我确立的保障。而作为自由诗的新诗，一方面享受着没有了形式障碍和束缚之后的解放与自由，一方面也陷入了没有规则保证的困扰：拆掉了城墙和城门，如何确定你在诗歌之中？这是一种自我定位的不确定感和无安全感。在废除形式审查之后，那就只能进行内容审查。这种内容审查是作者自己主动进行的，而晦涩就是这种内容审查的结果：没有了形式带来的写作与阅读的困难，就要引入内容带来的写作与阅读的困难。也就是必须制造一些困难，无论是形式的还是内容的，才能确定“诗歌”身份。如废名所说，“旧诗是诗的文字、散文的内容，新诗是散文的文字、诗的内容”①。这个新诗所谓的诗歌的内容，就是新诗主动的、自觉的内容审查。因为作为自由诗的新诗，进入其中的内容缺乏了诗歌形式的审查、筛选和担保，只好对诗歌的内容本身进行自己特有的审查。自由的新诗没有了形式的担保，因此必须保证内容的诗意，内容本身是诗意的。新诗内容如果特别直白，就会一览无余，没有味道，完全不被当作诗。而这时候内容的破碎、晦涩与费解，便成为诗意保证的最重要的手段了。这也是自由诗的一种悖论，在形式方面自由了，在内容方面就要不自由。没有了古典诗形式的被动审查之后，新诗主动进行内容审查。因此，晦涩一度是新诗重要的时尚技艺，追求朦胧。不朦胧，就没诗意的味道。

三　诗歌技艺对形式之外的要求

新诗形式的技艺尚有待开发、挖掘。它远不及古典诗歌技艺完备与充分，还有待于大量的发明。目前，新诗诗艺的欠缺随处可见，这是新诗获得自由时相应付出的代价，即发展的代价。新诗发展一方面是得到自由和解放，诗人尽可率性率意，不断破除禁忌，进入更广阔的真实世界；另一方面是自身形式的提炼与建设。目前，破除的步伐远远大于建设的步伐。如果形式一直保持着原始、本能、自发的天真、粗鄙和简陋，就只能一直是原始艺术，无法进展为更高级、复杂的社会文化艺术，承载更多的内容。

新诗的历史是一部形式技艺发展的历史。有成就的新诗人，体现在技艺的新开拓上。早期新诗，结构和发展都依靠一种排比性推进，句子都是

---

① 废名：《论新诗及其他》，辽宁教育出版社 1998 年版。

单独完成，像古典诗歌中一样，没有一种词语间的关联与推进。早期新诗还是秉承古典诗歌的语言意象和形式美学，与之是近似的推进方式。节奏也是，要么完全比附传统的格律，要么彻底的散文化。废名在指出旧诗是诗的文字、散文的内容，新诗是散文的文字、诗的内容时，已是一种意识的深入了。新诗被称为自由诗，但事实上是没有真正的“自由”诗的。它有一套自己的更复杂的潜藏的形式规则，甚至经常自己都意识不到。很多诗人意识不到新诗潜含的形式要求。有些诗人提出了“语感”，这是一种对语言形式的直觉的把握。但诗歌形式有待于更深入的创造激情、目标想象力和理性构想的参与。很多诗人误以为诗歌内容的开拓会自动带来诗歌形式的完善，不知道革命的完成也是更大建设的开始。内容的开拓，需要更好的形式来匹配。庞德对自由诗的展望非常有说服力：它“所写的事物构成的韵律，比规定的韵律更美，或者比抑扬顿挫写出的诗的韵律真切，比它所要表达的事物的情感更为融洽，更贴切，更合拍，更富有表现力。那是一种为固定的抑扬格或扬抑格所不能充分表现的韵律”①。为了发现他说的比规定的韵律更美的“事物构成的韵律”，需要我们付出更大的努力。

诗歌没有沦为棋类一样的纯形式游戏，是因为棋类只在它完全封闭的游戏规则下运行，完全依赖着游戏规则，实际上棋子也是这规则的部分，是这套游戏规则在自我运行。诗歌不一样，诗歌的形式规则并不封闭，在诗歌的形式规则下运行的语言和棋子有所不同，它受制于形式规则，但并不是只受制于形式规则，它并不是规则本身的部分，而是有自己的独立性，还遵循着其他的规则，受到其他规则的制约和影响。诗歌的技艺实际上要遵循两套规则，一套是形式规则，一套是内容规则。就是说，在诗歌的形式规则之下，还潜含着一套对形式规则的结果进行审查的规则，这就是内容规则。这套内容规则，包含生活真实性规则与道德良善性规则；它来自形式规则之外，是对形式规则可能带来的专制的制约和突破。比如，只遵守形式规则而完全忽略了内容规则的诗，会因此受到嘲笑，被称为打油诗。诗歌技艺也由此比纯形式规则下的技巧，比如围棋的竞争对抗的逻辑演算更复杂，更难以把握，因为它涉及现实世界和价值理想。诗歌技艺

① 庞德：《回顾》，见潞潞编《准则与尺度——外国著名诗人文论》，北京出版社 2003 年版，第 198 页。

涉及的真实性，是对生活真实境况的发现与命名是否真实、准确；它涉及的善，是对生活和世界的理解与态度是否契合我们的价值评判。诗歌的形式规则关涉美，生活世界规则关涉真，伦理道德规则关涉善。诗歌的技艺要同时经受美、真、善的审查。真和善的规则不像形式规则一样明确，它们潜含在我们的生活与世界中，潜含在我们的欲望、情感与冲动之中，需要耐心的体察与深入的辨析。因此和诗歌一样，诗歌的技艺关乎我们的生活的一切。

诗歌技艺所包括的真实性规则，一方面是事实的真，一方面是情理的真。它参照和对应着生活、世界的存在、人的情感与认识以及围绕它们的逻辑。它要求每一诗句、诗句与诗句的关系、全部诗句构成的语境、诗中的思想，也就是整个诗境，都必须是真实的、合乎情理、合乎真实性的逻辑，让人觉得可信。诗歌中个人想象力也是服务于诗歌真实性的构成。几乎所有写诗的人都自称所写的诗歌出于真情实感，但这种自称的真实与真诚，并不会自动地构成诗境的真实与真诚，而是看这种情感的真诚能否经由诗歌技艺之门进入文字之中，进入诗歌语言之中，成为诗境的部分；就是说作者自己的意图必须通过诗歌技艺的真实性规则的审查和筛选。希尼有一篇文章的题目是《进入文字的情感》。这个题目是伴随诗人生涯之始终的考验：如何审视自己的情感和文字，如何让自己的情感（真实性）进入文字之中，化为文字而存在。只有进入文字，通过了诗歌技艺真实性规则审查的诗句所体现的作者的真实与真诚，才会成为诗意的真实和真诚，才会感动人。正如庞德所说："我相信技巧，它是对一个人的真诚的考验。"① 很多人并未意识到这种考验，未意识到自己言过其实的夸张修辞已脱离真实的限度，进入了虚假之境；他们说出心中真实的关于世界的认识，但未意识到他们的认识本身的虚假；有些人确实在说真实的自己关于世界的真实认识，但未意识到他们在使用一种虚假的语言方式，这些语言无法传达出他们自己的真实，而是一种虚假的公共表达，等等。很多人只意识到诗歌技艺的形式规则，未意识到它的真实性规则，所以无法理解值得我们一再提及的庞德的教导："技艺是对一个人真诚的考验。"这种真诚意味着学会反思的谦虚，自我在技艺面前领会到谦虚。

① 庞德：《回顾》，见潞潞编《准则与尺度——外国著名诗人文论》，北京出版社 2003 年版，第 198 页。

诗歌技艺的真实性规则相对于形式规则，对诗人来说是更大的考验。因为真实性规则存在于事物、世界和情理之中，无形而无限，有待于诗人的观察、体验和发现，有待于诗人的自觉遵守。如果说诗歌技艺的形式规则是浮现在诗歌表面的话，那真实性规则就潜含在诗歌的内部。形式性规则是有限的，在一首诗中，形式规则越简明，越清晰越好。这是形式规则的节约本性——奥卡姆原则。诗歌的美，就在于形式的简洁，易于记诵的音韵。诗艺的真，是广阔复杂的世界，它进入诗歌，给诗艺带来丰富性。诗歌就是用最简单的形式表达最丰富的内容。或者说最精练的语言就是诗。离开生活的真，这生机勃勃、色彩缤纷的内容，诗歌技艺的形式规则之下将是空的，将萎缩成什么也没有，也就谈不上诗的技艺。有点类似物理定律：当物质不存在时，空间也将萎缩成无。我观察到的一个事实：很久以来，我发现那些极力强调写作技艺的诗人、倾其全力只追求语言巧妙的诗人，他们的诗歌技艺却特别笨拙、幼稚，他们的诗歌语言单调得要命。我一直为此困惑。我后来明白：一旦离开了内容的丰富性，技艺的丰富性也将丧失。一般来说，诗艺的压力，来自生活的丰富性，要进入诗歌中的内容的复杂，逼迫着诗歌语言显出尽可能的微妙的丰富含义，尽量寻找更有效的表达方式。也许可以举杜甫为例，他在诗人中被称为集大成者，众体兼善，发明了许多诗歌技艺，这恰好与他诗歌所表现的生活内容的广度与深度相关。必须要有内容的逼迫，才会有诗歌技艺的惊人发挥。这像围棋的妙手，在重重困难之下出现，诗艺的高超巧妙也是在内容的重重压力之下找到解决之道。围棋的妙手，在于攻防兼备，同时照应了潜藏的各种可能性的发展的需求，含义丰富。诗歌中的妙句也是如此，既回应了形式的要求，也满足了生活内容的要求。

四　诗歌技艺是对生活的认识的一部分

在最前面提及的生活派和技艺派的争论中，技艺派有一个支持自己立场的观点：技艺是所有诗歌和诗人之间的最大公约数，是所有诗人共通共享的，可以通过对技艺的讨论，互相促进，共同受益。而生活则无从谈起，因为每个人有自己不同的生活，不同的生活态度，价值取向；谈论生活就会陷入意识形态的争论。而诗歌技艺是一个中性的技术性范畴，是客观的工具，不涉及价值判断，不同的人可以使用同样的诗歌技艺为自己的诗歌意识形态服务。所有诗人，无论左派、右派、骑墙派，都应该精通诗艺。诗艺就像武器装备一样，是工具，这看起来很有道理。实际上，也当然很有道理，但把这道理作更深一步的分析，会发现技艺的公共属性和技艺的独立属性并非这么绝对，并非没有其限度。比如，我们前面已经说到古典诗歌技艺和新诗技艺的差异性，说到的技艺不仅受限于形式（美），也受到形式之外的对社会生活的理解（真、善）的制约。

即使在古典诗歌之中，技艺也常常表现为在公共规则之下的个人独特方式，或者说对公共规则的独特使用。所以每个诗人的技艺总和他的个人风格紧密相关。一个诗人在选择和发展诗歌技艺时，要服从一个高于技艺层面的需求的选择。因为技艺不能只是为技艺，技艺是为了实现某个目的服务的，是要有一个指向的，比如个人风格。在技艺与风格的关系之中，我们甚至难以确定，是技艺的选择决定一个诗人成就什么样的风格，还是风格的选择决定一个诗人发展出什么样的技艺，还是风格与技艺其实就是异名而同体。比如李贺，他刻意搜寻、锻炼、凸显诗句（呕心沥血），先备好诗歌的瑰丽部件，再对它进行组装，为保证诗句单元的棱角而不惜诗句之间的断裂与破碎，不为整体的自然和谐牺牲单句，这种诗歌技艺与他炫目惊心、奇异突兀、鬼魅的风格难以分开。而苏轼行云流水般的技艺，如同所说行于所当行，止于所当止，和他自由、开放的风格，一样难以分别。李贺与苏轼的技艺区别，就如他们之间的风格差异一般大。这时候技艺不再是通用、共享的技艺。这时候技艺就更是属于风格与个性的隐蔽性附属物了，不被旁人注意。什么样的技艺决定了会表现出什么样的个性。因此人人都需要发明一套属于自己的技艺，要有一套自己的工程工艺专利——自主知识产权。

诗人的技艺是一种形塑能力。技艺是赋予内容以形式的能力，或者说使意图在材料中显现的能力。技艺是从长久的实践获得的具体操作时的把握性、准确度、分寸感、灵敏度。是一种从实践经验，从无数切身的事例累积下来的感觉的敏感度，是对统一要求下的具体操作中的细微差异的辨别与把握。这是一种精微的把握，超过了统一的纲领与原则的要求，表现出个人的差异。比如开车，一般人会开车就是掌握一些基本的要求，达到这个要求的就是会安全驾驶了，并可发给驾照。但开得特别好，有着更好的开车技艺是靠个人的实践累积和领悟了。同样，每个人都学会了语言的一般规则，可以运用语言交流，但诗人需要在每个人都遵守的语言规则、语言的用法之中辨别出更细微的差异，就是在这些差异之中，使自己的语言更精练、更准确、更传神。诗人的技艺通常表现为实际写作中的辨别和判断，如何从材料中剪裁与选取最重要最传神的部分？如何从可供选择的几种表达式中，择出哪个句子更好？怎样使一个句子获得更好的句式？选取更好的与之匹配的词？这种辨别力与判断力，是写作行动所必须的决断，它是关系唯一现实的取舍，和评论家的理解性阐释不同，那是可能性与合理性。

技艺究其本质是一种服务于意图和目标的能力与方式。这种意图和目标，对实现其自身的能力与方式是一种指引性的规定。对于一件具体的艺术作品来说，这种意图和目标最初经常是模糊的，是在具体的写作中一边写一边清晰起来的，这种写作的过程就是辨析、确认、组织的过程。那么这种意图和这种辨认又是由何而来？它当然来自对世界的理解，来自对生活、对诗歌（艺术）本身、对人的存在、对这一切之间的关系的理解。陆游说的功夫在诗外，就是说对诗歌语言的判断，语言是否准确，语言是否得体（色彩），语言是否真实（人物、地方口语，季节景物）等，涉及对语言之外，语言所指的世界的理解。要辨明诗歌是否让人信服，感动人，这涉及对语言之外的情感的理解。正是对世界的理解的不同造就了不同的诗人、作家及他们不同的艺术风格和技艺。总的来说，每个艺术家的世界观和艺术观都有不同。有的人认为世界是真实的唯一的存在，它客观、独立，超脱在人之外，等待着人对它的命名与理解；艺术就是对世界和人的经验感受的命名。有的认为艺术是语言游戏，在语言之外别无存在；世界是由语言的偶然构成，是偶然的联系。有的认为世界是一个梦，一种幻觉，只是由感知构成。有的认为人类历史是一个必然的目的实现的过程，整个社会状况都是这个必然性实现所要付出的混乱代价……这些对世界和社会的认识与理解的差异导致写作技艺的巨大差别。对世界的新认识、刺激新的写作技艺的出现。普鲁斯特的意识流的写作技艺来自他的时间意识，他对人的生命、对历史与世界的认识不同于其他的人。契诃夫与陀思妥耶夫斯基的小说技艺的差别在于他们对世界、对人生、对小说的意图与使命的不同理解。卡夫卡也一样，他小说的技艺来自他的对世界的认识。博尔赫斯是这样，纳博科夫也是这样，福楼拜、巴尔扎克都是这样。每个作家的技艺的差别都是因他们对世界的不同认识产生的。他们找到了自己的技艺和方法。

因此，可以说技艺本身，就是对生活与艺术的理解。没有对生活和世界的理解，诗艺从何说起。我们最初所提到的生活派和技艺派的差别与争论，实际上是一体两面，只是一种内部的对立与统一。这种分别的差异促使我们进行更深入的思考，而这些思考最终又让我们回到最初的统一之中。

（原载《江汉学术》2013 年第 5 期）

“打工诗歌”的美学争议

冷　霜

近二十年来，“打工诗歌”已逐渐成为当代诗坛一个引人注目的现象，也已涌现出谢湘南、郑小琼等一批极具实力广受赞誉的优秀诗人。2013年，在深圳打工的湖北诗人郭金牛受邀参加第46届鹿特丹国际诗歌节，意味着“打工诗歌”的成绩不仅得到主流诗坛的认可，其影响也开始辐射到海外。2014年9月30日，在深圳富士康打工的年轻诗人许立志跳楼自尽，他生前的诗作经过媒体尤其是新媒体的传播，使世人真切地感知到这一庞大群体的生存境遇与内心世界，“打工诗歌”由此进入普通公众的阅读视野。当代诗歌近年来在媒体中常常被呈现为一个怪诞可笑的形象，“梨花体”“羊羔体”等事件无不折射出普通公众与当代诗歌之间的心理距离，但许立志的诗却得到相当积极的反馈，这与他的绝望自尽引发的同情有关，也与国民对社会正义的普遍关切有关，而与此同时，也可能部分地修正了普通公众对当代诗歌笼统单一、不无扭曲的印象。然而，另外，当代诗歌在中国社会、文化中的边缘处境，使得它进入公众视野的方式必然是事件性、偶然性的，被消费之后又迅速被遗忘，在这点上，“打工诗歌”也并不会例外。

这里我想讨论“打工诗歌”在阅读接受过程中的另一层面的问题。考察“打工诗歌”的发展历程，可以发现，它作为中国当代社会转型的一份特殊的精神记录，其现实意义得到了普遍的肯定，然而对于其美学价值，却存在着内在的争议，并且这种争议在中国当代社会的思想状况中不断深化，从美学层面逐渐进入文化政治层面，也由此形成了对“打工诗歌”新的命名。追踪这一过程，或许有助于我们更具体地认识“打工诗歌”在当代中国文化中的独特处境与意义。

一

“打工诗歌”是伴随着“改革开放”之后数以亿计的农民进入城市谋生这一当代现象而出现的。作为“打工文学”的一部分，它在1990年代中国进入市场经济阶段后日益活跃，尤其是广东等南方沿海地区，1990年代中后期开始受到主流诗坛关注。2001年，民间诗报《打工诗人》在广东省惠州市创刊，“打工诗歌”“打工诗人”等命名由此确立起来。

“打工诗歌”概念的内涵，一般认为是由打工者写作的关于打工生活的生存经验、情绪、感受、思索的诗歌。不过，这一内涵在其使用中并不严格，在一些较早的“打工诗歌”选本如《中国打工诗歌精选：1985—2005》中，除了打工者的作品以外，也选入了部分并无打工经历的诗人对于打工者以及打工生活的观察、描摹、想象之作。这种状况与“打工诗歌”“打工诗人”等概念内部的含混性及引起的争议有关，比如，公司文员等非体力劳动性质的工作是否也可归入“打工”；曾经从事而后来离开一线体力劳动岗位的诗人是否仍可被称为“打工诗人”，等等。总体而言，“打工诗歌”的创作主体主要是由有着所谓“农民工”这一社会身份的群体构成的，是可以明确的事实。

“打工诗歌”的勃兴与文学界提出“底层写作”概念大致同时，相对于后者，它被视为是缺乏自我表述能力的一个特定的弱势群体的真实发声，而这一群体既是中国加速工业化、城市化进程中主要的压力承受者之一，又是中国成为“世界工厂”，创造出经济增长奇迹的具体承载者，其充满见证意味的自我书写的意义是不言而喻的。因而它很快引起文学期刊、继而是文学批评界的重视。

2005年第3期《文艺争鸣》杂志组织刊发的“在生存中写作”评论专辑，是批评界对“打工诗歌”一次比较集中的发言。张清华、柳冬妩、蒋述卓及编者张未民等多位批评家、学者均撰文阐述了他们对“打工诗歌”的认识，其中一些论述也曾产生相当大的影响。而今天看来，这一专辑中的很多文章比较清晰地呈现出这一时期批评界对“打工诗歌”的接受症候。

首先，是对“打工诗歌”的文学价值的高度肯定。如张清华在《底层生存写作与我们时代的写作伦理》中写道：“（‘打工诗歌’）给当代诗歌写作中的萎靡之气带来了一丝冲击……说他们延续了一个真正的现实主义的写作精神也许并不为过。"张未民的评价与之相近，他将"打工诗歌"的特征概括为"在生存中写作"，认为它们将"特定的生存性直接地转化为特定的精神性"而"充满了真正的现实精神"①。其次，这种肯定不约而同地伴随着一种批评的话语构造。在张未民那里，"在生存中写作"与职业性作家的"在写作中生存"的状态构成了鲜明的对比，张清华的文章中，"打工诗歌"或"底层生存中的写作"与"无聊而充满自恋的、为'中产阶层趣味'所复制出来的分行文字"形成对照，而在本身为"打工诗人"出身的批评家柳冬妩的长文《从乡村到城市的精神胎记——关于"打工诗歌"的白皮书》中，则认为它是对"主流诗人"的"技术主义"路线的"小小的反拨与颠覆"。再次，批评家们又大多表现出对"打工诗歌"在美学价值、成绩上的犹疑、回避或保留，如张未民表示，"打工诗歌"的作者们"为了自己的'现实精神'和人的精神'"，牺牲一些"美学技巧"是可以得到"文学的原谅"的。柳冬妩则提出："'打工诗歌'出现的真实意义并不表现在技术的创新上，其重要部分落在诗歌内容的表达和情绪的抒发上"，这样一种认识方式和态度在同一时期的批评界具有相当的普遍性。

而这种认识方式和态度中的二元性使得它对"打工诗歌"的辩护不仅无法消除读者中可能存在的疑虑，反而把它扩展了。针对这些文章中展开的话语构造，即有批评者指出它们"以二极对立的方式，通过对诗歌'技术主义倾向'的伦理化贬抑，来伸张'打工诗歌'、'底层生存写作'的价值优越性"，是将"诗歌艺术问题道德化"的表现。② 实际上，在这些文章中，"打工诗歌"与所谓"技术主义"或"中产阶层趣味"的写作之间构造的对立只是表层的对立，更深层的对立建立于"生存""现实""经验"与"艺术""美学""技巧"之间，正是后一种二元观念构造，使其既不能铸就真实的批判性，也很难对"打工诗歌"的美学价值给予有说服力的揭示。可见的争论聚焦于诗歌的伦理层面，但内在的争议却滞留于"打工诗歌"的美学评价上。一是在这类批评中，"审美""技

① 张未民：《关于"在生存中写作"——编读札记》，《文艺争鸣》2005 年第 3 期，其主要内容以《生存性转化为精神性——关于打工诗歌的思考》转载于《文艺报》2005 年 6 月 2 日。

② 钱文亮：《伦理与诗歌伦理》，《新诗评论》2005 年第 2 辑；《道德归罪与阶级符咒——反思近年来的诗歌批评》，《江汉大学学报》（人文科学版）2007 年第 6 期。

巧”等概念仍以未被觉察的方式保留着一副空洞的、不加反思的普遍性面貌，二是对生成“打工诗歌”的美学经验的文学、历史、社会的诸种结构性因素也还缺乏深入细致的分析探讨，因此，不但无法用精准的批评语言切入、描述这些美学经验，阐明其独特性，反而很容易落入陈旧的、自相矛盾的观念窠臼中。

二

也是在2005年，学者刘东在为柳冬妩的“打工诗歌”研究专著《从乡村到城市的精神胎记》做序时，对“打工诗歌”的语言和形式提出另一种见解，将上述问题带入一个新的层面：“既然‘打工诗歌’的独特使命就在于——去为一个独特的受压迫群体谋求生存，那么不管它的外在形式是什么，总应当让自家兄弟们更加会心，对其他阶层显出更多的陌生性，而不是急于文化上被优势阶层所同化。只有使‘阶层意识’上升到了这一步，打工诗人们对于自身境遇的强烈关照，才不会仅止于社会学层面上的身份认同，而有可能升华为一种真正的文化创造。”[①] 换言之，“打工诗歌”应有一种文化和美学上的自觉，发展出自身独立的美学形态，这才构成它的文化创造力和美学价值所在，而不是用知识分子等其他阶层的美学观念、趣味来规范和“提升”自身。

这样一种自觉在这一时期的“打工诗人”中也已经出现，2005年3月，绳子、吴季等创办“工人诗歌联盟”网络论坛。两年后，又在此基础上创办了民间诗刊《工人诗歌》，在刊物的征稿启事中提出：“我们要发出自己的声音，发展自己的文化，并把这文化作为劳动者自我意识的一部分。劳动者的艺术，虽然从来处于社会和主流文化边缘，但毕竟有其传统。这个传统今天仍被漠视，甚至被我们自己所漠视。”在创刊号的卷首语中编者进一步阐述了这种“劳动者自身的文化”的性质：“这种文化及其语言必须能够适应劳动者的地位、处境、精神状态，并努力地探索前途”，较之此前的“打工诗歌”，显示出更明确的主体意识和文化立场。这在“工人诗歌”这一新的自我命名上就已体现出来，写作者在对自我身份的确认中，也包含了一种更自觉的美学追求。

---

① 刘东：《贱民的歌唱》，《读书》2005年第12期。

尽管有此文化立场和美学追求的写作在“打工诗歌”中尚属少数，其处境可谓“三倍的边缘”，但它们的出现却具有非同寻常的意义。日本学者尾崎文昭认为，由于后发现代化国家现代文学的“启蒙性”（自上而下的现代化）特点，大众或“底层”用它来表述自己从理论上是不可能的，使之变为可能的因素有赖于现代文学自身属性的改变和写作主体的“越界”。在他看来，“打工文学”也许很难突破既有文学语言的窠臼并创造属于自己的语言，而且，为了得到承认，更容易受到模仿现成文学语言、顺服于主流文学意识形态的诱惑。① 证之于“打工诗歌”的实际状况，这一观察是颇有见地的。然而，“工人诗歌”的出现打破了他略显悲观的预言，也为当代文学带来了新异的因素。

近两年，批评家李云雷进一步提出了“新工人美学”的概念，认为当代文学的评价体系建立于1980年代初期，以精英化、现代主义、面向海外为主要特征（在诗歌领域以“三个崛起”所倡导的“新的美学原则”为其代表），以这样一种文学标准或“美学原则”来评价、衡量“新工人”的创作并不恰当，而“应该结合1980年代以来的‘新的美学原则’与1940—1970年代的‘人民美学’，结合新工人创作的具体实践，形成一种新世纪的‘新工人美学’”。正是基于这种“新工人美学”的构想，他对“新工人诗歌”给予了极高的评价，认为“新工人诗歌的‘崛起’，为我们带来了新的经验，新的情感，新的美学元素”，“其意义不仅仅是将底层经验带入到当代诗歌，而且也在创造着一种新的中国诗歌”，而“在这一新的崛起面前，我们有必要反思30多年来‘精英化、西方化、现代主义’的美学原则，在新的经验与新的美学元素的基础上，探索更加适合当代中国人经验与情感的诗歌评价标准，也探索一条更加民族化与大众化的中国诗歌发展道路”②。

显然，这些构想和评价融会了“左翼文学”的话语资源，而意在将“打工诗歌”纳入“新左翼文学”的范畴之中。置之于当代诗歌场域，由于涉及对新时期以来当代诗歌道路与成绩的总体评价，这种评价无疑具有更强烈的争议性，然而，对于这一潜在的争议的评判，却可能已无法在文

---

① ［日］尾崎文昭：《底层写作—打工文学—新左翼文学》，《アジア（亚洲）游学月刊》第94号，“中国现代文学的越境特辑”，日本勉诚出版2006年12月。中译文见：http://www.eduww.com/thinker/portal.php?Mod=view&aid=12498。

② 参见李云雷《“新工人美学”的萌芽与可能性》《新工人诗歌的“崛起”》等文。

学内部完成，而必然需要连带更大的问题域来展开，正如“新工人”这一命名，也关联着一些社会学学者对这一群体的研究和思考[①]。“打工诗歌”的活跃，恰与“新左派”与“新自由主义”之争发生于同一时期，批评界对它的评价包括美学评价的变动和争议，也与这场范围更大、延续至今的争论存在着内在的联系；如何看待“打工诗歌”，与如何看待“打工仔”/“农民工”/“进城务工人员”/“（新）工人”这些不同称呼之下的同一群体以及如何认识当代中国社会的进程与前景是分不开的。尾崎文昭的文章更以精敏的现实感，向我们提示出“打工文学”作为不同的现实力量、文化权力、书写主体所争夺和占据的“空间”的事实。

在此意义上，我们可以看到，对于“打工诗歌”—“（新）工人诗歌”的美学评价，对其间隐现的歧义与争议的理解，以及对“打工诗歌”—“（新）工人诗歌”美学经验的有效阐释，都不仅关乎当代诗歌，也关乎我们对当代中国文化及其创造力的想象和辨识。而这，也向我们提出了挑战。

（原载《艺术评论》2015 年第 9 期）

---

① 学者吕途对这一概念的使用使其开始为较多人所知，参见吕途《中国新工人：迷失与崛起》，法律出版社 2013 年版。

道德归罪与阶级符咒：反思近年来的诗歌批评

钱文亮

进入新世纪以来，“民间写作”与“知识分子写作”的论争硝烟尚未散尽，“共识”破裂之后的诗歌实践，或受学院氛围的支持，或因民间资本的介入，或受大众媒体的引导，或为政治威权所鼓励，尤其是受益于网络空间的自由，面目越发暧昧。在此情形下，诗歌批评一度显得窘迫无措。然而，随着文化研究这一超级学科的迅速崛起，以往的文学观念、文学视野开始受到越来越广泛的质疑与批评，特别是因为受全球化浪潮冲击而益发强烈的本土意识，因社会贫富分化而激发的现实关怀，却使短暂晕眩后的诗歌批评获得了新的话语资源与命名冲动，于是，有了“草根性”写作的提出，有了“打工诗歌”“底层生存写作”和“新批判现实主义”的倡导以及对所谓“中产阶级趣味”和“小文人诗歌”的激烈批评。

一　“草根性”说法：问题何在？

在近几年的诗歌界，《天涯》杂志主编、诗歌评论家李少君所提出的“草根性”说法影响广大。虽然李少君的言论①明显受国际汉学界激烈否定新诗观点的影响，但他在此基础上提出将“草根性”写作视为新诗发

① 李少君的“草根性”观点，主要来自他在《诗生活》网站2004年8月2日发表的《草根性与新诗的转型》一文。凭借该文，李少君于2004年9月获首届“明天·额尔古纳中国诗歌双年奖”评论奖。不久，该文的纸文本在《南方文坛》2005年第3期发表，后又收录于李少君主编的《21世纪诗歌精选第一辑·草根诗歌特辑》（长江文艺出版社2006年版）。2005年春，李少君曾以此为题，在上海撒娇诗院举行过一次演讲。在那次演讲及其后的讨论中，因为涉及举国关注的三农问题与诗人的态度，发生过一次情绪化的争吵；其间，一著名诗人意气之下大叫：“必须再来一次反右！”这一戏剧性的场景，在笔者看来，其实是一个缩影，再生动不过地折射出近年人文学界在一些现实社会问题上的重大认识分歧与思想交锋。

展的正道，却是分外引人注目。

如果不是以“观念性”／“草根性”的二元对立作为新诗史描述结构，并将新诗受西方新思潮、新观念的影响视为新诗发展历史“误区”的话，李少君提倡的“草根性”写作可能并不会引起人们太大的争议。可以说，在今天全球化、资本化力量日益强盛的现实文化语境中，相对于其他概念，“草根性”算得上是比较有阐释力、比较中性的说法，可以看作诗歌界对当下现实所作出的正面回应。而且其提倡者李少君将之与个人经验、生命冲动、地域背景、生存环境和传统之根相联系，在诗学意识上既有与“第三代诗歌”中强调本然生命的一脉相承，又有对1990年代诗歌“个人化写作”理念的采纳与吸收；同时，这一说法也很容易唤起长期积淀于国人文化心理的平民主义和民族主义的“政治无意识”，迎合社会各界对于诗歌“介入性”（“及物性”）和本土性（“民族性”）特征的阅读期待，暗合关注苦难与底层的社会主导舆论，甚至还可以被理解为对先锋诗歌写作中“不及物”倾向和“技术主义”倾向的含蓄反拨，包含着诗人对于自然大地、生命存在及其身边细微之物的价值关切或悲悯情怀。由此看来，“草根性”的概念有其一定的诗学渊源与文化轨迹。除此之外，“草根性”的提法也试图在一定程度上为1990年代以来歧见日深的文坛各方展开自己对于诗歌的不同诉求与想象，搭建一个共同的话语平台。正因为这样，上自中国作协，下至许多民间诗歌群落，都表现出谈论“草根性”概念的巨大热情。[①]

但这一概念的意义也仅限于此。因为它包含的东西太多，对诗歌的期待太多——虽然它并不想为诗歌制定清规戒律。而且，从李少君所列举的具有“草根性”写作倾向的诗人名单[②]来看，与其说他们“均表现出某种

---

①　钱文亮在《伦理与诗歌伦理》（载于《新诗评论》2005年第2辑）一文中，曾对李少君的新诗史描述框架等简单地表示过质疑，但是尚未专门对“草根性”概念进行辨析。此文后来引起了一些人的“误读”，已经远非本义。

②　被李少君纳入“草根性”写作的诗人包括：“直面支离破碎的山河大地、对世事人心深怀悲悯之心的安徽马鞍山青年诗人杨键，呈现都市场景、体察都市人情的香港青年诗人黄灿然，从个人日常生活出发，以其草根性打破女性主义神话与陷阱的女诗人王小妮，质朴而直接的表达现代乡村情感的山东小镇诗人辰水，出自下半身却又不限于下半身甚至迅速地上升到比上半身更高的高度、最近以关于河南艾滋村为主题的组诗《文楼村纪事》引起广泛关注的沈浩波，全方位展现当代社会与生活复杂纷纭世象的谭克修，从知识分子视角深入时代方方面面、充满自我反省精神的桑克，擅长解析当代青年自我内心经历的广州青年诗人凌越，以及江非、雷平阳、树才、朵渔、雷武铃、叶辉、潘维、尹丽川、江一郎、蓝蓝、北野、胡续东、李小洛、魔头贝贝、莫小邪等等。”李少君认为“这些诗人还有一个共同的特点，那就是他们大部分都生活在边缘地区或身处边缘位置，受主导性思潮、观念冲击较少，自然的、朴素的、原生性的成分较多，本能地具有了某种‘草根性’”。这种“统一战线”式的结论明显与事实不符。

共同的新的倾向与追求”，不如说表现出的是相互之间从诗学意识、审美趣味到艺术追求等各方面根本性的差异。如果笼统地说“他们的诗，具有了某种原生性和深度，一种将个人的独特内在的生活、经验、脾性甚至背景自然地转化为诗的创造性与独特性”，那么所谓“草根性”的特点又实在没有什么新的特点（仅仅是换了一种比较形象的说法）——这种东西难道不是每一个诗人都必须具有的艺术自觉和写作目标吗？对于一个进入诗歌写作的人来说，这是他应该遵循的基本的艺术准则。所以，相对于复杂万端、异彩纷呈的当下诗歌实践，作为一个野心勃勃的诗歌概念，“草根性”因其明显的外延模糊、指称对象含混等问题，而最终成为一个自我稀释的空洞的能指。

反思“草根性”的问题，不难看出，这一概念并非产生于诗歌实践的内在困难——因为它所涉及的问题自1980年代以来，已经在路数不一的各种诗歌探索中不同层次地得到了触及和处理，只不过一直没有得到集中，更没有被提升为一个笼统的“共名”[①]。那么，作为风行于台湾1970年代的现代化运动、基层民主化浪潮中的一个文化政治概念，“草根性”能否借用为新世纪汉语诗歌写作的一个时代“共名”，显然是颇为可疑的。从这一概念在台湾的语源及其应用来看，“草根性”在社会分层上指称与精英分子相对的市井小民组成的底层社会，在文化的历时性区分上指称与西方文明相对的“在地性”（即本土性）传统文化，在政治结构中指称相对于官方的民间文化，在文化品质上指称文化较少的、原始的生命力。所以，作为一种文化的品质构成，“草根性”固然具有冲击僵化文化秩序的解构性活力，但其本身的低俗、粗鲁、劣质，更容易与非理性的“民粹式”思维结合，产生巨大的破坏力。从这一点来说，在新诗经历了“非崇高”“非理性”“反文化”的1980年代诗歌运动之后，在自然生命的直接性“体验”已经成为合法挥舞的大棒的今天，[②]“草根性”对于诗

---

① “共名”概念出自陈思和《共名与无名》一文，载于《写在子夜》一书的第11—29页，上海人民出版社1996年版。陈思和认为：“当时代含有重大而统一的主题时，知识分子思考问题和探索问题的材料都来自时代的主题，个人的独立性被掩盖在时代的主题之下。我们不妨把这样的状态称之为共名。”“无名”则产生于多元化时代。

② 这是一些为1980年代诗歌运动的文化惯性所控制的诗人与理论家顶礼膜拜的神——例如在2005年7月海南召开的“尖峰岭诗歌研讨会”上，就有一位1980年代“崛起”的著名诗歌批评家，以此抨击臧棣的“诗歌里就没有生命”，只代表文化。它直接导致了对诗歌“技艺”和“生命自然”的双重误解，1990年代以来对于诗歌“技艺知识化”的攻击，均与此相关。关于诗歌技艺与经验、精神的关系问题，可以参看一行在《诗歌中的技艺》（载于《文景》杂志2007年第2期）一文中所作的精辟论析。

歌实践能有多少助益，的确是大可怀疑的。

特别应该指出的是，李少君在提倡这一概念时，为强调其重要性，以“草根性”/“观念性”的二元对立结构梳理新诗发展的历史脉络，甚至将“草根性”写作视为新诗从“观念性”“误区”中转型的高度。这种将适用范围有限的特殊概念泛化绝对化，草率树立评判标准的方式，已经弄巧成拙地抵消了这一概念本身所可能具有的启示性蕴涵。

二 “底层生存写作”及什么样的诗歌“写作伦理”

如果说，在目前诗歌批评并不景气的情况下，“草根性”还算是一个比较开放、具有一定启示性的概念的话，近年来比较热门的“打工诗歌”和“底层生存写作”等说法则需要打上更多的问号。

尽管因为“打工诗歌”特殊的题材背景与道德敏感性，对此不宜作过多的诗学辨析，但对于一些诗歌评论者把它视为诗歌“再生”的新大陆，刻意强调它与所谓“技术主义”的对立等①说法，笔者还是不敢苟同。作为对弱势的“打工者”群体的道义声援，重视“打工诗歌”固然值得赞扬，但如果因此而将它提升为关乎当代总体诗歌实践的某种宏大叙事，甚至于裁判标准，恐怕就太过矫情而危险，即使把它升华成更为动人的“底层生存写作”。至于“打工诗歌”提倡者所作出的一些论断，诸如“中国主流诗人集体性走上了技术主义道路”，“一些掌握了‘话语霸权’的形式主义者对打工诗歌与打工诗人的全盘否定和居高临下的冷嘲热讽让我们看到了技术主义在诗学上的反动达到了无以复加的地步”，等等，已经不仅仅是言过其实的问题了。

不可否认，无论是“打工诗歌”抑或“底层生存写作”，在当下中国都具有呼应普遍性的社会伦理吁求、直接介入现实的正当性，也联系着新世纪以来理论批评界重建新的文学视野、丰富理解文学的方式、导引文学进入深广境界——这样的企图。但我的怀疑与问题是，如果没有近年来蔚然而成的整体性社会话语风尚，批评家们会否热衷“打工诗歌”之类的说法？提出这一点，并非为了简单地评判什么人的是非，而是想由此说

---

① 柳冬妩：《从乡村到城市的精神胎记——关于“打工诗歌”的白皮书》，《文艺争鸣》2005年第3期。

明，无论一种说法怎样动听，当它已经成为风尚或时髦后，诗人与批评家都需要给予更多的警惕与反省。与整体性的社会话语风尚保持必要的距离，这是一个诗人或批评家起码的自觉，是检验其是否具有韦伯意义上的诗歌职业伦理或“责任伦理”，是否真诚的基本尺度。正如诗人凌越所言：“如果你足够真诚和敏感的话，那些苦难和时代的脉动会自动投身到你的诗句之中，而且遵从着‘美’的考问，根本无需做出那样外露和不得要领的标榜。这也是为什么那些最能体现时代精神的诗人，倒往往是一些貌似冷漠的离群索居的遁世者，比如荷尔德林、狄金森、卡夫卡、佩索阿等等”，如果诗歌“所持的道德立场和社会的主流立场没有明显的差别，在这样的背景下，这些立场就失去了原本该有的道德张力，最终变得轻浮和有几分投机之嫌”①。换句话说，无论是伦理意识还是艺术观念，只有当它是从诗人或批评家个体内心顽强生长出来时，它才可能是有效的，才可能真正提升诗歌的品质。即便是这样，这种基于诗人或批评家个体经验而生成的特殊意识与观念，能否成为普适性的规范、法则甚至“真理”，也仍然是需要受到严格怀疑和检测的。

然而，当北京师范大学教授张清华在使用“底层生存写作”概念进行诗歌批评时，恰恰在这个地方出了问题。近年来，张清华据此将重点转向对所谓“中产阶级趣味”的猛烈抨击，使得问题越发凸显。

如果追索思想文化渊源，无论是“底层生存写作”概念还是“中产阶级趣味”，张清华所集中阐发的这些说法，实际上都是1990年代以来人文社会学界重审“左翼文学”经验和当代中国社会主义遗产这一思潮的必然结果，也与近年国内文化研究热衷引入葛兰西和印度庶民研究（又称为贱民研究或底层研究）的视野直接相关。从这一点上看，这些概念并非简单地针对诗歌实践问题而提出，其本身即聚焦着当下众多人文学者特殊的文化想象与政治诉求；不仅如此，也因为这些说法在一定程度上表达了当下国人的公共经验，从而变成社会各阶层都能够参与的公共话题，所以，很快便引起诗歌批评界内外普遍的反响与推崇，类似的言论一时间层出不穷，而其中最极端的，果然出自鲁迅研究专家林贤治在2006年第5期《西湖》杂志上发表的长文《新诗：喧闹而空寂的九十年代》——在直接将1990年代以来的诗歌写作定义为一座无意义的喧闹“空山”，

---

① 凌越：《不能回避道德，不要挥霍道德》，《南方都市报》2005年7月19日。

并将这期间的诗人判定为以“后七十年代诗人”为主体的“新兴中产阶级”（或译作“新生小资产阶级”）予以挞伐的同时，对郑小琼、卢群等打工诗人和纯然以传统农村和农民为题材的杨键、泥马度、杜涯等几位“乡土的忠实的歌者”以及被误读为写底层的雷平阳、李南的诗歌进行了大力推举。

不过，尽管许多批评文章都以“关注底层”为口号，但相比较而言，在学术性和影响力上均未超出张清华的系列论文。作为一个训练有素的文学研究者，在较早引起反响的《“底层生存写作”与我们时代的写作伦理》一文中，为了证明“打工诗歌”[①] 所带出的“伦理问题”的“庄严可怕”，张清华在将现代文学史上对底层劳动者的书写归纳为鲁迅等带有拯救意识的悲剧性书写和沈从文式的诗化处理——这两种写法之后，提出了另一种“在现时代最朴素和最诚实的写法”——“打工诗歌”这种再现和呈现式的表达；张清华认为，不同于“中产阶层趣味”写作本质上的虚伪性，“打工诗歌”真正符合“现实”“真实”这一写作者基本的伦理标尺，达到了应有的深度——因为所谓“深度”就在“底层的现实”中。

也许是意识到简单地以题材内容抬高诗歌写作的价值，容易重蹈当年庸俗社会学批评的覆辙，张清华在《“底层生存写作”与我们时代的写作伦理》一文中表现出颇不自信的犹疑：除了经常在“打工诗歌”与“底层生存写作”之间跳来跳去之外，张清华一方面强调“写作者的身份”的重要，另一方面又认为“也可以不那么重要，他只要是在真实地关注着底层劳动者的命运就可以了”；所以，杨克同柳冬妩、宋晓贤、卢卫平、游离、马非一样，都是“打工诗歌”，伊沙的《中国底层》当然“相形之下，写得更好”，“这就是还原到生命个体的真实！”

然而，按照张清华莫衷一是的“身份”论，读者很难弄明白杨克、伊沙这两位成名诗人的“关注底层”与鲁迅等人的关注方式有什么区别？也不太清楚张清华为什么敢于断言杨克、伊沙们的“底层生存写作”就比鲁迅等人的更“真实”？——实际上，中国 20 世纪以来的诗歌最大的

---

① 张清华的《“底层生存写作”与我们时代的写作伦理》（载于《文艺争鸣》2005 年第 3 期）一文，题目显示其论述对象应该是“底层生存写作”，但行文所及却谈的都是《中国打工诗选》以及“打工诗歌”。

问题恰恰是来自这种被动跟从现实，将现实作等级化、本质化的“真实”观。

当然，作为一个经历过1980年代诗歌启蒙运动的文学研究者，张清华不会意识不到将“打工诗歌”的特殊性放大为普适性的文学法则或“伦理”的牵强生硬。为此，除了将“打工诗歌”悄悄置换为相对开放的“底层生存写作”命题之外，在《“底层生存写作”与我们时代的写作伦理》一文中，张清华更多的是将“打工诗歌”与“生命”“命运”“生存”这些“初始的概念”相联系，特别是“命运”这个概念——因为“命运正是诗歌的母体。历史上一切不朽和感人的写作，都与命运有着密不可分的关系”，而“在我们的时代，职业却连着命运”，通过“我们的时代”这座桥梁的托举，“打工”“职业”“命运”与“历史上一切不朽和感人的写作”就这样轻而易举地实现了过渡或会合，那么由此一来，无论把“打工诗歌”/“底层生存写作”怎么往高处大处说，也就不足为奇了——按照张清华的逻辑，“打工诗歌”/“底层生存写作”岂止是在某种程度上“挽救了叙事”，你就是说它挽救了当代诗人的道德良知与整个“病入膏肓”的当代诗歌都“并不为过”。

三　什么样的“中产阶级趣味”？什么是严肃批评家“真正的敌人”？

既然有了从“打工诗歌”/“底层生存写作”那里抽取出来的“现实”“真实”这一把基本的伦理标尺，张清华也就不难量出“我们时代的写作中的中产阶层趣味”及其“本质上的虚伪性”，发现“中产阶级趣味”成了大多数写作者，尤其是成名诗人的普遍病症。以此类推，谭克修、沈浩波等也不难量出“与现实和大众非常隔阂”及“没有真正的具体的面对现实”的诗人之“小”①。

在一年不到的时间里，张清华抨击的诗坛病症从《“底层生存写作”与我们时代的写作伦理》一文中的“中产阶层趣味”上升到了后来文章

① 谭克修：《自杀路上的小文人诗歌》、沈浩波《诗人能否直面时代》，参见诗生活网站2006年7月3日“诗观点文库”。

中的“中产阶级趣味”①，在这种关键概念使用上“层”与“级”的一字之差，实在过于随意或流于儿戏。尽管他在文章中表示“这是个复杂的问题”，但在行文当中却仅仅引用了一段美国人丹尼尔·贝尔的话，就把它轻巧地打发了。

实际上，尽管问题比较复杂，但人文社科学界关于“中产阶层”/“中产阶级”及其文化、“趣味”的研究却能足够证明：张清华所说“今天的中国也已经界临了这样一个时代”——贝尔所针对的美国中产阶级“日益丰裕”的一个时代（中产阶级占总人口的80%），这一点并不符合事实。“所以中产阶级这一概念在中国更多的变成学者争议、媒体炒作和国外学者研究概念”②。

另外，今天中国的“中产阶级”（姑且借用这个时髦的名称）也绝非张清华所言，是从“很不合理的分配中分得了一杯羹”，“在政治上还是孱弱、苟且和暧昧的”。从改革开放以来的历史发展情况看，中国的“中产阶级”既非一个静止的本质化概念，也非一个固定不变的实体。以1992年为界，此前进入中间阶层的群体，大部分人的确是因为与权力中心特殊的关系，或利用国家体制和政策上的漏洞，在不够合理的财富分配中，迅速攫取了最大量的社会财富。但与其将这一部分人称为“中产阶级”倒不如将其归入上层“资本集团”或特权阶层更恰当。

按照张清华的行文逻辑推论，他真正想批评的应该是1993年以来至今形成的新中间阶层。但恰恰是在这一点上，张清华的批评表现出“荆柯刺孔子”式的荒诞。因为这样的一个群体不仅与那些特权阶层大不相同，他们主要是以自己的知识技能作为“软资本”在有序的市场竞争中取得竞争优势的，“在政治上”与精神“立场”上也并不符合张清华的论断。张清华以丹尼尔·贝尔的话来论证（中国）“严肃批评家”也应该以“中产阶级文化”为“真正的敌人”，这种结论是非常不严肃的。这是因为，今天的新中间阶层，即使符合“中产阶级文化”，在目前中国的社会文化转型中，它也是一种建构性的力量。许多国家的现代化历史均表明，受过现代教育的中产阶级往往是革命的力量，是法治民主的急先锋。即使

---

① 张清华的《关于现实写作中的中产阶级趣味的问题》一文，先后发表于《星星》诗刊2006年第2期、《诗刊》2006年5月号上半月刊。同时另有《我们时代的中产阶级趣味》一文，发表于《南方文坛》2006年第2期。

② 郁方：《中国中产阶级的消费文化特征》，《新经济》2005年第3期。

在西方发达国家，韦伯和米尔斯关于被锁进巨型官僚组织的新中产阶级将会变得很驯顺的担心也并未成为事实；尽管从韦伯到拉什均正确地警告当代官僚世界中个人生活的自私和私人化本性，但是公民精神和人道主义的关怀并未死亡。①

西方发达国家中产阶级的情况尚且如此，作为一个在特定的时期（多种经济社会发展阶段浓缩期）和混合制度（市场与计划）下快速衍生的多元群体，中国“中产阶级”的文化与趣味问题都远非张清华所说的那样单一、绝对。因为在这个由不同群体混成的“阶级”中，其内部的文化、品位、价值观念并不同质，能体现这一“阶级”整体性特征的生活方式与品位也并未成型。而张清华仅仅依据《中国中产阶级调查》一书公布的调查结果——有85.5%的城市居民认为自己是中产阶级以及该书作者之一沈辉所谓当前我国的“中产意识”占据了社会主流的结论，就作出这样的判断——“我们时代的知识分子还没有完成自己在经济地位上的中产阶级化，却早早地实现了在精神和文化趣味上的中产阶级化”，实在是过于匆忙和武断。

按照张清华的说法，他所攻击的“中产阶级趣味”实际上应该是费瑟斯通所揶揄的新型小资产阶级——他们拥有很少的经济和文化资本却渴望自己比本来的状况要更好，因而一味地对生活投资。② 但这种喜欢享受的“小资”恰恰与“中产阶级”相距甚远，在整个社会结构中也并未成为主流。就像那个可疑的数据一样，张清华所谓“我们时代的诗人和写作者集体向着‘中产阶级’的趣味滑行”之类的全称判断，实际上已经以真理的伪装形式，将真实与真理革除到了门外。

四　道德归罪与阶级符咒：诗歌批评的危险之旅

在张清华等人的诗歌批评中，有许多整体主义思维模式下做出的全称判断：什么“诗歌普遍地患上了苍白与虚浮的病症”，什么“冷漠是艺术的真正敌人”，什么“是物质的富有带来的相应的精神贫困”，诸如此类充斥强制性和指令性的命题和判断，为了简明而牺牲复杂，为了抽象而牺

① 毛寿龙：《中产阶级与民主制度》，《东方·人文备忘录》，光明日报出版社2002年版。

② 迈克·费瑟斯通：《消费文化与后现代主义》，译林出版社1991年版，第132页。

牲真实，严重抹杀了近些年来诗歌自由多元发展的事实，贬损了众多诗人艰苦寂寞而执着的诗艺探索，这种论断方式显然没有充分意识到将具体历史时期条件本体化的狂妄与僭越。

但问题并不止这些。上述言论在诗歌界的受追捧，恰恰说明中产阶级在中国的发育不足，说明知识分子“观念人”的传统仍然影响巨大。这种产生于传统社会结构之中的知识分子“观念人”更具有激进的理想主义的倾向性。在中国当今社会，由于出现了发展中社会面临的种种问题与困境，如贫富两极化、官员腐败、社会不公与种种矛盾，使传统的观念型知识分子具有了以道德理念的话语权力来进行诠释的巨大机会，使他们追求完美的“乌托邦情结”仍然有用武之地。① 然而，中国在现阶段的进步，虽然仍需要这种保持道德热情的知识分子，但这却并不能因此而得出只能以激进的乌托邦来主宰人们对问题的思考，而对专业人员的方式大加排斥。遗憾的是，在近年的诗歌批评中，以传统的题材论和时代论等集权话语，用经历、出身、阶级、性别、职业等来谈论当代诗歌，以对“实际生活”“生命体验”“命运”和“技术”之类的粗糙理解来否定、贬斥诗歌对生命的多种表达，简单化地贬低诗人们从诗歌的个性、特征、独特性和自主性的角度去探寻诗歌，伦理化地斥责批评家对于诗歌文本的“技术”研究的提倡，已蔚然成风。在这种诗歌批评中，“技术化”或“玩弄修辞”已经不仅仅是一个需要讨论的美学问题，而俨然成为精神堕落与道德不良的红字标志。这种情形非常类似于刘小枫在研究叙事伦理学时所批评的“道德归罪”问题。在人民民主文化制度中，道德归罪是日常生活的基本现实，也是罗蒂所说的“现代社会文化中的旧文化形式”。其最大的问题不是理解一个人的生活，而是习惯于依国家意识形态或普遍性的道德理想和典范，其他什么预先就有的真理，对个人生活作出或善或恶的判断；或者说，它所依据的是意在教化、规范个人生命感觉的人民伦理，必然会抹杀个体生命的具体性和差异性，它要使某一种道德理想成为绝对的道德神，对其他人来说，就出现了道德专制。②

如果将哲学家刘小枫的论述与历史学家黄仁宇的观点联系起来，人们

---

① 萧功秦：《中国：中产阶级与知识分子》，《东方》2001 年第 4 期。

② 刘小枫：《沉重的肉身——现代性伦理的叙事纬语》，上海人民出版社 2000 年版，第 158—173 页。

会更容易明白近年来诗歌批评中道德归罪与“阶级”论调对于诗歌良性建设的危险性。在研究中国以德治国的官僚政治传统的多本著作中，黄仁宇曾经反复强调说，不是万不得已，轻易不要把具体问题上升到道德的高度，一味地强调某种价值观或道德观，结果势必会制造出太多的争论和对立，无助于认识历史和解决问题：“因为道德是真理的最后环节，人世间最高的权威，一经提出，就再无商讨斟酌之余地，故事只好就此结束。”①

除了将诗歌艺术问题道德化之外，“冷漠”“苍白与虚浮”等也是近些年诗歌批评对诗歌文本中情感表现的普遍判断。且不说这些批评家对情感与诗歌之间关系的理解是否单一狭隘，对艾略特以来现代诗歌在情感问题上的观念变化是否无知或故作无知，至少在将情感道德化或将道德情感化这一点上，对20世纪中国历史有所经历和研究的诗人、批评家都不难意识到它的严重问题。正如刘小枫曾指出的，事事都要问情感如何，是一种“心灵的恐怖”，双手沾满鲜血的狂热分子从来就吹嘘伟大的情感。道德专制与情感专制是一个铜板的两面，所以，应当结束愚蠢的情感调查，学会让情感非道德化。

五　结语：重建诗歌批评的现代性起点

综上所述，在当下中国日益纷繁复杂的社会文化实践面前，在文学理论与研究发生重大文化转向的情况下，似乎是与复杂多元的诗歌实践背道而驰，近年来的诗歌批评反而表现出比较严重的简单化、绝对化倾向。在一些时髦的批评家那里，对所谓“纯文学”观念的反思与批判，变成了对诗歌本体研究的轻薄与鄙视，对有本质化危险的“纯文学”趣味的超越变成了对传统的社会历史批评甚至是庸俗社会学的深情怀旧与本质化回归；特别需要指出的是，以一种取样式的论证逻辑，抓取浮世一角、只言片语，以一己之道德理想、情感形态及其表现方式，伦理化地贬损、诽谤诗歌实践和追求中的“异端”，甚至从所谓思想界的精神立场（实际是道德立场）或大而无当的泛文化批评视角，强横地宣称“从整体上说，九十年代的诗歌是‘流行诗歌’、媚俗诗歌”② 之类，已经丧失了对于1990

① 黄仁宇：《赫逊河畔谈中国历史》，生活·读书·新知三联书店1997年版，第133页。

② 林贤治：《新诗：喧闹而空寂的九十年代》，《西湖》2006年第3期。

年代以来诗人劳动的起码尊重——实际上，当代诗歌经过1980年代对现代汉语诗性空间“运动”式的多方面探索实验，到1990年代，在诗歌意识的成熟上、在对诗歌与社会现实、历史传统和文化资源等关系的深邃理解上，在诗性众多向度的恢复上，取得的成就都是空前的。而在这些以“道德”“伦理”之名倾巢而出的喧嚣里，曾经受到严肃反思的道德全能主义和再现论文学观——这些“对智力和伦理的任何升华莫不敌意相对”[①] 的诗歌天敌，再一次借尸还魂，张志扬所揭示的阻碍“个人的自律的自由”之“确立”，阻止民族苦难意识激生个人苦难意识的两大历史镜像——“传统性”和“意识形态性”再次浮现，“道德理想主义”与“文化保守主义”仍然在遗忘中谈论着民族和人类的未来。[②] 或者，“换句话说，人家（指西方学者——笔者注）已经过了思维方式、思想情绪的现代转型，从而在学理建构上十分自觉而明确‘防范两极化的自律机制’乃当今社会理论的‘拱心石’。而我们连不甚了了的现代哲学还象热过了的旧棉袄弃置在80年代。90年代‘解构’了一阵子、‘后学’了一阵子便痛感道德家园的失落而欲重建民族精神以拯救21世纪。如此迅速地‘变脸’，恰好显示了‘板结’与‘沙化’两极摇摆的本土性或国民性。”[③] 直面当下诗歌批评的糟糕现实，我们不能不沮丧地承认，张志扬经由“创伤记忆”对当代学风的反思仍然没有过时，经过20年的思想开放，中国诗歌界究竟沉积了哪些“属己的”生长点，也并未得到应有而深入的探讨。

有鉴于此，笔者认为，当代诗歌批评迫切需要一个建立于理解现代性悖论机制与合法性危机之上的理论出发点，除了必要的学理准备，诗歌批评界尤其需要一种防止理论自以为是的本体论化的自我反省与检测意识，在此基础上真正养成宽容的生活态度和精神素质，真正开放我们的诗歌观念。也只有以此为前提，才会最终避免对于诗歌实践的非此即彼的价值判断和道德声讨，才不会简单化地将一些诗人对诗歌艺术/“技术”的专注或“探险”视为与“精神”无关或截然对立的道德“原罪”，也只有这样，自1980年代以后才逐渐得到恢复与建立的现代性诗学意识与视野不

---

① 布勒东：《第一次超现实主义宣言》，参见柳鸣九《未来主义·超现实主义·魔幻现实主义》，中国社会科学出版社1987年版，第242页。

② 参见陈剑澜《缺席与偶在》，《二十一世纪》网络版2005年4月号，总第37期。

③ 张志扬：《现代性理论的检测与防御》，社会科学文献出版社2000年版。

会因激进的“颠覆”而后退，现代诗学问题的复杂性与现代汉语诗歌建设的深幽微妙，也不会因为“形式主义”的轻慢解读而消失无迹。我们的诗歌批评家才不会因为有社会历史批评的前理解而轻易地“凌空一跃”，拒斥和鄙薄以语言论为背景的文本主义各话语，直接滑入接受美学、读者批评和文化研究，[①] 最终，在这个相对主义的多元对话时代，寻找到能够深入复杂的现代诗学内部，呈现与揭示现代诗歌建设深幽微妙之处的更宽广更富张力的话语方式。

（原载《江汉大学学报·人文科学版》2007 年第 6 期）

① 金元浦：《重构一种陈述——关于当下文艺学的学科检讨》，《文艺研究》2005 年第 7 期。

经验的处理

桑　克

一

经验的处理是我一直思考的诗歌问题之一。我不认为通过一次比较深刻的讨论，就能使之获得比较完善的解决。所以我的目的并不是解决它，而是使它成为一个值得关注的或者一个值得思索的问题。这对于我们这些写作者来说，尤其对我来说，是非常重要的。

经验的处理，表面上只是一个小问题，而其实呢，它是一个牵涉极广的大问题。我甚至产生了这样一种可能有点古怪的认识：它仅仅是一条认识的线索，仿佛一条贯穿项链珠子的绳索，把它单独拎出来，就能构成一个现在还不能命名的完整的东西。换句话说，如果我强调的不是“经验的处理”，而是“想象的方法”，那么这条贯穿珠子的绳索就会发生一点改变，接下去的景象，顺理成章也就可能随之改变了。我说了，这只是一种认识，事实是否如此，尚须更多的有效检验，我暂时不做检验，而是坚持把这个问题思考下去，不管它是绳索，还是仅仅作为诗歌整体之中的一颗珠子，思考本身可能更重要一些。同时，我也明白，比喻都有一定的局限性，它只是为了说明问题的某一方向，而不是为了指明——这就是问题本身，或者仅仅是为了以更多的相似性来说明精确究竟是怎样的一种工作状态。

这次我不想再像从前一样，先做大量的案头工作，然后条分缕析，反复比较，删汰繁芜，并将之写成学术论文的严谨样式——不仅时间不允许，而且我的选择也不允许。所以这次我的想法不过是把思考的过程，把思考的一些初始状态写出来，可能有点粗糙，或者只具有一些轮廓性质，甚至有不少表面的矛盾与不合理之处——这个我倒是不担心，它们会构成继续思考的台阶。只要你有耐心，你就会保持一贯的严谨。所以目的仍旧不是为了求得一个结论，而是为了从中获得更多的有益的思考、思考的思考……这样可能更有价值或者更有意义。这和探讨问题的初衷也是相当吻合的：在思考之中促进我们的写作，也许由此能够提出进一步的具有一定价值的诗学问题，或者达到一个前所未有的深度或者一个相应的境界。

先不说经验有多么重要及其所适配的范围，还是简单地梳理一下经验的定义，几乎所有的讨论都是从定义开始的。当然存在个人性质的定义，但是我们的讨论是必须从公共定义开始的。这是讨论的基础。如果没有这个基础，所有的讨论就沦为自说自话，表面上热闹，而实际上谁也不挨着谁，这样的讨论，对于我们这些中年写作者，可能是非常不必要的。

在这个基础之上，可能会形成一些猜测性质的或者其他性质的构想，即对经验进行有机处理可能是这个时代的一个诗学特征。这是由两个方面完成的，一个是经验本身，一个是处理方式。还有没有其他方面的，则有待于进一步的思考（与现代性有关）和想象。

二

《简明不列颠百科全书》中与经验有关的词条[①]是：经验法则、经验之歌、经验主义。

经验法则主张经验是知识唯一的源泉，我们对哲学不做讨论，暂时关心的还是对经验这个概念（由词而升格为概念）的理解。经验法则之中对经验做出的狭义理解是，它“仅包含直接的感官知觉”。这个理解是生理性质的、肉体性质的、个人性质的，这个理解层面对于一个诗歌作者来说，可能就是直接书写自己的生理、肉体、个人，或者至少是从这个出发点来写，或者将之作为一个表现的方面，或者主题，诸如此类。如果细化区分，可能还有视觉的、听觉的、味觉的、触觉的……还有就是所谓的感觉、直觉，综合性质的知觉，这时，就有进入意识层面、梦境层面或者神秘层面的可能性。这时的诗可能就通向其他的方向或者道路。这可能对某些认为经验是死板一块的人是一个不小的打击。经验原来并非那么单纯。

① 《简明不列颠百科全书》第 4 卷，中国大百科全书出版社 1985 年版，第 426—427 页。

埃利蒂斯说过，“超现实主义极其重视感觉”①，当然可以由此探讨经验与超现实之间的关系，而在一般意义的理解上，经验与超现实之间似乎并没有什么特别密切的关系，这样说显然是有一些问题的。而在我的理解之中，我们的写作所涉及的经验确实没有特别强调感觉的部分，而是倾向于经验的其他含义，比如平时所说的经验，“这个人很有经验”“这个人经验丰富”，等等，此处显示的经验是指一种依靠积累而获得的可以反复使用的具有某种规律性的行为与意识，甚至指经历过的动作以及与事件相关的知识与记忆。但是我还是想思考一下经验与超现实的问题，这可能对我们保有更为开放的思路具有积极的作用，而不至于使我们过于封闭。米沃什说过：“我相信五种感官，直接面对赤裸裸的事实，但是在我和我所看见的和所接触的之间，隔着一层玻璃——我的自然观……”② 这一方面证实“感官”的现实性的必要，同时也确立了它某种独立性的地位。而将超现实的某种含义与经验相联系的工作，是由对米沃什这番言论的背景所做出的评述承担的。罗伯特·霍尔伯格是这么说的：“在纽约，对纯经验的崇拜有其政治意义：它意味着反对乌托邦的意识形态。”这就和自由主义传统联系起来，乔治·奥威尔、以赛亚·伯林、阿伦特、米奇·尼克……它同时也为诗歌的自由主义寻找到了基本的方法。而我的想法还包括，如果没有意图，超现实就容易沦为乌托邦，所以得以成立的超现实必有意图；如果弃除超现实的方式（我们正是这么选择的），那么就要选择可以信赖的经验基础。甚至不经过筛选，而把它仅仅作为一个朴素的出发点，甚至只忠实地记录矛盾的经验或者其他难以把握的经验本身，它至少意味着真实（首先是具有倾向真实的态度，其次是锻炼书写真实的能力。真实与经验，从某一个角度来说，可以互换），甚至是未来可能发生的感染力。

路遥的《平凡的世界》之所以被我推崇，其中一个要点就是他忠实地记录了他本人其实并不理解的一些具有矛盾性的经验。正是这一点使他在认识与技艺几近不堪的情况下超越了一个时代。我们其实也可以这样，将不理解的东西写下来，仅仅作为经验。不要怕它会颠覆你的价值体系，

---

① 王家新、沈睿编选：《二十世纪外国重要诗人如是说》，河南人民出版社 1992 年版，第 157 页。

② 萨克文·伯科维奇主编：《剑桥美国文学史》第 8 卷，中央编译出版社 2008 年版，第 172 页。

或者你表面化的人生。直面人生，其实也包含直面经验这一部分。张爱玲之所以能在《秧歌》中把乡村经验写得如此透彻，不仅因为她具有敏锐的洞察力与描写真实的写作能力，更在于她忠实记录乡村经验本身的愿望。米沃什是高度重视个人以及时代经验的，而霍尔伯格则以敏锐的洞察力，发现他的经验处理与反乌托邦相关。而我们恰恰是反对乌托邦的。换成我平常说的话就是，写我们自己此时此刻的生活。而超现实的内容其实也是我们的生活，它的技术部分是意象与幻景的交织，与我们处理经验的主要方式是不同的。但是我们应该看到它的妙处，即使不把它当作另外一次机会或者一个发动机，至少把它当作一个独立的思路。所以我们应该正视某些人的批评，比如来自顾彬的批评。我们是否正视我们的时代，是否承担反乌托邦的责任，并在基本层面的工作之外，是否写出属于自己的独立的诗学贡献，而这些贡献往往体现在处理经验的方式之中……我们周围存在不少误解和偏见，或者以偏概全，或者干脆盲视，但是不必为之辩解，我们只要知道我们需要承担自己的责任就是没错的——还是需要这么干，而且要更大声地更有深度地……至于经验筛选之后更为丰富的或者高超的方式，留到后面再讲，我们暂时回到经验概念的梳理之中。

经验法则之中对经验的广义理解是“包含感官印象和内省两个方面”。从我的理解出发，感官印象是余留的东西，属于心理状态，并且具有回忆的性质，那么这个回忆最后肯定是通向历史的，因为记忆往往就是历史的碎片（从语源学上说，记忆是艺术或者诗歌之母。由此说开来，我们必须摒弃以反对怀旧之名而怀疑回忆之必要性的说辞；必须摒弃某些出于一种肤浅的迷信意识和资格意识而抛弃关于死亡的思考程序，他们荒谬地认为诗人只有到了晚年才能拥有思考死亡的资格，甚至嘲笑年轻人和中年人思考死亡是矫揉造作——说明他们从童年时代起，生命观就出现了严重的问题，而这是具有相当代表性的功利的中国人的问题，而迷信多少是出于一种缺乏依据的关爱，这倒是可以理解和谅解的）。关于这方面的价值评估，暂时不做展开阐释，只想强调一下，这个理解的范围与我们的工作范围更为接近。这是我们的选择，就如在狭义理解的范围之内，往往是超现实主义者工作所及之处，但是我们仍旧可以在某一局部使用他们的方法。具体怎么使用，需要在实践之中反复琢磨，并以实际的阅读效果校正之。而内省是什么？自己对自己说话？自己分析？或者嘟嘟囔囔……这好像接近理性的方式，与经验的感性基础形成不小的差异。是的，我想说的就是这个，经验的处理有相当一部分是理性的，或者说主要的部分是理性的，甚至包括抒情这一看似感性的技术形式，当然不排除即兴的成分或者感性的成分（不受意识控制的身体带来的，而出现的结果有可能让"意识"这个家伙也感到惊喜。这种快乐在写作之中甚至超过了那些可以预期的快乐，我们有时把它当作神的或者神秘的启示。这是完全可能的，但是这多少与我们保持意识的敏感性有关，与我们丰富的经验处理方式有关，与长期的不间断的劳作、工作有关，从而使身体能够独立而偶发/非连续性地工作。同时我们也需要知道，这种快乐只可以期待而不能沉溺，更不要谋求以不健康的方式获取。这不是一般的选择，而是一个分野，是我们与垮掉派之类生活工作方式之间的一个彻底分歧）。正如经验与知识的关系。我们必须知道回忆与内省是经验的一部分，必须知道这部分仍旧建立在对经验概念的狭义理解基础之上。

注重各个方面的勾连，目的不是为了不确定或者怀疑，而是为了真正的有所凭依。因为并不存在一首容纳宇宙的诗，所以我们完全可以放心地在一首具体的诗中实现我们的想法，甚至是一个极其微小的想法。在这里，着力关注的正是经验的处理。

《经验之歌》指的是威廉·布莱克的同名诗篇，可以对照布莱克另外一篇名作《天真之歌》。从我的理解看来，天真具有自然与幼齿的味道，经验可能包含人类成长（不是成熟）的意思。对照只是为了说明的方便，其实它们完全可以存在于一个人的身上，或者一首具体的诗中。这就是说，我们需要将任何可能出现的元素挑选出来，促使它们之间相互碰撞，看它们能否产生闪烁的火花。多年以前，臧棣在一封信中曾经谈及碰撞的认识。那么将天真与经验碰撞一下有何不可呢？可能碰着碰着就能产生一点什么。这样的诗歌实践确实存在。同时，它无中生有的乐趣正是写作应有的乐趣之一，而且是创造的发现的乐趣。

经验主义是一个庞然大物，一句两句说不明白，只拣其中与我们关系密切的部分说几句，算是找到一点有效的支持。我们的引文在大多数情况下都属于这种状况，但是"尽量保持完整"可以使之避免庸俗性与功利性的发生。经验主义的对立面是唯理主义，置换到诗歌中，就是我们处理的材料不是理论，而是经验。这点必须辨析清楚。如果处理理论，就不在诗歌范畴之中。如果偏要说唯理诗，偏要举宋诗作为归属理论的实例，虽然可以找到不少反驳的理由，但是又有何益？还是说说诗歌处理的东西是什么吧。当然主要是经验。这是不是唯一的呢？好像还不能这么说。但从经验主义的构架来说，确实是唯一的，因为我们确实不处理理论，或对理论没有本质的兴趣（千万别把一种对语言自身的某类富有机智性的处理方式误会成对理论的处理）。但在诗歌构架里，经验可能不是唯一的。这是我的感觉还是我的实践？可能只是我的个人选择，一个不错的甚至是重要的选择，但是的确不是唯一的选择。这可能就是我的一个清醒之处。每个诗人必须确立一个基本的东西，然后根据自己的兴趣和能力做出选择：诗歌处理的对象究竟有多宽？经验占据的一席之地究竟有多大？

那么处理经验的方式呢？理性成分……陈述、描绘、反讽、悖论、隐喻、用典、抒情……即使将这些处理方式熔铸于本能之中，其理性成分依然故我，比如语言逻辑的重要性（破坏语言逻辑是同一向度的反面）是不能不表明的。如何处理诗歌的经验？不仅涉及具体的写作技术问题，还涉及理解和认识的问题，比如，如何先行剔除天赋和先验的部分（天赋可能并不需要讨论，但是如果将它们与经验结合起来观察，情况就会变得更加复杂）；如何理解进入神秘或者天赋的范畴之后，人力作用变得有限……

三

将大量的生活信息或者社会信息、常识、知识，作为经验的一部分纳入诗歌中，至少会使作品具体而生动，当然有时概括性也是必要的。但是大多数时候，具体的、细节的东西，会起到更好的表达效用。

> 泥土呵，请接纳一个贵宾，
> 威廉·叶芝已永远安歇……
>
> ——奥登《悼念叶芝》，穆旦译[①]

写具体的人，写具体的人名，总比笼统的指代更出色。这里存在相关的信息，尤其是具有一种比较广泛的关联性，因为文化大多与关联性有关。比

① 穆旦：《穆旦译文集》第4卷，人民文学出版社2004年版，第468页。

如，特定的名词可能显示当时某种敏感的历史状况。这是历史从词中体现的一种方式，更不必说一个更大一点的细节，或者狭义层面所说的经验（植物名称或者某一敏感词、新造词所代表的）——不必说提炼的或者特殊的、典型的细节或者经验，也不必说自成体系的用典——只说个人经历的具体事件或者生活的某一片段（比如卡文纳所写的爱尔兰大饥馑，而我们的大饥馑又是谁写的呢？这比登山更值得书写，比无聊更值得书写，当然它们并没有等级之分。值得与否出于一个少有人迹涉及的发现）。且不说没有强调的获得经验的过程，没有言及的经验本身所包含的丰富内容，语言本身其实也是经验的组成部分，甚至看起来比较极端的表示：意义在哪里？意义就在语言所在的地方；灵魂在哪里？灵魂即意识，存在于神经系统，语言所在之地只有灵魂的影子……那么换到奥登身上，他的作品就足以代表他这个人的一切，他处理的全部经验其实就是他全部的世界。经验的边境线画在哪里，世界的边境线就画到哪里——

> 你们想干什么？建立正义的城吗？好，
> 我同意。或者立自杀公约，浪漫的死亡？
> 那也不错，我接受，因为
> 我是你们的选择和决定：我是西班牙。
>
> ——奥登《西班牙》，穆旦译[①]

西班牙内战史出现在奥登的边境线之内。如果历史缺席，那么这些诗句就是历史（陈寅恪之以诗证史）。如果历史早已存在，那么这些诗句照样可以作为独立的诗句而在美学方面产生影响（这在当代某些美国诗人身上表现比较明显，而实际情况可能没有这么单纯。再比如阿拉伯的达维什，可以阿多尼斯与之比较，怎么建立一个更合理的诗歌格局）。所以，美学影响是诗的目的之一，而历史是它的经验所带来的一个阅读效果。这里的差异是明显的。诗史的中心词，在我看来，不是历史之史，仍旧是诗，虽然我把历史看作一种非常重要的经验。所以使用或者处理经验的时候，怎么选择经验的材料以及如何使之成为一件独一无二的艺术品才是更重要的。事无巨细当然不可能，而及时或者偶然地记下几笔

---

① 穆旦：《穆旦译文集》第4卷，人民文学出版社2004年版，第487页。

现在的历史碎片，现在看来没什么，等它的色泽变黄，或者变成“岁月的遗照”（见张曙光的同名诗作）的时候，它的作用就会显现。而更进一步的具有抱负的选择则是，综合性地处理经验（艺术最大化），多层次地处理经验（更具抱负的综合实践）。前者几乎是共识，而后者仍是个人的野心。不同层次地处理经验（历史是一个层面，美学是另外一个更高的层面），肯定会促使诗歌道路更加开阔，当然，它对技术以及前期训练的要求也将变得更高。

如何综合性地处理经验呢？直接筛选是一种方法，去掉某些部分，而保留某些更有作用的部分。按照这个思路，可以针对经验做一些加减法式的处理。这里存在分寸的问题，如果不恰当，这个经验其实就毁掉了，远不如保持它的初始状态更有说服力。这里也存在一个能力问题。筛选能力其实只是一种初级能力。如果不具备这个能力，不如老实地记录经验，从而回到经验的出发点（笨办法或者基本办法）。因为经验的处理在每一个层面上都不仅需要相应的认识能力，而且需要真正的相关处理能力，不仅是结构方面的，还有修辞方面的，或者类型方面的，等等。这些看似简单的筛选，已经比选择一个恰当的字词要困难得多了。而诸如选择恰当的字词这类所谓的小事，已把不少当代写作者烤出了原形。

合并是另外一种综合性的方法：将几个经验融合，组成新的经验，或者单一地将两个或者几个经验并置，通过对应物（象征）、通过隐喻（修辞），而使主要经验获得延伸的深度。比如西默斯·希尼正在做的——

> 我的食指和拇指间
> 夹着一支矮墩墩的笔，
> 我将用它挖掘。
>
> ——《挖掘》①

以铁锹挖掘泥炭，如同以钢笔挖掘心灵。这里既有代码问题，相互可以代替，同时又有并置成分，通过一个相似点“挖掘”而使本来不相干的双方联系起来（与此相似的更为复杂一点的写法是互写，即将甲事物写成乙事物，或者将甲事物的特征赋予乙事物，展开，从而使之焕然一新，并

① 西默斯·希尼：《希尼诗文集》，吴德安译，作家出版社 2001 年版，第 8 页。

且有所发现）。这种写法在当代中国同样存在。这是一个可以因循的方式，可以将之纳入个人传统之中。同时，我们也应明白，它构成了某种挑战——创造真正具有原创性的东西。这就需要一种或者数种新方式。而新方式来自改造——将原有的东西细腻化，使之偏移，或者来自真正的另起炉灶——这些可就没有说出来这么容易了。

典型的成熟的处理方法，就是戏剧性的方法。这方面有不少典范，远的有艾略特、奥登、拉金、米沃什、布罗茨基、希尼……近的如张曙光、孙文波、柏桦、萧开愚、西川、臧棣、黄灿然、西渡……而除此之外，综合性方法，包括它与叙事诗的关系，都面临着向更深的深度走的问题，也就是说，如何使经验的处理达到一个更深的深度？将经验和什么联系起来更有效？经验的戏剧性（艺术性与表演性、表现性、片断性）首先是不能祛除的，它的表现形式多样，而且具有创造性（与戏剧有关而本质不同），而非戏剧性能否再考虑一下？我的思路是什么好东西都不能放弃，只是在一首诗的具体写作之中，只能做出与之匹配的更合适的有限选择。经验的戏剧性，本来的遗产就非常丰富，可以进行总结、归纳……实践中的丰富性也非常明显，而非戏剧性肯定比戏剧性更开阔，尤其在它成功弃除初级问题之后。而叙事诗，探讨空间更大。所以我说，经验表面只是一个小问题，其实却是牵涉广泛的大问题，当代诗歌问题几乎都与它有关，技术、认识、理解、模型、深度、向度……

因此必须对经验处理的复杂性有所准备。它牵扯到这么多的问题，需要这么多的能力，不是简单罗列体验或者经历这么节省的，小到嗅觉是否敏感，大到综合写作能力如何，比如抒情能力能否适应经验的处理？能否多层次地在一个事物之中设置彼此呼应的基础？归结一句话：我们的选择，我们的写诗，其实就是在经验的记录基础之上进行创造。

也许你觉得我说得似乎乱了一点，我倒是认为其中的内在逻辑其实是相当清晰的。而且我想，随着讨论的开展以及思考的继续进行，至少表面的逻辑会逐渐形成，固定下来的东西肯定变得更加固定，清晰起来的东西自然变得更加清晰。当然，我更期望产生新的困惑，新的问题，或者其他不能确定的什么东西，或者从中找到一个人所未知的新的着眼点，它会把我们的思考，把我们的视域引向一个更为辽阔的所在。

杰伊·赖特说：“诗歌的目标，不管以前的还是现在的，总是将批评性和创造性的观点附在扩大的经验领域之上……”[①] 赖特的表述：

第一个是经验领域存在扩大的可能性，也就是说，在我们自己的经验之外仍然有着更多的扩张经验的空间。而以往我们只是依赖自己的经验，即使自己已经清晰地意识到这种经验的局限性所在——在没有找到更好的办法之前，这确实是可以依赖的经验基础——我想起反复阅读过的艾略特《安德鲁·马韦尔》中所说的：“才气或许还包括一种认识（这种认识是每一种经验的表现形式都能暗示出来的），即认识到世上还存在着各种各样的经验，个人的经验并不是独一无二的。”[②] 所以我们依赖个人经验，但又不迷信个人经验。我们可以向更广大的公共经验讨教，或者想象细腻的非公共经验（包括大量的其他个人经验，从观察之中得来的，从阅读之中得来的，新闻……诸如此类）。

第二个就是观点都是附着于经验之上的，这不仅验证前面所说的理论与经验的关系，而且在更换角度之后，可以发现从经验本身就能推导出观点，这里的观点并非理论之中的观点，而是属于纯粹的诗歌的东西，或许叫它观点并不恰当，早期可能叫感受，或者以批评的或者议论的形式出现的一种认识、判断，或者是抒情性的感叹——我说过抒情能力对经验处理是有帮助的，或者它完全能够成为处理方式之一。或者只有在这样处理的时候，你才知道这种抒情是怎么产生的，不管事前还是事后，你知道就表明你不是盲目的。盲目的事情大量存在，这里可能存有个人习惯的问题，但是谈论的时候太容易成为一种借口了。

第三个就是创造性的问题。经验本身给人的感觉是比较老实的、直接的，似乎放到那里就能产生一种力量，而不必理睬骚扰性的，或者陈旧或者琐碎或者没什么的误解。而筛选之后，往往会有一种新鲜的气息。其实无论新旧，它们都是可以通向创造性的道路的，这就给写作者提出了挑战，你是怎么挑选或者筛选经验的，你是怎么处理的？我反复强调，处理是真正的核心，是不是一首杰出的诗，主要在于处理，比如结构设计、句法或者跨行的分寸感、修辞是否合理、多方面的考虑是如何进行的，还有语调、语感这些更为细腻的类似黄昏之际不断变化的光线那样的东西。最后呈现

① 萨克文·伯科维奇主编：《剑桥美国文学史》第8卷，第172页。

② 托·斯·艾略特：《艾略特文学论文集》，李赋宁译，百花洲文艺出版社1994年版，第45页。

的可能不是想象性的，但却一定是创造性的东西，即使是记录，也是创造性的记录。而想象则可能是促使经验上升为艺术的又一种处理方式（除筛选、合并以及戏剧性、综合性的方式之外）。罗伯特·洛厄尔就承认，他的“诗中除了自己和偶尔提到的一些真人外，大部分都是想象的”①。

四

创造性的记录不仅存在，而且充满乐趣，尤其形式的变化，会使所谓的记录发生根本性的改变。某些甚至只是表面性质的文字游戏，经过这样的编织、这样的构成之后，也能达到一种意想不到的人文深度。这就是经验处理的创造性，或者说一个更为明确的词汇，就是原创性。同样的登高，古人经典甚多，我不信写不出原创的东西来。一切只是能力问题（在《谈艺录》里，我们看到了古代诗歌之中太多的相同语义，在以彼此类似的字句形式传承与改写，属于一种完全不足取的方式）。面临已经写出杰作的领域，其实就是面临难度的挑战。一个写作者，其实即使身处空白区域，也同样面临难度的挑战。你甚至必须学习或者发明语言。这话可能只有把人逼急了才会说出来，否则就过于自负了，而骨子里却是极其无奈的，就像讨论常识问题一样。其实，更值得追寻的是深度问题，或者现在所说的创造性问题。

艾略特在《传统与个人才能》中提过：“诗歌把一大群经验集中起来……”集中就是一种处理方式。艾略特继续说：“诗歌的集中并不是有意识地或经过深思熟虑而进行的。这些经验并不是‘回忆起来的’，最后当它们在某一气氛中化合在一起时，这种气氛只有在这个意义上才是‘平静的’，即它只是消极地伴随着化合的行动。”② 这几句好像是在反驳或者批评我前面所讲的某些东西，核心就是“集中”不是有意识的，不是深思熟虑的。而我似乎更加强调经验的处理是有意识的。虽然我没有说过这需要深思熟虑，但是强调了思考和理性的重要性确是无疑的。我这里确实存在与艾略特的说法不同的地方。虽然我极服膺艾略特的见识，但是

① 王家新、沈春编选：《二十世纪外国重要诗人如是说》，第498页。

② 托·斯·艾略特：《艾略特文学论文集》，李赋宁译，百花洲文艺出版社1994年版，第10页。

我必须说，我的这种考虑是出于一种主动的行为。在实际写作中，肯定是存在无意识状态的，这里的无意识不是弗洛伊德所说的无意识，而是一种自己认为自己没有主动意识到的心理状态，也就是俗语说的“我写的时候没有想到这个”。我的意思是说，你有意识，或者你深思熟虑可能对你的写作更有帮助，可以让你有所把握，尤其在写作之前。如果事后这么想也是可以的。如果没有意识，或许集中这种行为根本就不可能发生。我以为艾略特道出了创造的部分实际，但是有点儿放纵或者过于被动的意思。还有就是“不是回忆起来的”，而我认为经验的许多成分，恰恰是回忆的。从写作的实际出发，回忆恰恰是经验的一个重要出发点，而且我还要强调，它并非要取缔现在的眼前的经验。

化合这个词意味着某些神奇元素的存在，而艾略特的原词是 unite[①]，大意是合并，这其实应该是一种更为精确一些的译法（我在前面强调过，合并是一种重要的处理经验的方式）。在另外一个译本[②]中，将这个词译为结合也是相当合适的（杜国清也将之译为结合）。如何合并这些经验？有一个俗词——整合，可能与这个合并有那么一点关联。我与艾略特的这种冲突，他自己在思考之中可能也意识到了，他在后面接着刚才的话说：“当然这还不是全部真相。在诗歌写作中，有许多东西必须是有意识的和深思熟虑的。”事实证明也是如此，在《荒原》中，艾略特对经验的处理具有明显的主观意识，说他深思熟虑则恰如其分。

我不是俄国人，原籍立陶宛，是纯德国种。
我们小时候，在大公家里做客，
那是我表兄，他带我出去滑雪橇，
我害怕死了。他说，玛丽，玛丽，
抓紧了啊。于是我们冲下去。
在山中，你会感到舒畅。
我大半夜看书，冬天去到南方。

——《荒原》[③]

---

① Selected Prose of T. S. Eliot, faber and faber, 1975, p. 43.

② T. S. 艾略特：《艾略特诗学文集》，王恩衷译，国际文化出版公司 1989 年版，第 8 页。

③ 穆旦：《穆旦译文集》第 4 卷，人民文学出版社 2004 年版，第 378—379 页。

艾略特对经验的剪裁和选择可以说是非常精心。而在《阿尔弗瑞德·普鲁弗洛克的情歌》中，他写的犹如副歌一样咏唱的诗句，“黄色的雾在窗玻璃上擦着它的背/黄色的烟在窗玻璃上擦着它的嘴”，则体现出另外一种处理经验的方式，一种对称的、富于音乐性的方式。

不管主动的还是被动的，促进你的写作才是更为重要的。而对处理经验的认识、方法以及相关实践，只是试图解决一些更大问题的前奏，不仅涉及叙事诗的问题，可能还关系到诗歌目标之类的远大问题。由此看来，还有这样一些类似的诗学题目需要思考，比如诗歌与中国性的问题、中国旧诗资源与当代诗歌传统的问题，或者“分节诗”与“非分节诗”的问题、音韵的灵活使用与基本依规的问题、翻译问题（广义的和狭义的）、诗歌技术的总结和新技术展望的问题……同时，将越来越多的类似思考转化为能够进入具体写作的有机物质，从而使写作的延续性、独立性和创造性更加明显、更加强劲，并且促使我们的作品能够日益接近梦寐以求的理想境界，进入一种自如的创造性的大快乐之中。

（原载《诗探索·理论卷》2012 年第 2 辑）

诗与现实的对称

宋　琳

一

2008年10月，我应“帕米尔文化艺术研究院”之邀，与十几位中外诗人在黄山开了两天会，专门讨论了“如何回应现实”这一问题。我赞成美国诗人哈斯先生的观点，现实无所不在。但在这里我们遇到了困难，即现实是可定义的吗？我想我们称为现实的东西主要是指作用于主体的东西，它具体到遭际、事件、时代语境对个人语境的影响，等等。现实无所不在，但现实境遇却因人而异，因文化、政治，甚或语言态度而异，不存在一种无差别的现实，或对主体而言，不存在衡量现实的同一性标准。举例来说，与会的每一位诗人都只能根据个人心灵成长史及诗学观对现实作出自明性的阐释。

什么是当今中国的现实？或什么是当今世界的现实？我想没人能够回答，因为此类问题过于宏大了，但这样去设问又是必要的。问乃是思的开始。我们无法回避的，来自物质世界、人类制度和政治现状的压力与限度，对诗歌原创力的挑战越来越严峻，而市场经济的潘多拉魔盒打开之后，诗歌自身的关系体系和评价体系受到了巨大的冲击，我担忧，诗歌的生存已进入了新一轮的危机。当代诗歌同现实之间关系的张力，使得“如何回应现实”的设问变得急迫，我再重复一遍：它既涉及对现实的评价，又涉及对诗歌自身价值的评价。在像人口一样高度密集型的、复杂、活跃、混乱、多变的现状面前，诗人的选择主要有两种：其一，成为新的隐逸派，“不事王侯，高尚其事”（语出《周易》），以便在语言中自处；其二，向屈原和杜甫学习，关心天下事，且能够“随时敏捷”（语出杜甫），从而不使亲历者的历史记忆与见证散逸于语言之外。二者的交互影响或许还产生出第三种，即着眼于启示未来的，更博大的综合，它们取决于诗人个人的抱负与时代的机遇。

诗歌要在现实之上建立一种更高的秩序——这是我所理解的超越。但词语的世界是否如瓦雷里所言，是“与实际制度绝对无关”（《纯诗》）的世界？如今我不再信奉年轻时信奉过的纯诗理论，唯美主义也不再能吸引我。洞见纷繁现实中被遮蔽的真，忠实于内心的感受，在诗意魅力被用罄的地方，重塑语言的诗性品格是诗人更重要的使命。无疑，儒家诗学中的美刺观念依然适用于回应现实，但赞美不是粉饰太平，批判也不是情绪的放纵，诗歌的核心价值体现在将现实中的否定因素最终转化为肯定因素，还给人以尊严。

“试着赞美这个遭毁损的世界”——波兰诗人扎加耶夫斯基这行诗表达了人在苦难的现实面前最基本的优雅，而优雅乃是人类精神中勇气、牺牲和高贵的最美的体现。

二

我们对诗歌与现实的关系的看法，最终是价值观在起作用。一直存在着两种不同的判断，持诗歌有用论的观点认为诗歌是一种有为的艺术，郭店楚简中“诗，有为为之也”的残片，似乎是这种始于先秦的观点的新证据；持诗歌无用论的观点则相反，认为诗和美的事物一样，唯其无用，才带给人愉悦。

当我们思考诗性，我们就是在试图给诗歌一种适合于我们所处时代的定义，而处在一个中心离散的时代，诗的定义只能从个人的角度作出，正如巴门尼德所说：“思想是多出一点的东西。”关于诗的个人理解对于以往的定义而言也是多出一点的东西，如果它不是重复或因袭了传统观点的话。对现实的思考这方面也具有同样的针对性。

重建诗歌与现实的关联，是当代诗歌写作的一个重要向度，它首先是克服“语言幽闭症”的一种努力。“语言幽闭症”是不及物写作的习惯性后果之一，自从罗兰·巴特说出“写作乃是一个不及物的动词”这样的惊人之语，发端于俄国形式主义的诗歌自足性理念也被提升为一种天堂体验般的文本欢愉的个人乌托邦之境。不及物写作在罗兰·巴特那里是与个人写作立场紧密联系的。他在《声音的种子》中写道：

> 两百年来，由于哲学和政治文化的影响，我们养成了过分推崇笼统的集体主义的习惯……我想，我们恐怕不应该被社会上广泛流传的这种集体超我道德以及它的责任、政治介入这些价值吓住吧！我们可能更应采取让人不快的个人主义立场。

或许是不谋而合，或许是对一种影响的积极呼应，“个人写作”理论在1990年代的中国内地的诗歌写作场域中业已成为主导的声音。诗人欧阳江河的话很像是罗兰·巴特的回响：“在转型时期，我们这代诗人的一个基本使命就是结束群众写作和政治写作这两个神话：它们都是青春写作的遗产。”尽管在语言策略上与知识分子派相异，关于个人写作，民间派诗人也持有肯定的态度，于坚认为：“从意识形态的说什么，向语言的如何说的转换，写作成为个人的语言史，而不是时代的风云史。个人写作是从语言的自觉开始的，第三代诗歌通过语言在（20世纪）五十年代以来第一次建立了真正的个人写作。”（《穿越汉语的诗歌之光》）

这种对个人性的辩护也呼应了美国诗人史蒂文斯的观点：“把诗歌定义为一种非官方的存在观。”（《必要的天使》）在史蒂文斯看来，哲学的真理即官方观点，我想他是就官方意识形态的普泛性和强制性而言的，诗歌作为一种生命自由的允诺，通过书写赎回了它的基本权利，或者说书写本身是对生命自由的纯粹个人的看护。我想史蒂文斯的观点可以引申为：哲学的真理是抽象的、普遍的，而诗歌的真理则是具体的、个人的。进一步的问题是，诗歌的个人定义是否不受历史语境的限制？换句话说，以文本欢愉的快乐原则为旨归的诗歌能否在历史的痛楚面前安然自处？个人写作是否理所当然地属于不及物写作？

这里，我们再一次接触到诗学的核心问题。即诗的精神性是具体行文中“变言语信息为艺术作品的特性”（雅各布森语），还是美学经验与现实经验在言说中最大限度的对称？当代诗歌写作在援引西方虚构论诗学和儒家有为论诗学时在此遭遇到两难。虚构的诗学功能在于凸显诗歌作品的生产，即诗成其为诗的经验转换的技艺过程这方面，对于任何一个成熟的诗人而言应该不存在多大的争议，然而，在以虚构为首要原则的诗中，如果恰如雅各布森所说，“为日常语言和情感语言所共有的交际功能，被压缩到最低限度”[1]，那么，是否意味着现实因素及其对日常语言和情感语言的渗透也被最大限度地排除在这种极端形式的文本之外呢？我们知道语言净化是“纯诗”的目标，而且当代汉诗写作在此向度上确实大大得益于马拉美，然而恰恰是马拉美忠告说，他那一代人的努力，年轻诗人应该转移转移方向了，尤其是在虚构论诗学被结合进重建本土诗学的迫切需要加以考虑的当代语境中，从诗歌的梦幻功能这一乌托邦的背面回到诗歌的见证功能之现实条件，我想是一个必要的重临。

三

诗歌拥有某种见证功能，就是说，诗歌这种无用的艺术在超越实用主义的倾向上对我们真确感知世界是有用的，诗人感知世界的方式来源于世界赋予他心灵的无穷奥妙，诗人恢复感知世界的完整性的努力，校正了我们对世界的日益破碎的感官印象，和沉沦于日常性中的混乱的经验组织。见证是对现实的灵视，是穿越恶统治的黑暗地带抵达善统治的光明地带的一项幸存者使语言得以幸存的运动，现实主义的机械反映论不足以揭示见证这一在20世纪背景下具有特殊意义的作为幸存者的诗人的特殊使命，我想同样不能适应已经到来的21世纪。米沃什在《诗的见证》中说，见证是一种诗歌的目睹，这意味着诗歌在本源上是对现实的隐微之物的深切洞察，用儒家诗学的表述即“诗可以观”。

这一来自孔子的观念曾经被传统现实主义理论所夸大，例如，汉人将“诗可以观”的要义解释为“观风俗之盛衰”（郑玄），结果是诗学的进程被纳入史学的进程，这一占统御地位的思想建基于诗人的原初身份与史家不分的上古文明状态，所以直至晚清仍有“六经皆史”之论（参龚自珍《古史钩沉论（二）》），而梁启超曾强烈批评明道、经世的主观之运用使两千多年来“史家之信用乃坠地”。诗学言说与历史言说的差异是后者以信用为唯一的尺度，故不应该有主观之运用，尽管从主体的角度看，“一切历史都是历史学家的历史”，历史学家与王国维所谓“客观之诗人”相似，而抒情诗的作者这一“主观之诗人”不受历史事实的限制则是理所当然的。然而，诗学言说同样存在信用的需要，“美言不信，信言不

---

① 转引自《热奈特论文集》，百花文艺出版社2001年版，第95页。

美”的悖论可能既是语言的也是诗歌的悖论，这就提出了古老的真实性的问题，如果从诗歌的立场为诗辩护，说诗歌的真实性不同于历史的真实性，显而易见地是强调了诗歌的主观之运用，诗人享有此自由，虚构论诗学从亚里士多德“诗人的职责不在于描述已发生的事，而在于描述可能发生的事”（《诗学》）的经典定义开始就已为此自由提供了理论基础。但诗人总是具体时代中的个人，经由历史事实激发的情感，即美刺的主观反映，在诗篇中可以被敏锐的知觉所辨识，“乱世之音”“治世之音”或“亡国之音”虽不能涵盖诗歌中的个人的声音，因为诗歌中的个人的声音并不是时代的声音的简单回响，但如果我们赞同“任何语言都是一种反射行为”，我们就会从发生学的角度重新思考“物不平则鸣”这一类比性的诗学起点。集体记忆作为潜存的普遍经验是通过个人记忆的怀旧式反思来构建的，个人记忆更是对集体遗忘的最后的提抗。

正如策兰的诗因“奥斯维辛之后还能写诗吗”的质疑而同一个特定的历史时段对应起来，杜甫的诗也因安史之乱后的个人命运而同“世运”交织在一起。两位诗人对自己所处时代的现实感受均属于“穷于时，迫于境，磅礴曲折而不知其使然”（钱谦益）。诗人的历史意识在中国诗学史上的重要性可以从杜甫被尊为“诗史”见出，晚唐孟棨的《本事诗》称杜甫“逢禄山之难，流离陇蜀，毕陈于诗，推见至隐，殆无遗事，故当时号为诗史”，明末清初文人钱谦益也认为像杜诗那样“诗中之史大备”的古今之真诗，乃是“萌坼于灵心，蛰启于世运，而茁长于学问”（《题杜苍略自评诗文》）。大凡处于社会动荡和转型时代的诗人，在现实的巨大压力下，对“世运”的关切，都会促使他们的写作从冥想的类型转向感时的类型，杜甫安史之乱后所作诗歌的自传性，的确承载了历史记忆，使诗歌成为心灵敏捷地回应现实的一种特殊的证言，杜甫的高贵是体现了儒家的有为论诗学精神。

从冯至一代诗人到我们这一代中的许多诗人，以杜甫的作品为诗歌的见证功能之伟大范例，并不能说这是一种回归现实主义的倾向，而是一种更大的整合。我不是说现实主义错了，而是基于现实主义对诗歌自身特性的排斥，至少当它被冠以革命和批判的名义时，它几乎成为官方意识形态对挑选的“现实”和首肯的诗歌的定义。“以诗证史”不妨作为“诗可以观”这一儒家诗学重史观念的另一种表述，但我们毕竟不能将诗人之言等同于直陈其事的历史言说。诚然，诗歌中的情感事件渗透着历史——不仅是作为最近的历史的现实内容，还有作为风俗的长时段的历史，不过，历史叙事或神话传说中的原型若不经过常规经验向美学经验的转换就不能成其为诗学言说，所以，“以诗证史”或它的现代表述的实质，并非意味着将诗歌降格为现实的脚注与标签，而是对遮蔽于纷乱现实中的真相的揭秘，忠诚于感受和忠诚于技艺两者可以确保诗人完成在诗中重构历史真实的职责。

四

扎加耶夫斯基在题为《在雅典和耶路撒冷之间》的访谈录中说：

> 我想我尽力所做的，是利用历史，以及通过某种方式将历史涵盖到抒情的时刻里。我想我的诗多是截取历史的事件或历史的疼痛，然后试着从中找到某种人性的东西。因为抒情总是人性的。所以，它最后也许会揭开难解的历史；这是一种打开历史的方式，将历史转化为悲剧性的愉悦时刻。

同一篇访谈录还提及了茨维塔耶娃的一篇文章《有历史的诗人和无历史的诗人》，扎加耶夫斯基将自己归入“有历史的诗人”一类，这使我想起经历明朝覆亡的大历史的钱谦益的“有诗”和“无诗”之说，他认为我们在谈论诗的技巧之前先需谈论“有诗无诗”，来自个人身世的复杂经验从而“盈于情，奋于气，击发于境”的文字是“有诗”之作，不体现个人的“灵心”与“世运”之关联的文字只不过是无病呻吟，所以称为“无诗”。他还提出了“诗之义本于史”（《胡致果诗序》）的命题，以“千古之兴亡升降”的历史关怀为诗学言说的本源，在此观念基础上，进而将只讲性情的诗归入“诗人之诗”，而具有历史意识的，综合性情与学问的诗归入“儒者之诗”。值得关注且可能并非巧合的一个现象是，1990年代末发生在中国内地的那场诗歌争论似乎重现了这两种诗歌类型在价值观上的交锋，我猜测“民间的诗”和“知识分子的诗”或许可同“冥想的诗”和“感时的诗”相类比，引申言之，它们之间的差异大抵相当于王维和杜甫的诗与他们同时代的关系的差异，最终是诗学理想的差异。

历史意识不同于怀旧，虽然怀旧的情感会强化历史意识并将它延伸到更久远的过去，但历史意识同时是对现实的意识，主要是现实的忧患、焦虑或具深度的抵抗。当代幸存者诗人的一项道义承担与历史上的“遗民”诗人一样，是致力于修复历史记忆。法国年鉴学派历史学家布劳戴尔曾经强调：“历史纯粹是重建——重建，这是一个关键词”（《历史科学与社会科学：长时段》），重建意味着作为历史中的个体和历史事件中的亲历者对历史叙事的介入，否则，历史就可能荒漠化，处于转型期的诗人尤其面临着历史记忆被篡改所导致的伴随巨大虚无感的心理现实。西川的文章《文化记忆与虚假的文化记忆》涉及这个问题，他说：

> 在中国历史上，过去和现在，出于政治的需要，对于记忆的篡改屡见不鲜。经王莽篡改的儒家典籍甚至已经生根在我们的文化记忆当中。既然过去被篡改的记忆对我们文化的走向产生了深刻的影响，那么我们现在对记忆的篡改将来也定会产生同样深刻的影响。

这里传达的是对一种潜在的隐患的关切。治统凌驾于道统之上并利用权力使得道统变成了伪道统，这种历代“人主”以篡改的方式抹去记忆的“苦心奇术”，龚自珍曾经有所发现，并感慨地指出“论世者多忽而不察”。哪怕是圣人的历史叙事，例如《春秋》，也难以像先儒所期待的那样，真正做到使“乱臣贼子惧”。诗人个人的声音在我们的时代与公共事务如此疏离，要求诗干预实际的历史进程肯定是一种虚妄，何况诗的伦理从来就不是政治伦理，诗人只能在“诗人何为”这个从浪漫主义时代开始的追问中继续写作，用词语抓住曾经震撼我们心灵的过去，因为一切启示都来自过去，“通古今而观之”的诗人之眼很像本雅明的历史天使，“他回头看着过去，在我们看来是一连串事件的地方，他看到的只是一整场灾难”（《历史哲学论纲》），过去正是通过历史中的个体的记忆而活在当下，对过去的召唤并不是抓住某些历史事实不放，而是要将历史的反思上升为智识，从而探究它对未来影响的深度，《易》言“智以藏往，神以知来”，藏往即知来，致力于“将历史涵盖到抒情的时刻里”的诗歌，是治疗心灵伤痛的挽歌，只有在对灾难的不断的勘探中，人性才有望从放逐中回归。“抒情总是人性的”，在我看来是对在语言和心灵中幸存的诗歌的最富人性色彩的辩护。

当代诗从追求极端的先锋立场后退，转向重建语言与现实的关联，的确是带有紧迫性的新发现，而不是向缺乏美感和抽象能力的现实主义的回归，也不像一些论者所说的那样，是对“抒情立场”的舍弃。叙事只是抒情诗的一种技巧，为文本提供一个深度模式或结构性的框架，使行文达到与真实经验平行的稳定，模拟性叙事是将历史寓言化的方式，应该有能力处理与人性相关的主题，与时代良知的主导方面相关的精神性主题。词是对物的测量，对灵魂的存在和可能世界的勘探，诗人的工作与土地测量员的工作有其相似性。诗作为纠正的力量，在与现实的抵牾中，尤其在悲剧性体验中才有高贵可言。

五

词与物的关系让我联想到阿喀琉斯与乌龟的赛跑那个著名的芝诺式悖论，词指向物，但永远不可能抵达物，换句话说，写作永远不可能追上现实，因为现实总是变动不居——从寓言的意义上说的确如此。“语言幽闭症”就像一个穆比乌斯怪圈画出了书写行为自身的限度，“指不至”——这个庄子早已发现的命名学难题，意思正好也是词到达不了物。然而，从相反的方向，即从写作发生学的角度看，现实不仅渗透到文本中，而且经常是写作的动力之源，当现实的否定因素强大到对表达自由构成威胁时，个人写作这个常识被重新提出并获得广泛认同，意味着以个人神话取代意识形态神话的内在诉求，在我看来，多少是从1980年代的反英雄回归到诗歌精神的英雄主义，写作作为个人救赎在此向度上重新确立了心灵合法性。“语言幽闭症”很可能是欧洲唯美主义运动的后遗症，当虚构世界被视为最高真实并与生活世界失去关联，写作的不及物性也就成了金科玉律。词与物关系的悖论或许可以这样去理解：“写作”这个动词是不及物的，但写作行为则是及物的。虽然“语言的自治王国要过它自己的特殊生活”（曼德尔施塔姆语），并不妨碍诗人在诗中或直接或间接地表明他对语言和现实的态度，我猜测这也是西川将他的新诗集取名为《个人好恶》的一个原因。

西方虚构论诗学重视诗与思的关系，大抵在现代哲学的语言学转向中，经由海德格尔等人对诗歌的新阐释，重现了诗与思的同源；中国有为论诗学则将诗与史并举，“诗之义本于史”的观念自先秦始已形成一种诗学传统（《管子·山权数》篇干脆称“诗所以记物也”），欧美诗学中处于主导地位的虚构观念长久以来被认为是与中国诗学之美刺、教化观念相对立的，从“上以风化下，下以风刺上”（《诗大序》）到“文需有益于天下”（顾炎武），儒家道统始终将诗学言说当作关乎伦纪的救世论工具来看待，所谓“风发乎情”，故寄望于诗的教化。主张诗歌价值自足的虚构论诗学与着重于匡时经世的有为论诗学的根本差异，或许是前者关心语言的内部关系，而后者关心语言的外部关系，一种综合的新诗学应该既关心语言的内部关系，也关心语言的外部关系。而从发生学角度看，“怎么说”并不能取消“说什么”。

当模仿被翻译成虚构，诗语自足的纯诗理论终于在20世纪的西方被发明出来，瓦雷里的下面一段话总结了虚构论诗学的基本态度：“诗人的使命就是创造与实际制度绝对无关的一个世界或者一个秩序，一种关系体系。”（《纯诗》）正是在这里词与物被分离为两个世界。于是，能指与所指的断裂被视为现代性的标志就是顺理成章的了，词成为能指的剩余，环绕自身空转，在这一朝向极端的进程中，词由于丧失了命名的能力而沦落为物，我之所以使用“沦落”这个词，是因为物的原始状态即无名，而当一个不恰当的比喻被运用于某物时同样不能将它从无名状态中拯救出来，不恰当的比喻作为半词半物的混合体，充其量不过是人的精神在歪曲性想象的机制中上演的变形记而已。福柯指出：“人们也许甚至可以说，词在变得恰当之前是形象化的：这就是说，在词被一种自发的修辞力量散布在表象上之前，词几乎不拥有作为特殊名字的地位。诚如卢梭所言，我们可能是在指明人类之前谈论巨人。船最初是被帆所指明的，而心灵，‘灵魂’则一开始就获得了蛾的比喻。”（《词与物》）但词与物之间的“譬喻学空间”并不会在首次命名之后而不再拓展自身，词的命名冲动——当我们把词理解成历史和文化的主体——就像一种乡愁冲动那样具有自运动的连续性，无限地接近着有待被命名的可见世界和不可见世界，“灵魂”这一物不会因为“一开始就获得了蛾的比喻”而不再现身于别的词语。恰当的命名不是在能指链上增加一环，而是对中断的能指链的一次修复。陆机所谓“恒患意不称物，文不逮意”的三段论，在词的命名行为“文”与命名对象“物”之间设立了一个必要的中介“意”，这一作为意指结构的三项结构，处于中心位置的内项“意”是将外项“物”转换成另一个外项“文”的中枢（参看宇文所安《中国文论：英译与评论》），我认为陆机标举的“意”就是“譬喻学空间”，它的转换生成在中国古代诗学传统的理解中是不可穷尽的。而“语言幽闭症”是脱离词与物转换生成的循环之后的一种失语症，因此所谓“不及物写作”要么是一个错误的命题，要么终将在“譬喻学空间”远离具体语境限制的道路上耗尽词语本身。

六

将亲历者的历史见证“毕陈于诗，推见至隐，殆无遗事”是一种诗学难度，历史上可能只有杜甫等极少数诗人真正追求这一难度。追求难度也就是追求伟大，“至隐”当然不会出现在平庸的作品中。沿着孟子“以意逆志”“知人论世”的思路，我们今天依然可以推见过往的伟大诗人个人心史中的至隐，因此可以说至隐乃真诗之宅。在中国“隐曲的写作传统”（哈金语）中，诗歌是历史记忆在语言中的珍藏，伟大作品能够获得同步性资格而继续对千年之后的我们说话，这业已证明灵魂工程的超时空性，它不会因为一个诗人之死而终结，恰如王夫之在《诗绎》中朴素的议论：“天情物理，可哀而可乐，用之无穷，流而不滞，穷且滞者不知也。”

而以当代的立场观之，诗与现实的对称亦是历史经验（包括写作传统中的经验）在当下的重临，所谓“主观之诗人”的“主观之运用”，一方面表现为诗人写诗即是为诗辩护；另一方面则表现为对任何个人介入历史叙事的合法性的辩护。我们只能从这两个层面上去理解王国维所谓“邻于理想”的诗，否则，想象性的虚构在文本效果上努力制造的逼真性依旧会被轻易地误解为诗的真实本身。形式有好坏而无真假，作为整体呈现的诗则有真假。我认为王夫之对“现量”这一引自佛典的诗学概念的三种基本义的阐释值得推荐给当代读者：“现者有现在义，有现成义，有显现真实义。现在不缘过去作影，现成一触即觉，不假思量计较；显现真实，乃彼之体性本身如此，显现无疑，不参虚妄。”这里，他将无时间性、直觉和主客妙合无间的参禅方法运用于参诗，“不假思量计较”之说是与司空图、严羽等人的诗学观相承接的，但王夫之倾向于诗人运用主观尺度对世界进行的“现量”，本质上是主客体的相遇，只有在“不参虚妄”的相遇中，真实才得以显现。这使我想到博尔赫斯在解释贝克莱“存在就是被感知”命题时所打的比方：梨子的滋味不在梨子本身，也不在味蕾，而在于两者的结合。诗人观照世界的“主观之运用”是有其限度的，语言的机境固然与事境不同，但机境必然是心境（传统诗学称为“志”“情”“意”者）与事境的邂逅，所以一首诗的机境以“身之所历，目之所见”为其限度，王夫之称此为“铁门限”（见《夕堂永日绪论》）。

在上文提及的黄山会议上，美国女诗人希尔曼（哈斯先生的夫人）谈到“现实”一词的拉丁语词源 res，意为被给予的事物，她还认为维特根斯坦“语言是现实的边界”的观点颠覆了柏拉图“现实是理念的影子”的判断，但现实本身有其神秘的一面，诗是与为现实的表象所遮蔽的不可见事物、神秘事物的对话。引申而言，诗人的职责是潜入存在的深处探测“现实的边界”，并为未曾命名的陌生的边界地带设立标志。文本中的现实与实际生活中的现实可以相互渗透——这只不过是一个被重提的常识，完全不具备现实针对性的虚构就有可能成为孟子所说的遮蔽真相的“诐辞”。我所读到的东欧诗歌在处理现实时将历史叙事寓言化的方法是有观念作为基础的，说到底，现实的态度不可能不影响文学的态度。例如，下面这句斯洛文尼亚诗人托马斯·萨拉曼的诗是虚构的：“托马斯·萨拉曼说，俄国人滚蛋！他们就滚蛋了”（《箴言》），但不能说诗中的情感也是虚构的，因为没有作为亲历者的真实情感经验，就不可能说出这样的话，它表明，诗歌既是外部事物的见证，也是内部事物（不可见事物）的见证。对《圣经》语式的模拟增加了这句诗的情感强度，有教养和正义感的读者会被某种瞬间拓展的“譬喻学空间”引导向积极联想，并在价值认同方面产生情感呼应。

现实的未来向度取决于转机，有为的诗歌应该是变化之转机的发现和预示。与王夫之同时代的文人方以智将历史学命名为“通几之学”，当代诗学中的历史个人叙事，也是与未来那可能的现实之未知事物的对话。《周易·系辞传》有言：“知几其神乎？……几者，动之微，吉之先见者也。”本雅明的向后看的历史天使是对总是向前看的乐观主义的必要的纠正，致力于重建敏感性的诗学言说，在后集权时代和全球化语境构成的现实压力下，将良心与政治融入美学领域，并非不需要可以观测天道与人道之变化的灵视参与其中。

（原载宋琳著《俄尔甫斯回头》，北京大学出版社 2014 年版）

内在于现代诗的公共性

唐晓渡

一　质询和疑虑

一个感觉有点奇怪的题目：看起来像正题，读出来像反题，仔细想想更像一个悖谬。之所以有这样的感觉，当然和中国的特定历史语境有关，首先和某种集体的“创伤记忆”有关：由于长期受大一统意识形态的支配，当代中国诗人，尤其是先锋诗人，对“公共性”一词往往持有某种特别的警惕。其次，由于当代中国人文公共空间的发育和拓展在无从摆脱的受控条件下一直步履维艰，而且往往采取被扭曲的方式，20 世纪 90 年代以来更是被权力、财富和急剧膨胀的大众消费文化合谋造就的、以“娱乐至死”为特征的“平面化”潮流所挤迫，因此，正像人们在日常生活中常常无视“权力”和“权利”的界限一样，在当下的中国语境中，“公共空间”和“公众空间”也往往被混为一谈。这样的空间有时也会向诗人发出邀请，前提是作为点缀或陪衬，以更加突出那些长袖善舞的作秀政客、脑筋灵活的商界精英以及企业巨子、体育明星、影视大腕、超级男女，总而言之，那些真正的“大众情人”。在这种情况下，即使是头脑最清醒的诗人也有理由对“公共人”的说法感到犹豫不决，因为他无法判断，这到底是一种褒奖呢，还是一种贬损？

或许首先应该厘清“公共人”的本义？但即便如此，疑虑大概也不会消失。按照笔者的理解，所谓“公共人”，是指具有公共精神，能基于敏锐的问题意识，超出个人或所属社团的利益进行思考和行动，并在公共空间内得到普遍认同、被社会共享共用的人。这一理解虽然较之一些更为谨慎的说法，例如罗尔斯的“交叠共识观”或“最低限度的最大可能性规划”多出一点理想色彩，但想必不离左右。问题在于，诗人和“公共人”之间究竟是一种怎样的关系，尤其是在同一个生命个体内部？或者换一种问法：一个诗人究竟在什么情况下会被视为一个现实的而不只是意欲中的“公共人”？几乎所有的诗人都会同意或乐于同意自己既是一个“为人类工作的人”，同时又是一个“永远的孤独者”，这二者之间难道不存在一道深渊，一道似乎是不可逾越的鸿沟吗？如果答案是肯定的，那么就需要进一步追问：他是怎么越过这道深渊或鸿沟的？他真的越过了这道深渊或鸿沟了吗？

二 传统诗歌中的公共性

中国诗人对诗歌中的公共性问题从来就不会感到陌生，因为中国不但有着伟大的诗歌传统，而且有着悠久的“诗教”传统。所谓“诗言志”，所谓“《诗》三百，一言以蔽之，曰：思无邪”，所谓“诗可以兴，可以观，可以群，可以怨”，都体现了某种内在的公共视角。主导中国传统社会的是儒家文化，儒家文化的理想人格是致力于道德完善的“君子”，世界上恐怕还没有哪一个民族，哪一种文化，曾经像中国传统文化那样，把诗置于造就“君子”的六门功课即“六艺”的首位，并且把包括诗在内的人文之道，作为一种“大德”在本体论的意义上提到“与天地并生”的“自然之道”的高度。对传统诗人来说，公共性大概不会成为问题，就像诗的合法性、诗人的身份不会成为问题一样。所有这些作为背景和资源，都提示了诗歌中公共空间的可能域限和纵深。

三 新的地平线

然而我们却必须立足一条新的地平线，重新探讨内在于诗歌的公共性问题。这条新的地平线就是对现代性的追求。

至少存在着两种性质完全不同的对现代性的追求：

一种是指从工业革命以来，伴随着工业化、都市化，一直到现在所谓“全球化”进程的现代性，用奥克塔维奥·帕斯的话说，那是一种世界性的追求。在中国，这样的追求以成为现代民族国家为首要历史目标。它又分三个阶段：一是以实现国家统一过程中对权力的角逐，计划经济模式的工业化和社会工程论意义上的管理理念所导致的政治垂直支配；二是以经济建设为中心所导致的“新丛林法则”；三是商业主义、消费主义的盛行。虽然在追求过程中也有迷失和幻灭，然而这种“现代性”的追求至少目前仍然是一股不可抗拒的潮流。这使得现代人成为现代性的打工仔和“人”的抽象化、贫乏化、“单维”化。

另一种现代性与前一种现代性既彼此平行又相互龃龉，更准确地说，是建立在批判前者的基础上，其要旨在于对被前一种“现代性”的追求所遮蔽、所遗忘的更广阔的“生活世界”（胡塞尔）或“亲在之在”（海德格尔）的揭示和守护，重建人与自然、世界和自我的有机联系。我们可以一般地说这是一种追思、追问存在的“现代性”，也可以在极端意义上称为“反现代性的现代性”。西方自浪漫主义以来，中国自五四以来，尤其是自 20 世纪 80 年代以来，对这种现代性的追求同样形成了一个自身的传统。由此定义了诗歌自身的“现代性”，并导致了现代诗相对于传统诗在诗的本体、功能、诗人身份，包括内在的公共性等一系列问题上的分野。换句话说，现代诗的公共性问题从一开始就内在地包含了对前一种现代性的质疑和批判。和传统诗歌不同，现代诗的公共性问题是一个开放的概念。

四　个体发生：探讨现代诗公共性的独特角度

探讨公共性的前提之一是文化和价值的多元化和多样化，但是，往往正是在相对封闭和单一的历史语境中，更能体现出诗歌的公共价值。另外，如果说公共哲学所要探讨的是某种“交叠共识观”，是“最低限度的最大可能性规划”，那么，大多数诗人可能会对之退避三舍。因为诗人更看重的是个体的主体性、语言的独创性，是发出个人无以替代的声音。由于历史的原因，在当代中国，“公共”对一个诗人来说更近于一个贬义词。

但正是从类似的悖谬或误解入手，可以径直切入有关现代诗公共性问题的讨论。在某种意义上，诗人是从追求现代性的历史进程中分离出来的最早的“个人”，而诗一再被边缘化意味着诗人越来越成为启示性的“个人”。社会政治和伦理意义上的公共性重在建立理性、健康、公正的公民社会和国际秩序，现代诗的公共性则重在锻炼敏感、丰富而活跃的个体心灵。正如没有合格的公民，就谈不上公民社会的建设一样，没有一颗情思丰沛的心灵，就不会有真正合格的公民。现代诗的公共性本不待于公共哲学的发育，事实上它一直在作为个体的诗人或诗歌读者内部发生。而之所以说现代诗的公共性是内在的，是因为它始终以先于而又不同于一切公共语言的方式，发生并作用于个体的心灵。西默斯·希尼的一句话恰好在美学和伦理两个层面上同时触及了问题的核心，那就是“在一念之间抓住真实和正义”。这是现代诗存在的自身理由，也是诗人不可让渡的自由。是他唯一应该遵从的内心律令，也是他作为公民行使其合法权利的最高体现。

五　“诗语”的公共性

“诗语”不仅是一种独特的语言系统，而且本质上是超越语言的，是一种“不可言说的言说”。“诗语”来自沉默并倾向于沉默。这里的“沉默”和弗洛伊德所发现并揭示的“本我”“潜意识”或在地层下奔突的岩浆互为隐喻，喻指生命和世界内部那看不见的、未经揭示的，或被压抑、被遗忘、被忽视的部分。我们也可以说它是一个“潜世界”，这个世界较之受所谓“公语”和“私语”操控或它们自以为能操控、在操控的表象世界远为博大深邃。它更加生生不息，并且如同海德格尔所说，有着“被看见”“被揭示”的自我要求。诗人的职责就在于运用最恰当的语言方式，赋予其可见、可感的形式，帮助它完成并重返这一自我要求。在这一过程中被创造，或者说被发明出来的所谓“诗语”因此而迥异于所有既定的、现成的语言系统，不但与意识形态话语格格不入，也与日常话语、传媒话语和知识话语不在一个层面上。它最显著的特征就是生命本身的特征，可以用一个字来概括，那就是“活”。因“活”而有表情、有体温、有韵律，因“活”而生动，而空灵，而复杂多变，而意味无穷。相比之下，意识形态或意识形态化的语言是僵化以至“茧化”的语言。日常语言虽然有时也很“活”却因过于随意而显得芜杂。至于传媒语言和知识语言，则或受限于背后的利益驱动，或受限于过于明确的传达目的，而无法摆脱其先天的狭隘和机械。这里，“诗语”的独特性和“潜世界”本身要求不断被揭示的普遍性互为表里，它往往源于“灵光一闪”的瞬间，这一瞬间是“诗语”和“潜世界”相互照亮、彼此揭示的瞬间，也是其公共性的根本所在。重大事件、社会“热点”中当然也蕴藏着有待诗去发现和揭示的公共性，但诗更应该关注日常生活中那些未被察知的领域，被遮蔽、被遗忘的领域。我们对世界、对自身的了解，其实只是很小的一部分。通过诗语的瞬间照亮，让我们看清楚周边的包括我们自身内部的黑暗，并意识到自己的无知。还有什么比这更大、更重要的公共性呢？

从这一角度看“诗语”，尽管可以也应该被纳入“公共话语”的语境，但其本身却不是一种“公共话语”，至少不是我们通常所谓的“公共话语”。“公共话语”要求透明、清晰、确切，而“诗语”相比之下则显得含混、游移、充满可能的歧义。“公共话语”更多地诉诸理解和煽情，以特定时空的公共约定为其域限，而“诗语”则更丰富、更深邃、更具有美学特质，并因此能更久远地作用于人心。它不仅意指“非诗不能”的语言方式，而且意指个人风格的强烈印记。无论某一公共问题怎样尖锐和紧迫，牺牲诗美和个人风格都不必是一个诗人不得不付出的代价，除非他需要借公共性掩盖其美学上的无能，因为他完全可以采取其他方式。反过来，一首即便是具有充分公共性的好诗，其中也必定有无法以公共方式解读的、类似隐私那样的语言成分。也许我们可以说“诗语”是一种处在“个体”和“公共”的临界点上，而又反身包容了二者的语言，它的“公共性”基于其“自性”而又回到自性，而这种“公共性”不是后设的，而是原发的，所谓“人人心中有，个个笔下无”。这就是诗人为什么有时显得像是一个预言者，而西班牙诗人希门内斯为什么要把他的诗“献给无限的少数人”的原因。

现代世界的混乱、分裂、单维化、大机器化使“公共话语”的重要性更显突出，同时也构成了对“诗语”的新的挑战。事实上，诗人和社会、和读者的关系从来没有像今天这样隔膜，这样尴尬。在社会普遍漠视甚至排斥诗歌的情况下，诗人怎样一方面忠实于内心，忠实于那“潜世界”的要求，另一方面又使自己的作品能自由出入“公共话语”的语境，参与公共空间的拓展、公共哲学的建设，这确实是一个值得认真探讨的问题。

六　破除权力的符咒

关于现代诗的公共性有着广阔的探讨空间，但如何破除权力的符咒仍然是最重要的支点或枢机。哪里有霸权，哪里就有公共性。“人和权力的斗争就是记忆和遗忘的斗争”（米兰·昆德拉）。中国近三十年来的历史语境发生了巨大的变化，但“权力之眼的逼视”或诱惑仍然是横亘在个人和社会之间的一个不可回避的问题。“权力”和“权利”在汉语中发音相似，现实中也每每混而不分。一方面是权力的泛滥，另一方面存在着大量“匿名的大众”。权力话语成为被权力施加了符咒的公共话语。基本的问题情境可从语言层面上归结为发话、受话的结构和发话者、受话者的关系。极权社会特有的权力结构是受话方必须直接或间接、被迫或有选择地回答 Yes 或 No（拒绝回答也是一种回答），由此决定了发话者、受话者的关系是垂直、任意支配（前极权社会）或弹性、终端支配（后极权社会）的控制、受控关系，这成为体制内或体制外（非体制化）写作的分水岭，即能否破解这种由权势所规定的关系以及强权和商业主义、消费主义混而不分的“联合专政”。真正的自由写作则是从根本上超越这种单向的权力支配关系，使发话/受话的结构和发话者、受话者的关系成为一种多向互动的过程，由此不断扩大诗的公共空间。

七　问题和可能

中国当代诗歌，尤其是先锋诗歌一直在以自己的方式拓展其公共空间。“精神自治”以语言的方式尝试着权力和现实的双重博弈。今天已不再会有哪一位诗人宣称要“给公众趣味一记响亮的耳光”，而更多的是“只为自己的阅读期待而写作”“以亡灵的声音发言”，并希望用“影子作者、前读者、批评家、理想主义者、‘语词造成的人’”这样一种“多重角色”构成的“自己”，确认其作为诗人的“真实身份”（诗人欧阳江河语）。现代诗必然疏离那种既在、了然、自明的“现实”，这早已不是什么秘密。某种程度上尚属秘密的是它所“追寻”的现实——体现为文本的、可由创造性阅读的不断参与而不断得以自我揭示的现实。这样的现实既是其独特的公共空间，也是公共性的生长之地。一味地指责现代诗“脱离时代”“脱离现实”是没有根据的，真正值得重视的是如何建立与读者的创造性互动关系。一种以对话和潜对话的方式，由作者和读者（包括批评）共同完成的相互教育和自我教育，自我拯救和彼此拯救成为新的“诗教”。这里的“对话”同时包括和特定语境中的“他者”对话，和内部分裂、冲突的自我对话以及和渗透在这二者中的历史和传统对话。对话不仅意味着面对共同的问题，应对共同的挑战，建设共存的精神生态，而且意味着相互尊重个性和差异，意味着活力与能量的彼此交换和汲取。

不同于一般的公共知识分子，现代诗人本质上是一个个人主义者。然而，正如“真正的个人主义是一种关于社会存在的哲学”（哈耶克语），真正的个人主义者也以触摸、揭示和守护被遮蔽、被遗忘、被异化的“生活世界”，探索把日益彼此疏离的生命个体、社会文化和自然环境重新结为一个整体的可能性为己任。这是自由和使命的辩证。内在于现代诗的公共性意指：诗歌不只是一种个体经验或想象力的表达，或一门古老的语言技艺，它还是人类文明一个不可或缺的精神维度。

［原载《郑州大学学报》（哲学社会科学版）2014 年第 1 期］

中国当代诗中的词与物

——以1990年代为中心

王东东

一

中国当代诗中“词与物”的争论由来已久，并且形成了其独特的含义，尤其在“九十年代诗歌”的自我建构中更是如此。“九十年代诗人”普遍将1989年作为中国当代诗歌的一个“分水岭”，譬如欧阳江河就如此声称：“一个主要的结果是，在我们已经写出和正在写的作品之间产生了一种深刻的中断。诗歌写作的某个阶段已大致结束了。许多作品失效了。”[①] 按照其描述，“某个阶段”的“许多作品”除了海子、骆一禾式的“精神高蹈”的写作，还包括既有的政治和意识形态“对抗”式的写作。而对这一时代的转变，欧阳江河的建议是“过渡和转换必须从语境转换和语言策略上加以考虑”[②]。这里提到的考察方法其实已经暗中决定了考察的“内容”和最终可能的发现，抑或说，这一方法本身就是对论述对象的精深而世故的概括，正如欧阳江河的论述所表明的，“语境转换”其实是将1989年后的诗歌放在了“语言学转换”这一“特殊”的“语境”里来观察，他在同一页中毫不讳言：“语境关注的是具体文本，当它与我们对自身处境和命运的关注结合在一起时，就能形成一种新的语言策略，为我们的诗歌写作带来新的可能和至关重要的活力。”“语境关注的是具体文本”，这一迅疾的转接让秘密暴露无遗：有关诗歌的时代整

① 欧阳江河：《1989年后国内诗歌写作：本土气质、中年特征与知识分子身份》，参见欧阳江河《站在虚构这边》，生活·读书·新知三联书店2001年版，第49页。

② 同上书，第54页。

体面貌的“过渡”的“语境转换”被不易察觉地转换了，而代之以对诗歌中“词与物”的语言学的价值承诺和技术分析，但这未尝不是“九十年代诗歌”出场和退场的一个没影点。

由此，欧阳江河所谓诗歌转变的三个线索，无疑是对诗歌中“词与物”关系的细化处理，其核心部分是“线索之二，本土气质：语言中的现实”，它虽然强调“具有本土气质的现实感……不是在话语的封闭体系内，而是在话语与现实之间确立起来的”，但这更多为了突出“本土气质”，还是无法掩饰鲜明的结构主义化了的语言论色彩：“写作者希望借助改变作品的上下文关系重新确立写作的性质”[①]，“……文本的场景，它所指涉的现实是文本意义上的现实，也就是说，不是事态的自然进程，而是写作者所理解的现实，包含了知识、激情、经验、观察和想象”[②]。至于“线索之一，中年特征：写作中的时间”，“中年特征”现在看来更多是一个“削足适履”的实用主义表达，“写作中的时间”倒是仍在呼唤对写作过程和语言动态的重视，呼唤进入“语言中的现实”，而“线索之三：知识分子身份：阅读期待，权力，亡灵”则是对这种沉潜入写作的诗歌的审美和现实效果的说明，值得注意的是，“知识分子身份”的获得是和其不断丧失道德权威和道德诉求的过程无法分割的，不能够或不屑于做“卫道士”，这些诗人更多地给人留下一种耽于文本愉悦的文人形象，而“亡灵”的问题则意味着，在“文本之外一无所有”的情况下，我们怎样才能重新谈及主体精神的匮乏或丰盈？

也许在这里应该对“词与物”做一番界定，在首要的语言学意义上，它当然是指符号和符号对象的指涉关系，然后才是更广大的文化意义，正如德里达所说：“在审美经验中，我们不是受到物的感动，而是受到符号的感动……如果艺术是通过符号起作用并通过模仿而产生影响，它就只能在一种文化体系中产生效果，艺术理论就会成为民俗理论。……美学符号的效果只有在文化体系中才能确定。”[③] 这是文本固有的解释学上的权利。在“九十年代诗人”那里存在着一个相反的意义缩减的过程，最后只剩下文本指涉可供征引，而相对于“未加省察”的文化真理，这种文本的

---

① 欧阳江河：《1989年后国内诗歌写作：本土气质、中年特征与知识分子身份》，参见欧阳江河《站在虚构这边》，生活·读书·新知三联书店2001年版，第67页。

② 同上书，第69页。

③ 德里达：《论文字学》，汪堂家译，上海译文出版社2005年版，第300—301页。

思想或曰真理对于他们具有更多的优先性。这个过程类似于德里达等“后现代主义”学者的工作，在这个意义上，1990年代诗歌受到了在中国大陆逐渐学科化的文学理论的影响，甚至存在着一种诗歌写作（至少是写作的潜在思想结构）和文学理论的趋同性，甚至诗歌和语言学哲学以及批评散文的同构。这一点在欧阳江河那里最为突出，但他的诗歌又是如何保持特异性并进而“陌生化”的呢？我们发觉，他利用“诡辩”消解了那种过于清晰的“语言学”的逻辑和单一“现代性”的推理结构，和他自己的批评话语拉开了距离，这也让他的诗歌变成了一种诡辩的学问，但却可以揭示时代通行语言中的含混性和矛盾。欧阳江河以诡辩为特征的诗歌语言，是将任何体系都具有的自反性吸收后的“语言效益”，抑或说，他将体系自身的矛盾“内在化”于诗歌之内，从而完成了对更广大范围内的文化真理的隐喻性表达，但是首先，却需要对词与物作一次符号学意义上的“分裂”，在这种分裂的基础上，以一种对称的方式表达存在的整体。

深入语言的伟大内部，并在词与物的辩证意义上，以对称的方式完成对真理和存在整体的表达，不仅仅是我们对90年代诗歌的善意理解，也是1990年代自身的期许，虽然在诗歌实践中，总是存在着不一而足的精神偏差、语言游离甚或现实无力感。张枣的如下两行诗，经常被作为90年代诗歌的“理想状态”来引用：

> 诗，干着活儿，如手艺，其结果
> 是一件件静物，对称于人之境
>
> ——张枣《给茨维塔伊娃的十四行诗》

在这种表达里，“物”被巧妙地转换成了“人之境”，张枣在这里的确对词与物的中介部分保持了一种超然态度，既没有特别强调也没有躲避，这是一个布罗茨基（Joseph Brodsky）式的对诗歌、对语言的人类学维度的强调。在1990年代诗人写下的诗论中，包括张枣自己，则往往没有这么“直见性命”，也与张枣“直接”的诗语相反，而是十足持重和沉稳，表现出难得的学者气。这里我们先看诗人臧棣的批评。臧棣在其可以作为1990年代诗歌“前奏”的《后朦胧诗：作为一种写作的诗歌》中，认为“朦胧诗的语言、语言风格和它所借助的语言规约的真实性，……在后朦胧诗人所意识到的写作的可能性面前消失了”[①]，在这里，语言规约的“真实性”——不巧的是罗兰·巴特有一本书就叫《批评与真实》——成为怀疑的对象，这种解构的声音来自法国理论的语言激进主义，臧棣对朦胧诗的批评真正的后设逻辑起点是“写作的可能性”，臧棣没有像罗兰·巴特那样进一步论述“写作的真实”，也就是将其看成以符号的意指活动为基础的语言象征体系的“真实”[②]，可能在臧棣看来这是不言而喻的。张枣则表露出比欧阳江河和臧棣还要大的雄心，他试图用一种语言学观念“一统”起朦胧诗人和后朦胧诗人，声称前者随后者逐渐演变为“对语言本体的沉浸，也就是在诗歌的程序中让语言的物质实体获得具体的空间感并将其本身作为富于诗意的质量来确立”。并进而提出他个人无比钟情的“元诗”，或“诗歌的形而上学”，‘诗是关于诗本身的”并且显露其“方法论反思与辩解”[③]。这固然有和“诗歌何以延续”问题的关联，但更多是对“文学科学化”（罗兰·巴特语）所包含的语言学思维的极端化和抽象化；在诗歌中，所幸被张枣天性高妙的精神气质平衡住了，不然也许语言效果将极为生硬。然而，不管是张枣，还是臧棣和欧阳江河，他们都共同代表了中国当代诗歌批评话语中的“语言学转向”。

二

张枣的“精确”采用了一种故意“过分”的“科学用语”：“对语言本体的沉浸，也就是在诗歌的程序中让语言的物质实体获得具体的空间感并将其本身作为富于诗意的质量来确立。”可以认为，“语言的物质实体”强调的是“词语的物质性”，而“富于诗意的品质”则又让其脱出物质性的范围。

这种批评话语的企图很明显，亦即重新将中国诗歌与某一种“现代主义”的传统衔接起来，语言学的确是其中一个便利的快捷方式，这也符合我们对西方诗歌和批评的印象，“语言诗”和“语言哲学”都归属于

---

① 臧棣：《后朦胧诗：作为一种写作的诗歌》，参见陈超编《最新先锋诗论选》，河北教育出版社2003年版，第421页。

② 罗兰·巴特：《批评与真实》，温晋仪译，上海人民出版社1999年版，第60—61页。

③ 张枣：《朝向语言风景的危险旅行——当代中国诗歌的元诗结构和写者姿态》，陈超编《最新先锋诗论选》，河北教育出版社2003年版，第458页。

同一个语言本体论模式。然而，中国诗人还要同时面对语言的身份和归属问题，于是又必须宣称写作的“中国性”与“本土性”，正如欧阳江河文章中的标题“本土气质：语言中的现实”以悖论形式表明的。90 年代诗歌也摆脱不了文化政治的质询，绕不开“普遍性”与“差异性”的矛盾，但同样可能将之内化于诗歌语言和诗歌批评话语当中。

实际上，90 年代诗人不光精通他们写诗的语言，还精通语言使用和流通的现实和文化处境，也就是能够预料到他们的诗歌在处境中产生的“效果”：

> ……1989 年持续到 1999 年的中国诗歌，先是沉默、最后爆发的分流，是在急遽变动的社会情势下被动而近乎变态的反应，但同时也是诗人们在词与物的关系上进行的无休无止的辩证的热情的继续，与词语的物质性一道被发现的还有社会的物质性——两个物质性的前后顺序并未颠倒；与激进主义失败、保守主义盛行的时代气氛相对应——与八十年代相比，诗歌中的美学力量和道德力量竟然在最需要加强时由于陷入各自——和对方——的复杂性中而降低了，与中国社会愈加趋向微妙和叵测相对应，九十年代诗歌是一种精深世故的诗歌，但如果不出意外，也可以说终于衔接住了自工业革命以来的技术主义潮流。①

这是一种“混杂”的批评语言，如果说，它对美学话语和社会学话语的并置没有那么突兀，而是对诗歌文本具有一定的穿透力的话——实际上这是诗歌常用的“蒙太奇”手法在批评领域里的自然延伸，有时诗歌批评必须采用类似的诗学方法和思想艺术才能释放出诗歌的力量；这样也可以深化 T. S. 艾略特所谓的“客观对应物”（objective correlative）的诗学含义：必须同时找到诗学在历史和文化上的“客观对应物”；另外，我们现在的确有了一段距离来考察经 90 年代诗歌“消化”过的“历史环境”——那么，它也许把握到了 90 年代诗歌独特的历史和美学的“症候”，将为写作可能性辩护的“超越”的语言观拉回到了现实的地面，而同时，与其说词语的物质性与社会的物质性的彼此关联是批评家的“强

---

① 耿占春、王东东：《“从哪里来，到哪里去?”——从〈阵地〉看汉语诗歌的一个侧面》，《扬子江评论》2010 年第 3 期。

力焊接”，不如说是90年代诗人自己的诗学发明。

另外一点也很有意思，就是对词语的物质性的发现，在多大程度上与社会的物质性并置时才显得更有急迫性和表达力？它是不是有一个与自己的本意悖反的效果，就是在只有找到社会的物质性时才算完成了自己的使命？再有，冒昧一点说，它本身是否是社会的物质性的一个印证呢？在一个对词语的物质性有自觉的时代，人们更为关注词语规约——不仅仅是语言的物质构造，甚至全部意指活动——与物质制度的同构性，在这一方面，它与马克斯·韦伯所谓的社会祛魅过程有一致的趋向，更与1990年代在中国大陆大行其道的统治自然和统治人的技术（官僚）主义有一种同谋关系，那些指责1990年代诗歌有一种“技术主义崇拜”的人，一定是看到了这一点，他虽然作为后发民族国家的居民为此感到难为情，却并没有羞于启齿。

可以说，一方面要强调诗歌语言的普遍性，另一方面强调中国的历史和现实，这个双重意愿左右了90年代诗人。其诗学成果是很好地实现了词的物质性与社会的物质性之间的张力。

“及物”或“不及物”“叙事”与“伪叙述”等内部争论，都可以看成是语言物质性与社会物质性的张力的表现。最终，显然是“及物”“叙事”占了上风成为90年代诗歌的风格标识。其实，这些概念大多是一些“权宜之计”，它们是对90年代诗歌困境和焦虑的隐喻性表达，“及物”与“不及物”关心的很难说是语言能在多大程度上影响和改变现实这个命题，但如果守本分地将它们放在符号的意指活动这个领域内，其对90年代诗歌则又丧失了解释效力。

“叙事”或“伪叙述”不在于成为符号学的叙事分析的对象，倒是意在推动诗歌在话语资源上的开放性和驳杂性，也就是极力“戏仿”社会话语以及以小说话语为主的其他文学话语，从而构成诗歌中“反讽”的声音的来源，这种反讽体现了1990年代在价值观上的含混和不确定。所以，“及物”与“叙事”只能是不稳定的、借用的和暂时的；虽然它们体现出一种试图限定某物的意识，但本身还是缺少限量的狭义的诗学内涵；“叙事”同样如此，除了对广义的诗学（文学理论）概念的借用来的含义，它不能提供新的更为细致的内涵。在某种程度上，这两个概念也暴露出当代诗歌批评的不足。它们是向当代文论“透支”的概念。

从词语的物质性“预言”到社会的物质性，90年代诗人凭借写作占尽了先机，然而，问题接踵而至，即如何克服社会的物质性，开拓出词语的精神性视野？

三

欧阳江河的醒目之处，是形成了一种诡辩（sophism）的诗歌语言，这一方面是对1990年代诗歌重视修辞技艺的扩大和强化，另一方面又是对其可能有的精神品质的外化和显明。抑或说，欧阳江河以诡辩的方式解决了中国1990年代诗歌的内在困境。他的同行在“解决”的方式上各有千秋。比如张枣，虽说在大陆1990年代的现实语境显得有点飘离，但仍执着于将他眼中“存在主义化”了的困境消化到语言内部，归结到“元诗”观念的实践上，其难度体现在他后期诗歌诗意的高密度甚至“密封”。张枣通过极端的语言实验来对应心智的变幻无穷，也就是将个人的“变形”纳入词语的逻辑中，并意欲将二者高效率地快速耗尽以参与和最终达到“玄秘”，为了迎接这种玄秘的到来，个人必须在适当的时候废黜语言实验和心灵机变，正如他两句诗暗示的那样：

> 人，完蛋了，如果词的传诵，
> 不像蝴蝶，将花的血脉震悚。
>
> ——张枣《给茨维塔伊娃的十四行诗》

将词与物、词和人的关系，比喻为“蝴蝶”与“花”的关系，这种对词语“效用”的期待已远远超出了符号学分析，而是直接要求符号指涉的终止，并且由于触及语言和行动，也就是现实世界的“临界点”而引人深思，正是在语言终结处出现了神秘的难以理解的东西，张枣对这个东西感兴趣，就必须首先将他的语言才华以简约的形式挥霍完毕。张枣曾经表达过他对西方式的词与物关系的不满足，① 福柯借助于语言批判宣称的

---

① 张枣在给钟鸣的一封信中说：“……我只想在这儿从‘学术’一词提示中西的一个本质区别：一是‘言志’的，重抒发表达（expression），一是源于古希腊的模仿（mimesis），重再现，重与客观现实的对应。我的诗一直想超越这两者，但我说不清楚是怎样进行的。或许这是不可能的，正如人不可能超越任何生存方式，但欲去超越的冒险感给予我的诗歌基本的灵感。说不清楚，因为这本身是一个极大的先语言现象。”转引自钟鸣《笼子里的鸟儿和笼子外的俄耳甫斯》，参见钟鸣《秋天的戏剧》，学林出版社2002年版，第57页。

“人之死”或“人的终结”也算是它一个暂时的“荒谬”的顶峰：“人是近期的发明。并且正接近其终点。……人将被抹去，如同大海边沙地上的一张脸。”① 可以认为，让张枣不满足甚至发出“警告”的正是这一点，张枣无疑想脱离语言对人的限定，但是他只能找到“一种神秘的难以理解的东西”，这种东西当然又只能是人，看来，必须说，词之生乃我之死，我之生乃词之死。张枣的这一“决断”不一定就让他走上中国古典的词与物的关系，只是在“乐生”的空气里稍微活跃一点而已；很难说张枣有兴趣发明悖论，但他诗歌语言的晦暗和难以界定的性质，他最终得到的玄秘，也正好是人的存在的属性。欧阳江河不同于张枣。但在1990年代诗人中，二人是有趣的一对，比如都对词与物的关系有精深的理解，但在语言风格上张枣倾向于含蓄微妙，而欧阳江河则擅长响亮的发挥。这样不是为了在二人之中一较高下，而是为了深入1990年代诗歌词与物关系的“原质”的散布。

与张枣着重在“词语的物质性”中寻找断若游丝的灵魂的呼吸相反，欧阳江河则更多发现了“社会的物质性”在被一种诡辩的光亮照亮时所留下的坚硬的词语投影。如果说张枣为灵魂——无法言说的言说——的难以显形而偶尔流露苦闷，欧阳江河则轻松地看待这一点，他为尘世的时间找到它在语言上的对应物：一种作为语言隔绝、但是起到语言抵抗作用、并最终自得其乐的诡辩，既不等同于地狱的理智和救赎（的言说）之光无法穿透的绝对黑暗，但又无法升华到天堂中（言说的）真理充盈和完满的状态。如果说张枣犹如《会饮篇》中的狄奥提玛（Diotima），她坚持对苏格拉底讲授在“爱的垂直上升”中人类灵魂的“狂喜”，而其追求的不朽也许只有死亡才能满足，那么欧阳江河则犹如在《云》中善意嘲讽知交好友苏格拉底的阿里斯托芬，欧阳江河不相信“天然的”逻辑表达而宁愿看到他在现实中的悖谬变形。这并不是说，欧阳江河的诗歌在思想品质上就一定超不出诡辩，而是说他的诗歌以及1990年代诗歌都包含有这种倾向，抑或说，只有经过对诡辩的批评才会显现出生活和写作的真实，没有对诡辩的批评，我们固然达不到真理，或者就会丧失对真理的向往，而如果没有诡辩，则连通向真理的机会都没有，所以，对于欧阳江河来说，诡辩只是他的语言机械操作的起点而绝不是顿悟显灵的终点，是他

---

① 福柯：《词与物：人文科学考古学》，莫伟民译，上海三联书店2001年版，第506页。

诗歌的观念艺术而不是智慧的电脑终端。他是最早接触西方文论并一直对理论保持热情的当代诗人之一，但不幸却很快懂得了（不仅仅是文学）理论的虚构性（丸山真男语），故而，如果他想要利用理论的虚构和本源的空无自娱自乐并非难事。如果说他冒天下之大不韪——在其实很难摆脱实用论和功利论的文学反映论的中国——提出了“站在虚构这边”的口号，并非他天性冷漠麻木不仁，毋宁说是他对中国现实的社会历史变化的精心谋划的报复：

> 晚间新闻在深夜又重播了一遍。
> 其中有一则讣告：死者是第二次
> 　　死去。
> 短暂地注视，温柔地诉说，
> 为了那些长久以来一直在倾听
> 和注视我的人。我已替亡灵付账。
>
> ——《晚餐》

“死者是第二次死去”是欧阳江河得意的句子之一。“第二次死去”是因为“重播”，这固然是由于“叙述”和重复叙述产生的幻觉，与其说真实决定和控制着文本中的叙述，不如说是文本的虚构性决定了我们对真实尤其历史真实的体验，但同时也提示在“深夜”可能发生了另一个几乎还来不及叙述的事件，让日常感知和历史记忆都发生了变动：后来的时间改变了以前的时间。欧阳江河的诡辩正好针对了人的记忆，当然也包含与记忆相关的知识（柏拉图：回忆起来的知识）、自我的认识与统一，还有历史；需要注意的历史本身的变化引起的错位感，讣告“重播”之间的时间间隔象征了更广大的历史范围的间隔，也就是时代的惊人变革；这里真正重要的是记忆（错乱）问题，欧阳江河有着惊人的感知时间的天赋，对于此种天赋可能导致的“心理错乱”，他进入“诡辩”游戏以求得解脱；“注视”本身就是认识论命题，“诉说”和“倾听”的却是一种“雄辩”的声音（这可以说是欧阳江河的自我期许了）：“但是悲观的抒情的肉体却更为雄辩，/它拒绝了人类天性的引导，/长久地沉溺于对未知事物的迷恋。”（《另一个夏天》）诡辩的诗歌语言在历史突变面前突然具有了一种雄辩的力量，一种巨大的穿透谎言和“虚假意识形态”的能力，但是必须以佯谬的形式表现出来，“我已替亡灵付账”，历史的亡灵形象一改再改，也许从理想主义经由怀疑主义变为犬儒主义，其真理也被迫降到诡辩的水平上，正是诡辩解答了我们对（词/社会）物质与（词/社会）精神关系的困惑，而我们发觉诡辩也正好是马克思主义对各种资产阶级意识形态的指责。“付账”是对过去的撤销和清理，“付账人”无法再相信单一真理的乌托邦叙事，但他却一直对历史记忆念念不忘，甚至无法从对“亡灵”的“饥饿”的面孔的痴迷和着魔上掉转过头来：

饥饿是雄辩的，你是否听到了
马蹄形状的血从中催促？
一场革命视普遍的饥饿为权力，
它否定了在食物中飞翔的牙齿
和时间，却否定不了食物本身。

——《晚间新闻》

苹果突然坠落，电梯来不及下降。

——《电梯中》

如此博学的饥饿：你几乎
感觉不到饥饿，除非给它一点兽性。

——《我们的睡眠，我们的饥饿》

这几首诗几乎将诡辩发挥到了极致，但与其说这是词语的诡辩，不如说是历史的诡辩：它们构成了从欲望的角度对中国历史的理解：正如《晚间新闻》中说：“饥饿是雄辩的”，《我们的睡眠，我们的饥饿》中谈到的“博学的饥饿”，在多大程度上是《晚间新闻》中“普遍的饥饿”的变形？《我们的睡眠，我们的饥饿》中的诡辩是：“你几乎/感觉不到饥饿，除非给它一点兽性。”这里所指不仅仅是生理性的饥饿（欲望），还是在时代转折时被唤醒的那种人性的饥饿（欲望），正如《电梯中》开头所写：“电梯就要下降，苹果递了过来/作为对想象力的补充……”当一个人突然产生失重之感（空间运动是对时间变化的隐喻），一只永恒欲望的金苹果在历史关头凸显了出来，与之相比，《关于市场经济的虚构笔记》

中的诡辩则只有联系“普遍的饥饿”的历史才会重新变得“雄辩”。通过诡辩，欧阳江河也许发明了一种“精神的饥饿”，而特别表现于他最近的长诗《凤凰》中。

四

《凤凰》正如徐冰的原作，通过对物的大量呈现得到悖反的效果，对粗糙的社会物质材料进行理性操作，形成一种介于“美”与“丑”之间的两可的存在，但同时也一厢情愿地试图对当代现实提出一个“天问”：

> 把自己吊起来，
> 去留悬而未决，像一个天问。
>
> ——《凤凰》第十九

《凤凰》虽然也流露出对“恶之花”的趣味，试图赋予工业社会的物质景观以情感和人性成分，但这不是最重要的，它更大的企图是找到一种能够扬弃诡辩的超越精神，这一超越精神已经克服了词语物质性与社会物质性的虚假对位，为此，《凤凰》必须在词与物的关系上向我们展示符号的全部运动以及深隐于符号之中的精神奥秘。从某一种语言学的观点来看，这恰恰是难以完成的。

但是，如果我们最终得到的只是德里达意义上的“能指漂浮”，不光在语言和现实之间隔着一堵语言之墙，语言和精神与超验性事物的关联更是无从谈起。这种实证的语言学是对浪漫主义诗学的无限逆转，即由强调诗人个体精神的主体性转向强调文本自身的复杂性。臧棣已经意识到了这一问题，并立意要将被颠倒的重新颠倒过来，他的《丛书》和《协会》系列试图返回到浪漫主义，在向“多”展开的同时从“多”返回到“一”，也就是返回到诗人主体的崇高精神或优美形象。然而，虽然“在形式上具有思辨陈述形态的实践……这跟大陆教育体制中的马克思主义理论的灌输是有关的，辩证法的初级形态便是诡辩术，而毛话语本身也充满了‘破字当头，立在其中’这一类辩证陈述。辩证法最多只是臧棣的魔术道具，它要变给我们看的是更莫测的思辨和感性奇观”[①]，但臧棣的诗歌语言却由于受到辩证法的诱惑而成为对辩证法的戏仿辩证甚或一种“伪辩证”。臧棣的“伪辩证”与欧阳江河的“诡辩”实际上相隔不远，差别在于欧阳江河热衷于诡辩，而臧棣却主动拆解辩证。然而，臧棣最动人的时刻恰好是在他的“拟辩证”或“伪辩证”停止的时刻，而非无限延宕的时刻：

你像我一样，因为看不惯他人即地狱，
曾梦想过，一首诗就是一座天堂。
失败很微妙，而种种迹象表明，
你离出口已经不远。

——《紧急出口丛书》

……到了我这般年纪，
我对顿悟已提不起兴趣，只有绝对的安慰
或许还能挑逗一下我。

——《纪念贾柯梅蒂丛书》

《紧急出口丛书》开首就说：“天堂很慢，地狱很快”，以但丁所代表的古典精神对决萨特的现代的焦虑，仍然为人性的完整和幸福的几何学/伦理学（《神、人及其幸福简论》）保留了希望，正如他在《纪念斯宾诺莎丛书》中写道：“为真理而死已属不易，为真理而活着就更困难。”臧棣《纪念贾柯梅蒂丛书》对顿悟的态度值得重视，它似乎同时意味着对“伪辩证”的反省和节制，在顿悟之中已经包含了辩证的契机——同时也包括诡辩。而绝对的安慰应该来自具体事物的灵韵（Aura），一种康德式的理智直观，或曰对事物、事境、事理的同心圆般的层层展露。但 90 年代诗歌却由于语言的诡辩或“伪辩证”而陷入事境的迷宫，缺少了对事物（情）本身的发现以及对事理的探询，前者在 1990 年代诗歌看来过于简单以致不屑为之，而后者则过于高远甚或不切实际。于是 1990 年代诗歌及其在新世纪的延伸，总是沉溺于对事境的后现代式的（伪）叙述，在

① 杨小滨：《论两岸当代诗的几个核心问题》，《诗探索》2012 年第 1 辑，理论卷，第 102 页。

大多数时候不光回避了对真理的发现——这是回归自我的时刻，甚至更不肯轻易透露环绕其中的情感氛围——这是发现事情本身的时刻。而如果说臧棣的诗歌有什么遗憾，也许就在于臧棣这一只语言之鹰的飞翔能力太强，以至于在每一个落脚点上停留的时间都不够长，而又重新起飞不断投身于下一次的语言滑翔。

当代诗中"语言学转向"产生的悖反效果就是，除了让我们意识到了语言自身是一个产生意义又撤销意义的系统，在这一点上语言模仿宇宙的无限，同时也造成了语言对事物和精神存在的抹平（levelling）作用，语言之墙不仅存在于语言和现实之间，还存在于语言和精神之间。但也只有精神的"出场"才能够打破"语言学帝国主义"，让我们谈起实证的符号学之外的事物时不再羞涩，不再觉得自己缺少语言学的教养。对以"解构"为特征的后现代语言学来说，诗人应该坚持要求用语言去做不可能之事，也只有"去做不可能之事"才能"打破"这种诡辩的语言学。

实际上，这是20世纪八九十年代之交"语言学转向"以后当代诗歌的独有困境。"语言学转向"在很长时间内鼓舞着中国当代诗的"写作"，除了由意识形态的对抗转向多重语言传统的对话，"诗到语言为止"之类的信条还想要促进诗歌写作对象和内容的变化，[①] 而在现在看来，"90年代诗歌"随着语言学的体制化也无可挽回地体制化了。在90年代强调词/社会的物质性的情况下，要超越当代物质和精神领域的诡辩和分裂现象的野心，同样属于"用语言去做不可能之事"；即使中国的语言状况不太可能离开社会物质和精神领域的诡辩而独自超升，我们也应看到，向诗歌要求一种精神启示却仍然并非无稽之谈。

只用某种后现代语言理论来解释和进入当代诗，难免会失之肤浅，这也是"90年代诗人"自觉到的危险，所以他们在强调语言的物质性时特别强调了社会的物质性，以后者来对应、破解和限制前者。也可以说，仍然是90年代诗人自觉意识到了后现代语言观的悖论——无论是德里达还是波德里亚，如果他们的理论不能应用于"解构"它们自身的理论宗旨，那么他们的理论则是有错的，而如果可以，则他们的理论宗旨自身又是可以被"解构"的——以及它们最终对形成一种中国诗学的爱莫能助，对于西方来说各种（后）现代语言理论都晚于兰波和马拉美的诗歌实践，

① 参见洪子诚《中国当代文学史》，北京大学出版社1999年版，第314页。

在某种程度上都无非是对诗歌语言的解释和靠拢——所以这些理论在文学界比在哲学界会派上更大的用场——而在中国则是理论先行，虽说难以想象中国诗人会在一种理论的指令下写作，但他们有时的确表现出只有体制化才说得清的有恃无恐的语言任意性：

> 三两支中南海，从前海抽到后海，
> 把摩天楼抽得只剩抽水马桶，
> 把鹤寿抽得没了长腿蚊。
>
> ——《凤凰》第七

由一个“抽”字串连起来的这些诗句，不正说明了“语言游戏”的任意性吗？但谁又能知道（欧阳江河本人是否充分自觉?）“抽”字被赋予了“上帝”“神”这些字眼在语言结构中的位置和能力？“抽”产生了一个奥卡姆剃刀式的缩减作用，通过让“物”（摩天楼）缩小显示出“物”的孤立（鹤与长腿蚊的关系）、悖谬甚或空无（“没了”），然而，“抽”并不是“一切词中最高的词”，由于缺少神学或宗教体系作为最终的意义来源，“抽”还是显露出了一个世俗国度的语言游戏者的恶作剧式的天真，而一旦被外部的物质现实所同化，也就有可能沦为意义之光无法穿透的语言废弃物。“语言废黜”也许是中国的马拉美追随者未曾预料的。在某种程度上，语言废弃物是对现代诗歌日愈抽象化命运的反动，它通过废黜意义迫使语言呈现出空无的原貌，由于意识到语言对意义的“生杀予夺”而索性实施语言禁欲主义。

或许对语言学的过分依赖，尚不足以支撑“神话”“史诗”或“心灵史”的沉重精神，甚至在追求和捕获现实事物时也显得力不从心。这不仅仅是中国当代诗中词与物关系的困境，在某种程度上还是现代诗写作的困境。“90年代诗歌”盛极一时，但它在新世纪的延伸进一步加深了这一困境，“90年代诗人”也试图给出解决之道。欧阳江河的诡辩在新世纪以来逐渐困顿乏力；臧棣索性转向浪漫主义，以在语言主体中召唤出精神主体，仿佛他只不过曾经把自己伪装成90年代诗人中的一员；王家新回到了抒情性的单纯，不再倾斜于反讽性的陈述；柏桦在《水绘仙侣》中彻底实现了90年代叙事理念中的后现代性，但同时也是对这种后现代性的徒劳的揭示，其优点是呈现了一种对中国人情感结构和情感氛围——虽然还暂时是古典的——的向往，而后者甚至是90年代诗歌避之唯恐不及的：由于语言禁欲主义而对精神和事物双重禁欲；同样是在咏史的方向上，西川的《万寿》反而凸显了中国想象也就是作为主题的中国形象，但并未由于它书写的对象是晚清而对当代中国具有一种预言能力：当代中国的形象仍然是一个谜。对于我来说，诗人张枣在新世纪第十年早逝，更是预示着90年代诗歌装置无可挽回地颓败废弛，仅仅因为他在90年代诗歌中扮演的是一个貌似边缘实则十分紧要的语言的灵魂（灵性）形象，[①] 而令人悲痛的是，他写在20世纪最后一年的诗行却又构成了一种对未来的迷人的展望：

马勒又说，是的，黄浦公园也是一种真实，
但没有幻觉的对位法我们就不能把握它。
我们得坚持在它正对着
浦东电视塔的景点上，为你爱人塑一座雕像：
她失去的左乳，用一只闹钟来接替，她
骄傲而高耸，洋溢着补天的意态。
指针永远下岗在12:21，
这沸腾的一秒，她低回咏叹：我
满怀渴望，因为人映照着人，没有陌生人；
人人都用手拨动着地球；
这一秒，
　　　至少这一秒，我每天都有一次坚守了正确
并且警示：
仍有一种至高无上……
　　　　　　　　——《大地之歌》（1999年）

“真实”也就是“至高无上”，平常的现实事物与崇高的超越精神并非彼此隔绝，反而有一种奥秘的关系，也就是一种奥秘的语言，张枣设计了一个爱人的形象来代替这一奥秘的关系，在她身上洋溢着一种补天的意志，可以说，正是女娲的形象让爱人的形象变得充实，而要做到这一点，前提

① 参见唐晓渡《护身符、练习曲与哀歌：语言的灵魂》，《今天》2010年夏季号。

是让支离的后现代语言重新依赖于语言的奥秘，而它本来也应发源于奥秘的语言。然而，新世纪诗歌之不同于90年代诗歌，在于90年代诗歌自身的限度，后者的出场在根本上依赖于一场历史事件及其历史效果，而如果说，新世纪诗歌在题材上有所突破，主题不断分化甚或多元化，同时在风格技艺上摆脱了反讽性陈述或叙事的专制，甚至在精神气度上也突破了20世纪90年代以来的怀疑主义，这些都和新世纪以来中国社会的变动紧密联系在一起；而这一问题只能通过另一篇文章来完成。

（原载《新诗评论》2012年第1辑）

在非诗的时代展开诗歌

——论 1990 年代的中国诗歌

王光明

一 “重新做一个诗人”

20 世纪 90 年代的中国诗歌始终处在向历史和文化边缘滑落的阴影与压力中，而其中最醒目的标记是诗人的死亡。如果说冯至、艾青、冰心、卞之琳等这些 20 世纪中国诗歌巨星在 1990 年代的陨落，是由于不可抗拒的自然法则，人们尚能在无法接受中接受，那么，自 1989 年海子、骆一禾猝死以来，戈麦、顾城、徐迟、昌耀等人的相继自杀，却在读者的心里留下了挥之不去的阴影。

自然，这些诗人的自杀不无直接具体的个人原因，但在文化的立场言之，却不能不是诗歌、诗人与时代的紧张关系的反映。海子在他最后一首诗《春天，十个海子》中，有一个想象的情境：春天，十个海子全部复活，在光明的景色中，他们跳着、舞着，嘲笑“这一个”野蛮而悲伤的海子，任他被劈开的疼痛在大地弥漫。“这一个”海子不再属于那个无视黑夜和黎明，不懂“你所说的曙光是什么意思”的乡村——这是一个无法回返又无法抵达的海子：“在春天，野蛮而悲伤的海子/就剩下这一个，最后一个/这是一个黑夜的儿子，沉浸冬天，倾心死亡/不能自拔，热爱着空虚而寒冷的村庄。”

作为中国传统农业社会最后一位出色的抒情诗人，海子的确是“最后一个”，在抗衡与缅怀的互动上，海子重新赋予了田园和麦地诗的光芒。然而海子比谁都更清醒地意识到自己是一个“黑夜的儿子”，而这黑夜也就是他所热爱的诗人荷尔德林（Friedrich Holderlin）所面对的以繁富包裹根本贫乏的现代之夜。一般人向往肥满生活的温热，而诗人却感到

“沉浸冬天”的寒冷。

需要从现代之夜与诗人“永怀的内热如同地火”的冷热关系来理解这些诗人的自杀。回想那个以“黑夜给了我黑色的眼睛/我却用它寻找光明”来概括“一代人”的顾城，当年是何等执着于理想，但是十几年之后却“倾心死亡”：他即使漂洋过海到了新西兰的激流岛，也无法在现实中找到他的童话世界。实际上，海子与顾城是同一类诗人，他们要在想象中回家，但身后的大门已经砰然关闭，于是纵身跃入了深渊。

徐迟与昌耀是从高楼跃入深渊的，最直接的原因是他们无法再忍受锐利的病魔，但很多人都知道徐迟从网络中看见了现代世界的梦魇；而昌耀，则在90年代初就感到一种炙人的“烘烤”：“烘烤啊。大地幽冥无光，诗人在远去的夜/或已熄灭。而烘烤将会继续。”（《烘烤》这首以“烘烤啊，烘烤啊”的惨叫开始，以“烘烤啊”微弱呻吟结束的诗，让人感到诗人在经历肉体死亡之前先行体验过精神的死亡。）

诗人之死是象喻性的，象喻着所承受的时间之伤和精神之痛。在20世纪末的中国，它醒目地放大了海德格尔（Martin Heidegger）通过荷尔德林的诗歌所提出的问题：在这贫乏的时代，诗人何为?[①] 冷战时代的结束和中国进一步的市场化，使许多东西一夜之间从悲剧变成了喜剧：在财经挂帅和大众传媒的引导下，谁还会上演堂·吉诃德的剧情，你又上演给谁看？90年代有多少诗人与读者在移情别恋，有多少“写诗的人比读诗的还多”和“诗歌成了小圈子里的东西”的议论！

在这种情境中，说诗人之死象征了诗歌之死当然是不负责任的耸人听闻之词，但如果说它突出了新诗写作的危机，呈现了某种诗歌的困境，却非言过其实。远不止一个诗人感到“季节在一夜间/彻底转变/你还没有来得及准备/风已扑面而来”，王家新在一首诗中写道，“如此逼人/风已彻底吹进你的骨头缝里/仅仅一个晚上/一切全变了/这不禁使你暗自惊心/把自己稳住，是到了在风中坚持/或彻底放弃的时候了”（《转变》）。王家新在90年代一再接触流亡主题，一再与帕斯捷尔纳克（Boris Leonido vich Pasternak）、纳博科夫（Vladimir Nabokov）、布罗茨基（Joseph Brodsky）等放逐诗人的亡灵对话，一再用风雪、原野、狼群、黑暗和死亡意象叩问、探索

① 海德格尔：《诗人何为》，《林中路》，孙周兴译，上海译文出版社1997年版，第273—327页。

内心世界的矛盾与挣扎，不是没有缘由的，在“终于能按照自己的内心写作了/却不能按一个人的内心生活”的悖论中，孤独的灵魂怎样通过诗歌说话？这是坚持写诗还是放弃诗歌的问题，也是坚持还是放弃某种想象方式的问题。这种问题在诗人于坚的诗学随笔《诗人何为》中有更明晰的表述：“我们已经置身于我们一向盼望的市场经济的时代。无论是天堂还是地狱，我们无从逃避。就像任何一个时代那样，新的时代又在它的十字路口提出这样的问题：诗人何为？——要么自杀。要么不食周粟，饿死首阳。要么选择并承担责任。乌托邦正在死去，‘田园将芜’。这是一个由个人，而不是由集体；由行动而不是由意识形态承担责任的时代。”①

在戏剧性变化、充满不确定性的年代，诗的“时代感”变淡了：你几乎看不见郭沫若、艾青、田间、郭小川、贺敬之、北岛这样有明显时代标记的诗人，看不见闻一多、北岛那样的诗歌斗士，你甚至不再像过去那样能看见一波一波涌动的诗歌思潮。诗歌已经失去共同的兴奋点，无论你是反偶像的、爱国主义的或现代化的，或者爱情与死亡的，诗人也找不到普遍认同的想象与阐述当代生活的抒情观点，无论你是激进或保守，入世或出世。诗歌变成了王小妮所形容的只有一个人看见的彩虹，② 而且，许多人们习惯或陌生的写作方式，都不再让人好奇和感动。不仅仅是当代政治抒情诗，也包括20世纪80年代后期的“纯诗”和90年代初的“农耕式”抒情诗。陈超发现，“历史的错位似乎在一夜间造成巨大缺口”，他说：“尖新紧张地锲入当代生存的诗已不多见，代之以成批生产的颂体调性的农耕式庆典，在本体上自觉于形式，在个人方式上靠近沉静、隐逸、自负的体面人物，是这些诗的基本特征。这像是一种‘正统类型’的现代诗，中国士大夫的逍遥抒情再一次被重新忆起，演绎，仿写，纂述，诗歌据此成为美文意义上的消费品，成为精致的仿古工艺。”③ 然而，他倡导的介入和揭示“时代噬心主题”，并没有得到广泛的响应，而同时期周伦佑主张“生命与艺术同一”的长文《红色写作》④，在许多读者看来，不过是“非非主义”的又一次“非非”而已。

诗歌似乎真的走入了黄昏与黑夜，它在公共社会失去了感召力和影响

① 于坚：《诗人何为》，《诗歌报》1993年5月号。

② 王小妮：《重新做一个诗人》，《作家》1996年6月号。

③ 陈超：《深入当代》，《诗歌报》1993年3月号。

④ 参见《非非》1992年复刊号。

力，没有众望所归的诗人，没有众望所归的诗篇。诗人欧阳江河在那篇被广为关注的《'89后国内诗歌写作：本土气质、中年特征与知识分子身份》一文中，认为进入90年代后，“在我们已经写出和正在写出的作品之间产生了一种深刻的中断，诗歌写作的某个阶段已大致结束了。许多作品失效了。就像手中的望远镜被颠倒过来，以往的写作一下子变得格外遥远，几乎成了隔世之作，任何试图重新确立它们的阅读和阐释努力都有可能被引导到一个不复存在的某时某地，成为对阅读和写作的双重消除”。[①]这里所指的“某个阶段”的写作，包括了抗衡意识形态的写作、源于土地亲缘关系的怀乡式写作以及城市平民口语诗的写作和纯诗写作等，几乎囊括了80年代后期诗歌的主要写作倾向。

欧阳江河是从先锋诗歌的立场出发，把“知识分子写作”视为“1989年来国内诗歌界最重要、最具代表性的趋势”来反看80年代的，这篇文章后来成了“民间写作”诗人的一个靶子。不过，“中断”与“失效”似乎确实存在，尽管这种“中断”与“失效”牵涉进入90年代中国诗歌的复杂语境，既不能单纯归结于某个历史事件，也不能究罪于80年代的诗歌探索。[②]但的确，无论是五四式“反偶像崇拜”式写作，作为主流的现实主义写作以及朦胧诗“一代人”的抗议和申诉式写作，在90年代的语境中均风光不再。

然而，值得注意的并不是“可能性已经被耗尽了”，而是被转化了。正如故宫太和殿与广场纪念碑的高度被众多商业大厦与电视塔的高度替代了一样。当惯性行进的宏伟历史方阵被市场叫卖迅速瓦解，我们面对的已经不是我们所熟悉的东西，不仅是陌生的“现实”，而且是我们曾经盼望现在却压抑着我们的东西。权势被转化了，它不再是一个单纯的东西，不再是某种典型的政治现象，而变成了复合的东西，变成了“超社会有机体的寄生物”。可是，五四“白话诗”运动以来，我们所形成的新诗传统，主要是怀疑和批判的传统：在感时忧国精神的驱动下，我们执意要与古老丰富的传统一刀两断，淡化言志而强调抒情，重视群、怨而轻慢兴、

① 欧阳江河：《'89后国内诗歌写作：本土气质、中年特征与知识分子身份》，《中国诗选》，成都科技大学出版社1994年版，第378—399页。

② 相反，正是由于80年代在经验与情感特征上从国家话语向一代人话语的演变，在诗歌艺术上从重视内容到重视语言和技巧的过渡，1990年代诗歌才会于权力与市场的挤压中，在边缘的边缘的文化境遇中，重新反省诗歌的可能性。

观，热心用诗来参与社会变革，并在写作与阅读心理中形成了一种固定的参与姿态，总是在否定或认同（批判与歌颂）“现实”中摆荡。这是在20世纪中国语境中可以理解的现象，然而我们从语言和形式上打倒了旧诗，也把新的语言形式当作了社会变革的工具，我们以时代的号手、鼓手向社会做出承诺，我们向“战士与诗人的统一”致敬，我们在诗人前面加了许多定语，爱国主义的、现实主义的、浪漫主义的或社会主义与小资产阶级的，总之我们迷信诗歌的想象能变成改造社会的力量，把它限制在高度严肃的抒情里，限制在语言与现实对应的幻觉里。然而，在威权社会向后威权社会的转型中，传统的权力架构已经分解与隐身，诗歌作者与读者对语言的意识已不像以往那样单纯，对诗的要求也像对球类比赛的要求那样，不像过去那样意识形态化了。

直至80年代，20世纪中国诗歌的主题可以说一直是比较单纯和明确的，读者的阅读期待也比较集中，但到了90年代，它变得复杂多了，现实已不只是外部侵略和本土暴政中的焦虑与绝望，而是后威权社会无处不在无所不在的压迫力量；诗歌在财经挂帅的市场社会，也已被放逐到边缘的边缘，许多人对它视而不见，听而不闻。这不只是诗的语境变了，也是诗人和读者对诗的意识发生了变化，对语言与存在关系的认识发生了变化：诗是一种行动的语言，一种改造社会的工具，还是个人与存在的一种对话，一种思维与想象的言说？诗人是文化英雄、社会斗士，甚或先知和预言家，还是一个像罗兰·巴尔特（Roland Barthes）说的既非信仰的骑士又非超人，只能在寄寓权势的语言中游戏的凡夫俗子？① 写诗是根据“社会订货”的需要，还是要表达内心的感动与领悟，抑或出于交流和分享的愿望，等等。这都是进入90年代后诗人们所思考的问题。这些问题不是非此即彼，水火不容的，但的确存在以“社会”“现实”“读者”的名义来规范诗歌，还是以诗歌来包容社会与现实，以“诗的方式”来展开语言实践和文化想象的问题。换句话说，在社会转型与诗歌探索的交会点上，在从斗争走向对话、从计划走向市场的时代，大历史的叙述已难以

① 罗兰·巴尔特认为权势就寄寓在语言之中，“但对我们这些既非信仰的骑士又非超人的凡夫俗子来说，唯一可能的选择仍然是（如果我可以这样说的话）用语言来弄虚作假和对语言弄虚作假。这种有益的弄虚作假，这种躲躲闪闪，这种辉煌的欺骗使我们得以在权势之外来理解语言，在语言永久革命的光辉灿烂之中来理解语言。我把这种弄虚作假（trichevie）称作文学”。参见《符号学原理——结构主义文学理论文选》，生活·读书·新知三联书店1988年版，第6页。

为继，文化英雄向各路明星让位，知识断裂为无数自我指涉、各自为政的单元，整个文化致力反抗的已经不是传统的权势，中国诗歌的确存在作诗姿态、想象方式、抒情观点和阅读期待的自我调整。正因为此，在80年代就引人注目的诗人王小妮，90年代不仅在诗中而且在文章中反复提出要“重新做一个诗人”，反对诗歌成为一种社会职业而作为一种内心需要，① 而诗评家唐晓渡面对诗歌阅读期待的时空错位，也反思了那种“奇妙地混合着对‘革命’的模模糊糊的记忆、怀旧的需要和文化——审美主体的幻觉”的阅读心理定式，倡导“重新做一个读者”。②

所谓“重新做一个诗人”和“重新做一个读者”，或许意味着不只是诗和诗人分得了时代的光芒，而是要让诗的光芒照亮时代；不只是像过去那样做一个自己时代的诗歌作者与读者，而是成为一个能接受一切好诗真诗的作者与读者；不只是要承接20世纪的新诗传统，而且要承接中国和世界多样丰富的诗歌传统。90年代的诗歌是一种转型的、反省的，无主流、无典范诗歌，它最大的意义不是产生了多少具有社会一致公论、众望所归的诗人和诗作，而是在被迫承受的边缘处境中开始了诗歌与世界关系的重新检讨。这种检讨，直接面对的虽然是80年代的诗歌问题，但更深刻的意义却在动摇了新诗运动中诗歌观念的狭隘性。这就是为什么被社会暴力与语言暴力逼得精神分裂的灰娃，在70年代写下的面向回忆的个人私语般的诗，会在90年代引人注目的原因。③ 灰娃的写作，不是那种抱

① 王小妮以《重新做一个诗人》为题分别写过一首诗和一篇随笔，在诗中她写道：“有人说这里面/住着一个不工作的人。/我的工作是望着墙壁/直到它透明。/我看见世界/在玻璃之间自燃红色的火比蝴蝶受到扑打还要灵活。/海从来不为别人工作/它只是呼吸和想。”（《天涯》1997年第3期）在随笔中则写道：“应当有另外的人，只为自己的心情去做一个诗人，他要另外去劳动才能不饥饿，他要打一盆水才能除掉灰尘。他是最平凡的人。他可以写字，也可以不写。他只是在那些被锁定了的生活之中，感觉空隙，在空隙中发现光芒，时限极短，光活泛起来，生动起来。他在那会儿遭遇到另外一个飞掠而过的世界。”（《作家》1996年6月号）

② 唐晓渡：《重新做一个读者》，《天涯》1997年第3期。

③ 灰娃生于1927年，是一个曾就读于延安儿童艺术学园和在二野政治部工作过的“老革命”，她写诗开始于1972年，已45岁，时值“文革”中期，当时患精神分裂症已有六个年头。据王鲁湘文介绍，灰娃当时是身不由己地写诗的，且边写边撕，或往花盆底下藏（《向死而生》，参见灰娃诗集《山鬼故家》附录）。这是否也是一种“文革”中的“地下文学”？但灰娃的诗与70年代中国一般意义上的“地下文学”有两个不同点：一是，大多数“文革”的“地下文学”在80年代已浮出历史的地表，而灰娃虽然在80年代也发表过几首诗，却不为人们所关注，她的诗集《山鬼故家》也直到1997年7月才由人民文学出版社出版；二是，当时的地下文学大多是面向现实黑暗的抗议与申诉性写作，而灰娃的诗更多面向个人回忆和内心世界；一种是自我与社会矛盾冲突的紧张，一种是自我与自我的交谈。

有信仰的社会诊疗式写作，而是一种偶然找到的满足个人回忆、释放内心焦虑的“自我谈疗”。面对黑夜之黑，“寂静何其深沉/声息何其奇异/宇宙一样永恒/参预了鬼神的秘密”（《寂静何其深沉》），她的诗就像《我怎么说得清》中的那只“悄没声息的猫精”，出入于黑夜之中以游离于黑夜之外，在夜色茫茫中，“游荡在我们村子……徒乱人意暖人心房，又温馨又凄伤”。灰娃的诗在90年代被发现和认同，实际上启示了诗歌写作的某种功能性变化，时代代言人的角色定位和运动性、思潮性现象（这是集体性写作的表征）淡化了，写诗不再是直接参与社会生活的方式，诗的阅读也同样不再是公共生活中的盛事，而是成了个人探讨人与世界关系的独特语言形式；诗收拢了（也可以说扩大了）自己的野心，从驱动时代的变革转向了个人意识和想象方式的关注。

二　以个人的方式想象世界

尽管在评价上存在不同甚至对立的意见，但批评界普遍认为90年代的中国诗歌呈现出一种“个人化”的倾向。在语言的版图内，如果“个人化”指的是彻底的自我关注，同时又必须以尊重他人的自我关注为前提，是否成为可能？这是一个无法在理论上彻底探讨的问题。换句话说，90年代中国诗歌的“个人化”是语境性的，非常驳杂，既有历史的相对性又有时代的具体性，既是当代诗歌运动某种合情合理的结果，又是一种矛盾重重的探索。一方面，它是整个20世纪中国现代性主题的一部分。在20世纪中国传统社会向现代社会转型的过程中，个人、自我曾是一个相当重要的指标，所谓的“五四运动的最大的成功，第一要算‘个人’的发见”。[①] 但当时的这种“发见”在相当长的时间里，更多是一种个性的发现，而不是个人权利价值的强调，诉求更多是弱小民族国家的解放，而不是个人的自由和展望以及个人与社会亲和与疏离关系的辩证。社会存在中的个人生活和精神风景，并没有真正支配中国诗人的想象力。因此，在90年代把“个人化”重新提上写作的议事日程，既有历史的承续性，又不能不同时带有历史主题的反省性。另一方面，既然交织着历史的承续性与反省性，又处在冷战结束后全球化、市场化的社会文化语境中，直接

① 郁达夫：《中国新文学大系·散文二集·导言》，上海良友图书公司1935年版。

面对后工业社会和“后现代”文化思潮，“个人化”就不能不在经验与趣味、知识背景和想象方式上显出非常复杂的状况。在这个意义上，“个人化”不过是拒绝普遍性定义的写作实践，是相对于国家化、集体化、思潮化的更重视个体感受力和想象力的话语实践。它在某种程度上标志了对意识形态化的“重大题材”和时代共同主题的疏离，突出了诗歌艺术的具体承担方式。

事实上有各种各样的个人化。资深老诗人的“个人化”方式是社会主题的人生化。尽管社会与人生须臾不可分离，但重心显然不同。像郑敏的组诗《诗人之死》《生命之赐》和许多短诗，都是一种带着生命创伤的感悟和飞翔。更有绿原、牛汉、苏金伞、邵燕祥、李瑛这样执着关怀社会的诗人，也从过去更多由社会与时代出发关怀人生，变得更多从人生的角度影镜社会。绿原诗作《仰望瀑布》中的想象是很耐人寻味的：飞流直泻的瀑布犹如“一条站起来的河滩”，由于抗不住地心引力落进了古潭。那么，能否相信更大的引力属于太阳，“会不会有朝一日你竟跃出/原来狭隘的轨道，突然转身/向它飞去，沿着彩虹/拐个弯而与银河汇合/流向无限丰富的混沌/流向烟波浩淼的无情空间”？实际上，绿原非常重视这种“转身”与“汇合”，在《人淡如菊》写诗友重逢的长诗中，他强调了乐于抛弃与遗忘的美，并且发现，人的故乡和失落的灵魂之歌就是“歌浓如酒而人淡如菊”。

读这些老诗人充满生存感悟与人生哲理而又洗尽铅华的诗，你会更深认同艾略特（T. S. Eliot）关于任何一个想在25岁以后继续写诗的人必须具有历史感的论断。当然，诗歌中的历史感不在历史本身而在诗人对历史的意识，即对人在广阔时空和社会关系中命运与遭际的深入发现和想象。有了这种意识作背景，无论你直接以历史的事物作对象，还是以“个人”经验为题材，都可以获得历史感。就像邵燕祥以西晋的绿珠为对象写的《金谷园》，经由上层豪宦显阔摆富、钩心斗角中一个寒门弱女子的无奈与悲壮，以青春这“繁盛的花园”质询历史的罪恶，质询男权的爱情神话对女性真实命运的遮蔽，并与阿多诺（Theodor Adorno）对诗的指控①

---

① 阿多诺在《否定的辩证法》中曾提出：“在奥斯威辛（Auschwitz）集中营大屠杀之后，诗不再成为可能。这种状况甚至影响了对今天为什么不能写诗的理由的认识。”（Theodor W. Adorno, After Auschwitz, 1949 . Negative Dialectics , trans . E. B. Ashton , New York: Continuun, 1973, p. 362. ）

对话，是富有历史感的。而他以几十年相濡以沫的夫妻感情为对象的组诗《五十弦》，也同样很有历史感。“锦瑟无端五十弦，一弦一柱思华年”，“蚂蚁”（这是邵燕祥爱用的一个意象）一样平凡和负重的人生有多少值得追忆、珍惜又抚之茫然的东西：在几十年常常是窗外冰霜如剑，屋内却温暖如春，始终不渝的爱情是彰显了历史与社会悲剧中具体人性的美，还是具体的人性彰显了历史和社会的悲剧？它处理的题材是同舟共济的感情生活，感激与负疚、安慰与愧恨，但又以曹雪芹《红楼梦》“忽忆及当年所有之女子”作题记，这就使人不难发现这首诗与作者三十几年前写的《贾桂香》以及几年后的《金谷园》，有某种心理学和精神分析学意义的关联。有趣的是，90 年代以来邵燕祥似乎有意给自己的写作进行了某种“分工”，以杂文形式进行社会公共空间的理性批评，而让诗歌面向更复杂更个人性的内心记忆和情感世界。这种“分工”是否也意味着他对文类的特点有了更深入的认识？然而他给我们的启示是，面向更复杂更个人性的内心记忆和情感世界，或许妨碍了社会生活的史诗性表达，却未必是时代感与历史感的障碍。相反，通过具体的个人生活、个人记忆、个人趣味和想象方式，社会和历史被具体化了，从而归还了其血肉之躯，有助人们理解社会委实是一种无中心但有主流的结构。而诗，原也不必非“载道”或“补正史之遗”不可，它也可以是个人与社会历史的某种对话，甚至，可以是保存个人记忆和文化想象的某种方式。

这样，我们便更能理解王小妮、于坚等在 90 年代重新处理他们那一代人的创伤性记忆的意义。王小妮、于坚都是 80 年代已出名的诗人，那时王小妮表现的是人走出长长甬道后瞬间的晕眩感以及北方农人石头一样的沉默与坚忍；于坚则用非常口语化的笔调呈现与城市格格不入的边缘人的心态；这些诗，都曾给人们留下深刻的印象。但当时王小妮的特点，是捕捉瞬间的才华在主题与趣味上，并没有特别过人之处；而于坚那些行走在尚义街的“都市老鼠”（或者说都市里的“闲人”），也大多还停留在边缘姿态和语言姿态的演出。然而到了 90 年代，他们都取得了非常有意义的进展，写出了让人难忘的作品。

王小妮在 90 年代写出最好的作品之前可能有一个女性主义的过渡。她 90 年代初写的《应该做一个制作者》，表现了女性只能通过书写才能显示存在的观点（“我写世界/世界才低着头出来 /我写你/你才摘下眼镜看我”），但女性主义始终没能影响王小妮用单纯的性别视野看待世界，她也始终没有认同普拉斯（Silvia Plath）式的自白风格，它的意义只是帮助王小妮在价值失重的时代更深地进入了心灵和语言的世界，这就是她在《重新做一个诗人》里所说的“……望着墙壁/直到它透明……在光亮穿透的地方/预知了四周/最微小的风吹草动”。《回家》《最软的季节》《台风》等诗处理的是最个人也最锐利的创伤经验，但面对“最软的季节”和最硬的决定，作者节制了感情台风的泛滥，将其转化成了意象与想象情境。这无疑是把“墙壁”望到“透明”的结果。所谓把“墙壁”望到“透明”，不仅仅是获得最个人化的想象方式，有效地把素材转化为诗的意象和结构，也意味着意念与语言的到位。组诗《和爸爸说话》就是这样的作品，读这首诗我竟想起杜甫的《江南逢李龟年》，那种对情感的节制，以表面上的轻描淡写表现最难忍受的时刻的能力。然而杜甫那首诗是把中国古典诗歌的凝练与含蓄推到了极致，而王小妮的这首诗的魅力则体现了现代汉语诗歌写作细密从容的可能。它写生死永诀，既充分分享了对象的质素，又容纳了极深的主体领悟，因此能宁静凄美地想象死亡，并最终让对死亡的领悟充溢内心：“我的心里涨满着/再没有人能把空白放在我这儿/再没人能铺开一张空床单/从今天开始/我已不怕天下所有的好事情/最不可怕的/正是那些坏事情。”

在某种意义上，于坚诗歌所处理的也是创伤性的个人经验，也有宁静反观的意味。但他的“宁静”不是王小妮那种深入事物，把对象“望到透明”的宁静，而是以“零度”感情疏离对象的方式来逼近对象。这种“他者”的想象方式使诗人获得了想象的自由和语言上的解放，因此这种宁静在诗歌文本中往往呈现出嘉年华式的喧哗和消解性。这与诗人在诗学主张上重视日常生活，“拒绝隐喻”也相一致。于坚以往诗作处理的都是正在进行时的题材，他是50年代出生的诗人中最有社会转型的现场感的诗人之一，也是“第三代”诗人的代表人物之一，在80年代中期以来一直致力于不同于“朦胧诗”的新的诗歌美学实验，以调侃、游戏、甚至堆砌的手法表现当代生存的平面化、生命的分裂感和心灵的破碎状态。不过，于坚80年代诗歌贡献的那些都市闲人的形象固然令人难忘，但他90年代写出的长诗《0档案》，无论对他自己，还是对90年代中国诗坛而言，都可以认为是一篇重要作品。《0档案》以戏仿和反讽的手法，深入呈现了历史话语和公共书写中的个人状况：“0档案”，在档案中，人变成了“0”，是空白，不存在，被历史归类和社会书写滤去了一切属于具体生命形态的东西，不过是政治或道德符号。读这首诗我们会想起福柯（Michel Foucauult）的《疯癫与文明》，福柯通过古典时期癫狂史的描述，展示了西方资本主义文明体制以禁锢、压制和拒斥癫狂与非理性来确立理性时代的观念与秩序的过程。而《0档案》则揭示了语言的书写暴力：不是人书写语言，而是语言在书写人，档案是最典型的权力运作，意味着体制权力架构对人的编排、监控、压制和扭曲。正如有评论者所说的那样，“在档案所代表的世界里，不经过监视、审核、控制的个人生命与经验是病态的、危险的、具有颠覆性的，它必须被否定，被‘删去’”①。《0档案》这首诗是对当代个人成长史的反观，它的意义远不止触及社会与个人关系的龃龉，而且也意味着“第三代”诗歌对语言与存在的关系有了新的反思与展望——通过书写档案之外无数游离的、平庸琐碎的个人日常生活细节的狂欢，我们既看到了现实与语言的分裂，也看到了渺小、平庸、琐碎的个人生活细节的文化意义和用它构建诗歌空间的可能性。

比于坚更早，香港诗人梁秉钧20世纪70年代以来一直在探寻一种以具体、平凡、琐碎个人生活与社会宏大主题进行对话的可能性。他似乎要努力挽住人生境遇中偶然的、个别的、瞬间东西，挽住具体情境中“随物宛转”和“与心徘徊”的发现与感动，见证社会的多元性和人类生活的血肉感。与诸多诗人以人性的具体性与丰富性见证社会权力道德的化约性不同，梁秉钧突出人类生活物质性的一面，90年代不仅写了《食物地域志》，而且干脆把一本诗集题名为《东西》。这后一本诗集中的“东西”，既包括莲、辣椒、苦瓜、人面、鱼汤、木瓜、泡菜，也有东方与西方的意思。但有意思的是，即使写东西方的文化异同，也往往依然从食物或吃喝的情境进入。有论者认为梁秉钧“让自己牵涉进香港的物质主义中，令它充溢而多重预制的形态表览无遗。在梁的诗中，物质的实际存在和中心性成了常谈（Commonplace）与共处（Commonplace）的共同表达：‘常谈’之义包括陈腔滥调、平庸、乏善可陈而率真存在的物件；‘共处’之义则指一个人与人相遇，物与物交谈，一个互动性和相向性被积极地重新创作的场地”。② 按照德里达（Jacques Derrida）早期著作的观点，“常

---

① 奚密：《诗与戏剧的互动》，《诗探索》1998年第3辑。

② 周蕾：《香港及香港作家梁秉钧》，《写在家国以外》，香港牛津大学出版社1995年版，第139—140页。

谈”就是共处之所，地位与“中心”相同，是价值“形成和处在”的地方。但为什么个人的、物质的“常谈”总是受“中心”政治的、道德的、精神的价值压抑？梁秉钧的诗，以心情、视点、方法的个人性和物质性回应现代历史的宏大叙述，探索了一种新的世界观和方法论：这就是在多元的现代世界中坦然承认生活与自我的不完整性（或者说矛盾性、分裂性和破碎性），统一把握和还原的不可能性，因而立足每一个具体境遇的交流性、过程性及与物质相涉的机缘，将后现代语境中统一把握世界的不可能性，转变为个人文化想象和自我建构的可实践性：以无数的个人立场和具体情境的对话，留下观察、反思的印记，从而在倾侧的时代探索标准、在混乱里凝聚素质。

实际上，90年代诗歌写作的“个人化”倾向，在文化与诗歌的意义上，也是“常谈”（最基本的因而也是更持久的生活与文化主题）与“中心”的对话。而人们对这种倾向的诸多不满与误解，也多半来自“中心”价值的长期影响，尽管它经过了80年代的“反思”，同时在90年代被置于经济橡皮擦的“擦拭”之下，但其“中心”仍然在继续其中心性的功能，仍然习惯性地以“中心”价值来评判与规范诗歌，仍然过于重视诗歌的社会承诺而不重视诗歌写作中个人感受力和想象方式的变化。然而，从个人出发无论如何是多样化诗歌的前提，解放诗歌生产力的前提，尽管“个人化”的诗并不等于好诗，尽管不是每一个诗人都能深刻把握“个人化”在诗歌中的可能与限度，不乏误读与滥用自由、想象的现象。但问题仍然是，我们是否楔入了人类贴骨贴肉的具体生存境况和精神生活？

90年代的诗歌是不能以“朦胧诗”的标准来衡量的，更不能以当代抒情诗的标准来阅读。因为“朦胧诗”主要是一种抗衡性的英雄主义（也包含其感伤主义的另一面）的诗歌，而当代政治抒情诗则是国家化的意识形态诗歌，尽管性质与价值不同，但诗的写作与阅读都是公共性的。而接纳90年代的“个人化”诗歌，则需要跳出“五四”以来新诗社会化批判抒情的狭隘视野，从美学的立场肯定其感受、意识、趣味和想象力的解放。在此方面，如果说题材领域拓宽尚属表象；趣味的丰富既因人而异，又受时风的牵引，此外一些从私人经验和情色话语出发的文化批判与美学想象，未见得能够获得普遍理解与认同；那么，精神放松和感情放假所带来语言意识和感受力的解放，不能不说是“个人化”写作最具有诗歌意义的贡献：它有效偏离了主流诗歌的承诺，将社会道德移向了美学道德和语言的活力。

在20世纪中国诗歌中，我们读过许多社会文本和诗歌文本互参互见的诗，它们富有激情和哲理，不乏想象力，但人们（包括作者和读者）似乎都过于重视“意义”的追寻，过于重视语言的指涉性，因而张扬了理性却使感受力变得压抑，虽然崇高却缺少优雅、活泼的趣味。明确的理性世界本质上是非诗的，它体现在语言中是一种“走路”式的线形状态，而诗是语言的舞蹈，只有依存于感受的直觉性与暧昧性才能在音乐中“行进”。柏桦、吕德安、陈东东诗作的“诗歌意义”，就在于它们昭示了个人的感受力对于诗歌的解放——当然也可以反过来说，体现了诗歌对感觉和语言的解放。

柏桦、吕德安、陈东东作品的一个共同特点，是以感觉的丰富性和语言的优雅“舞蹈”，有效悬置了主题的肯定或否定性处理，它有点像酒杯里的冰块，被感觉和语言之酒吸收、分解、转化，在文本中被含混的诗歌气流不断萦绕、拂拭。这不是说主题和意义被消解了，而是被感觉融化了。读柏桦的《流逝》《往事》《现实》《幸福》，你不能不惊叹作者对抽象、庞杂主题敏感而精致的处理。比如，他诗中的“现实”，是经由“温和”“厌烦”“慢”“长”与两个重复的“也可能”等非常感觉化的心理词语支撑的，这些词汇或矛盾（温和与厌烦），或感觉上互通（时间上的“慢”转换为空间上的“长”），或时空存在的或然性（“而冬天也可能正是春天/而鲁迅也可能正是林语堂”），词性不同但彼此交感互通，完成了“现实”这一“论题”。这样的诗歌比之北岛题材相近、正文只有一个字的诗《生活》如何？更不用谈如同古典音乐般纯净的吕德安的作品，以及语言与感觉更轻盈的陈东东几乎所有的短诗与长诗《秋歌》了。诗人臧棣在一篇文章中认为陈东东“可以将丰富的、对立的，甚至是激烈的诗歌感性，转化成言辞纯净、意蕴充盈、神采熠熠的诗歌文本。很可能，陈东东的诗歌就是汉语的钻石”。[①]

正如《现实》与《生活》不同。《生活》：“网”，它是意指的、意象的、象征的、判断的，企望一个字奠定一种境况，因而是重的、激烈的。而《现实》则是感觉的，包容矛盾和隐藏结论的，努力平衡“现实”负荷与诗歌带韵的飞翔，让旋转飞翔映显“现实”的斑驳，因而是轻的、

① 臧棣：《后朦胧诗：作为一种写作的诗歌》，《文艺争鸣》1996年第1期。

温和的。这种不同是否正代表了80年代诗歌与90年代诗歌的性格？诗歌是否正经历一次由“重”（沉重、重大）变“轻”（轻松、轻盈），抑或也携带了些轻浮的变化？这是好事还是不幸？诗是语言的舞蹈，一种带韵的飞翔，卸下多余的负重有助于它的旋转与飞翔，有助于摆脱符征萎缩、符旨独霸的现象，超越社会功利而提升其美学品格。但若走偏锋，丧失了感受力和创造性发挥的基础，也会走向另一种物化。[①]

三　通往“包容”的道路

诗歌感受力和语言的解放给90年代诗歌带来的变化，不仅是“由一到多”的分解所产生的丰富性，也推动了不少诗人探索诗歌文本的包容性，以求诗歌在形式与技巧方面保持接纳复杂现实经验和矛盾的个人感受的开放性。

这与前文讨论的诗与时代紧张关系有关。“当历史强行进入我的视野”，西川在一篇被不少人引述的诗集的序言中提到，80年代末90年代初中国社会与他个人生活的变故，“使我意识到我从前的写作可能有不道德的成分”，他说：“我不得不就近观看，我的象征主义、古典主义的文化立场面临着修正。无论从道德理想，还是从生活方式，还是从个人身份来说，我都陷入一种前所未有的尴尬状态。”[②]

这种尴尬是可以理解的，在某种意义上，这正是五四文学的一支从文学革命走向革命文学的原因，多少热血沸腾的青年面对“尴尬”分别奔赴了游行的十字街头或躲进了象牙之塔！这也是阿多诺指控诗歌的原因，事实上，从奥斯维辛集中营的大屠杀到美国世贸大厦“9·11”恐怖事件，文化上的尴尬、自我怀疑和无力感已远远超出诗歌的疆界：面对比想象走得更远的人类苦难，文化将如何说话，写作如何在人类生活中产生意义？诗歌如何回应社会道德和伦理要求，同时又不改变美学语言的性质？如何让作为思维与想象的语言不受权力与暴力牵引演变为另一种暴力，而作用于思维与文化共识的形成？

---

① 关于“内容—意义”物质性与“符号—形式”物质性两者的关系，我在一篇分析90年代末“知识分子写作”与“民间写作”论争的文章中曾作讨论，参见王光明《相通与互补的诗歌写作——我看“民间写作”与“知识分子写作”》，《南方文坛》2000年第5期。

② 西川：《大意如此·自序》，湖南文艺出版社1997年版。

这些问题并没有得到真正的解决，但90年代中国诗歌的一个值得注意之点，是没有重蹈历史的覆辙：不再是道德化“代言人”式的抗议和申诉，而是梳理和认识个人面对“现实”时矛盾复杂的感觉，探索诗歌运用语言破解权力与暴力的可能性。譬如西川的诗，就越来越重视历史与现实以及异质事物互破或互相进入的可能性，希望找到一种“能够承担反讽的表现形式”，或“将诗歌的叙事性、歌唱性、戏剧性熔于一炉”。西川90年代的长诗《致敬》《厄运》《芳名》《近景和远景》等具有丰富的包容性和戏剧性（这种追求甚至有时胀破了诗歌分行分节的格局，只好依靠语言的优雅、流畅和结构的完整性对应感觉的悖论与破碎），即使那些表面带有即兴性质的短诗，也不再只是抒情地、单向度地处理主题。

西川90年代诗歌所发生的变化不是伦理、道德和感情的转变，不是主题与风格的时代性迁移，也不是“青春期写作”与“中年写作”的区别问题，而是意识对题材的处理问题。西川诗歌的变化，不是那种经历漫长人生和生活沧桑后，从热情绚烂到质朴苍劲的风格的变化，而是对诗歌功能有了新的理解之后的创作追求：这种诗歌不是一种“反映现实”的诗歌，甚至不是一般意义上反抗权力的诗歌，而是语言、想象与现实、权力的较量，是诗歌向世界敞开，同时也要求世界向诗歌敞开。这在西川看来是打开语言大门，容留经验、矛盾、悖论、噩梦和偏离抒情传统的“不洁的”诗歌；① 在臧棣看来则是一种“从情感到意识”转变的诗歌。② 这种诗歌表达的功能性变化，于翟永明，是开始躲闪女性主义的对抗激情和狭隘性，告别普拉斯式的自白风格（所谓的“把普拉斯还给了普拉斯”③），把写作的注意力转向个人与现代场景或历史生活的复调性“交谈”；而这种情况之于欧阳江河，是以类似“蛇的腰有多长”这样没有答案的问题与游移的、不确定的现在对话，将时尚、色情、游戏与意识形态和权力进行后现代式的拼贴，让其在互相摩擦中互相耗损。当然还有前文提到的陈东东、柏桦和吕德安的“诗歌气流”，这种被美学驯化了的气流是优雅的，“轻”的，但充满现实感觉的丰富性和语言的不纯粹性，因而

---

① 西川：《答鲍夏兰·鲁索四问》，《让蒙面人说话》，东方出版中心1997年版。

② 臧棣：《90年代诗歌：从情感转向意识》，《郑州大学学报》（哲学社会科学版）1998年第1期。

③ 钟鸣：《快乐和忧伤的秘密（代序）》，参见翟永明诗集《黑夜里的素静》，改革出版社1997年版。

具有带离现实与带入现实的双重特征，体现了另一种意义上的包容性。

更有诗学意义的，还不在于这些诗歌包容了矛盾、悖论和丰富性，更在于获得了处理这类经验与感觉的方法与技巧，一种面对社会转变时期体制话语与个人话语的纠缠迎拒状态的有效语言手段。任何艺术，倘若没有方法与技巧上的自觉和成熟，都可能是偶然的，无法被传统分享的。而方法与技巧的意义，在诗歌中也远非只有单纯的技术意义，不只是实现内容的工具，而是发展与更新内容的艺术机制，是内容的有机成分。事实上，90 年代诗歌对矛盾复杂现实和个人感受的包容，主要是通过反讽与叙事性等手段来实现的。没有矛盾复杂的感受和意识，就无包容可谈，而没有相对应的形式与技巧，所谓的包容、多元性就是一句空话。在诗学的意义上，只有个人品格的包容性，以及感觉和趣味的解放是不够的，假如它要在诗歌中被实现，就得同时拥有整合它们的艺术手段。

不是所有好诗都出自反讽与叙事性，即使运用这些手段写作的诗人也不见得都运用得恰当。因为艺术技巧对"内容"的具体转化，远不仅仅是一个技术问题，就如语言转化为话语一样，不仅跟意图、趣味、个人气质有关，也与文类有关。譬如反讽这种用以传达与文字表面意义迥然不同意蕴的语言策略，"是通过间接和并置的手法来表现思想情感的艺术，它的成功依赖于有意识的轻描淡写，矛盾语，双关语以及其他运用机智来表现不协调的方法"。[①] 在单纯而激烈的人手里，容易变成一种讽刺。不仅达不到统一矛盾经验，表现存在的多样性、悖论性的目的，反而助长了感情的泛滥。而在只以才学为诗的人手里，由于得不到经验与感觉的平衡，则容易成为一种卖弄，变为文字的玄虚游戏。90 年代中国诗歌中的反讽之所以有意义，在我看来，正在于平衡了过去较为单纯的反抗激情与复杂意识的矛盾，经由语言技巧对感情的节制和疏导，强化了思维与语言的活力。

作为一种可以分出许多层次的表现手段，反讽出现在不同年龄、不同风格诗人的作品中。匡满的《今天没有空难》是一首针对性很强的诗，用的是语句反讽；而曲有源《责怪影子》《游戏烟卷》等诗，表面上是诗中说话者的自怨自艾、无聊、无奈，但在读者读来却是言非所指。当然，

---

① 罗吉·福勒主编：《现代西方文学批评术语词典》，袁德成译，四川人民出版社 1987 年版，第 145 页。

反讽作为一种现代的语言策略，它所以与传统的赋、比、兴不同，与寓意、象征、隐喻也有所区别，还在于它不只是通过意义转移的方式重新凝聚意义，获得“新”的意义；而是要解除单一意义的禁锢，播撒意义，释放意义的多元复杂性。也许这就是为什么，反讽与荒诞派和后现代主义间的关系如胶似漆的原因，他们总是以“冷漠”（火的冰?）的旁观或不统一的视点呈现世界的分裂感和戏剧性，将反讽修辞上升为反讽的结构。在台湾，由于20世纪五六十年代就受现代主义洗礼，不少诗人对这种手段已掌握得相当圆熟，像夏宇的不少诗作、陈斐雯的《带你们离家出走》、陈黎的《一首因困在输入时按错键的情诗》、罗青的《论杜甫如何受罗青的影响》等作品，堪称反讽佳作。而在中国大陆，前文提及的于坚的诗也有结构的反讽性。

如果站在文学理论的立场，欧阳江河的一些诗作可能更具有反讽文本的典范性。譬如《计划经济时代的爱情》，题目本身就是反讽性的，“计划……的爱情”，两个词都有否定、取消对方的力量。而在正文中，作者抓住“计划经济”的核心分配原则展开想象：女秘书如何拔下充电器的插头以便让能源合理分配，如何处心积虑为水流量减压，保证一根管子的水能从100根管子里流出。由于写的是“爱情”，故大多数意象是情色意象，然而这种情色是“计划”的、“经济”的，因而是有色无情的：“计划”取消了“爱情”，而被取消的“爱情”反过来显出了“计划”的荒诞，这首诗的反讽是双重的。

自然，这种反讽也是结构性的，但与于坚用排山倒海的生活细节构造反讽情境不同，欧阳江河的反讽情境是想象的、虚拟的，材料也往往不是经验的细节，而是带隐喻的意象。由于这种反讽还接纳了隐喻和象征成分，更具反讽的繁复性，也更能满足理论批评家的口味。然而，如果说于坚的诗失之提炼，是一种犹如春天在大江大河中堆叠、撞击、融化的冰块式的语言，透明、芜杂，缺乏形式感也没有什么旋律美，不可近观、细玩；那么，欧阳江河的诗是否太倚重智力、太注意词义字义本身了？也许，像吕德安《十二月的向导》《蟋蟀之死》等诗中隐含的反讽更让人沉迷，因为它被包容在诗歌的感觉与旋律中，可用这样的诗句来形容：“是的，这纯属一种境界/比语言更富有分寸/就像一件梦幻的衣裳/可以披在身上重游故园”（《蟋蟀之死》）。当然，吕德安也接纳了被90年代许多诗人认同的“叙事性”手段，正如更多自觉探索诗歌“叙事”的展开性与包容性的诗人，兼容了反讽性一样。翟永明、臧棣、孙文波、张曙光等都是被批评界认为在探索诗歌的“叙事性”方面做出了贡献的90年代诗人，有时人们也把西川、王家新、于坚、韩东包括在内。

“叙事性”像“个人化”一样，是一个在解读90年代中国诗歌中用得非常含糊、混乱的概念。在程光炜那篇被广泛关注与论辩的《岁月的遗照》的导言《不知所终的旅行》中，“叙事性”是针对80年代浪漫主义和布尔乔亚的抒情诗风而提出来的：“不只是一种技巧的转变，而实际上是文化态度、眼光、心情、知识的转变。”[①] 而在姜涛一篇专门探讨当代诗歌的叙述问题的论文中，“叙述”又相当于诗歌的“论述系统”（discursive system），“叙事性”则是对80年代迷信的“不及物”倾向的纠偏，是“对外部世界——‘物’的再度指涉”。[②] 这些意见不无道理，但从90年代诗歌写作的实际情形看，“叙事性”还是一种具体包容矛盾复杂的现代意识、感觉、趣味的诗歌美学实践，一种从手段上自觉限制大而无当主题和空泛感情，让诗获得开放与“统一”的平衡，获得情境（意境）的稳定感的艺术努力。实际上，就90年代“叙事性”诗歌绝大多数作品而言，本意并不是向小说请教，向小说借贷故事或叙述故事的时间，以便回溯历史，追忆逝去的年华。它所接纳的因素主要有两个：一是事件或场景；二是感觉化的细节。但即使在这两种因素使用得最多，甚至用诗来“纪事”的诗人臧棣那里（他有本诗集就叫作《燕园纪事》），事件、场景、细节不过是展开诗歌的机缘，不过是吹动“草”的“风”，或测试“风”的“草”（他的另一部诗集就题为《风吹草动》）。因为有了它们，想象就更能随物赋形，与心徘徊，就不至于凌空蹈虚，无所凭依。由此看来，“叙事性”实在是诗歌的一面风旗，或者，如同机械是人类手臂的延长一样，是诗歌思维延长的一根触须。

因此，“叙事性”既不像“立场”问题那么严重，也绝不是不及现实之物浪子的迷途知返。我们为什么总是重“道”轻“器”，一定得“大是大非”而不能玩味精微的技艺；为什么反思词语的自我繁殖，就一定是对“外部现实”的再度指涉，诗中的现实是什么，思维与语言可以外部

① 程光炜：《导言：不知所终的旅行》，《岁月的遗照》，社会科学文献出版社1998年版。
② 姜涛：《叙述中的当代诗歌》，《诗探索》1998年第2辑。

旁听？[①]“立场”“现实”这些令人尊敬的大词，并不符合90年代中国诗歌想象、包容复杂感觉与意识的个人写作状况。而体现它的“叙事性”，也实在是一种假叙事，最终宣告用诗歌叙事的不可能性。如果我们同意瓦雷里（Paul Valery）“诗是跳舞，散文是走路”的比喻，所谓的“叙事性”，不过是更有利于感觉与语言起舞的场池。所以臧棣写《锻炼》，是要充分利用跑步的展开性，带出对80年代以来文化“误诊”现象的感兴，借道路起伏的坡度带出“反反”“复复”的文化现象，借奔跑中咚咚的步履声获得展开思维与想象的节奏。而《北京地铁》，也是利用人们熟悉的时空经验和细节做跳板，通过地铁对地下与地面、黑暗与光明的分割以及快与慢中突发的与相对从容的感觉交错，想象人在现代城市中的生存境况。

如此看来，“叙事性”实在是凝聚矛盾复杂的现代个人经验，探索感觉思维的自由与约束，实现诗歌情境的具体性与丰富性的一种有效艺术手段。历史地看，它也是20世纪中国诗歌对世纪初提出的一种诗歌理想的致敬。这就是新诗开创者胡适所希望的：“诗要用具体的做法，不可用抽象的说法，凡是好诗，都是具体的，越是偏向具体的，越有诗味。”[②]遗憾的是，连胡适自己在内，当时也只是一种直觉，并未真正意识到它重要的诗学意义，更不用说把它落实到技术的层面进行自觉的实践了。这是不是新诗主流总是服从现实的训导，一直在浪漫主义与现实主义两者之间摆荡，不重视感受力、语言、形式和技巧探讨的原因？是不是真正的个体感受和意识的解放是诗歌获得具体性的前提？很难设想，国家化的想象和集体意识会产生真正的具体性。启蒙主义的激情必然导向英雄主义与感伤主义，而个人主体意识缺席的现实主义不过是一种普遍主义。胡适理论上的软弱之处，既在于前提上的暧昧性，也在于语言、技巧上的工具主义盲点——这使他忽略了诗歌具体性的本体含义，只见到诗经《伐檀》、杜甫《石壕吏》写实的具体性，却对意象派表现瞬间感受、意识的具体性视而

---

① 罗兰·巴尔特在谈论语言结构中的奴役与权势时说：“人类的语言没有外部，它禁止‘旁听’。我们只能求诸不可能之事来越出语言之外，如通过一种神秘的个别性。”（《符号学原理——结构主义文学理论文选》，生活·读书·新知三联书店1988年版，第6页。）而福柯也认为今天的写作是“符号的一种相互作用，它们更多地由能指本身的性质支配，而不是由表示的内容支配”（福柯《作者是什么？》，逢真译，《最新西方文论选》，漓江出版社1991年版，第447页）。

② 胡适：《谈新诗》，《中国新文学大系·建设理论集》，上海良友图书公司1935年版，第308页。

不见。现在，这种历史和理论的遮蔽终于在实践中被敞开了，终于在意识与技艺的关联上重新理解和实践了诗歌的具体性。

实际上，无论是“叙事性”“反讽”等艺术手段，还是个人化写作倾向，甚至90年代诗歌与以往诗歌的“脱节”现象，都具有敞开问题、再度展开的性质，都与中国新诗的历史建立了“互文”关系。能与自己的历史建立“互文性”（无论何种方式），能敞开问题、再度展开的诗歌，是有传统背景和现实活力的诗歌，是承续的诗歌、反思的诗歌，有包容性和更大可能的诗歌。90年代的中国诗人，没有辜负时代和中国诗歌的伟大传统。

（原载《中国社会科学》2002年第2期）

从古典的诗意到现代的诗性

——试论中国新诗的“诗意”生成机制

王家新

中国现代诗的“‘诗意’生成机制”是一个很值得探讨的话题，它可以从不同角度和层面切入。我在这里主要结合中国现代诗与古典诗的关系来考察这一问题，因为我们是在一个具有悠久诗歌传统的历史背景下来谈论“诗意”的。从中国诗歌来看，从古典诗到现代新诗，对“诗意”的把握和呈现，正是一部不断扩大、加深、修正和刷新的历史。“诗意”，这是一个在历史中不断更新的命题。

如同人们所知，中国古典诗歌往往用乡村和自然的意象创造了一个诗意的居所，出现在这些诗中的诗人也往往是超然的、优雅的。在现代社会重温这些古老的山水诗和田园诗，它已成为我们的怀乡病。它指向了一个永远失去的家园。

而从创作的角度来看，在数千年中国古典诗歌的历史上，“诗意的生成”已形成了它自身的惯例和规范，比如说，有“池塘生春草”，就必有“园柳变鸣禽”；有“两个黄鹂鸣翠柳”，就必有“一行白鹭上青天”，等等；尤其是在后来一些缺乏创造性的诗人那里，这种诗意的生成已成为一种美学上的惯性反应，而这往往造成了与诗的本源、与真实的生活经验的脱节。一些中国现代诗人的觉悟正是从这里开始的，他们不是复制那些传统的诗意，而是往往通过某种“逆诗意化”的写作策略来获得自身的“诗性”。闻一多曾有过这么一首著名的诗：

口供

我不骗你，我不是什么诗人，

纵然我爱的是白石的坚贞，
青松和大海，鸦背驮着夕阳，
黄昏里织满了蝙蝠的翅膀。
你知道我爱英雄还爱高山，
我爱一幅国旗在风中招展，
自从鹅黄到古铜色的菊花，
记着我的粮食是一壶苦茶！

可是还有一个我，你怕不怕？——
苍蝇似的思想，垃圾桶里爬。

显然，出现在诗的最后的，已不是人们所想象的“诗人”的形象。虽然从诗的第二句开始形成了一个转折，指向一个中国读者都很熟悉的古典的“诗意”的世界（诗人还特意在第三、四句化用了古诗中常见的意象，如韩愈《山石》中的名句“黄昏到寺蝙蝠飞”等），它几乎就要惹起我们诗意的乡愁，然而，诗的本意到了结尾才真正揭示出来。

而这个逆转性的结尾会使每一个读到它的人受到震动：它不仅陡然显现了一种真实，也完全颠覆了人们对诗意和诗人形象的期待。这样一个结尾，真有一种“语不惊人死不休”之感。尤其是“苍蝇”这种事物，在过去是被排除在传统诗意之外的，但在这首诗中，闻一多居然以它来做精神自况。这不仅显示了恶劣环境（“垃圾桶”）下思想的艰难，如果和中国古典诗对照起来，还给人一种深长的反讽意味。在一个有着数千年诗歌传统和审美规范的国度，要道出这种“口供”是需要勇气的。它显然是一种审美冒犯，它挑衅着也颠覆着公众对诗歌和诗人的习惯性认知。

闻一多有着深厚、精湛的中国古典诗歌的功底，这首诗的锤炼、转折和特殊句法（例如“自从鹅黄到古铜色的菊花”），都使我们想到杜甫。和杜甫一样，他也更偏爱现实中那些“艰难困苦的事物”，并以此作为自己思想和艺术的养料（“记着我的粮食是一壶苦茶”），但闻一多对一个诗人在现时代的处境和艺术使命又有着高度清醒的认识。他的“逆诗意化”正显示了这种自觉。他的“颠覆”是从“特洛依木马”的内部发起的颠覆。他那些“戴着脚镣跳舞”的诗，总是带着一种新的诗意产生时所伴随的阵痛。

而在这之后的一些中国现代诗人，也以他们各自的方式会入了这种“逆诗意化”的诗学实践，甚至在这条路上走得更远。比如穆旦的早期创作就带有一种自觉的“去中国化”的特征。这里的“中国”指的正是一个传统诗意上的“文化中国”、唐诗宋词的中国、“杨柳岸晓风残月”的中国。穆旦在1940年的《玫瑰之歌》一诗中曾这样写道：“我长大在古诗词的山水里，我们的太阳也是太古老了，没有气流的激变，没有山海的倒转，人在单调疲倦中死去。”这正是穆旦“逆诗意化”诗学实践的思想前提和背景。

有一种很有影响的观点，认为穆旦的“胜利”正在于他对传统的“无知”[①]，但这种说法仅仅在某种意义上成立。对于传统与新诗的关系，穆旦其实一直有着很清醒的认识。那是一种很有价值和魅力的传统，但也是一种对现代诗创作而言“失效”了的传统。对此，我们来看穆旦的《五月》一诗。该诗的创作，显然受到艾略特《荒原》写作方法的启发。穆旦在《五月》中也运用了不同文体的拼贴，或者说运用了一种“正文”与“副歌”的对照：“副歌”由五首旧体诗的仿作构成，“正文”则是一种穆旦式的诗，语言富有现代肌理和内在张力，高度浓缩到要爆开的程度，甚至有意识地用了一些军事用语和工业性比喻，极尽战争和现代社会的残酷和荒谬。这样，在“正文”与“副歌”之间，正好形成一种强烈的、耐人寻味的对照。

这就不是在简单地模仿《荒原》了，而是透出了一种自觉的诗歌意识和文学史意识。有人曾批评穆旦的五首绝句的仿作“居然没有一首平仄妥帖”[②]，但是人们也许没有觉察到，穆旦想要的，恰恰就是这个“别扭极了”的效果。他的本意并不是要写几首漂亮的旧体诗给人们看，而是有意以这种方式进行“戏仿”。准确地说，他要模仿的并不是古典大师，而是那种在现实中流行的半瓶子醋式的“旧体诗”，到了嵌入诗中的第四首仿作“良辰美景共饮酒/你一杯来我一盅”时，这种“对模仿的模仿”便达到其最大的讽刺效果。在《五月》中，这种自作多情的、逃避现实的、才子佳人式的、风花雪月式的“旧体诗”，一经和“勃朗宁，毛瑟，三号手提式/或是爆进人肉去的左轮”这样的严酷现实相对照，便立

① 王佐良：《一个中国诗人》，原载伦敦《生活与文学》1946年6月号。

② 江弱水：《伪奥登风与非中国性：重估穆旦》，《外国文学评论》2002年第3期。

即暴露了它自身的苍白和滑稽可笑，它不仅即刻宣告了自己的失效，最后还化为云烟，“一飞飞上九层云”——全诗最后留下的，就是这种讽刺的语调。

《五月》中这种别出心裁的“戏仿”以及诗中的“一个封建社会搁浅在资本主义的历史里”这句诗，透出的正是穆旦对新诗创作出路的清醒认识。在中国，古典诗拥有持久的魅力，传统的诗意和趣味已浸润在人们的骨子里，哪个人在写新诗之前没有写过几句旧体诗呢？它太容易让人沉溺其中了！穆旦之所以要以“戏仿”的方式对它进行消解，正因为它依然在蛊惑着人们。他以这种方式与旧式的吟唱酬和做了最后的道别，而开始了一种“现代性”的艺术历程。

叶芝在一首《雪岭上的苦行人》① 中这样写道：“文化是被多端的幻觉圈起，/在一范围，和平的外表下。/但人的生命是思想，虽恐怕/也必须追求，经过无数世纪，/追求着，狂索着，摧毁着，他要/最后能来到那现实的荒野。/别了，埃及和希腊，别了，罗马……”

闻一多、穆旦等在当年所经历的，也正是这样一个艰巨的艺术历程。作为一个现代诗人，只有摆脱“文化的幻觉”和传统的因袭，摆脱传统诗意的诱惑——它真的如同那神话中的塞壬的歌声，才能重新抵达“现实的荒野”，使诗的写作和现实经验发生一种切实的摩擦。也可以说，正是以这种“逆诗意化”的写作策略，他们才找到了一种进入现实的方式。他们的语言真正进入现实的血肉之中。

我认为，这正是现代“诗意”产生的某种前提，从这里入手，我们才可以深入洞察到中国现代新诗的“‘诗意’生成机制”。

以上通过对《口供》《五月》等诗的考察也表明，像闻一多、穆旦这样的诗人，都不是那种盲目地反传统的诗人。在他们的创作中，都体现了一种自觉的诗学意义上的质询和重建，体现了一种对诗与历史、诗与文明关系的更深刻、更富有历史感的认识。也可以说，对他们而言，对传统诗意的逆转仅仅是一个起点或一种策略。对传统诗意的修正、扩展和刷新，还意味着一种现代“诗性”的重铸。这才是自闻一多、卞之琳、冯至、穆旦以来中国现代诗的目标。

这里，我们需要留意于“诗性”这个词。“诗意”和“诗性”虽然

---

① 杨宪益译：《近代英国诗钞》，人民文学出版社 1983 年版，第 27 页。

在英、德、法等西文中都用同一个词来表述，但这两者的含义在具体的语境中仍是有区别的。因此中国的学者在翻译海德格尔的过程中采用了“诗性”这个词,[①] 海德格尔所阐释的荷尔德林的著名诗句“……人，诗意地栖居……”在中国已很有影响，但它也可以译为“……人，诗性地栖居……”而这两个短语的意味是有所不同的。

“诗意”和“诗性”其实都是很难解释的词。“诗意”，这不仅涉及人们对“诗”的认知，还涉及人们读诗时的某种印象，诗的意境、氛围所产生的某种美感效果，等等。而人们觉得一首诗是否“富有诗意”，这往往还取决于他们各自的文化、审美传统和个人趣味。

“诗性”除了与“诗意”的交叠部分外，在我看来，这更涉及诗的内在品质、诗的感受力和诗的观照、言说方式、诗与思、诗与存在的关系，等等。在海德格尔所阐释的荷尔德林、里尔克等诗人那里，这种诗性的言说远远突破了单一的审美愉悦，而把诗的写作作为一种对存在的关照，对精神的言说。简言之，这种诗性传统，就是思、言、诗的同一。

而从这种角度来看，传统诗意的过剩往往掩饰了一种内在的贫乏。重铸一种现代“诗性”，这首先意味着扩大、加深和刷新对诗和存在的理解。

现在，我们来看从冯至那里所体现的现代诗性。冯至的《十四行集》在20世纪40年代初的诞生，对诗人自己来说，是艺术的再生，同时也极大地刷新着人们对诗歌的认知。这部作品问世后，对它最初的反响往往集中在它采用的十四行形式和“沉思”的性质上。因为要面对整个人生和存在的问题，冯至就像他所师从的“诗哲”歌德、里尔克，在他的十四行中把“诗”与“思”结合了起来。朱自清当年曾专门写过一篇《诗与哲理》[②]，谈冯至几首十四行诗中的哲理。不过，我想冯至创作这部作品的目的并不在于人们所说的“哲理诗”，虽然它们“富有哲理”，而是使它们成为存在的言说，成为一种“存在之诗”。我想，这才是冯至的艺术目标。

的确，《十四行集》在艺术上给人们带来的新鲜感并不仅仅在于其形

① 参见马克·弗罗芒－默里斯《海德格尔诗学》，冯尚译，上海译文出版社2005年版。

② 朱自清：《新诗杂话》，生活·读书·新知三联书店1984年版（据作家书屋1947年版排印）。

式，它对我们的启示也并不仅仅在于其“哲理”，正在于诗人终于找到了一种言说方式，把诗与思完美地结合为一体。他从个人的内心与宇宙、自然、时代有形与无形的关联中，确定了一种诗的在场；他从大自然的山川、树木和季节循环那里，从狂风暴雨之夜，从生物蜕变中，从对历史人物的联想中，找到了一种言说精神的语言；他有力地避开了那些老套陈腐的抒情，而以对“经验”的开掘、发现和转化，把对人生的深入和超越同时结合了起来。正是这种“诗性”的转化和提升，使诗人摆脱了现实的束缚，完成了对存在的敞开。这使他的《十四行集》在艺术上充实而有光辉，带有一种超越尘俗而又面向人生的风貌和姿态。

我想，这就是冯至这样的诗人在那个时代的重要贡献，他们不仅使诗重新获得了对现实“发言”的能力，还给我们带来了一种令人惊异的“诗之思”，带来了一种超越性的诗性品格。他们有力地突破了中国传统文人、诗人偏重于感性、性情和趣味的传统，发展出了一种现代意义上的诗的观照和言说方式，或者说，体现出一种一直为中国诗歌所缺乏的对存在的追问精神和思想能力。可以说，如果没有冯至、穆旦这样的将“诗与思”结合为一体的诗人出现，那我们将继续忍受思想的贫乏。

20 世纪 80 年代以来的中国诗歌，呼应了这种现代诗性传统。的确，在一个贫乏的时代和文化环境里，诗歌写作不仅是写出几首好诗的问题，也不仅是对诗艺有所贡献的问题，还要承担起对人生和灵魂问题的更深切的关怀，还要熔铸一种精神的、诗学的品格。这已成为许多中国当代优秀诗人的艺术目标。以下，我们来看海子的一首诗：

最后一夜和第一日的献诗

今夜你的黑头发
是岩石上寂寞的黑夜
牧羊人用雪白的羊群
填满飞机场周围的黑暗

黑夜比我更早睡去
黑夜是神的伤口
你是我的伤口

羊群和花朵也是岩石的伤口

雪山用大雪填满飞机场周围的黑暗
雪山女神吃的是野兽穿的是鲜花
今夜九十九座雪山高出天堂
使我彻夜难眠

（1989.1）

首先我们要留意诗中的这个“你”。按德国现代宗教哲学家马丁·布伯在《我与你》[①] 中的说法，生命的意义就在于构建一种“我与你”的关系——爱情是这样，信仰也是这样。海子诗中的“你”也应这样理解。这样一位诗人灵魂的唯一对话对象，在场而又缺席，不在身边却又历历在目。她头发的黑，是岩石上寂寞的黑夜。

中国有句古话“一生二，二生三”，海子就有这种能力，因为他已抵及了生命和艺术的本源。在这首诗中，有了“岩石”，就有了“牧羊人”，有了黑夜，就应该有某种雪白的东西来和它形成对比，于是就有了“牧羊人用雪白的羊群填/满飞机场周围的黑暗”这种奇异的诗句。

只不过在这里，“飞机场”这个意象的出现有些突兀。海子的诗大都和乡村、田野、草原有关，很少出现现代工业文明的意象。为什么会有“飞机场”这个想象呢？这使我想到海子所曾受到的海德格尔的影响。海德格尔在阐述荷尔德林时有一个说法：只有把“天、地、神、人”聚集为一体，人才有可能“诗性地栖居”[②]。机场是用来飞机的起落的，以一种诗性的眼光来看，也是用来连接和聚集“天、地、神、人”这四重性的。海子要用羊群和大雪填满“飞机场”周围的黑暗，也许正是为了让他的这种诗思起飞。

接下来，“黑夜比我更早睡去”，因为“黑夜是神的伤口”，它疲倦了，它要去好好睡一会儿了，但我们年轻的诗人却难以睡去，因为他一直在想着“你”，因为“你”已成为“我的伤口”，那种更深刻的爱也都是伤口，永不治愈的伤口。诗人这么一想，便感到“羊群和花朵也是岩石

---

① 马丁·布伯：《我与你》，生活·读书·新知三联书店2002年版。
② 海德格尔：《荷尔德林诗的阐释》，孙周兴译，商务印书馆2000年版。

的伤口”，它们呈现着大地的美丽，但也带着大地的伤痛。

写到这里，诗人的情感被进一步调动起来，他用了重复的手法来加强这种情感，而这一次，不是羊群而是一种更伟大神秘的事物——“雪山”——要用它的大雪来填满机场周围的黑暗了。最后两句为诗中的名句，“九十九座雪山”，这是一个极限数，是数字的形而上。海子是一个面向绝对和终极的诗人，他只能想出这样的数字。天堂高不可问，而这九十九座无言的雪山甚至高出了天堂。对此，我们只能和诗人一起战栗无言。

“我已走到人类的尽头”，海子曾如是说。这首诗就给人这样的感觉。这使我们联想到柳宗元的“千山鸟飞绝，万径人踪灭。孤舟蓑笠翁，独钓寒江雪”（《江雪》）。柳宗元的这首名诗，有一种外在的空旷和内在的寂静。它那“独钓寒江雪”的意境也透出了一种澄澈、孤绝的生命意识，只不过在这里没有神明的参与，也没有对“神性”、对更伟大的精神事物的感应。而在海子这首诗中，诗人在“人类的尽头”独自面对他的人生、他的伤痛、他的岩石上寂寞的黑夜，还有他那无言的神。这是他的“最后一夜”，其寒冷和哀伤都到了一个极限，但也是他的曙光即将升起的“第一日”。他的“死”和“复活”就这样神秘地联系在一起。

这是海子最令人惊异的诗篇之一，读它时，“悲痛时握不住一颗眼泪”。它体现了一种直抵本源的诗性创造力。它体现了一个经历了至深悲伤与绝望的人对神明启示的静候。

显然，海子的这首诗以及海子的整个创作，都受到了自荷尔德林以来德国的诗性传统和海德格尔哲思的影响。海德格尔通过对荷尔德林、里尔克等诗人的阐释，为人们包括中国当代的诗人们昭示了一种对存在进行追问，并以“神性”为尺度来测度自身的诗学品质和精神维度。海德格尔关于“诗人的天职是还乡”的诗学命题，在海子那里引发出了深刻的反响。海子这位农家子的诗，虽然大多出自“农耕文明”的养育，但和传统的诗意已有了质的区别，它融合了现代意义上的诗、言、思，融合了一种现代的乡愁和信仰冲动。海子诗歌的深刻感人之处，也正在于把这种信仰冲动带入了一个贫乏时代的诗与言中。这使他最终成为一个能够进入存在的本质层面进行追问和承担的诗人。

和海子同时代以及稍后的一些中国诗人，也都在试图以他们各自的方式熔铸一种现代诗性，或者说，以他们各自的方式重新面对“现代性”

这一命题。海子在《太阳》一诗中所痛感的“汉族的铁匠打出的铁柜中装满不能呼唤的语言”，这种状况已经有所改变。总之，我们已很难用传统的趣味和标准来描述中国现当代诗歌“‘诗意’的生成机制”了。要进入这种内在机制之中，我们几乎需要重新发明一套精神的和诗学的语言。从中国古典诗到20世纪的现代诗，其间体现的正是一场最深刻的精神的和语言的转变。

我在这里简略地考察了“五四”以来中国现代诗人“逆诗意化”的写作策略以及重铸现代诗性的诗学实践。这种实践仍在一个展开的历史过程中。这种艰难的、时断时续的、和现当代中国的文化问题和精神问题密切相关的诗学实践，最终还是使我想起了爱尔兰诗人西穆斯·希尼在《进入文字的情感》中的最后一句话：“锻造一首诗是一回事，锻造一个种族的尚未诞生的良心，如斯蒂芬·狄达勒斯所说，又是相当不同的另一回事；而把骇人的压力与责任放在任何敢于冒险充当诗人者的身上。”①

（原载《中国现代文学研究丛刊》2007年第5期）

① Seamus Heaney, Feeling into Words , The Poet' s word , Houghton Miffli in Company Boston, 1979.

新诗：呼唤自由的精神

——对废名“新诗应该是自由诗”的几点思考

吴思敬

重提70年前废名“新诗应该是自由诗”的判断，意在阐明自由诗最能体现新诗自由的精神，最具有开放性与包容性。而新诗诞生90余年的实践表明，现代格律诗之所以未能与自由诗相抗衡，是由于与传统格律诗相比，其公用性与稳定性的缺失。当下的诗坛，自由诗尽管占据着主流位置，但也为各种现代格律诗的实验，提供了最为广大的舞台。不过，解决当下新诗存在的问题，还是应该从诗性内容入手，希冀设计出若干种新诗格律来克服新诗的弊端是不现实的。

一 话题的提起

2008年，北京大学出版社出版了署名废名、朱英诞著的《新诗讲稿》（陈均编订）。此前废名的新诗讲稿流行最广的是人民文学出版社1984年出版的《谈新诗》（署名冯文炳）。我注意到北京大学出版社《新诗讲稿》与人民文学出版社《谈新诗》的不同，除去前者编进了朱英诞1940—1941年在北大的新诗讲稿外，就废名的北大讲稿部分而言，明显变化在于文章次序的调整。人民文学出版社的《谈新诗》，把《新诗应该是自由诗》放在第三篇，前面还有《尝试集》和《一颗星儿》两篇，后附《新诗问答》。北京大学出版社的《新诗讲稿》则以《新诗问答》为第一篇，《新诗应该是自由诗》为第二篇。这一顺序的调整依据的是朱英诞所藏讲稿。朱英诞之所以做这样的调整，在于他认为《新诗应该是自由诗》一文与《新诗问答》一样，是废名有关新诗观念的集中阐述，具有统率全书的作用，所以才把它放在前面。借北京大学出版社出版《新诗讲稿》之机，我又重读了废名的《新诗应该是自由诗》，联想到新诗诞生90余年的风风雨雨，很有些想法，现在写出来，就正于读者。

为朱英诞所看重的《新诗应该是自由诗》是废名1936—1937年在北京大学任教时所写。此时距新诗的诞生已有20年。在废名看来，这20年新诗固然成长了，但是还有很多不尽如人意的地方，他曾这样描述他的感受："我那时对于新诗很有兴趣，我总朦胧的感觉着新诗前面的光明，然而朝着诗坛一望，左顾不是，右顾也不是。"①

废名所说的"左顾不是，右顾也不是"，大约是指新诗诞生以来的如下情况：一方面，胡适倡导"有什么材料，做什么诗；有什么话，说什么话"，"做诗如做文"，结果，诗人的主体性不见了，诗人的艺术想象不见了，大量诗歌充斥对生活现象的实录，陷入"非诗化"的泥淖，正如梁实秋所批评的："自白话入诗以来，诗人大半走错了路，只顾白话之为白话，遂忘了诗之所以为诗，收入了白话，放走了诗魂。"② 另一方面，"新月派"诗人企图扭转早期白话诗自由散漫的弊端，但他们过于强调诗歌的外在形式，强调体格上的严整，忽略了内在的情绪节奏，那种千篇一律的"豆腐干诗"，那种削足适履式的叶韵与建行，也足以败坏读者的胃口。废名曾举过一例："我记得闻一多在他的一首诗里将'悲哀'二字颠倒过来用作为'哀悲'，大约是为了叶韵的原故，我当时曾同了另一位诗人笑，这件事真可以'哀悲'。"③

正是出于对新诗诞生以来的上述弊端的清醒认识，在反思中国传统诗歌理论资源的基础上，废名做出了"新诗应该是自由诗"的判断。

> 这个时候，我大约对于新诗以前的中国诗文学很有所懂得了。有一天我又偶然写得一首新诗，我乃大有所触发，我发见了一个界线，如果要做新诗，一定要这个诗是诗的内容，而写这个诗的文字要用散文的文字。已往的诗文学，无论旧诗也好，词也好，乃是散文的内容，而其所用的文字是诗的文字。我们只要有了这个诗的内容，我们就可以大胆的写我们的新诗，不受一切的束缚，不拘格律，不拘平

---

① 废名：《新诗应该是自由诗》，废名、朱英诞《新诗讲稿》，北京大学出版社2008年版，第12页。

② 梁实秋：《读〈诗底进化的还原论〉》，载《时报副刊》1922年5月29日。

③ 废名、朱英诞：《新诗讲稿》，北京大学出版社2008年版，第12页。

> 仄，不拘长短；有什么题目，做什么诗；诗该怎样做，就怎样做。我们写的是诗，我们用的文字是散文的文字，就是所谓自由诗。①

现在看来，废名对他的命题的阐述还是有些简单化的，起码有如下几点值得推敲。一是认为内容可决定一切，把自由诗归结为只要有了诗的内容后，就可以大胆去写，该怎样做就怎样做，忽略了内容与形式是有机的整体，思维方法有些片面性；二是没有看到任何自由都是有限度的，绝对的“不受一切的束缚”是办不到的；三是把古代诗词的内容，除去温李一派的，全看成是“散文的内容”，这很难说是符合古代诗歌的实际。

尽管如此，废名所提出的“新诗应该是自由诗”的命题还是引起了强烈的反响，赞同的与怀疑的声音不绝于耳。现在距离废名提出这一判断已过去了70余年，新诗也走过了90余年的历程，重提“新诗应该是自由诗”的话题，看看它在新诗理论建设中起了怎样的作用，对当下乃至未来的新诗发展道路的探寻又会产生什么样的影响，将是很有意义的。

我们该怎样看待废名的“新诗应该是自由诗”的判断呢?

二 “新诗应该是自由诗”是从内在精神角度对新诗品质的概括

新诗在“五四”时期出现，是诗体的变革，但其意义又绝不仅仅限于诗体变革。在胡适眼里，“五四”新文化运动与欧洲的文艺复兴“有一项极其相似之点，那便是一种对人类（男人和女人）一种解放的要求，把个人从传统的旧风俗、旧思想和旧行为的束缚中解放出来。欧洲文艺复兴是个真正的大解放的时代。个人开始抬起头来，主宰了他自己的独立自主的人格；维护了他自己的权利和自由”②。胡适把“诗体的解放”放在这样的一个大的背景中，要推翻一切束缚诗神自由的枷锁镣铐，得到了“五四”时代其他诗人的热烈回应。康白情说：“新诗破除一切桎梏人性底陈套，只求其无悖诗底精神罢了。”③ 俞平伯说：“我对于做诗的第一个

---

① 废名、朱英诞：《新诗讲稿》，北京大学出版社2008年版，第13页。

② 《胡适口述自传》（第八章“从文学革命到文艺复兴”），《胡适文集》，北京大学出版社1998年版，第1卷，第341页。

③ 康白情：《新诗底我见》，载《少年中国》1920年第1卷第9期。

信念是‘自由’。”① 陆志韦说：“我的做诗，不是职业，乃是极自由的工作。非但古人不能压制我，时人也不能威吓我。”② 这样痛快淋漓地谈诗与自由，这种声音只能出现在“五四”时代，他们谈的是诗，但出发点却是人。他们鼓吹诗体的解放，正是为了让精神能自由发展，他们要打破旧的诗体的束缚，正是为了打破精神枷锁的束缚。宗白华作为《学灯》的编者，大量编发了郭沫若早期的自由诗，他的出发点也不仅仅在于“诗体”，而是一种对人性解放的渴望：“白话诗运动不只是代表一个文学技术上的改变，实是象征着一个新的世界观，新生命情调，新生活意识寻找它的新的表现方式。斤斤地从文字修词，文言白话之分上来评说新诗底意义和价值，是太过于表面的……这是一种文化上进展上的责任，这不是斗奇骛新，不是狂妄，更无所容其矜夸，这是一个艰难的，探险的，创造一个新文体以丰硕我们文化内容的工作！在文艺上摆脱二千年来传统形式的束缚，不顾讥笑责难，开始一个新的早晨，这需要气魄雄健，生力弥满，感觉新鲜的诗人人格。”③

“五四”以后，有着这种全新的“诗人人格”的作者继续高扬诗的自由旗帜。艾青说：“诗与自由，是我们生命的两种最可贵的东西。”④ “诗是自由的使者，永远忠实地给人类以慰勉，在人类的心里，播散对于自由的渴望与坚信的种子。诗的声音，就是自由的声音；诗的笑，就是自由的笑。”⑤ 出于对诗的自由本质的理解，艾青选择了自由诗作为自己写作的主要形式，在他看来，自由诗是新世界的产物，更能适应激烈动荡、瞬息万变的时代。与艾青相似，“七月派”诗人彭燕郊从来不写旧体诗，也很少写有固定格局的现代格律诗，而是终生写作自由诗。他这种选择并非只是出于个人的偏好，而是基于对新诗本质的深刻理解。他认为：“新诗是自由诗。新诗没有格律，不沿袭旧格律，也不可能‘逐步形成’什么‘新格律’。摒弃形式主义是20世纪世界文学发展的总趋势……从艺术风格上，从诗美追求上看，新诗一开始就没有什么统一的‘诗法’，没有什么‘尊于一’的规范，多元的，各显神通的各个流派的自由竞争成为八

---

① 俞平伯：《诗的自由与普遍》，载《新潮》1921年第3卷第1号。

② 陆志韦：《〈渡河〉自序》，《渡河》，上海亚东图书馆1923年版，第3页。

③ 宗白华：《欢欣的回忆和祝贺》，载《时事新报》1941年11月10日。

④ 艾青：《诗与宣传》，《诗论》，人民文学出版社1956年版，第196页。

⑤ 艾青：《诗的精神》，《诗论》，第134页。

十多年来中国诗坛的绚丽景观。”①

这样看来，“自由”二字可说是对新诗品格的最准确的概括。这是因为诗人只有葆有一颗向往自由之心，听从自由信念的召唤，才能在宽阔的心理时空中任意驰骋，才能不受权威、传统、习俗或社会偏见的束缚，才能结出具有高度独创性的艺术思维之花。而对废名“新诗应该是自由诗”的理解，恐怕也不宜把“自由诗”狭隘地理解为一个专用名词，而是看成新诗应该是“自由的诗”为妥。废名说：“我的本意，是想告诉大家，我们的新诗应该是自由诗，只要有诗的内容然后诗该怎样做就怎样做，不怕旁人说我们不是诗了。”② 这里所谈的与其说是一种诗体，不如说是在张扬新诗的自由的精神。

三　“新诗应该是自由诗”标明了自由诗在新诗中的主体位置

“新诗应该是自由诗”是从内在精神的角度对新诗的自由本质的表述，已如上述；从新诗发展的角度谈，“新诗应该是自由诗”则是对自由诗在新诗中居于主体位置的一种客观描述。

朱自清在为新诗的第一个十年（1916—1927 年）做总结的时候，曾说过：“若要强立名目，这十年来的诗坛就不妨分为三派：自由诗派，格律诗派，象征诗派。”③ 朱自清在确立这三派的时候，实际上是混用了两种不同的分类标准，自由诗派与格律诗派是从诗歌的外部特征也就是否遵循有规则的韵律来区分的；象征诗派则是根据诗歌的内在信息即这类诗歌的象征性内涵以及相应的表现手法来区分的。而同样是象征派诗歌，可以写成格律诗，也可以写成自由诗。因此，如果坚持同一次分类必须坚持同一个分类标准的原则，朱自清所强立的三派实际为两派，即自由诗派与格律诗派。三足鼎立，实为两军对垒。那么这两军对垒后来的趋势又如何呢？从新诗发展的历程来看，一个明显的事实是天平的一端越来越向自由诗倾斜。

---

① 彭燕郊：《虔诚地走近诗》，《彭燕郊诗文集·评论卷》，湖南文艺出版社 2006 年版，第 144—145 页。

② 废名、朱英诞：《新诗讲稿》，北京大学出版社 2008 年版，第 14 页。

③ 朱自清：《中国新文学大系·诗集导言》，上海良友图书印刷公司 1935 年版，第 8 页。

其实这种倾斜，从新诗发生阶段就出现了。新诗诞生伊始被称为白话诗，而白话诗这一称呼，几乎是可以与自由诗互换的。这点从新诗的反对者的话语中也可反映出来："所谓白话诗者，纯拾自由诗（Verslibre）及美国近年来形象主义（Imagism）之余唾。"[1] 在这些人眼里，白话诗即是外国自由诗的模仿。

回顾90年的新诗发展史，对新格律诗或现代格律诗的最热心的理论探索和实践，大致集中在新诗发展的前半期，即20世纪20—50年代。针对早期白话诗只重"白话"不重"诗"的情况，1920年2—3月，《少年中国》特设了两期"诗学研究"专号，发表了宗白华、田汉、周无、康白情等人的文章，对早期的白话诗运动做了深刻的反思，新诗的形式建设问题开始被提上日程。1923年陆志韦出版诗集《渡河》，开始有意识地为新诗探寻新的格律。1926年4月《晨报副刊·诗镌》的问世则标志新格律诗运动进入了一个新的阶段。《晨报副刊·诗镌》的周围聚集了闻一多、徐志摩、朱湘、饶孟侃、孙大雨、刘梦苇、于赓虞等一批新月诗人。饶孟侃的《新诗的音节》、闻一多的《诗的格律》是新月派诗人探讨新诗格律的最重要的理论文本。新月诗派成了新诗史上的第一个格律诗派，也成为后来的新格律诗的主要源头。20世纪30年代先后有梁宗岱、叶公超、陆志韦等探讨新诗格律的论文发表。20世纪50年代则有何其芳提出建立"现代格律诗"的主张，卞之琳提出"哼唱型节奏（吟调）和说话型节奏（诵调）"的理论，以及林庚提出的"典型诗行"和"半逗律"等。

20世纪60年代以后，对新格律诗的理论探索大多属于从学术角度对此前的研究进行回顾与总结，除去臧克家在1977年根据毛泽东关于新诗的"精练、大体整齐、押韵"的意见而提出的一套新诗形式的试验方案外，真正再像闻一多、何其芳那样进行构建新格律体的尝试则很少了。从创作角度说，现代格律诗在刊物上、在诗集中虽时有出现，但按某一种现代格律诗的体式写作能形成规模并获得响应者却不多见。至于如闻一多的《死水》，如冯至的《十四行集》这样的有影响的新格律诗的诗集，已成绝响。

---

① 梅光迪：《评提倡新文化者》，《中国新文学大系·文学论争集》，上海良友图书印刷公司1935年版，第129页。

与现代格律诗理论探讨和创作日稀的情况迥异，自由诗在诗坛则日趋繁荣。“五四”以来的重要诗人，如胡适、郭沫若、冰心、戴望舒、艾青以及以牛汉、绿原为代表的“七月派”诗人，以穆旦、郑敏为代表的“九叶派”诗人，全是以自由诗为自己的主要创作形式的。新时期以后，北岛、舒婷等“朦胧诗人”，海子、西川、韩东、于坚等“第三代诗人”，直到20世纪90年代后涌现的“70后”“80后”诗人，就更是以自由诗为主要的写作手段了。朱自清在新诗的第一个十年所构拟的“自由诗派”与“格律诗派”两军对垒的情况不复存在，自由诗成为新诗主流已是相当明显的了。

那么，为什么新诗的天平会倾向自由诗的一边呢？除去新诗作者渴求自由的天性外，这又是由自由诗与现代格律诗所具有的不同的审美特征所决定的。

四　自由诗在新诗中具有本原生命意义与开放性的审美特征

格律诗越是到成熟阶段，越是有一种封闭性、排他性，对原有格律略有突破便被说成是“病”。自由诗则不同，它冲破了格律诗的封闭与保守，呼唤的是一种自由的精神。美是自由的象征，对诗美的追求就是对自由的追求。如前所述，新诗的诞生就是与人的解放的呼唤联系在一起的，自由诗最能体现人渴望自由、渴望解放的本性。自由诗以其内蕴的本原生命意义，确立了开放性的审美特征。

艾青曾对自由诗的特征有过这样的描述：

> 什么叫“自由诗”？简单地说，这种诗体，有一句占一行的，有一句占几行的；每行没有一定章节，每段没有一定行数；也有整首不分段的。
>
> “自由诗”有押韵的，有不押韵的。
>
> “自由诗”没有一定的格式，只要有旋律，念起来流畅，像一条小河，有时声音高，有时声音低，因感情的起伏而变化。[①]

---

① 艾青：《诗的形式问题》，载《人民文学》1954年第3期。

艾青对自由诗的阐述，可以归结为建行、押韵、旋律三个方面。建行方面，艾青主张句无定字，节无定行，篇无定节，实际就是指出自由诗的建行有无限的可能性。押韵是可押可不押，完全自由。艾青所讲的“旋律”，指的是由语言的声音高低与情感的起伏而形成的自然节奏，近乎郭沫若所说的“力的节奏”。如果我们把艾青对自由诗审美特征的表述再做进一步的简化，那么自由诗的形式规范，最宽泛来说，只有两条，一条是分行，另一条是有自然的节奏。在这个大前提之下，作者获得了最大程度的创造自由。有人说，自由诗不讲形式，这是最大的误解。自由诗绝不是不讲形式，只是它没有固定的一成不变的形式。如果说格律诗是把不同的内容纳入相同的格律中去，穿的是统一规范的制式服装，那么自由诗则是为每首诗的内容设计一套最合适的形式，穿的是个性化服装。实际上，自由诗的形式是一种高难度的、更富于独创性的形式，从某种意义上说，比起格律诗来它对形式的要求没有降低，而是更高了。

自由诗的自由，体现了开放，体现了包容，体现了对创新精神的永恒的鼓励。自由诗不仅有自己的审美诉求，而且出于表达内容的需要，它可以任意地把格律诗中的具体手法吸收进来为我所用。比如，格律诗有韵，自由诗也可以有韵。格律诗讲对偶，北岛《回答》中的名句“卑鄙是卑鄙者的通行证，高尚是高尚者的墓志铭”，舒婷《致大海》中的“从海岸到巉岩，多么寂寞我的影；/从黄昏到夜阑，/多么骄傲我的心”，全是很整齐的对偶。自由诗也并不排斥五七言，穆旦的《五月》，一段七言民歌体，一段自由诗交错展开，突出了节与节之间的对立，构成强烈的反差，造成了情绪不断切换的艺术效果。

闻一多在《诗的格律》一文中提出了新诗要有“音乐的美”“绘画的美”和“建筑的美”，但这也并非为格律诗所专擅。自由诗的开放性与包容性，使其在不同的具体语境下也完全有可能实现闻一多所提出的这三美。自由诗没有传统格律诗的那种音乐性，但也不排除音乐的美。尽管戴望舒曾主张“诗不能借重音乐，它应该去了音乐的成分”①，但这也只是代表了自由诗的一种声音，强调的是内在的自然的节奏，排除的是外在的音乐性。不过，有些自由诗，照样可以有外在的音乐性，只是不遵循严整

① 《望舒诗论》，载《现代》1932年第2卷第1期。

的韵律规范，而是根据内容设计独特的声调。徐志摩的《沙扬娜拉——赠日本女郎》，尽管有人把它视为“现代格律诗”，但实际上，它的自由的建行，它的格式上的不可重复性，只能说它是一首自由诗：“最是那一低头的温柔，/像一朵水莲花不胜凉风的娇羞，/道一声珍重，道一声珍重，/那一声珍重里有蜜甜的忧愁——/沙扬娜拉！”这首诗中音节的波动服从于情感的流露，不拘泥于字句的均齐，每行字数不等，最长的十三个字，最短的才四个字，押韵也在有意无意之间，完全顺其自然，其独特的音乐性完全可以使它像旧诗一样过目成诵。再说“绘画的美”，自由诗由于意象选取极为宽泛，空间布局极为自由，它可以在一个较小的空间范围“尺水兴波”，更可以突破时空局限，在一个大的历史时空中构筑缤纷的画卷。艾青的《雪落在中国的土地上》对雪景的大手笔的渲染，顾城的《小诗六首》中对色彩印象的捕捉，足以说明自由诗在开拓意象的绘画美方面也有无限的潜能。至于“建筑的美”在闻一多等人的豆腐干诗、麻将牌式的建行中看得并不明显，倒是自由诗的丰富而新颖的建行，极尽建筑美之能事。如果说“新月派”的新格律诗是规划严整、标准划一的排房，那么自由诗则是设计奇特、姿态各异的现代建筑。

五　公用性与稳定性的缺失使现代格律诗难以与自由诗相抗衡

现在我们再从诗体建设的角度看一看现代格律诗。所谓诗体，是具有稳定构造、标志诗的类别形式的特殊的符号系统。诗体的基本特征就是公用性，集中反映了诗体自身所具有的形式方面的特征。固然在具体的一首诗中，我们无法把它的形式与内容相剥离，然而在观察与分析了许多同类体裁的诗作后，我们却可以将它们共同的形式因素抽出来加以归纳。诗体不过问具体内容，它所强调的只是艺术符号的类别特征及其结构、秩序和组合原则。诗体一旦形成，便成为人类共同的精神财富，而不再是某个诗人自己的专利。换句话说，一种诗体只有不仅被开创者自己，而且也被当时和后代的许多诗人所接受并共同使用，才能成为真正意义上的诗体。与公用性相伴而来的是诗体的稳定性，就是说，诗体具有相当稳定的、可以重复出现的特点，某一种诗体形成后可以持续几十年、几百年，甚至上千年不变。我国的近体诗和词，就是发展最为完善的格律诗，其公用性和稳定性是极其明显的。

至于现代格律诗，是在新诗诞生后出现的，在某种程度上，也是为了纠正自由诗过于散漫的偏颇而出现的，因此不像传统的格律诗，经过了漫长的酝酿与实践过程，而主要是由一些热心为新诗建立规范的人精心加以设计的。因此现代格律诗的先天性不足，就是公用性与稳定性的缺失。现在看来，闻一多设计的新格律诗也好，林庚的九言诗也好，何其芳的现代格律诗也好，基本上还停留在理论层面，连设计者本人都未能始终如一地按他的设计写下去，更不用提后来者了。臧克家曾在何其芳“现代格律诗”理论的基础上设计出更为具体的试验方案：“一首诗，八行或十六行。再多，扩展到三十二行。每节四句。每行四顿。间行或连行押大致相同的韵。节与节之间大致相称。这样可以做到大体整齐。与七言民歌和古典诗歌相近而又不同。”① 臧克家的这一设计基本上也是纸上谈兵，他自己的诗中找不出几首符合他的新格律的诗作，相反他的重要作品如《罪恶的黑手》《春鸟》《六机匠》《生命的零度》等均是自由诗，在今天，按照臧克家的试验方案写诗的人更是难得一见了。

与公用性与稳定性的缺失相联系的，是现代格律诗边界的模糊。作为一种诗体，现代格律诗是介于格律诗与自由诗中的一种中间状态，它不像自由诗与格律诗之间有明晰而森严的分野，它与自由诗之间往往纠缠不清，某些被一些诗人和批评家视为现代格律诗的诗作，往往被另一些诗人和批评家纳入自由诗的范围。我认为，由于自由诗的巨大的包容性，那些缺少公用性与稳定性的个别的现代格律诗的创作，都是可以纳入自由诗的范畴的，因为自由诗可以押韵，也可以不押韵，可以有整齐的建行，也可以有参差的建行，可以有明显的外部节奏，也可以没有明显的外部节奏。像朱湘的《采莲曲》，每一小节内，句子参差，有长有短，短的一行只有两个字，但节与节之间，呈现有规则的排列，这种建行，整齐中有变化，错综中有规律，不仅构成别有风姿的建筑美，同时也构成了章节流的回环，加强了诗的音乐性。尽管《采莲曲》是被有些诗评家纳入“现代格律诗”的，但细究一下，《采莲曲》这种格局特殊的作品，不同于闻一多的豆腐块诗，不同于林庚的九言诗，不同于何其芳的“每行的顿数有规律，每顿所占时间大致相等，而且有规律地押韵”的现代格律诗，更不

---

① 臧克家：《新诗形式管见》，《学诗断想》，四川人民出版社 1979 年版，第 129 页。

同于臧克家的“每节四行，每行四顿”的新诗试验方案。而且朱湘只写了一首，后来的诗人也没有使用这种格局来写，没有形成什么“采莲体”，那么，《采莲曲》就只能纳入自由诗的范畴，而不好说成是现代格律诗。

六　当下新诗存在的问题是构建几种新格律诗体能解决的吗？

新诗诞生以来，就面临着无穷多的批评。这种批评有些是站在旧诗的立场上，运用旧体诗歌的审美标准要求新诗，自然难免方枘圆凿。早在新诗诞生初期，俞平伯就对这种论调做了尖锐的反驳：“他们只知道古体律体五言七言，算是中国诗体正宗；斜阳芳草，春花秋月，这类陈腐的字眼，才足以装点门面；看见诗有用白话做的，登时惶恐起来，以为诗可以这般随便做去，岂不是把他们的斗方名士派辱没了吗？这种人正合屈原所说‘邑犬群吠兮吠所怪也’，我们何必领教他们的言论呢？”[①] 当然，今天对新诗的批评者已不是“五四”时期的遗老遗少的观点了，他们更多的是由于长期沉浸于古体诗词的审美规范，对新的审美对象不适应，给多少大洋也不看新诗云云，当属于这种情况。

现在我们要说的是在新诗阵营内部，一些诗人和学者不是反对新诗，而是站在维护新诗的立场上，觉得新诗太自由、太散漫、太随意了，这主要是由于新诗未能像旧体诗一样建立起若干种现代的格律形式；他们希望对过于散漫、过于自由的新诗加以规范。这正是新诗史上各种新格律诗、现代格律诗、半格律诗、白话格律诗等设计者的出发点。对于新诗史上乃至今天，希望克服自由诗的散漫，想为新诗建立一套新格律的诗人和学者，我是充分理解的，并对他们的努力怀着深深的敬意。只不过我还看不出这种种现代格律诗方案对纠正当下新诗写作弊端有多大的可能性。

当下的新诗写作，问题不少。究其原因，到底是内容上缺乏诗性，还是形式上缺少定型的规范呢？我认为，问题主要出于前者。徐志摩早就说过：

---

① 俞平伯：《白话诗的三大条件》，载《新青年》1919年第6卷第3号。

> 一首诗的字句是身体的外形，音节是血脉，“诗感”或原动的诗意是心脏的跳动，有它才有血脉的流转。要不然“他戴了一顶草帽到街上去走，碰见了一只猫，又碰见一只狗”一类的谐句都是诗了！①

遗憾的是，这些年来，不仅徐志摩所讽刺的“猫狗诗”未能绝迹，走得更远的“口水诗”也堂而皇之地在诗歌刊物和互联网上招摇。这些东西的致命伤，并非使用了口语或白话，从根本上说是缺少废名所指出的“诗的内容”，也就是说，没有诗情，没有诗魂，没有诗的发现。当然，这样的毛病不独自由诗有，格律诗中也大量存在。但是缺少诗的内容的格律诗，由于有一套格律来遮掩，至少还可以从表面上看像是诗；自由诗由于没有固定的形式，没有格律的包装，如果缺少诗的内涵，那么给人不是诗的感觉就会分外强烈。这种状况的出现，源于某些诗作者在“自由诗”的旗号下滥用自由。他们不知道，任何自由都是有限度的，自由诗中不仅有自由的形式，更重要的它还要有诗的内涵。自由诗绝非降低了诗歌写作的门限，而是把这一门限提得更高了。俞平伯早就说过：“白话诗的难处正在他的自由上面。他是赤裸裸的，没有固定的形式的，前边没有模范的，但是又不能胡诌的；如果当真随意乱来，还成个什么东西呢！所以白话诗的难处，不在白话上面，是在诗上面；我们要谨记，做白话的诗，不是专说白话。”② 这话虽说是90年前说的，对今天的新诗作者来说，依然有着警示作用。

解决自由诗中的问题，绝不是重新为自由诗再设计若干套新格律，让解放了的诗神，再戴上枷锁。实践证明，此路不通。解决自由诗的问题，还是要从内容入手，强调诗性的回归，强调诗的发现。形式的解放与自由，给诗的内容提出了更高的要求，要有更新鲜的感觉，更独特的思考，更丰美的意象。与此同时也要逐步形成自由诗的审美规范，只不过这规范不是重新为自由诗设计若干套新格律，而是要为每一种新的发现、为每一个诗的内容，即时性地设计独到的审美形式，让自由诗穿起色彩斑斓的个性化服装。自由诗的开放性与包容性，使它完全可以容纳个别的带有格律

① 徐志摩：《诗刊放假》，载《晨报副刊·诗镌》1926年6月10日。

② 俞平伯：《社会上对于新诗的各种心理观》，载《新潮》1919年第2卷第1号。

色彩的诗作，并与定型的稳定的格律诗体区别开来。

最后再强调一下，本文重提70年前废名“新诗应该是自由诗”的判断，意在阐明自由诗最能体现新诗的自由的精神，最具有开放性与包容性。而新诗诞生90余年的实践表明，现代格律诗之所以未能与自由诗相抗衡，是由于与传统格律诗相比，其公用性与稳定性的缺失。当下的诗坛，自由诗尽管占据着主流位置，但也为各种现代格律诗的实验，提供了最为广大的舞台。如果某一种现代格律诗的设计，能够被当下与未来的新诗写作者所接受与运用，具有了公用性与稳定性，那就有可能成长为与自由诗并驾齐驱的新诗体。不过据我的浅见，这种可能性并不大。卞之琳在20世纪50年代曾与何其芳热烈地讨论过现代格律诗，但是在他的晚年却说：“不宜逆时代潮流，重试建任何定型格律体，使诗创作再成为填谱工作。”[①] 此话可视为前辈诗人对热心为新诗制定新的格律规范者的真诚告诫。

（原载《文艺研究》2010年第3期）

---

① 卞之琳：《重探参差均衡律——汉语古今新旧体诗的声律通途》，载香港《明报月刊》1992年1月号。

时代的弃婴与缪斯的宠儿

——试论1960年代出生的诗人

西　渡

一

在朦胧诗之后的诗歌格局中，1960年代出生的诗人一直是一支核心力量。无论是在80年代中期轰轰烈烈的第三代诗歌运动中，还是在取得了坚实成绩的90年代诗歌中，这一代诗人都担当着主要的角色。在新诗史上，还从未像在这代人中那样涌现出这么多才华卓异的诗人。联系到这代人精神生活上普遍简陋的起点，我们不得不承认这是当代精神生活史上一个巨大的奇迹。但是存在的逻辑在20世纪末再一次显示出其吊诡的一面：这一代诗人还没有来得及作为一个整体登台亮相（第三代诗歌虽然以“代”命名，但也只吸引了这代人中的一部分诗人），许多优秀的诗人仍旧处于默默无闻的状态，迫不及待的一代新人已准备将他们送入历史的冷冻箱。进入90年代中期以后，“70后”迅速成为文坛新宠，并以一种咄咄逼人的姿态占据了人们的视线。当这些比他们晚了整整一个年代的新人在文化市场上一夜闯红，不少60年代出生、已有十多年写作经历的诗人甚至还来不及将自己的第一本诗集付梓。

批评面对这代人的精神创造时的失语，既有这一代人的文化姿态方面的原因——他们的精神气质更多地倾向于内敛而非张扬，他们的文化策略与其说是功利的，不如说是超功利的——但更深层的原因在于这代人“精神本质上拒绝被‘命名’”（张新颖语）。对这代人的命名似乎只有参照他们前后几代人的关系才能勉为其难地进行。“第三代”是他们中一部分人的自我命名，但并未得到广泛认可；在一本最近的诗选中，他们被称为“中间代”；而有人干脆将他们称为“无名的一代”。与他们的前后几代人相比，这一代人都显示了某种特殊的性质。

不像他们的上几代人，我们很难给这一代人指明一个公认的共同特征。他们的价值理想从一开始就深深打上了个人烙印。他们也从未获得一种能够使他们互相认同的共同经历。不妨说，缺少共同特征正是他们最大的共同特征。对他们来说，个人的价值不是依附于“代”或集体的价值，而是由自我创造的。这正是他们自信的理由，也是他们成年后着迷于艺术创造的重要原因。这一代人不但拒绝被“命名”，而且也拒绝彼此之间的认同。他们不允许自我冰释于这种盲目的认同。他们的上几代人大多走了一个水流归海的过程，他们却努力挣脱大海的怀抱，还原为一滴水。对此，张新颖得出的结论是悲观的，他认为由于这一代人“没有旗帜，不能为某一目标聚集成一种力量”，因而“很难形成一种自己的话语系统，在文化上的自我认同，自我表达就极其困难，往往需要‘借用’其他几代人的方式来勉强凑和，常常言不及义”①。

正如有人指出的，这代人身上“都有一种幻想的气质，漫游的气质，甚至梦游的气质”，“有着天生的、永恒的距离感”，从而使他们成了“历史的观看者”②。在他们前后的几辈人中，这代人似乎最缺少行动的渴望和热情。与其在盲目行动中耗尽精力，他们宁愿将激情挥霍在唯美的享乐中。这一切使得这一代人天然地具有诗人的气质。颇具反讽意味的是，小学课本中的几篇毛泽东诗词，竟唤醒了那个沉睡在这代人身上的诗歌灵魂，成为不少60年代出生的诗人写作生涯的起点。早期教育中的这种欠缺，固然对这一代诗人的文学修养产生了某种不利影响，但也给他们带来了一个特殊的好处：在他们对文学的认识中没有混入任何先入为主、模棱两可的成见。当这代人第一次与文学遭遇时，他们已经具备了一定的自我判断的能力，中外古今斑斓的文学成果几乎同时地显现在他们面前，而他们空白的心灵状态使他们可以以一种开放的心态平等地对待这些截然不同的文学传统。他们日后全面的兼收并蓄的文学修养便起源于这样一种看似偶然的契机。让我感到欣慰和骄傲的是，这一代人的文学修养几乎完全是自我教育的结果，而这一过程紧密联系着他们追寻自我的精神历程。

---

① 张新颖的有关论述，参见许晖主编《“60年代”气质》，中央编译出版社2001年版，第30页。

② 李皖：《这么早就回忆了》，参见许晖主编《“60年代”气质》，第81、83页。

这批诗人无须成为一代人的代言人，他只要成为他自己、完成他自己就行了。这一代人的精神特质最易于催化诗歌的创造力。这就是为什么会从这一代人中涌现出那么多优秀诗人的原因。萧开愚、陈东东、韩东、吕德安、臧棣、西川、海子、骆一禾、张枣、黄灿然、桑克、王寅、哑石、清平、麦芒、潘维、黑大春、朱朱、周瓒、叶辉、丁丽英……还能在哪一代诗人中找出这么多掷地有声的名字吗？

二

这代诗人开始其写作生涯之际，正是中国大陆自 1949 年以来思想、意识空前活跃的时期。他们经历了开始于 1970 年代末的思想解放运动，目睹了各种思想的交锋和激战。这样一种社会氛围，激发了他们日后对精神领域进行探索的潜在勇气，并提供了最初的动力。在文学上，那时正好是朦胧诗开始广泛传播并确立其文学史地位的时候。从中国当代文学和社会意识演化的过程来看，朦胧诗有两大功绩：在社会意识形态的层面上，它唤醒了人的自觉；在文学层面上，它还是文学的自觉的起点。正是在这两个方面，60 年代出生的诗人继承并大大发展了朦胧诗的传统，把一种从朦胧诗萌芽的写作的可能性，变成了一种灿烂的写作局面。

这一开始于朦胧诗的人的自觉化运动，通过这一代诗人的努力，演变成了一个推动当代诗歌发展的不断深入的文学的个人化进程。韩东通常被视为一场旨在颠覆朦胧诗的诗歌运动的领军人物，然而，他穿越 20 世纪八九十年代的文学旅行还是起步于朦胧诗的历史的终点。在一篇早年的文字里，韩东写道："只有作为人的真实的东西才是我们追求的对象……人在艺术中具有无可比的意义。作为人的真实是永恒的。"① 这种对人在艺术中的意义的反复强调，恰恰是对北岛"想做一个人"的愿望的有力的呼应。当然，韩东在这里所指认的人，与北岛所呼唤的人，已有很大不同。韩东的人是一个强烈地关注着自身感受和经验的普通人，一个其社会归属模糊不清而对自我有着极其强烈的意识的人，他甚至就是这种极端的自我意识本身。而在北岛那里，人只有在一种明确的社会关系中才能确认他自

① 韩东：《关于诗的两段信》，参见《青年诗人谈诗》，北京大学五四文学社 1985 年版，第 124 页。

身。与韩东所指认的人相反，这个人的社会归属十分清晰而自我意识却相当模糊和暧昧。显然，北岛并不关注人的具体的日常的生存状态，他更关心的是人的社会权利和一种被压抑的社会意识。为了与北岛的人相区别，韩东把他的那个人叫作平民，而平民在韩东那里的意思其实就是从其社会属性逃逸出来，回到自身的人。这样，在朦胧诗那里着力加以渲染的人的问题，在韩东这里转化成了自我的问题。而这可以视为这一代诗人一切艺术思考的起点。在第三代诗人那里，这个自我表现为夸张的大喊大叫，带着自我发现的歇斯底里的狂喜，也承受着疏离了社会意识的自我的无穷烦恼。在海子那里，他体现为与人类原始生命力的深刻关联。而对更多的诗人来说，他是“另一个我”“另一种生活”。到了90年代成熟的个人化的写作意识中，他变得安静、坦然，日益专注于自身的意识。而在更年轻的诗人那里，已没有人谈论自我或个人化，因为个人化已经是他们写作的前提。这是一个关于人的日益自觉化的意识不断内化为写作意识的过程。

这个文学个人化的进程为当代诗歌的发展注入了巨大的活力，使这一代诗人的写作呈现出异彩纷呈的面貌。然而，由于缺少严密的理论阐释，这一自发的文学进程也裹挟着一些负面的影响。对什么是文学的“个人化”存在着一些想当然的误解。譬如，把“个人化”等同于“个性化”，把“个人性”简化为自我暴露。当代诗坛的浮躁气氛，与这种误解存在密切的联系。当代诗歌中存在的一些问题，如自我膜拜和暴力修辞的泛滥，对技艺和普遍性的轻视等，也都根源于此。对上述问题，一些敏感的写作者早已有所觉察，并在他们的写作中有效地抵制了这些不良因素的侵蚀。而理论上的纠正方案，是由诗人兼批评家臧棣提供的。

在一次书面采访中回答有关诗歌中如何使用个人经验的问题时，臧棣提出了一个“人类独有的生命意识”的概念，并把它和荣格的“集体无意识”概念联系起来。他阐述道：“……诗歌对我来说是一种人类能力的体现，也就是说，诗歌的意义不取决于个人，甚至不取决于个人的才能。……我现在意识到，诗歌所依赖的最本质的东西并不是个人经验；当然，也不是一种简单意义上的集体经验，而是一种为人类所独有的生命意识，荣格曾称之为‘集体无意识’。”① 我认为，臧棣这里的阐述并不是对

---

① 臧棣：《假如我们真的不知道我们在写些什么……》，参见《从最小的可能性开始》，人民文学出版社2000年版，第268—269页。

文学个人化进程的否定，而恰恰是对它的深化和生发，因为在文学的个人化要求中，本身就包含着一个对人类普遍经验的诉求。而臧棣以其深刻的艺术洞察力，将这一诉求一语道破了。文学的“个人化”并非“个性化”。“个性化”更多地表现为风格、趣味、语调、形式等可以辨认的文本标记，而“个人化”却是文本生命力的最后依据。从概念上说，“个性”是与“共性”相对而言的，它总是以差异来显示其自身。而“个人化”的标记却不是差异，而是人类经验的普遍性。“个人化”的最终目的不是发现自我的个性，而是追寻到我们内部，发现另一个在我们身上深藏不露的内化的自我。这个内化的自我，正是臧棣所指认的“人类所独有的生命意识”，它是人类生命最深层的秘密。因此，“个人化”并不是对“个性”的盲目的崇奉，某种程度上恰恰是对个性的逃避。所谓“个人化”，就是不断地一层层揭去我们身上的社会身份、个性、意识的外衣，直到这个“集体无意识”——人类全体的生命奥秘，完全裸露、呈现出来。可以说，臧棣提出的这个“人类独有的生命意识”的概念为我们揭示了文学个人化进程最深层的目标，把诗人的触角引向了人类生命意识的内核，从而把体现于诗歌中的人的自觉推进到了一个更深的层次。

对于从朦胧诗那里开始的文学自觉化运动的继承，表现得更为戏剧化。朦胧诗获得的崇高的文学史地位和其美学成就的不对称，给年轻一代诗人造成了“彼可取而代之”的心理暗示。为了尽快确立自身的文学史形象，也为了有效地获取世俗名声，一些诗人机巧地采取了反朦胧诗的写作策略。这是第三代诗人的一个基本的写作动机。第三代诗歌运动中标举的一些口号，韩东的“口语化”“诗到语言为止”，于坚的“反崇高”，非非的“反文化”，都与这种策略有一种暧昧的联系。然而真正通过这种写作策略确立了自身的文学形象的只有少数诗人，最突出的是韩东和吕德安。而多数诗人由于文学态度的简陋和极端化，由于急切的文学野心裹挟的心理急躁，降低了文学敏感，窒息了自身美学空间的生长。而韩、吕二位的写作才能、平衡意识足以使他们避免那种口号式写作，为第三代诗歌运动留下了最经得起检验和挑剔的诗歌文本。而韩东至今仍对年轻一代的诗歌取向产生着影响。

在文学的自觉化方面，真正继承和发展了朦胧诗传统的是一批在第三代诗歌运动中处于边缘，专注于构建自我美学空间的诗人。这些诗人包括写作倾向颇不相同的张枣、陈东东、王寅、萧开愚、西川、海子、骆一禾、黑大春，等等。这些诗人对自身与朦胧诗的差异有充分的意识，但他们不想通过颠覆来确立自身的文学史形象，而更希望通过自我的完成自然地凸显这种差异。因此，他们与朦胧诗的关系，不体现为正与反的、取彼而代之的关系，而是体现为一种建设性的关系——他们自觉地把朦胧诗的终点当成了他们探索的起点。骆一禾、海子在写作的激情方式上回应着第三代诗人的激进姿态，但他们的文化抱负和强烈的人文精神，又使他们避免堕入第三代诗人的文学虚无主义，在文本样态上显现出与第三代诗人极为不同的面貌。

这一文学的自觉化进程在90年代由于另一些才华出众的诗人的加入而得到深化。他们至少该包括这样一些名字：臧棣、清平、麦芒、哑石、余怒、丁丽英、叶辉、森子、小海、朱文、鲁西西、周瓒、桑克……至此，文学的自觉成了这一代诗人广泛的共识，当代诗歌写作进入了一个以文本为中心的稳定、持续、内敛、深入的新的阶段。

三

文学的自觉化在诗歌美学上体现为这一代诗人在诗歌方式、美学趣味、语言和文体意识诸方面的全面自觉。这种自觉，在第三代诗人那里因主体意识的过度膨胀而有所遮蔽，但为一些第三代诗歌运动的边缘性诗人，如陈东东、张枣、萧开愚、王寅等所坚持（韩东、吕德安的写作也在这条线索之内）。90年代以后，由于臧棣、黄灿然、清平、余怒、桑克、叶辉等诗人的加入，这条线变得更加清晰可辨，蔚为壮观。

80年代的诗人们，主要是第三代诗歌运动的诗人，对诗歌仍表现出一种天真的态度。也许不能把这种态度简单地称作浪漫主义，因为在他们的态度中混入了较多的现代主义的因素以及基于实利的盘算，但他们的诗歌方式与浪漫主义确实有很多共通之处。譬如，对情感和个性的迷信，对新奇和怪诞的癖好，艺术上的过分，对形式的虚无主义态度，等等。他们把诗歌当成一种纯自发的行为，相信激情的自我表现，把诗歌的美学品质寄托于诗人的个性。结果是，第三代诗歌运动期间产生的大量诗作并不具备浪漫主义诗歌固有的一些优点，而它的种种缺点却借运动的风潮得到了夸张的表现。第三代诗人中能够避免自发性诗歌在艺术上的娇弱症的，我以为只有韩东和吕德安。韩东虽然说过诗歌是望天收，但在他的诗歌意识中还有一些因素，平衡了这一态度的被动性。他甚至说，“这种平衡就是生命，就是一切”[①]。韩东也相信灵感，但他同样强调对灵感的理解和控制，是一个“懂得如何控制和运用灵感，懂得灵感特殊的敏感性和娇弱性的作家”。[②] 而在大多数第三代诗人那里，灵感不过是迟钝和无能的饰词。韩东的主要愿望是想通过口语化把诗歌带入一种经验的直接性之中。在韩东那里，这种直接性是对朦胧诗的故作高深和虚张声势的流弊的一种矫正。但在“第三代诗歌运动”的主流中，这种直接性仅仅导致了一种美学上的虚无主义。很多诗人并不具备在诗歌中使用口语的能力，却把口语视为诗歌的护法神，在一个莫须有的神案前大叩其响头。结果是，他们的诗几乎全都成了韩东的不得体的盗版本，有论者戏称为“口水诗”，诚不为过。

80 年代主要的诗歌成就体现在第三代诗歌运动的一些边缘性人物，如陈东东、西川、萧开愚、张枣等诗人身上。是他们而不是那些第三代诗歌运动中的风云人物继承并发展了开始于朦胧诗的文学的自觉化进程。在这些诗人身上，文体意识和语言意识的觉醒，扭转了第三代诗歌的自发性倾向，把写作变成一种自觉的、深思熟虑的行为。他们对诗歌的态度是实验主义的。他们拒绝为诗歌预设某种文学标准，而把文学的效果视为检验诗歌的最终标准。在他们那里，一切都必须在文学效果的范围内加以精密而审慎的考虑。他们把第三代诗人“怎么写都行”的文学幻觉，转变成了“应该怎么写”的问题意识，完成了这一代诗人的诗歌态度从天真到经验的转变。另外两位诗人，骆一禾、海子以一种激情写作的方式回应着第三代诗人天真的诗歌态度，但他们的文化抱负和人文气质使他们摆脱了“第三代”诗人的文学虚无主义。不过，对待诗歌的这种天真态度，也在他们的写作中打下了醒目的烙印，妨碍他们取得更大的成就。海子很多时候是在乱写。他的长诗只有某些片段闪耀着天才的光芒，大多数诗节混乱不堪，对语言缺乏起码的控制。海子并不缺乏天分，但却明显缺少驯服甚至理解这天分的能力，结果反而被这天分所拖累。从这个角度来看，他的死确实具有悲剧性。

90 年代以来，这种文学的自觉已成为大多数诗人的写作意识。它得

---

① 《韩东采访录》，参见《韩东散文》，中国广播电视出版社 1998 年版，第 286 页。

② 同上书，第 294—295 页。

益于第三代诗歌运动的落潮，水落而石出，一些在第三代诗歌运动期间处于边缘的诗人，在90年代逐渐成为引导诗歌进程的中坚人物，而壮大于一批才华出众的新诗人的加入。这些诗人在80年代第三代诗歌运动的高潮期已进入扎实的具有个人意味的写作，但由于各种原因迟至90年代才逐渐为诗坛注目。其中，臧棣的贡献尤为突出。臧棣在1984年就写出了定下其个人基调的名篇《房屋与梅树》，而那时海子刚刚写出他的《亚洲铜》，西川则要到一年以后才写出《起风》和《在哈尔盖仰望星空》。事实上，臧棣的身影在90年代覆盖了一大批诗人的写作。臧棣是属于那种源头性的诗人，他的写作注定将哺育众多的诗人。

第三代诗人自发性的诗歌方式决定了他们的美学意识的贫乏。与其说他们的美学趣味是恶劣的，毋宁说他们根本没有什么确定的美学趣味。这里显示出例外的，还是韩东和吕德安。韩东是第三代诗歌运动的领袖，但他的美学趣味又使他独立于潮流之外，成为他所发起的这一运动的异己分子。韩东以一种挑剔的眼光对进入诗歌的经验进行严格的挑拣。他还有一种唯美的倾向。他相信艺术，对第三代诗歌运动的非艺术色彩有足够的警惕。他在80年代末就说过："第三代诗歌中真正有意义的诗人正是那些对'第三代诗歌'这一概念进行背叛的人。"① 不同于第三代诗人心态上普遍的自我膨胀和自发性的写作态度，韩东认为"诗是诗人们放弃自我的结果"，为了保证诗歌的质地，诗人需要进行"去粗取精，提炼、舍弃"的艰苦、耐心的工作。② 他的文本浓缩、精确、细腻，外表单纯然而却是高度提纯的。吕德安的分寸感和语词意识，造就了当代诗歌中最安静、透彻、自足的文本，他和他使用的词语保持了一种最切身的关系。

另一些诗人的美学趣味带有更多的个人标记。西川80年代的美学趣味带有古典主义倾向，充满自制而不乏感性的魅力；陈东东则是超现实主义和东方趣味的混合，早期的诗犹如一个超现实主义的杜牧；萧开愚则是一个驳杂的现代感性的容器，各种不同的美学倾向在这一容器中进行着热烈的反应，显示了奇特的活力和融合力；海子和骆一禾既有浓厚的浪漫主义倾向，也不乏敏锐的现代感性。

在美学趣味上，60年代中后期出生的一批诗人显示了一种更加自觉

---

① 《韩东散文》，中国广播电视出版社1998年版，第128页。

② 同上书，第168—169页。

的文学意识。他们大多受过象征主义美学的洗礼，天性中有一点唯美倾向，同时对西方现代主义诗歌有广泛的接触，心仪现代感性，对智性和感性的融合怀有浓厚的实验兴趣。他们追求文本的完整，讲究语言的质地，深爱节制的美德，反对感伤和滥情，把感情视为诗歌处理的素材，而不是诗歌的发动机。一种特殊的个人语调成为他们风格的一个显著标记。而过去中国诗人的声音模式往往是借用的。格律体诗人借用格律模式，自由体诗人也不得不借用他人的模式，如郭沫若对惠特曼的借用，贺敬之对马雅可夫斯基的借用。这种情况直到这一代诗人手上才得到彻底改观。他们的自信和个人价值观，使他们敢于在诗歌中采用一种完全个人化的语调发言，并使它成为其诗歌美学品质的最突出的特征。这种个人化的语调也带来文体上的一系列变化。这一时期最普遍的诗体还是自由诗。但是，自由诗的自由其实是外行的一个误解，在内行人看来，自由诗是最不自由的，它的每一个词语都是按照文学效果的要求，综合考虑形声义各方面的因素严格拣选的结果。在自由诗中，经验与每一首诗的特殊形式之间必须完全和谐一致。正因为它在形式上是“自由”的，所以它的任何败笔都是不可原谅的。无韵体诗的普遍采用是这一时期的另一显著特征。这也是诗歌声音模式个人化的一个结果。这种形式对个人语调的形成干扰最少，同时又拦蓄了自由的过分泛滥。它体现了这一时期节制和准确的美学要求。

这种个人化语调带来的另一个后果是诗歌风格上的“轻化”。虽然韩东已经指出“诗歌在本质上就是轻的”①，但在第三代诗歌运动中，它并未成为一种普遍的美学品质。相反，那时的诗人们普遍染上了对“重”、对“大”、对洪亮的声音的狂热症。由此也可见出，韩东与他所影响的第三代诗歌运动之间的隔膜。“轻”成为一种共同的美学特征，主要体现在60年代中后期出生的一批诗人的身上，如臧棣、黄灿然、朱朱、清平、杨健、叶辉等。对臧棣诗歌风格上的轻，王敖、胡续冬等批评者已作了很好的论述。由此带来的一个次要的后果便是所谓对大词的警惕。由此可见，这一代诗人不再自缚于某种主义的律条，而显示了一种把各种主义融进自身特殊的个性的能力。如果按照瓦雷里的定义，古典主义的特征就是心头带着一位批评家，那么这一代诗人的美学趣味中还有浓厚的古典主义成分，因为这些诗人写作中显现出来的批评意识可谓昭然若揭。因此，我

① 《韩东散文》，中国广播电视出版社1998年版，第288页。

们不能笼统地把他们的美学趣味称为象征主义的或现代主义的。某种程度上，他们是古典主义、象征主义、现代主义加个人趣味的四位一体的融合，显示了一种穿透文学史的意识和综合的倾向。就我的阅读范围所及，体现了上述美学特征的诗人名单至少应该包括像臧棣、戈麦、黄灿然、清平、麦芒、桑克、余怒、叶辉、哑石、朱朱等一批诗人。

四

这一代诗人对文学的自觉化的追求，还表现为语言意识的觉醒。这个过程开始于韩东的口号："诗到语言为止。"这个说法后来经常受到质疑，不少论者指责它把文学的效果仅限于文本的表面意味。但是韩东这一主张是针对朦胧诗过于注重诗的主题深度而无视文本的表观效果而言的，它至少有助于将文本的表观效果置于诗人的视野之内。第三代诗歌运动对活力的信仰，带来了语言的开放性，打破了诗歌语言和非诗歌语言的界限，口语、俗语、方言土语一股脑儿涌进了诗歌的疆域。诗人们放肆地废弃了语法，诗行中随处可见任意割裂的句子、随意并置的意象和词语的非法婚姻。这一时期的诗歌语言就像一个还处于草创期的强大帝国，四方的部落纷纷前来投奔，每天膨胀的版图把边界变得模糊不清——这时，土地还没有丈量，边界还有待勘察，法律还没有公布。这种情况到了90年代有了重大的改变。

活力的重要性仍是共识，语言的开放性也得到了坚持，但是帝国的法律颁布了，各省的边界确立了，公民的权利和义务也得到了清楚的阐释。这种变化首先体现在诗歌的特殊句法向散文的正常句法的回归。特殊的诗歌句法仍在被使用，但它必须经受文学效果的严格的检验，否则，诗人将首选正常的散文句法。在此，诗人们再次申明了自己的自由：首先，诗歌并非只能采用几种特殊的诗歌句法，而有权调用包括散文在内的全部句法。其次，它体现为对语言的精确性的追求。我认为这是这一代诗人语言意识中最具普遍性的东西。当然，这里仍然不得不排除某些第三代诗人。在某种程度上，对语言的精确性的追求已成为这一代诗人最基本的语言伦理或文学道德，并用它了结了上几代诗人普遍的道德强迫症。语言的精确性包含了几方面的综合要求：表达的简洁，语言的质地、敏感性、力度感的平衡，音节、语调的和谐，结构（句法和体式）的完整。这种对精确性的追求，要求诗人从效果出发，综合地考虑词语的形、声、义在诗歌表达中的特殊功能，不顾此而失彼。再次是萧开愚所说的语言的民主意识，它表现为一种把词汇当作材料使用的倾向。这一代诗人在拆除了诗歌语言和非诗歌语言的界碑的同时，开始学会平等地对待他们所使用的每一个词语。他们懂得美和诗意只存在于词语之间的关系中，而不在词语本身。他们学会了朴素的表达，摒弃了华丽的辞藻和那种言不及义的表达方法，使每一个词语的出现最大程度地服务于文学的效果。有趣的是，这种对待词语的民主态度，反而帮助他们驯服了语言这匹野马，使它在他们手下变得安静、耐心。这种意识也使诗人和语言之间的一种新型的关系脱颖而出。

我认为这是这一代诗人的语言意识中另一个值得注意的现象，即把语言当作一个有生命的事物的意识。关于这一点，我觉得臧棣的蝴蝶论表达得极为精彩。我们不妨引用一下："语言和蝴蝶，有许多相似之处。至少把语言比作蝴蝶，会让我时常警醒语言是有自主生命的。蝴蝶在我眼里非常具有灵性。在野外捕捉蝴蝶，你就会发现蝴蝶具有一种幽灵般的能力，它能在你伸手触及它的刹那间，腾空翩翩飞起……"这种语言意识的一个结果便是这一代诗人开始学会尊重语言。对他们而言，语言的问题主要不是一个如何驾驭它的问题，而是如何倾听和顺从的问题。这一代诗人由此建立了一种语言的发现观，即通过对语言的倾听、观察和揣摩，去发现事物之间被日常的经验和逻辑所遮蔽的关系，揭示事物潜藏的诗意。清平将其总结为语言与诗人互相发现、互相教育的关系。而在余怒那里，它表现为"不言说""让语言自语"的戒条。哑石则把诗歌视为"语言、灵魂同一的呼吸中具有自主性的生长之物"。吕德安认为在与语言的关系中，诗人既是主宰也是奴隶，"像春天的屋顶，承受着雪，同时也感到自己的消融"。我认为这种语言观在这一代诗人的写作中，产生了非常积极的后果，使得最近20年成为新诗史上最为活跃的诗歌发现的时代。诗歌的题材、主题丰富了，诗意的范围大大开阔了，形式更加多样了，技艺愈加精密了，诗人的意识日趋活跃……

先锋或先锋性，是贯穿并深刻影响了当代诗歌进程的一个重要诗学概念。对这个概念的不同阐述，是当代诗歌中种种冲突、对立和融合的根源。在第三代诗歌运动中，它是一张人人想据为己有、可以立决胜负的王牌。80年代诗歌的先锋性主要体现为一种盲目的、破坏性的力量，它的目标主要是涤荡以往的诗歌史加诸诗歌和诗人意识的种种限制，把一种原生性的生命力交还给诗歌。90 年代以后，诗人们的先锋意识也出现了微妙的变化，他们不再把诗歌的先锋性寄托于颠覆性、破坏性的革命原则上，而把它与一种理性的深谋远虑联系起来。它继承了 80 年代诗歌所拓展的疆土，同时着手在这疆土上进行恢复和建设的工作。这个被继承下来的疆土主要是经验的开放性和实验倾向，同时利用秩序的力量驯服它们的破坏性。

在这一代诗人的诗歌实践中，直觉、感觉、想象、意识、日常经验以至历史事件，统统成为诗歌经验的来源，并在处理和转化上述材料的过程中显示出惊人的诗歌能力。一言以蔽之，这一代诗人的写作是基于经验的可能性，而不是经验的现实性。对诗歌经验的这种开放性态度，将当代诗歌引进了一个综合性和个人性的新境界。实验倾向曾经被概括为这一代诗人写作的一个本质性特征。这一代诗人以一种对待诗歌的实验主义态度取代了诗歌的本体论。在他们看来，没有任何先验或预设的东西可以保证一首诗的成功。这种实验倾向把诗歌带入了灵魂的冒险行动中。对这一代诗人而言，实验不仅是激发诗歌活力的需要，而且也是不断丰富我们的诗歌意识的需要。这代人确实是幸运的：只有他们才有可能充分享受写作的快乐，把写作作为一件自在、自为的事情。这也是这一代诗人特别高产的原因之一。

但是，经验的开放性和实验倾向都是双刃剑，它们在拓展诗歌疆域的同时，也在悄悄耗损诗歌的美学品质。到 80 年代末期，大多数的诗人们开始意识到这个问题，并对秩序的恢复和建设投入了巨大的热情。强烈的实验倾向并没有在这一代诗人身上引发文学的虚无主义，而是赋予了他们一种建设者的自信。与臧棣的诗的定义应该从未来寻找这一观点相反，陈东东有一个关于诗歌的说法："没有一个'诗的理念'，没有所谓'本质的诗'，诗又从何说起呢？……欠缺这样一个'纯诗'的概念，无法写诗，也无从谈诗。"[①] 如果我们不拘泥于从字面去理解臧棣和陈东东的说法，就不会得出他们的说法彼此矛盾的结论。事实上，两位诗人的说法是互为前提、互相补充的，它们相反而相成。照我的理解，臧棣的定义是在强调诗歌对创新的要求，而陈东东则强调了这种创新与诗歌的理想秩序的

---

① 《它们只是诗歌，现代汉语的诗歌——陈东东访谈录》（未刊稿）。

关系。而臧棣也同样说过，诗歌的新很大程度上取决于它的“不新”。结合我们这里所说的两个特点，我们可以给出一个这一代诗人关于先锋的定义：从文学的历史所提供的关于诗歌和美的知识出发，通过灵魂的冒险，努力拓展我们关于诗歌和美的认识的边界。这个先锋性区别于第三代诗人的先锋性之处，在于它是建设性的，而不是破坏性的。

在新诗历史上，这一代诗人非常幸运地处在一个继往开来的位置上。从当代诗歌的进程来看，他们继承和发展了萌芽于朦胧诗的人的自觉化和文学的自觉化的进程。放在整个新诗史上来考察，他们则是处在一个近百年新诗史的总结者的位置上。现代汉语作为一种文学语言的日趋成熟、文学意识的丰富、历史对人的压抑机制的失效以及这一代人突出的诗歌才能，这一切都促使他们把新诗推上了一个前所未有的巅峰。与“继往”的特征相比，这一代诗人在“开来”方面上的突出贡献更令人难忘。现代汉语诗歌的许多可能性是从这一代诗人开始的。他们开辟了新诗的诸多新领域。我相信他们已经取得的文学成就必将作为一个重要的文学传统，对新诗的未来产生深远的影响。这些都使我对新诗的前途充满信心。我认为，随着20世纪的逝去，新诗的学徒期已正式宣告结束了，我们再用不着在西方现代诗歌的深厚传统面前妄自菲薄，因为我们自己正在参与一个伟大诗歌传统的建设。

［原载《江汉大学学报》（人文科学版）2005年第5期］

我看“新诗传统”

萧开愚

新诗出笼迄今，是否形成了一个传统，其已获澄清的靠得住的支持有三个：作者自造自用而非共谋共享的自由的体式，现代化的生产、传播和读评系统，西方人文思想背景。还有待我们费心去清理，新诗之所以成立但新诗作品却不能获得有效评论的一个最重要内容，是新诗的诗学基础。这最后一项，不光要我们来分辨、条理，还要靠我们来改造、重建，结果或许出乎我们的直感。

新诗已获澄清的三个支持，古诗中没有，说新诗是革命性的，根据这三点就足够了。其一，中国诗的生命之能长存，在于其能常新，即一个体裁主持一个时段。当这个体裁的潜力穷尽，另一个体裁就出来主持另一个时段。五言代替四言，律诗代替古体，长短句代替齐言，新诗代替旧诗。区别是，过去的种种诗体均有共用的固定形式，除沈约、杜甫等特殊作者外，单个作者承担的格律变异空间极小，如在成文的裁判规则内赛球，看天才、技术和发挥；新诗作者在体裁上的公约仅两个字：自由，每个作者得找到和穷尽只属于他的体式。律诗有和声、协韵和对偶三要素，词有牌调，新诗无形式通约点，从形式方面比较作者的时候，看的是作者有没有自创、独善一个前所未有的体式。这是极端的，也是很多从业一生的作者没有发现的改变。评论者常用欧美诗人用得好的传统或独创形式来通约现当代中国作者的创作，其出发点已经错了，方法和结论必然无效。其二，古诗有着结构在政治制度当中的生产、使用和评价系统，新诗受全球性商业制度左右，遵用现代化的生产（写）、传播（出版发行）和读（消费）评（反馈）系统，接受了古诗的价值系统所厌恶的买卖法的奖惩，业已逸出道德政治的考评。其三，新诗起于中国诗的代终体换，是中国诗人积极创获的结果，但西诗影响确在。西诗影响乃西方政经制度、社会科学和自然科学的综合影响的一个部分，接受西诗影响自能体量整个西方思想的渗透。或者作者先服膺整个西方概念，例行消化了西诗印象，或者作者因抗拒而获得，或者无为而得，总之新诗占着一个西方（主要是人文思想一边的）背景。西方人文思想与在我国居主流的儒家思想的差别，不像佛教逃世思想与儒家入世思想的差别那么大，故能更多纳入倡导综合的儒家思想，但差别是根本的。西方人文思想林林总总，及至于现代不外乎平视而用强，儒家思想分化也多，相同处是俯察而用柔。

合起来看，新诗的支援系统，把“礼崩乐坏”味道肯定下来了。新诗待廓清的诗学基础，似须正对、突破这一古老审判。

新诗到1940年代，因循社会生活的巨变，主流较有价值的部分皈依《诗经》的《风》的传统，称作“批判现实主义”，另一部分皈依了《颂》的传统。这之前的三代人的几十年努力，并没有毁于顷刻，而是在暗中积累着“五四”式的人的冲动和“新月”“现代”挑起来的诗本体的冲动。中华人民共和国的正统诗传统（较有价值的部分）清理起来比较容易，大体是“以美为刺”的《风》传统的简单变态，又加进威权的优先阶级优胜观，精神激越。技术方面，中华人民共和国正统诗采用乐府套路、杂点赋和排律手段。总算在新诗的范围内。新诗的主流读者从未满意正统诗的成绩，基本谢绝过目。40年代前的新诗，手段已很寒酸，思想无非苦闷，中华人民共和国的读者基于人生感受，倒很青睐那样的诗。新时期的新诗作者，颇受东西两方面制造冷战的人的叛逆观念诱发，把突围思想苦闷发作到政治对抗这个社会势力重构的故事中。这是中国诗作者比欧美诗作者幸运的地方。支持新时期新诗作者的价值系统，核心部分是这代作者想象出来，乃至幻想出来的欧美社会制度，这一点，注定了日后移民欧美的这批作者的人生悲剧。概因诗作者出发点是人，西方社会制度起于找不到治人之人，退而立法。法，虽是不得已的、妥协的产品，但毕竟有效组织了西方生活。偏偏这代中国作者的特征，是不妥协，与普通西方精神风马牛不相及。《罗马人》说，法之确立，功在懂享受的罗马文明人禀有服从天性。当然，法有好坏，选择在我。新诗初期的诗人，把争取个人权益的启蒙思想用作自我非理性的根据，笔锋所至，无法无天，实在是既反了传统，也反了西方。欧美左派知识分子秉持社会理想而不妥协，带点儿“兵乃凶器，圣人不得已而为之”的彻底的甜味，新诗在朝在野两派表现了“百无禁忌”这个特征的代表人物，却是标准右派，满世界绕着一个“我”字。中国和西方都给了他们欢呼声，此中消息，令其对人类侧目。

这样来讨论诗作者及其创造，没人能够满意，包括诗作者，又都是这样来讨论的。自诩高超的人爱抛开其余，单论技术、诗艺，把诗降为手艺、活路不说，对现代诗独创独善技术的特点几无敏感，说也是乱说。现代诗的诗学基础不能清晰，别的很难讨论。

新诗诗学基础的究竟，关系到评价新诗作者现在和今后的写诗，关系到准备在文学史的环节上工作的新诗作者现在和今后的写诗，还关系到如何处理新诗史上的诗作和诗作者的地位等疑案。

讨论新诗的诗学基础，必先看看古典诗的诗学基础。从《诗大序》到《沧浪诗话》，比较《诗学》以降的西方诗学，除一般作者关注的文风问题外，在宏旨这块，中西哲人的观点庶几相近。亚里士多德否认乃师所谓概念才是真实、现实均为模仿、文艺因是模仿的模仿、故离真理隔着三层的观点，为文艺从他本人赋予真实地位的现实那里争取到一个更高真实的地位，但亚里士多德所说文艺创作未发生、理当发生的事情，并重讲文艺的教导作用，已和柏拉图在《理想国》里讲的文艺观点类似。柏拉图认可诗的教导作用，唯恨诗人热衷不良情感，故详辨何者当存，何者当删。依据他的哲学，他认为写了的，也就是发生了的，故诗人应写出好秩序的世界来（不然就滚蛋）。这和他的弟子根据可能性创作一个或然世界的意见同样，都落实到诗人创造另一个世界这个任务上。孔子确定诗在中国的教导地位，他设计了西周王道模型，他的模型只是可能性中的必然，他认定他的模型是最高真实，现实是其崩坏，故他要求诗人颂美最高真实，以纠正碎乱现状。与西方每个诗人允许发明一个或多个理想国不同，中国论者只允许大圣先师独享这专利，别人顶多可争取修正权。这个传统中华人民共和国完整地继承下来了。实际是，很多诗作者行使这项专权，流行的例子如杜牧的“春风不与周郎便”，他制造的或然世界跟公认理想王国并无关系。在大原则方面，中国和西方都是圣人说话算数，诗人乐得圣人指点，借此明了社会需求方向，又增高诗的名望。做起来就不同了。严羽借禅论诗（和谢灵运及其后代引佛论诗一脉），讲“妙悟”、说众体，借“一花一世界”的掩护，挑破了诗作者实是造世界者的实情。可惜严氏讲诗作者首重“悟第一义”，其第一义却含混、玄虚：师法“汉魏和盛唐”。因文风的钩沉惯例，读者由语文使用史来领会到的，无非由表现的质朴、自然和沉雄等文风议题及于道德政治系统提倡的圣、王心，严文到此剥夺了诗人造世界的权限。这点跟后代及新诗时期的种种议论无别，抑或中国诗跟中国诗作者本性即在着眼于这个世界，从此确定了中诗跟西诗的分野？

“第一义”，是踏实说来的诗学中的非文风部分。在古典诗时期，是美刺言志，新诗时期，是重建人和世界的关系。前者依据孔子西周王道模式的道德政治系统，后者期待“新民”与“民主社会”的理想实现。两者性质一致，均为“政治性”。此政治，不只关于权利，尤关心行、人际、人与社会（和国际）、人与自然等棘手关系，乃是根本政治。根本的生存、生活理想问题。前者表现在诗，端庄风雅，有所不言；后者表现在诗，以刺为美，尖锐彻底。现代诗的这个颠倒，并未颠覆古典诗学的第一义的内容、性质和地位。及乎其余，新诗推崇小处想象、大处做梦，用意归结为心的解放和自由，把社会公约视若禁锢；在古典诗中，此例繁多，汉魏六朝极盛，小我借机解脱者也。佛思维的好处，也在这里，给人就地放逸、超越的途径，好端端的出神。至于禅宗思想大行其道，主宰了当代诗的半个世界，概因其放弃心智、取手边而就容易、却不失针对性的缘故吧。

新时期正统方说的“人民利益”，读者绝无感觉，算是其文学的第一义和文风的统一失败。各方勉强能够都接受的，是第一义结合文风或透过文风的究竟三概念：真、善、美。各方面的解释和侧重有所不同。非正统方，是诗的主创者，正统方，完成历史任务后早就退出了文学界，所留存的不过是庞大的退休官僚机构。新诗绝大部分作者侧重“美”字。以美为刺的美，所谓唱赞，也是制造语言的美的世界。语言的美的世界不必表现《关雎》式的伦理美好，或偏向供迷失的幻美，无非魏晋自爱风度，倒也谈不上反动。某部分作者降低“真”的标准，说诗是为时代作证，是记录不足论也。无理，即无真。真，是（万法归一的）道之显，是认识和立场的总结。舍此不能说真。关键的“善”的意思，争论不休，我看是在过去的封建道德观里面，时不时加进或强调了民主、阶级斗争和个人权利三个彼此有所对立的内容。这三个根据各人性格和需求来选择强调的内容，正是各作者重建人和世界的关系的起点，是各作者创作的政治性的性格分别的起点。

在世界各国政府均沦为公司的时候，诗作者回避泛义政治，抛弃在语言中和通过诗，重建人和世界的关系这个责任，等于回避和抛弃诗。极端地说，被讨论得很多的诗歌的现代性，指的就是诗歌的政治性。焦虑、振拔、分裂、治疗……莫非其例。把诗的难点说成是怎么写，是把诗作者贬成匠人的流言，不值一提；把诗说成是关于大是大非的艺术又得谨慎。具体说来，因为诗是从枝节、从微妙入手。是限度内的艺术，才是基础和整体的艺术。这里并不涉及种种实际政治取向、对人类社会各种关系的秩序设想的谁是谁非。

诗人之间，可谈文风。“权衡损益，斟酌浓淡。”但讨论新诗的形式问题，我想再说一遍，必以独创独善个人体式这一特点为纲领，否则臧否风格，就流于无稽。新诗作者既默获全面的形式授权，新诗作者的形式和风格特征，就较多响应了五七言律之前的古体诗的散文性格，不过，五七言律的范例既在，新诗某类作者的形式用心就必然幽深一点。

（原载《读书》2004 年第 12 期）

杜甫，或“正午的镜子”

——1990年代诗歌的诗意变形记

颜炼军

一

诗人何为？在整个20世纪，知识分子“个体”与“集体”或“大众”之间的关系，一直是汉语新诗中贯穿性的主题。在新文学史上，它几经变异，漂移不定。这个过程，内含了汉语新诗曲折的自我寻找和确认的过程以及汉语新诗抒情主体性转移、确立和反思的过程。

与历史的巨变相呼应，在1990年代以来的许多当代汉语诗歌杰作中，自我与集体之间的关系模式，发生了非常诡异的变化。似乎所有出色的诗人，都不时把诗意的展开建立于对这种关系的警醒之上：诗歌如何对于公共生活进行变形？因为，几经起伏，自我与集体之间的关系的背景，已变幻为喧闹而苦海无边的全球化消费人群和风险社会，它映照和渗透到我们的每一个心思和动作中，此前关于政治或语言“自身”的修辞和反修辞，都不足以与这个时期中国人的生存状态相对称，并赢得诗意的优越性。因为，它们潜在地包含了一种个体诗歌抒情与集体声音表达之间的一致性，而这种延续了近一个世纪的一致性，在90年代的社会生活中大面积解体了。由于各种复杂的原因而习惯了上述一致性的汉语新诗，必须学习包容自身的放逐以及与公共生活之间的分裂性。

施格莱尔曾经把诗歌分为通俗的诗和深奥的诗，他认为，后者能取消诗与科学之间应该被诅咒的割裂，能重新创造神话，“把平凡生活中同诗对立的成分加以诗化，并击退这种东西的抵抗”[①]。对于90年代以来的汉

---

① ［德］弗里德里希·施格莱尔：《论文学》，《德语文学与文学批评》（第一卷），李伯杰译，人民文学出版社2007年版，第40页。

语诗人来说，类似的“击退”的任务似乎面临前所未有的艰难，如王家新在1989年预感到的那样：“当语言无法分担事物的沉重/当我们永远也说不清……”（《瓦雷金诺叙事曲》）因此，因地制宜让“现实”内化为诗意，重新书写与生活对称的诗，[①] 成为这个时期诗人们集体反思的问题。诗人柏桦有一段话很好地说出了这种反思：“现在的情况是一定要认识自己的祖国，要了解他，爱他，哪怕是憎恨他都可以，但是要认识，这是任务……你必须认识你的处境、历史、国家，要对祖国了如指掌。”[②] 这肯定不只是对于政治或爱国主义语义中的“祖国”的反讽，更是意味着诗歌言说面临的将复杂、尖锐和枯燥的历史和生活诗化的任务。如诗人张枣说的：“生活与艺术的最终完善，只能在祖国才能进行。它有活泼的细节，它有不可选择的无可奈何的历史过程，应该去参预，不管用哪种方式。”[③]

因为这种写作处境，催生了一个有趣的诗歌史幻觉：90年代以来，许多诗人开始以各种方式的怀念发明了自己的杜甫。杜甫卓越而全面的诗艺，对天下的热爱和对现实的宽广而伟大的抒情能力，作为诗人在伟大的乱世中的坚韧品质，都成为许多诗人向往的楷模。不少诗人也在诗歌中写到杜甫，比如西川《杜甫》、萧开愚《向杜甫致敬》、梁晓明《杜甫传第二十七页》、廖伟棠《新唐宋才子传》、黄灿然《杜甫》等。[④] 诗句中零星写到杜甫的，更是不胜枚举。更有许多诗人不约而同地谈论到杜甫的当下性：

> 杜甫的批评态度不像现代知识分子对待主流社会主流文化的批判性态度，他不是抱一个在边缘的态度，而是担当大义，以主流自任。……杜甫本人并没有做过什么起作用的官，也没有做过什么对当

---

① 比如西川说，“80年代末90年代初……我就一直觉得我们的诗歌离生活太远了，没法和生活对称——我把这叫对称，因为文学作品不一定反映生活，但必须有一种关联……”见西渡、王家新编《访问中国诗歌——中国23位顶尖诗人访谈录》，汕头大学出版社2009年版，第183页。

② 同上书，第63页。

③ 引自张枣给傅维的信，参见柏桦、宋琳编《亲爱的张枣》，江苏文艺出版社2010年版。

④ 已经有研究者对这些作品的意义表述方式进行了阐释，比如，张松建有过细致的疏理，据他统计，现代以来至少有十一首以杜甫为题的诗作。参见《一个杜甫，各自表述：冯至、杨牧、西川、廖伟棠》，《今天》杂志2008年春季号。

时社会真正有益的事情，他唯一的事情就是做自己的本职工作。我们起码是现代诗人，知道本分就是写诗。比任何时候都独立、孤立。独立是现代诗人和现代诗的先决条件。不做官，不能做官，是帮助诗人和诗真正、卓然地独立的伟大改变。

——萧开愚①

……特别是杜甫，我一直对他的生活感兴趣，他的一生都可以说是在大动荡中度过的，而他的写作，在当时完全可以被称之为边缘写作，他的确在生前没有感受到那种写作带来的荣誉，甚至没有因为写作获得过好的生活。在他活着的时候，他是否也觉得自己是生活在一个文化“荒漠”的时代呢？

——孙文波②

杜甫一辈子都身处逆境，但是他临死前还说，“正是江南好风景，落花时节又逢君”。李龟年在宫廷里是拿假嗓子清唱歌剧，他本身就代表美好记忆和繁华，因为他的歌声太美。我们往往会把这句诗理解为凄惨，但是它带给我们的美感远远大于凄惨。……波德莱尔纯粹是一个二元对立的诗人，但杜甫不是。杜甫许多伟大的作品写的是处境和现实之恶，但是他最后依然落实到赞美。

——张枣③

杜甫在“烂醉是生涯”中，如同“醉了的野火”（“Life whirls past like drunken wildfire”，这是美国诗人 Kenneth Rexroth 所译的“烂醉是生涯”这一句，译成中文便是：生命飞逝如同醉了的野火。译得真是璀璨传神，惊心动魄，此人不愧为我一直乐道的杜甫之美国传人）享受着他的自虐，享受着他的苦难。终于，杜甫为我们完成了一个崭新的形像：他是这样的一个诗人，他在自虐式的极乐中获得了永生。

——柏桦④

---

① 凌越：《诗在弱的一面——萧开愚访谈》，《书城》2004 年第 2 期。

② 西渡、王家新编：《访问中国诗歌——中国 23 位顶尖诗人访谈录》，第 104 页。

③ 白倩 VS 张枣：《绿色意识：环保的同情，诗歌的赞美》，《绿叶》2008 年第 5 期。

④ 柏桦：《烂醉是生涯——论杜甫的新形象》，《中文自学指导》2005 年第 3 期。

> 杜甫在中国诗人中最能显示人格的深沉博大；惠特曼则最典型地显示了灵魂的复合状态，在他身上活跃着无数的灵魂，并通过他的歌唱得以表现。他们影响我的灵魂状态甚于具体的写作。
>
> ——西渡[①]

> 杜甫与卡夫卡就是不相容的吗？我并不这样看。多年前，我曾写过“为了杜甫你还必须是卡夫卡”，今天我还想补充说，在杜甫身上或许本来就包含了一个卡夫卡。
>
> ——王家新[②]

有更多的当代诗人曾在不同的场合讲到杜甫的当下诗学意义，上面摘取的只是一小部分，他们分别想象出几个不太相同的杜甫形象。当然，我们一定同意，杜甫的意义远非当下论述和诗歌所能覆盖。宇文所安曾总结过杜甫的综合魅力：“杜甫是律诗的文体大师，社会批评的诗人，自我表现的诗人，幽默随便的智者，帝国秩序的颂扬者，日常生活的诗人，及虚幻想象的诗人。他比同时代任何诗人更自由地运用口语和日常表达；他最大胆地试用了稠密修饰的诗歌语言；他是最博学的诗人，大量运用深奥的典故成语，并感受到语言的历史性。”[③] 如此多方面的长处，当代诗人需要的是哪一个杜甫？这是个难以回答周全的问题。我由此想说的是，在短短百年的新诗史上，诗人们先后建立了熔炼词语与事物为诗的技艺，但没有哪个时代，像90年代以来这样，社会大时代与诗歌之间渐渐形成了如此激烈的相互“否定”，如王尔德所抨击的19世纪的欧洲一样：“至于生活，它是瓦解艺术的溶剂，是使她的宅邸沦为废墟的敌人。”[④] 对该时期的诗人来说，克服这种否定性的处境和焦虑，就成了诗歌写作的本质性源泉。回望古典汉语诗歌传统，杜甫无疑是诗人作为个体如何以精湛的诗艺转换“广阔现实”的诗学榜样，也为诗人提供了克服各种人生和生活困

---

① 西渡：《诗歌是灵魂的倾心告白》，《南方都市报》2003年10月17日。

② 汉乐逸、王家新：《“为了杜甫你还必须是卡夫卡”——中国当代诗歌之旅》，《中华读书报》2011年4月6日。

③ 宇文所安：《盛唐诗》，贾晋华译，生活·读书·新知三联书店2004年版，第210页。

④ ［英］奥斯卡·王尔德：《谎言的衰落》，萧易译，江苏教育出版社2004年版，第16页。

难的精神资源，所谓"寂寞壮心"（杜甫《岁暮》）者也。当然，寻找杜甫，也意味着全球化导致的对汉语诗歌共同体的想象，在这种处境渐趋严峻的情况下，诗人们都不约而同地回头认领自己的祖先，以建立起新的汉语诗歌谱系图，尤其是要为新诗寻找更为多元的，与"传统"更为相关的精神资源。①

二

针对当代新诗的这种处境，诗人张枣曾提出一个非常重要的"元诗"概念，来描述当代新诗写作中的共同问题。诗歌对于现实的思考，转换为对词与物之间的关系的焦虑和思考——它们成为诗歌写作的对象。对新诗的现在和未来，他曾有如下提问："如何使生活和艺术重新发生关联？如何通过极端的自主自律和无可奈何的冷僻的晦涩，以及对消极性的处理，重返和谐并与世界取得和解？这些都是二十一世纪的诗歌迫切需要解答的课题。也许答案一时难得，但去追问，这本身就蕴含了我所理解的诗歌本质。"② 也就是说，只有通过对诗歌本质的追问和实践，才是解决诗歌外在困难的根本途径。

显然，在新诗历史上，民族危机、祖国梦想及其衍生的崇高情状，集体主义幻觉中的乌托邦化的日常生活以及对个性解放和语言解放的过度想象等，都可以相对容易地成为诗歌歌颂、哀伤或指责的对象，因此，诗歌常常对于自身的本质无暇过多追问。但从 90 年代开始，诗歌已经丧失了集体性力量的支撑，如下问题开始渐趋明显：诗歌与生活之间的关系，不再是"毫无疑问"地可以接洽好的关系，因此，有效的诗意，就得建立对此的反思和重重顾虑之上。诗歌得面对苏格拉底对伊安的诘问：诗歌凭

---

① 比如，杨炼说："从屈原的《天问》精神到杜甫以非常完美的方式传达的'言志'和'传道'精神，再到晚唐的李商隐，实际上已经把诗歌声音里的纯美学形式的因素，从道和志的传达里提炼出来了，发展成为一种语言哲学意义上的东西。这个意义已经是非常当代的。"参见《传统与现代》（多人对话录），《当代国际诗坛》，作家出版社 2010 年版，第 183 页；西渡也说："在一种崭新的意识的烛照下，他们重新发明了古典文学的伟大传统：萧开愚、臧棣发明了一个新的杜甫，黑大春发明了他自己的陶渊明、李白和王维……"西渡《时代的弃婴与缪斯的宠儿》，参见《灵魂的未来》，河南大学出版社 2010 年版，第 122 页。

② 张枣：《"Anne-Kao 汉语诗歌创作奖"受奖辞》，萧开愚、臧棣、孙文波编《从最小的可能性开始》，人民文学出版社 2000 年版，第 249 页。

什么可以展示这些事物？具体到90年代以来的诗歌处境，即消费社会里的诗歌凭什么而写？因为，如诗人西渡说的那样，“诗歌的立场与资本的立场从来就是对立的”[①]。与爱国主义、民族主义、集体主义等截然不同，无论意识形态化的资本，还是资本化的意识形态，都严丝合缝地构成了与我们内心愿望相逆的生活，因此，诗人首先应该承担时代加于个人的那份生活，[②] 埋伏在街头的诗歌才可能随时扑向我们。[③]

在西渡90年代后期不太被注意的一首诗作《为大海而写的一支探戈》中，其实很典型地展示了诗歌作为内心生活与资本和意识形态化的公共生活之间的悖论以及克服这种悖论的诗歌方式：

海风吹拂窗帘的静脉，天空的玫瑰
梦想打磨时光的镜片，我看见大海
的脚爪，从正午的镜子中倒立而出
把夏天的银器卷入狂暴的海水

你呵，你的孤独被大海侵犯，你梦中的鱼群
被大海驱赶。河流退向河汉
大海却从未把你放过，青铜铠甲的武士
海浪将你锻打，你头顶上绿火焰焚烧

而一面单数的旗帜被目击，离开复数的旗帜
在天空中独自展开，在一个人的头脑中
留下大海的芭蕾之舞，把脚尖踮起
你就会看见被蔑视的思想的高度

大海的乌贼释放出多疑的乌云
直升机降下暴雨闪亮的起落架
我阅读哲学的天空，诗歌的大海

---

① 西渡：《灵魂的未来》，河南大学出版社2010年版，第229页。

② 同上书，第248页。

③ 参见《博尔赫斯谈诗论艺》，陈重仁译，上海译文出版社2008年版，第3页。

一本书被放大到无限，押上波浪的韵脚

早上的暴风雨从海上带来
凉爽的气息，仍未从厨房的窗台上消失
在重要的时刻你不能出门，这是来自
暴风雨的告诫，和大海的愿望并不一致

通过上升的喷泉，海被传递到你的指尖
像马群一样狂野的海，飞奔中
被一根镀银的金属管勒住马头
黑铁的天空又倾倒出成吨的闪电

国家意志组织过奔腾的民意
夏天的大海却生了病。海水从街道上退去
暴露出成批蜂窝状的岩石和建筑
大海从树木退去，留下波浪的纹理

而星空选中在一个空虚的颅骨中飞翔
你打击一个人，就是抹去一片星空
帮助一个人，就是让思想得到生存的空间
当你从海滨抽身离去，一个夏天就此变得荒凉

（1997. 7. 1）

如果不考虑具体的历史语境，我们当然可以说，这首诗在重写一个永恒的诗歌主题：个体是如何借助语言脱离对于个体的束缚性事物的，即语言的利器是如何凿开生活之路的。这也是诗歌想象的古老功能：朝着最遥远的隐喻开放，在词语中为事物寻找新的秩序。按照古人的话说，即“思接千载，视通万里”，让一切彼处的事物和时间都涵咏为词语的亲在。按照王尔德的说法，这是一种室内幻境里的“自我中心主义”：“自我中心主义本身就完全是一种室内生活的产物，它对真正意义上的人类尊严来说是如此必要。出了门，人就变得抽象化和非人格化了。一个人的个性便会彻

底离开他。”①

但如果我们已经注意到，这首诗歌是写于1997年7月1日的话，就会对这首诗与其生成的语境之间的关系感兴趣。这一天，是中国共产党的建党节，也是英国将香港主权交还给中国的日子。我们至今仍可以想象，在诗人所居住的北京所能感受到的举国上下普天同庆的气氛。在这样的日子里，如原始时代的盛大巫术一样，所有人都陷入一种群氓式的激动，无可逃脱地深陷于一个弥漫着历史、政治、爱国主义等构成的无所不在的意识形态庆典中：喜庆的锣鼓、舞蹈……无所不在的赞歌和充满爱国主义激情的声音，“祖国母亲”发出的各种“召唤”，构成一个意识形态的汪洋大海，淹没了每一个个体可能的声音。在这样一个盛大庆典中，诗人在闹市中的某间室内，将自己分离出来，或者说，丢失在自己的所在之处，在诗句中发明了另一出大海的舞蹈。也就是说，诗人在发动一场私人领域与公共生活之间的相互否定的诗学激情。

因为现代新诗与意识形态本质上的一致性，诗人往往甘作意识形态的辅助者和赞同者，新诗史上从来不缺乏从正面呼应政治和集体庆典的作品。比如，胡风的《时间开始了》、贺敬之的《雷锋之歌》就是其中的巅峰之作。在90年代以来的历史与个人处境下，诗歌抒情却有意识地赞成和促进二者之间的“疏离”感，并以此作为诗意的源头。也就是说，个体从政治乌托邦、消费神话和爱国主义幻象中觉醒后，表达这种觉醒的诗歌，也不再攀附于这些现代意义上的“神力”或“巫术”，它必须以诗歌之名，让个体所面临的虚无感和价值阙如在写的实践中重新明确起来，以重构出一种现实，作为诗歌的腾跃之所。西渡诗中写出的这种疏离感，就是这样的努力，也是90年代以来中国个体的日常生活与意识形态或资本化的公共生活之间日益对立的缩影。其实，现代汉语诗人也有过类似处境，但在他们那里，这是一个同意与否的矛盾，比如闻一多最好的诗作之一《心跳》中，就激烈地再现了个体生命空间与国家苦难、民族大义和公共生活之间的挣扎——这也是现代汉语诗的重要主题。在当代诗里，这个矛盾转变为一种自觉与无边的经济和政治意识形态对抗的诗歌激情，以及对该激情的杰出呈现。

---

① ［英］奥斯卡·王尔德：《谎言的衰落》，萧易译，江苏教育出版社2004年版，第4页。

三

在这样一个承载着巨大的爱国主义和意识形态的欢乐美学的时间点上，诗人如何才能“梦想打磨时光的镜片”？我们需要注意，在前引西渡诗作的第一节里，有一个特别重要的意象：“正午的镜子”，可以作为我们谈论的诗眼。钱锺书在阅读无数关于镜子的文学作品后说：“以水、镜照已，常会发生误认自己为别人，或误认别人为自己的幻觉，于是中外文艺家以这种精神惝恍意识流动的心理现象，创出许许多多自爱自怜自仇自怨的文章来。”[①] 确实，镜子是汉语古典诗中一个经典的物象，比如，“水中花，镜中月”是古典诗歌的经典意境之一。诗人周伦佑曾写道：“一面镜子在任何一间屋子里/被虚拟的手执着，代表精神的/古典形式。”（《镜中的石头》）镜子常常与自我的确定或发现有关，古希腊神话中的纳喀索斯只相信镜子中的自己；许多西方现代诗人也很迷恋被镜子分割出去的“世界”，以及镜子中展开的自我。比如，乔治·布莱发现，波德莱尔对镜子有特别的感受：“在他看来，镜子的闪烁如同一种阴郁而邪恶的活动，其中自我向自我呈现形象层出不穷到令人眩晕的程度。”[②] 博尔赫斯的迷宫中也常常会借用镜子的魔力。诗人张枣也有许多关于镜子的妙论：“你无法达到镜面的另一边”（《苹果树林》）、“前方仍是一个大镜子”（《椅子坐进冬天……》）、“大地仍是宇宙娇娆而失手的镜子”（《空白练习曲》）[③]，其他许多当代诗人都曾写到镜子。它在诗歌中频频出现，显然与它虚构的“真实”有关。事实上，按古希腊的模仿论，“镜子”具有诗歌的特征，它总是把现实以颠倒而逼真的秩序纳入自身微小而无穷的世界中。具体到个体与镜子之间的关系，镜子意味着可以摄取每个人的自我形象中虚构的那部分，或者说，有待认识和解放的部分——按照拉康的说法，我们都经过镜像来认识自身。因此，镜子是对虚无的冒犯，也是对存在的冒犯。[④]

西渡诗歌里的“正午的镜子”，显然不是写某一面正午的具体的镜子，而是把诗人在正午时分的坐落其中的欢腾的世界比喻为一面镜子，他

---

① 钱钟书：《钱钟书论学文选》第 4 卷，舒展选编，花城出版社 1991 年版，第 7 页。

② ［比利时］乔治·布莱：《批评意识》，郭宏安译，百花洲文艺出版社 1993 年版，第 20 页。

③ 所引张枣诗句皆见《张枣的诗》，人民文学出版社 2010 年版。

④ 孙文波：《与无有关》，重庆大学出版社 2011 年版，第 10 页。

以镜子的玄妙或虚构性，来比喻个体与世界发生关系的方式。我们知道，与午夜或别的时间点不同，“正午”并非一个冥想式、适合个体自然地觉醒的时间点，而是个体最容易沉没于公共生活和常识中的时间点。可以说，它是白天的高潮，是意识形态的阳气最旺盛的时刻。因此，正午是上述特殊历史庆典的高潮，是公共生活发挥强大的渗透力的好时候。而与此相反，“镜子”敞开的，是虚构的世界及其映照出的个体镜像。这个比喻本身，就暗含着一个难以调和的悖论。因此，要打磨这一时间点上的“时光的镜片”，成了这首诗低调而骄傲的诗意宣言：一方面它表明个体的觉醒，同时也暗示了另一个意图，要强力地在诗歌中挪用和收拾这个时间点所凝聚的一切公共意义，让一切喧闹都收摄于词语敲打和磨洗出的“镜子”敞开的世界。诗人桑克也故意慢悠悠地写过这种个体与时间的关系：“我，一个人，抓住这个时辰。/抓住我的孤单。我拥抱它，仿佛它是风，充满力量，然而却是/那么虚无。”（《海岬的缆车》）在桑克这里，虚无就是镜子，是摄取现实魂魄的临界面，以及正在被摄取的一切。

通过诗歌传统中发明的镜子的虚构性，诗人将世界颠倒：在国家意志和组织起来的沸腾的民意的浸染和伴奏中，关于大海的一切倒立地从镜中伸出——我们知道，镜像与实物之间，左右是颠倒的。西渡在长诗《雪》中写过这种镜像的特点：“镜子和镜像合而为一。/左和右，两个嫉妒的侍女/捐弃前嫌，水中的月/变成了天上的月，镜中的花伸展到枝头。”在镜中，自我因颠倒而被凸显，并牵扯出有别于实物的镜中的一切虚构的形象，即经过对这一特殊时间点的反思和打磨，真实世界开始在时光的镜片中颠倒，变形为大海的形状。在孤僻的室内的诗人看来，这举国喧闹而喜庆的日子里的正午，如一面巨大的镜子。通过“正午的镜子”对世界的反视，诗歌将外面喧闹的一切强力地转换为一股汹涌的诗歌的力量，通过词语之镜展开的舞蹈和风景，来抵抗和消解来自意识形态组织和虚拟的公共生活对个体的挤压——这是两种虚构力量的角逐。也就是说，诗意的效力，正在于重新组织我们身处其中的事物秩序和意义秩序——诗歌都得发明一面连通自己和世界的“正午的镜子”。

粗看起来，“夏天的银器”是一个突兀的意象，它却是理解第二节的关键。一方面，它在色彩上与“正午的镜子”构成呼应，象征着事物有待发现的孤独和美，以及喧闹的夏天里，被遮蔽或遗忘的自在的光亮和响动，同时是对集体欢腾之声的挪用。只有正午在诗人的感觉里，成为一面巨大的、对喧闹的现实具有颠倒能力的镜子，"夏天的银器"才能被照耀出来，并被大海"侵犯"。"侵犯"在这里具有双关义：因为"大海"既可以理解为公共生活中的喧闹，也可以理解为"现实"被诗人的"镜子"颠倒后释放出来的诗意的力量，因此，"夏天的银器"被"侵犯"的过程，也是诗歌在各种力量的角逐中诞生的过程。从"夏天的银器"被焚烧的火焰锻打为"青铜铠甲的武士"，正是一种元诗意识的集中呈现：有效的诗意从来都诞生于生存与语言的困境中。按阿多尔诺的说法，即社会整体以一个自身充满着矛盾的统一体出现在优秀的作品中，这种作品符合社会的意愿，又超越了它的界限。[①] 于是，在这首诗里激昂饱满的声音里，充满了对节日庆典的有意戏仿和变形："一面单数的旗帜被目击，离开复数的旗帜"——在许多关于祖国的诗歌中，"旗帜"是一个富有意味的符号，它在汉语新诗中也有着崎岖的意义旅行。这里的"旗帜"，被改写为个体对抗和改写公共生活的符号载体，它的展开，与后面"多疑的乌云"形成了事理上的严密性和连续性。

总之，经过"正午的镜子"的连通，室内的阅读者、国家意志、奔腾的民意、生病的大海、无限的天地之间，密集地组成了一种意义上的博弈和声音的上共振。"万事销身外，生涯在镜中"［（唐）李益《立秋前一日揽镜》］，可以说，这面特殊时刻显现的镜子，微观地呈现了当代诗歌中的一个重要命题：如何将公共生活化约到个体抒情之中？按照诗人的话说，如何以呈现"夏天生病的大海"，来获得某种"帮助"？如何用诗歌打磨出一面私人领域对公共生活形成有效地颠倒和虚化的"正午的镜子"？接着张枣谈论杜甫时的话说，就是如何将处境和现实之恶，落实为一种有效的赞美？如何发明一种"专制性"的"绿色"幻想力量，来弥补生活和世界的不足，进而像王尔德所期待的那样，让"时代成为诗歌的象征"[②]，抑或曰"生涯在镜中"，而不是相反？

（原载《新诗评论》2011年第2辑）

---

① ［德］阿多尔诺：《谈谈抒情诗与社会的关系》，参见刘小枫选编《德语诗学文选》（下），华东师范大学出版社2006年版，第424页。

② ［英］奥斯卡·王尔德：《谎言的衰落》，萧易译，江苏教育出版社2004年版，第40页。

论两岸[1]当代诗的几个核心问题

杨小滨

一　两岸当代诗的起源与背景

两岸当代诗的概念，大致上是以一批1950年前后出生的诗人为起点，70—80年代以来的新诗写作为范围的。不过，在内地最早的当代诗也许可以追溯到60年代中后期张鹤慈（北京，1943年生）和陈建华（上海，1948年生）等人的写作。比如在张鹤慈的《生日》里，“顿点的一滴泪、/删节号的呜咽……/杯里，四五块闪闪的月/风读着，无字的书”，在相当程度上拓展了诗的修辞样式。而陈建华在《空虚》（1968）里写道：“这城市的面容像一个肺病患者/徘徊在街上，从一端到另一端。”如果说张鹤慈还带有浪漫主义的余韵，而陈建华的诗直接受到波德莱尔的启发，可以说是当代诗中最早出现的现代主义作品。可惜的是，陈建华作品的阅读范围当时只在极小的朋友圈子内，直到90年代才初见天日。到了70年代初，出现了更具影响力的当代诗作品，如根子的《三月与末日》（1971）在19岁时就已经面对一个幻灭的世界：“我/看见过足足十九个一模一样的春天/一样血腥假笑，一样的/都在三月来临。”多多的《当人民从干酪上站起》（1972）中“歌声，省略了革命的血腥/八月像一张残忍的弓/恶毒的儿子走出农舍/携带着烟草和干燥的喉咙”，对时代的观察和体验也远远超越了同时代诗人的视野。根子的诗在70年代初北京的知识分子沙龙里广为传播，直接启发了多多的写作，而多多则已成为中国当代诗史上的灵魂人物。

---

① 指中国大陆和台湾。

相应于根子、多多和芒克所形成的“白洋淀诗派”，台湾的当代诗最早应当从“龙族诗派”的苏绍连和陈黎在60年代末和70年代初的写作开始。在苏绍连最初创作的一批诗里，就已经出现了在前人作品中未曾见过的气象，比如苏绍连的《秋之树》（1969）“树们咳嗽咳嗽而肺叶凋落了/一口浓痰；一口血丝隐现的秋。/树们的手都握住水；没握住水/一滴滴滑落。枯竭。”这里，对意象的超现实处理以某种特异的方式引入了疾病与失败的感受。还有《月升》（1970）中“（一群鸟如放烟火从谷底把月光弹出）夜莺本来就没歌好唱”以解构的、反浪漫主义的方式来书写月夜的景色。在陈黎70年代的诗里，我们也可以读到“中山北路，你的亢奋被辗成六声道的呻吟/肉身臃肿，尽吃牛排也健康不起来/左方一个大乳房因为生癌，停业五天/肚脐以东，奶头们依旧等人按铃”（《中山北路》，1974）这样出格的诗句，都市场景被比作丑陋和病态的肉身。这里，诸如“奶头”这样的词语，将抒情主体的声音也下降到了粗鄙的层面。

可以看出，两岸当代诗的发展由于所面对的不同历史文化背景和不同的新诗传统从一开始就产生了明显的差异。台湾的当代诗面对的首先是当时日渐经典化的现代主义，也就是以纪弦创立的现代派和洛夫、张默、痖弦等人发起的创世纪为代表的台湾现代诗。苏绍连和陈黎都算是龙族诗社的诗人，而龙族诗社的宗旨在相当程度上是试图从台湾现代诗的疆域之外开辟出新的道路。《龙族诗刊》刊登过不少对余光中、洛夫等人的评论，显示出继承与反叛的双重面向。而诗歌写作本身，在某种意义上也具有评点和重写现代派的特性。上文所引苏绍连的《秋之树》出现了“浓痰”这样令人不安的意象，一方面开启了日后以唐捐为代表的“体液写作”，另一方面也是对前行诗人作品的重新书写。“痰”的意象恰好在余光中和洛夫的诗中都曾出现，如“饮真灵感，如饮纯酒精/即随地吐痰/也吐出一道虹来……”（余光中《狂诗人》，1961）和“我们确够疲惫，不足以把一口痰吐成一堆火”（洛夫《石室之死亡》，1958/1965）。不过，可以看出，在余光中和洛夫笔下，肮脏的“痰”是即刻要升华为“虹”或者“火”的，而在苏绍连那里，“一口浓痰”本身便是病态的结局，这在美学上形成的差异是不容小觑的。苏绍连和陈黎的诗都具有相当程度的后现代特质，用病态和粗鄙的美学解构了主流现代诗的高亢声音。

而根子、多多和芒克所面对的则是一个革命文艺占据主导地位的时代。现代诗传统在中国大陆是断裂的：无论是李金发、闻一多的象征主义，还是卞之琳、穆旦的现代主义都不曾在当代诗歌史上产生过实质的影响。无论是多多对“歌声，省略了革命的血腥”的敏锐感知，还是芒克对“太阳升起来/天空——这血淋淋的盾牌”的直观描绘，都更多的是对主导的革命美学的另类回应。① 除了过于超前而不合时宜的根子之外（根子的诗必须另文探讨），在多多和芒克的诗里，到日后北岛的诗里，主体的声音基本是激昂的，可以对应于洛夫的“我以目光扫过那座石壁/上面即凿成两道血槽”所体现的战争经验。北岛的诗，即使是像“在没有英雄的年代里，/我只想做一个人”这样的诗句，也充分体现了某种英雄式的语调。

直到80年代中期之后，中国大陆诗才开始出现粗鄙、污浊的元素，消解了英雄式的语调。80年代末，廖亦武用现代大赋的形式铺陈出一个腐烂败坏的世界：“总有些母亲叉开双腿仰卧沙滩用经血蘸泡玲珑剔透的卵石……两只大蚯蚓钻出人的鼻孔，绞在一起交媾”（《死城》）。而到了90年代，污浊体液在姜涛的诗里则显示出日常的，甚至喜剧的色彩：“一摊浑浊的树影像鼻涕被擤在了窗外”（《毕业歌》），或者在孙文波的诗里呈现为卑琐、污秽的现实景物：“它会悄悄离开，仅仅留下一两粒屎。”（《鼠年诗稿》）

二　当代诗与后现代主体

80年代中后期，中国大陆出现了具有后现代特质的当代诗作，作为对朦胧诗一代的偏离，英雄变异为莽夫或痞子，这构成了第三代诗的某种典型形态。比如李亚伟的“我们本来就是腰间挂着诗篇的豪猪”（《硬汉》），或者胡冬的“我要走进蓬皮杜总统的大肚子/把那里的收藏抢劫一空/然后用下流手段送到故宫”（《我想乘上一艘慢船到巴黎去》），其所塑造的形象已经和朦胧诗时期沉思的、正义的或悲剧的形象迥然不同。不过，泼皮和顽劣仍然可以说与毛时代的主流美学相关联，甚至可以说是诸如“金猴奋起千钧棒”的齐天大圣这一类草根革命形象的变奏。直到孟

① 现代西方文学包括苏俄文学在大陆当代诗起源时期的影响是不言而喻的，但这将是另文讨论的内容。

浪的“中弹的士兵倒下/伤口继续冲锋”（《死亡进行曲》）和默默的“喊响一点，喊得绝望/最好喊也不要喊”（《脸部的形而上考察》），某种被掏空的、缺失的烈士形象被凸显了，但激越的风格依旧获得了保留。

激越或者豪放，在台湾的当代诗中是阙如的。而现代派时期的诗人，比如洛夫、管管、罗门等，激越或豪放风格的诗并不少见，完整的抒情主体基本上是得以强化的。不过，在管管的诗里，也出现了“春天像你你像烟烟像吾吾像春天”这样意指关系不断无/限游移的拉康式主体，管管这一类60年代的诗也许是台湾最早的后现代实验。无论如何，台湾当代诗在80年代之后多有体现主体缺失或分裂的后现代作品。夏宇的《腹语术》书写一个少女在结婚的那一刻突然分裂成两人，其中一个（灵魂/主体）可能羞于或不甘心陷入婚姻的陷阱，却看见另一个（肉体/自我）已经按部就班地完成了所有的婚礼程序。“腹语”的意思本来就是主体的声音从另一处声源发出。无独有偶，陈黎的《腹语课》也呈现了主体声音的不可同一。

恶勿物务误悟钨坞骛鹜恶岉蘁瓻痦逜垭芴
軏杌婺鹜垩沕迕遻鋈矹粅阢靰焐卼煟扤屼
（我是温柔的……）
屼杌煟卼焐靰阢粅矹鋈遻迕沕垩鹜婺杌軏
芴垭逜痦瓻蘁岉恶鹜骛坞钨悟误务物勿恶
（我是温柔的……）

恶饿俄鄂厄遏锷扼鳄蘁餩嶭蝁搤圔軶豟豟
颚呃愕噩轭阨鹗垩谔蚅砨硪櫮鑩岋堮枙腭
萼咢哑崿搕諤阏頞堨堨頞阏諤搕崿哑咢萼
腭扼堮岋鑩櫮硪砨蚅谔垩鹗阨轭噩愕呃颚
豟軶圔搤嶭蝁餩蘁鳄扼锷遏厄鄂俄饿
（而且善良……）

这不只是一首玩弄形式的诗，它的后现代性也不仅在于形式实验。同样的，如果说腹语发出的括号里的“（我是温柔的……）”和“（而且善良……）”是理性自我的声音，那些未能发完全的声音——“恶”“误”

“饿”“厄”“噩”“扼”以及以一大批古怪字所代表的既不明所以也不可确认的字音则暴露出内在主体的困顿。

这样的后现代主体，在朦胧诗之后的大陆当代诗里也有所呈现。在周伦佑的长诗《自由方块》的“动机1：姿势设计”里，“你”的主体性从萨特式存在主义的命题“存在先于本质”出发（“按现代标准重新设计自己”），却终结于拉康式后结构主义的法则“主体的欲望是他者的欲望”（在各种已有的他者姿势下游移变换）。这个“你”对自我的形象塑造（现代化自我）被符号世界的种种传统模式（前现代符号秩序）所决定，而不得不与符号域中的无意识主体产生若即若离的冲突。而在杨黎的诗比如《撒哈拉沙漠上的三张纸牌》《高处》里，主体占据了一个被抽空的位置，或者说，这个拉康式主体处于一个不在的、空缺的位置面对他的对象。

三　两岸当代诗的文化风格

第三代诗（莽汉、撒娇、非非）的后现代主体显然是对现代性主体的解构。而20世纪的现代性主体，那个代表了国族的宏大历史主体，在两岸政治文化的辖域内各有不同的表现形态。具体而言，蒋式的婉约派文化范式混合了中国儒家传统（“仁义礼智信”或“忠孝仁爱信义”）和孙中山三民主义，而毛式的豪放派文化范式则混合了中国草根文化的革命传统（“造反有理”或“和尚打伞，无法无天”）和马克思主义历史辩证法及目的论。不同的政治美学风格在很大程度上影响了两岸当代诗的发展面貌。莽汉式的咆哮体从未在台湾当代诗中出现，欧阳江河式的雄辩体（或诡辩体）也不曾在台湾当代诗中见到。而书面体的或者更准确地说是“雅言体”的诗歌写作，在台湾从现代派时期的周梦蝶、郑愁予、余光中、杨牧到中生代的杨泽、罗智成、陈义芝到新生代的杨佳娴，都有广泛的影响，却在中国大陆当代诗里基本缺席。即使如潘维的江南婉约体，也大量夹杂着现代词语、欧化句式以及超现实的表现意味，基本上是口语化的。张枣、柏桦等人时而浸染的古典风，也更是建立在口语的基础上。究其原因，我认为是抒情主体形象的不同范本所致。在台湾，诗人通过“雅言体”所建立的文人化形象在文化价值上是绝对正面的，而在大陆，这样温文尔雅的声音和形象几乎一定会被视为苍白无力，甚至是孤芳自赏、矫揉造作的。中国大陆当代文化的正面模式，一是西化（现代）的，二是草民（白话）的，三是阳刚的（从这一点来说，除了女诗人外，潘维的确是个例外）。

不过，某种推到极端甚至过度的“古语体”，在晚近的台湾和大陆当代诗里都有各自的成就，当然不是简单地复古，甚至主要仍然是具有西化句式的。必须甄别的是，“雅言体”和“古语体”有着极大的差异。台湾的古语体实践者中，除了陈大为曾经自创不少古奥的词语诗，唐捐更是把诗写成酣畅淋漓的洋洋奇观，混杂了各种古语、雅语、俗语、淫语、方言（台语）、时尚语、网络语、官方语、童语，极大地拓展了当代诗的表达可能。比如他的《无血的大戮》：

> 这就是你常听人说的无血的大戮岁月静好/鬼酣神饱　硕鼠照样在庙堂里分赃布道/祭桌上照样卧着一头一头死不瞑目的猪/ 可怪是猫　还在神明的怀里快乐地吸奶/可怜是婴孩　只好到阴曹接受马面的安抚/我愿意为敌人戒酒　吞服鱼肝油/培养健康的身体　供死者安置他们的眼睛

从诗歌谱系上而言，唐捐的诗承袭自杨牧的传统，并同样基于中国古典文学的学院（知识）背景和学者身份。相比较而言，在中国大陆，以晚近的萧开愚、蒋浩、韩博为代表的“古语体”采取了相对枯涩简约的策略（“古语体”几乎要成为“枯语体”），而这些诗人也都不具备大学中文系的背景。有意思的是，有中文系背景的诗人，像陈东东、宋琳、骆一禾、臧棣、姜涛、胡续冬、马雁、桑克、徐江、侯马、写《中文系》的李亚伟，反倒坚持了口语写作，并不涉猎雅语或古语的写作。[①] 似乎只有《汉诗》时期的万夏、石光华等多有古典汉语的癖好。说到《汉诗》，当然还有宋渠、宋炜、欧阳江河等人的“古语体”写作，不过他们和中文系无关。21 世纪以来萧开愚、蒋浩、韩博的古语体没有类似台湾现代派诗的传统可循，也不是 80 年代整体主义（《汉诗》）的余波，倒是有可

---

① 部分的原因在于，在台湾的中文系教育里，古典文学占绝对优势，几乎没有或者很少有中国现当代文学的课程。而大陆的情况显然是迥异的。

能沿袭了卞之琳这一类现代诗传统的脉络。[1] 下面是"古语体"的几个例子：

我是悱恻，舍秃顶/入山麓的花之隐曲，/惊动尝百果的你。

——萧开愚：《十字山》

这里。废弃的角落，/已是盲文，摸爬滚打后，/涣散成荫。缺失部分陡峭。/镂空的窗，两楼的梯，/中间抱憾的风骚，/依依装饰新来的阙疑。

——蒋浩：《旧地》

少壮轻年月，迟暮惜光辉。/一只野兔，替代无数只，/咀嚼俯仰有别的陈腐，/账目不清，硬梗哽若浑沦一物的无云。

——韩博：《野兔》

古语的特点是以字为意素单位，故而"古语体"除了用"入""已是""若"等文言词语，也通过字与字的强行组合来形成异质性的表达，如这里所引的"花之隐曲""涣散成荫""硬梗哽"等。但中国大陆当代的古语诗通过字词的错位连接突出了韩愈般简约的崎岖枯涩，与台湾以唐捐为代表的奢华铺陈、怪诞狂欢的辞赋体形成了对照。在中国大陆当代诗范围内，旅英诗人杨炼的《艳诗》和陈东东的某些辞藻华丽的长诗如《喜剧》《解禁书》《傀儡们》《月全食》等或与唐捐稍有相通之处，但都并不主要着眼于混杂的狂欢。

在口语诗的领域，台湾当代诗的主要风格是轻盈的。新时代的诗人已基本摒弃了雅言体的写作，从日渐经典化的鲸向海、林德俊、孙梓评、叶觅觅到晚近开始活跃的隐匿、阿米、崔香兰……都是口语爱好者。已经典律化的当代诗人，尤其是《现在诗》群体的诗人，夏宇、零雨、鸿鸿等，也以口语为主导倾向。鸿鸿著名的《超级马利》模拟了任天堂电玩游戏的轻快节奏，把戏剧性隐藏在平淡直白的叙述后面。鸿鸿的另一首《一

① 比如卞之琳的《距离的组织》："想独上高楼读一遍《罗马灭亡史》，忽有罗马灭亡星出现在报上。报纸落。地图开，因想起远人的嘱咐。"可以从这里看出类似的文言语词（忽有、因……）构句方式。

滴果汁滴落》，就题材而言是有关回忆（可能是中国大陆当代史上的）过去的政治迫害的重大内容，却在形式上采取了甜美、舒展的语调。夏宇的诗也都是这类“轻型诗”，即使涉及情色题材，也刻意脱卸咸湿的重量，比如在《某些双人舞》里，她用每一句末的“恰恰”或“恰恰恰”舞步减轻了做爱场景的紧张。即使最难懂的诗（比如《拥抱》）也绝不窒息：不可解，却不艰涩，很顺畅、上口，这是夏宇的本领。这个评价大概也可以用来说中国大陆的臧棣。也许正如陈黎在一次私下交谈中提到的，他“听说”臧棣是大陆诗人里最接近台湾诗的。陈黎两年前的诗集《轻/慢》一方面展示了台湾诗“轻”的特色，另一方面也呼应了臧棣的格言“诗歌是一种慢”。

但臧棣的“轻慢”仍然多了一份智性，表面上甚至可能是理性，实际却是对理性开的玩笑，常常比北岛早期的格言体——如“一切欢乐都没有微笑/一切苦难都没有泪痕/一切语言都是重复/一切交往都是初逢”（《一切》）和欧阳江河的诡辩体——如“它是一些伤口但从不流血，/它是一种声音但从不经过寂静”（《玻璃工厂》）。其中多了更捉摸不定的非理性潜流。无论如何，台湾当代诗基本没有在形式上具有思辨陈述形态的实践。不过，辩证法最多只是臧棣的魔术道具，他要变给我们看的是更莫测的思辨与感性奇观。比如在最新的两首里：

> 人不可能是人的全部。/比如，你就不是你的全部，/但，你曾是，并且依然是我的全部。
>
> ——《绝境丛书》

> 显然，洋葱并没有把洋葱的本质/留在洋葱里面。他并没有在洋葱中找到/一个可以被想象的核心。他发现/剥洋葱竟然把人给剥空了。
>
> ——《剥洋葱丛书》

臧棣是在阐述黑格尔主义的精神分析学家拉康的“非全”女性主体和后笛卡尔式缺失主体吗？但这两首诗恰恰都是对生活经验的感性倾诉（尤其是对爱情生活及经历的喟叹），却拟仿了理性的表达模式。不过，这种“（拟）陈述体”写作方式只在少数诗人那里才得以精彩展示。在臧棣诗里，表面的轻盈暗含了经验的沉重，表面的知性暗含了内在的情感，表面的肯定也暗含了背后的存疑，他在各种冲突的面向之间变幻、翻转。

四 两岸当代诗的社会向度

批评臧棣的诗缺乏社会向度显然是不公允的，因为并非只有外在的社会指向才具有社会批判精神，对自身经验和情感的批判性审视本身就是社会性的深刻体现（虽然臧棣也有相当一部分诗直接涉及社会背景）。没有一个真正优秀的诗人以简单的方式来表达社会批判，批判往往蕴涵在最独特的表现过程中。当然，比较明显的可能是在题材或内容上涉及了社会背景的。这方面的范例包括萧开愚的《向杜甫致敬》《学习之甜》《北站》，欧阳江河的《傍晚穿过广场》《关于市场经济的虚构笔记》，陈东东的《喜剧》《解禁书》，各自以不同的方式回应了时代和现实世界所提出的种种问题。比如欧阳江河大多通过隐喻来观察时代变迁，萧开愚敏锐地发现了现实世界的超现实意味，而陈东东的现实本身就已经全然是超现实图景的体现。诗的声音不再是简单的个体抒情：欧阳江河的陈述体以思辨总结了这个时代，萧开愚将陈述与叙述不时结合在一起，陈东东则摒弃了陈述，采用了叙述（但又不是纯粹叙事）的姿态。陈东东的超现实带有冥想的、奇幻的色彩，有如德·奇里科（Ciorgio de Chirico）的神秘庭园，但陈东东书写的并不仅仅是景观，更是情境，甚至可以说是卡夫卡式的情境，只不过不再有可以明确描述的事件。陈东东笔下充满魅惑的世界在一种特殊的音调里被零散断裂地叙述出来，想象和现实混杂在一起。相比之下，萧开愚不借助想象，而是借助对于世界的特异理解，由此形成了他特有的句式和场景。萧开愚的社会关注像是费里尼的电影《罗马》对客观世界的散漫捕捉，极端，夸张，有时也不乏荒诞。

由于中国大陆几十年来主流文艺对于社会责任感的律令，大陆当代诗人在写作中关注社会性的同时也警惕陷入任何一种直接、明确、绝对的意识形态。即使像被称为“打工诗”的郑小琼作品，也更多的是一种个人经验的表达，除了朦胧诗时代的北岛、江河、梁小斌的“思想启蒙”或“历史反思”作品外，鲜有某种共享的观念贯穿大陆当代诗。相较而言，台湾当代的社会文化所面临的公共议题常常为不同的诗人所关注，当然以各自不同的方式表达出来。在这方面，陈黎的《葱》《不卷舌运动》，陈克华的《谁是尹清枫》《我爱国父》《马场町上的空心菜》，林耀德的《交通问题》，都或多或少有所涉及。焦桐的诗集《完全壮阳食谱》则更是以整本诗作把宏大话语下的权威政治与阳具快感基础上的虚拟美食耦合在一起，出示了一种独特的社会批判样式。如果说阳具能指作为核心的主人能指规范了主人话语的绝对构成，那《完全壮阳食谱》通过揭示阳具能指的去势状态解构了政治话语的统治。

五 身体书写与情色书写问题

《完全壮阳食谱》不时出现对于身体器官的描写和性暗示，但意图并不在于展示情色内容，而在于探讨符号秩序与真实创伤之间的裂痕，正是这种裂痕体现了快感与痛感的混杂。对于阳具能指及其空缺之间的关系似乎也是台湾情色诗学的核心问题，尽管不同诗人的视角有所差异。而颜艾琳则是从女性主义的角度来观察阳具能指的欲望/缺失，冲击了男性中心主义的性关系。她在《淫时之月》里写道："以她挑逗的唇沟撩起所有阳物的乡愁。"阳具器官不再是中心化的符号，它只有面对作为欲望原因的女性对象时才得以建构，并且只能是显示出"乡愁"的特性，也就是呈现为本质上空缺、欲求的符号。在陈克华的不少诗里出现了各种身体器官部位，比如《肌肉颂》一诗将"肱二头肌""比目鱼肌""股四头肌""大胸肌""阴道收缩肌"等二十种肌肉名称同各种常用语句几乎随机地排列到一起，扰乱常规的、无视法则的、零散无序的肌肉世界冲击着日常生活中的种种空洞话语，体现了陈克华身体书写的文化政治向度。他的《我捡到一颗头颅》里"我"一路上捡到的手指、乳房、阳具、头颅、心脏……以及诗中出现的唇、鼠蹊、小腹、瞳、眼睛、肌肉、眼袋、额头、颊、头盖骨等其他器官，这些局部的器官是被隔绝的欲望对象，零散如灾难后的景象，而捡拾的行为有如一次无望的肉体展演。在这方面，可能零雨的《特技家族》展示出更复杂的肉体表演，虽然不以情色为焦点，但也不避粗鄙，凸显了"向后翻滚（屁股朝向人最多的/广场）"和"（广场以屁股遮天）"这样的癫狂身体与宏大空间背景之间的反差。全诗经过快速的身体运动和被运动（"拉我刺我捶我戮我捏我"），最后却落到对身体的捆绑，显示出一种生存的困境。

相比之下，中国大陆当代诗中的身体书写在一定程度上应和了这个时代的享乐主义潮流，但不一定是以最直接的方式。只有像杨黎的《打炮》这样的诗把阳具快感的话语运动以一种凯旋的姿态赤裸裸推向了顶峰。在这方面，尹丽川的《为什么不再舒服一些》那首诗不但不是对以阳具快感为中心的性交行为的执迷描述，反倒是对它的消解：具体的性器官活动被认作“钉钉子”“系鞋带”“洗脚”“洗头”……以至于抒情主体喊出了“为什么不再舒服一些”，因为做爱的“舒服”并不仅仅建立在机械的性器官交媾运动上，但这样的欲求又被“再知识分子一点再民间一点”的“文化”杂音所岔开，造成了这首诗强烈的喜剧效果。而沈浩波下半身时期的主要作品（如《一把好乳》《强奸犯》《肉体》《动弹不得》《静物》《从咖啡馆二楼往下看》）却几乎都是在描写性幻想的徒劳和对阳具快感失败的满足感。

不管是嘲弄还是欣赏器官快感的溃败，下半身诗派的代表作品并不像宣言那样展示出性行为的身体或肉体强度。把色情诗写到极致的，反倒是前朦胧诗人杨炼的《艳诗》。不过杨炼《艳诗》的独特在于对隐喻的绝对依赖以及对快感（jouissance）本身的创伤性内核（traumatic kernel）的深入探讨。从第一首《我们做爱的小屋》开始，就有“一次插到底二十年就成了漩涡”“白白浓浓的定影液冲洗一张底片”“四条腿钩住恰似扳机的那一点”这样的诗句，用“漩涡”“冲洗”“钩住……扳机”这样一些隐喻手段来呈现某种痉挛、眩晕、激变，甚至杀戮的紧张感。

陈东东有一篇访谈的标题叫作《色情总是曲尽其妙》，谈的大致也是色情的文化性以及它“对常规和戒律的违犯”等。他甚至断言色情是“造作的”，因为它必须依赖充分的修辞。陈东东诗中的色情也无不体现了这种“曲尽其妙”的面貌，如他的《幽隐街的玉树后庭花》，在这里，性感身体不再简单展示日常的性活动，也没有密集的隐喻来暗示性活动，而是身体器官与现实事物绞合在一起，使得现实本身，甚至科学化的现实，显示出极度色情的样貌，仿佛我们无时不处在这样一种耽美、腐朽的色情现实中。在众多色情与现实的连接中，当然也有像欧阳江河的《计划经济时代的爱情》用色情来隐喻社会体制的。

最后，我们来看两首与台湾相关又与情色相关的大陆诗人的诗作——胡续冬的《湾湾御姐》和秦晓宇的《酒吧植物学》，这两首诗都发表在我最近编的时尚画报诗刊《无情诗》中。奇怪的是，这两首诗都出现了“鹿”，也都惊人地用隐喻的方式写实。秦晓宇的《酒吧植物学》：“她的

艳红鹿子　蹦跳于/古诗与台独间”；而胡续冬的《湾湾御姐》则写道：“我只能一秒接一秒地/吸尽了她潮湿的身体，/把那鹿腿溶入从街角/突然流到我肺叶里的/白茫茫的野姜花之海。”将情色书写最终归结到个人经验的升华（或堕落），由此我们可以看出当今中国大陆情色诗的一大走向。

（原载《诗探索·理论卷》2012 年第 1 辑）

尚未到来的地震诗歌：一个反思

一 行

一

在动笔写这篇文章之前，我很想将标题换成“正在到来的地震诗歌”，但最终还是放弃了。出于诚实，出于对幻想的拒斥，我只能用现在的这个标题。“尚未到来”，这是对当前中国的“地震写作”状况的一种指认：我们还没有写出真正站得住的地震诗歌。同时，它又是一种期待，只是这期待中并不存有幻想。我期待我们的专业诗人能在未来写出让我们永远记住的杰作，但是它也许永远都不会到来，这期待也许会永远落空。

然而，不是有那么多普通人和专业诗人为地震写了诗吗？这些诗中不是已经出现了那么多引起大家共鸣的作品？在已经写下的这些诗中，难道就没有一首“真正站得住”的好诗？肯定会有人这样问我。是的，我承认有很多地震诗在当时打动过我，甚至也承认其中有一些能够被称为“好诗”。但我必须要说的是，这些诗中还没有任何一首以真正独特的方式浓缩了整个地震经验，还没有出现任何一首重要的杰作。所谓“浓缩整个地震经验”，是指在诗中包含了对地震这一事件所引发的自然变化、个体心灵的变化和共同体秩序的变化的整体经验以及对这种整体经验的判断、反思和眺望。如果以此作为杰作的标准，那我只能悲哀地发现，我们已经写下的诗（包括那些“好诗”）都是在经验上不够完整、缺乏独特反思和判断的作品。这些诗充其量只是一些从地震中发生的诗歌碎片。

二

已经写下的地震诗可以分成两种基本类型：普通方式的抒情诗和专业

诗人的作品。前一种类型是按常见的抒情方式写出的，它们以共同体的同胞伦理或普世的人道主义伦理为基础，试图激发人们的同胞之情和对人类生命的感情，从而实现短时间内调动起所有救援力量的功能。这些诗的抒情方式，大多是以移情（通过想象营造出一些地震中的灾难场景和事件）来进行的。这种诗往往在诗艺上极其简化和粗糙，如同某种煽情的口号，几乎没有什么真正的细节。但这种诗也和所有的口号一样能够激发行动，它直接作用于受到特定情境催化的人，在这种情境中人们愿意让共同情感来支配自己。应该说，我们需要这样的诗来发动救援力量，它们对于这次抗震救援也确实起到了一定的作用。

但是，这种类型的诗歌存在非常致命的缺陷：第一，它们是完全时效性的，一旦它们所诉诸的情境随着时间的推移而逐渐淡化或消失，它们就失效了。地震后第五天读到的几首感动我的诗，我现在只能读到它们内在的空洞性。可以说，这些诗自产生之日起就贴上了“过期无效”的标签。第二，之所以具有时效性，是因为它们在细节上要么粗糙，要么类型化。细节的粗糙是指语言的不准确、不细腻，使得诗无力将某个真实场景的细部呈现出来，从而一旦时间推移，这个场景就会像风化的蛛网一样消散掉，人们就无法再通过这首诗经验到那个原初的场景。细节的类型化是指诗歌中出现的是众所周知的形象，比如“痛苦的母亲”“坚强的幸存者”和“英勇的军人”，但是诗歌停留在此，不再做进一步的挖掘去呈现这些人物的差异和真实个性。这种类型化的诗歌由于数量太多，对我们的神经的刺激就不断递减，直至为零。第三，移情的写作原理本身存在问题。它建立在认为我们可以对别人的痛苦“感同身受”的基础上，但是，即使我们自己这样认为，这种移情获得的情感仍然是我们自己的情感，它并不能替代和真正减轻别人的痛苦。我们在这种同情心中会获得某种情感的满足和道德上的自我陶醉，我们会沉醉在自己的悲痛中，并在无意识中认为自己是个好人。更有甚者，我们会用我们想象出来的痛苦去替代真正受灾者的痛苦，在这种替代中，灾民的痛苦被忽略了，得到重视的是被语词煽动起来的“诗意的痛苦和悲哀”。这种替代是一种极其廉价而又危险的行为，它很容易滑向王兆山式的“纵作鬼”的无耻想象。

在这些地震诗的千篇一律的风格和写法之外，我们还可以发现一个基本的事实：这些煽情的地震诗，绝大多数都不是出自真正亲历过灾难现场的灾民或救援者之手，而是出自于网络上对灾难进行信息跟踪的普通诗歌爱好者，或者，只是官方为了营造出某种宣传氛围而由御用写手制造出来的。据我所知，那些对地震现场有较长时间直接经历的人，几乎一致的反应是沉默。这不只是由于救援工作的需要而没有时间写作，更主要是由于，现场的目击经验使得人进入一种完全失语和近乎精神崩溃的状态中，谈不上有什么抒情冲动（有也只是想大哭一场）。在地震的直接现场没有诗歌生长的余地，灾难的现实，将所有的语词击得粉碎。

三

地震诗的第二种类型，是具有一定语言素养和诗艺训练的诗人的作品。这一类型的地震诗一般都具有一种悲哀的基调，它们又可以细分为以下几种：一是哀悼和安慰性的作品，通过悲悯和仁慈的语调来哀悼逝者，安慰灾民和我们所有人的创痛；二是批判性的作品，批判地震中出现的恶，包括官员的腐败和某些针对灾民、孩子的恶行；三是自我解剖式的诗，通过呈现自己在观看地震报道过程中的心灵变化的轨迹，对自我进行反省和批判；四是对地震与诗、与语言的关系进行反思的作品，比如朵渔的那首《今夜，写诗是轻浮的》。当然，有一些诗同时具有好几种性质，例如史蒂文·施罗德的《足够的灰色》（Gray sufficient），它既包含对地震中的自然变化的描写，又有哀悼和安慰，以及对地震本身的沉思。

应该说，大多数专业诗人的地震诗，较之于前面普通方式的抒情诗，在语言上显得更锤炼，在情感上更节制，细节方面也更丰富和细腻。尤为重要的是，专业诗人的写作在经验向度上更为广阔和多样化，而不是只有一种抒情方式。专业诗人的作品中往往会有一些非主流的反思以及对不被人们注意的事情的描述。例如，诗人会考虑语言是否能够、如何能够承担灾难的重负，他们不会像普通读者那样对语言的力量无保留地予以信任。孙文波在《我不写地震诗》中写道：

……散落一地的课本，幸存者撕心裂肺的
哭喊——我面对它——我怎么面对它
——如果我说，我仍然会像过去一样，
给予它诗的秩序，仍然会在词与词
之间，寻找意外的秘密，我知道它

不会同意。它肯定会说：你难道没有看到满目
都是恐怖景象，空气中已密布令人窒息
的尸臭——我承认它说得完全正确。这段时间，
我内心的语言就像摇晃的山峦，裸露令人怵目
的白色。也像堰塞湖，悲伤的大水一点点淤积，
它什么时候溃坝，会以怎样的速度倾泻，
带给我混乱的意义——我不知道
（淹没已经发生：残破漂流物的变形记）
——我知道的是我的确驾驭不了这样的语言。
我没有能力把一只只断臂安放在恰当的位置。
也没有能力让破碎的头颅呈现阅读的美。
……

语言秩序的动摇感和无力感，显示了诗人对地震写作本身的可能性的怀疑。但是，这首以《我不写地震诗》为标题的诗仍然是一首地震诗，这一悖论来自写作本身面临的困境：语言无力承担现实的重量，但语言又必须承担现实的重量。在这个悖论的夹缝之间，诗人最终还是选择了写，以写来质疑写的可能性，但又以写来对抗写的不可能性。因此，这首诗具有一种元写作的性质，它对地震意象的指涉全部反过来回指到写作本身之中。

尽管专业诗人们试图通过对语言、心灵与现实的关系的反思，去呈现地震经验的复杂性，然而，他们还是让我有些失望。很可能，他们自己对自己也感到了失望。这种失望源于他们的地震诗作中非常明显的两大缺憾：首先，在对经验进行反省时，他们的思考方式、语式和语调是从已经存在过的哲学或诗歌经典的套路中借来的，几乎没有任何堪称独特的观念。其次，他们的诗作普遍地缺乏真正的情感力量，很多时候只是具有一种情感姿态而已。我认为这并不是由于强调克制滥情所致，而是由于他们在写作中患上了一种“情感障碍”症。

我们很容易在这些专业诗人的诗中辨认出他们的灾难经验的原型：有俄罗斯式的苦难意识，有基督教式的救赎意识，有儒家式的“忧患意识”，有佛教式的慈悲意识，还有人文主义的博爱意识。同样显而易见的是，绝大多数这些诗作的腔调中打着经典哲学家或诗人的烙印：阿多诺、

阿赫玛托娃、保罗·策兰、米沃什、扎加耶夫斯基、阿米亥、巴列霍，等等。关于语言与苦难的关系，关于我们灵魂本身的黑暗，关于痛苦和悲伤，我们似乎只能跟在这些经典作家后面说话。例如，我自己在地震之后也写了一首诗，刚写完就发现在里面说话的那个人不是自己，而是策兰。我非常沮丧。由此我想到：从什么时候起，我们丧失了自己纯然个体的经验方式，而变成了这些经典作家的经验的拷贝版本？

当然，这些哲学家和诗人的经验都很深刻，但它们严格说来只属于他们自己。而在我们这里，这些人的说话方式和经验方式却成了大家都在使用的流通的货币，并覆盖了我们原本的经验方式。或许我们原本就没有什么自己的经验方式，所有的经验方式都是教化和学习的产物。然而，无论如何，一首诗不包含完全独特的经验和声音是不能成立的，无论这种独特性来自哪里——来自对旧有经验方式的反思和有意偏离，或者来自天才身上的绝对独特的原始力量。遗憾的是，至少从这次地震之后的大多数专业诗人的写作中，我没有看到这种独特的东西，我只看到了经典套路。

不过，确实有极少数专业诗人有意回避了这种经典套路，例如桑克。然而，事情的吊诡之处在于：那些遵循了经典套路的诗作多多少少还具有一种情感力量（因为它们效法的经典就是以情感力量著称的），而一旦偏离这种套路，情感力量就几乎消失殆尽。桑克的地震诗就有这种问题。一方面，他的地震诗在语言控制上有点过度，使诗显得较紧；另一方面，他或许没有找到一种恰当的既能承载认知，又能承载情感的说话方式。不过，这些诗不具备通常所说的“感人”性还有一个原因：人类的情感，从本质上就是条件反射型或套路式的，它一般只会被那些典型情境、氛围、语词和语调激发起来。任何一种回避和偏离这些典型套路的写作，都很难获得情感力量。

四

那么，这是否意味着，专业性的诗歌写作要么只能遵循经典套路来获得情感力量，要么只能牺牲情感力量以获得新的认知和经验呢？我认为不是这样。事实上，我们可以通过反省我们以往的经验方式，来寻求在认知和情感之间平衡的可能性。

毋庸置疑，地震诗应该具有情感力量。在以往的经典诗歌中，情感力量的获得，一般源于人类生命或共同体同胞之间的感通或同感。在这种同感中，他人被经验为“我的同胞”或“我的同类”。然而，由于这种“同感”经验在经典中已经被书写了无数次，它的模式已经被基本固定下来。这种“感同身受”的伦理情感，可以由各种不同的具体情境引发出来，但引发的方式却遵循着一定的套路。我们的写作不可能完全回避这种经验方式，因为它是真实地存在于我们每个人身上的。

但是，情感力量的获得还可能来自另外一个方向：他人是一个他者，是另一个与我完全不同的人，他的痛苦是仅属于他的痛苦，它甚至是我们无法理解也无法想象的。我们必须充分地理解和尊重这种他者性，不能用自己的想象和同情去替代他、打扰他和冒犯他。我们能做的，只是倾听他人，按照他人的需要去救助他，而不是按照我们的需要。从这一思考出发，我们可以发现不同于经典抒情方式的另一种方式：克制自己对他人的想象，用对他人的尊重来平衡对他人的同情。这种对于自身同情的克制并不是情感的冷漠，相反，它带有一种更深挚的对他人的情感，借此我们可以抵制一切滥情和在同情中潜藏的自恋倾向。而且，这种经验方式由于完全投身于对他人的独特性的关注之中（而非投身于我的“感动”的主观体验之中），因而并非套路式的，而是随着他人的变化而变化，它不依赖于任何典型的或类型化的情境。

从对他人的尊重而来，诗歌在抒情时就赢得了一种特殊的得体性。得体的抒情在于不夸张、不逾越，在于每一种情感姿态都具有坚实细节的支撑。所有真正的细节都来自认知和理解，因而，这种抒情与认知之间有着不可分割的联系。事实上，每一种对他人的真正认知都揭示出他人的独特性和陌生性，都在向我们表明他人不是我们想象的那个样子，因而，建立在“他者伦理”上的诗歌写作可以很好地与认知结合起来。

五

作为一名诗人，在承担作为公民应尽的捐助和行动义务之外，还应该在诗歌写作内部承担起对于重大事件的责任。这一责任就是：写出真正的杰作，以保存对于重大事件的丰富而完整的、不可替代的独特经验。这一责任绝非仅仅止于提供安慰或批判，它比提供安慰和批判要困难得多，也重要得多。我并不认为，真正杰出的地震诗只能由那些具有直接现场经验的人写出来（这些人在一段时间的精神恢复和治疗之后有可能去写作）。尽管“现量”在诗歌写作中具有重要意义，但是对地震的直接经验并非只限于那些在灾难现场的人。事实上，我们中国的每个人都可以说具有对这一事件的直接经验。地震的影响力，深而远地藏于我们每个人身上，藏于社会秩序和人际关系发生的变化之中，只要具有足够的观察力和理解的耐心，我们就可以捕捉到这些隐藏的变化。

我毫不怀疑，真正站得住的地震诗，就来自对这些变化的长期的观察、理解、反思和眺望。在这种理解和眺望的深处，是一种对人的深沉的情感，它不会随着时间的推移而淡化，也不会因为自恋而陷入困局。这种情感，类似于叶芝在《一九一六年复活节》的字里行间所流露的情感：在朋友们牺牲好几个月后，叶芝才动笔写作，因为他需要一段时间、一个距离来使自己的情感变得纯正而宽广，使自己的目光变得遥远而深邃。或许，在长久的沉默之后，我们已经和正在获得的经验也会像水一样发生沉淀和澄清，直至变得透明。它在过去曾是混沌和混乱的，我们没有能够把握住它的真正实质，也没有来得及进行透彻的理解。而到那时，我们就可以清楚地分辨所有的事物，并将它们永远保留在一首或几首未知的杰作中。

（原载《诗歌与人》2008 年 8 月号）

一首伟大的诗　可以有多短

臧　棣

1990年代初，关于戴望舒的诗歌语言，余光中曾经有过一番发难。大意是说，戴望舒的诗歌语言有许多缺陷，远远没有达到成熟；而这样的有着致命语言缺陷的诗人，居然占据着新诗史上一个显赫的位置，是很奇怪的。由于诗歌是一个特殊的语言竞技场，所以，后来的诗人意识到前驱者的语言局限，不仅意味着他自身的成长，而且是诗歌自身发展的一个必然过程。但是，在余光中对戴望舒的责难中，令我感到吃惊的是，后来者对先驱者所依傍的语言资源和所处的语言环境缺少必要的同情心；不仅如此，余光中对戴望舒的语言才能的判断也极有问题。而最大的疑问在于，当我们用今天的关于诗歌语言的标准去衡量戴望舒那一代诗人时，我们所运用的尺度本身是否具有充足的客观性。

问题不在于戴望舒的语言是否成熟，或者是否完美，因为这太像是一种趣味之争。在余光中对戴望舒的责难中，让我感到不够公允的是，他的批评更多的是出于他自己的语言趣味；并且，他把自己的趣味当成一种客观的审美标准来运用。这样，他得出的结论——戴望舒的诗歌语言不成熟，便令人疑窦丛生了。因为在新诗史上，就绝对的语言才能而言，大概只有两三个诗人能和他匹敌。当然，由于戴望舒所处的时代，新诗语言的整体水准比较低，这或多或少影响了他充分施展自己的才能。在个别的文本中，他的语言确实有不少毛病，但必须意识到，无论这些毛病有多少，它们和戴望舒对诗歌语言的自觉意识相比，和他所拥有的语言才能相比，甚至和他自己的另一些更优异的文本相比，都是非常次要的。在我看来，戴望舒目前在新诗史上享有的显赫的位置，不是由于其他的原因，比如，不是由于他在主题上的开拓精神，不是由于他在风格上的创新意识，恰恰是因为他在诗歌语言上显示了一种令人难忘的造诣。如果人们要在新诗的发展史上，为诗歌语言的进展和成熟树几块纪念碑的话，很多名声显赫的人都可以被忽略，但戴望舒的这一块碑是一定要树的。

也许，更需要我们自己不断省思的一个问题是，什么是新诗语言的成熟？为什么很少有人指责小说的语言不成熟，或是抱怨散文的语言不成熟？新诗的语言，在本质上和小说、现代散文的语言是一致的。尽管有过一些短暂的偏离，如新格律诗运动，但在总体上，它根植于“五四”知识分子启蒙主义的语言观及其实践：用来创作新诗的语言，不再是一种特殊的文学语言，而是一种和用来创作小说的语言没有什么本质差别的语言。不要小瞧这其中界限的消弭，它预示了一种新的诗歌理想，也揭示了一种新的语言态度：诗歌的语言应该趋同于日常语言。它更极端的主张是，新诗的语言应该口语化。

忽略这样的前提，或者，不认同这样的语言观（在某种意义上，它也可以说是一种语言美学），当然也可以。然而，倘若把这忽略作为一个出发点，笼统地说这样的诗歌语言实践本身存在致命的缺点，并进而从总体上断定新诗的语言不成熟，这样的结论就未免给人以信口雌黄之感。这里，问题不仅涉及诗歌语言的分歧，而且也涉及相关的争议：什么是新诗？什么又是新诗的成熟？我经常听到来自各种文学势力的人物说，新诗还不成熟。而一旦验查他们所使用的文学标准，就会发现他们对新诗的理解充满偏见。

在我看来，1920 年代后期，新诗的语言在徐志摩、闻一多、冯至那一代诗人手中就已经显得很成熟了。尽管现在流行的文学史和诗歌批评喜欢对徐志摩说三道四，但实际上，他是一个夭折的大诗人，而不是人们所习惯认为的什么二流诗人。进入 30 年代，卞之琳、艾青、戴望舒在诗歌语言上取得的成熟，更是锦上添花，令人称羡。以现今的眼光观之，也许稍嫌菲薄，但它们绝对有金子般的质量，是一笔令人难忘的语言遗产。如果对这些诗人的成熟视而不见，大谈什么新诗不成熟，或新诗的语言不成熟，那么，可以肯定地说，不是这些诗人在语言上是否成熟有什么问题，而是责难者自身关于诗歌的观念有问题。

回过来再说戴望舒。作为一名诗人，他的优异常常令我吃惊。他不是传统意义上的天生的诗人，而是现代意义上的天生的诗人。换句话说，他是一个对现代情绪有着特殊敏感的诗人。沉默，曾经是维特根斯坦的哲学的一个基石。而同样的沉默，也是戴望舒的诗歌的基点。在评价戴望舒时，艾青的取舍非常耐人寻味。他称赞戴望舒是“一个正直的、有很高的文化教养的知识分子”；这里，“教养”一词，不仅涉及对戴望舒作为一个诗人所具有的品质的评价，而且也涉及戴望舒与新诗史的关系。它的潜台词是什么呢？在艾青的意图里，肯定部分地包含着这样的感叹：新诗历史上，也许有过一些诗人写出过不错的作品，但是有素养的诗人是非常罕见的。而戴望舒是这样一名诗人，他不仅展现了他对于新诗的素养，而且也体现了诗歌本身的素养。在论及戴望舒的语言时，艾青的称赞更是毫无保留：“他的诗，具有很高的语言的魅力。”

无疑，在看待戴望舒的诗歌语言的问题上，艾青和余光中的言论构成了一种鲜明的比照，但也必须明白，这种比照也许有趣，却并不构成反驳的逻辑。也就是说，艾青对戴望舒的诗歌语言的赞誉本身还不足以反驳余光中的非难。它只是从一个侧面表明，如何衡估戴望舒的语言成就，是一个非常复杂的问题。而且还很可能，牵涉对整个新诗语言的发展状况的判断。如果考虑到两位诗人的语言趣味，那么，在他们的评价中出现的反差确实显得意味深长。因为在驾驭诗歌语言方面，艾青的才能可以说是出类拔萃的。余光中的诗歌语言也很有特色。

戴望舒的诗歌语言究竟有什么问题呢？它真的如余光中所认为的那样存在着不成熟的问题吗？或者干脆这样问吧：相对于什么样的语言标准，相对于什么样的诗歌美学，戴望舒的语言才是不成熟的呢？

在戴望舒的诗歌中，他的语言才华展露得不平衡，是一个事实。但这种现象普遍地存在于每个优秀的诗人身上。也不妨说，无论多么优异的诗人，他都会遭遇类似的问题。如果仅仅以一位诗人在某些作品中的语言缺陷，来判断他的诗歌语言不成熟，这样的视角在批评方法上就非常可疑。对戴望舒这样的语言高手而言，这样的批评视角尤其显得不够公允。从新诗历史的角度看，如果说到诗人对语言的感觉，那么我要说，戴望舒的同代人很少能与他比肩。他是他那一代诗人中对语言考虑最多的诗人之一，也是在诗歌中将语言运用得最纯熟的诗人之一（虽说并非总是如此）。当然，不是说戴望舒没有自己的语言局限，比如在措辞中，他有偏于甜腻和夸饰的缺点。但这些瑕疵，与他对诗歌语言所拥有的强烈的自觉意识相比，就显得微不足道了。

戴望舒一生写作的新诗不过百首左右。仅凭这些诗，他也许还不能成为一个大诗人，但却足以跻身新诗历史上最优秀的诗人的行列。这些诗中，有十来首是极其优异的诗歌，其中至少有一首短诗够得上伟大的标准。当然，毋庸置疑地，它们也是成熟的诗歌，无愧于正在形成的新诗的传统。作为后进的诗人，可以避开这样的传统，但有所损失的，肯定不是戴望舒，而是这些后进诗人自己。

这里，我只想谈及戴望舒的一首短诗：《萧红墓畔口占》。1995 年中，余光中来北京大学做讲座时，在质疑他对戴望舒的语言评论时，我曾举出过这首诗，指出它在语言上不仅成熟，而且这种成熟还延伸到风格的层面，并说它是新诗历史上最伟大的短诗之一。我很难想象，真正懂诗的人在读了戴望舒的这首诗后，还会说戴望舒的语言不成熟。或者，还会泛泛地谈论什么新诗的语言不成熟；或者，更拙劣地笼统地谈论什么新诗不成熟。

80 年代早期，当我开始写诗的时候，我就会背这首诗。但是更经常地，我会鬼使神差般走到书架前，把《戴望舒诗集》抽出来，翻到第 145 页（四川人民出版社 1981 年版），默默地读上几遍。无疑，这情景带有某种仪式的色彩，我喜欢用目光面对这首诗，凝看它滞留在语言中的那物质的一面。多年来，我一直认为，这首诗是新诗桂冠上一颗闪耀的明珠。现在谈论诗歌时，我已很少使用听起来过分的言辞，但是我仍然禁不住想说，这首诗是一颗无与伦比的明珠，是珍品中的珍品。在新诗史上，十行以内的诗中，没有一首能和它相媲美。

《萧红墓畔口占》只有短短的四行：

> 走六小时寂寞的长途，
> 到你头边放一束红山茶，
> 我等待着，长夜漫漫，
> 你却卧听着海涛闲话。

这首诗最令人吃惊的地方，就在于展露了一种诗歌的成熟。这种成熟不仅涉及诗人的心智（特别是生与死，自然与人生的关系，对自身境况的意识），也洋溢在诗歌的语言上（如此干净，朴素，洗练，而又富于暗示性）；更为重要的，还在于其中所包含的不同层面的成熟之间的相互协调。

从类型上说，这首诗仿效了悼亡诗的传统，但由于诗人和被追悼者的关系只是作家之间的倾慕，所以它在借助悼亡诗的基本情景的同时，又迅速偏离了典型的悼亡诗的图式，转而探询人生的奥义。这首诗的基本场景是，一个男人在一个女人墓前表达他的哀思。对于被悼念的对象，诗人并没有倾注过多的笔墨。比如像传统的悼亡诗那样，大肆渲染死者的品貌。在这首诗中，人们大致可以看出，作为诗人的戴望舒对作为一个女作家的萧红，是怀有好感的。这种好感最好被界定成一种作家之间的钦慕，而诗人在传达这种钦慕时，表现得非常克制，这种克制又透露出一种深沉的品质。所有这些，都是通过间接的方式表现出来的。首先是现象的陈述："走六小时寂寞的长途"。耗费六小时去给死者上坟，而且完全是步行，这看似平淡的叙述中，却暗示出一个人对另一个人的深深的怀念。这里，有两个精确的细节特别强化了其中的情感意味。一是时间的细节。诗人和女小说家之间并没有血统和亲情关系，联结他们的只是一种作家之间的友情。所以，诗人坚持步行六小时，去给另一个人上坟，便显得十分可贵。因为这种行为不出于义务，而是出于心灵深处的冲动与高贵。二是历史的细节，或说，这首诗的写作年代。它不那么直接，却对理解这首诗非常关键。这首诗写于 1944 年秋天。当时整个中国正值烽火连天。在这样的战乱环境中，诗人默默地走上六小时去给一个亡故的友人上坟，便显得意味深长了。也正是在这里，这首诗开始偏离悼亡诗的传统范式，加入了谈论人的命运、生与死的关系以及对自身生命的意义的觉察的内涵。其次，间接的方式还表现在诗人所使用的一个隐喻："红山茶"。这一隐喻非常生动地传达了诗人对萧红的赞美与激赏。在现代文学的传统中，"茶花"一直被赋予高洁、自然、清纯、朴素、秀逸等内涵。这首诗中，"红山茶"孕育这首诗的感情深度：细腻，深沉，节制，委婉中蕴涵着激情。

在这首诗的前两行，还有一个对比也运用得非常巧妙。六小时的行程喻示一种"长度"（时间上的、空间上的），而且诗人也点明了它的性质，它令人感到内心的寂寞。也不妨说，在这种"长度"里，还包含着一种"重"，即它通过寂寞给人带来了内心的沉郁，它指涉了我们内在意识中的生与死的关系。而"到你头边放一束红山茶"这一句，却闪露着一种动作上的短促与轻逸，只是那么轻轻地一放，将一束美丽的鲜花点缀在墓畔。一长一短，一重一轻，透露出诗人内心情感的波折。另一方面，它们也建构了这首诗层次分明而又曲折跌宕的结构。

"我等待着"，这是诗人对情景的现场说明，也是诗人对自己在时代与人生中所处的位置的一种解释；更进一步的，还是他对自己在那样一种位置上所展现的人文姿态的一种省察。“等待着”什么呢？问题早已经提出，它们纷繁复杂，涉及人生，自我，生与死，时代的前景，个人的前途，心灵的隐秘的渴望。答案呢？它似乎存系于茫茫天地间。后两行诗中的转折句法，也可以理解成一个特殊的悖论。表面上，“长夜漫漫”代表了一种特殊的时间现象，它独自流逝，超然于人生，拒不回答诗人在他的心灵里的追问与等待。而“你”，由于身处冥界，也无法应答诗人内心的期盼与疑问。但在另一个层面，作为心智成熟的诗人，戴望舒实际上懂得，在某种意义上，他期待的回答（至少是部分）已存在“长夜漫漫，你却卧听着海涛闲话”这样的情景之中。在这种情景中，安详、恬淡、超然，甚至某种冷淡，都构成了对人生的评价，并将这评价延展到对生与死的领悟中。此外，在这里，“闲话”一词，还给这首诗带来了一种特殊的反讽意味，这种意味反过来又揭示了诗人内心的成熟，特别是在面对命运多舛的人生的时候。

如果非要谈新诗语言的成熟问题的话，那么在这首诗中，戴望舒所展现的诗歌上的成熟是令人惊叹的。首先是语言简朴，干净，亲近口语，节奏按照诗人内心的情感的波纹进行了锤炼，而且非常协调。其次，在修辞上，诗人对他早年的夸饰倾向也有所节制，隐喻的运用和诗人对人生的洞察结合得异常准确。再次是结构上的平衡。这首诗在主题上承载了丰富的内涵，也融有多重的对比关系，却仍然保持着一种艺术的平衡。在视觉上，它展得像一幅画，而在心理上，它展现为一种从容面对各种命运的情境。就阅读而言，它更是符合诗歌的现代趣味。它自身的蕴藉饱满、自足，有深邃的玄想，又有克制的反讽；同时，也给每一位接触它的读者留下了充分的空白。

（原载《读书》2001 年第 12 期）

当下诗歌：文化主权与文化战争

张大为

思考当下诗歌的问题根本困难在于，打开一些问题死结所迫切需要的，是在一个全新的问题层面、思维层面上来观照和解决问题。但这往往被一些不求甚解的人误解，他们以为时光倒流，又回到了一些挂满了他们曾经的荣耀和辉煌的陈旧问题上。这样，基本的结构性困境和悖论就是，需要被解决的问题，正在于需要去解决问题的头脑：今天需要的是从根本上破解和转换那种二十多年来被认为是天经地义的思考诗歌问题的思维方式本身。在这其间，我们时时感受到的是一种不断向内收缩的观念陀螺：它那貌似的自给自足和独立不倚，绝非真正的强大和稳固，它那匆促的身影，不管是洋洋自得还是无可奈何，只是维持了一种贫瘠的自律和脆弱的平衡。最多，只是画下了几道苍白、单调、复叠到令人眩晕的弧线，作为它唯一的生存轨迹：这么多年来，如果几代批评家连概念用语、遣词造句、文体文风都很相似，这肯定不是繁荣昌盛的标志。因此，某种不断加速的思维方式的涡流，掩饰不了其内部苍凉的文化风景，今天只有撕开那个疯狂的涡旋，才能把更丰富的东西放置进去。

一　走向一种肯定性的诗歌观念和文化主权

不知从什么时候开始，我们周围能称得上严格意义上的“诗学”的纯粹理论文字变得越来越少了。老一辈学者对于这种“基本原理”还坚持一种严肃的理论态度，不过即便是他们，要从这种基本理论走向具体的诗歌批评，也不能不自我“断裂”，其间的距离难以掩饰；80 年代以来的一些先锋批评家（包括诗人兼职的批评家），二十多年来坚持以重复那少数几个诗学术语的方式编织其批评话语，并没有随着诗歌态势的变动开辟出新的理论格局；更年轻的一代批评家，上午写先锋诗人张三的评论，下午写政治抒情诗作者李四的评论，忙忙碌碌，疲于奔命……人们似乎形成了普遍的“共识”：理论必须建立在“文本分析”，尤其是对于当下诗歌文本的“文本分析”基础上，反过来，也只有从这种“文本分析”中“升华”和“总结”出的一些似是而非的“结论”，才算是“理论”；而如果这种“文本分析”的结果是“不做结论”“没有结论”的“结论”，那将被认为是一个更加高明的姿态……此外，深受这种“过度批评化”倾向损害的，不仅仅是理论本身，也包括诗歌史著作，一些本来是严谨和敏锐的学者，在面对诗歌，尤其是当下诗歌场域时也变得自信毫无，不得不写一些“战战兢兢”的诗歌史和“批评化”的诗歌史。当下诗歌场域背后这种深层次的解构性、否定性和“批评化”倾向，从批评家和研究者个体的学术路径、关注角度和思维风格的意义上讲，似乎也无不可，但这种“过度批评化”的情形，作为弥漫于整个诗歌场域的集体无意识、甚至有意识的“价值”选择，却是一种深度的文化缺失和文化失落的标志。当下诗歌领域一向是强调“个体性”高于一切的，但在这一问题上，却毫无个性可言，“个体性”得整齐划一，“个体性”得毫无个性。

问题其实也就在这里，“过度批评化”的源头，恰恰不是对于一种本质同一性和抽象统一性的信念的丧失，当下诗歌领域从来不缺少这种自以为是的“信念”：比如上述不假思索就认定概念是“抽象的”、理论是“空洞的”一知半解的认识本身，就正属于这种“抽象”“空洞”的“信念”。“过度批评化”恰恰是源于对于进入一种思维的具体性和现实性的信念的丧失，恰恰是对于由此实践一种文化价值抉择和决断的勇气的丧失：由于害怕成为被攻击的靶子，所以不敢把根系深入土壤中生长成材，于是只能成为风雨飘摇中的朽木……一个概念、一种理论具有同一性、普遍性的意义，这可能是一个理论问题和一种理论抽象的结果，但相信一个概念、一种理论具有同一性、普遍性意义，将一个概念、一种理论赋予一种同一性、普遍性意义，这却不仅仅是理论问题和抽象思维，而同时也是一个价值立场和价值实践的问题。因此，恰恰是那些一上来就认定概念是“抽象的”、理论是“空洞的”人，其思维方式被附着在这样的“概念”和“理论”抽象、空洞的“同一性”与“普遍性”悬浮之上，而这又恰恰是因为，他的“认定”本身从一开始，就仅仅是一个抽象的“概念”性认定，他的“认定”仅仅是一个空洞的“理论”性认定。

实际上，不要说是学术研究领域，即便是日常生活中的最感性的人，他也不可能不和某种“概念”性和“理论”性的思维打交道，而一种理论思考、一种学术研究之所以超过张家长、李家短的生活闲谈，就在于它能够将这些“概念”和“理论”赋予丰富充实的内容。这种内容上的充实和丰富，不能靠敷衍塞责一些生活表象、一些“文本分析”来实现，而是只有概念才能赋予概念以充实丰富的内涵，只有理论思维才能实现理论思维的具体化。黑格尔曾经写过一篇《谁抽象地思维?》的随笔：一个卖鸡蛋的老太婆，因为顾客说她卖的鸡蛋是臭的，所以她将顾客七大姑八大姨从头到脚数落了个遍。黑格尔因此做出结论说：“她这就是在抽象地思维，仅仅因为女顾客说了一句她的蛋是臭的，得罪了她，于是就把女顾客全身上下编派了一番——从围脖儿、帽子到衬衫等等，从头到脚，还有爸爸和所有其他亲属，一切都沾上了那些臭蛋的气味……”进行抽象思考是容易的，因为此时思维只需要在片面性中驰骋就够了，只需要把思维的支离破碎当成灵感飞溅，把在日常经验和表面现象的泥沼中拖泥带水当成是思想的丰富性：对于经验事例来说，批评是具体的，但对于理论思维来说，批评是抽象的，“批评化”的思维背后，只是一个尚且没有思维的真理性和价值确定性的片面性和抽象化的东西，所以它只能悬浮于这种抽象性当中，割裂在种种片面性当中。

上述那种“过度批评化”的问题，当然不是一个学术文体上的、表面上的问题。它远不是仅仅体现在学术性的文体和思维方式的层次上，它同样是新诗有史以来就带有的一种文化神经质和文化强迫症，是一种深深地侵入新诗，尤其是新时期以来的当代诗歌的文化基质（而不仅仅是诗歌理论和诗歌研究领域）的文化基因——这也是“过度”的意味之一。当下诗歌领域好像是反映了当代理论和当代文化领域的一些观念潮汐，但它的根本问题在于，当这些观念武器所指向的庞大结构已不复存在的时候，当下诗歌却没有在一个新的文化秩序中构建起自身的文化—价值的实质性，甚至根本没有想到过这样的构建。这里所说的文化价值，不是指80年代的一些“主义”反这个、反那个所反对的那个“文化”和“价值”，也不是具体的诗歌和诗人个体所崇尚或消解的文化“价值”，而是指当下诗歌场域本身在整个文化秩序中的实质性、实体性位置：缺少这样一种文化价值的实质性和实体性，连加入当下文化伦理和文化政治的游戏资格都没有，而只能是在文化秩序的边缘，成为一个靠不断自虐性地解构和虚无化自身的文化价值来取悦大众的文化小丑。所以这种“过度批评化”最终是一种“自我批评”和“自我批评化”：当下诗歌场域的文化实质，整体上其实是一种否定性、解构性、“批评”性的价值，或者说，是把否定性、解构性、“批评”性本身当成价值的文化价值。不管是由于新诗的成长史还是别的什么原因，这在其他文体比如小说、散文领域当中是不可想象的。

当下诗歌领域的这种普遍批评化、深度批评化否定了理论的正当性，否定了理论思维的正当性，就等于说诗歌永远不再能够从整体上作为一个认识对象进行思考，就等于说诗歌永远不再能够超越语言形式和文本的实证主义视野，作为一种实质性、实体性价值或价值实体来加以把握。而这也就意味着，事关当下诗歌甚至新诗的总体性、根本性的重要问题，永远没有被认知、思考和解决的可能了。这不是说，这些问题都已经解决，甚至根本就不存在这样的问题，谁敢断言关于新诗的这类问题都已经解决？甚或根本就不存在这样的问题？是这样的问题不存在，还是我们不愿意去作这样的思考甚至根本就没有能力去作这样的思考？因为无力去思考这样的问题，所以借“解构”和“后现代”的名义以求一叶障目，否定这些问题的正当性；正因为对于这些主要问题假装视而不见，所以我们的确只剩下了一大堆鸡毛蒜皮的问题，似乎真有些零零碎碎的“解构”和“后现代”的味道了；于是，这样一类大而无当的问题，看来确实是不合时宜了，理论都是“抽象”的、“空洞”的，看来确实没有什么用处了……抛开一开始的根本性的偏离和谬误，这里构成了一个表面合理的循环论证或论证的循环。但就像一个尖脚的陀螺可以在飞旋中暂时保持平衡一样，这里的论证也只有在这种论证的循环中才似乎是“合理”的。然而，这个循环是一个恶性循环，当下诗歌陷身于这一类循环当中，变得日益不知道自己是谁、自己要什么、自己将走向何处，尽管它自我感觉良好，甚至如一些人认为的，是处在新诗历史上“最好的”阶段和状态中。

这里就涉及了上面所说的根本性问题（以及在这些问题上的偏离和谬误），而且这些问题似乎不是纯粹的“理论”上的问题，而是由理论问题所表征、关联和带出的根本性问题。这些问题，不是靠敷衍几句“解构主义”和“后现代”的陈词滥调就可以回避掉的。时至今日，只有一些不知今世为何世的人，才会仍然把“解构主义”和“后现代”当作时髦的东西挂在嘴边，而越是把这些挂在嘴边的人，越是与今天的现实如隔山岳，就越接近不了今天的问题性所在。流行的看法和习惯的做法，似乎是说这些问题可以先搁置、先放在一边，先解决那些能够解决的问题。其实，随时随地都能够解决的问题，肯定是些无关紧要的问题；每个人都有“解决能力”和“问题意识”的问题，解不解决其实都问题不大。所以事情恰恰相反，可以“悬置”、可以放一放的是一些鸡毛蒜皮的小问题，但在这些事关新诗整体的根本问题和重大问题上，我们必须严肃认真地对待，否则，陀螺脆弱的平衡与稳定的幻觉一旦被打破，带来的将是整体性的倾倒与颠覆。在这里，问题的大小、轻重之分，不是“理论”和“批评”的表面形式、写作文体上的区分，而是说理论的可能性，只能建立在上述那种总体性的、根本性的问题意识和整体化而又具体化的思维方式上以及这种问题意识、思维方式背后的肯定性的文化观念、文化主权和文化主体意识上。

二　理论重整与诗歌文化主体性的挺立

从一个“批评化”的实证主义视野看来，只有文本和语言形式才是“实实在在”的，才是诗歌“本身”，才是“本体”，除此之外的所有问题都是虚幻不实、大而无当的，都是空洞的、没有用处的，因此也都是可以忽略不计的。说理论建立在写作或“文本分析”的基础上，基本道理当然是这样，但也只是“基本”的道理，如果对此过于刻舟求剑，那本身就是一种太过于扁平化的“抽象”思维，本身就是一种太缺乏“理论”甚至理智头脑的表现：刘勰如果坚持当下性的“文本分析”，那《文心雕龙》将是一部关于“雕绘满眼”的“齐梁体”和宫体诗的文学理论；康德的《判断力批判》当中倒是进行过一些同时代诗人的“文本分析”，但那是一些不入流诗人的歪诗——大概在某些人看来，像《文心雕龙》和《判断力批判》这样的文化山脉一样的巨著也都没有什么价值，因为其中没有多少“文本分析”。一个缺乏基本的理论头脑的人，就像是一个不懂音乐的人，一看到乐谱就将其还原成 1234567 的阿拉伯数字，并且总觉得，他自己只要认识这七个数字就也算是音乐专家，总觉得别人讲了半天也没讲出什么新东西来（从这七个数字着眼，当然无论什么样的乐谱也超不出这七个数字）。就像乐盲只能看到阿拉伯数字而看不到音乐一样，其实在“理论盲”的视野里，世界上根本就不存在“理论思维”这么一回事。因此不少人以为只要写过几首诗、看过几篇小说，再加上紧盯文本“本身”“本体”的催眠式的实证主义眼光，就可以当文学和学术研究领域的南郭先生。实际上，理论从来都不是那几个抽象枯燥的数字，而是飞旋于数字之上的音乐，至于数字何以能够变成音乐，这其中包含了太多的南郭先生们所无法理解的东西，包含了他们永远无法管窥蠡测的一片完整的天空：对于音乐来说，构成其现实性与具体性的，从来都不是阿拉伯数字本身，而是以数字方式固定下来的整个音乐家乃至整个时代的生活形式和文化现实。所以，要改变这一切，首先需要改变的就是那种执着地粘在文本“本身”“本体”之上的实证主义眼光，需要改变的正是那种太过“非理论化”的思维方式，尤其是对于理论本身的认知和理解方式。

理论的可能性，只能是基于一个文化实体的自我表象的完整和文化主体自我意识的健全。但所有这一切的前提，也是当下诗歌乃至新诗整体上所最需要的，就是一种不断去实现自我肯定的文化实质性和实体性，是诗歌整体上作为一个文化场域和文化实体的自我决定权力，因而完整和成型的诗学理论，从现实的层面上看（而不是纠缠于谁先谁后的起源问题），就既是这样的文化主体性和文化主体意识的前提条件，也可以看成是这样一种文化主权的实现标志。我们曾经制造出无数有关诗歌的鸡毛蒜皮的“问题”和“主义”，但对于新诗和诗歌总体性与根本性的重要问题却如盲如瞽。这样一些事关新诗的总体性和根本性的问题，是靠“文本分析”就能解决得了的吗？是靠“批评化”的所谓“理论”和诗歌史就能理解和处置得了的吗？是靠形式主义的“诗体”和局部性的“技艺”问题所能范围得了的吗？在作为整体的新诗的文化存在问题和文化实质性确立之前，任何形式主义和局部性的原则和规范都只能是一厢情愿的假设。当然，这些问题不仅仅是理论问题，但没有总体性的理论意识和问题意识，这样的问题本身根本就呈现不出来，更不要说解决了。因此，对于理论的需要，不是一种体系的癖好和理论拜物教，而是只有一种“完整”和“健全”的理论意识，和具有成型和“完成”状态的理论，才可以把“文化”作政治本体论上的整体性的理论来把握，才可以把“文化”作为具有政治性真实的现实来进行思考。由此出发，理论才能映射一种完整的、具体的（而非概念上的）文化—历史思维的主体性，才能表征一种决意进入其“定在”现实的文化意志。只有从这样的现实的理论意识着眼，从诗歌领域的文化主体性出发的文化视野才具有实践的可能性。因此，理论不仅存在于形而上的、思辨的真理推论之中，理论也可以是一个文化问题和文化结果；它不仅可以作为一个抽象的概念体系来解决，同样可以指向文化主体性、文化政治和文化战争的层面。后者是一个远远大于理论自身的文化实践空间，但正因此，它反过来不断地给理论以实现场所和机会，而理论本身也成为这个文化空间状况的某种标志和反映。明确这样一种关系，对于不知所措的中国式理论思维和把贩卖“范式”当作理论创造的中国式“理论”来说尤其重要。

人们常说一种“介入性”的写作，介入的前提，必须是一个现实的文化秩序的主体，必须具有一种文化主体性，如果自己本身只是一个客体，那就只有被书写、被规定的资格，根本谈不上什么介入。只有一种自我离间的效果在诗歌的文化实体内部产生，只有当主体具有自己规定自己的客观性能力（而不只是主观的情绪和意向）时，才能表现出一种现实的和坚定的主体性。在朦胧诗时代，诗歌整体上还有一种文化焦虑感，这种文化焦虑感在朦胧诗中是种普遍的现象。这种焦虑来自既往的历史记忆，也来自对于现存秩序的质疑和批判。在别的地方，笔者曾经把朦胧诗的这种文化主体性称为“心理主体”，朦胧诗从地下到国外的活动轨迹，也都是不见容于当时的文化秩序的表征，朦胧诗的主体意识因而成为一种“心理主体”。在当时的意识形态语境下，他们仿佛被取消了作为历史性主体的实践能力，他们仿佛是一些漂浮的精魄，只能进行写作的“心理实践”，在现实的文化秩序中找不到自己的位置。这种文化焦虑的最后是进而对诗歌本身的质疑，这在第三代诗歌中达到一个极致。从这一点上，“新生代”的诗歌对于朦胧诗倒有一种继承性，那就是它把那种由于文化焦虑而来的质疑和批判精神发挥到了极致。20 世纪 90 年代以后，“放逐”一词被使用得太多。从文化主体意识的角度讲，“放逐”也有两种情况：一种情况是诗歌从整个社会生活的比较重要的位置上放逐；另一种情况是从诗歌和诗人的主体意识中放逐。就前一种情况而言，诗歌在整个社会生活和文化秩序中比较重要和比较中心化的位置，只是相对而言的情形，统观世界诗歌史，诗歌真正能够处于文化秩序和文化权力的核心的时候是少之又少的。但不是中心，也不等于诗歌不能从自己出发，以一种自觉的主体性的意识书写社会生活、介入文化秩序。当代中国诗歌在八九十年代以来的所谓“放逐”，主要是第一种情形中的从一个相对受关注的位置上的“放逐”；但即使处在一个社会文化生活的寂寞的边缘，也不等于就要自暴自弃地从主体意识中“放逐”。这两者不应该相混，但 90 年代以后的诗歌，很不幸地正是处于这双重的“放逐”状态中。因而整个 90 年代以来的诗歌，都笼罩在一种悲情之中。当时核心的诗歌批评语词大概就是“边缘”“边缘化”之类，人们在各种场合、各种条件下，以各种不同的表述方式，反反复复地描述这种“边缘化”的悲情状态。与朦胧诗由于种种压力被迫的放逐不同，90 年代以来的诗歌基本是一种整体上的自我放逐——主体意识的放逐也不可能是别的放逐。90 年代以来诗歌最大的文化失落，在于它不仅放弃了中心，也放弃了文化的主体性，滑入一种被书写、被无穷“客体化”的失重状态当中。如果是因为第一种意义上的被迫的“放逐”，也自怨自艾地沦落为第二种意义上的主动放逐，那这本身也正是当代诗歌在文化主体意识方面缺少生存真实感和不成熟的表现。

文化主体性的领域，也直接就是文化价值领域，因为价值就是主体性的价值。文化（价值）没有负值，在包括当下诗歌在内的文化价值领域，一种并非是肯定性的文化价值，一种只是解构性、否定性的价值，充其量只是一种隐喻意义上的“价值”，而并非任何实质性的价值和价值实体。如前面所说，理论的可能性，不是建立在对于概念和思维的抽象同一性、普遍性的空洞信念基础之上，而是建立在对于某种文化价值的确定性信念的基础上的，至少是建立在以这种概念和思维的同一性和普遍性，是可以把握某种实质性和实体性的文化价值的确定性的信念基础上的：如果每个人都宣称自己的价值立场是正确的，这自然不可能是事实，但这并不能证明相反的情形，即这里没有正确的立场，或根本就不存在“正确”的可能性；反过来，如果每个人都认为自己的喋喋不休并不正确或者根本不可能是正确的，都要求别人要把自己所说的一切当回事，那我们真真切切地得到的，将是一群思想小丑和一片文化废墟。因此，在超越“后现代”“多元化”这类我们时代的另一系列的流行病的层次上，理论思维本身将一个时代的壮丽的文化格局和实践景观映射进自己的思维结构，固定为自己的概念体系，它本身就是现实性的构造和实践性的组织。没有了它，生存将缺少一个层次，理解将缺少一个支点，思想将缺少一种高度，就像是坠落在黑暗的深渊里的爬虫，只能去咀嚼那无边无际的腐朽的时光，还总以为别人讲理论讲了半天也没讲出什么来，还总以为自己才是历史“真实”和生存“真相”的掌管者。所以，正是南郭先生们自己的“抽象”化、简单化的理解，把他们挡在了理论门墙的外面，放任这种对于理论的认知和理解的泛滥，带来的将不仅是理论本身的损失，而且也将是一个时代和一种文化的残缺。因此，在这一点上，是需要我们认真对待，引以为戒的。

三 “伪问题”背后的“真场景”：无法还原的文化战场

一个理论失范和分崩离析的时期，注定把握不住真正的问题性所在。当我们检点近30年来中国诗歌的“问题史”时，最直观的感受，是一种置身于流沙之上的失重感，而且这种感觉越到后来越明显：在早期，比如像朦胧诗时期，那时候还可以看到一些近乎真刀实枪的论争，但近些年来，提出一个问题、提出一些口号变得越来越容易，容易到让人怀疑提出者本人是否自己相信是那么回事，是否仅只是一种自娱自乐。导致这样的变化的原因，当然不全是、甚至主要不是诗歌本身所能决定的，但我们无可否认的是，诗歌面对的是一个“娱乐化”的思想场景，诗歌本身的问题空间已经被高度“娱乐化”了：在这种情况下，每个人都有一种“观点”，每个人都有一种“看法”，就像大众媒体的“互动环节”“互动栏目”发条短信就可以表达一种“观点”、进行一次“参与”一样，人们随时随地都可以轻松愉快地表达自己的学术“观点”和“观念”，并且总会“谦虚”而又“严谨”地附带说明它们的“不成熟”性质。这其中的逻辑是，不管“观点”本身如何，发布观点的“权利”神圣不可侵犯；同时，这在另一个方向上也就意味着，不论是什么人、什么样的“观点”，就算是柏拉图的观点，它也不过就是一种“观点”而已。在这里，我们几乎要被其“民主参与”的庄严和“个体权利”的尊严所打动，然而，这些都不过是由民主文化所包含的那种浅薄的乐观主义所演绎而来的一种娱乐大众（诗歌大众、学术大众）的行为。在这种情况下，任何真理探究的意志力及其严肃性，都被永无止境地延宕在“自由交流”“平等对话”的伪民主式的其乐融融的氛围之中。如果谁把这一切真的当成是在探讨真理和实现文化民主、学术民主，那就太幼稚了。

在今天来说，任何诗歌问题、问题的提出与解决方式以及问题探讨者本身，都不可能超脱于这一情景之外。因此，如果要从这样的情形出发问及诗歌问题的真伪，当然也不是不可以，但可能更重要的，是首先需要考量这个问题空间和思考空间的“真”“伪”情况。没有一个大的参照坐标，具体问题的真伪也无从断定。但问题就在这里，这个消解一切问题的严肃性和重要性的、娱乐化的思想空间，正是我们必须要面对的最眼前的现实；它把一切问题都弄得似是而非，但它本身却毫不含糊地构成今天的问题探讨的最真实的前提。这其中于是就包含了一些并不总是很容易区分清楚的层次关系。但有一点是肯定的，那就是，无论诗歌也好，还是诗歌问题的探讨也好，都不可能自外于这个问题空间和思想场景，我们不可能避开这个“虚假的”“不真实”的诗歌问题提出、展开与思考的空间场景，另寻一个更“真实”的思考场所和思维空间。实事求是地讲，诗歌对于这个“娱乐化”的空间无足轻重，后者不可能为诗歌辟出一方净土，诗歌也不可能简单、直接地改变它。

如此说来，只能是从诗歌自身找问题和找出路。实际上，当下诗歌的“问题”如此泡沫化地增殖，其实只是说明了一个问题，那就是我们的诗歌还远远没有抓住自己的真正的问题，还远远没有通过牢牢地盯住自己的问题、以自己的“问题性”去介入和书写文化秩序的主体性权能，而只是无穷无尽地延宕于外在问题和他性问题的因缘聚散、流转变迁当中。不管是有意还是无意，是情愿还是不情愿，是主动还是被动，诗歌已经把自身的问题性娱乐化了。所以，这里就需要从另一个维度上重新检讨一个由来已久的问题。很长时间以来，人们对于诗歌的公共性和自主性，或他律和自律的问题，一直争论不休，争论不休的结果就是不了了之，或者得出一个他律和自律“辩证统一”式的结论。但实际上，即便是“统一”，也不应该是这样一个不偏不倚、“二一添作五”的“统一”，这样的“统一”，只能说明我们的思维总体上仍然停留在一种观念死角的意识形态封闭性当中。因此，要走出这种封闭性，就应该走向“辩证”的第三项，这也就是说，当下诗歌应经历一个由“他律”“自律”到“律他”的文化意志和文化主体性的问题意识方面的根本性转换：他律—自律—律他。

也许有人会认为，在今天这样一个诗歌备受冷落和“边缘化”的时代，提出一种“律他”的愿望，无疑是一种谵妄的空想。但实际上，恰恰因为是在一个娱乐化的文化和思想语境中，诗歌只有坚持一种“律他”的文化意志和文化主体性，才能结合进真实的文化秩序和文化伦理之中。这是迟早都需要迈出的一步。当诗歌丧失了这种“从自身出发”“以自身为标准”“存在于自身的边界之内”，不断将自身的文化尺度和文化法则投射进整个文化领域的问题意识时，那它就只能被无穷地“客体化”，沦为一个不断地被规定、被书写、被生产的文化“客体”和文化“商品”。它因此变得问题重重，问题套问题，但首要的问题是没有找到属于自己的真正问题。前些年，一些前辈诗人所痛惜的尚属阙如的新诗自身的“传统”，大概也可以从这样的一个维度上去理解：所谓的“传统”，就是一个以自身为尺度的、价值自洽的领域，新诗的“传统”，就是一个新诗自身不必张皇失措地到处参照他者的标准，可以自在自为地生存于其间的文化空间。新诗自身急迫地呼吁这种“传统”，正是这种意义上的“传统”缺席的症候，而所有这一切本身，总体上只是又一次印证了一个新诗迄今不被接纳的（中国古典诗歌）宏大传统的自给自足、令人妒忌的自洽性。当然，新诗本身尤其是当下诗歌领域也不断强调着一种“自律性”，这种“自律性”与宏大传统自在自为的自洽性似乎有一种表面形式上的类似，但这其间的关系，就像狮子和兔子的关系一样：狮子的自洽是森林之王的自洽，兔子的自律只会危殆其身。这种关系就像狮子为什么强大、兔子为什么弱小一样，本身其实并没有什么道理可讲，但新诗所缺乏的，无疑正是中国古典诗歌传统那种仿佛本身就是一种文化体系的、自我论证、自我决定的强大文化主权和文化主体性。而这里首要的问题，又是新诗根本不敢、也不愿正视自身的文化价值的实质性和实体性，只是在对于后者的不断消解中寻求自身确立的合法根据，安慰自己并“娱乐”他人。

在这样的情况下，诗歌只能在“自律性”的诉求中向着诗歌的“本身”“本体”自虐性地无穷后退，但实际上，眼前这个世界正在以其自身的逻辑、至少是反逻辑的逻辑，时刻召唤诗歌以其“自律性”变成其中的一个文化“客体”、一个文化“商品”。然而，在这样一个世界中，诗歌的自律只能是一种不断地自我放弃、自我退缩的“自律性”，诗歌的“自律性”只能是一个文化小丑的“自律性”。所以，当诗歌宣布以自身的“自律性”与娱乐化的世界和平共处时，其实已经败给了这个世界。一个“娱乐化”的世界从来不是“公共性”的，从来不是“他律”的，娱乐从根本上说是“自娱自乐”，是“自律性”的狂欢。因此，要求“公共性”与“自主性”“他律性”与“自律性”的“和平共处”，就像要求火与水、羊与狼“和平共处”一样：当将“公共性”与“自主性”相提并论时，已经是“公共性”的失败；当将“他律性”与“自律性”等量齐观时，已经是“自律性”大获全胜。缺少了“自主性”的“公共性”、缺少了“自律性”的“他律性”，只能蜕化成一个文化空壳和纯粹的彼岸性；而缺少了“公共性”的“自主性”、缺少了“他律性”的“自律性”，只能在令人眩晕的过度诠释的螺旋中，越来越变成一种概念性的贫乏：今天，当我们凝视类似“语言本体论”“个人写作”之类的提法时，在它们失去现实针对性和策略意义之后，只能是一些不堪入目的扭曲、畸形、贫瘠的概念弹片和概念残骸。时至今日，如果诗歌仍然执着地抱定这些早已不知所谓的东西不放，那就只能是在这样一个娱乐化的世界中变成一个文化小丑。所以，这里留给诗歌的出路，只能是从“律他”的文化意志和文化主体性出发，以文化实体的主体性溶解“公共性”的空壳，以实质性的文化主权对抗在“他律性”的神学，将“公共性”和“他律性”变成诗歌的文化地平线和文化疆界的“内部”问题，在诗歌问题意识的“内部”重新完成某种“统一”。以上这样的说法，似乎回到我们似曾相识的一些概念游戏当中，但人们之所以厌倦它们的空洞，恰恰因为它们仅仅是“概念”的空转。所以，今天应该做的，也是本文强调的重心所在，正是如何把一些实质性的文化内容、文化价值吸纳进来，将这些“概念游戏”变成一场从诗歌自身的文化主体性出发的文化政治和文化战争。

诗歌可以不是文化世界的中心，但不能不具备自身的一种文化主体性；诗歌不一定是崇高的，但不能没有自己的价值尺度。正因为把这一切混淆起来，使得很多人已经不再敢于旗帜鲜明地坚持什么，唯恐由此而显得过于“悲壮”甚至滑稽。但实际上，这一切完全可以做得理智而平静。事实上，我们有理由相信，大部分真正的诗人，不管他在生活的其他方面如何顺世随俗，起码在他作为诗人、面对诗歌问题时，至少仍然是在含混不清地坚持着某些标准和尺度，至少仍然默默地坚信诗歌与某些东西之间是不可调和的：如果诗歌从文化意志和文化主体性的维度上重新凝聚起其文化实体性和价值实质性，那诗歌与眼下这个娱乐化的世界之间就必将是一种没有“中间环节”和“缓冲地带”的（文化）政治性冲突。当我们把诗歌自身的“问题性”的发条调紧到这样一种程度时，就会发现，一些具体问题的真伪考量可以先放一放，摆在人们面前的，首先是一种文化价值的捍卫和争夺的问题：对于康德来说，可以把一切哲学问题最终归结为一个“什么是人”的先验人类学追问；但对于拿破仑来说，最紧要的问题，并非是推究“人”的本质和“人”的概念的理论问题（反过来他也并不害怕在理论问题上犯“本质主义”的错误和受到“不合时宜”的嘲笑)，而是如何调动“将军”和“士兵”这些具体的、现实的“人”，以求赢得战争的胜利。对于诗歌来说，相应的道理不言而喻：今天的诗歌面临的首要问题，不是去检点“问题”仓库，而是如何去面对一个真实的文化战场。

曾经愤世嫉俗的诗歌，不知从什么时候开始，变得十分“宽容”而又“优雅”，看到“文化政治”“文化战争”这类字眼，肯定不少人会摇头。本文所希望的是人们能够回到一种关于诗歌的文化真实感上来。近几年来，网络上都能够不断展开对于这个“体”、那个“体”的抨击，虽然这种抨击本身不是没有问题，但从根本上看不见得比诗歌圈子内部的一些人更糊涂。所以，希望这类问题能够教育我们：不要幻想通过无数的“文本分析”和“批评”实践，我们最终一定能获得关于诗歌的真知灼见，思想的沙漠之下并不一定埋着真理的金子；不要过于自以为是地假定我们对于有关诗歌的一些基本问题、重大问题的悬置一定是明智的，那很可能是“盲人骑瞎马”的愚蠢；不要幻想诗歌和任何东西都可以调和，诗歌不是在任何情况下都可以和这个文化世界和平共处，价值冲突不可调和……理论的失重本身，是我们包括诗歌在内的生活方式、生活世界改变的表征，当需要一种“过度批评化”的诗歌问题思考和诗歌思维方式，来代替理论和理论性的问题意识时，那正是我们的生活方式、生活世界成为碎片的时候，而诗歌领域本身并不外在于这个世界。在这一切成为又一种被书写的“题材”之前，我们应该先问一问，诗歌本身还有没有一种文化的分量，否则，诗歌就只是以自身毁灭的方式来与那个旧的文化领域和价值世界同归于尽，以为之殉葬的方式再现了那个关于破碎性和虚无性的题材。因此，在这样的问题意识面前，就今天来说，首先需考虑的是诗歌应以何种方式来与这个世界共处，以获得自身的价值支点和文化重量。

（原载《山花》2010 年第 12 期）

现代诗碎碎念

张光昕

一

我讨厌批评，我憎恶批评家，这个索然无趣的幻觉令我惶惶不可终日。然而，为了逃避这个惩罚，我必须硬着头皮向更大的深渊走去。[①] 据说，20 世纪是批评的世纪，也是一个渐次崩溃的世纪。米沃什（Czesiaw Miiosz）发现，从柏拉图开始、绵延了两千多年的“灵魂和肉体”二重性，在今天已经不再奏效，似乎像只海参，被辛波斯卡（Wislawa Szymborska）那句“肉体和一个碎语”[②] 取代，成为貌合神离的新对子。肉体开枪，灵魂倒下。在 20 世纪，无论你是否愿意，肉体将迎来它必然的痛苦。信仰伸来的援手总是要短一厘米，而诗歌就是那一句漫不经心的碎语，一串迅速消失的笑声，它的音调总是浸透着无可救药的阴郁。[③] 这乖戾而刺耳的笑声，经常耸然间在我耳边响起：我为之痴迷，也为之恶心。它回旋在我通往深渊的途中，而我却只能径直朝向前方蹒跚地撤退。不得不开始的长征，我听到汉语诗人徐玉诺在我口袋里低吟：“灵魂还不熟识她的肉体。”（《小羊》）

保罗·瓦莱里（Paul Valery）在一篇探讨他祖国诗歌问题的文章中，尖锐地挖苦了那些诗歌评论界的同行们。他对有些问题的深刻洞察，几乎

---

① 作为本文的开头，这句话是对列维-斯特劳斯《忧郁的热带》首句（“我讨厌旅行，我恨探险家。然而，现在我预备要讲述我自己的探险经验。”）的鹦鹉学舌。意思是，对我而言，对现代汉诗的批评行动无异于一次伤感的文本旅行。

② 该诗句转引自［波兰］切斯瓦夫·米沃什《诗的见证》，黄灿然译，广西师范大学出版社 2011 年版，第 60 页。

③ 同上书，第 63—66 页。

与当代中国诗歌批评的现状如出一辙：

> 那些对诗并不很感兴趣的人，他们既不感到需要诗，大概也不会去创作诗，但不幸的是，其中不少人的职务或命运却是对诗进行评判，在诗的问题上夸夸其谈，刺激或培养对诗的兴趣；总之，就是去施放他们没有的东西。他们往往在这样的事情上投入了全部聪明才智和热情：其结果却是可怕的。
>
> 在“诗”这个优美而审慎的名称下，他们不可避免地被引导或者被迫去考察其他一切问题，唯独不理睬他们自以为关心的问题。他们自己没有料到，只要能天真地逃避或回避主要问题，就一切都好。只要不是主要问题，就一切都好。①

“只要不是主要问题，就一切都好。”那么，什么是主要问题？什么是诗歌研究中的主要问题呢？在我周围，这种被瓦莱里指责的批评风气长时间占据着主流位置，并给身居洞穴中的读者们制造了这样一种错觉：以为大多数人从事的工作就是诗歌批评的本来面目，全然不知主要问题为何物。那些衣冠楚楚、底气十足的批评家们，依赖技巧、趣味和惯性来组织立论，使用空洞无物的标题和语调，贩卖时髦而含混的语法和黑话，奉学术生产的标准化为圭臬，相互复制或自我复制，以牺牲个性为代价，企图借此实现他们的宏伟目标——科学，而他们的结论大都如同不举症患者一般软弱无力。这些所谓的诗歌研究者，在低段位的写作逻辑上沾沾自喜，在粗劣、庸俗、廉价的理论诊所里搜刮偏方，在一切次要问题上占山为王，在每一个不攻自破的堡垒前孤芳自赏。在他们眼中，批评的黄金时间似乎指日可待了。

近代以来，自然科学在人类文明史上攻城略地、弹冠相庆，让古老的人文科学心生沮丧，无颜见江东父老。在这个衰落的家族里，诗歌创作和诗歌研究成了这一巨大变革里的重灾区。在诗歌沦为碎语的同时，批评也相继泛滥成纷繁的碎语，像北京七月里滂沱的雨天，带给人们不祥的预兆。除了传统的学院内的批评方式之外，报刊、广播、电视和互联网等媒

---

① ［法］保罗·瓦莱里：《诗歌问题》，《文艺杂谈》，段映红译，百花文艺出版社 2002 年版，第 242—243 页。

体纷纷制造出各种尺寸和口径的碎语，信息的幽灵从头到脚包裹着现代人每一天的生活，让我们成为信息的皮条客，或碎语的私生子。诚如 T. S. 艾略特（T. S. Eliot）所描述的那样，批评只不过是一个星期天的公园。[①]尽管艾略特的本意是在嘲讽他所面临的批评现状，但在今天的中国，恐怕连这样的公园也难以找到了：

圣马丁广场，你还能记得什么
在雨天里我留下了出生和死亡
在一个雨天里，成群的鸽子
撞进陌生人悒郁的怀里

——戈麦《圣马丁广场水中的鸽子》

批评的泛滥曾经给当代中国带来无以复加的灾难，它在某些时刻成为政治生活的主要形式，在另一些时刻，它则成为禁忌。尤其在 1989 年以后，这种旨在传播批评声音而开辟的民主广场，一瞬间荡然无存了，我们期待的雅典式的政治生活渐行渐远了。如同欧阳江河一针见血地指出："为群众写作的时代已经过去了。"[②] 在我们身边，即便还能找到这类广场的影子，它也早已改换了容颜，蜕变为逃避批评声音的场所：在各级行政机构和企事业单位那里，它被改装成无休无止的会议、竞赛和大合唱；在美轮美奂的酒店商铺，它变形为巧立名目的庆典、仪式和购物节；在校园里，用于张贴学术讲座和诗歌的海报栏，挤满了花花绿绿的商业广告和招聘信息；在影院剧场，爆米花、可乐和 3D 眼镜帮助我们远离一切持久而深刻的话题；在电视机里，骇人听闻的消息和流行歌曲排行榜成为新时期的宠儿；在公园里，花样繁多的休闲娱乐、养生健身取代了公共批评的紧张，独善其身似乎更重要，碎语的余温被成功培育成对人间八卦的激情，带来了人与人之间对话的快感。在某种程度上，中国的大学成为公园的翻版：批评家们被赶进这扇大门之内，经受着另一种意义上的监禁与惩罚，短促、微弱、转瞬即逝的批评声音在这里自生自灭；寄生在各自的专业格子

① 参阅［英］T. S. 艾略特《批评的功能》，《艾略特文学论文集》，李赋宁译，百花洲文艺出版社 1994 年版，第 66 页。

② 欧阳江河：《'89 后国内诗歌写作：本土气质、中年特征与知识分子身份》，《谁去谁留》，湖南文艺出版社 1997 年版，第 236 页。

里的知识分子们，要么反复练习着思想的太极拳，要么把教室里的学生们培养成乖孩子。有人把更加实惠的东西悄悄地放在他们身边，等待着他们慢慢靠近，慢慢安静。主要问题被打入冷宫，大学里垒满高楼，处处欢腾繁荣，但这里已经没有广场。

20世纪末期兴起的互联网，对公共生活的影响尤为显著，碎语由此找到了它们崭新的栖息地。网上聊天工具、论坛社区、个人博客、手机短信、微信等新生事物，让中国人一度单调、高蹈、空疏的话语形式再次丰富、亲切、活泼起来。个人言说走向前台，并逐渐实现全息化、立体化和日常化，让公共领域初步弥漫上民主的幻象。一些人热衷于更新他们网络账号上的签名档，用个性化的只言片语和表情符号，向那些假想的粉丝们公开每天的遭遇、心情和感受。近年来，随着微博的出现，碎语终于获得了最接近它们本性的合法外貌，在移动网络技术和社交契约的支持下，个人话语得以随时随地在一个虚拟世界里冒泡和流传，享受着听与被听、评论和被评论的权利，但同时也经受着“老大哥”严密的监督：谁违反游戏规则，谁就自动出局。在这个开放的舞台上，尽管依旧接受权力的幕后操纵，但谁都有可能成为话题的中心，谁都有可能被全体人关注。举凡一个公众事件发生之后，这里都会引起一阵不小的唏嘘和议论，四面八方的碎语随即铺天盖地般向我们涌来。然而，另一个事实却不容忽视：无论一个事件的惊骇程度如何，对它所投去的关注，很快便会被其后更加离谱儿的事件所取代。乱纷纷你方唱罢我登场，就像后浪吞噬了前浪那样，再耸人听闻的消息也逃不过时间的奔涌和流动。在这个时代里，我们停不下来了。

二

> 可以处理一切。
> 一切都被处理过了。
> 它是一台让人放心的仪器。
>
> ——森子《后现代说明书》

微博的出现，貌似重新召回了久违的批评声音，然而它却更加暴露了现代人的健忘症。这种回光返照的力量，反而浑然不觉地被用在了加速社会世俗化和幽灵化的进程当中。批评开始将自身的想象力分配在我们身边的常见事物上，比如毒奶粉、地沟油、动车或大雨，在批判这些日常生活问题上，公众的批评发挥了正义感的纠偏效用，这是难能可贵的。此外，批评也将矛头指向了曾经的神圣事物身上，将我们的社会常识搞得匪夷所思、凌乱不堪：如公务员、医生、律师、警察、校长、教授、博士、女大学生、红十字会等曾令人信赖、尊重和称赞的职业、头衔和组织，在琳琅满目的丑闻中被彻底地打翻在地，几乎完全丧失了往日的荣光，并从此携带上异样的色彩。这一切对生活事件惊骇的描述和批评，都在人们意识中制造了不小的震撼。仿佛直到读某条新闻的时刻，我们才与真理相见恨晚，才恍然大悟地得知了这个世界的真相，才如梦初醒般赞叹信息社会的惊人威力。然而，这种震撼和赞叹，也仅仅具有单一的抒情性质，它们不过是给这个“景观社会”（居伊·德波语）制造了更多的震惊和关注的激情罢了，任何人都很难从这种批评中获得真正的行动力。我们也许只是看了一场社会电影，当散场的灯光亮起，我们就该离开座位了，任何在故事情节中不可自拔的观众都是荒诞可笑的。我们生活在一个接受全面控制的世界上，那些听起来十分尖锐的批评声音，在它们假设的受众面前，也不过是一句碎语：它们的铮铮誓言抵不过人性里更强大的东西。

在微博时代，人如同金鱼一样，只保留七秒的记忆，剩下的言行只遵循牛顿第一定律，依靠一种惯性机制的推动。碎语就是一笔沙滩上的涂鸦，一串迅速消失的笑声，或一声旋即风干的叹息。只要不是主要问题，一切都好。这个迟迟没有被揭晓的主要问题，是否也因为人类金鱼般的健忘，而让我们茫然失措、不知所云、东奔西走，甚至呆呆地瞪着一双煞有介事的大眼睛？我们对任何事情都无法拿出持久的耐心，只追求来去匆匆的快感，待激情冷却后就陷入自暴自弃，无法径直、冷静而公正地欣赏事物的美，谴责事物的恶。我们只满足于信息的更迭和轮换。如同观看一段脱衣舞，服装与肉体之间时隐时现的遮挡与诱惑，就足以喂饱我们的眼球，直到它疲惫不堪、麻木不仁，乃至对重要的事失去明智的判断和追问的毅力。碎语记录了人的破碎化过程，它们是从那摩登女郎身上滑落的轻巧衣物，是温柔的刽子手，是化蝶后的残骸：

> 这是你的第一滴血
> 遵循句法转换的原则

不再有观众。用主观的肉体
与钢铁对抗，或被钢铁推倒
一片天空压过头顶
广大的伤痛消失
世界在你之后继续冷得干净
——周伦佑《在刀锋上完成的句法转换》

在现代性纵横四海、吃拿卡要的今天，碎语哀悼的是破碎化的人格，当人的完整形象被时代的利刃剁碎后，诗歌经历了自身的句法转换，它被时代的烈火焚化为词语的亡灵："看吧，在那镀金的天空中，/飘满了死者弯曲的倒影。"（北岛《回答》）在多灾多难的20世纪，仿佛一切事物身上都披覆着诗歌的影子，又好像诗歌早已销声匿迹。诗歌曾经可以推动石头，推动钢铁，诗歌可以在漫天大雪中告诉我们一切；而如今它只能推动词语，号召词语的集合、稍息和解散，或者将它们再度劈开，满怀激情地期待着奇迹的发生："但也许迷人的不是雪/也不是思想，而仅仅是/词语，确切说是词语的排列。"（张曙光《四月的一场雪》）

碎语是句法转换的产物。在随即生成的、"冷得干净"的现代性世界里，碎语啄食人们分崩离析的灵魂，成为这个世界敏感的触角。在今天，一切的新闻都疑似一种短命的诗歌，它们在媒体和舌尖上灵光乍现，用流动不息的个性和瞠目结舌的表象，给脆弱而肤浅的现代人带来心灵上的痉挛和癫狂。曾几何时，我们的问候语从"今天过得好吗"，演变为眼下的样子：为了就业、年薪、房子、汽车、健康、情感等具体而现实的话题而愁眉不展。独善其身的事业足以让我们焦头烂额。每当这个时刻，批评的氛围便不请自来：传统的批评信条是"明天会更好"，如今则变成了"现实太糟糕"。现代人的谈话内容和谈话方式，已经埋伏了批判的元音，批评之声已无可避免。这种转变、张力和困境为文学的萌芽提供了更广阔的田野，也让批评重新与作品相遇。尽管这种相遇发生在两者各自的亡命途中，然而，诗歌和批评必须接受它们成为碎语的命运，也必须无所不用其极地让自身得以幸存。碎语成为诗歌和批评在20世纪命中注定的因缘。

齐格蒙特·鲍曼（Zygmunt Bauman）为气势汹汹的现代性取了一个异常生动的名字，叫作"流动的现代性"（Liquid Modernity，或称"液体现代性”）。[①] 这个有趣的概念显然是针对它之前的传统社会而厘定的，也就是说，按照鲍曼的猜想，在现代性之前，存在着一个固体时代：它是坚固、沉重而封闭的，它在时间上似乎是静止的，在空间上具有一个持存的外形。固体时代的精神气质似乎可以在此间诞生的文学艺术作品中得到捕捉，因而在某种意义上，我们不妨把古典时期的诗歌称为一种固体诗歌，他们遵循着特定的秩序和规则，讲求平仄、格律或轻重音，看重稳定、唯美与和谐，中国传统诗词就是它的杰出代表。进入现代以来，社会思想迎来了全球变暖的气象，人类的时空观发生了根本性的逆转，固体时代逐渐熔化。对此，马克思（Karl Marx）和恩格斯（Friedrich Engels）做出了准确的描述：“一切固定的东西都烟消云散了，一切神圣的东西都被亵渎了。”[②] 时代与诗歌同时经历着这场句法转换，固体诗歌碎裂、分散为成千上万的细小零件，它们在所难免地接受着液化的仪式，迎接着碎语的降临。

在液体现代性的浸润之下，为了区分于传统语境里的固体诗歌，我斗胆小心翼翼地将现代诗歌称作一种液体诗歌：变动不居的外形、游离涣散的主题、阴沉晦暗的音色、敏感病态的触觉、深入细节的洞察力、处处绽露的“专制性幻想”（胡戈·弗里德里希语），都显现出了它的液态性格。“固体是一次定型，并且一劳永逸。保持流体的形状要求长期予以密切注意，同时保持警惕，并付出持久的努力——甚至这种努力的成功也只是一个太早的结论。”[③] 液体诗歌引来了人们更多的操心和忧虑，它尤其在时间上具有意义，本质上的流动性赋予它变幻不定的形状，因而需要密切留

---

① 鲍曼指出了“液体”的一些重要性质：“流体轻易地流动着。它们或‘流动’、或‘溢出’、或‘泼洒’、或‘溅落’、或‘倾泻’、或‘渗透’、或‘涌流’、或‘喷射’、或‘滴落’、或‘渗出’、或‘渗流’，千姿百态，不一而足；不像固体，它们的运动不易停止——对前面的障碍物，它们或绕过、或溶解，对静止的物体，它们打开一个缺口，渗透着前进。”然后，他在一系列反问中开始了关于“流动的现代性”的论述：“难道现代性不是一个从起点就已开始的‘液化’（liquefaction）的进程吗？难道‘溶解液体中的固体物’（melting the solids）不一直是它的主要的消遣方式和首要的成就吗？换言之，从现代性的萌芽时期起，难道它不一直是‘流动性的’吗？”参见［英］齐格蒙特·鲍曼《流动的现代性》，欧阳景根译，上海三联书店 2002 年版，第 3—4 页。

② ［德］马克思、恩格斯：《共产党宣言》，《马克思恩格斯选集》（第一卷），人民出版社 1972 年版，第 254 页。

③ ［英］齐格蒙特·鲍曼：《流动的现代性》，欧阳景根译，上海三联书店 2002 年版，第 12 页。

意自己的变化，需要时刻“三省吾身”。“一只燕子的飞翔会带来肉体的潮湿。”（柏桦《山水手记》）从固体向液体的句法转换过程，我们将迎来一个新的状态：恢复人类的湿润性。从“诗”与“湿”相同的发音中，我们可以把自己重新带回万物苏醒的起点，重新调节我们身上的时间旋钮，让生命从涩滞变得润滑：

……事实上，湿也是
万物共同的皮肤。湿重新把
我们生下，作为与万物的连体
儿：最阴险的手术刀也不能
把我们从新世界的身上分离

——西渡《日常奇迹》

我倾向于把液体诗歌看作一种泛诗歌，在今天，它已经全方位地将我们包围，生成了我们簇新的皮肤，让我们的语言接受一场特殊的诗（湿）化。加斯东·巴什拉（Gaston Bachelard）提醒我们要注意一个鲜为人知的事实，即：“从器官上讲，人类语言具有液体性，在整体上有流量，在辅音中有水……水呈显在我们面前犹如一个完全的存在：它有躯体，灵魂，声音。水也许胜过其他任何一种本原，它是一种完整的诗的实在。”[①] 除了现代性赐予的诸多基本特征之外，液体诗歌最明显的胎记就是显示了批评的底色：批评与创作成了连体儿。艾略特赞赏那种创作本身包含的批评，他说：“一个作家在创作他的作品时他的劳动的绝大部分或许是批评性质的劳动：筛选、化合、构筑、删除、修改、试验等劳动。这些令人畏惧的艰辛，在同样程度上，既是创造性的，也是批评性的。我甚至坚信，一个有修养的和熟练的作家运用在他自己作品上的批评是最有活力的、最高一类的批评；而且（就像我以前说过的那样）有些创造性的作家高出于其他作家，仅仅因为他们的批评才能更为高超。”[②] 若能实现融批评于创作的泛诗歌写作，固然需要卓越的能力，作为“贫困时代”（海德格尔语）

---

① ［法］加斯东·巴什拉：《水与梦——论物质的想象》，顾嘉琛译，岳麓书社 2005 年版，第 17—18 页。

② ［英］T. S. 艾略特：《批评的功能》，《艾略特文学论文集》，李赋宁译，百花洲文艺出版社 1994 年版，第 72—73 页。

的20世纪，为这种能力的兴起和普及积攒了足够的内在能量。文明的不满和现实的野蛮，迫使诗歌走下了文学的殿堂，走出了精神的伊甸园；迫使它变形为碎语，俯身面对那些低矮、卑贱、凡俗的事物，在城市的垃圾场和下水道过夜，并进驻这个时代的阴影里，与其保持亲密的竞技状态。在这种动荡而悲壮的形势下，面对“冷得干净”的世界，液体诗歌具备了它的“现实感”（以赛亚·柏林语），在接受破碎指令的同时，也习得了坚韧的生存意志和批判性格，它为自己装备了内心的铠甲和长矛，以便不露声色、其乐无穷地与这个世界做斗争，也与自己做斗争：它犹如一只扑火的飞蛾，或为尊严一刺而必死的蜜蜂，它代表了一闪而过、迅速消失的生命力。

不论是在创作上还是在批评上，液体诗歌的主要表现形式就是碎语。仿照法国神学家阿兰·德利勒（Alain de Lille）拟定的公式，我似乎也可以说：“液体诗歌是一个理念的圆球，其圆心无处不在而圆周则不在任何地方。”[①] 这就是诗歌在今天既清晰又模糊的写照，它纵容了碎语的诞生和刁蛮，也早已布设了它们的末路和来世。在20世纪，诗歌和批评所驰骋的范围将更大，惹来的争议和暴露的问题也将更多：诗歌的总体格调是忧郁的，而批评的声音却是令人忧郁的。威廉·燕卜逊（William Empson）认为，现代诗人面临的一个重要事实是，写诗成了一种低级游戏。当年丁尼生吃完早餐回到书房继续写他的《国王叙事诗》时，全家人都不得不敛声屏息，因为他们知道，所有中产阶级家庭都在等待着他的下文问世。现代诗人已不再享受这一殊荣，他们写诗的努力被看成是一种病态情绪的表达，所以有才能的诗人不得不小心翼翼地对待自己的写作。他们从事写诗，似乎仅仅为了挽救诗人自己完全健全的神智。[②] 词可以推动物的时代已经过去了，诗歌告别了它的固体精神，诗人要想继续他们的写作，就必须要认清诗歌逐渐熔化的事实。他们把忧患和绝望注入写作，把诗人危险的、濒临崩溃的灵魂搅拌进诗歌，为此，原本变轻的液体诗歌就需要相应地为自身填补上批评的重量，镌刻上内心的法度。液体诗歌需要

---

① 阿兰·德利勒的原话为：“上帝是一个理念的圆球，其圆心无处不在而圆周则不在任何地方。”转引自［阿根廷］博尔赫斯《帕斯卡圆球》，《博尔赫斯谈艺录》，王永年等译，浙江文艺出版社2005年版，第82页。

② 参见［英］威廉·燕卜逊《朦胧的七种类型》，周邦宪等译，中国美术学院出版社1996年版，第3页。

点燃它内部的光亮。

在我们生活的时代，熔批评于创作的泛诗歌已经出现了，信息社会提供了它所需要的一切社会和技术条件，并将继续履行自己的使命，开拓自己的道路；反过来，若要实现熔创作于批评，似乎是一个难题，正像艾略特指出的那样，批评是关于它本身以外的某件东西。[①] 这种东西在低纬度上表现为作品的美学质地或基础伦理，如上文中瓦莱里揭示出的批评状况，这成为时下人们对批评的通常理解和惯性作风；在高纬度上，这种东西体现为批判姿态或否定原则，除了能力之外，这需要批评家超前而卓异的判断、见识和胆略，并仰仗更高的形而上学体系。[②] 批评的终极使命就是实现这种从低纬度向高纬度的跨越。进入泛诗歌形态的诗歌写作，也必须对这一批评的道德律令保持足够的重视和敬畏，才能形成写作的可持续发展，尽管发展在今天是我们不得不走的一步棋。

三

诗歌和批评不约而同地沦为碎语，这一症候似乎为我靠近瓦莱里所谓主要问题点亮了信号灯。就像我突然变黑的舌苔，说明我的身体出了毛病，我需要一剂解药，这解药也必定来自外部。而这个曾经令人们确信无疑的外部世界，也终究捱不过时代降给它的一句咒语。是的，一切坚固的东西都烟消云散了。我生于这样的时代，我读着这个时代里的诗歌，我一出生就病倒了，为了觅得那一剂失传的药方，我率先陷入了碎语的喧嚣与躁动之中：

楼上，窗帘背后
患抑郁症的男子正热烈地
与自己做爱。爱，爱……
他呢喃着，她扭动着。

---

① 参见［英］T. S. 艾略特《批评的功能》，《艾略特文学论文集》，李赋宁译，百花洲文艺出版社 1994 年版，第 73 页。

② 参见敬文东《批评何为》，《灵魂在下边》，河南大学出版社 2009 年版，第 1—4 页。

当她抬起盲目的眼睑，
千亿个碎片撞向彼此。

——马雁《暴雨将至》

米歇尔·塞尔（Michel Serres）在一本名为《万物本原》的小书里断言："背景噪声是形而上学的主要对象，人群的喧嚣与躁动是人类学研究的主要对象。人群所造成的背景噪声是历史研究的主要对象。这些都在语言之前，甚至在言语之前，在噪声之前。"① 如果顺着塞尔的逻辑继续补充下去，我们似乎可以这样认为，碎语就像一个即将临盆的新生儿，在没有正式来到这个世界上之前，它既是永恒而绝对的背景噪声，又是人群的喧嚣与躁动，也是人群所制造的背景噪声，它同时是形而上学、人类学和历史学三位一体的关注对象，它们在史前阶段为碎语祝祈、化验、量体裁衣，共同迎接它的诞生，它们统统都守候在诗歌到来之前的漫漫长夜里。直到呱呱坠地的碎语为这个世界献上第一声啼哭的时刻，它终于落入了诗歌的怀抱，因为爱，爱……新生儿带着自己独立的意识和湿润的身体，来到一个外部世界，一个由更多的背景噪声组成的世界，它将渐渐融入这个世界，成为背景噪声的一部分。

碎语最终成为泛诗学研究的主要对象，它是一场诗（湿）化的渲染。如同液体诗歌（即碎语）收编、溶解、施洗了信息时代各种类型、各个角落的话语那样，泛诗学也像一把折扇，将史前阶段的形而上学、人类学和历史学一并收纳进来，成为一门经过重新整合、随时准备展开的现代学科。它面对的第一个问题和主要问题就是背景噪声，不论是来自大自然的深处，还是来自人类的喉咙和心灵，这声音永无止息，始终陪伴着我们，围绕着我们，搅扰着我们，它成为万物共同的皮肤。背景噪声无限地向历史的深景里撤退，它们毫无来由，毫无秩序，也毫无目的，让我们在听觉的宇宙里领教着"一切人对一切人的战争"（霍布斯语）。

人类的首要任务是面对背景噪声，泛诗学的首要任务是处理噪声般的碎语。"噪声就是软件之歌，或者说，噪声之于逻各斯，犹如过去物质之于形式。噪声是信息的基础，是这种形式的物质。"② 不同于古希腊人提

---

① ［法］米歇尔·塞尔：《万物本原》，蔡鸿滨译，北京大学出版社 2012 年版，第 76 页。
② 同上书，第 9 页。

出的世界由四大元素、原子或以太构成的观念，一个泛诗歌主义者宁愿相信，是噪声构成了这个世界的基底，它呈现为物质世界的繁多性、嘈杂性和流动性，它就是马克思和恩格斯所谓的“震动着的空气层”[①]，它成为人们感受自然、认识世界的基础性框架和介质。诗歌成为这形而上学式的背景噪声的巨大回响，我需要在这无尽的噪声和回响中觅得我的解药。

贾克·阿达利（Jacques Attali）指出：“今天，我们的眼睛已经昏聩；在建立了一个由抽象概念、无稽之谈与沉寂构筑的现在后，已不再能预见未来。现在我们必须学习多用声音、艺术、节庆，少用统计数字，来评断一个社会。倾听噪音，我们才能洞察人类的愚昧并估计会把我们引向何方，而我们还可能有什么希望。”[②] 我们的眼睛有闭上的时刻，而耳朵却一直向着广阔的世界洞开，像在人类头部分立左右的两个24小时执勤的哨兵，它们是肉体的先锋队，为捕捉涌向我们的碎语而张网以待。我们借助耳朵来聆听宇宙的背景噪声和液体诗歌奏出的回响，甄别、鉴定它们的来源和品质，分析它们的语调，[③] 领教碎语与碎语之间永恒的不谐和冲突，见证那“千亿个碎片撞向彼此”。这场无始无终的喧哗和躁动，将我们遣返到声音的自然状态，它是碎语的原始形式，也帮助我们确立耳朵为身体的鲜明旗帜、噪声的接收天线。作为上半身突出的诗学器官，耳朵将带领我们潜入液体现代性的无物之阵当中，让我们荣膺为听觉的当代英雄：“你钻进到皇帝的梦中，/还是我的身子里？/在谁的耳膜上哭呢？/在哪一片水中游着？/小矮人，着红衣，/小矮人，念咒语。”（钟鸣《耳人》）

在耳朵（而非眼睛）的光荣指引下，我们逐渐认识了这个扑面而来、光怪陆离的世界，世界的物质性存在被碎语切分、熔化，将那无形的液体幽灵裹挟进文本的乐园。在混沌刺耳的背景噪声中，碎语风驰电掣般地传

---

① 参见［德］马克思、恩格斯《费尔巴哈》，《马克思恩格斯选集》（第一卷），第35页。

② ［法］贾克·阿达利：《噪音——音乐的政治经济学》，宋素凤、翁桂堂译，上海人民出版社2000年版，第1页。

③ 敬文东着眼于属人的声音的意识形态性征，认为中国文化中的任何管理学（它包括上层文化的制度性管理学和精英知识分子以及下层民众的自我管理学）都是有声的管理学。在制度性管理学与各式各样的自我管理学之间，在两种不同性质的音响形象之间，始终存在着一种对抗关系。在这里，他强调了语调的作用：在声音的所有要素中，语调不仅是管理学的必需品，还是最需要管理学大力推举的要素，因为语调能带来语义和语用上的显明变化。参见敬文东《牲人盈天下——中国文化的精神分析》，广西师范大学出版社2011年版，第20—23页。

达着逻各斯的古老遗言，但那个遥远的声音听起来已经越发地模糊难辨了。遵照句法转换的原则，碎语把几个世纪以来遭人诟病、阳奉阴违的声音中心主义降解为声音的无政府主义。这种改组，临时性地解放了人们的耳朵，帮助这两只肉做的繁忙器官脱去了那件意识形态机器办事员的制服，换上了一身惬意的情侣装。这场声音的变装游戏，让我们不必再亦步亦趋地聆听神、圣人、君主、权威和专家的旨意和言论，耳朵盼来了一个悠闲的暑假，它们有权利相互交谈、猜测甚至争吵——“仿佛倾听本身变成了叙述：在我身上是耳朵在说话。”① 声音的无政府主义宣布耳朵暂时兼管了舌头的职能：耳朵既是读者，也成了诗人；既享受美妙的音乐，又担当作曲家。现代诗歌即“耳中优语”（钟鸣语），它是一系列假戏真做、愈演愈烈的耳鸣：

水流动发出一种声音
树断裂发出一种声音
蛇缠住青蛙发出一种声音
这声音预示着什么？
是准备传达一种情绪呢？
还是表达一种内含的哲理？

——柏桦《表达》

仰仗着带薪休假中的耳朵演绎出的自由听觉，这一切碎语和噪声都不再是严肃而简单的一元方程。婴孩稚嫩的娇嗔，情人间缠绵的呢喃，胃肠慵懒的蠕动，夜猫傲慢的号叫……它们不再承担陈腐而乏味的宫廷乐师的角色，不必特地为某种意志分泌出它的生硬回声。它们仅仅是液体诗歌奏响的散漫音符，是低级游戏的高级玩家，是无政府主义的密谋者。罗兰·巴特（Roland Barthes）把这种状态称为“絮呻”，他认为：“文的絮呻仅是语言的泡沫而已，受写作之纯粹需要的影响而形成……作者结撰他的文，使用一种乳儿的语言：急不可待，不假思索，发乎天真，啧啧嗒嗒的幽微的奔泄……这是毫无目的的吮吸的姿态，一种尚未分化的口欲的激动，将

① ［法］罗兰·巴特：《恋人絮语——一个解构主义的文本》，汪耀进、武佩荣译，上海人民出版社2004年版，第248页。

产生口福之悦与语言之悦这两种口欲搀合了。”[①] 现代诗歌的意义越来越取决于它的内部，听命于它内部的那个批评声音，那里存在着一种元诗歌，一种本能的、甜蜜的自恋，它始终包含着一道注视着自身的目光，它永远是形而上学噪音的回声——“一样东西将做成柠檬蛋糕还是巴亚鱼肉汤——只能在做的过程中自行确定。”[②]

在液体诗歌伴随着背景噪声汩汩而出的时代，倾听碎语与制造碎语在此成了一片树叶的两面。声音的无政府主义让诗歌成为自己的仲裁者，耳朵兼并舌头的做法必然导致口欲的放纵和失调。流动的现代性促成了泛诗学研究的诞生，碎语全面总结了眼前这个时代的特征，但它们却表现出对法度和规律的轻慢，液体诗歌里充满了太多的离心力，这种语言的漫游是危险的，是对噪音的透支和浪费。碎语更像是一帮红色小将，它们无力面对“革命胜利后的第二天”（丹尼尔·贝尔语），它们终究将接受历史学的裁汰和审判。

今天的人们在接受破碎指令的同时，会充满绝望地问道：这个世界会好吗？诗歌会好吗？在由固体时代向液体时代的句法转换过程中，并非一切碎语都是自我批评的及格产品，低纬度的甚至弱于低纬度的批评显然过剩了。人们手忙脚乱地挣扎在这泛滥的话语潮汐之中，他们被那些膨胀的碎语喂得太饱。作为形而上学噪音的普遍回响，碎语中必然会吐出泡沫、垃圾或毒素，它们也会像人一样眩晕、感冒或消化不良。诗歌的魅力会被这些消极的事物削弱，人也会被他们自己制造出来的东西伤害，造成无可挽回的悲哀。

由于受到热力学第二定律的启发，美国学者杰里米·里夫金（Jeremy Rifkin）和特德·霍华德（Ted Howard）发现了一种新的世界观：“它告诉我们每当能量从一种状态转化到另一种状态时，我们会‘得到一定的惩罚’。这个惩罚就是我们损失了能在将来用于作某种功的一定能量。这就是所谓的熵。”[③] 如果这个结论成立的话，我们试问，在诗歌写作的句法转换发生之后，液体现代性和声音的无政府主义是否也制造了诗学体系

---

① ［法］罗兰·巴特：《文之悦》，屠友祥译，上海人民出版社 2002 年版，第 13 页。

② ［匈］艾斯特哈兹·彼得：《赫拉巴尔之书》，余泽民译，上海人民出版社 2010 年版，第 114 页。

③ ［美］杰里米·里夫金、特德·霍华德：《熵：一种新的世界观》，吕明、袁舟译，上海译文出版社 1987 年版，第 29 页。

里的熵？文本的狂欢和耳朵的自治是否正透支着诗歌未来的养老金？失控的碎语是否正越来越贪婪地积聚着写作的负能量？批评是否仅仅满足于在低纬度上进行词语的自渎，而遗忘了来自高纬度的召唤？熵就是伤吗？它的阴影在现代性的广阔噪音中威胁着我们，碎语既是句法转换的产物，也是这种转换带给我们的惩罚。碎语还在引导着人类的灵魂不断地分裂，在这个低级游戏中，不断分裂的碎语只是对分裂本身的哀叹，是液体诗歌的顾影自怜。它们只是噪声，而不是歌唱。

歌唱是献给美好事物的美好行动，献给人与这种事物的积极关系。歌唱固然拨动的是人的灵魂，但它首先作用于人的肉体。博尔赫斯（Jorge Luis Borges）讲得好："苹果的滋味系于腭与水果的接触，而不由水果自身而定；与此相似（我要说）诗歌系于诗与读者的相会。而不是由印在一本书的书页中符号的行数而定。其实质是……颤栗，那种几乎是伴随每次阅读时肉体的感动。"[①] 人在本义上就是歌唱与肉体相结合的海参，歌声一旦响起，肉体就颤栗，这是天籁带给人的善意而美好的馈赠，也是诗歌的原初功能。这个世界会好吗？诗歌会好吗？如果歌唱犹在，"我相信世界是一天一天往好里去的"。[②] 当危机袭来，辛波斯卡诗中的海参被自己切开后，歌唱也随即隐遁了，歌声堕落为碎语，与徒留下来的苍白肉体保持着若即若离的消极关系。碎语成为现代诗歌的主要征象，也成为泛诗学研究的重要课题。

"我来到一阵风的尽头/那里在不断证实：事物本身就是歌"（臧棣《歌》）。据闻一多考证，中国诗歌自《诗经》开始，就实现了诗与歌的合流，在此之前，两者各自颠簸在不同的道路上。[③] 在经受现代性的句法转换之后，碎语的诞生似乎意味着诗与歌的再次分道扬镳：诗（它呈现出液体诗歌的形态）不断发出中魔般的调子，它在绝望中自渎和自戕，以破碎的面目，时而回应着形而上学的背景噪声，时而喷吐出语言的泡沫。它已失去了歌唱的本领，遗落了这剂祖传的、疗心的药方——这正是我想方设法去呼唤和寻找的。如何重新让诗变成歌，这似乎成了当前诗歌研究

---

① 转引自［爱尔兰］西默斯·希尼《诗歌的纠正》，《希尼诗文集》，吴德安等译，作家出版社 2001 年版，第 284 页。

② 语出梁漱溟对其父梁济问题的回答。参见［美］艾恺《最后的儒家——梁漱溟与中国现代化的两难》，王宗昱、冀建中译，江苏人民出版社 1996 年版，第 60 页。

③ 参见闻一多《歌与诗》，《神话与诗》，上海人民出版社 2006 年版，第 155—156 页。

中的主要问题，也是我们实现批评行动从低纬度向高纬度跨越的一个重要枢纽。针对这个话题，当代诗人张枣在他的课堂上讲出的一段碎语，成为我再出发的理由，尽管它也不免成为一串迅速消失的笑声：

> 每个小事物里都沉睡着一支歌，一旦你正确地说出它们的名字，它们就唱起了那支歌。比如说任何一样东西，像笔、水壶、书这些实实在在的东西，我们称之为物。可如果它们出现在文本中时，比如我说“我的书本在飞翔”，这时“书”这个物就变成了我的一个词，它的真实的实在，就变成了一个文本的实在，而一个文本就是一支歌。难道一个文本不是一支歌吗？(笑)[①]

（原载《诗建设》2014 年第 3 期）

---

① 张枣：《〈野草〉讲义》，颜炼军编选《张枣随笔选》，人民文学出版社 2012 年版，第 126—127 页。

关于诗歌与社会的思考二题

张清华

一　关于地震诗歌写作的伦理问题

他们从来不会错读苦难，
这些古代的大师，何其准确地理解
它在人间的位置；它发生的同时
别人正在吃，在开窗，或是无聊地漫步……

——W. H. 奥登《美术馆》

1994年，一位名叫凯文·卡特的南非摄影家在苏丹拍摄到一幅旷世罕见的照片，照片的内容是一个骨瘦如柴的饥饿女童在泥地上爬行、耗尽了最后一点气力即将饿毙倒地的情景。她那羸弱如纸的身躯再也支撑不起那颗显得过于硕大的头颅，而她身后约20米的地方，一只食腐的秃鹫正等待她倒下的一刻。这张照片后来被命名为《饥饿的苏丹》发表，震撼了全世界，并获得当年的普利策奖。某种意义上可以说，这张照片为激发全世界的良知、为赈济饥饿非洲所发挥的巨大作用，超过了此前任何组织和形式的力量。但此后围绕它所产生的伦理争议，却使摄影家送了命。

据凯文·卡特说，他为了这个场景等了足足有20分钟，他本来指望会出现兀鹰展翅的刹那，但最终没有等到。按说单纯作为新闻照片，这确是一个杰作，它所抓取的瞬间是一个职业新闻摄影家一生难逢、可遇而不可求的机会，它所产生的正面作用和效果又是任何语言所无法企及。但是仔细审视，在这张只有秃鹫和女孩两个角色的照片背后，还隐藏了“第三个角色”——那就是在这死亡画面前等待的这个人，这个摄影家。他和那个虎视眈眈等待死亡之食的秃鹫之间构成了一个另一意义上的同类——它们都在等待自己的猎物。唯一的不同只是，它是在等待食物，而他则是在等待自己的职业机会；它等来的是一顿禽兽的暴殄，而他获得的则是人类的奖赏和职业名声。因此，这幅照片暗含了一个巨大的伦理拷问：这个看起来震撼良知警醒责任的杰作背后，创作者是否扮演了一个与秃鹫相似的角色？摄影家为什么不去赶跑这死神般的猛禽，或者投身救助女孩的现实之中？固然，由它所唤起的道德力量业已激发世界去救助了更多这样的孩子，但面对这一个、这个生命的现实和个体，摄影家却扮演了一个残忍的角色。凯文·卡特由此遭到了舆论的质疑和自己良心的谴责，三个月后，他在约翰内斯堡的居所中用一氧化碳自杀。

之所以绕了这么大一个圈子，是试图引发一个相似的写作伦理问题，这个问题是我们首先必须面对的。阿尔多诺那句著名的格言“奥斯维辛之后，再有诗就是野蛮的”，也曾提出了类似的伦理问题，当人类犯下了这样永难宽恕的罪行的时候——不管你是哪种肤色的人，都再无资格和权利用诗歌的名义表达情感和思想，因为诗歌的精神和集中营的犯罪之间，无法想象是在同一个星球、同一个人类身上共存的。所以奥斯维辛之后，如果还会有诗歌写作的话，要么只能是写“野蛮的诗”，要么这种诗人就是野蛮人，否则不合逻辑。阿尔多诺当然无法阻止、也不可能阻止诗歌的存在，但他所提出的巨大的道德拷问的命题，却令人无法回避和抗拒。人类必须面对自己的道德状况，必须对其写作和表达的资格有所担负和证实。对于这一点，并非所有的诗人和写作者都曾经认真思考过。从这个意义上，我以为我们首先有必要对这场写作的主体权利作出追问。而且，许久以来我们的写作所面对的，一直是社会或人性意义上的命题，对于这样的自然之灾，这样的一场“没有犯罪者”的悲剧和“屠杀”又如何看待，却属未曾准备。而国人在灾难面前爆发出如此巨大的创作力，一时间涌现了数量如此之巨的“地震诗歌”，更是任何人都始料未及的。很显然，这场写作已经构成了一个景观，一个无法不认真面对的现象，如何来面对和评价这些诗歌、这场人数众多、情景壮观的写作？我感到了犹疑和困难。从现实的意义上，我当然应该赞赏和敬重一切以语言文字为载体表达悲伤和怜悯、表达哀思和爱心的写作者，但是当人们用不无过剩的热情来比赛产量的时候，用不容置疑的口吻来表达他们的怜悯和爱，甚至以伤痛者的角色表达感恩和“幸福”的时候，当有舆论将这同 1976 年的一场政治诗歌运动联系起来进行比拟的时候，我觉得其中的意味正在发生可疑的变化。

很显然，我们必须首先来认真思考这个问题，即：写作的一切潜命题、一切写作者的潜角色必须要得到拷问，得到检验。只有这样，我们从语言中所获得的，才不仅仅是虚拟的慷慨和廉价的赞美，不是替死者感恩、为孤残者代言“幸福”的虚假写作，不是将哀歌变为颂歌、借血泪和生命来构造丰功伟绩的偷换式、盗贼式写作。这样的写作在过去也许不是问题，但果真像恩格斯所说“没有哪一次人类的重大灾难或悲剧不是以巨大的进步为补偿的”说法是正确的话，那么这一次，国人在这场巨大的灾难中所获得的“补偿”，就是接近于真正认识到了“人”的价值，人的“生命”的价值，认识到了作为个体的人——而不只是抽象的“人民”——的第一位的价值。人们的眼泪、悲恸、慷慨捐赠与救助行动中所表现出的无疆大爱，都是基于这样一个进步所产生的价值共识，而这个共识正是我们检验政府救助工作是否得力和到位的标准，当然也是检验一切写作和文字表达的试金石。有的“写作”正是因为违反了这样一个价值共识而遭到了批评、反对乃至谴责和攻击。这表明，如果说话者的立场是仍旧使用了过去那种公共利益大于个体价值、抽象事物大于生命价值的世界观的话，那么他的说法将因为悖逆和挑衅了这一价值共识和历史进步而遭到唾弃。

因此，我首先要为那些带有“拷问”意味的写作叫好，因为只有对写作者自我的合法性抱有质疑和反思的写作，才更具有思考的价值和感人的力量。这样的作品不仅是对死者和伤者的悲悯，也是对普世价值的维护和确立，对生者的道德教益。我们应该庆幸出现了这样的作品，某种意义上也是它们挽救了这场写作，赋予了这场“诗歌运动”以合法性。如果要举出例证，我愿意以朵渔的一首《今夜，写诗是轻浮的……》作为例子，它对包括“写作”以及自我在内的一切灾难承受者之外的人与物、行为与表达的普遍质疑，恰好凸显了这写作的意义：“……想想，太轻浮了，这一切/在一张西部地图前，上海/是轻浮的，在巨大的废墟旁/论功行赏的将军/是轻浮的，还有哽咽的县长/机械是轻浮的，面对那自坟墓中/伸出的小手/……想想，当房间变成了安静的墓场，哭声/是多么的轻贱！/电视上的抒情是轻浮的，当一具尸体/一万具尸体，在屏幕前/我的眼泪是轻浮的，你的罪过是轻浮的/主持人是轻浮的，宣传部是轻浮的/将坏事变成好事的官员/是轻浮的！/……悲伤的好人，轻浮如杜甫”。

> 今夜，我必定也是
> 轻浮的，当我写下
> 悲伤、眼泪、尸体、血，却写不出
> 巨石、大地、团结和暴怒！
> 当我写下语言，却写不出深深的沉默。
> 今夜，人类的悲痛里
> 有轻浮的泪，悲哀中有轻浮的甜
> 今夜，天下写诗的人是轻浮的
> 轻浮如刽子手，
> 轻浮如刀笔吏。

一切怜悯、救助和感人的至爱，都无法抵消万千生命和肉体的毁灭这一悲剧，无法抵消死亡者的死亡、伤痛者的伤痛。谁也没有权力用别的什么东西和言辞，来覆盖冲抵这无边的悲伤，没有权力随意地叙述和书写任何有关的人与事、情或理，“当我写下语言，却写不出深深的沉默”。真正得体的表达也许就是“沉默”，但仅仅用沉默却同样也无法表达沉默。如果说这首诗中有一个言说的立场的话，那么它便是无限接近的“上帝的立场”了，对于一个没有基督教传统的民族来说，读到这样的诗歌我们应该有理由感到欣慰。当年奥登在观看美术馆时，对古代画家们在灾难题材的绘画中所表现的伟大立场和道德力量的由衷赞美，似乎可以作为一种启示和佐证，他告诉我们，什么才是不朽的人性力量与价值光辉，离开了自我拷问和灵魂介入的言说是没有价值的。现在中国的诗人也同样具备了这样的理解角度，它可以说见证了此次赈灾行动中民族精神与价值认知的飞升。

因此，对生命的理解和价值尊奉的程度，将是决定这场写作中文本价值的标尺。荷尔德林说，“人能够将自己置放到他人的处境中，把他人的领域变成自己的”，“这正是人的需要”。[1] 如果不能以这样的理解和精神去关怀，任何“灾难写作”都将很难获得严肃的意义。它甚至不如为灾

---

① 荷尔德林：《论宗教》，《荷尔德林文集》，商务印书馆 1999 年版，第 216 页。

难的承受者们做哪怕一点点实事来的更有价值。从这个角度说，我宁愿去讴歌那些用身体而不是语言、用物质而不是情感去支援灾区的人，那些本身介入了救灾实践的人们，更有资格书写他们的体验和思想。地震以后，大量的媒体和出版人用了各种形式、以最快的速度赶制了各种版面和出版物，我们当然不能否认它们有可能发挥的作用，但面对上述伦理，它们的价值甚至动机也将首先面临质询和拷问。当我在5月末收到由诗人黄礼孩主编的《诗歌与人》特刊《5.12汶川地震诗歌专号》的时候，我的第一反应是惊愕，惊异他竟然有如此迅疾如职业记者的意识和速度；我的第二反应是疑虑，难道在这举国悲恸的日子里真的还有必要、有那么多人有心情写下那么多的诗歌作品？但当我读了诗集的前言，得知他和他的同仁们为赈灾举行了巡回诗歌朗诵会，并为灾区募集了8万余元资金的时候，我的眼睛湿润了。我感到他有这个资格来编辑这样一本诗集，因为他所做的不仅仅是语言与修辞的工作，8万元对于这巨大的灾难，相对于数百亿元的捐款来说也许是微薄的，但他们却实现了自己作为诗人的担当，实践了他们的"完整性写作"的诗歌理想："'完整性写作'的诗歌精神就是敢于去担当，去照亮，去恢复人性的崇高。这一刻，诗歌是一个行动者……"[①]是的，诗歌必须同时参与这爱的"行动"才具有合法性和价值。因此当我读到另一位诗人哑石的"诗歌日记"的时候也深深地认同他的说法："周围的一些博导们，开始/抽着名烟，喝着茶，/（眼神中，不时闪过恐慌）/讨论天灾的哲学意义，国际影响……/他们都曾是我很好的朋友。/突然，我开始厌恶他们，说不出理由"——

> 我扭头离开他们，来到离学校最近
> 的采血点，献200毫升血：
> 足足排了四个小时的队，
> 队伍中，大多是年轻人，甚至
> 有的看起来还是嘻嘻哈哈的，
> （雨中，有一对恋人还站着接吻）
> 显然不严肃。我得承认，

---

① 黄礼孩：《我们都是幸存者》（《5.12汶川地震诗歌专号》），《诗歌与人》总第19期，2008年5月。

今天，我真的、真的更喜欢他们。

我必须说，这首诗也让我充满感动，因为它使诗歌的表达获得了人格实践的支撑，行动见证了语言，鲜血介入了修辞。同样情境的还有林雪那样的亲历式写作，她的诗歌是写于灾区的现场，因此具有了“将自己置于他人处境”的见证力量，她的一首《请允许我唱一首〈破碎的苕西〉》[①] 中有这样的句子：“在这里，我才知道，以前/我用过的‘破碎’，从没有像现在/我看到的这么绝望、彻底/以至于我怀疑自己，是不是/一直在滥用？/我愿意把破碎这个词最后再用一次/……破碎中，我们还有灵魂/是完整的……”我们自然无法要求所有的写作者都具有“现场”和亲历的实践，但无疑，这样的写作是最有感染力和可信度的。这看起来似乎苛刻，但自古以来诗歌的常理也是如此，最感人的诗歌必定是渗透了诗人生命见证和人格实践的诗歌，渗透了人生对文本的“介入”和践行的诗歌，屈原、李白、杜甫、曹雪芹，甚至项羽、岳飞、文天祥，他们的诗之所以有感人的力量，无不首先是因为他们的悲剧生命与人格实践了他们的诗歌。虽然这悲剧各自不同，但“失败”、牺牲或者挫折，都是其感人力量的真正源泉，这是一个诗歌的定律。

对于那些最广泛意义上的“地震诗歌”写作，我只能说，它们的意义都需要检验——不是让批评家或者“质检员”来检验，而是要用每一个写作者自己的良知来检验，用其思想的状况和精神的现实来验证。但我宁愿相信，这是一次民族激情的释放，一次价值观的集体反思和蜕变，一次道德良知的奋起，一次哀情的诉说，甚至一次泪水的伟大奔涌……我们这个民族太需要用眼泪来洗刷这些年欲望的红尘和道德的锈蚀，太需要用泪水荡涤我们钝化的良知和彼此隔膜的心灵了。因此，某种意义上我们不在意这场运动会不会留下长久传诵的诗歌作品，不在意诗歌会不会在这样的群众运动中获得“复兴”，因为这既不现实也不重要，重要的是诗歌会像法国诗人圣琼·佩斯说的那样，成为“激发神性和灵魂”的形式，成为唤起良知、推动社会进步的借力方式。如果我们必定要寻求“历史补偿”的话，那么好好守护由鲜血和生命代价唤起的“人本”价值、把这样一种价值贯穿到我们社会生活的各个方面，使之成为我们的日常规则，

① “苕西”：羌语，情歌，原注。见《5.12 汶川地震诗歌专号》。

应该是最好的方式。我甚至认为，当我们不仅仅是对地震中人的生命才那样珍惜尊重，不仅仅是对那些特殊的伤者才那样真情关怀、无私救助的时候，当我们对所有的生命都同样珍视的时候，我们这个民族为地震付出的惨痛代价才算是没有白费，在苦难中获得的道德奋起和精神净化才不会成为一个很快破灭的泡影。

当然，作为一个观念的表达者，“我”说这番话的同时也同样需要反躬自问：我怀疑和追问的资格何在？我言说的凭据和理由何在？我是否也试图用力所能及的付出，践行了我所推崇的价值？在此，请让我向那些勇敢和果断的志愿者、抗震救灾的实践者、竭尽绵薄之力去担当责任的普通人们、向那些为救助他人而付出了宝贵生命的英雄们，致敬。谢谢你们，是你们的努力使我们这个民族有资格共同持续这场思考和自审。

二　底层为何写作

近年来，关于底层写作的问题一直是一个争论的焦点。其中问题很多，但特别需要澄清的是，不能将“严格意义上的”“为艺术而写作”的诗歌，同“底层写作”刻意对立起来。这种谈问题的方式是严重的误解和误导。事实上，无论是从文学社会学的角度，还是从一个文化现象的角度谈论“底层生存”问题、谈论一种“写作”所承载的精神文化命题，它不会对“艺术”构成压制，对“非底层的”或者“唯艺术的”诗歌构成伤害，这是两个既可以相关、又完全可以彼此独立的问题。而有的人却非要以这样的方式，在“专业”的意义上矮化、甚至妖魔化底层写作和谈论底层写作的人，仿佛只有他是懂得为艺术而艺术的，仿佛他是代表了专业的水准，而别人则是“道德归罪”与“阶级符咒”。

这是颇为奇怪的逻辑：难道热爱艺术的人就不能谈谈写作伦理的问题吗？谈论写作伦理就是排斥艺术标准、只从“道德”和“阶级”立场看问题吗？

首先要谈一谈对概念的使用。我从开始就一直使用“底层写作”的概念，而没有接受“打工诗歌”或“打工文学”的概念，尽管我认为它可以成立，但只是一种媒介语言，在学理意义上谈论它时需要小心区别。所以当一位专门研究“打工诗歌”的人士编纂了一部“打工诗歌选”，让我来写序言的时候，我委婉地回绝了。不是我不认可不支持这类作品，而是我不太主张使用“打工诗歌”的概念。原因很明显，它只强调了写作者的身份，并且狭义化了写作的内容，而我以为我们时代的伦理和诗歌问题是整体性的，用“底层写作”可能更确切些，它可以出自社会各界人士之手，而不只是打工者，所关注的问题是广泛的底层生存，而不只是打工者群体自身。事实上，这样的写作也不应该只由打工者来承担，让“沉默的大多数”自己来写作和呼喊，这不是社会的光荣，而是它的耻辱，是写作者和知识分子的耻辱，它只能说明这是一个既缺少社会公正的事实，也缺少正义诉求的社会。所以，我主张在研究与批评中尽量不使用“打工诗歌”的概念，一般性的公众媒体使用是它们的事，那样用起来简便，人们也不会深究。而我们应该在作为“主体”与“对象或内容”的二重意义上，来理解和谈论“底层”与“底层写作”。

底层为什么写作？其实前文已经涉及了这个问题，是因为迫不得已。很显然，如果一个社会的知识分子是保有充分的良知与责任感，如果一个社会的公平正义是不存在显著问题，那么自然也就无须底层的人民亲自来吁请和呼喊了。底层之所以写作，恰恰证明了他们的处境和利益是无人关注的。自然，人民也有写作的天然权利和冲动，历来民歌、民间文学都来自民间，但我们看看《诗经》中的《国风》部分，很少是表达“苦难”的东西，而多是寓情娱性的东西，这当然不是说那时的人民比今天的人们活得更幸福，那是经过文人加工和孔夫子删订的东西。但是这至少说明，“底层”也不一定就都是写苦难的，就是非得写苦难不可的。而今天，这底层是为了彰显生存的痛苦而写作的，这显然反证了我们的社会、我们的知识分子群体自身的问题。

事实上，我谈论当今写作中的“中产阶级趣味”问题，就是源于这样一个思考，“中产趣味”或者“中产阶级趣味”无非是一个批评性的术语，是借用了美国批评家丹尼尔·贝尔的说法，但更多的是我自己的一种指代。首先它不是专指哪一个人群的，而是一种广泛存在的趋向与趣味，其中“个人日常生活审美化”是最主要的，它体现为写作者精神力量的萎缩，对现实理解的日趋狭义化，对自我充满优雅或优越感的日常生活细节的迷恋与自恋，等等。这种情形显然不是某些身份的诗人单独的问题，在大部分群体那里都不同程度地存在着，它使得诗歌的精神内涵与美学意味日益趋向贫乏，同时也使诗歌的艺术品质大幅度蜕变。说白了，这是一个“时代病”，如果是少数人的表现，那倒是好事了，谁在“十七年”或者“文化大革命”时期书写“个人日常生活审美化”，我们要为他大唱赞歌，只有勇敢和杰出的诗人才会在那样一个时代书写个人细节的东西。而在我们的时代，正是因为大家都过分自恋于自我世界、沉湎于个人日常生活细节的复制，才致使底层生存者们不得不自己来表达苦难和愤懑的吁求，这是明摆着的问题。

关于“中产阶级趣味”的问题，其实国内的批评家也早有谈论，程光炜早在1996年就曾指出，“多声部时代”来临之后，“当社会运作出现哈贝马斯所说的‘总体性价值系统危机’时，民间话语就有可能在夹缝中一跃而出，表现为一种‘语言的狂欢’”。而这时诗人“放弃了与权威话语激烈对抗的古典人格”，“通常以社会中介的角色出现”时，“在外在形态上”也便“具有了某些中产阶级的色彩”①。这个分析相当有预见性，它清楚地预示了1990年代诗人身份的转化。毫无疑问，“中产阶级”当然是无“罪”的，诗人作为知识分子人群，在社会属性上可以，而且很可能就是中产阶级族群，在物质生活的意义上，知识分子无疑是属于中产阶级人群的；在政治与社会的意义上，中产阶级和作为中产阶级的知识分子，在世界各国都是社会进步与民主政治的支柱与主体；然而上述概念是建立在一个社会学范畴之上的，在文化与艺术的范畴中，“中产阶级”却并不是一个好词儿，从艺术精神的认同上，知识分子却永远要警惕这个阶层的趣味。这正是知识分子独有的反思能力和精神属性决定的，这也是常识。

底层写作及其引起的关注，在媒体那里也许不无狭义或夸张之处，但应该引起我们思考，这种思考不是要让大家一哄而上都去“写底层”，你如果并不熟悉底层的生活，写出来的东西自然也不会有价值，不会感动人，这不是问题解决的办法。根本上它所应该引发的，是诗人和写作者的精神良知与责任感，是对社会正义的关注，对公共领域中道德价值的维护，由此也许可以给萎靡的“个人日常生活审美化”的写作以一点改变，另外，对社会的道义状况也是一个促进。当然，我也清楚地知道这个世界上并不存在灵丹妙药，诗歌界不会因为关注了底层，社会问题就从此得以解决，诗人的人格价值就会得以救赎，诗歌本身就会振兴，傻瓜才会这样

① 程光炜：《误读的时代——90年代诗坛的意识形态阅读之一》，《诗探索》1996年第1辑。

天真，但任何一个社会都不会允许道义的最终沦丧，“精神不死”，这是最基本的底线，所以提请人们思考一下社会伦理与诗歌写作的伦理，不会是一个居心叵测的动作。

为什么要写底层？写什么样的底层？怎样写底层？这是问题更深入的一些层面，这些问题陷阱重重，也是我们无法解决的，只能简单地来谈。写底层生活状况与思想感情，在过去有“人民性”这样的概念，它主要是对精英作家而言的，言外之意是，一位作家的身份可以是比较“上层”或者甚至是很“高”的，但他的立场中却应该有与“人民”息息相通的一面。这个概念纠合了太多的政治与意识形态色彩，我想我们还是小心回避着它，以免又成为“道德归罪和阶级符咒”的证据。

很显然，“为什么要写底层”这个问题是针对“非底层”的写作者来说的。我过去曾经与作家莫言讨论过类似的问题，他说自己不是“为老百姓写作”的，而是“作为老百姓写作”的，我当然很欣赏这样一位作家的情怀——不把自己看作是比“老百姓”高明的人——但我仍然和他争论，“老百姓”终究是无须写作、也不会写作的，说到底，真正的老百姓既不可能自己写作，甚至也不知道有别人在为他写作，甚至也不需要有人为他们写作。所以他所说的“作为老百姓写作”在根本意义上仍然是“为老百姓写作”。确实，我理解在“后革命时代”或“后启蒙语境”中，这样的表述确有它隐含的意义在，但它同样表明，写作与写作者真正的合法性依据，仍然与老百姓——底层社会有关。

因此这是一种精神的认同，这和上个时代的文艺要求作家必须这样那样是完全不同的，出发点也是完全不一样的。那时虽然要求作家“写人民”，“表现工农兵”，但目的是服务于某种国家政治与意识形态需要的，真正书写和关注底层在那时是反而要犯忌的。所以有人用上个时代的文学教训，来讥讽今天对底层的谈论，明显是犯糊涂。从精神认同的意义上，我一直崇尚真正的知识分子精神，因为它具有反思的能力——他在“可以写作”这一点上无疑是“高于”老百姓的，但他不会因此而觉得自己就属于另一个人群，真正的知识分子精神永远是与社会公正、与“沉默的大多数”站在一起的，他应该清楚地意识到自己就是他们中的一员，即便到了“后知识分子时代”，这一点也仍然不会改变。他会加强对自身的反思，承认自己身份的“降解”，更平民化，但不会放弃自己的责任——换言之，他不会在精神上认同中产阶级，而只能在认同独立个体的同时，认同底层人民。

但问题紧跟着就来了，如何写和写什么样的底层生活，是否像一阵风，大家都写下岗人群、打工一族、城市贫民、乡村疾苦……然后小说都沦为“问题小说”，诗歌都变成“打工诗歌”？这恰恰是我们要警惕的，最困难的问题也在这里，说说是容易的，表态也是容易的，搞点讨论争论也是容易的，但却不一定会因此出现优秀的作品。1990年代中期也曾经出现过所谓“现实主义冲击波”之类的现象，但现在回顾它，却很少有什么道义价值，更少有文学价值，当然那种“小骂大捧”式的写作，最终可能会堕落为不公正现实的合法性的诠释者，但它也曾声称是传达底层疾苦的，从叙述的表层看它们也是试图反映社会问题的。为什么这些写作变成了没有生命力、没有伦理震撼力和艺术感染力的东西呢？这是今天的写作者需要研究的。如果它只反映为一个局部的小问题的话，那么我以为是意义有限的。它启示我们应该这样来看问题：所谓“底层写作”不应该沦为一个孤立的现象，它不应该是“一类主题”，“一类写作”，它和常态的文学写作之间不应该有截然的界限——这是“纯文学”的，这是“打工文学”或“底层写作”的，那样，我们的文学和底层都永远不会有真正的希望。正常的情况应该是：纯粹的和好的文学中从来都不缺少底层关怀的精神，而“底层写作”本身也是好的“纯文学”作品。

幸好在今天我们看到了更多的希望。我们看到了像郑小琼那样的诗人，她的确是有一个打工妹的身份，她的作品确实富有底层的现场感和问题意识，富有时代性与苦难感，但“打工者”并不是她作为写作者的单一身份，她还是一个真正的诗人，“纯粹的诗人”，一个尖锐的、富有才华和表现力的、并不比其他知识分子身份的诗人缺少技艺和素养的诗人。她也不仅仅是在写打工者的境遇，她所书写的，是一切人的境遇，人的普遍的境遇，这是值得称道的。读她的诗歌，我以为不会像某些一阵风式的文学一样很快过时，而是会长久地对世道人心产生作用，对艺术体验产生作用。她所带给我们的经验的丰富性与新鲜感，同波德莱尔式的震撼也许有些类似，单纯从生存的残酷和艰辛来感受她的诗歌是不够的，还应该从“现代”和“工业”以及“无根”和“漂泊”等巨大的异化主题的角度，从历史的断裂与迷失、人性的湮灭与惶惑、精神的消亡与病变、存在的错愕与虚妄……这样一系列的现代诗歌主题的角度去理解和看待她。至少，她给我们的启发中是闪现着这样的入口与可能的。从郑小琼这里，我们有理由相信人们在谈论了许多年底层文学之后，不会是只留下一片词语的瓦砾和观念的废墟。

（原载《诗歌与社会学术研讨会论文集》，2009 年）

当代诗中的“历史对位法”问题

——以萧开愚、欧阳江河和张枣的诗歌为例

张伟栋

一

“历史对位法”，是我阅读荷尔德林的诗歌的一个基本思路，作为诗人的荷尔德林一生只写过70多首诗歌，但其后期诗歌所建立的伟大诗歌模型，将帮助我们澄清诗歌的众多隐秘源泉，其中的“历史对位法”可以作为一项诗歌法则来认识。和我们今天流行的两种与现实对位的历史观念相比较，一种是“赋予生活以最高的虚构形式”的超越历史观念，另一种是“介入”、见证和改造现实的历史观念，荷尔德林的这种带有“神学”色彩的历史意识似乎没有现实的意义，因而容易被丢弃在浪漫派的废墟，被当作历史的遗迹。在我们这里，因为前者宣称，通过一种更好的想象和更高的虚构来帮助人们生活，生活应该来模仿诗歌，而不是相反，诗人“一直在创造或应当创造我们永远向往但并不了解的一个世界，因为他赋予生活以最高的虚构形式，否则我们的生活是不堪设想的”[①]。在这里，“审美”和“想象”对人的感性机制的调节而获得的对政治的纠正和校准，被看作是改造现实最好的良药。我们所熟知的80年代“美学热”，对政治权威所监管的“感性生活”挑战的成功，也就顺理成章地使其成为我们的艺术惯习之一，后经过90年代海德格尔主义语言观念的改造，和欧美众多现代主义诗歌语言实践的夯实，而成为我们流行的诗歌标准之一；后者介入的历史观念，试图通过介入现实而改变现实，从而使生

---

① 华莱士·史蒂文斯：《必要的天使》，参见拉曼·塞尔登《文学批评理论——从柏拉图到现在》，刘象愚、陈永国等译，北京大学出版社2000年版，第34页。

活变得美好，在我们的诗歌标准里，介入式的写作因此成为衡量诗人的道德感的检测器，因为这种直接做证的诗歌，可以填补愤懑者的空虚感和无力的行动感。这里面所抱有的期许是，当现实中的“黑暗”状态开始诅咒个人的命运，并干涉个人改变自己命运的行动时，现实中就会出现与“黑暗”状态相伴随的紧急状态，这种状态要求个人去打破诅咒和干涉，直接做证的诗歌，就是在这里介入现实的，往往有着愤怒、反对、批判、针锋相对的面貌，并动用历史的名义。这种观念有着强大的历史传统和思想资源，比如儒家的“诗史”观念，左翼的革命诗歌传统，社会主义时期的政治抒情诗传统，“新左派”的全球化理论资源，这些传统和思想资源，在 90 年代以来的改革进程中，惊人地追上了我们的现实，并被我们作为现实接受下来，成为自我改造和现实改造的蓝图。它之所以被内化为当代诗的一个标准，也完全是出于这种现实的需要。

这里的问题是，如何更真实地来认识这一切，如何更精准地去校准我们的诗歌意识，而不使其沦为派系争论的僵化观念？如果我们承认，诗歌的写作并不是那种单纯地灵感迸发的迷狂行为，一种直接的“神授天启”式的写作，而是经过种种观念和现实的“中介”最终对语言的抵达，正如黑格尔的思想所宣称的，没有无中介的情感和意识，我们对自己和时代的理解和解释，都是经过这个“中介”授权和默许的，那么我们所谈论的诗歌意识终归是一种历史意识。荷尔德林当然在此也无权充当裁判者的角色，赫尔德当年反对将亚里士多德的悲剧观念当作普遍法则的做法，同样适用于我们，但可以将其作为一个例子和参照，这个参照的基本点即在于将这一问题放置在“诗艺”的范畴当中来认识，也就是荷尔德林在《关于〈俄狄浦斯〉的说明》中简略提到的，关于那些不可计算的，但需要确认和知晓其进程的活生生的意义，如何转换为一种可以确定和传授的可计算法则的技艺。在文学领域，真实的事情是，写作总是朝向于对这种可计算法则的探寻，至于诗歌的修辞、风格以及其现实的功效，则是随之而来衍生出的事情，所谓艺术上的进步，在于对这种可计算法则的添加或成功地修改、改写。但这并不是那么容易理解的事情，有时候我们理解一件显而易见的事情，反而要困难得多，尤其在相对严密的诗歌体制内，技艺的问题被等同于技术的问题，“伟大的诗”的标准被所谓的新奇的风格、感人、有现实意义的“好诗”标准所替代的时候，“诗艺”因而被当作有着具体规定的实体性概念，而不是功能性的概念接受。

更加真实的事情是，诗人在他自己的时代，和他同时代人一样，也要面对艰深难解的现实和幽暗晦涩的未来，也被笼罩在历史的迷雾当中，就像1649年的弥尔顿一样，一厢情愿地将自己献身给“党争”的事业，实际上也是历史迷雾中的“盲者”，诗人永远不会是历史的先知，只是他与其他同时代的人不一样的地方在于，诗人在与历史角力，试图在历史的裂缝中给出未来，尽管这种未来经常是以一种回溯性的方式出现的。“历史对位法”就是诗人们在历史的迷雾中，向现实的讨价还价和对未来的计算法则，其轴心则是当下的真正的历史逻辑，正在展开的、塑造我们的现实和未来的具体法则。关于这一点，我们在伽达默尔对荷尔德林的阐释中，可以更明确地看到：“荷尔德林的直接性就是对时代的直接性。他的本质基础是由其历史意识而决定。……荷尔德林的历史意识更多的是当下的意识和对当下中产生未来的意识。……我们的诗人没有一个像他那样仿佛被未来的当下所吸纳。未来就是他的当下，就是他所见的东西，并以诗文形式宣告出来。”[①] 着眼于这个“未来的当下”的诗人命运注定是暗淡的，这种对现实当下的拒斥和对“将来之神”歌咏的“非均衡性”，注定了诗人与当下的不相容，因为今天的人们试图取悦这个当下的现实，“无论如何都铁了心要去为他们的生存讨价还价，不管跟谁。这是对生命和财产的顶礼膜拜”[②]，而这样的现实和历史从来都是战无不胜的，按照本雅明的说法，“它总是会赢”，它充满诡计并且也依靠诡计。诗人唯有舍弃当下与未来的均衡性，舍弃“俗世诸神”与“唯一者”的平衡，“在舍弃中借力于真正历史的逻辑，西方的全部历史就向诗人敞开。历史的‘深不可测的寓言’与希腊传说的诗学当下走到了一起”[③]。正如“对位法”在音乐中具有的结构性功能一样，也就是将几个旋律编织成一个整体的技法，荷尔德林诗歌中的“历史对位法”，在于借助真正的历史逻辑，从而发明过去和未来的“神学”维度，通过这样一个维度，将历史重新编织成一个整体。

---

① 伽达默尔：《荷尔德林与未来》，参见《美学与诗学：诠释学的实施》，吴建广译，北京大学出版社2013年版，第23页。

② 雅各布·布克哈特：《历史讲稿》，刘北成、刘妍译，生活·读书·新知三联书店2009年版，第7页。

③ 伽达默尔：《荷尔德林与古希腊》，参见《美学与诗学：诠释学的实施》，吴建广译，北京大学出版社2013年版，第14页。

我将以伽达默尔精心阐释的《饼和葡萄酒》一诗，来继续这个问题，在这首诗中，"历史对位法"的取向就在于，这种带有"神学"色彩的历史意识，穷追当下的困厄，在当下的"黑暗状态"和不到场的"缺席之物"之中，从大地上和具体的时间、地点上，寻找解救和救赎的力量，而不是跟随教会里的基督将大地废弃，眼望上苍。这种未来的当下意识，在诗歌中汇集在"夜"这一形象之下，"夜"象征着欧洲诸神远离的时代，在这样的时代，对于未来，现实的计算法则，政治的或经济的，不断拖延这个"当下"的时间，精明的头脑满足于赢与亏的权衡，也不断制造着"缺席之物"，"他们被锻接到/自己的忙碌上，在喧嚣的工场里/他们听到的只是自己，这些野蛮者用强力的臂膀/拼命干活，从不停歇，然而怎么干都/没有结果，就如复仇女神，留下的都是可怜着的劳累"（《饼和葡萄酒》，吴建广译）。而诗人则以另外一种计算法则，已经熄灭的"白昼法则"，来权衡诸神远离的困苦，并保存和传达神的信息。伽达默尔对此的解释是："这就是诗人的使命：他是这个时代的领唱者。他唱出未来将要出现的东西。记忆演变成期待，保存演变成希冀。"① 这种声调对于今天的诗人来说，可能过于高亢，原因就在于它几乎无法实现，它要价太高，我们现实的全面破产，注定我们无法支付这高额的索取，而以这样的观念来衡量今天的诗人，无疑也会被认定是在敲诈勒索。

二

这种要价太高的声调，之所以会遭到抵制和苛刻的审查，原因在于我们的语言里那些已经根深蒂固的历史观念在左右着我们。我们归根结底是观念的动物，我们总是通过已知的一切，我们总是通过我们已经学会的一切来选择和行动，我们自身的局限也可以归结为意识的局限，而历史作为未来的通道，已经先行占领我们，历史总是领先于未来，这种领先在于观念的先行预支未来。但是这里的关键是，我们与历史的关系并不是唯一的，任何强调历史的唯一方向和道路的做法，我们都可以"单边的历史幻觉"的名义去看待它，"单边的历史幻觉"本身就意味着强调历史的唯

① 伽达默尔：《荷尔德林与未来》，参见《美学与诗学：诠释学的实施》，吴建广译，北京大学出版社 2013 年版，第 26 页。

一、排他和具有专断性。在今天关于诗歌问题的一些争论中，不难看出这些带有“单边历史幻觉”的面目而且根深蒂固的历史观念的影响，这些强势的历史观念，是近代以来的历史角力的结果。所以它具有很强的“现实感”并且在现实的展开中深得人心。

其中一种，如弥尔顿一样，会将历史视为“救世”的，以历史的革新来“促使时代摆脱困境”，一切的问题都可以交付给历史的下一流程和先进的新生事物来解决，道路是曲折的，但未来一定是光明的，通过铲除阻挡历史前进的势力，我们终将可以赢得未来，是近代以来的主流意识形态。我们知道，在近代意识形态领域，最大的变化是，“历史”战胜了“自然”而被赋予优先的地位，成为行动的最高指南，15世纪开始的“大航海时代”的冒险活动，精心地将这一法则烙印在人的行动地图上，使那些依据“自然”中的神圣理智来计算现实的“宇宙志研究者仍在这些问题上垂死挣扎”①，并在未来的几个世纪当中，持续地败给进化论者。关于这一问题，彼得·斯洛特戴克的《资本的内部》一书，有着非常精彩的讨论，在此不做展开。需要说明的是，在我们的语境中，以启蒙和革命的名义所展开的历史滚轴，都可以归还为将历史视为“救世”的目的论观念，余英时的著名文章《中国近代思想史上的激进与保守》，正是对这一历史观念的批评，但是其对“激进派”评述的含混和浅陋之处就在于没有认识到这种历史观念的根源。在90年代，这篇文章被照单全收，被看作是反激进主义和反乌托邦主义的纲领，以致“激进”和“乌托邦”被当作具有特殊含义的贬义词，镶嵌在我们的词语表中，而被击碎的历史救赎和救世的观念以弥散的方式回到了现实的底部。当我们的诗歌不断地以“黑暗”“腐朽”“死亡”这样的修辞进行召唤时，这样的观念就会再一次集结，事实上，我们也似乎期待着这样的集结，似乎诗歌中的那些“愤怒的人”“厌世者”“虚无主义者”“自我毁灭的人”在这样的历史对位法中，在这样的观念集结中，会重新变得炯炯有神、闪闪发光。但我们的困难是，以左派的政治经学的实用算法和现实斗争的法则，对这些观念的集结，是否会再一次阻隔我们与未来的通道？而以这样的历史观念来看待荷尔德林，他将被钉在高蹈的浪漫主义者的牌匾上，不得翻

① 杰弗里·马丁：《所有可能的世界：地理学思想史》，成一农、王雪梅译，上海世纪出版集团2008年版，第111页。

身。事实上，历史救赎的观念，在我们的时代同样已经变得不可能，正如萧开愚的长诗《向杜甫致敬》向我们显示的：“这是另一个中国。为了什么而存在？/没有人回答，也不/再用回声回答。/这是另一个中国。”另外一种，如作家卡内蒂的“历史终结论”，“在某个时刻，历史不再是真实的。全人类在不知不觉中，就突然离开了现实：由此以后发生的一切都被认为是不再真实的；而我们也被认为并没有注意到。我们的任务就是找到那个历史时刻，只要我们没有找到它，我们就得被迫居留在我们当前的毁灭状态中。”① 这种对20世纪六七十年代以来的历史逻辑的描述，一度被看作是我们当前历史的最真实的表达，历史不再变化，重复着自身单调的逻辑，荷尔德林在现代的开端处所经历的“大地的突变”“国家的转向”和“诸神的远离”，似乎顺理成章地得到了和解，人对自我的期许，在于自身权利、利益和现实欲望的最大化满足，而这种满足则要仰仗于宪政民主制度和自由竞争的市场经济的完美运作，仰仗于技术对肉体生命缺陷的弥补，也仰仗于流行文化对自我意识的催眠。任何不同于此的历史叙事，任何试图凌驾于人之上的价值，任何神话的企图，都需要被抵押出去，都需要经过欲望法则的换算。或者按照大卫·哈维的理解，人其实是被关押在了这个由资本统治的当下，国家、市场和民主制度在新自由主义的形式下为资本的持续统治保驾护航，资本需要借用国家之手来清楚其向前运动的障碍，原教旨主义的、地方主义的、自然主义的或是乌托邦主义的。诗歌在这里不再梦想“历史”，而是梦着自我的感官，它被放置在一个安全的位置，小心翼翼地伸展着自己的触角，捕捉时代的气味，而从不把自己的触角伸向于时代之外，因为一切时代之外的东西，都已经急剧贬值，或是像荷尔德林一样，只是一个无法经验化和理性化的空中楼阁。而经验化和理性化的现实立场，在这样交给人和诗歌斗争的策略，即将自我的经验和境遇政治化，比如将农村的破败表达为一种政治诉求，包装成一种反抗的哲学，从而获得现实利益的分配；或者将自我的经验和境遇外包给一种理论，即理论化，比如曾一度流行的后殖民理论、后结构主义理论、底层理论等，从而获得抵抗中心意识形态的姿态和立场。

欧阳江河的作品《凤凰》恰是这一“历史困境”的诗歌摹本。初读这首长诗，立刻会想到另一部与之相似的作品，那就是罗兰·巴尔特的长

---

① 转引自《波德里亚：一个批判性读本》，江苏人民出版社2008年版，第406页。

篇散文《埃菲尔铁塔》，两部作品的相似之处在于，都动用了“结构”编织网络的功能。这种典型的结构主义方法，在波洛克的绘画中也能找到一个解读的视角，正如画家马立克·哈尔特富有洞察力的表述所说明的：“波洛克是第一个抛弃了画架的人，他将画布铺在地上，以便从高处领会画作。这就像是从飞机上看到的一幅风景；而欧洲绘画呢，就像是从火车车窗里看到的景色。”① 从飞机上的观看，意味着人摆脱自身的位置，从自身之外去观看、俯视自己，因此无一例外地都获得了全景的清晰，也无一例外地获得变形的隐喻图像。因此，这个由建筑废料所搭建的“凤凰”与由4800吨钢铁所搭建的“埃菲尔铁塔”一样，在这种结构的网络中，不可能完整地忠实于自身，而变成了“目光、物体和象征”，“一个纯记号，向一切时代、一切形象、一切意义开放，它是一个不受限制的隐喻”。② 所以我们看到凤凰漂移在由资本、历史和神迹所构成的网络，而资本、历史和神迹里面全都藏着一个死结，凤凰其实就漂移在这些死结的“穴位”中，它虽以徐冰《凤凰》的面目现身，但却是受雇于所有飞翔的鸟儿的形象，所有凤凰的词条，所有当代的逻辑，所有“人之境”的幻象，它试图集合起这全部，来与天空角力。而这个“天空”也是物化的，“像是植入晶片”的深蓝的晶体，像是同样由技术构造出来的，因而这场角力，完全是技术的比拼。

在萧开愚的《向杜甫致敬》中，诗人试图将自我的经验和境遇政治化，诗人将具体时间和地点上的人和物集合起来，放置在现实的法则里给以换算，那些现实里的漏洞，扭曲的情感，变形的命运，黯淡的前景，就需要另外一个现实的法则给以回答，给以安顿，在诗中，以批判的怒火和冷静的计算发表出来的诉求和伸张，则也需要具体的政治经济关系的解决，因此，诗人总是试图超越现存秩序，而朝向历史，能够重新结构现实的历史被委以重任，成为行动的最高当事人。欧阳江河的《凤凰》，则是将经验和境遇“理论化”的一个结果，诗人试图以“意象”去思考，以“结构”去整合，以“悖论”去论证，“意象”“结构”“悖论”也成了欧阳江河“崇高”风格的内部架构，这也使得他的诗歌像现代德语诗歌一

① 转引自保罗·维利里奥《无边的艺术》，张新木、李露露译，南京大学出版社2014年版，第28页。

② 罗兰·巴尔特：《埃菲尔铁塔》，李幼蒸译，中国人民大学出版社2012年版，第33页。

样，偏爱重复，偏爱一种可怕的对称，偏爱词语的断开，偏爱突然的重音和语言的“硬接”。这种“理论化”修辞的内在动力在于，对真的苛求大于对美和伦理的希冀。保罗·策兰在比较法语诗歌和德语诗歌的差异时，曾完整地描述了这种诗歌的重要特征：“我相信，德国抒情诗走的是不同于法国抒情诗的路线”，“德国诗歌弥漫着德国历史上最阴沉的事物和狐疑气息……失去了对于‘美’的信赖而苛求真”；“这门语言尽管在表达上有着不可让与的复杂性，它孜孜以求的却还是用语精准。它不美化，不‘诗化’，它命名，推定，费尽力气要测度给予的和可能的王国。”①

三

张枣的诗歌并不是最晦涩的，但可能是最容易遭到误解的，他容易被看成是一个唯美主义者，一个躲在自我的装置里逃避现实的享乐主义者，一个沉迷于语言游戏的诗人，这些看法都不能算是错的，在某个方面来看，甚至还是绝对正确的，那就是在完全忽略掉其诗歌中的“历史对位法”的时候。萧开愚和欧阳江河的“历史对位法”代表了当代诗的两个最重要的方向，而张枣则与他们完全不同，如果以荷尔德林作为例子的话，张枣则更接近荷尔德林。在这里，我们可以先做一个简单的比较，萧开愚以“人群”的核心意象所构建的当代历史图景，依靠的是对被深深嵌入当代历史逻辑的个人的修辞化和对这种历史逻辑中的政治经济关系的分析，这种现实的法则，使他能够将当代的形形色色的个人，回收到日常生活的各个层面，并使得他们在现实的漏洞中过度曝光，从而在平面的当代史中凿开一个深渊，它提醒我们必须跳过这缓慢的、忍受的、不真实的一幕，必须有另一幕让我们重新开始，因而“历史”在萧开愚那里更像是剧本，他事先假定了一个更合理的剧本存在，并寻求这个糟糕的、短路的剧本和合理剧本之间的平衡。

我痛恨下雪天小孩们躲藏得无影无踪！
我谴责电子游戏机和电视系列动画片！

---

① 转引自菲尔斯坦娜《保罗·策兰传》，李尼译，江苏人民出版社2009年版，第130—131页。

长途汽车来了，云絮提起顶篷，
汽车轻快地刹车，吱嘎一声，
我挤进黑压压的农民中间，
这些无知，这些赞叹！
这些亲切，这些口臭！

——《傍晚，他们说》

正是这种平衡感，使得诗人扮演了一个“行动者”的角色，他与现实也处于一种紧张的对冲关系之中，一种带有身体的冲撞、挤压感、血压上升的对冲，而不是那种隔窗遥看，或是聘请一个最高的“第三者”来审视裁决，充当决断。这种紧张的对冲，使得萧开愚的诗歌表现出一种“热的”，甚至“白热”的气质，他的声调是高的，高过个人的声音，似乎只有这种高于个人的声音才能对历史讲话，他的诗中大量地使用动词，包括将形容词、名词、感叹词做动词化的使用，这些密集的动词，比如在《破烂的田野》中，使得现实变得紧急、迫切。“行动者”角色的意义也就再清楚不过了，在于以“失败的现实”重新赎回历史的救赎功能。欧阳江河在总体上是与萧开愚相反的，他的声调是“冷的”，是“深思熟虑”的，他在诗中扮演的是一个“思想者”的角色，他擅长在诗中以“符号化”的意象去重组和结构现实，而这种“符号化”的意象被他看作是最能够表现时代本真逻辑的核心意象，熟悉欧阳江河的读者，不难在他的“汉英之间”“玻璃工场”“广场”“市场”“机器的时代”“凤凰”等意象设置中，去识别这个时代的基本特征，他忠实于这个时代，并且试图在对时代的总体性表达上去超越这个时代。因此我们可以说，欧阳江河是以“时代”的意象群来构建当代历史的图景，这个“历史”也理所当然的具有高度的隐喻和象征的特征，需要读者通过回溯性的阅读再一次重新结构，但也不会超出这个时代自身具有的含义。

从任何变得比它们自身更小的窗户
都能看到这个国家，车站后面还是车站。
你的眼睛后面隐藏着一双快速移动的
摄影机眼睛，喉咙里有一个带旋钮的
通向高压电流的喉咙：录下来的声音，

像剪刀下的卡通动作临时拼凑一起，
构成了我们时代的视觉特征。
——《关于市场经济的虚构笔记》

张枣与萧开愚、欧阳江河最大的不同在于，他不和这个历史的“当下”直接周旋，他不寻求在这个“当下”的俗世性与引导诗人的“唯一者”之间的均衡，因此，他不扮演苦闷的厌世者，或是绝望的反抗者的角色，在张枣看来，对当下已经明确的历史逻辑的复述，才是语言的游戏，对自我情绪情感的反复咏叹，才是逃避现实的享乐主义者，对现成诗歌语言的依赖和模仿，才是唯美主义者，而他自己则完全不是。在这一点上，张枣与荷尔德林有着一致的相似性，正如我们前面所讨论的，荷尔德林在面对时代的困厄时，他试图将自己放置于时代之外，借用古希腊“充满生机的关联和灵巧”的白昼法则，来勘探“诸神远离”的空白，他将自己归属于“非俗世的内在性”，借用“基督的当下”来探寻“将来之神”，而这个前提是，必须要舍弃这个历史当下的俗世性与白昼法则、“基督的当下”之间的均衡性，正如伽达默尔的论证：“诗人表明如此赞同的那种充满痛苦的张力，在这一洞见中找到了他的解答。这个解答的惊人之处恰恰就是对所期盼的均衡舍弃，恰恰是认清了非均衡性才能接受咏唱祖国的伟大的新任务。”①

“历史对位法”是长诗的基本架构之一，没有完整的“历史对位法”的长诗，基本上要面临着失败的准备，因此，张枣的“历史对位法”在其长诗《大地之歌》中，也得到了最为明确的表达，关于这首长诗，我在《“鹤”的诗学——读张枣的〈大地之歌〉》一文中，给以了较为细致的解读，现仅就其“历史对位法”做一些补充性的说明。在这首长诗中，“鹤”与欧阳江河的“凤凰”一样具有至高的统领地位，它负责引导其他的事物和打开事物不可见的关联，从而将一首诗所创造的独特时空，像堤坝一样嵌入当下的时间之流。但“鹤”与“凤凰”完全不同，它不是我们这个时代要努力搭建之物，它如同里尔克的“天使”一样，是已经遗弃的，被抹平的，它不是我们时代的基座：资本、技术、权力和欲望所搭建的“新”事物，而是远在这个时代之外

① 伽达默尔：《荷尔德林与古希腊》，参见《美学与诗学：诠释学的实施》，第13页。

的，“充满生机的关联和灵巧”的白昼法则所肯定的，所守护之物。因此我们可以看到，“鹤”—“浩渺”—“奇境”—“来世”所构成的中轴线，指向了一种“神话”的历史，像荷尔德林一样，试图使用这种“神话”的历史去测量当代，试图使神话理性化，去挖掘未来。毫无疑问，“神话”的历史是对自然中的神圣理性的回归，但不同于原初神话对自然的象征化视角，这种“神话”的历史，或者叫作“历史神学”，容易被看作是虚幻的，是浪漫的诗意政治，正如弗兰克所敏锐地指出的那样，“它的言说没有了超验的基础，附着在它身上的是一些暂时的虚幻之物，是一些假想，是一些预先的准备”①，因而容易被无情地抛弃。但事实上，它恰恰是“历史救世”观念和“历史终结论”之外的第三条道路，是对“历史救世”中的激进的人本主义和“历史终结论”中的动物性的人道主义反驳的结果。弗兰克在另一处的判断依然有效，“当西方历史行进到主体获得了全权时，在主体之中就会达到一个转折点，即对自然的重新回归。但是事已至此，自然之中已经没有什么可期待的了，主体自身必须具有生产性”②。这种生产性，寄希望于“世界的未来命运和历史的继续行进”（谢林），寄希望于对昔日“黄金世纪”的召唤，这在张枣那里表现为对古典性的继承，寄希望于对当下历史逻辑的诊治，正如《大地之歌》的结尾向我们宣示的：

> 这一秒，
> 至少这一秒，我每天都有一次坚守了正确
> 并且警示：
> 仍有一种至高无上……

这三种“历史对位法”及其背后的观念，基本上可以概括 20 世纪 80 年代以来当代诗的“审美”“政治”“伦理”等问题，对这些问题的审视，将会把我们暴露在这样一个真实的处境之中，那就是，我们正处于“后社会主义”的症候之中，既对“革命”“启蒙”等话语进行解构，又对历

---

① 弗兰克：《浪漫派的将来之神》（第七讲“浪漫派关于新神话的理念”），李双志译，华东师范大学出版社 2011 年版，第 251 页。

② 同上书，第 245 页。

史抱有幻想，既对唯一者抱有敌意，又试图寻找“救赎”的可能。一个恰当的例子是，齐泽克的《崇高的意识形态客体》一书，正是这种“后社会主义”症候的产物，齐泽克对“真实界”的热情，在伊格尔顿看来，既是对他者的反抗，“同时也是在讽刺性地邀请大众拥抱自己的锁链，而这锁链正是充满官僚政治的共产主义”①。这一症候，是朦胧诗以来的当代诗的必经之地，但也是一个新逻辑的起点。

（原载《江汉学术》2015 年第 1 期）

① 伊格尔顿：《异端人物》，刘超、陈叶译，江苏人民出版社 2014 年版，第 225 页。

秋夜的忧郁

张 枣

一 发声与抒情主体

鲁迅的《野草》从头到尾设计了一个主体，一个“我”，我们不妨把这个主体称作“抒情主体”（lyrical subject）或者“抒情我”（lyrical I），因为它出现的语义环境是诗歌，具体说是散文诗。大家知道，散文诗（poeme enprosa）是抒情诗的一种，而抒情诗最显眼的外貌是规模不大，诗意凝练，它的抒情方式，或者说，说话的声音（speaking voice），或直白或隐晦，或热烈或冷漠。举两个明白的例子：徐志摩的声音是直白和热烈的，而卞之琳的声音却是隐晦和冷漠的。冷漠当然也是一种抒情，尤其是现代诗歌中，冷漠的抒情是一种明显的刻意展露的风格姿态。其实“冷漠”两字还不太恰切，因为可能暗示抒情主体的内心冷漠。其实这种冷漠有点“酷”（cool）的味道，或者说是一种装酷的说话姿态，所以说它是一种刻意的风格特征。

诗人采用什么声音说话，并非命定，也不一定系于性情，而是一种选择，一种营造。《野草》中，鲁迅的主调式是忧郁的，如果谁说诗意的忧郁不好定义，确实，不过只要细细品味《野草》，你至少会获得感性的体悟，你至少还可以将这忧郁细化：有沉潜一点的，比如“雪”，“希望”，有歇斯底里似的，如“颓败线的颤动”，有温情脉脉的，比如“腊叶”，有悠远的，比如“好的故事”……可以说是篇篇都忧郁，但篇篇都忧郁得有点不一样。这说明鲁迅十分注意自己说话的声调，注意自己的嗓音。而从大的角度讲，忧郁这一主调式，是一种唯美的现代主义抒情方式，一旦鲁迅脱离这个写作阶段，比如到了他的主要写作杂文的阶段，他采用的主调式就不一样了，他的声音锐利刻薄，有明确的针对性，也就再营造不出那种虚幻的独白似的忧郁意绪和文本氛围了。

如果说声音是一种营造，是摆出（assume）了一种发声的姿态，那就等于是创造或虚构了一个发声者。其实，说“虚构”是较恰切的，因为诗人采用的声调并不等同于他日常的写作之外的声调，这点其实很好印证：如果我们跟某个作者熟识，常常会错愕于他日常中与他的文本中的声音之差异甚至分裂。虚构声音者，也就很自然地虚构了一个自我，因而，文本中的那个抒情我，与日常我或“经验我”（empirical I）是不同的，绝非一回事。“抒情我”是被“经验我”书写的我，大家知道，被书写就是被虚构，所以说“抒情我”是一个虚构，是“经验我”的“他者”，是书写作为创造活动的目标和意义，“经验我”一经书写，就是被创造，被虚构，他获得的真实是一种文本的虚构的真实，哪怕是在自传写作中，甚至在日记里“经验我”也是一种创造，一种虚构，一个被书写的主体，是一个打引号的“我”。

依我之见，鲁迅在《野草》中塑造的这个“我”，这个抒情主体，是中国现代文学发轫以来最值得研究的符号之一，其范式性意义怎么强调也不过分，而可惜的是，其重要性却很少被领悟和探究。如果大家同意所谓中国现代文学的“现代”两字一直缺乏有意义的阐读，那么这“现代”两字，首先应该有个“现代性”的内涵，而我认为“现代性”在文学场地里，指向的就是也必须是“文学的现代性”。在世界文学的整体范围里，有一个公认的坐标，那就是波特莱尔的出现，因为他代表了一个现代心智（the modern mind）的问世，这个心智显然是十分自觉地将忧郁的主体作出一种“恶之花”似的矛盾修饰法似的呈现，使得象征主义以来的任何现代抒情方式有了一眼可辨认的主要特征。

这个忧郁的现代主体含带着许多消极特征，以至于文学现代性最早最明锐的观察者如 Hugo Friedrich 和 Michiel Hamburg，都干脆把它称为“消极主体”（negative subject），为它生成于现代生存的一系列的主要消极元素中：空白、人格分裂、孤独、丢失的自我、噩梦、失言、虚无……我的观察是，凡是消极的元素和意绪，都会促成和催化主体对其主体性的自我意识，而这意识，又会引发遍在的生存的忧郁感，正是这种忧郁缔造了现代书写的美学原则。

主体的消极特征虽然也是五四以来的主要生存感受，但作为表达，作为书写原则，却未能被文学的创始者普遍认知——除了鲁迅，尤其是创作了《野草》的鲁迅。对于《野草》，评论界几乎没有正确的敏感，在当时竟被评论者认为是“没有现代意味，不能代表现代”，是“过时的”，甚至“遥远的”：

> 鲁迅的创作，我们老实的说，没有现代的意味，不是能代表现代的，他的大部分创作的时代是早已过去了，而且遥远了。
>
> ——钱杏邨《太阳月刊》1928年3月1日三月号

并且指责《野草》“冷气逼人”，是一种苏格拉底式的误导青年和道德堕落：

> 鲁迅所看到的人生只是如此，所以展开《野草》一书便觉冷气逼人，阴森森如入古道，不是苦闷的人生，就是灰暗的命运；不是残忍的杀戮，就是社会的敌意；不是希望的死亡，就是人生的毁灭；不是精神的杀戮，就是梦的崇拜；不是咒诅人类应该同归于尽，就是说明人类的恶鬼与野兽化……一切一切，都是引着青年走向死灭的道上，为跟着他走的青年掘了无数无数的坟墓。
>
> ——钱杏邨，同上

这类指责，显然是当时文人间的话语权力斗争，意识形态蒙住了专业的考量和探究。不过，在中国诗意现代性的辩论中，时至今日，消极元素作为美学原则，也从未被研究者和评论家普遍领会，普遍都太消极地看待了消极元素，而未能辨认出主体在塑造这些元素时所直面的担当和真实。

二　鲁迅和胡适

对主体消极性的误察，使得文学史止步于描叙性（descriptive）的现象罗列，对趣味上的价值判断望而生畏，当然也就未能辨认出一个明显的事实：中国现代诗之父其实是鲁迅，而不是胡适。

鲁迅和胡适，两者的文学才能和诗歌天赋是有天壤之别的；况且，鲁迅是职业写者，胡适志不在文，玩票而已。更值得注意的是，两者的写作意识有迥然不同之处，其中最要紧的一点在于他们对待主体的态度。关注西方现代诗歌的鲁迅（他甚至也研读过马拉美的作品），深谙抒情主体的虚构性，熟知消极元素是一种“苦闷的象征”，是自律的唯美的诗意制作过程，也是一种维修和康复被损耗的主体的“唯一有意义的形而上活动”（如尼采所言），因而，他《野草》的写作立意，是追求文学书写本身的优异，追求艺术成就的骄傲感，因为他像一个纯粹的现代主义者一样坚信，书写和发声越优异，越技压群芳，经验主体，那个作者本我，就越能在生存中康复和生长。而胡适却昧于经验主体和抒情主体的本质差异，悖理地强调两者的诗意叠合，迷信吻合日常经验的所谓的“诗意经验”（poetical empiricism）的“平实意境”，其结果是，他不能像鲁迅那样缔造和发明一个现代主体，也没有分裂儒雅的自我形象的勇气，而只能套用和填充一个不合时宜的“我”，一个荒腔走板的说话者。

胡适的《尝试集》看上去完全像一个习作练习本，有趣的是，他确实把这个本子上交过多位“老师”过目，其中就包括鲁迅。鲁迅建议他废弃集中的六首诗（《江上》《我的儿子》《周岁》《蔚蓝的天上》《例外》《礼!》）。看来，就是因为它们太死贴经验，全无想象力的劲道，更无一个虚构的发声者冷峻的调式或抒情的恰切的微妙。而且，鲁迅也看不上《礼!》这样突兀而虚张声势的社会批评文本，说“不如留《失望》”一诗。“失望”是一个忧郁的词儿，一个鲁迅早年最喜欢的词，一个可能使主体脱套而开拓现代诗意的隐喻，因而，哪怕《尝试集》有哪一首稍稍靠近那种意绪，鲁迅即会动情地表示赞赏：“我觉得近作中的《十一月二十四夜》实在好。”这首诗是这样的——

十一月二十四夜

老槐树的影子，
在月光的地上微晃；
枣树上还有几个干叶，
时时做出一种没气力的声响。
西山的秋色几回招我，
不幸我被我的病拖住了。
现在他们说我快要好了。
那幽艳的秋天早已过去了。

主体的病姿态和生活的错失感，深秋夜的时间布景，一个被暗示的室内和邻带的园院，一个外面更大的悠远的秋景的凋零，甚至植物意象（“枣树上还有几个干叶”），读上去还真有点像鲁迅《秋夜》的前文本或草案，像一次摹写忧郁的试笔。“不幸我被我的病拖住了”……这类忧郁写得有点古雅，有点散淡，声调也与鲁迅自己正在写作的《自言自语》颇为类似。不过，七年后，当鲁迅制作自己不朽的《秋夜》时，他的诗意现代感已更加成熟，把控得相当自如，他径直将主体的忧郁改写得十分极端，将其塑造成一个精神分裂症患者，并将其病的姿态进行了暗喻化提升，使得这个新的主体蓦地跨入了现代书写的门槛：

> “哇”的一声，夜游的恶鸟飞过了。
>
> 我忽而听到夜半的笑声，吃吃地，似乎不愿意惊动睡着的人，然而四围的空气都应和着笑。夜半，没有别的人，我即刻听出这声音就在我嘴里，我也即刻被这笑声所驱逐，回进自己的房。灯火的带子也即刻被我旋高了。
>
> ——《野草·秋夜》

这个在夜半吃吃笑而不自知的失神者，这个中国现代文学最早被缔造出来的忧郁者，到底是谁？他在哪儿？他在干什么？是什么在压迫他，是什么让他受不了？他能活下去吗？

（原载《张枣散文选》，人民文学出版社 2012 年版）

女性诗歌：自由的期待与可能的飞翔

周　瓒

一

在中国大陆文学界，“女性诗歌”这个概念出现于20世纪80年代中期，而且可以说是与翟永明的诗歌写作相伴生与叠合的。彼时，我们有著名的女诗人舒婷，但没有女性诗歌。更早些，综观中国现当代诗歌史（或20世纪的中国新诗史），与男性诗人相比，从事诗歌写作的女性数量少得惊人，这不仅是由于诗歌史一直由男性书写，因而不可避免造成了对女性书写的压抑与埋没，而且，它也和女性参加到诗歌写作中来的社会物质基础与历史文化的必要前提相关。

早在20世纪20年代，弗吉尼亚·伍尔芙在她关于英国妇女与小说的著名演讲中，曾对英国妇女从事诗歌写作何以人数寥寥的原因作过理论性的阐释。不幸的是，她的阐释（或不如说是一种推测）再一次在中国现当代文学中得到了大致吻合的印证。伍尔芙关于妇女拥有“一间自己的屋子”（自我的空间）与写诗“全靠物质环境”的改善而获得“智力的自由”的论述，实实在在地联系着当代中国妇女宿命般的历史境遇。一方面，进入社会主义时代后，中国妇女被赐予了基本的社会解放和体制内的保护，为女性参与社会文化建制的方方面面，提供了可能的机遇；而另一方面（或许也是最值得反思的方面），这种被赐予的解放和体制内的保护实际上又无法真正达成通向个人的“智力的自由”空间的桥梁。这里的深层原因牵涉社会体制和文化上的复杂的内在错动，牵涉文化的换汤不换药的权力机制问题。

写作是一种个人的精神行为，中国妇女解放的集体意志与那被推翻的压迫妇女的集体意志所构成的，却仍然是同一种集体的强力意志，这对于女性的创造活动而言尤为明显。有关中国妇女解放后获得新的性别身份，就如两句诗所言："中华儿女多奇志，不爱红妆爱武装"。这其实是由一个男性强力诗人对于女性性别的权威改写，它仿佛一只崭新的笼子，将女性"智力的自由"以及思想与想象力解放的翅翼锁住。50—70年代的中国诗歌完全是男性的天下。目前所知，从历史封尘中被挖掘的诗人林子，虽早在1958年就写出了她的爱情组诗《给他》，但直至1980年才得以发表；另一位在70年代身患精神分裂症的境况中开始艰难写作的诗人灰娃，她的诗直至90年代才受到关注。30年间，中国女性主体身份的实质性匮乏，女性无缘参与诗歌的"现实"，已然成为迄今令人不堪回首的惨痛记忆。

因此，当我们读到诗人翟永明写于1985年的短文《黑夜的意识》的第一句话时，我不能不被它寓含的深刻的觉醒与自信打动：

现在才是我真正强大起来的时刻。

当代中国女性诗歌真正强大起来的时刻，正是从翟永明这句话所传达的对诗歌的信念开始的，这是女性自我主体性的失而复得，个体自由意志以及性别意识的真正自觉的苏醒。甚至，它的表达也比男性诗人那种"我不相信"一类的反抗性的代表句式更为沉着、清醒、有力。

在描述80年代中国文学中的女性写作与女性文化空间时，戴锦华曾经指出，女性主义直至80年代后期才开始成为为数不多的女性学者从事女作家研究的资源与依据。那以前（即70年代后期至80年代后期），面对精英知识分子参与构造"人道主义与启蒙话语"的主流文化的时期，由于女性主义理论本身所包含的质疑与颠覆启蒙"神话"的特征，因而它的传播必然与精英知识分子需要构造的主流文化有着结构性的冲突。经过考察，戴锦华认为：

或许八十年代中国女性书写最显著的特征，是女性以其文学艺术的书写所实现的、对社会政治生活的介入；类似行为并不带有任何自觉的对性别身份的僭越之感，而且丝毫没有关于"题材"（诸如童心与母爱）与书写风格的自我限定。相反，几乎所有登场于八十年代的女作家、艺术家，都分享着男性知识分子、艺术家们颇为悲壮、饱含豪情的思考与行为基调。她们几乎没有迟疑地分享着男性精英知识分子与现代社会公民的自我想象与自我定位，充满了巨大的社会使命感与责任感。①

或许应该作为一种限定的是，这里的描述范畴基本上是指80年代最具代表性的文化（或文学）书写的形态之一的叙事文类（小说），而存在于诗歌书写中的典型例子之一，则是著名的朦胧诗人舒婷，正如戴锦华在另一处准确地指出的，“舒婷比其他的男性作家、诗人更为迷人和深刻地代表了八十年代的文化和梦想；八十年代精英知识分子的话语，在舒婷的诗中有最完美、成熟的呈现”②。

然而，80年代中期“女性诗歌”书写的热潮却似乎从另一方面显示出80年代女性书写特征的复杂性。翟永明的组诗《女人》（1984）、长诗《静安庄》（1985）、组诗《人生在世》（1986）、长诗《死亡的图案》（1987）、长诗《称之为一切》（1988）、长诗《颜色中的颜色》（1989），清晰地记录了诗人在80年代中后期，对女性性别身份的真实体认，对女性经验的深切开掘以及对于女性诗歌书写风格的自觉探索。一方面，组诗《女人》对于性别身份（当时被称为“女性意识”）和性别经验的体认与呈现可谓自觉；另一方面，这一自觉同时复杂地联系着诗人对于诗歌这一艺术样式之于身为女性的她自己强大的召唤力量。翟永明对诗歌文体的实验意识是惊人的，她以巨大的激情尝试着属于她自己这一性的文本意识和诗歌的结构特征：这是融抒情和叙事、梦想与观察为一体的诗歌体式的实验。她在诗歌中全身心地投射了她对于小说和戏剧的热烈感情，并习得二者的结构技巧，创作出以上几部完美的组诗和长诗。③ 可以说，同时期没有一位男性诗人拥有过翟永明写作中的文体自觉。

在《黑夜的意识》中，翟永明阐述了她对于女性意识的体验和理解。她提出的“黑夜意识”实际上是一个生活于漫长的男权文化中的女性的

① 戴锦华：《新时期文化资源与女性书写》，参见叶舒宪主编《性别诗学》，社会科学文献出版社1999年版，第38页。

② 参见戴锦华《犹在镜中：戴锦华访谈录》，知识出版社1999年版，第150页。

③ 有关论述可参见翟永明曾经接受的两次书面访谈，一是臧棣、王艾对诗人所作的访谈《未完成之后又怎样?》（1996），载诗歌民间刊物《标准》1996年创刊号；二是我与对她所作的访谈《词语与激情共舞》（1998），载诗歌民间刊物《偏移》1998年第7期。

创造意识觉醒：

> 女性的真正力量就在于既对抗自身的命运的暴戾，又服从内心召唤的真实，并在充满矛盾的二者之间建立起黑夜的意识。[①]

服从于内心真实召唤的诗人，以巨大的激情描绘了她所经验的“女性意识”：“女性身体内部总是隐藏着一种与生俱来的毁灭性预感。正是这种预感使我们被各种可能性充满的现实最终纳入某种不可挽回的命定性。正因为如此，女诗人在开拓她的神话世界时，既与诞生的时刻相连，又与死亡的国度沟通，在这越来越模糊的分界线上，保持内心黑夜的真实是你对自己的清醒认识，而透过被本性所包容的痛苦启示去发掘黑夜的意识，才是对自身怯懦的真正的摧毁。”[②]“黑夜”这一词语或幻象所显示的内心容量应该说是诗人翟永明素质中特有的，同时，又是她对整个女性精神命运的理解的结果。这包含着双重性含义的“黑夜意识”，使得翟永明的诗歌世界既是她个人的，同时又是全体的女性的，是“人类的一半”的丰富生命和精神的象征。在这一意义上，翟永明的诗歌世界成为女性诗歌在当代的榜样式的范本，具有其经典性。

我清楚地记得我第一次读到翟永明的组诗《女人》时的激动，那是一种奇妙而复杂的阅读经验：“穿黑裙的女人夤夜而来/她秘密的一瞥使我精疲力竭/我突然想起这个季节鱼都会死去/　　而每条路正在穿越飞鸟的痕迹　　貌似尸体的山峦被黑暗拖曳/附近灌木的心跳隐约可闻/那些巨大的鸟从空中向我俯视/带着人类的眼神/在一种秘而不宣的野蛮空气中/冬天起伏着残酷的雄性意识　　我一向有着不同寻常的平静/犹如盲者，因此我在白天看见黑夜/婴儿般直率，我的指纹/已没有更多的悲哀可提供/脚步！正在变老的声音/梦显得若有所知，从自己的眼睛里/我看到了忘记开花的时辰/给黄昏施加压力　　鲜苔含在口中，他们所恳求的意义/把微笑会心地折入怀中　夜晚似有似无地痉挛，象一声咳嗽/憋在喉咙，我已离开这个死洞”（《预感》）。这是组诗中的第一首，从某种意义上讲，

---

① 翟永明：《黑夜的意识》（1985），参见吴思敬选编《磁场与魔方：新潮诗论卷》，北京师范大学出版社 1993 年版，第 141 页。

② 同上。

可以把这首诗的隐喻品质看成是对《黑夜的意识》的诗性呈现，是对女性书写命运或女性创造力迸发的一种“预感”，它熔铸了女性多样的性别经验：始于被神秘的黑衣女人（缪斯？命运之神？她内在的自己？）青睐的一刻。整首诗的氛围带有80年代中期寻根文学中的神话气息，但是，翟永明并未像男性寻根诗人们（如杨炼、江河）那样，将这种神话气息与民族史以及汉文化传统之类的宏伟叙事相连，相反，翟永明把它与一个女人的独特的性别体验联系起来。由季节、道路、飞鸟、鱼、山峦、灌木所组成的超现实画面，指向的是“残酷的雄性意识”，而“我”终将离开“这个死洞”。这即是《女人》所焕发的性别的觉醒，这些不无晦涩而又富有穿透力的诗句在80年代中期那种强大的男性中心的文化空间中，发出钝重而又沉实的反抗之音。

二

翟永明的组诗《女人》完成于1984年，发表于1985年，批评家唐晓渡1986年撰文首次提出“女性诗歌”这一概念，用以描述组诗《女人》所体现的诗歌中的“女性意识”。在这篇篇幅不长的评论中，唐晓渡在不平等的性别文化——“一个远非公正而又更多地由男性主宰的世界”的背景下，以“寻找自我”为界，区分了女性诗人的诗歌写作的两种特征，而“真正的女性诗歌”，在唐晓渡看来——

> 女性诗人所先天居于的这种劣势构成了其命运的一部分。而真正的“女性诗歌”正是在反抗和应对这种命运的过程中形成的。追求个性解放以打破传统的女性道德规范，摒弃社会所长期分派的某种既定的角色，只是其初步的意识形态；回到女性自身，基于独特的生命体验所获具的人性深度而建立起全面的自主自立意识，才是其充分实现。真正的“女性诗歌”不仅意味着对被男性成见所长期遮蔽的别一世界的揭示，而且意味着已成的世界秩序被重新阐释和重新创造的可能。[1]

---

① 唐晓渡：《女性诗歌：从黑夜到白昼》，参见《不断重复的起点》，文化艺术出版社1989年版。

唐晓渡给予《女人》这组诗很高的评价，也许称得上来自男性批评家对于“女性诗歌”独具慧眼的认识。但与此同时，这种高度的评价也产生了某种遮蔽性。在这段话中，批评家仍然巧妙地将真正的女性诗歌与女性解放（个性解放）的社会政治和人道主义（人性深度）话语这一80年代精英知识分子的主流话语嫁接起来。但“女性意识”在具体的文学意义上，尤其在诗歌中，却应该包含一种甄别的意识。换句话说，阐释《女人》这组诗中的“女性意识”一方面需要构筑其思想和经验的传统，另一方面这一点又必须和女性诗人独具创造性（有时人们也称为“原创性”）的幻象、原型、想象力方式、节奏、语调等结合在一起，从而也应该是对一种可能存在于写作中的女性创造力特征的把握。显然，唐晓渡对“黑夜”的解释，是基于《黑夜的意识》一文而作的延伸，认为它强调的是女性对人类本体的亲近，是在一个远为深邃复杂的内部精神现实中，依靠自身建立起的一种女性主体性。固然，这种整体上的把握有益于理解《女人》组诗的主题意图，不过，当它强调所谓“真正的女性诗歌”的整体性时，无形中也把它本质化为一个他性的自足实体，或者说，它不过是男性对女性再一次的他者化。这样也就使得人们不再注意“女性意识”对于男权文化的现实的批判意义，更限制了人们注意“女性诗歌”丰富多样的创造形态。

由于《女人》组诗的独特魅力，一度模仿翟永明式的“女性诗歌”几乎成为诗坛的某种“灾难”。比较同时期的先锋诗歌文本，《女人》同样具有一定的超前性，它完整丰富，带有神启般的魅力，尤其在揭示与女性经验相关的启悟时，其中混合了痛苦和喜悦的预感的知性方式相当有力而有效地构成了这组诗魅力的一部分。因此，可以说《女人》组诗中已然呈现而批评中未加细致地展开的那部分，应该是恰当地对于女性诗歌的女性主义立场的读解。1988年出版的《中国当代女青年诗人诗选》一书收录的活跃在80年代的中国诗坛上的诗人就有64位。显然，这本诗选并未突出女性诗人创作中的性别自觉的特征，不可否认的是，大多数女性诗人的写作尚且处于传统的性别秩序之内。不过，像翟永明、伊蕾、唐亚平、林雪以及未收录进本诗选的陆忆敏等人比较鲜明的性别书写，同样没有获得阐释的合法性。正如戴锦华敏锐地体察到的：“女性性别的边缘身份与彼时（指80年代）知识分子群体的边缘身份‘天然’契合，使得其潜在的女性话语不断为男性精英知识分子的话语所借重并遮没。而且在80年代一系列的中心突破中，女性写作与话语进而被有效地阐释、吸纳为主流叙事及话语的一部分。”80年代“女性诗歌”中的部分代表性人物翟永明、伊蕾、唐亚平、陆忆敏、海男的身影，完全淹没在同样于1988年出版，由男性主持的、记录80年代轰轰烈烈的诗歌运动实绩的诗选《中国现代主义诗群大观：1986—1988》之中。[①] 或许，我应该进一步强调说，“女性诗歌”在80年代的辉煌时段，正是1986—1988年间。此间，除了上文提及的翟永明的部分作品之外，被认为有代表性的“女性诗歌”还有唐亚平写于1985年的组诗《黑色沙漠》，伊蕾写于1986年的《独身女人的卧室》（组诗）、《被围困者》（组诗）、《叛逆的手》（长诗）和《女性年龄》（组诗）以及同一时期张真、陆忆敏、林雪等人的部分诗作。

回顾80年代初中期，整个中国女性文学的研究甚至可以说处在更为滞后的状态中，常见的谈论话题还往往纠缠在“女性文学”概念的界定和所谓“女性自我”问题的评价上，真正有着性别立场的更有效的女性主义理论参照尚未引入女性文学研究中来。[②] 另一方面，80年代中后期以来，文学批评话语对“女性诗歌”的改写和误导也十分明显。“女性诗歌”被构想为基于女性性别的本体性回归，从而书写女性特殊经验与诉求的一种表达，她有基本的题材或主题的框限（传达所谓“女性意识”），并有其一致的表达风格（即从模仿西尔维娅·普拉斯的诗歌写作风格中抽取的“自白”特点）。这是混合着温和而复杂的男性立场的一种批评话语。从“女性诗歌”这一概念所获得的含义看，或许我们可以将这几位诗人的写作，看作90年代小说文类中，以陈染、林白、徐小斌等为代表的“个人写作”的先声。[③]同样，正是对“女性诗歌”特殊内涵的构造与指认，自80年代中期以来，当代女性诗人写作中的性别自觉以及伍尔芙意义上的“智力的自由”依然被放逐在阐释空间之外，“女性诗歌”仍然

---

① 徐敬亚、孟浪、曹长青、吕贵品编：《中国现代主义诗群大观：1986—1988》。大致统计表明：本书收录诗人210多位，其中女诗人约为二十分之一（因未注明性别，无法确切判断人数）。

② 女性主义理论批评的全面展开，是在80年代后期。据有关研究，1988年、1989年两年是女性主义文学批评大获丰收的两年。两年间，有几十种女性研究的专著和译著问世。1989年，被人称为“女性批评年”（参见屈雅君主编《新时期文学批评模式研究》，陕西人民教育出版社1997年版）。

③ 有关论述可参见戴锦华《重写女性——八九十年代文化的性别写作与文化空间》《奇遇与突围——九十年代的女性文化与女性写作》等论文，收入戴锦华所著《拼图游戏》，泰山出版社1999年版。

只是块狭小的场域，不仅不能供女性诗人驰骋其无羁的想象力，而且更不能激发女性诗人的写作实践面向历史和现实文化的自我拓展。诚如艾德里安娜·里奇所言，“写作即重新命名”①。作为一个诗歌的书写者与批评者，我所想做的事情之一，就是通过对“女性诗歌”这一批评概念进行质疑与再阐释，以纠正或扩展人们对它的理解。

自80年代中期以来，有关“女性诗歌”的评论一直夹带着某种男性目光的审视力量，其中包含着对女性从事诗歌写作能力的蔑视、诗歌的评价标准的男性中心主义倾向以及通过批评实践对“女性意识”巧取豪夺式的改写。首先，我注意到，在批评的归纳话语中，存在着对女性诗歌写作特点的一种简单化归纳，通常这之中所透露的自以为是是一种极其男性化的方式。在80年代中后期脱颖而出的翟永明、伊蕾、唐亚平、陆忆敏等诗人的写作意识和风格中，确实具有某些共同性，但是，女性诗歌对于性别身份的本体性回归、写作中对女性经验的开掘（可能包括对女性性意识的开掘）以及对于女性书写风格的尝试，在男性批评话语中，却变成了几条十分粗陋的特征，并被一些富有贬斥性的词语加以概括，如“自我抚摸”“性而上”“自我性感的工具”“死亡冲动”，等等。实际上，这些归纳背后隐含着取舍和选择的视点偏移，至少这些批评一直紧盯着实际上不无芜杂的女性诗歌（特别是那些带有模仿性的女性诗歌）的某些弱点，它们在批评的过程中完全放弃了，或有意识地回避了优秀的女性诗歌所具有的艺术成就和反抗力量。这使人意识到即使在文学批评方法中也隐含着强烈的性别偏见。文学批评的标准仍然是男权文化传统中积淀下来的审美标准，尽管它们不乏有效性和真理性。但在运用到女性诗歌的批评中来时，便透露了对其利益和权力的维护：或者将女性诗歌中的优点（激进的性别立场）转换成可欣赏的对象；或不无武断地指认出“自白话语”缺乏与中国女性生存经验的勾连特征。直至1995年5月20日在北京召开的“当代女性诗歌：态势与展望”研讨会上，与会的诗人和批评家在对“女性诗歌”“女性主义诗歌”概念的命名和界定上争论不休②。这

---

①［美］艾德里安娜·里奇：《当我们彻底觉醒的时候：回顾之作》，金利民译，参见张京媛主编《当代女性主义文学批评》，北京大学出版社1992年版，第133页。

② 参见陈旭光《凝望世纪之交的前夜——“当代女性诗歌：态势与展望”研讨会述要》，《诗探索》1995年第3辑。同期《诗探索》刊出“女性诗歌研究”专辑，发表了臧棣、李小雨、崔卫平、郑敏等人的批评文章，对“女性诗歌”的批评态度更甚于细致的讨论和分析。

种争论虽然也有助于澄清有关概念的内涵，但似乎在同时也构成了对女性诗歌写作理解和研究的束缚。在讨论中涉及女性诗歌中“性别角色”、性心理的凸显以及表达上的“自白话语”时，又出现了大量的以批评为主的议论。女性诗歌受西方女性主义理论的影响，在讨论中也更多地被当作没有正确地加以吸收的缺陷来对待。这些批评议论甚至引起与会的荷兰汉学家贺麦晓发出如下的感慨：“长期以来，男性话语占统治地位。因而‘女性诗歌’从长久被压抑和盲视的另一角度、另一情感世界和话语方式进行的写作，无疑丰富了诗歌样态，开阔了诗歌观念，故而应该宽宏大度，尽量让她们写下去，而不要以男性的标准来削足适履、横加指责。”①这确实是听起来让人悲哀的议论。

另外，是女性诗人在写作中经历的复杂尴尬的处境，集中了她们几乎可能经历到的所有压抑、曲折的表达、含蓄的退让，甚至因受阻而中断创作的不幸命运。由于诗歌中充满了不平、愤怒和受扭曲而产生的经验扩张，伊蕾的《独身女人的卧室》（1985）一发表即遭遇到来自道德话语的抨击。直到十年后，用所谓“自我抚摸”概括她的诗作的批评家们，还从这组诗中割裂出“你不来与我同居”之类的“放肆”表达，来说明（全体）“女性诗歌”的过分和极端。唐亚平的“黑色系列”组诗曾经被评价为与翟永明诗歌中的“黑夜意识”有关的女性诗歌的主要特征。不过，在批评阐释中，“黑色”成为（全体）“女性诗歌”的标签，与神秘的特性、不安的欲念以及所谓女性的气质相连，总之，它“仅仅属于人的潜意识，特别是，仅仅属于女性”②。或许，我们的批评家们忘记了，翟永明曾经明确地表述过，她的“黑夜”意象是从美国诗人罗宾逊·杰佛斯那里受到的启示：“至关重要/在我们身上必须有一个黑夜”。现在，我已不难理解，为什么唐亚平在写作了《黑色沙漠》之后，就没有再写出更为出色的诗歌的原因。我们的女性诗人所受到的不仅仅是当代中国的男权话语对于女性书写、女性解放意识的压制和轻慢，更具体地讲，还有对于女性主义（或者有时称“女权主义”）的一以贯之的、直接的轻蔑和无视（我认为用“误解”或“误读”已远远不足了）。

---

① 转引自陈旭光《凝望世纪之交的前夜——“当代女性诗歌：态势与展望”研讨会述要》，载《诗探索》1995年第3辑。

② 参阅谢冕为唐亚平诗集《黑色沙漠》撰写的序文《从盆地走向高原》，春风文艺出版社1997年版。

面对这样的困境，很少有女性诗人能够直率而准确地理解女性主义这一富有魅力的文化理论资源。在《诗刊》杂志发表的“女性诗歌”笔谈中，老诗人郑敏介绍了西方（主要是英美）女权运动作用下的女性诗歌的发展状况。她认为西方的女性诗歌概念主要指的是女权运动的一种诗歌形式，一般在编女性诗选的时候，首先强调作品的社会意识，对诗歌的艺术性不很重视。不过，这种情况也在西方文学批评界得到了反思。而中国的女性文学与西方所处的背景十分不同。中国的女性解放运动自五四以来经受了“双重幻灭”的打击，“她们既经历了普遍偶像幻灭，又经历着特殊的对男性偶像的幻灭”①。郑敏呼吁：

> 女性诗歌是离不开这些社会状态和意识的，今后能不能产生重要的女性诗歌，这要看女诗人们怎样在今天的世界思潮和自己的生存环境中开发出有深度的女性的自我了。当空虚、迷茫、寂寞是一种反抗的呼声时，它们是有生命力的，是强大的回击；但当它们成为一种新式的“闺怨”，一种呻吟，一种乞怜时，它们不会为女性诗歌带来多少生命力。只有在世界里，在宇宙间，进行精神探索，才能找到20世纪真正的女性自我。

这似乎是针对女性诗歌一段时间的褊狭倾向而发出的议论和警告，但显然，郑敏想要表达的却是对所谓西方女性主义的警惕。不过，正如我们知道的，郑敏在文章中提及的艺术上有突出成就的女诗人艾德里安娜·里奇（Adrienne Rich，郑敏译：艾德玲·李区）和丹妮斯·莱弗托夫（Denise Levertov）等，她们在自己的诗歌中自觉地贯彻了女性主义立场，这一立场其实适用于她们对于诗歌写作的全面认识，不仅仅包括有关女性题材的表现，也包括通过诗歌参与社会政治斗争中的实践。

也是在1989年的“女性诗歌”笔谈中，陆忆敏以《谁能理解弗吉尼亚·伍尔芙》为题，重提伍尔芙在《一间自己的屋子》中主张的用妇女的判断和妇女的标准来写作。② 她实际上是在委婉地为“女性诗歌”寻求不断丰富和深刻的写作方向与评价标准。而在《黑夜的意识》之后，翟

① 郑敏：《女性诗歌：解放的幻梦》，《诗刊》1989年第6期。
② 陆忆敏：《谁能理解弗吉尼亚·伍尔芙》，《诗刊》1989年第6期。

永明还撰写过若干短论，继续为她自己的写作和"女性诗歌"的问题进行辨析和阐释。1989年，她在《"女性诗歌"与诗歌中的女性意识》中，质疑人们（当然更多的是男性话语）对于她的诗歌的赞誉仅仅从"性别的偶然性"的角度出发而忽视作品的价值和意义本身，同时也质疑那些仅从"女性诗歌"的"社会学观点、妇女问题考察以及那些内心世界分析等方面"所作的"定向研究"，她呼吁批评界注意"女性诗歌"的美学价值。[①] 1995年，她撰文《再谈"黑夜意识"与"女性诗歌"》，声明："我不是女权主义者，因此才谈到一种可能的'女性'文学。"[②] 这种看似令人困惑的表述背后，实际上隐含着一种认识上的偏误与矛盾。一方面，翟永明敏锐地意识到"女性文学的尴尬地位在于事实上存在着性别区分的等级观点。'女性诗歌'的批评仍然难逃政治意义上的同一指认"；另一方面，事实上她也注意到女权主义在中国已被理解为某种单一而褊狭的理论观点。在另一处，翟永明强调说：

> 我不认为自己是女权主义者，但我的朋友们往往认为我有强烈的女权思想，那么也许我是那种并不想与男人为敌的新女权主义者。另一方面，我乐意保持自己的女性特质，任何困惑的时候也不会放弃这些特质而从各方面去扮演一个男人。我不会说：男人做得到的事女人也能做，我只想说：男人在思考的问题，女人同样在思考。[③]

在这些曲折、犹豫、不无忧虑的表达背后，我们能够体会到当代中国"女性诗歌"发展的艰难境遇。

三

崔卫平在她编选的女性诗选《苹果上的豹》的序中，正式启用了"女性主义诗歌"这一概念，并认为它是一个被延误了的话题，也是随着第三代诗的民间交流形式一道，成为被正式出版交流渠道所取消的声音中

---

① 翟永明：《"女性诗歌"与诗歌中的女性意识》，《诗刊》1989年第6期。

② 翟永明：《再谈"黑夜意识"与"女性诗歌"》，载《诗探索》1995年第1辑。

③ 翟永明：《未完成之后又怎样》，《标准》1996年创刊号。

的一种声音。崔卫平提出从女性的立场、女性的处境去理解社会和历史生活，以获得“成熟的女性视角”。通过对陆忆敏、翟永明、张真、王小妮等女性诗人诗歌的研究，崔卫平强调了女性诗歌中所体现的女性精神独立、创造自由、性别平等意识等方面的特征。不过，在崔卫平谈到“在外人看来”，女性主义诗歌作品中存在的“最最不可思议的气氛”时，却显示出对她刚刚有所触及的“女性视角”的一种理解矛盾——

> 现在可以谈谈在外人看来，笼罩在大多数这些作品中那种最最不可思议的气氛：以反面的“坏女人”自居，甚至不惜自我毁灭的倾向。我将之概括为“深渊冲动”“沉沦冲动”，或“死亡冲动”。①

且不说这里的“外人”到底指谁，令人困惑之处在于，她实际上是承认了“外人”对所谓“最最不可思议的气氛”的概括。崔卫平从三个方面为她所说的种种冲动作了辩解式的说明，大意是，这些冲动体现了一种与写作一样的、类似于冒险的、需要巨大激情和力量的经验形态，同时，这也使女性逼回到自身，甚至肉体这一最后的领地上来。总之——

> 如果说写作中的女人（尤其是写诗的女人）比别的女人更容易感到她们的身体，这是因为她们无路可走，此时的欲望是被语言调动起来的，是被编入语言的网络之上的，供奉在词语的圣坛上的。

由于在运用女性主义诗歌这一个概念时，显示出崔卫平对女性主义理论缺乏准确的理解，同时，又没有能够更多地从女性在历史文化和现实中的处境出发把握女性的精神和心理世界，崔卫平在这里为女性主义诗歌所作的辩解，在我看来是缺乏说服力的。如果说女性主义诗歌是一种被取消了的声音，那么，这个声音是被谁取消的？为什么要取消它？不能对此作明确的回答，实际上就无法获具真正的女性视角。同样，如果不在一个男权社会的现实参照系之下，理解女性的精神处境，那么，女性主义诗歌文本中的所有“最最不可思议的气氛”，就永远也解释不透，而且，女性的身份角色将永远会陷落在被男权文化设置好了的“好女人/坏女人”的罗网之

---

① 崔卫平选编：《苹果上的豹：女性诗卷》，北京师范大学出版社1993年版，第6页。

中。在另一篇文章中，崔卫平重申“女性主义诗歌”这一概念，正确地指出，“女性主义诗歌与诗歌所汲取的是一条河流——处于具体的时空、具体的观察世界位置上的普通人的灵魂，它用方言讲述着它自身的故事，包括肉体的故事”，但她进一步说：

> 女性主义诗歌所强调的并不是性别的差异（性别是抽象的，人们从抽象的两性性别中并不能获得更多的确切知识），而是具体的自我的区别，处于一定社会关系、历史语境、个人处境中具体的个人的差异。女性主义诗歌写作除了是一个对诗歌写作进一步具体化的要求之外，什么也不是。①

这是试图通过指认出具体的个人差异而取消性别差异的论述方式，显然，问题没这么容易解决。在这里的理解中，论者想要表明的，和她正在说明的一切，与现实的女性主义诗歌文本所体现出来的，存在着巨大的裂隙。如果切入具体的诗歌，我们就能从陆忆敏的《美国妇女杂志》中，看到一种强烈的，甚至有点反讽意味的、复杂的女性性别认同感。这种女性认同感，决定了性别差异存在的现实和历史的女性心理依据，它并不抽象，而是完全建立在普通的日常观察和想象之中：

> 谁曾经是我
> 谁是我的一天，一个秋天的日子
> 谁是我的一个春天和几个春天
> 谁？谁曾经是我

同样，我们还从翟永明的《女人》《静安庄》中读到了包含于社会生活、历史语境、个人处境中的性别压迫，那种与生俱来的毁灭感与其说是天生的，不如说是“女性集体无意识”的呈现。而林雪则是更直接地在诗歌中写出日常生活语境中的性别困境的一位：

> 你为我的身体注入生命

① 崔卫平：《在诗歌中灵魂用什么语言说话》。

但一种注视迫使我全身的关节逃离

也许，我们应该回到80年代中期的“女性诗歌”那里，换个角度，重新阐释。那样，我们会看到，翟永明诗歌的特性被忽视了，而诗中表现的女性复杂的内心状态和反抗的努力，又在被抽取加以归纳的过程中遭到简约化。陆忆敏专注于捕捉内心灵性的短诗具备丰富解读的可能和阅读的魅力；唐亚平“黑色”组诗中的色彩感虽与翟永明的“黑夜”相似，但其急促的节奏和外向的语调显然是她自己的；海男缺乏节制的写作多少是对诗歌艺术的伤害，但也正因此而使她逐步找到自己的风格；林雪也是真正获得了自己诗歌力量的女性诗人，但由于她的诗歌中隐藏着一个在性别困惑中挣扎的女性心灵，这种挣扎在一定程度上阻碍了她心灵的自由。也许，我可以说，我们并不缺乏诗歌中的女性天才，只是翟永明的天才中处处有内心挣扎的踪迹；伊蕾的诗才被愤怒淹没了；虹影却因分散了写作的精力，不能尽情施展其诗歌抱负；而陆忆敏和张真，看得出来，她们写作中受阻的因素太多了。西蒙·德·波伏娃说得对，“妇女对自己没有足够的信心，因为别人对她们没有信心。她们对自己也没有什么极端的要求，而仅这些要求就能使一个人得以取得最高的成就。由于妇女没有这种严格的标准，因此她们就缺乏那种极大的耐心，而布丰则把这极大的耐心称之为天才的真髓”①。也许，我们的现实没有波伏娃说的那么糟，但我们确实还没有充分意识到这一点的重要性。

对于“女性诗歌”，我更关心80年代那种大胆的内心表达的获得本身，也更关心那些诗歌所涉及的女诗人对自己的理解和对诗歌的理解。应该说，80年代的文化氛围为女性诗歌提供了一次自我表达的契机，虽然这个契机中也暗含了危险。虽然80年代诗歌运动为当代诗歌绘制了一处典型的狂欢图景，但在庆典般的众生喧哗中，女性诗歌的声音其实是微弱的。女诗人们的写作是分散的，她们散落性地出现在各类以男性为主体的诗人群和诗歌流派中，并被男性诗歌的身影所遮蔽。从中，我们可以看到一些可能至今仍然在写作，或即使没有继续写作，但她们的诗歌却值得重读的女诗人的身影，她们是：王小妮、小君、陆忆敏、张真、唐亚平、林

① 西蒙·德·波伏娃：《妇女与创造力》，参见张京媛主编《当代女性主义文学批评》，北京大学出版社1992年版，第158—159页。

雪、海男，等等。据我所知，进入 90 年代，翟永明、王小妮、小安、虹影等人在她们的诗歌写作中推进了成熟的经验和技巧。而 90 年代崭露头角的女性诗人如唐丹鸿、丁丽英、胡军军、穆青、吕约、与邻等人，也透露出她们的诗歌的独特气质。

因此，可以说，一方面我对 80 年代的诗歌批评对女性诗歌的某种程度的误导心存不满，但我也同样强烈地意识到女诗人们的创作非常丰富，她们和这个时代的诗歌的关系相当密切而深刻。80 年代以来优秀的女性诗人们一直保持对于个人性与日常性的关注，她们的作品中较少凌空蹈虚的宏伟叙事，她们书写个人的精神成长、青春的残酷记忆、日常生活中的平凡而诗意的经验；在艺术追求上，一些女性诗人显示出难得的真诚和自觉的节制特征。特别值得一提的是，她们似乎在通过写作表明一种复杂的关怀，即在这种极具个人性的经验中触摸到一种普遍性的现实意义。王小妮 90 年代的诗作实现了一种并不简单的平淡；虹影则以她超现实的诗风向人们敞开了一个敏锐而充满激情的心灵；唐丹鸿的诗歌中怪僻的组词方式达到了一种魔幻效果，而她的节奏绝对现代，有一种咄咄逼人而又游刃有余的感觉；小安的诗沉静得让人不愿高声诵读，那些是需要用心灵默读的诗歌；而胡军军的诗则处在犀利和散漫之间，有一种批判和冷漠并存的情绪；丁丽英的诗行似乎是精心打磨过的，但节奏上却追求着一种机智的缓慢；穆青诗作的表层上似乎漂浮着富有专业性的知识萍踪，但内核却是极感性的，并糅进了调侃与批判。90 年代的女性诗歌再不像 80 年代诗歌批评所构造的那样单一，而是真正孕育了一股强大的力量，这是自由的力量，也是飞翔的力量。

［原载《江汉大学学报》（人文科学版）2005 年第 2 期］

水手与骑手

——特朗斯特吕姆与布罗茨基之间一场可能的对话

朱　朱

瑞典诗人特朗斯特吕姆于1962年出版的诗集《半完成的天空》里，收录了一首诗《西罗斯》；1970年，也就是相隔八年之久，苏联诗人布罗茨基出版的诗集《荒野中的停留》里有一首诗，题为《黑马》，这首诗在西方世界引起了不小的震动，据说作者当时还在国内饱受煎熬，他的英译本是经由地位已然显赫的奥登推介而出版，直到1972年，布罗茨基才得以离开苏联，并且很快地确立了他作为一位西方重要诗人的位置，到了90年代，他的诗歌影响到了中国的诗歌圈，说得再具体一些，不少人的写作是受到了品质很成疑问的中译本的影响，尤其是考虑到布罗茨基本人对格律学的恪守，“语言比国家更古老，格律学总是比历史更耐久”（布罗茨基，《小于一》），所以这些严重散文化的中国诗与他本人是否有关系就很难说了，当然，我们也可以说误读就是阅读的一个必然部分，还可以用埃兹·拉庞德的例子来安慰自己说，你看，他并不真的懂得中国古典诗歌，却成功地将后者转化为灵感的源泉，由此催生了“意象派”。撇开布罗茨基的诗歌部分，他的散文与评论也在我们这里获得热烈的反应，我也是他这一部分创作的忠实读者，并且，和一些朋友们怀有一种同感，觉得他的文章好过了他的诗（当然，相比起诗歌的翻译，文章的翻译造成的损失要小很多），这倒正应了他对艾略特的评价，大意就是说后者的文章远比诗歌更能持久。

我写这篇随笔的目的，并不在于评价布罗茨基，也不在于评价他在我们的环境里究竟演变为何物，而是要幻想他的《黑马》与特朗斯特吕姆的《西罗斯》之间形成过一次对话，在幻想这个领域内什么都是被允许的，正如什么也都可能发生——依照我有限的了解，尽管《黑马》成诗于《西罗斯》之后，却不太可能直接受到后者的启发，因为当时布罗茨基尚在国内，特朗斯特吕姆的诗想必很难穿越苏联的边境，进入俄语诗歌圈中，撇开极权政治的文化封闭性不说，读一下布罗茨基的访谈录就可以了解到，他在那个时期能够阅读的是邓恩、艾略特、弗罗斯特、奥登等，而且也需要想方设法地搜集，至于特朗斯特吕姆，很可能还是一个闻所未闻的名字……不过，我的幻想亦非毫无根据，因为，布罗茨基非常推崇特朗斯特吕姆的作品，在1988年5月意大利首届都灵博览会上发表演讲时，他将后者列为瑞典语读者必读的诗人之一，不仅如此，在某处他还说过，“我偷过他的意象”[①]，尽管这应该是后来的事情了——随着特朗斯特吕姆的影响力在不断地扩大，已经进到“西方”世界之中的布罗茨基读到了后者的英译本，这无疑才是更合乎逻辑的推测，不过，对于幻想杠杆那边的地球来说，只要有那么一点点微弱的现实元素作为支点就足够了，既然连布罗茨基都承认他偷过，稍稍提前一下他偷窃的日期也无伤大雅，何况，也并非绝对不存在这样的可能，那就是在那个黑暗的1960年代，《西罗斯》因为一种极其偶然、奇特的机缘，辗转地落到了布罗茨基的手中，闪电般直击他的神经，由此催生出他自己的《黑马》一诗。

如果以这种角度来对照这两首诗，你就会发现它们在主题和结构上的相似，两者都以描摹和歌咏一种富于象征意味的意象贯穿全篇，并且将之视为自我的心灵和力量的一种尺度，在《西罗斯》中这个意象是船队，而在《黑马》中这个意象变成了那匹黑马，两者都笼罩在夜色之中，被描摹得静穆、雄壮而神奇。在素有“海盗王国”之称的瑞典，船无疑是其民族史诗的一个核心意象，是一种融合着集体记忆和个人梦想的经典题材，特朗斯特吕姆在处理这一题材时选择的角度极为奇妙，那是一支在港湾里停泊了多年的船队，如同一幅“水上黑色油画，人们把它搁在了一边”，这仿佛是在说，充满了神话和英雄的史诗时代早已经过去了，这些船身上所标记的那些出发地和目的地，“CRITOS，昂德罗斯”“SCOTLA，巴拿马”等，正可以使人追溯和冥想从前那些伟大的航行。“海读完了它们”，而现在的人只是在幻想中尝试着去接近，尝试着成为史诗时代的读者，大海在此被赋予了双重性质，它既意味着现实空间的无限扩张，也意味着历史时空的重获。在另一方面，目睹着这些犹在眼前的景物，个人的

① 转引自《特朗斯特吕姆诗全集》，李笠译，南海出版公司2001年版。

某种激情与梦想不可能不被点燃，探险，征服，远涉重洋，深入奇境，成为英雄般的水手，成为史诗中的角色，这仿佛是所有人在孩提时代都会怀有的一个梦想，然而，“就像长成巨人的童年玩具/抱怨我们/没有成材变器”，船队在诱发和召唤着一个人的雄心时，也在映现出破碎的梦想和分裂的现实，此情可待成追忆，诗人因而在结尾处感叹着：“多么强大的船队，出色的关系”。

我们不妨设想布罗茨基在初读《西罗斯》时，为它的主题和奇妙的想象力所陶醉，决意模仿它写上一首诗，那个瞬间或许他的内心还会闪过一个念头，就是希望自己的诗既从它而来却又超越它，即使达不到这个理想，至少也可以通过一次演练来测量一下自己和前者的差距。当然，他不会直接去剽窃船这个意象，他启动着记忆引擎不停地搜寻自身的经历，直到……忽然，那匹黑马跳了出来，那是他作为地质勘探队的一员行遍俄罗斯大地时、在某个夜晚的篝火堆前的真实所见，黑马在当时给他留下了深刻的印象，甚而他亦曾尝试过为它写下诗句，却因为未能表达出新意而放弃了，黑马的形象便被保存在记忆之中，而且逐渐地滑落到类似于“潜意识”的深处，假如没有《西罗斯》的拯救，黑马恐怕就会一直酣眠在那里了。

海上行舟，陆地策马，正如船之于瑞典，对于生在拥有广袤内陆的俄罗斯的布罗茨基而言，选择马作为核心的意象，正像对前者的一种完美转换，两者都是漂泊、远行、探险和征服世界的工具与化身，并且，也许正如戴维·M. 贝西娅所分析的那样，马正是“俄国文学和文化中最持久、最丰富的意象”① 贝西娅为此开出了从普希金、叶赛宁、曼德尔斯塔姆、茨维塔耶娃、帕斯捷尔纳克直到布罗茨基的一份长长的名单，马在他们的创作中都占有重要的地位。在具体地述及布罗茨基的这首诗时，她还提及了另一位苏联学者的观点，认为黑马这一题材很可能直接受到了阿赫玛托娃的一段话的影响，是俄罗斯文学关于“末日启示”语境的一脉相承，这一切仿佛都是在说明——聪明的布罗茨基，他偷窃的技术真是高明，在实现了这样的转换之后，偷窃就近于不露痕迹了，就像随着建筑主体的竖

① 《从黄金时代到白银时代的俄国文学中用作空间—时间意象的马》，引自《西方视野中的白银时代》，林精华编译，东方出版社 2001 年版。

立，脚手架渐渐被搁在了一边。

“彼得堡与毁灭位于同一纬度”，特朗斯特吕姆在他的另一首诗《果戈理》之中这样来定义，“登上你的火马车吧，离开这国家!”多么动人的呼吁。不过，也许这呼吁无意中泄露了西方人的一种优越感：离开极权统治吧，那里一无是处，一片漆黑。不错，布罗茨基的黑马似乎就是这样一个黑暗的隐喻，从头到尾，无比黑暗，黑色，仿佛已经变成了极权统治的同义词。“黑夜的穹窿也比它四脚明亮，/它无法与黑暗融为一体。”“我不记得比它更黑的物体。”它的蹄子、它的脊背、它的腹股沟、它的瞳孔射出的光芒以及它呼吸的空气都是黑色的，连篝火的光焰都无法稍稍地照亮它或者改变它的色调，反而是更深地凸显出那种黑暗。好一幅黑色油画!

如果说，在特朗斯特吕姆的笔下，黑夜为港湾里的船队增添了一种神秘感，使得它们好像笼罩在甜蜜而伤感的童话的面纱之下，使得一个成年男人得以置身在他童年梦想的氛围中，那么，在布罗茨基的笔下，黑夜同样为那匹马增添了一种神秘感，只是这种神秘感不是通往童话，而是对于现实本质的一次极端化的确认，尽管生活在极权国家之中的人常常会把“黑暗”这个词挂在嘴边，并且，似乎无时无刻不在承受黑暗的重压和摧残，可是，当布罗茨基凝视着那匹马时，或者说，当他将那匹马当作现实整体的化身来描绘时，他仍然为之震惊，因为它比他以往所能认识到、所能意识到的还要黑暗，它比黑夜还要黑暗，超出认识的极限，充满了邪恶的神秘性，黑到了不可捉摸，“黑到了顶点”，以至于这样一种绝望在心底涌现：“我想：我的体内是漆黑一团。”这就是说，即使远方存在着希望，存在着解救，恐怕也已经迟了，已经来不及了，因为“我”已经被同化，已经彻底地成为了这“黑暗”的一部分，成为了它的同谋和殉葬品。

然而，使《黑马》变得如此令人难忘的原因，并非只在于对绝境的象征化表达，而是继之显示出的在黑暗内部进行搏斗的勇气。从全诗的第五段开始，事情起了变化，诗人注意到，即便自己已经彻底屈服于黑马那邪恶的黑暗，即便如此，“可它仍在我们眼前发黑!”它伫立在这里，既没有再“朝我们靠近”，也“不从篝火旁边走开”——这仿佛是在说，黑马也正在向我们暴露出它的胆怯、忌惮和依恋，它似有所求，“把压坏的树枝弄得瑟瑟发响”，“从眼中射出黑色的光芒”，人群和篝火的温暖感对它来说构成了某种向心力，但诗人不敢确信这一点，他疑惑着，直到黑马充满恳求的动作和神情在他的疑惑里变得越来越明显，忽然他明白了：

它在我们中间寻找骑手。

这就是结尾那著名的一行，它闪烁着无与伦比的勇气，犹如穿透了整个黑暗的光芒。每当我重读这句诗的时候，总是为它所感动，同时，如果是从诗艺或者技术性的角度去考虑，我相信这行诗是先于全诗出现在布罗茨基的脑海之中，正如博尔赫斯谈论他的诗歌写作时所说，他总是先有第一行和最后一行，然后将具体的写作过程视为一次汇合，我想象对于布罗茨基来说，至少《黑马》的情况正是这样，而这最后一行又得之于《西罗斯》里的那一段"就像长成巨人的童年玩具/抱怨我们/没有成材变器"，其潜台词不正是：它在我们中间寻找水手？是的，我想象正是特朗斯特吕姆的那一段催生了布罗茨基的这一行，后者改写了前者，并且以它总领全篇，在布罗茨基不断强化着黑暗的书写的过程中，他很清楚自己将会在最后颠覆它，扭转这种黑暗的看似无可挽回的氛围，为此他在诗的第三段中巧妙地嵌入了一个细节，一个伏笔，一个跃向最后一行的跳板：

但它那没有鞍子的脊背上
却是另外一种黑暗。

这正是黑马寻找骑手的暗示，呼应着最后的结论。不妨在此抄录下这两首诗：

西罗斯

过剩的船队在西罗斯港排队静等
船头挨着船头。停泊了好几年：

CAPE RION，蒙罗维亚
CRITOS，昂德罗斯
SCOTLA，巴拿马

水上黑色油画，人们把它们搁在了一边。

就像长成巨人的童年玩具
抱怨我们
没有成材变器

XELAROS，皮勒厄斯
CASSTOPEJA，蒙罗维亚
海读完了它们

我们第一次到西罗斯，是夜晚
月光下，我们看见一个个挨着的船头，想：
多么强大的船队，出色的关系

（李笠 译）

黑马

黑夜的穹窿也比它四脚明亮，
它无法与黑暗融为一体。

在那个夜晚，我们坐在篝火旁边，
一匹黑色的马儿映入眼底。

我不记得比它更黑的物体。
它的四脚黑如乌煤。
它黑得如同夜晚，如同空虚。
周身黑咕隆咚，从鬃到尾。
但它那没有鞍子的脊背上
却是另外一种黑暗。
它纹丝不动地伫立。仿佛沉沉酣眠。
它蹄子上的黑暗令人胆战。

它浑身漆黑，感觉不到身影。
如此漆黑，黑到了顶点。
如此漆黑，仿佛处于钟的内部。
如此漆黑，就像子夜的黑暗。
如此漆黑，如同它前方的树木。
恰似肋骨间的凹陷的胸脯。
恰似地窖深处的粮仓。
我想：我的体内是漆黑一团。

可它仍在我们眼前发黑！
钟表上还只是子夜时分。
它的腹股沟中笼罩着无底的黑暗。
它一步也没有朝我们靠近。
它的脊背已经辨认不清，
明亮之斑没剩下一毫一丝。
它的双眼白光一闪，像手指一弹。
那瞳孔更是令人畏惧。

它仿佛是某人的底片。
它为何在我们中间停留？
为何不从篝火旁边走开，
驻足直到黎明降临的时候？
为何呼吸着黑色的空气，
把压坏的树枝弄得瑟瑟发响？
为何从眼中射出黑色的光芒？

它在我们中间寻找骑手。

（吴笛 译）

黑暗，在《西罗斯》之中只是氛围，而在《黑马》之中成为主体，它被一再地放大，被仔细地审视，被一连串的句子铺排着、强化着、穷尽着，令我们在阅读中俨然置身于末日——布罗茨基从特朗斯特吕姆那里偷来的东西，被派上了别的用途，以至于我们再难识别它的由来了，或者说，我们发现了一种抒情原型在进行道德的偏移。西罗斯港里的船队试图重温和打捞一个童年的梦，一种人性深处的永恒的欲望，而俄罗斯草原上的黑马严厉地透视了命运的真相，或者，特朗斯特吕姆培植的是一种深埋于内心的梦想的胚芽，而布罗茨基曝光的是整个俄罗斯的现实底片，如果是依照爱尔兰诗人西默斯·希尼的说法来划分，《西罗斯》是属于追求神奇/梦幻的诗歌类型，而《黑马》属于追求真理/意义的诗歌类型，依照美国评论家海伦·文德勒的说法，《西罗斯》具有“愉悦的迫切性”，而《黑马》具有“见证的迫切性”，而在另一个美国批评家苏珊·桑塔格的分类学中，特朗斯特吕姆应该是“情人”式的诗人，而布罗茨基是“丈夫”式的。

有意思的是，将抒情原型进行道德偏移，仿佛构成了极权国家的写作共性。在禁锢的黑暗深处，一束来自异域的抒情之光如同醍醐灌顶，使深囚于内心之中的激情和梦想忽然苏醒，并且，使自己的喉咙得以找到了另一种发声和歌唱的方式，这种声音起初是青涩的、迷醉于抒情本身梦幻般的审美性表达，继而转化为尖锐的、具有批判立场的见证性表达——这在米沃什所言的“另一个欧洲”，即包括波兰、捷克、罗马尼亚和苏联等在内的那个区域以及在拉丁美洲和亚洲等大陆那里，都可以找到作者与文本两方面的丰富例证，其中一个重要的问题在于，在这种偏移的过程之中，来自诗歌或文学本身的内在律令是否逐渐地被遗弃？过重的道德担负是否会崩断语言的弹簧，从而使得诗歌变成了新闻报道和政治檄文？骑手，一个合格的、出色的骑手究竟应该是一个怎样的形象？也许，可以在这里稍稍地提及亚当·扎加耶夫斯基，在这位晚于布罗茨基而出现的波兰诗人的思考中，诗歌仿佛正是处在“狂喜”与“反讽”的矛盾张力之间，他倾向于审美“狂喜”的抒情方式，倾向于截取历史的事件或历史的疼痛，然后试着从中找到某种人性的东西。“因为抒情总是人性的，所以，它最后也许会解开难解的历史；这是一种打开历史的方式，将历史转化为悲剧性的愉悦时刻。”扎加耶夫斯基对于现实的黑暗有过与布罗茨基相似的表达，在一首取材于荷兰画家维米尔绘画的短诗中，他写道：“你无处不明亮/而我由阴影组成”（《维米尔的小女孩》），然而，他一直“试图赞美这残缺的世界”，试图在抒情的调性上不断地赋予历史与现实以人性的光辉，尽管在波兰国内他长期受到“唯美”的质疑，但是随着他诗歌的进展，随着他自身力量的显示，他逐渐地成为整个世界诗歌呈最为重要的声音之一。

布罗茨基流亡国外之后，他所写出的诗歌之中似乎再也没有出现过类似于《黑马》融见证的反讽与抒情的狂喜为一体的效果强烈的作品，他个人并不承认这一点，在一次访谈中他反驳了这种认为他最好的作品就是其早期诗的观点，“我不认为自己是韩波”。也许，现在的我们还难以对他的作品整体有一个完全的认识，或者说，那并非我们的职责，作为一个读者，我只是选择更吸引自己的那部分作品，即使这样做显得不公正，而作为一个诗人，似乎显得我更加地不怀好意，我将他的名篇归之于对特朗斯特吕姆的“剽窃”，并且，倾向于暗示这样一种事实，在接受来自西方现代诗的第一阵冲击波时他就确立了最佳的自我，而在此后漫长的文学生涯里他一直在享受着那个时期的成果。《黑马》的卓越之处在于它恰好处在了某个临界点上，它以独特的方式暂时地缝合了绝望与希望之间的那个裂缝。也许，这就是诗歌本该所处的位置，希尼在《舌头的管辖》中试图辨析这一点，“诗歌与其说是一条小径，不如说是一个门槛，让人不断接近又不断离开，在这个门槛上读者和作者各自以不同的方式体会同时被传唤和释放的经验”，当诗歌试图成为一条小径的时候，它往往又会深陷到现实的泥沼里，或者被飘忽不定的思想的雾霾所吞没——

> 自由
> 是你忘记如何拼写暴君姓氏的时候

这是布罗茨基在后来的《言辞片断》之中写下的句子，就句子而言是完美的，可是，比起“它在我们中间寻找骑手”来，已近巧克力般甜腻。随着岁月的流逝，伤感和虚幻逐渐侵蚀着他的内心，依照南非作家J. M. 库切的说法，尽管“拒绝展览他的创伤一直是他更值得钦佩的特点之一”，然而他“对政治已经绝望并从文学中寻求救赎”，视美学为伦理的母亲，而曼德尔斯塔姆所言的“世界文化”被他删减为“历史上的特定阶段的欧洲高等文化”[①]。他那强硬、严峻的气质仿佛消融了，他迷上了水，因为“水没有过去”，迷上了威尼斯这座水城，并且将之视为欧洲文

---

① [南非] J. M. 库切：《为语言说话——罗布茨基的随笔》，哈罗德·布罗姆等《读诗的艺术》，王敖译，南京大学出版社2010年版，第142页。

明的圣龛，视为归宿地。如果我所幻想的他与特朗斯特吕姆的那次对话是真，那真是一次奇妙的循环之旅，一匹黑马重新成了一艘港湾里的船。

诗有千百种读法，幻想或发明文本之间的对话是一种读法。《黑马》是否得之于《西罗斯》并非重要之事，前人的作品不正是以各种变形的方式出现在我们的写作之中？即便未曾落实于文本，也和我们的心灵进行着持久的对话。当我想象着这样一次可能的对话，我更像是看到了当年那个年轻的俄罗斯人，如饥似渴又无诗可读，他困守在北极圈的长夜里，被黑暗吞噬而又若有所待，“像是一场大火的余烬，一块没有烧透的炭；你若是碰碰它，它便又燃烧起来”（布罗茨基《娜杰日塔·曼德尔施塔姆》）。是的，对那时候的他来说，一首诗就是一道闪电，一本书就是一种依靠。

（原载《新诗评论》2009 年第 1 辑）

编后记

时下，相较于铺天盖地的各种诗选，关于诗论、诗评的选本可谓少之又少。就编者目力所及，除一些专题会议论文集外，近三十年间产生过较大影响的诗论、诗评选本有：杨匡汉、刘福春编《中国现代诗论》（二卷本，花城出版社1985年版，收录五四至1980年代初的代表性论文），吴思敬编《磁场与魔方——新潮诗论卷》（北京师范大学出版社1993年版，收录1980年代初至1990年代初的代表性论文），王家新、孙文波编《中国诗歌九十年代备忘录》（人民文学出版社2000年版），陈超编《最新先锋诗论选》（河北教育出版社2003年版），后两种收录的主要是1990年代（2000年以前）的重要论文；此外，还有《国统区抗战文学研究丛书·诗歌研究史料选》（龙泉明编，四川教育出版社1989年版）、《三四〇年代香港新诗论集》（陈智德编，岭南大学人文学科研究中心2004年版）、《创世纪四十年评论选》（痖弦、简政珍编，创世纪诗社1994年版）、《沉沦的圣殿——中国20世纪70年代地下诗歌遗照》（廖亦武编，新疆青少年出版社1999年版）等论文集以及《中国新诗总系·理论卷》（吴思敬编，人民文学出版社2010年版，收录五四至2000年的代表性论文）等。

进入21世纪以后，诗歌研究和批评虽说并未发生大的飞跃和根本性转变，却也出现了一些值得留意和梳理的新趋向。比如，随着中国社会文化的急剧变化以及诗歌在社会文化中位置的迁变（具体表现为二者关系的疏离或诗歌的“边缘化”），一种蓦然高涨的抵制诗歌“技术主义”，要求诗歌关注当下现实的呼声和一种“为诗辩护”、维护诗歌之“特殊性”与独立性的表述的冲突形成了。这一冲突构成了新世纪诗歌批评的一条重要议题性线索。在新的历史语境下，这一延续了传统写实主义观念与先锋文学之对垒格局的冲突，又增加了不少看似新鲜的元素和议题，如“底层写作”“打工诗歌”及“草根性”“新乡土”等。这引发了关于诗歌与伦理或诗歌自身伦理的讨论，其间涉及诗歌与社会、历史、现实、政治等新老话题，进而引起了将诗歌批评朝向一种综合批评的倡导和期待。这个选本即着眼于新世纪诗歌批评的上述进展，力图呈现各代批评家们为深化、拓展中国当代诗歌批评所做的努力和对诗歌批评自身进行的反思。限于篇幅和编选者视野，选本未能收入一些篇幅较大的论文（如钟鸣、罗振亚、世宾、余旸等），遗漏亦在所难免。

这个选本的问世，要感谢首都师范大学中国诗歌研究中心特别是中心主任赵敏俐教授的鼎力支持，中心办公室马富丽女士在经费落实方面，研究生郝梦迪、林琳在查找和整理论文方面，中国社会科学出版社李炳青女士在出版统筹方面，做了大量具体工作，在此一并致谢。

张桃洲

2015 年 11 月第三场雪，北京定慧寺恩济里